GUSTAVE FLAUBERT

Der Briefwechsel mit den Brüdern Edmond & Jules de Goncourt

AUS DEM FRANZÖSISCHEN UND
MIT ANMERKUNGEN
VON
CORNELIA HASTING

GERD HAFFMANS
BEI ZWEITAUSENDEINS

Die Übersetzung basiert auf der französischen Originalausgabe
»Gustave Flaubert – les Goncourt: Correspondance«,
Edition par Pierre-Jean Dufief, Copyright © 1998 Flammarion, Paris

Deutsche Erstausgabe
1. Auflage, Juni 2004
2. Auflage, Dezember 2004

Lektorat von Ute Haffmans.
Umschlag von Urs Jakob unter Verwendung des Portraits der
Brüder Goncourt von Gavarni und einer Zeichnung von Volker Kriegel.
Gestaltung und Produktion von Urs Jakob,
Werkstatt im Grünen Winkel, Winterthur.
Satz: Fotosatz Reinhard Amann, Aichstetten.
Foto des Flaubert-Denkmals von Georg Eyring.
Herstellung: Offizin Andersen Nexö, Leipzig.
Printed in Germany.

ISBN 3-86150-529-0

Inhaltsverzeichnis

Madame Bovary, denen sie ihren Erfolg verdankt. Der Erfolg geht immer daneben … Ja, die Form, wer im Publikum findet schon Genuß und Befriedigung in der Form? Nicht zu vergessen, daß es die Form ist, die einen bei der Justiz verdächtig macht, bei den Gerichtshöfen, die am Klassischen kleben … Doch niemand hat die Klassiker gelesen! Es gibt nicht acht studierte Leute, die Voltaire gelesen haben, ich meine wirklich *gelesen.* Nicht fünf, die die Titel der Stücke von Thomas Corneille kennen … Doch die Klassiker sind voller Bilder! Die klassische Tragödie besteht nur aus Bildern. Nie hätte Pétrus Borel dieses tolle Bild gewagt:

Brûlé plus de feu que je n'en allumai.

Die Kunst um der Kunst willen? Nie ist sie so bestätigt worden wie in der Rede eines Klassikers vor der Académie, der Rede von Buffon: ›Die Art und Weise, in der eine Wahrheit ausgesprochen wird, dient der Menschheit mehr als diese Wahrheit selbst.‹ Ich hoffe, das ist die Kunst um der Kunst willen! Und La Bruyère, der sagt: ›Die Kunst zu Schreiben ist die Kunst der Definition und der Schilderung.‹«

Dann verrät er uns seine drei Breviere für guten Stil, La Bruyère, einige Seiten von Montesquieu, ein paar Kapitel von Chateaubriand; und so, mit aus dem Kopf tretenden Augen, mit glühendem Gesicht und erhobenen Armen, wie zu einer theatralischen Umarmung von der Spannweite eines Antäus, holt er aus Brust und Kehle Teile des *Dialogs zwischen Sulla und Eukrat,* dessen ehernen Klang er uns entgegenschleudert wie Löwengebrüll.

Flaubert zitiert die hervorragende Kritik von Limayrac über *Madame Bovary,* in der es am Schluß heißt: »Wie kann man sich einen so gemeinen Stil erlauben, wenn auf dem Thron der erste Schriftsteller der französischen Sprache, der Kaiser, sitzt?«

Inhaltsverzeichnis

AN JULES [?] DE GONCOURT

[Paris, den 10. Januar 1860]

Danke, mein lieber Freund, ich nehme die Einladung mit Freuden an.

Der Ihre — Gve Flaubert

Dienstag abend.

Paris: Ein Brief Flauberts an Maurice Schlésinger vom 18. Dezember 1859 weist darauf hin, daß sich Flaubert offenbar seit dem 20. Dezember in Paris aufhielt: »In zwei Tagen kehre ich zurück zum Boulevard du Temple. Ich werde Paris wahrscheinlich genauso blöd vorfinden, wie ich es verlassen habe, oder noch blöder. Die Flachheit greift um sich mit der Verbreiterung der Straßen; die Idiotie erklimmt die Höhe der Verschönerungen.« Flaubert ist mit Lektüren für »Salambo« beschäftigt und nimmt nur wenige Einladungen an.

AUS DEM TAGEBUCH DER BRÜDER GONCOURT

12. Januar 1860

Wir sind in unserem Eßzimmer, und diese hübsche Bude aus Rips, an Wänden und Decke mit Tapisserien verkleidet, voller Zeichnungen mit blauen Stempeln, wo wir gerade den triumphalen *Moreau* der *Revue du roi* aufgehängt haben, glänzt und erstrahlt im warmen, blitzenden Licht des Kronleuchters aus böhmischem Kristall.

An unserem Tisch sitzen Flaubert, Saint-Victor, Scholl, Charles-Edmond und an Frauen Julie und Madame Doche, ein rotes Netz über dem leicht gepuderten Haar. Es wird über den Roman *Lui* von Louise Colet gesprochen, wo Flaubert unter dem Namen Léonce dargestellt ist, und ab und an reißt Scholl über irgend etwas einen Witz oder zerpflückt einen Abwesenden, um die Aufmerksamkeit auf sich zu lenken. Am Ende gibt er sich die Ehre, Lurine das Rückgrat zu brechen.

Beim Dessert macht sich die Doche aus dem Staub, um zur Generalprobe von *Pénélope Normande* zu gehen, das am nächsten Tag gespielt werden soll, Saint-Victor, der nichts für sein Feuilleton hat, geht mit Scholl ebenfalls zur Probe.

Und nun unter uns, beginnen wir über das Theater zu plaudern, und da ist Flaubert hoch zu Roß auf dieser hübschen Mähre: »Das Theater ist keine Kunst, es ist ein Geheimnis. Ich habe es seinen Hütern entlockt. Das Geheimnis ist folgendes. Zuerst muß man ein paar Gläser Absinth im Café du Cirque trinken und dann von jedem Stück sagen: ›Nicht schlecht, aber … kürzen!‹ und ständig wiederholen: ›Ja, … es gibt eben kein Stück!‹ und vor allem fortwährend Pläne machen und nie ein Stück schreiben … Hat man eines geschrieben, hat man sogar einen Artikel im *Figaro* verfaßt, ist man erledigt! Ich habe das Geheimnis bei einem Idioten studiert, der es jedoch kennt, bei La Rounat, der auf den prachtvollen Satz gekommen ist: ›Beaumarchais ist ein Vorurteil‹ … Beaumarchais! schreit Flaubert, Tod und Teufel! Soll er doch nur mal einen *Chérubin* erfinden!«

Er wollte *Madame Bovary* nie für das Theater bearbeiten lassen, weil er meint, daß eine Idee für eine einzige Form geschaffen ist, daß sie nicht zwei verschiedene Absichten erfüllen kann, und einem Dennery wollte er sie auch nicht ausliefern: »Wissen Sie, was man braucht, um Erfolg an den Boulevards zu haben? Daß das Publikum schon weiß, was kommt. Ich habe einmal neben zwei Frauen gesessen, die von Szene zu Szene jeweils die nächste erzählten: sie erfanden gewissermaßen das Stück!«

[…]

Dann kommt man, eine nach der andern, auf die Theaterweiber, auf die Verrücktheiten dieser seltsamen Kreaturen. Flaubert verrät sein Rezept, wie man sie kriegt: sentimental muß man sein, sie ernst nehmen. Dann wird hin und her überlegt, ob sie wirklich mit so vielen ins Bett gehen, wie die Männer sagen, ob nicht die Sorge um die Gesundheit, die Müdigkeit, die Plackerei auf der Bühne sie lediglich zu Scharmützeln treibt. Man plaudert über ihren unerhörten Einfluß auf die Kritiken ihrer Liebhaber; und von den Theaterweibern kommt das Gespräch auf Frauen überhaupt: »Ich habe ein ganz einfaches Mittel gefunden, ohne sie auszukommen, sagt Flaubert, ich lege mich aufs Herz, und zwar nachts ... ein untrügliches Mittel.«

Dann sind wir allein, er und wir, in dem Salon voller Zigarrenqualm; er mit großen Schritten über den Teppich stapfend, sich den Kopf an der Kugel des Kronleuchters stoßend, überschäumend, frei heraussprechend, wie unter Geistesbrüdern.

Er erzählt uns von seinem zurückgezogenen, menschenscheuen, selbst in Paris eingeschlossenen und abgekapselten Leben. Da er das Theater verabscheut, gibt es keine andere Zerstreuung als Sonntags das Diner von Madame Sabatier, der *Präsidentin,* wie man sie in Gautiers Kreis nennt; das Landleben findet er grauenhaft. Arbeitet zehn Stunden am Tag, aber als großer Zeitverschwender, der sich in Lektüren verliert und dafür jederzeit seine Arbeit links liegen läßt. Kommt erst gegen fünf Uhr nachmittags in Gang, wenn er sich um 12 Uhr mittags daran gesetzt hat; auf einem leeren Blatt kann er nicht schreiben, er muß es erst mit Einfällen bekritzeln, wie ein Maler, der die ersten Farben anlegt.

Dann sprechen wir über die verschwindende Zahl von Leuten, die sich für etwas *Gelungenes* interessieren, für den Rhythmus eines Satzes, für etwas in sich selber Schönes:

»Verstehen Sie, wie idiotisch es ist, am Ausmerzen von Assonanzen in einem Satz zu arbeiten oder an den Wiederholungen auf einer Seite? Für wen? ... Und nie hat man, selbst wenn das Werk ankommt, den Erfolg den man wollte. Es sind die schmierenkomödiantischen Seiten der

Madame Bovary, denen sie ihren Erfolg verdankt. Der Erfolg geht immer daneben ... Ja, die Form, wer im Publikum findet schon Genuß und Befriedigung in der Form? Nicht zu vergessen, daß es die Form ist, die einen bei der Justiz verdächtig macht, bei den Gerichtshöfen, die am Klassischen kleben ... Doch niemand hat die Klassiker gelesen! Es gibt nicht acht studierte Leute, die Voltaire gelesen haben, ich meine wirklich *gelesen.* Nicht fünf, die die Titel der Stücke von Thomas Corneille kennen ... Doch die Klassiker sind voller Bilder! Die klassische Tragödie besteht nur aus Bildern. Nie hätte Pétrus Borel dieses tolle Bild gewagt:

Brûlé plus de feu que je n'en allumai.

Die Kunst um der Kunst willen? Nie ist sie so bestätigt worden wie in der Rede eines Klassikers vor der Académie, der Rede von Buffon: ›Die Art und Weise, in der eine Wahrheit ausgesprochen wird, dient der Menschheit mehr als diese Wahrheit selbst.‹ Ich hoffe, das ist die Kunst um der Kunst willen! Und La Bruyère, der sagt: ›Die Kunst zu Schreiben ist die Kunst der Definition und der Schilderung.‹«

Dann verrät er uns seine drei Breviere für guten Stil, La Bruyère, einige Seiten von Montesquieu, ein paar Kapitel von Chateaubriand; und so, mit aus dem Kopf tretenden Augen, mit glühendem Gesicht und erhobenen Armen, wie zu einer theatralischen Umarmung von der Spannweite eines Antäus, holt er aus Brust und Kehle Teile des *Dialogs zwischen Sulla und Eukrat,* dessen ehernen Klang er uns entgegenschleudert wie Löwengebrüll.

Flaubert zitiert die hervorragende Kritik von Limayrac über *Madame Bovary,* in der es am Schluß heißt: »Wie kann man sich einen so gemeinen Stil erlauben, wenn auf dem Thron der erste Schriftsteller der französischen Sprache, der Kaiser, sitzt?«

Wir sprechen über seinen Roman über Karthago, in dem er mittendrin steckt. Er erzählt uns von seinen Recherchen, seiner Schufterei, seinen Lektüren, Bergen von Notizen, die den Grundstock für einen Beulé bilden könnten, von der Schwierigkeit der Wortwahl, die ihn zwingt, alle Begriffe zu umschreiben: »Wissen Sie, was mein ganzer Ehrgeiz ist? Ich will, daß ein intelligenter, ehrlicher Mensch sich für vier Stunden mit meinem Buch einschließt, und ich werde ihm eine gehörige Dosis historischen Haschisch verpassen. Das ist alles, was ich will ... Schließlich ist die Arbeit immer noch das beste Mittel, das Leben zum Verschwinden zu bringen!«

Moreau: Jean-Michel Moreau, Zeichner verschiedener Revuen.
Saint-Victor: Paul Saint-Victor, mit den Brüdern Goncourt befreundeter Theaterkritiker und Journalist.
Doche: Charlotte-Marie de Plunkett, genannt Eugénie (1823–1900). Schauspielerin am Vaudeville-Theater, 1852 berühmt geworden durch die Darstellung der Kameliendame in »La Dame aux camélias«.
Lui: Flaubert schreibt am 12. November an Ernest Feydeau über den Roman seiner ehemaligen Geliebten Louise Colet: »Ich komme jedenfalls weiß wie Schnee heraus, aber wie ein gefühlloser geiziger Mensch, alles in allem ein finsterer Idiot.«
Sabatier: Aglaé Sabatier, Mätresse des belgischen Bankiers und Industriellen Mosselmann und enge Vertraute Flauberts.
Pénélope Normande: Dramatisierung des gleichnamigen Romans von Alphonse Kerr.
Dennery: Im Winter 1858 erwähnt Flaubert in seinen Briefen den Plan einer Bühnenfassung von »Madame Bovary« durch den Dramatiker Alphonse Philippe Dennery. Flaubert lehnt trotz verlockender Gewinne ab.
Brulé plus de feu que je n'en allumai: Von stärkerem Feuer gebrannt, als ich es je entfacht.
Buffon: Antrittsrede zur Aufnahme in die Académie française 1753.
Limayrac: Paulin Limayrac preist in einer Kritik am 10. November 1857 den neuen Geist in »Madame Bovary«, genaue Beobachtung statt literarischem Pathos.
Beulé: Charles-Ernest Beulé, ein Archeologe.

AN EDMOND UND JULES DE GONCOURT

[Paris,] Dienstag morgen [24. Januar 1860]

Meine lieben Freunde,

Ich wäre schon bei Ihnen erschienen, um Ihnen für die Freude zu danken, die mir die Lektüre Ihrer beiden Bücher gemacht hat, wenn ich nicht gezwungen gewesen wäre, das Haus zu hüten. Vor einer Woche bin ich ganz dumm auf der Straße gestürzt, und ich habe eine gräßliche Wunde an der Nase und der Augenbraue, die mich hindert, mein Gesicht der Öffentlichkeit zu präsentieren. Erst in ungefähr zehn Tagen werde ich mich wieder sehen lassen können.

Tausend Dank auch für das schöne Geschenk, das ich gestern abend erhalten habe. Ich habe es gerade aufgeschnitten und werde mich jetzt daran machen.

Wie haben mich Ihre beiden Bücher über die Revolution und über das Directoire interessiert! Ich muß unbedingt ausführlich mit Ihnen darüber reden!

Tausend herzliche Grüße! Ich drücke Ihre vier Hände, daß sich die vier Schultern ausrenken.

Ex imo.

Gve Flaubert.

Ihre beiden Bücher: »L'Histoire de la société française pendant la Révolution« und »L'Histoire de la société française pendant le Directoire« von den Brüdern Goncourt 1854/55 unter Autorenfinanzierung bei Dentu erschienen.
gestürzt: Am 15. Januar 1860 war Flaubert auf der Straße vor seiner Wohnung am Boulevard du Temple gestürzt. Der Bruder schreibt den Sturz einem neuen epileptischen Anfall zu und bittet den Arzt Professor Cloquet, Flaubert zu einem Leben mit weniger durchwachten Nächten und Aufregungen zu überreden.
Geschenk: »Les Hommes de lettres«, der erste Roman der Goncourts. Thematisiert wird ein Sujet, von dem die beiden Brüder besessen waren: der Künstler als Opfer der Frau. Die satirische Darstellung der Pariser Presse verhindert das Erscheinen in einem Feuilleton,

der Roman erscheint, ebenfalls in eigener Finanzierung, bei Dentu. Flaubert taucht in dem Werk als anonyme Gestalt auf:
»Unser Romancier, brandneuer, großer Erfolg und gute Visage, ist ein baumlanger, wüster, aber mächtiger Kerl; ein ehernes Temperament, das alles verkraftet, siebenundzwanzig Stunden zu Pferde oder sieben Monate Arbeit in selbstauferlegter Klausur in seinem Zimmer; ein blauer, tiefer, durchdringender Blick; Schnauzbart eines Mandschu, der in den Krieg zieht; eine kräftige Stimme, eine militärische und laute Stimme. Es ist ein Mann, der in seinem Leben etwas unter sich begraben hat, eine Illusion, einen Traum, wer weiß was. In seinem tiefsten Inneren grollt und gähnt die Wut und der Ärger über das vergebliche Erklimmen irgendeines Himmels.« »Les Hommes de lettres«. Dentu, Paris 1860.

AUS DEM TAGEBUCH DER BRÜDER GONCOURT

25. Januar 1860

Wir fühlen uns wie vor einer Premiere, die einen auf die Straße treibt – jene Art vager Erwartung der heute üblichen Tätlichkeiten, eines Backenstreichs, eines Stockhiebes, des Ungeahnten –, die einen aus dem Hause jagt, wie aus einer langweiligen, verweichlichenden Umgebung.

Und da sind wir nun am Boulevard du Temple im Arbeitszimmer Flauberts, dessen Fenster auf den Boulevard hinausgeht und wo mitten auf dem Kamin eine vergoldete indische Göttin prangt. Auf dem Tisch Seiten seines Romans, die fast nur aus Streichungen bestehen.

Große, herzliche und ehrliche Komplimente zu unserem Buch, die uns im Herzen wohltun; eine Freundschaft, auf die wir stolz sind, die uns offen und ohne Falsch, mit unerschütterlicher Vertrautheit und ungehemmter Mitteilsamkeit entgegengebracht wird.

Boulevard du Temple: Die Goncourts besuchen Flaubert, der sich noch nicht ganz von den Folgen seines Sturzes erholt hat. Sie treffen einen von Flauberts engsten Freunden, Louis Bouilhet.
Komplimente: Georges Sand schreibt den Goncourts zu ihrem ersten Roman: »Ihr Buch ist sehr schön, Sie haben ein großes, ein enormes Talent.«

Sonntag, 5. Februar 1860

Déjeuner bei Flaubert. Bouilhet erzählt uns die hübsche Geschichte von einer Nonne des Hospitals von Rouen, wo er Hilfsarzt war. Vielleicht platonische Liebe zu einem seiner Freunde, einem Assistenzarzt. Bouilhet findet ihn eines Morgens erhängt. Die Schwestern leben hinter ihren Klostermauern und kommen nur zum Abendmahl in den Hof des Hospitals. Die Nonne geht in das Zimmer des Toten, kniet nieder; stummes Gebet von einer Viertelstunde. Sie hat nie mit ihm darüber gesprochen; ist jedoch seitdem sehr freundlich zu ihm.

hübsche Geschichte: Bouilhets Erzählung dient den Goncourts als Vorlage zu ihrem Roman »Soeur Philomène«.

20. Februar 1860

An seinem Kamin erzählt uns Flaubert von seiner ersten Liebe. Er war auf dem Weg nach Korsika. Seine Unschuld hatte er schlicht mit einem Zimmermädchen seiner Mutter verloren. In Marseille kommt er in ein kleines Hotel, wo Frauen, die aus Lima zurückgekehrt waren, Möbel aus dem 16. Jahrhundert mitgebracht hatten, aus Ebenholz mit Perlmuttintarsien, die das Entzücken aller Gäste waren. Drei Frauen in seidenen, ihnen von den Schultern bis zur Ferse herabfallenden Morgenmänteln; und ein kleiner Schwarzer in Nankingseide und türkischen Schlappschuhen. Für den jungen Normannen, der nur von der Normandie bis zur Champagne und von der Champagne bis zur Normandie gekommen war, war das von wohl sehr verführerischer Fremdartigkeit. Dazu ein Hof voller exotischer Blumen, in deren Mitte ein Springbrunnen plätscherte.

Als er eines Tages, das ganze Leben dieses Jungbrunnens mit sich bringend, von einem Bad im Mittelmeer kam, fühlte er sich zu der Frau in dem Zimmer hingezogen, einer wunderbaren Frau von fünfunddreißig Jahren. Er verpaßt ihr einen jener Küsse, in die man seine ganze Seele legt. Die Frau kommt abends in sein Zimmer und beginnt ihn zu lutschen. Es gab eine köstliche Vögelei, dann Tränen, dann Briefe, dann nichts mehr.

Er fuhr mehrmals wieder nach Marseille. Nie konnte man ihm sagen, was aus diesen Frauen geworden war. Als er zuletzt dort war, auf dem Weg nach Tunis für seinen Roman *Carthage* – denn er suchte das Haus jedesmal wieder auf –, hat er es nicht wiedergefunden. Er sieht sich um, er sucht, er merkt daß ein Spielzeugladen daraus geworden ist. Im ersten Stock ein Perückenmacher: er steigt die Treppe hinauf, läßt sich rasieren und erkennt die Tapete des Zimmers.

25. Februar 1860

Besuch von Flaubert. Als Beweis der provinziellen Unverwüstlichkeit dieser Natur, dieser wilden Besessenheit, Bericht von kolossalem Spaß, drei Jahre lang in Rouen. Fragmente eines mit Bouilhet konzipierten Entwurfes zu einer Tragödie über die Entdeckung der Impfung, nach den strengen Prinzipien von Marmontel – wo alles, bis hin zu »pockennarbig wie eine Schaumkelle«, in Metaphern von acht Versen bestand –, was die Stiernackigkeit dieses Geistes zeigt, selbst bei Späßen, die zu einer Viertelstunde Gelächter reichen.

Hat seit dem Gymnasium viel geschrieben und nie etwas veröffentlicht, außer zwei kleinen Artikeln in einer Zeitung in Rouen. Bedauert, daß er einen Roman von ungefähr hundertfünfzig Seiten nicht veröffentlichen kann, den er kurz nach Abschluß des Gymnasiums geschrieben hat: der Besuch eines allen überdrüssigen jungen Mannes bei einer Nutte, ein psychologischer Roman, übervoll von Persönlichem.

Im Grunde fehlt es dieser freien, loyalen, offenen Natur an hakenförmigen Atomen, die aus einer Bekanntschaft eine Freundschaft machen. Wir sind da, wo wir am ersten Tage waren, an dem wir uns begegnet sind, und wenn wir ihn bitten, doch zu uns zum Diner zu kommen, meint er, es täte ihm sehr leid, aber er könne nur abends arbeiten. Oh! welch spaßiger Irrtum! Diese Männer, die der Bourgeois in ewigen Festen wähnt, in Orgien, doppelt soviel wie andere lebend – und die nicht einen Abend für eine Freundschaft und die Gesellschaft übrig haben!

Einsame, in sich vergrabene Arbeiter, fernab vom Leben, mit einer Idee und einem Werk lebend.

4. März 1860

Wir sprechen darüber mit Flaubert, den wir besuchen. Was ihm bei Hugo aufgefallen ist, ist die Abwesenheit jeglichen Konzeptes, bei ihm, der sich als großer Denker geben möchte. Und das liebt er daran: »Hugo ist kein Denker, er ist ein Naturalist! Zur Hälfte steckt er in der Natur. Er hat den Saft der Bäume im Blut.«

Dann kommt das Gespräch auf die Komödie als Racheakt, die unsere Zeit verlangt und die unsere Öffentlichkeit nicht ertrüge: etwas wie ein Stück mit dem Titel *La Blague*. Und alle drei sind sich einig, daß die dreckigste Art der Prostitution die gegenwärtige Prostitution in der Familie ist, dieses *Ma Mère*, das die Leute, die Armen, die Hanswurste schon auf der Straße pfeifen: Widmungen *À ma Mère*, etc.

Einer gestehen wir dem anderen geradeheraus unsere haßerfüllte Verachtung für Werke à la *Feuillet*. »Ein Kastrat!« schreit Flaubert. Der *Musset des familles,* wie wir ihn als Erste getauft haben. Und als wir über die dreckige Art sprechen, in der er in seinen Werken den Frauen den Hof macht, sagt Flaubert: »Das beweist, daß er die Frauen nicht liebt ... Die Leute, die sie lieben, schreiben Bücher, in denen sie zeigen, daß sie durch sie gelitten haben; und man liebt nur, wodurch man leidet.« – Ja, erwidern wir, das erklärt die Mutterschaft.

Wir bringen ihm drei große *Quartbände* der kaiserlichen Druckerei über die Bergwerke in Algerien, wo er etwas über den Bergbau zu finden hofft, den er für Tunis braucht.

Als wir mit ihm über *Madame Bovary* sprechen, sagt er uns, daß es eine einzige Figur gibt, die entfernt nach der Natur skizziert ist, den alten Bovary, einen gewissen Énault, einen ehemaligen Zahlmeister der kaiserlichen Armee, ein versoffener Bramarbas, ein Gauner, der seine Mutter mit einem Säbel bedroht, um Geld zu bekommen, ein Polizistenkäppi auf dem Kopf, Stiefel, Lederhose; und in Sotteville Stütze des Zirkus Lalanne, der zu Hause in Waschschüsseln auf dem Herd bereiteten Glühwein zu trinken pflegte und bei dem die Kunstreiterinnen niederkamen.

Er kleidet sich an, um bei Madame Sabatier, der *Präsidentin*, zu dinieren, die ihre berühmten Sonntagsdiners abhält, mit Gautier, Royer, Feydeau, Du Camp und ihm als ständigen Gästen. Und unterwegs erzählt er uns den schönen Ausspruch der Lagier zu einem Mann, der noch einmal mit ihr schlafen wollte: »Du weißt doch, wie mein Bauch früher aussah? Ein Suvaroff-Bauch. Jetzt ist es ein Akkordeon.«

Hugo: Die Goncourts sprechen mit Flaubert über Victor Hugos Werk »La Légende des siècles«.
Feuillet: Octave Feuillet (1821–1890), Schriftsteller.
Royer: Paul-Henri-Ernest de Royer, Justizminister.
Feydeau: Ernest Feydeau, Schriftsteller.
Du Camp: Flauberts Jugendfreund.
Lagier: Suzanne Lagier, eine mit Flaubert befreundete Schauspielerin.

AN EDMOND UND JULES DE GONCOURT

[Paris, 13.–15.? März 1860?]

Ich bin ein Freund, und ich komme, aber um 10 Uhr muß ich gehen. Empfangen Sie mich trotzdem?

Der Ihre. Gve Flaubert

Bouilhet ist begeistert von Ihrem Roman. Das ist seine Meinung und ich freue mich sehr darüber.

Meinung: Bouilhet hatte Flaubert nach der Adresse der Goncourts gefragt, um sie zu ihrem Roman zu beglückwünschen: »À propos, wie schreibt man an die Goncourts: Messieurs oder Monsieur? Ich schwöre Dir, ihre Dualität in einer Person geht mir auf den Geist.« An die beiden Brüder schreibt er:

»Messieurs,
Ich habe Ihr schönes Buch ›Les Hommes de lettres‹ gelesen, und gleich noch einmal gelesen; es ist hinreißend in seiner Verve und seinem Esprit: die Beobachtungen sind von grausamer Wahrheit und das innere Drama, das sich langsam inmitten der ganzen ätzenden Mißgunst, der ganzen mörderischen Unfähigkeit entwickelt, hat mich mit ungeheurer Wehmut erfüllt.
In diesem Band steckt eine hohe, klare Moral; sie warnt, sie erschreckt und sie tröstet als ein Gemälde der geheimen Nöte dieser feixenden Unglücklichen.«

AUS DEM TAGEBUCH DER BRÜDER GONCOURT

16. März 1860

Wahrhaftig, man sollte darauf verzichten, schreibenden Leuten Suppe und getrüffeltes Hähnchen zu reichen. Selbst mit vollem Mund sind sie nicht sozialisierbar. Kaum sitzt man, zanken sich Flaubert und Saint-Victor wegen Dupanloup. Bei dem ziemlich richtigen Ausspruch Saint-Victors: »Braucht ihr einen Diener, nehmt einen Demagogen«, braust Charles-Edmond auf und ist kurz davor, ihn zu beschimpfen. Und das ganze weitere Diner über Eisesstimmung…

Wie schade, daß dieser Saint-Victor kein Freund sein kann! Was für Sympathien zwischen uns im Denken, bei Grundsätzlichem, bei Gefühlen! Denn man muß es einsehen, in einer menschlichen Beziehung sind zwei Dinge vonnöten: gegenseitige Wertschätzung und eine gewisse Übereinstimmung auf dem Gebiet, nicht gerade der politischen Vorstellungen, wenn man so will, aber doch der philosophischen. Und heute sehen wir es ganz klar, es gibt Grenzen zwischen uns und Flaubert. Im Grunde ist er ein Provinzler und ein Wichtigtuer. Man spürt irgendwie, daß er all diese großen Reisen auch ein wenig gemacht hat, um die Leute aus Rouen zu verblüffen. Sein Geist ist behäbig und dick wie sein Körper. Feinere Dinge scheinen ihn nicht zu berühren. Er ist vor allem empfänglich für Phrasendrescherei. Im Gespräch bringt er wenig neue Gedanken und er trägt sie laut und feierlich vor. Sein Geist ist wie seine Stimme deklamatorisch. Die Geschichten, die Gestalten, die er entwirft, riechen nach Fossilien aus der Unterpräfektur. Er trägt weiße Westen von vor zehn Jahren, mit denen Macaire Éloa den Hof machte. Auf die Académie und den Papst hat er noch jene wilde Wut und Empörung, von der man wie de Maistre über den Unglauben sagen könnte: »Das ist pöbelhaft!«

Gestern ist er in der Bibliothek gewesen, um sich einen Haufen Münzen anzusehen, heute hat er sich die Mineraliensammlung im Jardin des Plantes angeschaut. Er hat die drei Bände von Fournel über die algerischen Minen gelesen, alles Studien, von denen vielleicht nicht ein Wort in seinem Roman vorkommen wird: »Aber ich bin ein Mann, der fünfzig Flaschen Wein öffnen muß, um ein Glas rotgefärbtes Wasser zu trinken.«

Er ist plump, übertrieben und in allem ohne Leichtigkeit, im Scherz, im Witz, in der Imitation der Imitationen von Monnier, über den er sich gerade tüchtig hergemacht hat. Seiner Ochsenfröhlichkeit fehlt es an jedem Charme.

Charles-Edmond: Charles-Edmond Chojecki, ein polnischer Emigrant, der für »Les Temps« schrieb, Bibliothekar des Senats war und Theaterstücke verfaßte.
Macaire: Robert Macaire, Mörder in einer mittelalterlichen Sage und Held eines Theaterstücks von Frédéric Lemaître.

10. April 1860

Flaubert, der nach Croisset fährt, um seine Nichte zu verheiraten, kommt sich verabschieden. Er erzählt lange von einer Erfindung, die seine frühe Jugend erfüllte. Mit einigen engen Freunden und besonders einem, seinem besten Freund Le Poittevin, einem Schulkameraden, einem großen Metaphysiker, einer Natur, die ein wenig trocken, aber äußerst geistreich war, hatten sie eine Phantasiegestalt geschaffen, in deren Haut, Hemd und Stimme sie abwechselnd die Arme und ihren Witz steckten.

Diese gemeinhin *Le Garçon* genannte Gestalt war, ziemlich schwer zu erklären, ein Typ ganz wie Pantagruel. Sie war eine Witzfigur des Materialismus und der Romantik, die Karikatur der Philosophie von Holbach. Flaubert und seine Freunde hatten ihr eine ganze Persönlichkeit verliehen und die Züge eines Menschen und wirklichen Wesens, erschwert durch alle möglichen provinziellen Idiotien. Es war eine plumpe, eigensinnige, unermüdliche, unausgesetzte, heldische, endlose Witzelei, wie aus der Kleinstadt oder von einem Deutschen. [...]

Homais scheint mir, für die Erfordernisse des Romans zurechtgestutzt, die Figur des *Garçon* zu sein.

Nichte: Flaubert unterbricht seine Arbeit an »Salambo«, um zur Hochzeit der Tochter seines Bruders Achille zu fahren. In einem Brief an Mademoiselle Leroyer de Chantepie schreibt er am 30. März 1860, daß er seit dem 1. Februar an die fünfzig Bücher gelesen habe.
Holbach: Baron Paul Heinrich Dietrich von Holbach (1723–1789),

materialistischer Philosoph, dessen Hauptwerk »Système de la nature« die instinkthafte Determiniertheit des Menschen thematisiert.
Pantagruel: Figur von Rabelais. Pantagruel ist der Sohn des Riesen Gargantua.
Homais: Der Apotheker aus Flauberts Roman »Madame Bovary«.

AN EDMOND UND JULES DE GONCOURT

Croisset, 24. April [1860]

Inliegend 1. ein Brief an Monsieur Jules Cloquet; 2. ein Brief an D[oktor] Dumont.

Ich bin überzeugt, daß diese beiden *Aesculaps* (Stil Prudhomme) Sie bestens empfangen werden.

Außerdem habe ich Doktor Forget von Ihnen erzählt, der Rue de Trévise 8, 18 oder 28 wohnt? (seine Adresse habe ich (vergessen, verloren) und zu ihm können Sie gehen, wenn Sie die gewünschten Informationen nicht bei meinen beiden Freunden erhalten.

Adieu, tausend herzliche Wünsche, frohes Schaffen und nicht zu viele Scherereien. Gve Flaubert

Sagen Sie mir, wenn Sie einen Brief an einen Arzt vom Saint-Antoine-Hospital brauchen.

Cloquet: Jules Cloquet (1790–1883). Flaubert hilft den Brüdern Goncourt bei den Vorbereitungen ihres Romans »Soeur Philomène« mit seinen Beziehungen zu verschiedenen Medizinern, von denen der berühmteste Jules Cloquet, ein Schüler seines Vaters und Freund der Familie Flaubert war. 1860 war der Pariser Professor der Chirurgie in den Vereinigten Staaten beim Tode La Fayettes anwesend, über den er Artikel in der »New York Evening Star« schrieb. Flaubert schreibt ihm am 24. April 1860:

»Lieber vortrefflicher Freund,
Seien Sie so gütig und empfangen Sie meine beiden sehr guten Freunde, die Herren Jules und Edmond de Goncourt, die Zutritt zu den Pariser Krankenhäusern brauchen und mit leitenden Ärzten Kontakt aufnehmen müssen. Sie werden Ihnen selbst ihr Anliegen schildern, und ich wäre Ihnen sehr dankbar, wenn Sie ihnen weiterhelfen. Dann stehe ich noch tiefer in Ihrer Schuld.
Ich umarme Sie sehr herzlich.«

An Doktor Dumont schreibt er am 24. April 1860:

»Mein Bester,
dies werden Dir zwei meiner Literatenfreunde bringen, die Herren Jules und Edmond de Goncourt.
Kannst Du sie mit leitenden Klinikärzten zusammenbringen? Sie brauchen eine Menge Informationen für das Buch, das sie vorbereiten.
Es wäre sehr lieb, wenn Du mir diesen kleinen Dienst erweisen könntest. Tu für sie, was Du für mich tun würdest.
Ich drücke Dir tausendmal die Hand.
Der Deine.«
Prudhomme: Sully Prudhomme (1839–1907), Lyriker.

AN FLAUBERT

[Paris,] 3. Mai 1860

Danke, danke, mein lieber Flaubert. Sie sind sehr freundlich, Sie vergessen nichts.

Wir überbringen heute noch unsere Briefe.

Ist die Hochzeit gut vonstatten gegangen? Ich hoffe, Sie haben beim Dessert keine Couplets aus dem Liederbuch des *Garçon* gesungen.

Und das Geschufte, wie steht's damit?

Wir schuften auch hart über einen verdammten Maler, bei dem Versuch, seine Bilder mit Worten wiederzugeben. Das ist schwer und ziemlich blöd. Aber man ist nicht perfekt, und es wird zu Ende gebracht.

Und an Sie denken wir oft. Das liegt nicht an uns.

Unsere *Maîtresses de Louis XV.* erscheinen nächste Woche. Sie bekommen sie *sofort.*

Die Ihren, ganz die Ihren
und danke J. de Goncourt

Hochzeit: Flaubert beschreibt am 21. April 1860 in einem Brief an Feydeau die Hochzeit seiner Nichte:
»Ich hatte eine bourgeoise Magenverstimmung! 3 Diners, 1 Déjeuner! und 48 Stunden in Rouen. Das ist hart! Ich rülpse noch die Straßen meiner Heimatstadt aus, und die weißen Halsbinden kommen mir hoch.«

Geschufte: Flaubert schreibt am 21. April 1860 an Feydeau: »Endlich schließe ich mein endloses Kapitel VII ab!!!«
Maler: Die Goncourts arbeiten an »Watteau«, das am 7. Juli 1860 bei Dentu im Journal der Buchhandlung angekündigt wird.
Les Maîtresses de Louis XV.: In einem Artikel der Zeitung »Paris« hatten die Brüder angekündigt: »Wir sind ganz und gar in Anspruch genommen von einem Buch mit historischen Biographien, und so weit wie wir beide damit sind, sehe ich keinen Grund, seinen Titel zu verheimlichen; es wird, wenn es fertig ist, »Les Maîtresses de Louis XV.« heißen.«

AN EDMOND UND JULES DE GONCOURT

Croisset [um den 15. Mai 1860]

Ich muß Ihnen sagen, mit welcher Freude ich eben Ihre beiden Bände gelesen habe. Ich finde sie bezaubernd, voller neuer Details und ausgezeichnet geschrieben, ein sehr lebhafter und zugleich sehr anspruchsvoller Stil. Das ist Geschichte, scheint mir, wirkliche Geschichte.

Immer sieht man die Seele unter dem Körper, die Fülle an Details erstickt nicht die psychologische Seite. Die Moral strömt ungehindert, ohne Schwulst unter den Fakten dahin. Das lebt, ein seltener Wert.

Das Porträt von Louis XV., das von Bachelier und vor allem von Richelieu (Seiten 114–115) scheinen mir vollendete Stücke.

Wie Sie mich dazu bringen, Mme de Mailly zu lieben, wie sie mich erregt! »Es war eine jener Schönheiten ... wie die göttlichen Gestalten eines Bacchanals!« Ja, G ... s ... v ..., Sie schreiben wie Engel, ohne Frage!

Ich wüßte nichts auf der Welt, das mich mehr interessiert hätte, als der Schluß von *Madame de Châteauroux.*

Ihr Urteil über die Pompadour bleibt unanfechtbar, glaube ich. Was kann man nach Ihnen noch sagen?

Diese arme Dubarry, wie Sie sie lieben, oder? und ich auch, das gebe ich zu. Wie glücklich Sie sind, sich mit alledem zu beschäftigen, anstatt sich mit dem Nichts abzuplagen, oder mit nichts: wie ich es tue!

Sie sind wirklich lieb, daß Sie mir das Buch geschickt haben, daß Sie soviel Talent haben und daß Sie mich ein bißchen gern haben.

Ich drücke Ihre vier Hände so fest wie möglich.

Der Ihre Gve Flaubert

Freund von Franklin und Marat, Aufwiegler und Anarchist ersten Ranges und seit zwanzig Jahren Zerstörer des Despotismus in beiden Hemisphären!!!

Ihre beiden Bände: »Les Maîtresses de Louis XV. Lettres et documents inédits«, Paris 1860 in zwei Bänden:
I. Mademoiselle de Nesle – Madame de Pompadour.
II. Madame de Pompadour – Madame Dubarry.
wirkliche Geschichte: Die Brüder Goncourt wollten unter Berufung auf noch unveröffentlichte Quellen wie Briefe, Pamphlete, Radierungen eine Sittengeschichte, eine Geschichte des privaten Lebens schreiben.
Richelieu: Flaubert bezieht sich auf folgenden Absatz über Richelieu: »Eben noch mitten unter den kleinen jungen Leuten bei Hofe, umhertreibend und versinkend in dieser kleinen Gesellschaft der Knirpse, einer Miniaturausgabe des Hofes der Valois, gestern noch verloren in der Bande der jungen Leute, die Rouge tragen, eine Hälfte des Tages im Bett verbringend, mit einem Fächer wedelnd und sich im Duc de Gesvres spiegelnd, seinem Vorbild und Meister, trat Richelieu plötzlich aus ihren Reihen und griff nach dem Glück. Er besaß jenen aktiven, trotzigen und ruhelosen, aber auch tauben und versteckten Ehrgeiz, der auf ein bestimmtes und genau umrissenes Ziel mit dem losen Gürtel von Lust und Leichtigkeit zuzugehen versteht. Zu diesem Ehrgeiz gehörte ein höchst trockenes Herz, eine große, routinierte Verachtung der Frauen, ein schamloses Gewissen, das ohne an der niederträchtigen Tätigkeit eines königlichen Kupplers Anstoß zu nehmen, lächelnd die Auserkorenen fragte, ob man denn erröte, wenn man dem Herrscher eine schöne Vase, ein nettes Gemälde, ein kostbares Schmuckstück schenke, und warum man dann erröten solle, wenn man ihm schenke, was es auf der Welt an Lieblichstem gäbe, nämlich eine Frau.«
Mme de Mailly: Madame de Mailly war die erste Mätresse von Louis XV. Die Goncourts hatten geschrieben: »Es war eine jener aufreizenden, gepuderten Schönheiten mit kräftigen Augenbrauen, deren Glanz ein Strahl der untergehenden Sonne zu sein scheint, eine jener Frauen, deren Typus die Maler der Régence in all ihren Frauenporträts hinterlassen haben, die mit der Gaze über der Brust und

dem Stern auf der Stirn, mit glühenden Wangen, heißem Blut, glänzenden Augen so groß wie die Junos, kühner Haltung, freizügiger Toilette, mit unverschämt prächtigen Reizen aus der Vergangenheit treten wie die Gottheiten eines Bacchanals.«

Mme de Châteauroux: Die Goncourts berichten von dem furchtbaren Todeskampf dieser Mätresse Louis' XV., die mit siebenundzwanzig Jahren starb.

AN FLAUBERT

Bar-sur-Seine, den 16. Juni 1860

Mein lieber Freund,

(Wir sind große faule Ekel, daß wir Ihnen noch nicht geantwortet haben. Es ist wirklich lieb von Ihnen, daß Sie all das zu unseren beiden Bänden meinen und es uns geschrieben haben. Aber wissen Sie, daß Ihre Komplimente für das Doppelte reichen würden?)

Und dann muß ich Ihnen noch sagen, daß ich, wenn ich Ihnen heute antworte, nicht das geringste Geschick habe, die Feder in die Hand zu nehmen. Ich befinde mich in einer Gegend, wo der Regen eine Zerstreuung ist, und ich schreibe Ihnen, um mit Ihnen zu plaudern. Ich brauche nicht hinzuzufügen, daß Sie, wenn Sie uns antworten, ein Werk der Nächstenliebe tun.

Wir sind also hier. Finden Sie nicht, daß ein Augenblick im Jahr kommt, wo man ein Gemüse sein und sich (in die nackte Erde) pflanzen möchte, um wieder grün zu werden? Wir vegetieren frohen Herzens vor uns hin. Wir essen, (wir verdauen, wir käuen wieder,) wir fechten in einer Scheune auf einem schönen festgestampften Lehmboden, fast leben wir auf dem Wasser in einem Boot. – So weit was das Physische betrifft. Was das Seelische angeht, so glaube ich nicht, daß wir seit bald zwei Wochen irgendetwas im Kopf hatten, das einem Gedanken ähnlich sieht. Es kommt mir (scheint uns) zeitweise heroisch vor, sich vor die Feder zu spannen. Nehmen Sie abends eine Runde Karten im Familienkreis, hin und wieder die Lektüre einer Seite Pascal oder der *Liaisons* von Laclos, dann haben Sie unser ganzes Leben (ein Leben von Austern in Ferien).

Jetzt sind Sie dran. Wie weit sind Sie gediehen? Wie steht es mit der Neukonstruktion Ihrer imaginären und so echten Welt jenes Karthago, dessen Volk, Sitten, Leidenschaften, Religionen, Frauen, Männer, Vorüberziehende und Schatten auf den Mauern Sie uns schenken werden? Erklimmen Sie noch den Berg eines großen zentralen Kapitels? Oder sind Sie an dem Punkt des Werkes angelangt, wo man seinen Gedanken umfaßt hält und mit ihm den Hang hinunterrollt? Stecken Sie immer noch im Dickicht der Lektüren oder sind Sie in Hochbetrieb? Was erzählen Sie uns da in Ihrem Brief vom Arbeiten über das Nichts? Das wahre Nichts, mein lieber Freund, ist vielleicht die Geschichte, weil sie der Tod ist. (Aber etwas bauen, das man auf etwas existieren läßt, das es nicht gibt, jenen Vorhöllen, wo die auf einen Körper wartenden Gedanken schlummern, einen Paten und Meister zu entreißen, Personen, ein Drama, eine Zeit, einen großen und nie dagewesenen Roman – über dieses Los müssen Sie sich beklagen.) Im Grunde erkaltet auf die Dauer die Einbildungskraft in der Autopsie der Vergangenheit wie in Kellerluft. Die Erinnerungen, die man auswickelt, umgibt ein Geruch von in Puder à la Maréchale einbalsamierten Mumien ... (Das betäubt einen, und schließlich würden einem die Eier abfallen.) Deshalb haben wir es auch eilig, wieder an die Luft zu kommen, ans Tageslicht, ins Leben – zum Roman, der immer noch die einzige wahre Geschichte ist.

(Halt! ich werde Ihnen die einzige Nachricht übermitteln, die ich aus Paris bekommen habe. Wissen Sie, wie man Garibaldi dort nennt? Garibaldoche? die Mode hat den Schwanz des Wortes Rigolboche abgeschnitten, um ihn »jenem anderen« anzuhängen. So weit sind wir nun:

was nicht gerade eine Renaissance des Publikums anzukündigen scheint.

Und nun, mein lieber Freund, ruft man mich zu einem großen Spaziergang; und ich lasse Sie allein und drücke Ihnen die Hand) von ganzem Herzen.

J. de Goncourt
bei M. Labille Gutsbesitzer in Bar-sur-Seine
Aube

Tausend Grüße an Bouilhet, wenn Sie ihm schreiben.

eine Gegend: Die Goncourts waren für sechs Wochen zu Gast bei einer Cousine, der Frau eines reichen Gutsbesitzers.
Roman: Gemeint war der Roman der Goncourts »Soeur Philomène«.
Rigolboche: Name einer Tänzerin, die 1859 großen Erfolg in Paris hatte. Im selben Jahr besiegte Garibaldi die Österreicher in Varese und Brescia.

AN EDMOND UND JULES DE GONCOURT

Croisset, 3. Juli [1860]

Da Sie sich Sorgen um *Carthage* machen, kann ich Ihnen Folgendes sagen:

Ich glaube, meine Augen waren größer als mein Bauch. Die *Wirklichkeit* ist bei einem solchen Thema beinahe ein Ding der Unmöglichkeit. Bleibt das Hilfsmittel *Poesiiie* zu machen. Aber man verfällt auf so viele altbekannte Geschichten, von *Telemach* bis zu den *Martyrs*. Ich spreche nicht von der archäologischen Arbeit, von der man nichts merken darf, und auch nicht von der Sprache, der Form, die beinahe unmöglich ist. Um echt zu sein, müßte man geheimnnisvoll sein, Kauderwelsch reden und das Buch mit Anmerkungen vollstopfen; und hält man sich an einen literarischen und französischen Ton, wird man banal. – »Problem!« wie Vater Hugo sagen würde.

Trotz alledem mache ich weiter, aber zerfressen von

Unruhe und Zweifeln. Ich tröste mich mit dem Gedanken, daß ich etwas recht Ordentliches versuche. Das ist alles.

Das Banner der Doktrin wird diesmal sehr frei getragen, das sage ich Ihnen! Denn das beweist nichts, das sagt nichts. Es ist weder historisch, noch satirisch, noch humoristisch. Dafür kann es dumm sein?

Ich beginne jetzt mit dem Kapitel VIII, nach welchem mir noch VII bleibt! Vor Ablauf von 18 Monaten werde ich nicht fertig sein!!

Es war keine Höflichkeit meinerseits, Sie zu Ihrem letzten Buch und zur Art Ihrer Arbeit zu beglückwünschen. Ich liebe Geschichte, wahnsinnig! Die Toten gefallen mir besser als die Lebenden. Woher kommt diese Verführung durch die Vergangenheit? Warum haben Sie mich in die Mätressen von Louis XV. verliebt gemacht? Diese Liebe ist im übrigen eine in der Menschheit ganz neue Sache. Die historisierende Auffassung ist von gestern. Und das ist vielleicht noch das Beste, was das XIX. Jahrhundert zu bieten hat.

Was werden Sie jetzt machen? Was mich betrifft, ich widme mich der Kabale, der Mischna, der militärischen Kunst der Altvorderen, etc. (ein Haufen Lektüren, die mir nichts nützen, die ich aber in einem Exzeß der Überzeugung unternehme, und ein wenig auch, um meinen Spaß zu haben); und dann verzweifle ich über den Assonanzen, die ich in meiner Prosa finde. – Mein Leben ist platt wie der Tisch, an dem ich schreibe. Die Tage folgen einer auf den anderen und sind sich alle gleich, äußerlich.

In meinen Verzweiflungsanfällen träume ich von Reisen. Ein trauriges Mittel.

Sie kommen mir alle beide so vor, als ob Sie sich im Schoß der Familie und inmitten der Köstlichkeiten des Landlebens tüchtig langweilten. Ich verstehe diesen Zustand, weil ich ihn oft genug durchgemacht habe.

Sind Sie vom 10. bis 25. August in Paris?

In Erwartung der Freude, Sie zu sehen, drücke ich Ihnen sehr herzlich die Hände.

Der Ihre. Gve Flaubert

Ton: In einem Brief vom 19. Dezember 1858 schreibt Flaubert über seine Arbeit an »Salambo«: »Bei jeder Zeile, bei jedem Wort fehlt mir die Sprache, und die Unzulänglichkeit des Vokabulars ist so groß, daß ich gezwungen bin, sehr oft die Details zu ändern.«
18 Monate: »Salambo« ist im April 1862 abgeschlossen.
Ihr letztes Buch: »Les Maîtresses de Louis XV.«
Ich liebe Geschichte: Flaubert war seit seiner Gymnasialzeit von Geschichte begeistert. Als entschiedener Gegner der fatalistischen Strömung der Geschichtswissenschaft, die von einer unabwendbaren Verkettung der Ereignisse ausging, schätzte Flaubert besonders die deskriptive Vorgehensweise der Brüder Goncourt. Nach seiner Meinung sollte der Historiker affektiv an seiner Arbeit beteiligt sein, um das Leben in allen Aspekten wiedererstehen zu lassen.
Mischna: Nach der Zerstörung Jerusalems studierten die Rabbiner der Schulen von Séphonis und Tiberias von 70–200 n. Chr. die Gesetze und formulierten sie neu: das ist die Mischna oder das zweite Gesetz, eine Wiederholung des Gesetzes, das eines der Elemente des Talmud darstellt.
Sind Sie in Paris?: Die Goncourts treffen am 24. und am 30. August in Paris mit Flaubert zusammen.

AN EDMOND UND JULES DE GONCOURT

[Paris, 27. August? 1860]

Ich habe vergessen, Sie um ein Exemplar Ihrer *Maîtresses de Louis XV.* für Mme Sandeau zu bitten, die mich gestern um meines bat. Da aber besagte Bände noch einmal gelesen werden müssen, habe ich ihrem Wunsch nicht *nachkommen* können.

Haben Sie noch welche?

Tausend Dank.

Der Ihre. Gve Flaubert

Montag morgen

Paule Sandeau: Nach Darstellung von Flauberts Freund Maxime du Camp in einem Brief vom 5. August 1861 scheint sie etwas mehr als nur Freundschaft für Flaubert empfunden zu haben (Giovanni Bonaccorso und Rosa Maria di Stefano: »Maxime du Camp: Unveröffentlichte Briefe an Gustave Flaubert«, 1978).

AN EDMOND UND JULES DE GONCOURT

(Paris, 29. August 1860)

Doktor Follin kann uns morgen (Donnerstag) von zwölf Uhr mittags bis 2 Uhr empfangen – und zur selben Zeit am nächsten Samstag.

Welcher Tag paßt Ihnen? Wie ist es mit morgen? Das würde mir besser passen, wenn Sie keine andere Verabredung haben – Ich würde Sie abholen?

Ich drücke Ihre IV Hände.

Der Ihre. Gve Flaubert

Mittwoch

Follin: Flaubert hatte den Chirurgen François Follin durch seinen Freund Louis Bouilhet kennengelernt. Am 30. August führte er die Brüder Goncourt zu ihm, damit sie weitere Informationen für die Redaktion ihres Romans »Soeur Philomène« einholen konnten.

AN EDMOND UND JULES DE GONCOURT

[Paris, 4. Dezember 1860]

Die Generalprobe ist auf dem Zettel morgen, vormittags, für 11 1/4, spätestens 11 1/2 angesetzt.

Der Ihre.

Gve Flaubert

Dienstag abend

Generalprobe: Flaubert rührte die Trommel für die Generalprobe von Bouilhets Verskomödie »L'Oncle Million«, die die Konfrontation der Bourgeoisie mit der Kunst thematisiert: Ein reicher Onkel kommt einem Liebespaar zu Hilfe. Die Eltern der Braut hatten von dem Bräutigam, einem jungen Dichter, verlangt, eine Arbeit anzunehmen, wenn er die Tochter heiraten wolle. Das Theater ist schlecht besucht und Jules de Goncourt notiert in seinem Tagebuch: »Es ist ein Stück von Louis Bouilhet – meinem großen Freund für drei Tage –, der à la Hugo macht wie die Kunsttischler à la Boule.« Gemeint sind Victor Hugo und der berühmte Kunsttischler des Rokoko, Andrè Boule.

AUS DEM TAGEBUCH DER BRÜDER GONCOURT

17. März 1861

Flaubert sagt uns: »Die Geschichte, das Abenteuer eines Romans ist mir völlig gleich. Wenn ich einen Roman schreibe, habe ich die Vorstellung, eine Farbe wiederzugeben, einen Ton. In meinem Roman *Carthage* zum Beispiel möchte ich etwas Purpurrotes machen ...«

Und mit seiner klangvollen Stimme, die heiser ist wie die eines wilden Tieres, verbunden mit dem dramatischen Schnarren einer Schauspielerstimme, liest er uns das erste Kapitel von *Salambo* vor. Ein erstaunlicher Ausbruch der Einbildungskraft in einem phantastischen Spiel, eine Echtheit der Erfindung, eine sehr kunstvolle Ausarbeitung aller Lokalfarben, der antiken und orientalischen Zivilisationen, die schließlich durch ihre Überfülle an Tönen und Düften zu etwas Betäubendem wird. Aber mehr Details als Gesamtwirkungen; und es fehlen zwei Dinge: die Farbigkeit der Bilder von Martin und, stilistisch, der eherne Satz Hugos.

liest er: Im Frühjahr 1861 kommt es zu regelmäßigen Begegnungen mit Flaubert. Am 16. März trifft Flaubert die Goncourts im Café Riche, wo er sich sehr kritisch zu Fénélon äußert. Anderntags sind die Brüder zu einer großen Lesung eingeladen und am 31. März zu einem Diner bei Flaubert, bei dem auch die Schauspielerin Suzanne Lagier und ihr Geliebter Sari, der Direktor des Theaters Délassements-Comiques, zu Gast sind. Den Nachmittag des 7. April verbringen die Goncourts zusammen mit einigen Orient-Liebhabern in Flauberts Arbeitszimmer und dinieren abends mit ihm in der Opernpassage, wo Gustave heftig gegen die Moderne wettert. Er bittet die beiden Freunde zu einer erneuten Lesung von »Salambo«, die am 6. Mai stattfinden soll.

AN EDMOND UND JULES DE GONCOURT

[Paris, 30. April oder erste Maitage 1861]

Das festliche Ereignis wird am Montag stattfinden. Grippe oder nicht, egal! Scheiße! Und ich bitte um Entschuldigung, daß ich Sie so lange habe warten lassen.
Hier ist das Programm:
1. Ich fange genau um 4 Uhr an zu brüllen. – Kommen Sie also gegen 3;
2. Um 7 Uhr orientalisches Diner. Man wird Ihnen Menschenfleisch servieren, Bourgeoishirn und in Nashornbutter geschwenkte Tigerklitoris;
3. Nach dem Kaffee Fortsetzung des punischen Gebrülls bis zum Krepieren der Zuhörer.

Paßt Ihnen das?

Der Ihre. Gve Flaubert

P.S. Präzision und Mysterium!

Grippe: Die Goncourts hatten am 28. April an Gavarni geschrieben, daß sie ein wenig leidend seien.
brüllen: Nach der Lesung am 6. Mai vermerkt Jules de Goncourt im Tagebuch: »Ich werde notieren, was ich im tiefsten Innern über das Werk eines Mannes denke, den ich liebe – und es sind nicht viele, die ich liebe – eines Mannes, den ich von seinem ersten Werk an bewundere.« Seiner Meinung nach ist in »Salambo« die Persönlichkeit Flauberts äußerst präsent, das Lokalkolorit kindisch oder lächerlich und erinnert an den Orient der »algerischen Nippesetageren«. Die Beschreibungen nennt er langweilig; eine versunkene Welt läßt Flaubert, wie er sagt, trotz seiner minutiösen Genauigkeit nicht wiedererstehen. Letzter Kritikpunkt ist der Stil: »Am meisten hat mich gewundert, in diesem neuen Werk von Flaubert kein gutgeschriebenes Buch, keine Sätze zu finden, die von der Idee leben.«
Zuhörer: Außer den Goncourts war noch der Bildhauer Marc-Gabriel-Charles Gleyre (1806–1874) geladen. Bouilhet hatte sich wegen einer anderen Einladung entschuldigt: »Wenn ich gewußt hätte, daß Montag abend ›Carthage‹ gelesen wird, hätte ich diese Einladung nicht angenommen.«

AN EDMOND UND JULES DE GONCOURT

[Paris, 24. Mai 1861]

Bouilhet hat es geschafft. –

Ich habe gerade nur Zeit, Ihnen beiden die Hände zu drücken. Schreiben Sie mir, was Sie diesen Sommer machen.

Der Ihre. Gve Flaubert

geschafft: Bouilhets Drama »Dolorès« war am Théâtre Français angekommen.
gerade nur Zeit: Am 10. Mai 1861 schreibt Flaubert an seine Nichte Caroline, er werde am Tag nach der Lesung von Bouilhets Stück aus Paris abreisen.

AN EDMOND UND JULES DE GONCOURT

[Croisset,] Montag abend [8. Juli 1861]

Meine lieben Alten,

Ihr Band, heute morgen um 11 Uhr eingetroffen, war vor fünf Uhr abends verschlungen.

Ich habe damit angefangen, indem ich ein paar problematische Stellen auf den ersten Seiten für Sie herausgesucht habe, wegen zwei oder drei Wortwiederholungen, wie zum Beispiel dem Wort *Bett.* Dann hat es mich gepackt, mitgerissen. Ich habe alles auf einen Schlag, in einem Zug gelesen und mich manchmal wie ein simpler Bourgeois dabei *naßgemacht.*

Ich finde, Sie machen Fortschritte als »Literaten« beim Erzählen, bei der Darstellung von Fakten, bei der allgemeinen Schlüssigkeit. Weder schweifen Sie ab, noch wiederholen Sie sich. Eine seltene und ausgezeichnete Sache.

Philomènes Kindheit, ihr Leben im Kloster, das ganze Kapitel II hat mich *begeistert.* Es ist sehr wahr, sehr fein und sehr *tief.* Viele Frauen werden sich darin wiedererkennen, da bin ich sicher. Es gibt erlesene Seiten (45, 46), unter der Mystik spürt man das Fleisch, die kleine Brust, die unter den geweihten Medaillons zu schwellen beginnt, die erste Regelblutung, die sich mit dem Blut Jesu Christi verbindet. All das ist schön, gut und solide.

Was alles Weitere angeht, das Leben im Hospital, so haben Sie ins Schwarze getroffen, das kann ich Ihnen versichern. Es gibt bei Ihnen Stellen, die einem in ihrer Schlichtheit das Herz zerreißen, wie das Kapitel IX.

Die Gespräche der Kranken, die zweitrangigen Gestalten der Eleven, die des Chefchirurgen Malivoire, etc., *wery* [sic] *well.*

Aber in Romaine bin ich verliebt!!! Herr Gott, ist die aufregend! Schöner Tod. – Danach verstehe ich sehr gut Barniers Leidenschaft für die Nonne. Das ist verhalten und kühn.

Kurz, Ihr Buch hat mir extrem gut gefallen. Und es scheint mir eine *gelungene* Sache zu sein.

Ich kann Ihrem Buch nur einen Vorwurf machen, und zwar, daß es zu kurz ist. Am Schluß sagt man sich: »Schon!«; das ist gemein.

Nun: in der Rage, in der man die eigenen Gedanken dem Autor unterschiebt und *mit* seinem Buch ein *anderes* Buch schreiben möchte, gebe ich Ihnen Folgendes zu bedenken:

Warum haben Sie nicht neben Schwester Philomène, die eine Heilige ist (und daher eine Ausnahme) die Allgemeinheit der Nonnen gestellt, nämlich die braven, vollends blöden und manchmal äußerst griesgrämigen Mädchen aus dem Hühnerhof? Denn mag Barnier auch noch so oft behaupten »die Nonne ist ein Witz«, den Kranken gehen sie doch schrecklich auf die Nerven. Es gibt für sie sogar eine ganze Spezialliteratur. Ich besitze eines dieser kleinen Handbücher, das von unglaublicher

Dummheit ist und mir von einem Medizinstudenten vermacht wurde. – Aber ich sehe Ihre Antwort schon voraus. Sie haben nicht die Absicht, die Krankenhäuser in all ihren Facetten zu schildern, und die Gestalt der Philomène hätte auch an Wichtigkeit verloren? Der Grundton wäre dann vielleicht ein bißchen verdorben gewesen?

Wie auch immer! da die Nonne an sich *ein Gemeinplatz* ist, tut es mir leid (und das ist eine emotionale und persönliche Frage), daß Sie in Ihrem Buch nicht ein wenig dagegen angehen. Das wäre dem Leser nicht so glatt runtergegangen.

(Im städtischen Hospital von Rouen gab es einen Idioten, der Mirabeau hieß, und der für *einen Kaffee* die toten Frauen auf dem Seziertisch des Hörsaals bestieg. Ich finde es sehr schade, daß Sie diese kleine Episode nicht in Ihrem Buch einbringen konnten. – Es hätte den Damen gefallen. – Andererseits war Mirabeau schwach und hat soviel Ehre nicht verdient. Denn einmal ist er in einer guillotinierten Frau gekommen.)

Ich schreibe Ihnen in der ganzen Verwirrung einer ersten Lektüre. Entschuldigen Sie, wenn meine Dummheiten zu derb sind.

Erzählen Sie mir ein wenig, wie Ihr Buch angekommen ist? von welcher Seite es angegriffen wird? Sie wissen, wie sehr ich Ihren Stil und Sie selbst mag. Lassen Sie von sich hören und seien Sie einer wie der andere sicher, daß ich Sie liebe und zärtlich umarme.

Der Ihre, meine Herzchen.

Gve Flaubert

Ich vergaß, Ihnen etwas zu Barniers Tod zu sagen, und zum letzten Kapitel, das ein Meisterwerk ist. Diese am Schluß entführte Locke, die sie immer am Herzen trägt, das ist große Klasse.

ihr Leben im Kloster: Wie in »Madame Bovary« werden die Leseerfahrungen und die frommen Bilder der jungen Philomène beschrieben, die die Phantasie des Mädchens anregen. Die Goncourts hatten auf die Bekenntnisse der Nichte ihres Hausmädchens zurückgegriffen.
unter der Mystik das Fleisch: Hier entwickeln die Goncourts eines der Leitmotive des naturalistischen Antiklerikalismus: die Entsprechung des Aufruhrs der Pubertät und des religiösen Feuers der ersten Kommunion. Für sie ist »die Religion ein Teil des weiblichen Geschlechts« (Tagebuch 11. April 1857).
das Herz zerreißen: Gemeint ist eine Passage im IX. Kapitel, in der ein tuberkulosekranker Greis bei Schnee und Eis in ein anderes Krankenhaus geschickt wird. Die Goncourts hatten die Szene selbst miterlebt.
Malivoire: Flaubert verwechselt hier den Chefarzt mit einem Assistenzarzt, dem schwatzhaften Freund Barniers.
Romaine: Die Gestalt der Geliebten des Assistenzarztes Barnier ist teilweise in Erinnerung an die gemeinsame Geliebte der beiden Brüder entstanden.
schrecklich auf die Nerven: Nonnen, die Kranke pflegten, wurden heftig kritisiert. Man warf ihnen vor, junge Mütter, Prostituierte und Syphilispatienten abzuweisen und die Schmerzen als Druckmittel für den Glauben einzusetzen. 1865 kam es zu einer von Ärzten initiierten Kampagne für die Verweltlichung der Krankenhäuser, die erfolglos war.
Herzchen: Flaubert schreibt »mes bichons«, ein seit Anfang des 19. Jahrhunderts gebräuchliches Kosewort, ursprünglich die Bezeichnung für einen kleinen Hund mit rundem Kopf, langem Fell und kurzer Schnauze. Flaubert benutzt es bei einigen Freunden und seiner Nichte Caroline gegenüber. Im allgemeinen blieb es jedoch den Brüdern Goncourt vorbehalten.
große Klasse: Ein Hinweis auf das Unausgesprochene am Ende des Romans: »Als er am nächsten Tag von dem hohlen Poltern des Sarges erwachte, der in dem zu engen Treppenhaus an die Wände stieß, fiel Malivoire undeutlich die nächtliche Erscheinung ein, wobei er sich fragte, ob er nicht geträumt habe, und mechanisch ging er zu dem Nachttisch und suchte auf dem Marmor nach der Locke, die er für Barniers Mutter abgeschnitten hatte: die Locke war nicht mehr da.«

AN FLAUBERT

Bar-sur-Seine, 10. Juli 1861

Mein lieber Freund,

Sie haben unseren Roman bekommen – der endlich erschienen ist. Wenn Sie ihn gelesen haben, wären wir sehr froh, Ihr Urteil und Ihren Eindruck zu hören. Dieses Buch ist das unpersönlichste von allen, die wir bis jetzt geschrieben haben. Es ist unwillkürlich entstanden, beinahe war es unvermeidlich, unter der Wucht der Eindrücke, die unsere Feder mitgerissen haben, so daß es uns kaum bewußt war. Ich gebe Ihnen mein Wort, daß ich keine Ahnung habe, ob es gut oder schlecht ist. In manchen Momenten kommt es uns so vor, als ob wir es: *Ein Engel auf Erden* hätten nennen und anstelle des Assistenzarztes einen Zuaven hätten bringen sollen... Dann wäre das Werk vollkommen gewesen; der Zuave und die barmherzige Schwester, das hätte einen Nationalroman gegeben, populär wie der Chauvinismus und der Gott der braven Leute. Das ist die große Klippe des Buches, die *Schablone*: die barmherzige Schwester riecht immer nach einem von der Académie preisgekrönten Gedicht. Sie hat etwas von einer Marketenderin und dem heiligen Vincent von Paul. Es ist der Typ *Kanaille*, und dabei sympathisch, finden Sie nicht auch?

Nun, – und Sie sind der Kompetenteste aller Richter, – hat unser Hospital genug Relief oder zu wenig? Haben wir mit dem Schrecken an der richtigen Stelle Schluß gemacht? Waren wir zu degoutant? Haben wir die Gänsehaut richtig dosiert (vernünftig)? Und nehmen unsere Beschreibungen zuviel oder zu wenig Platz ein? Erdrücken sie nicht die Gestalten? Ich gestehe, daß unsere Assistenzärzte uns wirklich etwas blaß, etwas charakterlos scheinen. Aber das Wesen eines Krankenhauses, das Wesen der Dinge, erfaßt man in einem Augenblick im Vergleich mit dem Wesen der Menschen, das sich nicht in ein paar Stunden Beobachtung davontragen läßt. Zu unserer (eigenen) Verteidigung muß ich Ihnen auch sagen, daß wir keine Anhäufung von Personen wie in unseren *Hommes de lettres* wollten. Hier haben wir die Einheit, die Konzentration des Interesses auf das Paar und vor allem auf die Schwester gesucht.

Bei ihr war die große Schwierigkeit, sie nicht in den Himmel zu heben. Wir haben versucht, sie glaubwürdig zu gestalten. Wir haben sie mit den Umgangsformen und dem gewöhnlichen Denken eines Volksmilieus dargestellt, die Engelsflügel haben wir ihr so gut wir konnten gestutzt. Wir hätten gerne eine schöne Heiligennatur aus ihr gemacht. Steht diese Figur der Halb-Konvention ein wenig auf ihren Füßen, wie man in den Ateliers sagt?

Ich erzähle Ihnen nicht von all den Opfern, dem Gefeile, den Amputationen, den Verharmlosungen, zu denen wir uns aus Achtung vor der Justiz unseres Landes feige herbeigelassen haben. Zum Beispiel gab es neben der idealen und legendären Schwester die Echte, der zu jeder Nachricht, zu jedem Ereignis im Krankensaal, zum Tod des einen, zur Gesundung des anderen, nur der Satz einfällt: *Das geht mir am Arsch vorbei!*

Kurz, und um die Erklärung der Erklärungen abzuschließen, wenn wir ein blödes Buch verbrochen haben, wasche ich meine Hände in Unschuld: es ist Ihre Schuld, es ist Bouilhets Schuld, der bei Ihnen eine Bemerkung gemacht hat, die uns zu einem Roman veranlaßt hat. Schicken Sie mir seine Adresse, damit ich ihm seine Strafe schicken kann.

Ich glaube, daß Sie uns lieben und genügend schätzen, mein lieber Flaubert, um uns Ihre ganz ehrlichen Gedanken, Ihre offene Meinung zu sagen. Sie wissen, was uns das Urteil, das Sie über uns fällen, bedeutet. Ich überlasse mich Ihrer Kritik.

Ich entschuldige mich nicht bei Ihnen, so lange von uns gesprochen zu haben. Aber ich würde es Ihnen übelnehmen, wenn Sie in dem Brief, den Sie mir schreiben werden, nicht ordentlich viel von sich erzählen. Wie steht es mit *Carthage* und *Salambo*? Wie viele Seiten noch? Ach! mein lieber Freund, was für ein Vergnügen, Sie wieder zu lesen! Das war ein Wunder, das Sie uns neulich haben erleben lassen, vor unseren Augen und im Kopf.

Ich habe nur noch eine Neuigkeit. Charles-Edmond hat Hugo besucht und an dem Tag, an dem er bei ihm war, hatte Hugo morgens das Wort *Ende* unter seine *Misérables* gesetzt.

Wir drücken Ihnen von ganzem Herzen die Hand.

Jules de Goncourt

Ich bin mitten in der widerkäuenden Provinz. Meine Adresse: bei M. Labille, Gutsbesitzer, in Bar-sur-Seine, Aube.

der endlich erschienen ist: Die Goncourts hatten Schwierigkeiten, einen Verleger zu finden. Michel Lévy lehnte den Roman ab, »indem er sich wegen des Grausigen und Schockierenden bei diesem Thema entschuldigte« (Tagebuch, 17. März 1861). Das Buch erschien schließlich für die mehr als bescheidene Summe von vier Sous pro Exemplar bei Achille Bourdilliat. Die Autoren übernahmen es selbst, die Presse und die Buchhändler zu interessieren.
das unpersönlichste: Ähnlich wie Flaubert bei »Madame Bovary« betonen die Goncourts wechselweise das Objektive ihres nach eigenen Beobachtungen entstandenen Romans und das Persönliche dieses Buches, »in das wir alles uns Eigene hineingelegt haben« (Tagebuch, 18. Dezember 1860). Die Gestalt der Nonne hat viel von dem Feingefühl der beiden, von ihrem Abscheu vor dem Vulgären des Volkes, von den Gefühlen, die sie selbst im Krankenhaus hatten. Die Mutter der Brüder Goncourt ist in der Figur der Madame de Viry angedeutet.
Schablone: Es wurden bewußt etliche Schablonen aus der religiösen Literatur übernommen, um aus Soeur Philomène eine Heilige zu machen. Auch in dem Konflikt der antiklerikalen Bewegung mit der Kirche, der 1860 bei der erklärten Abkehr des Empire von Rom einen Höhepunkt erreicht, stellen sich die Goncourts offen auf die Seite der Nonnen.
Relief: Die Goncourts spielen eine Vorreiterrolle beim Thema Krankenhaus, das zu einem der wichtigsten Szenarien des Naturalismus werden sollte. Die Entdeckung der Krankensäle, wo die Leute aus dem Volk leiden, gleicht für sie einem Abstieg in die Hölle. Um den Leser nicht abzustoßen, werden das Entsetzen, die Schreie, die plötzlich sichtbaren Wunden, die Kisten, in denen die Toten weggetragen werden, behutsam unter der Oberfläche des friedlichen Anblicks der weißen Betten verborgen.
Konzentration: Georges Sand hatte dem Goncourt-Roman »Hommes de lettres« vorgeworfen, zu dicht zu sein: »Vereinfachen Sie die

Mittel und bringen Sie Ordnung in diese Überfülle« (Sand »Correspondance«, 28. Februar 1860).

Justiz unseres Landes: Die Goncourts haben sich nie von der Besorgnis über einen Prozeß erholt, den ihnen ein anstößiger Zeitungsartikel eingebracht hatte. Der Roman wurde also einer Selbstzensur unterworfen. Die Brüder haben darauf verzichtet, das Gegenbild einer Nonne zu bringen, was Victor Hugo in seinen 1862 erschienenen »Misérables« dann tat: bei Hugo ist Schwester Perpetua eine derbe Bäuerin und Schwester Simplice ein engelsgleiche Kreatur.

Charles-Edmond: Chojecki, Mitarbeiter bei der »Temps«, Theaterautor. »Ich diniere mit Charles-Edmond nachdem ich den ganzen Tag Bestände von ›Soeur Philomène‹ angelegt habe. Charles-Edmond hat gerade einige Tage mit Hugo in Brüssel verbracht. An dem Tag, als er ankam, hatte Hugo das Wort ›Ende‹ unter seine ›Misérables‹ gesetzt: ›Dante hat eine Hölle mit der Dichtkunst geschaffen, ich habe versucht, eine Hölle mit der Wirklichkeit zu schaffen‹« (Tagebuch, 11. Juli 1861).

AN EDMOND UND JULES DE GONCOURT

[Croisset, 15. Juli 1861]

Sie müssen in Paris einen Brief von mir bekommen haben? Denn ich habe Ihnen am gleichen Tag geschrieben, an dem (Sie mir Ihr Buch geschickt) ich Ihr Buch erhalten habe (letzten Montag), nachdem ich es ohne Pause von vorn bis hinten gelesen hatte.

Ich war davon *entzückt.* Es ist in einem Wurf geschrieben und mit einem Schwung, der nicht einen Augenblick erlahmt. Was die Beobachtung angeht, die ist untadelig. So ist es. So ist es. Ja, was mich wirklich begeistert hat, ist Philomènes ganze Kindheit. Sie finden in meinem ersten Brief meinen direkten Eindruck nach einer 1. Lektüre. Ich hätte mich einer zweiten gewidmet, wären nicht gegenwärtig drei Damen unter dem Dach meiner Mutter, die sich daran *ergötzt* haben. Sie rühren das weibliche Geschlecht. Was, wie man es auch nimmt, ein Erfolg ist. Nichtsdestoweniger habe ich hier und da wieder in Ihrer *Philomène* geblättert, und ich kenne das Buch ganz und gar.

Also, meine Meinung ist: Sie haben gemacht, was Sie machen wollten. Und das ist eine gelungene Sache.

Fürchten Sie nicht das Geringste. Ihre Nonne ist nicht banal, dank der anfänglichen Erklärungen. Das war die Klippe, Sie haben sie vermieden.

Aber was das Buch an Einfachheit gewonnen hat, hat es vielleicht ein wenig an Breite verlieren lassen? Neben Soeur Philomène hätte ich gerne die Gesamtheit der Nonnen gesehen, die ihr kaum gleichen. Das sind all meine Einwände. Andererseits haben Sie Ihr Buch nicht *Leben im Hospital* genannt. Damit entfällt der Vorwurf, den man Ihnen machen kann.

Und ich kann Ihnen nicht sagen, wie sehr ich mich darüber freue. Ich bemerke an Ihnen eine neue Qualität, nämlich die natürliche Verknüpfung der Fakten. Ihre Methode ist ausgezeichnet. Darin liegt vielleicht der Reiz des Buches?

Was ist dieser Lévy für ein Idiot! Es ist im Gegenteil sehr amüsant.

Nein! es gibt nicht zu viele Schrecken. (Für meinen persönlichen Geschmack gibt es sogar nicht genug! Aber das ist eine Frage des Temperaments.) Sie haben an der richtigen Stelle haltgemacht. Es gibt kostbare Charaktere, wie zum Beispiel der hustende Alte, und der Chefchirurg zwischen seinen Schülern, etc. Ihr Schluß ist prachtvoll: der Tod Barniers.

Sie mußten es so machen, wie Sie es gemacht haben, oder einen Roman in sechs Bänden, der wahrscheinlich sehr langweilig gewesen wäre. Bis jetzt hat man Ihnen die Fähigkeit bescheinigt, zu gefallen. Denn diesmal haben Sie das Mittel gefunden, allen zu gefallen. Davon bin ich überzeugt, und wäre keineswegs erstaunt, wenn *Soeur Philomène* großen Erfolg hätte.

Über den Stil spreche ich nicht. Dem drücke ich schon seit langem zärtlich die Hand!

Romaine erregt mich maßlos.

»Oh! Du Schlachter, wie du da zu Werke gegangen bist, wie du gesäbelt hast!« Das ist das wahre, absolut richtige Wort.

So sehr ich mich über Sie gefreut habe, so wenig bin ich mit mir zufrieden. Nein! meine Herzchen, das wird nichts! Das wird nichts! Mir scheint, *Salambo* ist sterbenslangweilig. Der Mißbrauch des antiken Infanteristen ist unübersehbar. Immerzu Schlachten, immerzu herumwütende Leute. Man sehnt sich nach Nestern im Heu und Milchspeisen. Berquin wird einem köstlich vorkommen, wenn man damit fertig ist. Kurz, ich bin nicht froh. Ich glaube, mein Plan ist schlecht. Und es ist zu spät, um irgendetwas zu ändern, denn alles steht. Ich beginne jetzt mit meinem XIII. Kapitel. Danach habe ich noch zwei. Das Ganze wird, bei nicht zu anhaltenden Ohnmachtsanfällen, im Januar fertig.

Und Sie, was machen Sie jetzt? Kommt *La Jeune Bourgeoise* voran? Schreiben Sie mir, wenn Sie nichts Besseres zu tun haben. Denn ich denke sehr oft an Sie.

Adieu, tausend Dank und tausend *aufrichtige* Komplimente. Ich umarme Sie.

Gve Flaubert

M. Louis Bouilhet, Sur le port, Mantes (Seine-et-Oise).

Beobachtung: Die Goncourts hatten die Visite, die Nachtwache und das Frühstück der Assistenzärzte miterlebt, jedoch nicht sehr viel Zeit mit allgemeinen Beobachtungen des Krankenhauslebens verbracht. Am 2. März 1861 notieren sie im Tagebuch: »Die Qualität unserer Beobachtungen muß wirklich bis zu einem recht beachtlichen Maß vorangetrieben werden: das Publikum – ich spreche von dem, das zu lesen weiß – wird kaum glauben, daß wir das Krankenhaus, so wie wir es beschrieben haben, mit nur zehnstündigen Naturstudien geschildert haben.«

Barnier: Barnier nimmt an einer Frau, die er geliebt hat, eine Brustkrebsoperation vor. Die Frau stirbt. Der Chirurg versinkt im Alkohol, bevor er sich das Leben nimmt, indem er sich mit einem infizierten Instrument schneidet. Er stirbt unter großen Qualen.

Romaine: Ihr heftiger Vorwurf bekommt, nach dem für die Goncourts typischen Prinzip der verzögerten Erklärung, seinen Sinn erst sehr viel später. Nach dem Tod Romaines erinnert sich Barnier im Augenblick seines eigenen Sterbens an die Operation: »Sie hatten sie nicht genug Chloroform einatmen lassen: dabei hatte ich es Ihnen gesagt... Ach! der Schrei, den sie ausgestoßen hat, als sie erwachte... vor dem Ende...!«
Berquin: Arnaud Berquin, ein Schriftsteller für Kinder aus dem 18. Jahrhundert.
was werden Sie jetzt machen: Geplant waren zwei Romane: einer über das Theater, der mit dem Titel »La Faustin« erst lange nach dem Tod von Jules de Goncourt erscheinen sollte, der andere über die Bourgeoisie, der spätere Roman »Renée Mauperin«. Die Brüder sammeln verstärkt Material, beginnen mit der Arbeit über die Bourgeoisie jedoch erst im Juli 1862.

AN FLAUBERT

[Bar-sur-Seine, 16. Juli 1861]

Was für ein Leser, ich meine, was für ein Freund Sie sind, mein lieber Flaubert! Danke, danke und nochmals danke: danke für alles – für die Komplimente und vor allem für die Kritik und die Einwände. Wir hatten Ihren Händedruck, Ihre Nachsicht, Ihren zu guten Brief bitter nötig. Wir waren sehr beunruhigt (fühlten uns, wie Jean Hiroux, als er durch die Pforten der Ewigkeit tritt, »allgemein beschissen«. Kurz, bei aller Achtung, die ich Ihnen schulde, wir waren ganz aus dem Häuschen).

Sie haben den Finger auf die Schwächen und die Konventionen des Buches gelegt. Und Sie haben so sehr ins Schwarze getroffen, daß ich nicht weiß, was ich darauf antworten soll, außer dem, was ich Ihnen schrieb, als ich Ihnen das Buch schickte. Mildernde Umstände, das ist alles, wofür ich plädieren kann – und diesen Teufel der Notwendigkeit einer unechten Legierung, um die Gestalt einer Nonne bei den Leuten durchgehen zu lassen. (In einer zweiten Edition muß man entschieden, wenn man es schafft, die *Am-Arsch-vorbei*-Schwester entwerfen.) Zu kurz? ... Ich habe befürchtet, daß das Publikum, wenn ich den Albtraum verlängere, vor dem Ende aufwacht. (Und außerdem hätten nur Sie, mein lieber Freund, daraus ein wirkliches Œuvre, ein großes Buch machen können.)

Nun, wenn es Sie ein wenig ergriffen hat – das ist für uns der Erfolg. (Mirabeau scheint mir ein Mann von Prinzipien zu sein. Aber was kann man da tun? alle Mirabeaus machen auf halbem Wege halt: das liegt an ihrem Namen.)

Was Ihre Herzchen betrifft, – Verrisse, Geschimpfe – rechnen Sie nicht mit uns, um Sie zu informieren. Wir sind ebensoweit von der Pariser Gerüchteküche und der Pressemeinung entfernt wie Sie. Dennoch haben wir heute morgen ein dickes Feuilleton von Saint-Victor bekommen, von einer umwerfenden Herzlichkeit: uns scheint, daß ihm der Charakter der kleinen Céline am besten gefallen hat. Nebenbei steht bei Ihnen ein sehr hübscher Satz über diese mystischen Kindheiten: »die kleine Brust, die unter den geweihten Medaillons zu schwellen beginnt«.

Darüber, mein lieber Flaubert, würde ich Sie gerne sprechen und lachen hören. Schade, daß Sie mir nicht per Brief das Dröhnen Ihrer Stimme und den *kindlichen* Klang Ihres Lachens schicken können. Aber was Sie so machen, können Sie in den Umschlag stecken. Neuigkeiten von Ihnen und von *Carthage*. Einen Brief, in dem Sie gar nicht über uns reden und Sie uns die ganze Zeit mit sich unterhalten, das ist es, was wir möchten und samt der Adresse von Bouilhet von Ihnen erwarten.

(Was wir machen? Wir essen, wir sind den ganzen Tag auf dem Wasser, wir fechten, wir notieren ein wenig aus Büchern oder im Freien, wir schwitzen, wir rauchen, wir verdauen und beobachten dabei eine Katze, die einen Schmetterling fangen will, – und wir denken oft an Sie, die Sie uns lieben und den wir lieben.)

Wir umarmen Sie. Jules de G.

P.S. Ach! die Wiederholungen von Substantiven – Mist! Wiederholungen von Adjektiven, gut, aber von Substantiven, Quatsch! (So sind wir gemacht. Ich bringe wahrscheinlich ein Stück Provinzlyrik von hier mit, das Bouilhets Gedicht über das Abenteuer eines jungen französischen Reisenden mit der afrikanischen Schlange übertrifft, wenn ich so sagen darf. Es ist von einem Einheimischen. Es trieft vor Erhabenheit.)

Gerade will ich schließen und bekomme Ihren zweiten Brief. Sie haben Komplimente, die einen besoffen machen und einen Händedruck, daß es einem warm wird.

Junge Bourgeoise ist ein gräßlicher Druckfehler. Es heißt Junge Bourgeoisie – was den Titel erweitert und ihn auf mindestens achtzehn Bände bringt!

Jean Hiroux: Legendäre Figur eines bestialischen, zynischen Mörders, eine Parodie auf Hugos »Dernier jour d'un condamné«.
zweite Edition: Es kam zu noch fünf weiteren Neuauflagen der »Soeur Philomène«, die aber keine großen Änderungen oder neu eingeführte Personen enthielten.
Mirabeau: Jules de Goncourt bezieht sich in doppelter Anspielung auf einen Saaldiener im Hörsaal der medizinischen Fakultät von Rouen namens Mirabeau und auf den Politiker, der sich im Juli 1790 wieder an Louis XVI. angeschlosssen hatte, weil der König seine Schulden bezahlen wollte. »Ich nenne Mirabeau einen Mann, der für Geld bereut hat« (Tagebuch der Goncourts 20. Mai 1862).
Saint-Victor: Paul de Saint-Victor veröffentlichte am 15. Juli 1861 in »La Presse« einen Artikel über »Soeur Philomène« und lobte besonders die Gestalt der Céline. Kurz darauf schreibt Saint-Victor den beiden Brüdern: »Ich bin sehr glücklich, daß Ihnen der Artikel gefallen hatte, und Sie können mir glauben, daß er ganz ernst gemeint ist. Ihr Buch hat mich begeistert, begeistert und tief betrübt. Drei Tage lang hatte ich nur traurige Gedanken. Céline ist ausgezeichnet. Ich sehe sie von hier aus ›mit ihrem langen schmalen Gesicht‹. Wo zum Teufel haben Sie all diese kleinen Details kindlicher Andacht her? Das ist Abhorchen der Seele, wenn es das je gab [...].
Ich habe gute Neuigkeiten über Ihr Buch. Auf mein Feuilleton hin wird es von allen Seiten tausendfach gelobt...«
die junge Bourgeoise: Die Goncourts hatten lange verschiedene Versionen des Titels für ihren Roman, ein Zeugnis der Entwicklung ihres Projektes, das von der Darstellung dreier Generationen des Bürgertums ausging, zur Analyse nur einer Generation kam und bei nur einer Gestalt endete.

AN FLAUBERT

Paris, 24. September 1861

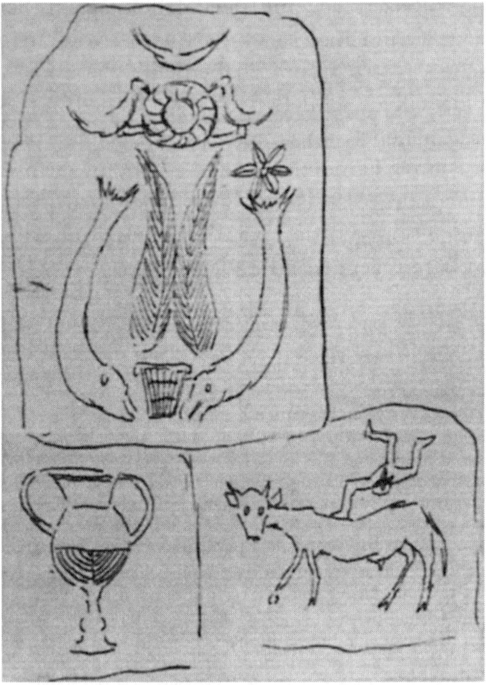

Mein lieber Freund,

Hier drei Reliefs, die ich Ihnen schicke, nachdem ich sie im Museum von Leiden gewissenhaft abgezeichnet habe, speziell für Sie. Sie stammen von Nachforschungen über den wahren Ort Karthagos und tragen unten Inschriften, die, den Schwüren der Gelehrten zufolge, geradewegs von *Salambo* sprechen. Wenn Sie irgendetwas, irgendeinen Sinn, irgendein schmückendes Detail darin entdecken können, wenn Sie Ihr Glück machen können – werden Sie damit glücklich.

N.B. Die Naivität des Stils habe ich nicht übertrieben.

Und dann habe ich, als ich durch Aachen kam, in großen Buchstaben im Gästebuch für die Besucher des Gürtels von Jesus-Christus und den beiden Schädeln von Karl dem Großen als Kind und Karl dem Großen bei seinem Tod die Worte gelesen:

Homais .... aus Rouen.

Sollte er Yonville verlassen haben?

Die Ihren, ganz die Ihren, wir legen unsere vier Hände in Ihre zwei (wenn das paßt).

Jules de Goncourt

Leiden: Die Goncourts machten mit Saint-Victor vom 3. bis 19. September 1861 eine Reise nach Holland und an den Rhein. Im Museum der Antike besichtigten sie riesige indische Götterstatuen, Fragmente aus Karthago mit punischen Inschriften, römische und griechische Zeugnisse der Antike.
Karl der Große: Der Sarkophag Karls des Großen steht in der Kathedrale von Aachen. 1165 ließ Friedrich Barbarossa das Grab öffnen, und die Gebeine wurden in einen silbernen Sarg gelegt. Die Kapelle des Heiligen Karl beherbergt den Reliquienschatz des Doms in einem Schrein aus dem 12. Jahrhundert. Im Tagebuch der Goncourts steht am 7. September: »Im Schatz der Kathedrale habe ich den Gürtel Jesu-Christi gesehen, mit dem man ihn auspeitschte. Das erinnert genau an diese alten aufgerollten Suspensorien, die man im Tempel sieht.«

AN JULES DE GONCOURT

Croisset, Freitag [27. September 1861]

Es ist sehr lieb von Ihnen, mein lieber Jules, daß Sie mir diese punischen Eseleien geschickt haben. Bestimmt hat sie der Major Humbert mitgebracht? Ich kannte die Fische und die Vase. Aber die 3. (die drei auf einem Stier tanzenden Beine) macht mir das größte Vergnügen, obwohl ich nicht das geringste davon begreife. Hoffen wir, daß ich die Möglichkeit finde, sie irgendwo unterzubringen?

Da Sie sich für diese nicht endenwollende Arbeit interessieren, werde ich Ihnen berichten, was es Neues gibt. Ich muß noch den Schluß eines Kapitels schreiben; 2. das Kapitel XIV, und 3. das Kapitel XV, das sehr kurz sein wird. Nun, ich hoffe das Ganze im Laufe des Januars los zu sein, und ich kann Ihnen mitteilen, daß ich diese Zeit gelinde gesagt sehr stürmisch herbeisehne. *Ich kann nicht mehr.* Die Belagerung von Karthago, die ich jetzt abschließe, hat mich fertig gemacht. Die Kriegsmaschinen langweilen mich unsterblich! Ich schwitze Blut, ich pisse kochendes Öl, ich scheiße Katapulte und ich rülpse die Kugeln aus den Schleudern. So sieht es mit mir aus.

Und dann bin ich all die Blödheiten schon leid, die man über dieses Buch sagen wird – wenn es nicht ganz und gar durchfällt, was sein kann. – Denn wo Leute finden, die sich für all das interessieren?

Meine Absichten sind, immerhin, lobenswert. So (bin ich darauf gekommen), ist es mir gelungen, in ein und demselben Kapitel nacheinander einen Regen von Scheiße (sic) und eine Prozession von Päderasten zu bringen. »Dabei lasse ich es bewenden!« Sollte ich zu nüchtern sein?

Je weiter ich komme, desto besser überblicke ich das Ganze, das mir zu lang und voll unnützer Wiederholungen erscheint. Die gleichen Effekte kehren zu oft wieder. Man wird von all diesem grimmigen Kommiß zu viel bekommen. – Und unglücklicherweise sieht der Plan so aus, daß Streichungen zu viele Verwirrungen stiften würden, etc., etc. – wie auch immer! vielleicht werde ich Anlaß zu großartigen Träumen geben, was schon ganz schön ist.

Ich habe mich den ganzen Sommer nicht von der Stelle gerührt und habe in vierundzwanzig Stunden niemanden gesehen außer Bouilhet.

Und Sie? Wie weit ist Ihre *Junge Bourgeoise*? Hatten Sie vergnügte Ferien? Mir scheint, daß Sie viel unterwegs sind?

Soeur Philomène hat sich bestimmt gut verkauft? den zahlreichen mir bekannten Damen der Bourgeoisie nach zu urteilen, die davon ganz *begeistert* waren. So nennen sie das.

Was haben die Dummköpfe vom Feuilleton dazu verlauten lassen? Ich weiß, daß Saint-Victor Ihnen einen schönen Artikel geschrieben hat. Aber gelesen habe ich ihn nicht.

Auf die Gefahr hin, mich zu wiederholen, erkläre ich noch einmal vor Gott und den Menschen (wie Monsieur Prud'homme), daß Sie da ein ausgezeichnetes Buch geschrieben haben. – Auch wenn Sie in Ihrer intimen Korrespondenz bei ketzerischen Äußerungen über die Wortwiederholungen bleiben!

Haben die am 15. August über die Literatur ausgesäten Kreuze der Ehrenlegion Sie auch so erheitert? ... Nadaud und Énault ... scheinen mit dem Stern aufzublitzen ... Träumen wir! und was wird das für eine Freude für die Wäschefabrikanten gewesen sein!

Adieu. Ich denke oft an Sie und liebe Sie mehr als ich sagen kann.

Ich drücke Ihnen die beiden Hände und küsse Sie auf die vier Wangen.

Ex imo. Gve Flaubert

Major Humbert: Major J. E. Humbert. »Notice sur quatre cippes sépulchraux et deux fragments découverts en 1817 sur le sol de l'ancienne Carthage par le major J. E. Humbert«, La Haye, 1821.
Kapitel XIV: Das XIV. Kapitel von »Salambo«, »Der Engpaß der Streitaxt«; im Kapitel XV, »Matho«, wird auf einigen Seiten die Hinrichtung und der Tod des Anführers der Söldner erzählt.
Die Belagerung Karthagos: Das Kapitel XIII, »Moloch«, beschreibt die Belagerung Karthagos durch die Söldner. Flaubert hatte wiederholt die Kriegskunst der Antike studiert. Am 28. März 1857 schreibt er an Jules Duplan: »Ich widme mich den Freuden der Contrescarpen und Reiter, ich schlage mich mit Wurfmaschinen und Katapulten herum.«

Wo Leute finden...: Am 15. Juli 1861 schreibt Flaubert in einem Brief an Feydeau: »Carthage läßt mich noch vor Wut platzen. Ich bin jetzt voller Zweifel über das Ganze, über den generellen Plan; ich glaube, da ist zu viel Kommiß? Das ist die Geschichte, ich weiß. Aber wenn ein Roman genauso öde ist wie ein Wissenschaftswälzer, gute Nacht, dann gibt es keine Kunst mehr.«
...hat sich bestimmt gut verkauft: Im Tagebuch der Goncourts ist am 28. September 1861 vermerkt: »Mein Verleger, La Librairie nouvelle, ist bankrott.«
Nadaud, Énault: Gustave Nadaud (1820–1893), ein Chansonnier, Louis Énault (1824–1900), Autor von Romanen und Reiseberichten. Am 1. September 1861 schreibt Flaubert an Pauline Sandeau: »Nun, Ihre Freunde sind preisgekrönt: Naudaud und Énault, Énault und Nadaud! Was für ein Duo! was für ein Gespann! Da können wir sehen, wer die Kunst versteht, zu gefallen! – und vor allem den Damen.«

AN EDMOND UND JULES DE GONCOURT

[Croisset,] Dienstag morgen [26. November 1861]

Das finde ich nicht nett. Ich sehne mich sehr nach Ihnen. Und Sie lassen mich ohne eine Nachricht.

Von Feydeau habe ich erfahren, Sie wollten ein Haus in der Rue du Rocher kaufen. Das ist alles. – Nicht sehr viel.

Wie steht es mit Ihnen? Was machen Sie? Etc. – Und dieser Roman? Etc., etc.

Was Ihren Freund angeht, der ist dabei, sich auf das letzte Kapitel vorzubereiten. – Aber mir fehlt der Mut. Je näher ich dem Ziel komme, desto heftiger befallen mich Zweifel und *Abscheu* vor dem Ganzen des besagten Werkes. Es kommt mir sterbenslangweilig vor. So sieht es in meinem tiefsten Innern aus.

Wenn der alte Hugo im nächsten Februar veröffentlicht, warte ich wahrscheinlich mit dem Druck bis zum Herbst?

Wie auch immer, ich werde dieses nicht enden wollende Buch zu Ende bringen, wonach Sie mich von einer großen Last befreit sehen werden – und bereit zu anderen Übungen.

Ich kann Ihnen nicht die geringste Schote erzählen, weil ich niemanden sehe und nichts lese.

Ich habe Ihre *Philomène* so vielen verschiedenen Bourgeois oder vielmehr Damen der Bourgeoisie geliehen, daß sie davon ganz zerfleddert ist und fast nur noch aus losen Seiten besteht. Nehmen Sie das als Beleidigung, aber es gefällt ja allgemein, und zwar sehr.

Adieu, meine Herzchen, ich umarme Sie alle beide.

Zärtlich

der Ihre

Gve Flaubert

So schreiben Sie mir doch! Sie wissen doch, daß *wir uns nicht* aus den Augen verlieren dürfen.

Feydeau: Ernest Feydeau hatte Flaubert Anfang Oktober in Croisset besucht.

Hugo: Die einzelnen Teile von Victor Hugos »Les Misérables« erscheinen von April bis Juli 1862; »Salambo« erscheint am 24. November 1862.

AN FLAUBERT

[Paris, 28. November 1861]

Mein lieber Freund, wie geht es Ihnen und *Salambo*? Ich habe von *allen Seiten* von ihr und von Ihnen gehört. *Sie* wissen, daß Sie in Paris ein legendärer Mann werden. Sari selbst ist entsetzt über Ihren Geisteszustand! Man hat mir erzählt – und das kommt aus Rouen – daß Sie Ihrem Diener verboten haben, an *Werk*tagen mit Ihnen zu sprechen. Und Suzanne ist mit Geschichten über »ihren Aufenthalt in Ferney« bei Rouen zurückgekehrt, – Geschichten, die einem Bourgeois den Garaus machen.

Im Ernst – und die *Delass'Com* mal beiseite gelassen – wie steht es moralisch und materiell? Werden Sie im

Januar fertig, oder weicht der Horizont immer weiter zurück? Haben Sie dieses beschissene Tief durchgemacht, in das man fällt, kurz bevor man ein Buch abschließt? Sie den Mut verlieren, na hören Sie! Wenn Sie nicht großen, sehr großen Erfolg haben, so groß wie der andere, aber anders, – dann gibt es kein Publikum mehr. Und es gibt immer eins, wenn ein Buch da ist.

In dieser kleinen Provinzstadt, die sich Paris nennt, gibt es nichts Neues. *Le Figaro* steckt den Leuten weiter Nadeln in die Waden und schreibt Persönlichkeiten à la crapaudine literarische Ideen zu. Es finden sich immer Leute, die als Kurier von Paris fungieren. Man spricht davon, eine *lateinische* Inschrift auf das Grabmal von Murger zu setzen: wenn besagte Idee verwirklicht wird, frage ich mich, wie sein Schatten, wenn er von der Brasserie des Martyrs kommt, sein Bett wiederfinden soll. Sainte-Beuve, mit dem ich neulich viel über Sie gesprochen habe – hat Sie und uns als Feinde Bérangers angeführt – was, glaube ich, unserem literarischen Gewissen keinen Abbruch tut. Dennery füllt mit seiner Prosa vier Theater und Gisette hat ihm seine Wohnung weggenommen. Wir haben hier einen Claudin, frisch aus Italien, der gerade eine Eisenbahn eingeweiht hat, Freifahrt von Rom – Kurswagen, – welchselbiger Claudin vielsagende Photographien vom Alkoven König Victor-Emmanuels mitgebracht hat.

Was uns angeht, mein lieber Freund, so stecken wir, wenn Sie das interessiert, auf geisttötende Weise in einem Geschichtswälzer. Dazu habe ich sogar eine Bitte an Sie. Könnten Sie oder irgend jemand anders mir in der Bibliothek von Rouen zwei Liebesbriefe von Madame de la Popelinière an Richelieu kopieren lassen? Sie werden im Fonds Leber, in der »Correspondance galante de Richelieu« aufbewahrt. Es gibt einen, in dem sie schreibt: »Ich würde mir einen Arm abhacken lassen, um Sie bei mir zu haben«, ein Brief, auf den es mir vor allem ankäme. Das ist ein im XVIII. Jahrhundert sehr seltener Aufschrei der Liebe, und auch noch als Prosa verfaßt. (Steht im Katalog Leber neben der Nr. 5816, also vielleicht 5817 oder 5818), das ist alles.

Und dann, die große, alles Übrige beherrschende Frage, wann haben wir Sie hier? Wann rauchen wir eine Pfeife auf dem Lederdiwan am Boulevard du Temple, hinten, Sie wissen schon? und drücken Ihnen die Hand und plaudern etwas weniger kalt und *tot* als im Brief. Wobei meine Feder dumm ist wie ein Prinzip und stur wie ein Gewissen.

Der Ihre, ganz der Ihre, mein lieber Freund. Die beiden Brüder umarmen Sie. Jules de G.

Delass'Com: Gemeint ist das Theater Délassements-Comiques am Boulevard du Temple, wo Feerien, Revuen und Theaterstücke zu sehen waren, die besonders auf ein weibliches Publikum abzielten. Sari war der damalige Theaterdirektor.
einem Bourgeois den Garaus machen: Im Tagebuch der Goncourts ist am 3. November 1862 (?) zu lesen: »Im Flur treffe ich den Theaterdirektor Sari. Er erzählt, daß Lagier Flaubert in Rouen besucht hat und sie befürchtet, daß die Einsamkeit und die Arbeit ihn um den Verstand bringen. Er hat ihr von tanzenden Derwischen erzählt, von einem Vogelbordell in seinem Bett, von unverständlichen Dingen. Ich weiß nicht mehr, wer mir von der gewaltigen, erdrückenden Arbeit Flauberts neulich erzählt hat, – das kam von der Lehrerin seiner Nichten, Mademoiselle Bosquet, – daß er seinem Diener befohlen hat, ihn nur noch sonntags anzusprechen, um ihm zu sagen: »Monsieur, es ist Sonntag.«
à la crapaudine: Bezeichnung für das Zubereiten junger Hühner oder Tauben, d.h. Herauslösen der Knochen, flachdrücken, die Flügel ausbreiten, was sie wie eine Kröte (frz. crapaud) aussehen läßt.
Murger: Die Goncourts hatten am 31. Januar die Beerdigung Henri Murgers miterlebt. Sie hatten große Vorbehalte gegenüber diesem Bohèmedichter, der ihrer Meinung nach kein wirklicher Schriftsteller war: »Er konnte nur Pariserisch, er konnte nicht genug Latein« (Tagebuch, 3. Februar 1861).
Sainte-Beuve: Die Brüder verschweigen wohlweislich die kritischen Worte Sainte-Beuves über Flauberts kommenden Roman, die sie am 28. Oktober 1861 im Tagebuch notieren: »Was er macht, wird immer nur ›Les Martyrs‹ von Chateaubriand. Nach ›Madame Bovary‹ schuldete er lebensvolle Werke...« Sainte-Beuve verteidigt gegenüber den Goncourts das Werk des Chansonniers und Volksdichters Béranger.

Claudin: Gustave Claudin (1823–1896), Berichterstatter in »Le Figaro« und Romancier. Er hatte die Einweihung der Eisenbahnlinie von Bologna nach Ancona und von Ancona nach Pescara miterlebt.
Victor-Emmanuel: Das Tagebuch berichtet über Victor Emmanuel II.: »Ein richtiger Bock, der hinter der Erstbesten her ist, ein wahrer Priapus« (8. Juni 1861).
Geschichtsbuch: Die Goncourts hatten den Plan, eine Studie in vier Teilen über die verschiedenen Schichten der Gesellschaft im XVIII. Jahrhundert zu schreiben: Der Mann, die Frau, der Staat und Paris. Entstanden ist schließlich nur der Teil über die Frau: »La femme au XVIII. siècle«.
Ich würde mir einen Arm abhacken lassen...: Der Satz aus einem Brief Madame de La Popelinières an Richelieu erschien tatsächlich in dem Werk der Goncourts über die Frau im XVIII. Jahrhundert: »Ich gäbe einen Arm, um Sie jetzt hier zu haben.«

AN EDMOND UND JULES DE GONCOURT

[Croisset,] Samstag, 10 [Uhr] abends [30. November 1861]

Meine lieben Guten, heute morgen habe ich mich nach Rouen begeben und schicke Ihnen meine Arbeit dieses Nachmittags. – Es gab drei Briefe von Madame de La Popelinière, ich habe sie alle drei abgeschrieben und ein paar Fragmente hinzugefügt, die mir ziemlich lustig vorkommen. – Das hat mich amüsiert, traurig gemacht und *erregt.* Ich hätte die Tränen dieser armen La Popelinière trinken mögen, ihr die Augenwinkel auslecken, etc. Kurz, diese alten Schriften und all die Ahnungen und Träume, in die sie mich versetzt haben, haben *meine Phantasie beflügelt* und ich habe mich herrlich von der Geschichte beflecken lassen.

Ich habe das Orthograph sehr genau kopiert, auch die fehlende Interpunktion. Was den letzten Text angeht, den Brief der Comtesse des Barres an den Abbé de Choisy, so weiß ich wohl, daß man besagtem Abbé eine *Histoire de la Comtesse des Barres* zuschreibt, die eigentlich seine eigene ist? Sicher ist jedoch, daß ich einen Brief mit einer *sehr* alten Handschrift gelesen habe, die fast verblaßt ist und »nach Leidenschaft riecht«; eine *handschriftliche* Notiz Lebers gibt sie als eindeutig an den Abbé de Choisy adressiert aus. Am klügsten ist es, sich an ein *Anonymus* zu halten?

Unsere beiden Briefe haben sich anscheinend gekreuzt, und wie Sie sehen, fing ich schon an, mich nach Ihnen zu sehnen. – Bei dem dicken Geschichtsbuch, von dem Sie mir erzählen, handelt es sich um *La femme au XVIII. siècle*, nicht wahr? – Sie jedenfalls wandeln auf sicherem Terrain, ich beneide Sie! *Carthage* nimmt kein Ende! Gestern habe ich mit dem letzten Kapitel angefangen. Aber es geht mir maßlos auf die Nerven, es kotzt mich an. Ja! Ach! was für ein *Uff*! werde ich ausstoßen, wenn ich den Schlußstrich gezogen habe!

Gerade habe ich mich für eine Passage, die ich noch schreiben muß, an krankengeschichtliche Lektüren über Durst und Hunger gemacht. Aber ich habe keine Sammlung zur Hand, in der vielleicht etwas steht? Eine gewandte Überleitung zu der Bitte (*par pari refertur* oder anders gesagt: Bal paré à la Préfecture), in der Bibliothek der medizinischen Fakultät in *Bibliothèque médicale*, Bd. LXVII nach dem »Tagebuch eines Händlers, der sich zu Tode gehungert hat« zu sehen. Wenn Sie schicke Einzelheiten finden, senden Sie sie mir. Ich habe zwar alles, was ich brauche. Aber wer weiß?

Ich weiß noch nicht, wann ich Sie wiedersehe. Gewiß nicht vor Ende Januar. – Und dann bitte ich Sie noch um einen Rat, eine Sache, der man nachgehen muß, wie die Philosophen sagen: wenn *Les Misérables* nun im Februar erscheinen und man jeden Monat zwei Bände herausbringt, finden Sie es dann nicht scham- und sorglos, sich zur selben Zeit mit *Salambo* hervorzuwagen? meine arme Schaluppe, mein armes kleines Aufziehboot wird von dieser Trireme, von dieser Pyramide zerschmettert werden?

Sehen Sie manchmal die erlauchte Lagier? Ich höre nie

etwas über sie. Machen Sie ihr süße Vorwürfe von meiner Seite, begleitet von obszönen Liebkosungen.

Ich werde meines Lebens nicht froh, verdammt noch mal! Und das Punische macht mich kaputt. Wann rauchen wir zusammen eine Pfeife!

Adieu, ich umarme Sie alle beide sehr fest.

Der Ihre. Gve Flaubert

Madame de La Popelinière: Madame de La Popelinière, Tochter einer Schauspielerin, veranstaltete als Frau eines Finanziers große Feste in ihrem Haus in Passy. Als Mätresse Richelieus hinterließ sie eine leidenschaftliche Korrespondenz aus einer Zeit, in der sie an Krebs litt. Die Goncourts veröffentlichen zwei der von Flaubert kopierten Briefe am Schluß des Kapitels »Die Liebe« in »La Femme au XVIII. siècle«, um die starken Leidenschaften im Jahrhundert der Galanterie zu zeigen.
Abbé de Choisy: Der Abbé de Choisy ist der Autor von vier Fragmenten mit dem Titel: »Abenteuer des als Frau verkleideten Abbé de Choisy«, von denen nur das letzte als »Histoire de la Comtesse des Barres« erschien.
Händlers: Flaubert meint das Tagebuch eines Deutschen, der sich nach einem Schicksalsschlag in eine Hütte im Wald zurückgezogen hatte, um sich zu Tode zu hungern.

AN FLAUBERT

[Paris, 2.] Dezember 1861

Ach! Was sind Sie für ein Mann, oder vielmehr was für ein Freund! Ihre Gefälligkeit ist umwerfend. Als ich Ihr *Paket* öffnete, habe ich mich geschämt, ich wußte nicht mehr, daß es so lang ist und dachte, daß ich Ihnen da ordentlich etwas aufgeladen habe. Aber da Sie ja sagen, daß es Sie nicht zu sehr gestört hat, »diese alte Asche eines Herzens« für mich zusammenzutragen, will ich Ihnen gerne glauben und Ihnen nicht zu dankbar sein. Das ist komisch, nicht? In dem Moder dieses Jahrhunderts, das so trocken ist, ein solches Schreiben – und Feuer!

Kommen wir zu den Neuigkeiten, mein lieber Freund.

Zunächst einmal haben unsere Briefe sich gekreuzt. Was von beiden Seiten sehr nett ist. So kann man an sympathisierende Schnecken glauben.

Die Lagier haben wir gerade erst gestern gesehen, als wir vom Diner bei Gisette kamen – ein verrückter Tag, wirklich! Sie können sich denken, daß wir von Ihnen gesprochen haben, während ihre Garderobière ihr einen echten Louis XV.-*Lampion*-Hut über den Kopf stülpte und sie ein Handtuch über ihren Titten zusammenhielt. Sie erwartet Sie wie wir und wie all Ihre Freunde. Aber verflixt, man muß also noch bis Ende Januar warten. – Ach! *Salambo*! *Salambo*!

Weitere Neuigkeiten. Madame Sabathier [sic] verkauft diesen Monat ihre ganze Kunstsammlung. Es ist überall angeschlagen. Monsieur Mosselmann hat sie praktisch verlassen. Die arme Frau ist in einer schrecklichen Notlage, sie ist gezwungen, sich wieder an die Miniaturmalerei zu begeben. Gautier war in Compiègne und ist wieder zurück. Die Bohème hat gerade noch einen Literaten verloren: er hieß Guichardet und hatte nichts geschrieben.

Dieser Tage erwacht er im *Delirium*. Er glaubt in der Nacht getrunken zu haben, mit Freunden unterwegs gewesen zu sein. Seine Freunde nehmen die schöne Illusion beim Schopf und sagen ihm: »Ja, wir haben heute Nacht ein bißchen zu heftig gesumpft … Wir müssen uns aufmöbeln … Das ist ein Kater … Komm, wir essen eine Zwiebelsuppe in den Markthallen!« Und sie nehmen ihn in einer Droschke mit zum Hôtel Necker. Er ist in den Tod gefahren, wie man zum Butterfaß geht! Nicht schlecht, einen Monsieur im Gedanken an eine Zwiebelsuppe die Ewigkeit schlucken zu lassen!

Die *Misérables* werden ohne Frage, wie es zuletzt hieß, im Februar erscheinen, am Jahrestag der Veröffentlichung von *Notre-Dame*. (Diesen Jahrestagstrick finde ich nebenbei ziemlich jämmerlich, ich sehe die Sache schon als Jahrhundertereignis im Kalender von 1961). Ich glaube, das Ding erscheint immer in zwei Bänden, ich weiß nicht in welchem Abstand. Sie fragen mich nach meiner Meinung; schamlos finde ich es nicht, aber, wie Sie, finde ich es unklug, *Salambo* in diesem Augenblick herauszubringen. Hugo ist ein schrecklicher Abstauber von Kritiken und Öffentlichkeit. Wenn Sie den Mut haben, bis zum nächsten November zu warten, wird sich das Spektakel gelegt haben, Ihr Erfolg wird hinter niemandes Erfolg herlaufen. Das wünschen wir Ihnen. Aber es ist hart. Außerdem wissen wir, von welcher Geduld Sie sind ... geduldig mit jedem Niesreiz (der ist von mir!).

Und nun, mein lieber Flaubert, muß ich einem tollen Kritiker von *L'Opinion nationale* danken, der in *Philomène* hervorragende Ideen entdeckt hat, die ich nicht gebracht habe, um ihm das Vergnügen zu lassen, sie in seinem Feuilleton zu bringen, und ich verlasse Sie. Morgen gehe ich in die Bibliothek und versuche einen wahren Strauß einer Auswahl von Leiden beim Hungertod zu binden – was ein wirklich schlimmer Tod sein muß, wenn man nicht von Kindesbeinen an daran gewöhnt ist. Ich versuche es mir jeden Tag vor meinen Mahlzeiten vorzustellen.

Wir sind alle zwei Ihre guten alten Freunde.

Jules de G.

Feuer: Die Goncourts hatten über die Briefe von Madame de La Popelinière geschrieben: »Eine Flamme läuft durch diese Zeilen, eine verzehrende, reinigende Flamme.«
sympathisierende Schnecken: Anspielung auf das Stück »Les escargots sympathiques« von Clairville, in dem ein Händler von Schalentieren eine neue Art Telegraph ersinnt, die Kommunikation auf Schneckenspuren, die Nachrichtenübermittlung im überwältigenden Tempo von Schnecken.
Gisette: Clémence Desgranges, die Frau des Erfolgsautors Alphonse Dennery, bei dem die Goncourts in Gesellschaft von Schauspielern zu dinieren pflegten. Die Atmosphäre dieser Diners erschien später in Edmond de Goncourts Roman »La Faustin« (1882).
Sabathier: Als Aglaé Sabatier Kunstwerke aus ihrem Besitz verkauft, berät Flaubert sie bei einem Gemälde von E. Meissonnier »Le

Polichinelle«. Schließlich kommt jedoch alles bei einer öffentlichen Auktion unter den Hammer. Von nun an lebt Aglaé Sabatier von Miniaturmalerei.
Notre-Dame: »Notre-Dame de Paris« von Victor Hugo erschien am 16. März 1831.
Kritiker: Jules Levallois veröffentlichte am 19. Dezember 1861 in »L'Opinion nationale« einen Artikel über »Soeur Philomène«, in dem er besonders die realistische Beschreibung des Krankenhausmilieus lobt, die andere Kritiker unpassend für einen Roman gefunden hatten.

AN EDMOND UND JULES DE GONCOURT

[Croisset,] Donnerstag abend [2. Januar 1862]

Es ist sehr lieb von Ihnen, daß Sie an mich denken. Aber es ist nur gerecht, denn der Gedanke an Sie geht mir zwanzigmal am Tag durch den Kopf oder das Herz, wie Sie wollen, und wahrscheinlich durch alle beide.

Was soll man Ihnen für 1862 wünschen, meine Herzchen? Denken Sie sich etwas Besonderes und außerordentlich Schönes aus; und seien Sie sicher, daß ich es Ihnen wünsche. Ja.

Ich bin ungefähr in der Mitte meines letzten Kapitels. Ich widme mich Schwänken, die bei anständigen Leuten Übelkeit erregen werden. Ich häufe Schrecken auf Schrecken. Zwanzigtausend meiner Kerle sind gerade an Hunger und am sich gegenseitig Auffressen krepiert; der Rest wird unter Elefantenfüßen und in Löwenmäulern enden. »Bestien und Mörder, da komme ich nicht heraus« (*Histoire de Jérôme*, Band II).

Wie auch immer! ich glaube, im Augenblick schreibe ich wie ein Drecksack? Kurze Sätze und Theatergenre. Das ist nicht gerade schön.

Und Sie???? Wie ich mich danach sehne, Sie zu sehen! Ich rechne damit, Mitte Februar wieder in Paris zu sein, vielleicht noch vorher? Ich bin hundemüde und habe Rheumaanfälle.

Adieu. Bleiben Sie fröhlich und arbeiten Sie gut. Ich schließe Sie alle beide zärtlich in die Arme.

Gve Flaubert

Schwänke: Im Kapitel XIV von »Salambo« beschreibt Flaubert »obszöne Verbindungen, die ebenso ernst sind wie Hochzeiten«.

AN EDMOND UND JULES DE GONCOURT

[Croisset, 10. Februar 1862]

Kleben Sie sich an den Spiegel, o meine Lieblinge! daß:

ich Sie am nächsten Sonntag, dem 16., nachmittags am Boulevard du Temple erwarte.

Schicken Sie mir ein paar Zeilen, wenn Sie an diesem Tag nicht kommen können, um mir Tag und Stunde mitzuteilen, wo wir uns umarmen können.

Aber dennoch rechne ich mit Ihnen.

Bis bald.

Ich drücke Ihnen die vier Hände, daß die Finger brechen.

Gve Flaubert

Ich bleibe von Mittwoch bis Samstag abend bei Bouilhet.

Montag morgen.

nachmittags: Flaubert hatte am selben Tag seinen Freund Jules Duplan zum Déjeuner eingeladen
dennoch: Die Goncourts waren an diesem Tag wirklich bei Flaubert. Jules notiert im Tagebuch: »Flaubert erzählt mir, daß er an ›Salambo‹ einmal achtunddreißig Stunden hintereinander gearbeitet hat und bei Tisch so erschöpft war, daß er nicht mehr die Kraft hatte, die Karaffe hochzuheben, um sich einzugießen« (16. Februar 1862).

AN EDMOND UND JULES DE GONCOURT

[Paris, 21. Februar 1862]

Kommen Sie morgen zu Renan? Um welche Zeit darf ich Sie erwarten?

Der Ihre. Gve Flaubert

Freitag mittag

21. Februar: Am 20. Februar 1862 besuchte Flaubert die Goncourts in Begleitung von Suzanne Lagier, die gerade ihre Mutter verloren hatte. Am 21. Februar trifft er die Brüder bei einem Diner bei Charles-Edmond; er spricht von seinem stürmischen Verhältnis mit Louise Colet und von seinem Plan, ein Feerie für das Theater zu schreiben. Das Billet vom 21. Februar entstand zur Mittagszeit, als er noch nicht wußte, daß er die beiden Freunde am Abend treffen würde.

Renan: Ernest Renan hatte am 11. Januar 1862 einen Lehrstuhl für hebräische, chaldäische und syrische Sprache am Collège de France bekommen. Am 22. Februar hielt er seine erste Vorlesung, die großen Tumult bei den katholischen Studenten hervorrief, als er von Jesus als einem »unvergleichlichen Menschen« sprach. Die Vorlesung wurde von Kaiser Napoleon III. verboten.

Wie aus einem Brief vom 18. Februar 1859 an seine langjährige Brieffreundin Mademoiselle Leroyer de Chantepie hervorgeht, schätzte Flaubert Renan sehr. In diesem Brief empfiehlt er die Lektüre von Renans Schriften. Die Goncourts hielten wie Renan nichts von der Göttlichkeit Jesu Christi, aber sie ärgerten sich über Renans schnellen Erfolg und betrachteten ihn lediglich als einen schlimmen Emporkömmling, der keine Achtung vor den »einzelnen Stufen der Entwicklung« besäße (Tagebuch, 1862).

AN EDMOND UND JULES DE GONCOURT

[Paris, 24. Februar 1862]

Tausendmal Entschuldigung, liebe Freunde. Aber *es ist mir unmöglich* am Donnerstag zu Ihnen zu kommen. Ein andermal würde mir besser passen. – Hoffen wir, daß es klappt!

Ich rechne damit, Ihnen Ende nächster Woche, nach dem Karneval, einen kleinen Besuch abzustatten.

Wenn Sie Sonntag nachmittag nichts Besseres vorhaben, kommen Sie doch auf einen kleinen Schwatz.

Ihren vier Händen einen dicken Händedruck.

Gve Flaubert

AN EDMOND UND JULES DE GONCOURT

[Paris, 4. März 1862]

Ist das ein Benehmen? Was ist mit Ihnen?

Ich habe letzten Sonntag vergeblich auf Sie *gehofft*.

Also nächsten Sonntag erwarte ich Sie um 11, um das Wüstenkotelett mit Ihnen zu essen.

Der Ihre. Gve Flaubert

Fastnacht

Wüstenkotelett: Eine Spezialität, die im Tagebuch der Goncourts unerwähnt bleibt.

AN EDMOND UND JULES DE GONCOURT

[Paris, 21. April 1862?]

Meine Herzchen,

Wir sind morgen um 6 [Uhr] vor der Librairie nouvelle, um zusammen zu essen.

Wenn es nicht möglich ist, sagen Sie uns Bescheid.

Versuchen Sie S(ain)t-Victor Bescheid zu geben.

Der Ihre.

Gve Flaubert

21. April: In der Zwischenzeit hatte sich Flaubert etliche Male mit den Brüdern Goncourt getroffen: Am 9. März sind die beiden bei seinem sonntäglichen Empfang. Tags darauf besuchen sie zusammen die Katakomben. Am 23. März trifft sich Flaubert mit den Goncourts im Café des Theaters Porte-Saint-Martin, und alle drei plaudern in den Kulissen mit Suzanne Lagier, die in »La Tour de Nesles« spielt. Bevor sie nach Neuilly fahren, dinieren die Brüder am 29. März bei Gautier, wo Gustave den Salonidioten mimt. Ein weiteres Diner, zu dem auch die Lagier geladen war, fand am 6. April bei Flaubert statt.

Librairie nouvelle: Die Librairie nouvelle war 1849 von Jacottet und Bourdilliat gegründet worden. Sie führte das Buch für einen Francs ein und brachte vor allem mit sehr großem Erfolg die Romane von Balzac heraus. Dort war auch Goncourts »Soeur Philomène« erschienen. Die Librairie nouvelle lag im Erdgeschoß eines Gebäudes, in dem sich der Jockey-Club befand, Boulevard des Italiens Nr. 15. Gegen 15 Uhr pflegten sich dort verschiedene Schriftsteller und Maler zu versammeln. In den Erinnerungen Gustave Claudins ist beschrieben, wer zu den häufigsten Gästen gehörte: »Die [Gruppe], zu der ich gehörte, bestand aus Théophile Gautier, Edmond und Jules de Goncourt, Paul Saint-Victor, Aubryet, Charles-Edmond, Gustave Flaubert, Gustave Doré, dem Maler Charles Marchal, Mario Uchard und Arsène Houssaye. Wir waren alle ohne Anhang, und oft dinierten wir zusammen, um uns danach im Theater die neuen Stücke anzusehen, über die einige von uns in den Feuilletons schreiben mußten« (Gustave Claudin, »Mes Souvenirs, Les boulevards de Paris 1840–1870«, Paris 1884).

AN EDMOND UND JULES DE GONCOURT

[Paris, April – Mai 1862?]

Diese Sache in der École lyrique fängt um 1/2 8 (Samstag) an.

Wir essen zusammen, nicht wahr? Abgemacht.

Soll ich Sie zwischen 5 und halb 6 Uhr in der Rue Saint-Georges abholen?

Der Ihre, meine Besten.

Gve Flaubert
Donnerstag

École lyrique: Flaubert meint wahrscheinlich das Théâtre-Lyrique. Welches Stück mit »diese Sache« gemeint ist, kann schwer rekonstruiert werden.

AN EDMOND UND JULES DE GONCOURT

[Paris, April-Mai 1862?]

Ich rechne morgen um 7 Uhr mit Ihnen, um mich zur École lyrique zu begleiten.

Soll ich Sie um 7 zu Hause abholen? Wenn ich nichts weiter höre, mache ich es so.

Tausend liebe Grüße.

Gve Flaubert

Ich kann nicht außer Haus dinieren. Sonst hätten wir die meritorischen Tavernen kauponisiert.

Tavernen: Zitat von Rabelais, aus dem 6. Kapitel des »Vorspruchs« von »Pantagruel«.

AN EDMOND UND JULES DE GONCOURT

[Paris, 1. Mai 1862]

Sie müssen um zwölf Uhr mittags im Musée Campana sein.

Denn um 3 Uhr erscheint die Kaiserin.

Ich benachrichtige Saint-Victor.

Der Ihre Gve Flaubert

Campana Museum: Napoleon III. hatte die große Kunstsammlung des Marquis Campana gekauft, die im Palais de l'Industrie an den Champs-Élysées ausgestellt werden sollte. Zuvor hatte man Campana Betrug vorgeworfen; seine Kunstsammlung war beschlagnahmt gewesen. Das neugegründete »Musée Napoléon III.«, das am 1. Mai 1862 eröffnet wurde, war Gegenstand heftiger Kritik. 1863 überführte Napoléon III. die Sammlung Campana in den Louvre. Die Goncourts notieren in ihrem Tagebuch nichts über den Besuch des Museums. Am 13. Mai und am 6. Juni schreiben sie über die Sammlung und zeigen sich wieder einmal sehr ablehnend gegenüber antiker Kunst.

AN FLAUBERT

Bar-sur-Seine, den 7. Juli [1862]

Schreiben Sie mir, wie es Ihnen geht, mein lieber Freund. Wir brauchen Sie, Ihre Handschrift, Ihren Händedruck per Brief. Wir befinden uns in einer blödsinnigen Unterpräfektur, inmitten von Leuten, die uns eines ironischen Tages von der Vorsehung aufgebürdet wurden? als Verwandte: sie singen Béranger und haben Jouy auf den Lippen, – ja, Jouy selbst, den Jouy von *Hermite de la Chaussée d'Antin.* Ich irre durch eine Bibliothek, in der die gesammelten Werke von Andrieux stehen: das sagt alles. Ich rette mich aufs freie Land und finde, daß es als Landschaft wirklich öde ist. Oft regnet es, ein Provinzregen, noch grauer als der Regen von Paris. Wenn es schön ist, kommt mir der Himmel alt vor, als sei das Himmelsblau aus der Mode. Das Firmament zeigt mir seine Verschwörung. Die Wolken sehen aus wie geflickt. Ich verstehe nicht, was für eine Pissfarbe die Jahrhunderte diesem Grünkohl des Weltalls verliehen haben. Die Sonne ist nicht mehr frisch. Gott scheint mir wie ein zugrunde gerichteter Theaterdirektor, dem die Lieferanten keinen Kredit mehr für neue Himmel geben wollen: für das Publikum schließt er den Fundus. Ein Marc Fournier am Ende des Unendlichen! Das ist meine Perspektive. Sie macht Marc Fournier größer, aber das Unendliche verkleinert sie.

Schluß mit den Litaneien.

Und wie steht es mit Ihnen? Ich schreibe Ihnen auf gut Glück nach Croisset. Aber vielleicht sind Sie mit Ihrer Mutter in Vichy? Mein Brief kann auf jeden Fall auf Sie warten. Er ist weder eine Nachricht, noch eine Bitte, nur ein Gruß, etwas, das immer zur rechten Zeit kommt. Und der letzte Schliff an *Salambo,* wie steht es damit? Sie, mein lieber Flaubert hätten die Welt viel besser gemacht, als sie gemacht ist; Sie hätten nicht am siebten Tag aufgehört … Wenn man einen Gott zur Wahl aufstellen wird, – was nicht ausbleiben kann, – werden wir Ihnen unsere Stimme geben: Sie werden das Gewissen sein, eine mit der gegenwärtigen und künftigen Literatur verlorengegangene oder annähernd verlorengegangene Religion.

Lassen wir das! Diesen Winter werden wir mit Ihrem Werk gut zu tun haben. Ihr Name muß in Umlauf, in aller Munde, zu Ehren kommen. Das wird die Luft reinigen, Wind machen und das Publikum aufheizen. Ich hoffe, Sie haben die verzweifelten Zustände verjagt, die einen ergreifen, wenn ein Buch abgeschlossen ist. Sie können *Salambo* wieder und wieder lesen und sind nicht in der Lage, es zu schätzen: Sie müssen sich auf die ehrlichen Glückwünsche Ihrer Freunde verlassen, auf deren Gewißheit Ihres Erfolges.

Wie geht es Bouilhet? Schicken Sie ihm unsere besten Grüße. Ich habe mitbekommen, daß die Académie ihn vergessen hatte: Bouilhet hätte es verdient. Finden Sie nicht auch, daß diese Académie zu einer Zweigstelle von Blumenspielen wird?

Saint-Victor hat dieser Tage einen sehr guten Artikel über das Nirwana geschrieben! Was für eine Unendlichkeit, dieses Nirwana! Die Unendlichkeit einer Null, die sich in den Schwanz beißt! Und was für eine Extase des Nichts.

Ich weiß nichts. Ich schreibe nichts. Und mir fällt nicht ein, was ich Ihnen noch erzählen soll, außer, daß wir vor unserer Abfahrt in Erinnerung an Sie bei Ledoyen einen russischen Gemüsesalat gegessen haben: eine traurige Wahrheit, daß man nicht zweimal den gleichen Salat essen kann: diesem fehlte die Form, fast wie einem schlechten Buch, und mehr war er auch nicht wert.

Und nun werfe ich diesen Brief in einen Kasten, der *Abdère* mit der Welt verbindet und mich mit meinen Freunden.

Die beiden Brüder drücken Ihnen Ihre beiden Hände.

Ganz der Ihre Jules de Goncourt

Wenn Sie noch Tinte zu verschwenden haben, seien Sie so lieb, mir kurz zu antworten. Wir sind bis Ende des Monats bei M. Labille in Bar-sur-Seine. Aube.

Unterpräfektur: Die Goncourts waren seit dem 14. Juni 1862 bei ihren republikanisch gesonnenen Verwandten Labille zu Gast. Im Juni schreibt Jules an Paul de Saint-Victor: »Der Verwandte, den ich einer Ironie der Vorsehung verdanke, singt ständig Béranger, und ich räche mich an dem Chansonnier, indem ich seine Chansons eine Nachspeise für Pensionsgäste nenne.«
Jouy: Victor Joseph Étienne (genannt Jouy, 1764–1846), Lyriker und Texter großer Komponisten. Er veröffentlichte 1811–1814 in »La gazette de France« Sittengemälde, die er 1813/14 unter dem Titel »L'Hermite de la Chaussée d'Antin ou Observations sur les moeurs et les usages parisiens au commencement du XIX siècle« in fünf Bänden herausbrachte.
Andrieux: Francois Andrieux (1759–1833), Jurist, Mitglied der Académie française und Autor von Theaterstücken und Erzählungen.
Marc Fournier: damaliger Theaterdirektor des Theaters Porte-Saint-Martin.
Nirwana: Saint-Victor schrieb am 16. Juni 1862 in »La Presse« mit großem Lob über ein Buch von Barthélemy-de-Saint-Hilaire »Le Bouddha et sa religion«. Saint-Victor selbst sah in dem Artikel das Nirwana als absolute Erlösung von der »gräßlichen Unsterblichkeit« der endlosen Wiedergeburten in der Lehre der Brahmanen. Die Goncourts beglückwünschen Saint-Victor in einem Brief vom Juli 1862: »Unser Kompliment, und zwar ein ehrliches, wie Sie wissen, zum Nirwana. Sie haben uns das alles klar gemacht. Was für ein Unendliches, das Unendliche einer Null, die sich in den Schwanz beißt! Und welche Exstase des Nichts!«
Abdère: Stadt in Thrakien, in der Antike berühmt für die Dummheit ihrer Bewohner, der Abderiten.

AN EDMOND UND JULES DE GONCOURT

Croisset, Samstag abend [12. Juli 1862]

Wie es mir geht, meine lieben Guten? Gar nicht. – *Salambo* bin ich endlich los. Die Abschrift ist seit vergangenem Montag in Paris, aber bis jetzt bin ich, was den Verkauf dieses Sperrguts angeht, noch zu keinem Schluß gekommen.

Ich habe mich schließlich damit abgefunden, eine unendliche Arbeit als abgeschlossen zu betrachten. Nun ist die Nabelschnur durchtrennt. Uff! denken wir nicht mehr daran! Es geht darum, zu anderen Übungen zu kommen.

Aber welchen? Ich träume von einem Haufen von Dingen, ich irre durch tausend Projekte. Ein Buch zu schreiben ist für mich eine lange Reise. Die Fahrt geht über rauhe See, und schon im voraus ist mir davon übel. Ja. So daß ich, weil sich zur Sterilität meiner Einbildungskraft noch die Angst gesellt, nichts finde. Sobald eine Idee am Horizont auftaucht und ich etwas zu erkennen glaube, (erkenne) sehe ich zugleich so große Schwierigkeiten, daß ich zu einer anderen übergehe, und so weiter.

Ich habe auf einen Schlag 33 moderne Feerien gelesen, das ganze Repertoire: Dennery, Clairville, Anicet Bourgeois! Was für ein Pensum! Neben Saint Augustin und dem Milchschwein ist es das Schwerfälligste, was ich kenne. Man macht sich keinen Begriff von dem Gewicht dieser launigen Einfälle. Ich lese auch die Gedichte von Shakespeare, die (Dichtung) Bibliothek der Märchen, und ich habe *Les Misérables* zu Ende gelesen. Haben Sie sich die Diskussion über den Dung zu Gemüte geführt? Das wird Pelletan gefallen!

Was meine Pläne für Tapetenwechsel betrifft, so weiß

ich noch nicht, ob ich nach Vichy fahre. Sie können mir also in aller Ruhe bis zu den ersten Augusttagen hierher schreiben. Werden Sie um diese Zeit in Paris sein? Ich habe immer noch die Absicht, ab Mitte September meinen Winter zu beginnen, um »die Druckpressen ächzen zu lassen«.

Und Sie, meine Herzchen, Sie scheinen sich im Schoß Ihrer Familie nicht übermäßig zu amüsieren? Haben Sie zur Abwechslung wenigstens schlüpfrige Träume? Auf dem Land ist der Fehltritt ein Trost, wenn er auch in der Stadt eine schmutzige Sache ist.

Der Himmel ist hier nicht schöner als in der Champagne. Bei seiner Farbe könnte man von einem schlecht gespülten Nachttopf sprechen. Wie bei altem Porzellan gibt es abgeschlagene Stellen mit einem gelblichen Ton in der Mitte, der an Urin erinnert und den Platz der Sonne einnimmt. Die Natur ist so blöd wie die Menschen, wahrhaftig. Wenn man das Pech hat, an diese lieblichen Gefilde gefesselt zu sein, sollte man erleuchtet in einem Gewächshaus leben.

In zwei Wochen wird es eine Fahrt nach Rouen geben. Ich bekomme vielleicht Besuch von Claudin. Das wird der einzige Lichtblick meines Sommers sein!

Die Proben für *Dolorès* im Français beginnen am nächsten Mittwoch. Bei *Faustine* habe ich den Verdacht, daß Fournier mit seinem Autor irgendeinen üblen Streich vorhat. Hübsche Welt! hübsch! hübsch!

Kopf hoch! ärgern Sie sich nicht zu sehr. Und denken Sie an mich, der Sie alle beide zärtlich umarmt.

Gve Flaubert

Sperrgut: Flaubert hatte »Salambo« Ernest Duplan geschickt. Er hoffte, daß Michel Lévy das Manuskript ungelesen akzeptieren würde.
Feerien: Ursprünglich Dramatisierungen von Märchen. Später entwickelten sich Feerien mit exotischer oder wissenschaftlicher Vorlage. Grundlage war der Geschmack am Wunderbaren, Anlaß

für den Einsatz neuester Möglichkeiten der Bühnentechnik und der Fortschritte bei der Beleuchtung. Feerien kamen im Winter auf die Bühne und standen besonders für Kinder auf dem Spielplan.
Bibliothek der Märchen: Eine Sammlung von Märchen in 41 Bänden: »Le Cabinet des fées ou Collection choisie des contes de fées«.
die Dissertation über Dung: Im zweiten Buch des fünften Teils von »Les Misérables« unternimmt Hugo eine enzyklopädische und dichterische Studie der Abwasser von Paris: »Sämtliche menschlichen und tierischen Fäkalien, die der Mensch vergeudet, der Erde zurückzugeben, statt sie ins Wasser zu werfen, reichte aus, die Welt zu ernähren.«
Pelletan: Eugène Pelletan, ein Freund Lamartines, Literaturkritiker bei »La Presse« und später beim »Siècle« und bei »L'Artiste«. Er machte sich zum Vorsänger von Demokratie und Fortschritt.
Claudin: Gustave Claudin war Journalist bei der Zeitung »Le Mémorial de Rouen«. Flaubert hatte ihn nach seiner Ägyptenreise kennengelernt.
Dolorès: Die Premiere von Bouilhets Stück »Dolorès« fand am 22. September 1862 im Théâtre-Français statt.
Faustine: Bouilhet hatte Marc Fournier, dem Direktor des Porte-Saint-Martin-Theaters, im Mai 1862 sein Stück »Faustine« vorgelesen und einen Vertrag unterzeichnet. In einem Brief vom Juli 1862 an Flaubert beklagt sich Bouilhet, daß er Schwierigkeiten habe, Fournier aufzutreiben, um sein Manuskript zurückzubekommen.

AN EDMOND UND JULES DE GONCOURT

[Croisset,] Freitag 1. [August 1862]

Meine lieben Guten,

Ich hoffe, Sie in acht Tagen in die Arme schließen zu können, wenn Sie dann noch in Paris sind, oder ich komme Donnerstag und fahre Samstag früh wieder.

Seien Sie so gut, mir zu sagen, um welche Uhrzeit wir uns sehen könen!

Und mir auch zu sagen, was Ihr PS bedeutet: »Lévy ist verwirrt«, denn ich *habe keine Ahnung*, was in Paris mit *Salambo* vor sich geht, die noch nicht verkauft ist.

Tausend liebe Grüße von Ihrem

Gve Flaubert

in acht Tagen: Die Goncourts fuhren erst am 3. September 1862 von Paris nach Bar-sur-Seine.

AN FLAUBERT

Bar-sur-Seine, 7. Sept[ember 18]62

Mein lieber Freund,

(Zuallererst unser Kompliment. Freund Claudin hat uns von dem Verkauf und dem Preis in Kenntnis gesetzt. Das heißt für Sie nicht nur Geld, sondern ein verlegerisches Engagement. Nun steht Ihnen ein noch durch den Buchhandel verstärkter Erfolg bevor; was den anderen, den literarischen betrifft, so ist das Buch da; und die Sache ist gemacht. Soll ich es offen sagen? so wie wir die heutigen Verleger kennen, waren wir erstaunt, daß einer von ihnen Vernunft gezeigt und Geschmack bewiesen hat.)

Wir sind immer noch auf dem Land, aus Gesundheits- und Sparsamkeitsgründen freiwillig in unsere Familie deportiert. Unser Leben ist letzten Monat in die Brüche gegangen durch die Krankheit und den Tod unserer alten Kinderfrau. Das hat uns seelisch und körperlich so schwer erschüttert, daß wir das Bedürfnis hatten, ins Grüne zu fahren, um uns hier zu erholen und es zu verdauen. (Sie sehen uns.) (Wir kommen), hoffe ich, in den ersten Oktobertagen, wiederhergestellt und zu allen Schandtaten bereit, zurück; denn unsere Gereiztheit ist dieses Jahr durch eine unheilbare Faulheit noch schwieriger geworden.

Ich denke, Sie sind in Paris und *Salambo* in Druck. Wir hofften beinahe, Sie am 31. August bei Gautiers Geburtstag zu sehen. Sie haben uns sehr gefehlt. Gautier war großartig in seinem eigenen Stück, das in dem Zimmer seiner beiden Töchter im Familienkreis gespielt wurde: er hat mit einer unvorstellbaren Stimme einen Pantaleone gegeben: eine Stimme, die an einen glucksenden Rabelais erinnerte. Direkt danach haben wir Paris verlassen, was uns das hiesige Domino noch geistloser erscheinen läßt. Wir werden immer fetter, aus Verdruß, und vor allem vom Essen. (Wir denken an unsere Freunde wie an ein verlorenes Vaterland. Wir fragen uns, ob Bouilhets Stück die schlechte Idee haben wird, vor unserer Rückkehr über die Bühne zu gehen, und wir versprechen uns in diesem Winter vergnügliche Stunden am Boulevard du Temple, Pfeife zu rauchen auf das Wohl eines Mannes und eines Buches, von denen wir nur das Beste denken, was man von einem lieben Freund denken kann, und zwar eines Buches, auf dessen erneute Lektüre wir ungeduldig warten.)

Wir legen unsere vier Hände in die beiden Ihren.

Jules de Goncourt

Das ist aber nicht nett, uns nicht zwischen zwei Korrekturbögen mal ein paar Zeilen zu schreiben.

Unsere Adresse, immer noch bei Monsieur Labille in Bar-sur-Seine *Aube.*

Preis: Michel Lévy hatte Flaubert für »Madame Bovary« die bescheidene Summe von 400 Francs für jeden der beiden Bände geboten. Nach einer Intervention von Flauberts Anwalt Ernest Duplan sah der Vertrag mit Lévy vom 11. September 1862 für »Salambo« 10 000 Francs vor, unter Erneuerung der Rechte an »Madame Bovary« und der Option auf Flauberts nächsten Roman. Flaubert willigte des weiteren ein, daß Lévy das Gerücht verbreitete, ihm für »Salambo« 30 000 Francs gezahlt zu haben, um so einen Verkaufspreis von sechs Francs pro Buch rechtfertigen zu können.
Kinderfrau: Rosalie Malingre stand seit 1837 im Dienst der Familie Goncourt. Nach ihrem Tod erfuhren die Brüder von dem Doppelleben und den Ausschweifungen der Frau, die sie als zweite Mutter angesehen hatten.
Gautier: Nach seiner Rückkehr aus Algerien, wo er die Einweihung der Eisenbahnstrecke von Blida miterlebt hatte, feierte Gautier seinen Geburtstag am 31. August im Familienkreis mit einer eigenen Komödie im Commedia-dell'Arte-Stil: »Pierrot posthume«. Die Goncourts beschreiben die Vorstellung in ihrem Tagebuch: »Dann Gautier selbst, der den Doktor spielt, einen großartigen Pantaleone, auf alt geschminkt und angemalt, daß es all die von Diafoirus aufgezählten Krankheiten mit der Angst bekommen, bucklig, hölzern, mit veränderter, verstellter Stimme, hervorgeholt aus wer weiß welchen Gehirnlappen, aus der Herzgrube, aus dem ›Calcaneum‹ der Ferse, eine heisere, wahnsinnige Stimme, die nach einem glucksenden Rabelais klingt.« Das Stück wurde 1864 in 25 Vorstellungen im Vaudeville-Theater gezeigt.

AN EDMOND UND JULES DE GONCOURT

Paris, Samstag [13. September 1862]

Ich bin seit Montag abend hier, meine lieben Guten; Ihr Brief hat mich Dienstag früh erreicht. Wie denn! noch drei Wochen, ohne Sie zu sehen! Sie fehlen mir über alle Maßen. Paris kommt mir leer vor ohne meine beiden Herzchen. Beeilen Sie sich also mit der Rückkehr.

Ich habe vorgestern abend meinen Vertrag mit Lévy unterschrieben, zu äußerst vorteilhaften Konditionen. Sie sind indessen nicht so phantastisch, wie Sie glauben mögen.

Zur Zeit bin ich damit beschäftigt, die zu häufigen *unds* zu beseitigen, und einige Französischfehler. Ich gehe mit der *Grammaire des grammaires* ins Bett, und das *Dictionnaire de l'Académie* stapelt sich auf meinem grünen Teppich. In acht Tagen wird mit all dem Schluß sein; das Buch kann Ende Oktober erscheinen. Für die gekrönten Häupter habe ich eine Edition von 25 Exemp(laren) in 8° auf holländischem Büttenpapier erwirkt.

Bouilhets Stück (*Dolorès*) wird diesen Monat vom 25. bis 28. gespielt.

Ich habe noch niemanden von unseren Freunden gesehen und infolgedessen den Stern der Ehre auf Claudins weißem Überzieher noch nicht in Augenschein genommen.

In Vichy habe ich vier blödsinnige Wochen verbracht, in denen ich nur geschlafen habe. Wahrscheinlich hatte ich es nötig. Es hat mich erholt, aber mein Geist ist immer noch davon geschwächt. Ich bin dumm und leer wie ein Krug ohne Bier. Keine einzige Idee, kein einziger Plan. Ich stehe umsonst unter Dampf. So sieht es mit mir aus.

Mirecourt hat einen schrecklichen Angriff gegen *Les Misérables* unternommen. Die Reaktion kommt in Gang, jetzt, wo der Bourgeois merkt, daß man ihn verarscht hat.

Sind Sie zu Bouilhets Premiere wieder zurück? er wird Freunde nötig haben.

Ärgern Sie sich nicht zu sehr und antworten Sie mir.

Ich küsse Sie auf die vier Wangen und drücke Ihre vier Hände.

Gve Flaubert

nicht so phantastisch: Flaubert schreibt am 23. August 1862 an Baudry, daß Lévy ihm seinen Roman für 10000 Francs abgekauft habe, aber das Gerücht verbreiten wolle, er habe 30000 dafür gezahlt, um einen höheren Preis für das Buch nehmen zu können.
La Grammaire des grammaires: Eine 1811 von Girault-Duvivier veröffentlichte Grammatik, die 1842 wiederaufgelegt wurde.
Stern der Ehre: Claudin hatte am 18. August 1862 das Kreuz der Ehrenlegion bekommen.
Vichy: Flaubert hatte seine Mutter nach Vichy begleitet und war vom 10. August bis zum 7. September dort geblieben.
Mirecourt: Der »Figaro« vom 7. September hatte das Buch Mirecourts »Les vrais misérables« vorgestellt, in dem der Autor mit Bezug auf Hugos Roman behauptet, die wahren Elenden seien Schriftsteller wie Hugo, die mit ihren demagogischen Texten utopische Illusionen weckten und Haßgefühle erregten.

AN FLAUBERT

[Paris,] Samstag 29. Nov[embre 1862]

Mein lieber Freund,

Morgen haben wir alles mögliche auf dem Hals, was uns gewiß den ganzen Tag bis sechs Uhr rauben wird. Ich hoffe jedoch, daß Sie mit S(ain)t-Victor und uns essen gehen. Denn nachdem man Sie gelesen hat, hat man das Bedürfnis, Sie zu sehen. – Wie schade, daß Decamps tot ist! Wie er das illustriert hätte! – Tausend Dinge, die mir bei der Lesung entgangen waren, haben mich im Druck begeistert. Es ist schön, sehr schön. Es gibt köstliche, traumhafte Passagen neben großen Albträumen ... Alles weitere dann morgen, nicht wahr? Beim Diner.

Glückwunsch und einen herzlichen, freundschaftlichen Händedruck.

J. de Goncourt

Ich bringe Ihnen dieser Tage meinen *Ollande* (sic).

29. November: Nach der Veröffentlichung von »Salambo« war das Verhältnis zwischen den Goncourts und Flaubert ein wenig abgekühlt. Die Brüder hatten den Eindruck, daß Flaubert, trotz seiner Proteste, die literarischen Fragen als Geschäftsmann anging. Sie werfen ihm die Eitelkeit vor, sich als Rivalen von Hugo auszugeben. Sie meinen, Flaubert beneide sie, weil Sainte-Beuve ihrer historischen Studie »La Femme au XVIII. siècle« einen Artikel widmen wollte. Trotz dieser Vorbehalte und ihrer sehr kritischen Äußerungen über »Salambo« im Tagebuch bitten die Goncourts Flaubert um ein Treffen zur Feier seines Romans.
nachdem man Sie gelesen hat: Flaubert hatte den Brüdern einen Band der 25 Exemplare in Büttenpapier geschenkt, mit der Widmung: »Meinen besten Jules und Edmond de Goncourt. – G. Flaubert«. Edmond ließ das Buch kostbar binden. In »La Maison d'un artiste« beschreibt er die Schätze seiner Bibliothek: »Von meinem alten Flaubert die Ausgabe in einem Band von Madame Bovary und eine Salambo, für die ich mir einen echt karthagischen Einband ausgedacht habe, aus einem bräunlichen japanischen Leder, das aussieht wie eine Menschenhaut aus der Gerberei von Meudon, und eine Hülle aus Wildseide mit goldgestickten Eulen auf blutrotem Hintergrund.«
Decamps: Die Goncourts bewunderten, vielleicht angeregt durch Gavarni, den Maler Decamps. Sie äußerten ihre Verblüffung über die Ähnlichkeit von Decamps' Gemälden mit »La Légende des siècles« von Victor Hugo. Der Maler starb am 22. August 1860.
Ollande: Gemeint ist ein Band der eben erschienenen Studie der Goncourts: »La Femme au XVIII. siècle«.

AN EDMOND UND JULES DE GONCOURT

[Paris, 3. Dezember 1862]

Gestern habe ich den alten Sainte-Beuve *außer sich* über *Salambo* erlebt, wutschnaubend. Wir dinieren nicht minder Samstag bei Magny. Aber die Adresse besagten Restaurants kenne ich nicht. *Schicken Sie sie mir.*

Als ich nach Hause kam, fand ich Ihren Band vor. – Ich werde ihn noch einmal lesen, bevor ich mich darüber auslasse.

Wie früh Sie ausgehen! Ich stand gestern ziemlich dumm da, als ich Sie nicht antraf!

Tausend liebe Grüße

Gve Flaubert
Mittwoch 2 Uhr

AN FLAUBERT

[Paris, 4. Dezember 1862]

Wir haben uns also verpaßt? Wie ärgerlich!

Die Adresse von Magny ist die zweite Straße in der Rue Dauphine, linker Hand, wenn man vom Pont neuf kommt. Es ist das zweite Haus dieser Straße, deren Namen ich nicht kenne.

Lévy hat mir gestern abend gesagt, Ihr Buch liefe wunderbar. Sie stehen kurz vor der zweiten Auflage. Wir freuen uns sehr darüber und beglückwünschen Sie dazu.

Von ganzem Herzen

Bis Samstag.

Jules de G.

AUS DEM TAGEBUCH DER BRÜDER GONCOURT

6. Dezember 1862

Gestern, im Laufe des Tages, kam Flaubert mich besuchen. Ich erzählte ihm so ungefähr, was Sainte-Beuve gesagt hatte. Er verlor die Beherrschung. Die Wut über die Demütigung brach aus ihm heraus. Das Wort *Tragödie* und der Zusatz *klassisch* verletzten ihn bis aufs Blut; und da er unter dem Schock jede Reserve fallenließ, sagte er zwei Minuten später: »Ah, unglaublich! er ist ein Drecksack, unser Freund Sainte-Beuve! Bei Prinz Napoléon ist er ein primitiver Lakai ... Und außerdem ist er ekelhaft: er ist ein Schwein!«

Kurz, sein Stolz trat klar zutage. Er schwamm in Eitelkeit. Es gab *Salambo* und damit genug. Alles andere ringsum war verschwunden. Mitunter kam der Normanne durch. Er erzählte, daß er einer Zeitung, die ein Zitat von ihm verstümmelt hatte, Gerichtsdiener schicken wolle. Und über Hugo sprach er offen und ungeniert, wie von einem Konkurrenten, den er nicht mehr zu fürchten brauchte. Jede Höflichkeit gegenüber diesem Gott, der von seiner Größe passé, am Ende, erloschen und tot ist, schüttelte er ab.

Abends findet bei Magny das Diner unserer Gesellschaft statt, die wir Société Gavarni getauft haben. Als ich hereinkomme, sehe ich Flaubert, der Sainte-Beuve mit Beschlag belegt und ihn wild gestikulierend von der Außerordentlichkeit seines Werkes zu überzeugen versucht ...(...) Flauberts erstes Wort beim Gehen ist: »Er ist ganz zahm geworden, der alte Sainte-Beuve. Er wird mir drei Artikel schreiben. Im letzten wird er sich bei mir entschuldigen.« Und beinahe im gleichen Moment setzt er hinzu: »Ein charmanter Mann.«

Er platzt immer mehr vor Stolz. Die *Fanny* von Feydeau hat er sehr stark korrigiert, sagt er; und daher ist es kein Wunder, daß es mit Feydeau, der sich immer weniger an ihn gewandt hat, so bergab gegangen ist!

Er ist voller Paradoxa, und sie riechen nach Provinz, wie auch seine Eitelkeit. Sie sind grob, schwerfällig, hart, gezwungen, gnadenlos. Er besitzt einen schmutzigen Zynismus. Über die Liebe, von der er häufig spricht, hat er alle möglichen, spitzfindigen, durchtriebenen Thesen zum Paradieren und Posieren. Im Grunde ist dieser Mann weitgehend ein Phrasendrescher und Sophist. In seiner obszönen Art ist er zugleich unflätig und affig. Die Erregung, in die ihn die Frauen versetzen, unterteilt er in tausend Kategorien und erzählt von der einen, daß sie ihm nur Lust mache, ihr die Augenbrauen zu küssen; von der anderen, ihr die Hand zu küssen; von noch einer anderen, ihr übers Haar zu streichen; und das mit der komplizierten und affektierten Art, dem Geziere und Getue eines Macho, in diesen so einfachen Dingen – zum Beispiel, wenn er uns von seiner Vögelei mit der Colet berichtet, wie sie auf der Heimfahrt in einer Droschke begann, und sich dabei so darstellt, als habe er ihr nur die Rolle des vom Leben Angewiderten, des Trostlosen, des Selbstmordkandidaten vorgespielt, die ihm so viel Spaß machte und ihn innerlich so erheiterte, daß er ab und zu die Nase aus dem Wagenfenster steckte, um ungehindert zu lachen.

Nebenbei versichert er uns, daß die moderne Zeit ihn unsterblich langweile, anöde und mit Abscheu erfülle; daß ihn für sein Gefühl nichts mit den an ihm Vorübergehenden verbinde, daß er nicht die geringste Lust verspüre, in ihre Haut zu schlüpfen, um einen Roman daraus zu machen; daß ihm eine Rothaut hundertmal näher sei, ihn tiefer berühre als all diese Leute, die wir da auf dem Boulevard sähen.

AN JULES DE GONCOURT

[Paris, 17. Januar 1863?]

Mein lieber Freund,

ich bitte Sie, mich bei diesen Herren zu entschuldigen. – Es hat sich nämlich plötzlich eine überaus wichtige Arbeit ergeben. Ich sitze zu Hause fest.

Ich drücke Ihnen und den Herren tausendmal die Hand. Bis morgen, nicht wahr?

Ganz der Ihre

Gve Flaubert

6 Uhr abends

AN EDMOND UND JULES DE GONCOURT

[Paris, 20 Januar 1863]

Sie haben doch sicher eine Einladung für morgen bei der Prinzessin bekommen? Soll ich Sie abholen? Vielleicht rauchen wir bei Ihnen eine letzte Pfeife und lassen einen letzten Scheiß vom Stapel?

Rombaud!
Dienstag 1 Uhr

Antwort

Prinzessin: Prinzessin Mathilde, Tochter eines jüngeren Bruders von Napoleon, führte nach ihrer Scheidung von einem Russen einen Salon, in dem sich die bedeutendsten Persönlichkeiten ihrer Zeit versammelten. Durch ihre Liebesbeziehung zu dem Maler Nieuwekerke waren darunter auch viele große Männer aus der Welt der Kunst. Zeichnungen und Gemälde des Malers Charles Giraud dokumentieren diese Soiréen in ihren mit rotem Purpur tapezierten Empfangsräumen und dem Speisesaal aus smaragdgrünem Samt. Louis Napoléon hatte ihr nach seinem Amtsantritt eine offizielle Stellung verliehen. Die Prinzessin residierte von nun an in einer Stadtvilla in der Rue de Courcelles 10. Ihr Salon bildete mit den sehr freizügigen, antiklerikalen Gesprächen die Erweiterung der Treffen im Magny auf höchster gesellschaftlicher Ebene.
Die Brüder Goncourt waren schon vor Flaubert bei der Prinzessin zu Gast gewesen. Sie schätzten ihre Grazie, ihre Natürlichkeit und Liebenswürdigkeit. In ihren Erinnerungen beschreibt Prinzessin Mathilde die erste Einladung Flauberts:
»›Salambo‹ hatte in der geistigen Welt weniger Erfolg als ›Madame Bovary‹, das breite Publikum jedoch sprach nur von ›Salambo‹, wodurch Flaubert in Mode kam.
Die Kaiserin wünschte ihn kennenzulernen:
»Ich bat Monsieur Camille Doucet, sich zu informieren, ob ich ihn, ohne mich einer Ablehnung auszusetzen, einladen könne. Die Antwort war positiv, und so bat ich ihn, an einem bestimmten Tag, an dem der Kaiser und die Kaiserin zum Diner kommen sollten, den Abend in meinem Hause zu verbringen. Flaubert kam früh. Ich hatte keine Mühe, ihn zu erkennen, so gut, wie ich über ihn unterrichtet war. Er dankte mir aufrichtig für die Ehre, die ich ihm erwiese« (Aus: Flaubert, »Lettres inédits à la princesse Mathilde«, Conard 1927).

Die Brüder Goncourt beschreiben den ersten Empfang Flauberts bei der Prinzessin: »Unser Freund ist an diesem Abend stolzgeschwellter denn je, er platzt beinahe; die Kaiserin hat mit ihm gesprochen, hat ihn für einen Ball um das Kostüm Salambos gebeten. Er findet, daß solche Sachen wie die Aphorismen von Musset nicht hätten geschrieben werden müssen; und er teilt mir seinen Plan mit, sich eine Hose für Empfänge bei Hofe machen zu lassen, eng, wie die Gäste sie üblicherweise tragen. Und er sagt mir folgende Artigkeit, indem er mich darauf hinweist, mich umzudrehen, um Prinz Napoléon nicht den Rücken zuzuwenden: ›Oh! er wäre Ihnen nicht böse...‹«
Rombaud: Rombeau, (Flaubert schreibt Rombaud) ist eine Gestalt aus »La Nouvelle Justine ou Les Malheurs de la vertu« von Marquis de Sade (Corr. t. III p. 56). Am 22. November 1859 zitierte Flaubert diese Gestalt von de Sade in einem Brief an seinen Freund Ernest Feydeau. Er schreibt über den Roman »Lui« von Louise Colet, in dem sie sich bissig über ihr Verhältnis zu Flaubert ausließ: »Mich hat dieses Buch jedenfalls nicht weiter geärgert (mir ist schon lange klar, was ich von dem Autor zu halten habe!). Ich gebe sogar zu, daß ich verdorben, stolz oder tugendhaft genug bin, mich maßlos amüsiert zu haben. Und dann mache ich wirklich eine gute Figur darin. Bin ich hinreichend abstoßend? unverletzlich, unbeugsam, vergeistigt und unsichtbar wie ein Engel und gleichzeitig ein Ficker wie ein Held von De Sade: ›Niemand war so sehr Herr seines Schwanzes wie Rombeau!!!‹ (Was nebenbei ein hübscher Satz ist.) Gerade weil ich zu sehr Herr meines Schwanzes war, haben wir uns zerstritten! Ich fand, daß sie mein Geschlecht vereinnahmte. Die Eier kann man herleihen oder hergeben, aber aufgeben, niemals!
Diese Veröffentlichung hat mich einmal mehr von der tiefen Unmoral der Frauen überzeugt. Du wirst einwenden, daß diese da ein Monster war (nein, doch! Monster gibt es nicht, leider!), und es gibt ja auch Monster unter den Männern! Kein Mann würde einer ehemaligen Geliebten das antun. Aber die Frauen haben keine Vorstellung vom Recht. Die Besten haben keine Skrupel, an Türen zu lauschen, Briefe zu öffnen, zu tausend kleinen Betrügereien zu raten und sie zu verüben, etc. All das kommt von ihrem Organ. Wo der Mann etwas Erhabenes hat, haben sie ein Loch!
Dieses Erhabene ist die Vernunft, die Ordnung, die Wissenschaft, der Phallus Sonnenplanet, und das Loch, das ist die Nacht, das Feuchte, das Unklare. Dies ist reines Karthagisch.«

AN FLAUBERT

[Paris,] Donnerstag abend [29. Januar 1863]

Mein lieber Freund,

zu meinem Bedauern muß ich Ihnen mitteilen, daß das Kostüm der Kaiserin vollständig ins Wasser gefallen ist. Hier die Worte der Person, bei der wir diniert haben. »Es ist unmöglich ...«

Ganz der Ihre und bis Samstag.

J. de Goncourt

Person: Gemeint ist Prinzessin Mathilde. Die Goncourts hatten sie gefragt, ob Flaubert sich noch weiter um das Salambo-Kostüm für die Kaiserin bemühen sollte. Flaubert hatte Kostümzeichnungen nach seinen Anweisungen in Auftrag gegeben. Die Prinzessin wies die äußerst freizügigen Entwürfe energisch zurück: »Sie antwortet mir in einem, was Flaubert angeht, sehr trockenen Ton: ›Das ist unmöglich!‹« (Tagebuch der Brüder Goncourt, 28. Januar 1863). Die im zweiten Kaiserreich besonders beliebten Kostümbälle zeichneten sich durch strenge Etikette aus. Erlaubt waren nur konventionelle Kostüme aus der Zeit Louis XV. oder Watteausche Schäferfiguren. Am 9. Februar 1863 erschien jedoch Madame Rimsky-Korsakov bei Hofe in einem Salambo-Kostüm, dessen offener Schnitt und transparenter Stoff allgemein schockierten. Am 22. Februar und 8. März veröffentlichte die Zeitung »L'Illustrateur des dames« Zeichnungen von Salambo-Kostümen. Einige Monate später bat Berlioz Flaubert um Rat, als er seine Oper »Les Troyens à Carthage« inszenierte.

AN EDMOND UND JULES DE GONCOURT

Croisset, Donnerstag abend [2. April 1863]

Wie geht es Ihnen? Es ärgert mich, Sie nicht sehen zu können.

Erzählen Sie mir von sich und Ihrer Arbeit. – Und denken Sie daran, daß Sie mir versprochen haben, mich ausgiebig zu besuchen, sobald sie abgeschlossen ist. Wann wird das sein?

Nebenbei bitte ich Sie um einen Rat. Ich habe von dem Kriegsmann Bougenel eine Einladung[skarte] für alle Sonntage im April und Mai bekommen. Die Karte wurde mir aus Paris nachgesandt. Was soll ich tun? Antworten, daß ich nicht »in den Genuß dieser Gunst kommen kann«, weil ich nicht in Paris bin, ist vielleicht lächerlich? Nichts tun ist vielleicht flegelhaft? Muß ich mich wenigstens einmal in den nächsten beiden Monaten in der Rue de Courcelles sehen lassen? Erhellen Sie mir die höfischen Sitten und Gebräuche.

Gibt es weiter die Samstags-Diners und was wird dort geredet? Und der Sainte-Beuve? Ich habe sämtliche Bücher von Turgenjew gelesen. Dieser Mann hat wirklich Talent! Was mir bei ihm gefällt, ist eine Vornehmheit und eine stets vorhandene Poesie.

Was mich betrifft, meine lieben Alten, so bin ich vergiftet von dem Gemale, mit dem man mein Parterre beschmiert hat. Mein Gesicht ist verwüstet von Furunkeln, die sich dort hartnäckig eines nach dem anderen bilden, und ich arbeite an zwei Romanvorhaben und weiß noch nicht, welches der beiden ich anpacken soll. So steht es mit Ihrem Freund.

Drücken Sie Saint-Victor fest von mir die Hand. Schreiben Sie mir und eilen Sie herbei, sobald Sie frei sind. Keine Angst. Ich werde Ihnen nicht die geringste Sehenswürdigkeit zeigen und Sie keiner einzigen wichtigen Persönlichkeit vorstellen!

Ich schließe Sie alle beide zärtlich in die Arme.

Ihr Gve Flaubert

Sicher wissen Sie nicht, daß ich in zwei Pariser Kirchen (Sainte-Clotilde und Trinité) dem Haß der Gläubigen ausgeliefert worden bin. Man wirft mir vor, obszöne Kostüme erfunden zu haben und »das Heidentum zurückbringen zu wollen«.

Ich denke gerade an all die Dummheiten, die morgen, am Karfreitag, im ganzen Christentum geredet und begangen werden! Ein schöner Tag für den Freidenker, der im Namen der Philosophie protestiert und Schweinefleisch ißt. Doch die anderen, der Bourgeois, der aus Respekt vor der öffentlichen Meinung die Segel streicht, der, der nach langer Diskussion seiner Frau nachgibt, der, der eigentlich *Angst* hat, etc.: alle sind sie doch so gut. *Essen* oder *fasten* (*to be, or not to be*) scheint mir eines so albern wie das andere, ich habe an diesem Tag immer Lust gehabt, absolut nüchtern zu bleiben und 24 Stunden gar nichts zu essen. Aber das wäre ein wilder Entschluß und eine schlechte Lösung. Wie auch immer! Es ist ein für einen Skeptiker schwer herumzubringender Tag, geben wir es zu! ... und dann stellt sich ja auch noch »die Frage der Dienstboten«.

Ihre Arbeit: Die Goncourts arbeiten an »Renée Mauperin«.
Bougenel: General Bougenel war »Chevalier d'honneur« von Prinzessin Mathilde und sorgte bei ihren Empfängen für das Protokoll.
Samstags-Diners: Die Diners im Restaurant Magny.
Turgenjew: Flaubert und Turgenjew waren sich zum ersten Mal am 28. Februar 1863 im Magny begegnet. Am folgenden Tag schickte Turgenjew Flaubert seine »Scènes de la vie russe« und versprach ihm, »Väter und Söhne« und »Nouvelles Scènes de la vie russe« nach Croisset zu schicken. Flaubert schreibt am 16. März 1863 voller Bewunderung an Turgenjew: »Von Ihren Werken geht ein herber und süßer Duft aus, eine zauberische Traurigkeit, die mir ins tiefste Innere dringt.« Am 19. März schickt Turgenjew Flaubert den Band »Helena« und kündigt ihm »Erste Liebe« an.
zwei Romanvorhaben: Flaubert denkt an »L'Éducation sentimentale« und an »Bouvard et Pécuchet«.

AN FLAUBERT

[Paris,] Freitag [2. April 1863]

Ja, das ist nett. Wir haben die ganze Zeit auch sehr an Sie gedacht, mein lieber Feund. Sie sind wirklich ein Teil von uns, und wenn Sie nicht da sind, sind wir, obwohl zu zweit, nicht ganz komplett. Unsere Sonntage sind jetzt langweilig wie Sonntage, lediglich am Abend erholen wir uns wieder ein wenig, wenn wir mit S[ain]t-Victor dinieren, dem ich auf jeden Fall von Ihnen die Hand drücke. Sie fehlen uns sehr, – anders kann man es nicht sagen.

Die Dinge nehmen ihren Lauf. Paris bleibt sich treu; C[laudin] ist immer noch der Herzensgeliebte von Schneider und der Mann, der die meisten bekannten Leute kennt; Aubryet beklagt sich über seinen Magen und den Tod von Louis XVI.; Saint-Victor nähert sich mehr und mehr der Religion Marc Aurels, zumindest gedanklich; der Frühling beginnt ein zweites Mal; die Diners bei Magny sind das Einzige, was läuft: man hat Taine und Renan dort eingeführt *ipse*; wir geben uns alle Mühe, daß man Sie dort etwas weniger vermißt, indem wir durch unsere paradoxen Ansichten und skandalösen literarischen Meinungen zusehends weiße Haare auf Sainte-Beuves Schädel wachsen lassen. Letzten Samstag gab es eine Diskussion über Voltaire von einer Heftigkeit … herzerfrischend; man kam nicht mehr zum Essen. Das sind alle Neuigkeiten aus unserer großen Provinzstadt.

Und nun zu Ihnen. Was die Rue de Courcelles angeht (à propos, sie hat prachtvolle leidenschaftliche Ausbrüche, Wutanfälle; sie ist ein göttlicher Hitzkopf), so weiß ich nicht, was ich Ihnen sagen soll. Ich habe gute Lust, Ihnen zu raten, ein- oder zweimal dort aufzutauchen, damit wir Sie sehen und mit Ihnen dinieren können.

Und Sie tragen sich tatsächlich mit zwei Plänen? Ich würde Ihnen gerne wie in der Komödie sagen, setzen Sie den einen ab. Doch das macht man nur mit Kindern: zwei Ideen, das sind zwei Mätressen, und es wird nicht unangenehm sein, die eine mit der anderen zu betrügen. Aber eines Tages muß man doch heiraten; ich würde Ihnen gerne raten, die zu wählen, die Ihnen den kürzesten Band liefert, um Sie ein wenig eher zu lesen, doch ich habe auch gute

Lust, Sie zu der längeren zu drängen, um Sie länger zu lesen. (Eigentlich bin ich verwundert, ich dachte, Sie hatten Ihr Thema in der Tasche, als Sie fuhren, wenn auch nicht als fertigen Entwurf, so doch als festen Plan.) Nun, wofür Sie sich auch entscheiden, es wird eine gute Wahl sein.

Wir, mein lieber Flaubert, arbeiten, ohne zu arbeiten. Wir trödeln. Wir lassen uns stören, von dem, was stört, und vor allem von dem, was nicht stört. Und dann sind wir geradewegs auf eine junge Bourgeoise zugegangen: alle Augenblicke rutscht man im Schaumei aus; und außerdem heißt, die Borgeoisie schildern, ein Hundertsousstück umrunden, man tritt auf der Stelle. Vielleicht nimmt unser Roman kein Ende, weil er platt ist. Ich sehe noch mindestens zwei Monate vollgekritzeltes Papier vor unserer Idee. Wir müssen noch unsere ganze Gesellschaft tanzen lassen: – die ganze Zeit über sind sie nur ein großer Haufen – am Ende von Fäden, die mehr oder weniger versteckt sind. Wir haben es sehr eilig, fertig zu werden, das schwöre ich Ihnen, zunächst, um fertig zu sein, dann, um uns auf ein ganz anderes Werk zu stürzen, und vor allem, um Ihnen dort die Hand drücken zu kommen, da Sie ja ein wenig Wert darauf legen.

Ich glaube, heute ist wirklich Karfreitag. Sie fragen mich, wie ein Skeptiker ihn anständigerweise verbringen sollte. Wir haben eine verzweiflungsvolle Art gefunden. Wir haben die Kirchen aufgesucht, die *schick* sind, Saint-Thomas-d'Aquin, Saint-Clotilde, etc. Nun, mein Lieber, ich glaube, all das ist noch ein wenig toter als die Académie. Was man die Gläubigen nennt, und davon gab es wenige, kam mir mechanisch vor, eisig; die Priester sangen aus Gewohnheit; im Hintergrund gähnte der Heiland; die jungen Leute, die sich dort befanden, waren kahlköpfig, mit einem Schädel wie Zuckerbrot; selbst die Küster scheinen nicht an die Sache zu glauben… Ich glaube, daß nur noch die Furcht vor einem Auszug und die Kosten eines Umzugs die Gemüter zurückhält. Ich bin nicht in den Genuß irgendeiner Redekunst gekommen, sonst hätte ich vielleicht das Vergnügen gehabt, zu hören, wie man Sie den Flammen anempfiehlt.

Ach! ein Schlaglicht auf das Fasten! Meine Haushälterin (– die, die uns beiden immer Recht gibt –) hat einen Mann, der, wie sie mir heute abend sagte, am Karsamstag fastet, und unglaublicherweise! – am Ostertag fastet! *O altitudo*! Offenbar fastet dieser Mann, der Lokomotivführer ist, dieser wirklich philosophische und wirklich gläubige Mensch, am Karfreitag als Christ für den Tod des Heilands, und am Ostertag als Freidenker für seine Auferstehung! Das ist unglaublich!

Nach alledem werde ich morgen Sainte-Beuve von Ihnen erzählen, mit dem ich bei Gavarni esse. Erinnern Sie mich daran, Ihnen in bezug auf ersteren mündlich die Geschichte der Vier Kokotten (Auktor Claudin) zu erzählen. (Ich gebe sie nächsten Samstag bei Magny zum besten; wie schade, daß Sie kein Liebhaber der Malerei sind, und bitte vergessen Sie nicht)

Ihre beiden Freunde.

J. de Goncourt

Der »Musset des Familles«, wie wir ihn gleich genannt haben, F[euillet], hat, wie es scheint, Ovationen bei der Académie geerntet. Die Mütter standen Schlange, um ihm ihre Töchter vorzustellen. Er erinnert mich genau an Marmontel, mit dem Erfolg – und mit dem Talent.

Schneider: Hortense Schneider, Schauspielerin und Opéra-buffa-Sängerin am Vaudeville-Theater.

Aubryet: Leiter der Zeitung »L'Artiste«, Redakteur bei den Blättern »L'Évènement« und »Le Corsaire«. Am 28. April 1861 notieren die Brüder Goncourt, die für die Leiden anderer wenig empfänglich waren: »Aubryet redet von seinen Gebrechen, von seinem Magen, von seiner Blase und unterbricht diese Klagen, indem er den Kellnern auf den Wecker geht. Die reinste Hanswurst-Gastritis, dieser Junge!«

Saint-Victor: Paul de Saint-Victor veröffentlichte unter dem Titel »Hommes et dieux« (Michel Lévy, 1867) eine Reihe von Studien. Die achte war Marc Aurel gewidmet. Saint-Victor betont bei diesem großen Philosophen die Wichtigkeit der menschlichen Güte und gleichzeitig des Nichts im Sinne des indischen Nirwana.
Taine, Renan: Hippolyte Taine, Historiker und Geschichtsphilosph, und Ernest Renan, Religionswissenschaftler und Schriftsteller, wurden im März 1863 in den Magny-Kreis aufgenommen. Am 28. März heißt es im Tagebuch der Goncourts: »Der Neue, der Kandidat ist Renan. Renan, ein Kalbskopf von der Röte und Schwieligkeit eines Affenhintern.«
Voltaire: Die Brüder Goncourt hatten schon bei anderer Gelegenheit gegen Voltaire gewettert, während Flaubert ihn verteidigte. Am 28. März 1863 warfen sie Voltaire vor, kein Schriftsteller, sondern nur ein einfacher Journalist zu sein, was Sainte-Beuves Zorn erregte.
eine junge Bourgeoise: Die Goncourts arbeiteten an ihrem Roman »Renée Mauperin«, der 1864 bei Charpentier erschien.
Kirchen, die schick sind: Die Goncourts besuchten die einschlägigen Pariser Kirchen, in denen man sich damals sehen ließ, um Anschauungsmaterial für die mondäne Frömmigkeit der Bourgeoisie zu sammeln. Wenn sie auch in »Soeur Philomène« die religiöse Hingabe der Nonnen bewunderten, waren sie doch Agnostiker, deren kritische Sicht des Katholizismus sich durch die Treffen mit Renan und Sainte-Beuve noch verstärkte. In ihrem Werk »Madame Gervaisais« findet sich dieses Bild des Katholizismus als Totenreligion und tote Religion.
Feuillet: Der Schriftsteller wurde am 23. März 1863 in die Académie Française gewählt.

AN FLAUBERT

[Paris,] Dienstag [28. April] 1863

Mein lieber Freund,

Wenn Sie Samstag früh in Rouen losführen, so daß Sie Nachmittags in Paris wären und sich um sechs Uhr bei Véfour einfänden.

Wenn Sie dort nach einem Kabinett fragten, wo Sie erwartet würden.

Wenn Sie in diesem Kabinett den Abend mit einer charmanten, geistreichen Frau verbrächten, die auf den Vornamen Suzanne antwortet.

Wenn man neben Sie zwei Ihnen bekannte Männer

setzte, die nichts dagegen hätten, Sie zu sehen, von denen der eine Sainte-Beuve und der andere Gavarni heißt.

Wenn Sie zwei anderen Freunden die Hand drückten, die nichts weiter sind als Ihre Diener.

Wenn Sie dann, nach dem auf den Boulevards im Familienkreis genossenen Bier, schlafen gingen;

Bitte wenden

Wenn Sie sich am nächsten Morgen (von einer den Zyklop tockieren ließen).

Wenn Sie in der Rue Saint-Georges frühstückten.

Wenn Sie mit der Rue Saint-Georges dinierten.

Wenn Sie am Abend der Rue de Courcelles Ihre Ehre erwiesen und Ihre Photographie dem Kriegsmann Bougenel überreichten.

Wär das Ganze nicht ein tolles Ding?

Der Ihre, ganz und gar der Ihre.

Jules de G.

u.A.w.g.

(Es wird getanzt)

Véfour: Sainte-Beuve hatte bei Véfour, dem großen Restaurant des Palais-Royal, das Renaissance-Kabinett reservieren lassen. Er hatte die Brüder Goncourt um die Bekanntschaft der Schauspielerin Suzanne Lagier gebeten. Die beiden kümmerten sich um die Einladungen und wollten natürlich auch Flaubert dazubitten, der mit der Schauspielerin gut befreundet war. Das Diner fand am 2. Mai 1863 ohne Flaubert statt.

Rue Saint-Georges: Dort wohnten die Goncourts.

AN EDMOND UND JULES DE GONCOURT

[Croisset,] Freitag abend [1. Mai 1863]

Danke, meine lieben Guten, für Ihre freundliche Einladung. Aber ich bin in einem jämmerlichen Zustand, mit neuen Furunkeln im Gesicht und schlimmer noch: einer riesigen Mißmut, die aus mir den unangenehmsten aller Gäste machen würde.

Können Sie Ihr Diner um 3 Wochen verschieben (oder wiederholen)? Ich komme Ende Mai, ganz bestimmt. Dann bin ich vielleicht heiterer und gesünder?

Bis dahin, bleiben Sie fröhlich und wünschen Sie mir dasselbe (Freude!).

Adieu, ich schließe Sie sehr zärtlich in die Arme.

Gve Flaubert

Grüße an die Freunde.

Wenn Sie die Lagier sehen, fragen Sie sie doch, warum sie nicht auf die Fragen geantwortet hat, die ich ihr neulich gestellt habe?

Fragen: Bouilhet wollte sein Stück »Faustine« am Theater an der Porte-Saint-Martin auf die Bühne bringen. Flaubert versuchte durch Suzanne Lagier, die dort von 1859 bis 1864 spielte, die Meinung des Theaterdirektors Fournier herauszufinden. Die Schauspielerin hoffte auf eine Rolle in »Faustine«.

AN FLAUBERT

[Paris,] Sonntag [3. Mai] 1863

Mein lieber Freund,

Ihr Brief hat uns große Sorgen gemacht. Sie scheinen von Kopf bis Fuß tieftraurig zu sein, vollkommen entmutigt. Warum denn? Sie sagen uns gar nicht, was Sie machen? Wobei sind Sie gerade? Ist es nur der Ärger über die Arbeit, die nicht läuft? Ist es die Rückkehr dieser verdammten Furunkel? Haben Sie irgendeinen Kummer – den schrecklichen Kummer, der nichts mit dem Leben zu tun hat? Wir würden Ihnen gerne Mut zusprechen, aber da wir nicht wissen, woran Sie innerlich leiden, wissen wir nicht, welche Worte wir Ihnen senden sollen. Wenn

Sie uns nur ein wenig lieben, schreiben Sie uns in den nächsten Tagen: man muß mit seinen Freunden teilen, vor allem das Unheil der eigenen Traurigkeiten.

Gestern hat man Sie sehr vermißt. Ich habe die Lagier gebeten, Ihnen zu antworten. Sie fährt heute nach Nîmes. Man wird Sie also erst in drei Wochen zu Gesicht bekommen? Als ich nach der Lektüre Ihres trostlosen Briefes aus dem Haus ging, sah ich *Follambô* angezeigt. Was für eine Ironie der Dinge!

Die Ihren, ganz und gar die Ihren.

Jules de G.

Follambô: »Follambô ou les Cocasseries carthaginoises« von Laurencin und Clairville, eine groteske Bühnenfassung von »Salambo« im Stil des Boulevardtheaters, wurde zum ersten Mal am 1. Mai 1863 im Theater des Palais-Royal aufgeführt.

AN EDMOND UND JULES DE GONCOURT

Croisset, Mittwoch [6. Mai 1863]

Netter als Sie kann man gar nicht sein, meine lieben Freunde! Ihr Brief hat mich gerührt, ohne mich zu überraschen.

Was ich habe? Ein konstitutionelles Angewidertsein, das ich manchmal mit der Arbeit verdränge. Wenn die Arbeit nicht läuft (was momentan der Fall ist), taucht es wieder auf und überrollt mich. Alles was ich Ihnen sagen könnte, wäre nur die Formulierung dieser schlichten Worte. – Mit dem Physischen bin ich auch nicht sehr zufrieden. Ich habe Furunkel, Hautreizungen, etc. Kurz, ich bin in einem üblen Zustand.

Ich habe den Entwurf zweier Bücher gemacht, die mich alle beide nicht befriedigen. Das erste ist eine Folge von Analysen und mittelmäßigem Geschwätz ohne Größe noch Schönheit. Da die Wahrheit für mich nicht die erste Bedingung der Kunst ist, kann ich mich nicht damit abfinden, derartige Platitüden zu verfassen, auch wenn man sie heutzutage liebt. Bei dem zweiten, das ich als Ganzes liebe, fürchte ich, die Volksmassen dazu zu bringen, mich zu steinigen oder die Regierung dahin, mich zu deportieren, ungeachtet dessen, daß ich gewaltige Schwierigkeiten bei der Ausführung sehe.

Außerdem macht mir der Frühling wahnsinnige Lust, nach China oder nach Indien zu fahren, und die Normandie mit ihrem Grün zieht mir in den Zähnen wie eine Schale roher Sauerampfer.

Des weiteren habe ich Magenkrämpfe. Das wär's.

Und Sie, kommen Sie voran? sind Sie zufrieden? gehen die Samstags-Diners weiter?

Claudin war so liebenswürdig, mir eine Nacherzählung von *Follambô* zu schicken; eine feine Aufmerksamkeit, die ich ihm zu danken weiß.

Haben Sie Sainte-Beuve ausreichend abgekanzelt und die Académie anläßlich der Nominierung von Carné beschimpft?

Ich lese jetzt *L'Hist[oire] du Consulat* von Anfang bis Ende und stoße von Zeit zu Zeit ein Gebrüll aus. Schlechter und bourgeoiser als dieser Herr kann man gar nicht sein! Was für ein Stil! und was für eine Philosophie!

Ich rechne immer noch damit, Sie Ende des Monats zu sehen.

Ich küsse Sie auf Ihre vier Wangen und drücke Ihnen dabei zärtlich die Hände.

Gve Flaubert

Entwurf zweier Bücher: Flaubert schwankt zwischen »Bouvard et Pécuchet« und »L'Éducation sentimentale«. Am 2. April bringt er in einem Brief an Jules Duplan seine beiderseitigen Vorbehalte zum Ausdruck: »Ich arbeite verbissen an meinem Pariser Roman, der überhaupt nichts wird. Das sind abgedroschene Dummheiten. Nichts Scharfes und auch nichts Neues! Keine einzige wichtige Szene tut sich auf. Das reißt mich nicht vom Hocker. Ich kriege keinen hoch und masturbiere mein armes Hirn umsonst.

Die Geschichte meiner Landasseln reizt mich. – Deren Entwurf ich auch ausgearbeitet habe. Der ist gut, da bin ich sicher! trotz gewaltiger Schwierigkeiten, Abwechslung in die monotone Wirkung zu bekommen. – Aber sie werden mich aus Frankreich und Europa verjagen, wenn ich diesen Schmöker schreibe!«

sind Sie zufrieden: Die Brüder arbeiten weiter an »Renée Mauperin«. Am 19. Mai notieren sie im Tagebuch: »Tiefe Entmutigung, Verdruß, Erschöpfung von unserem fast fertigen Buch, ›Mademoiselle Mauperin‹, wie bei großen Aufgaben kurz bevor man sie erfüllt hat.«

Samstags-Diners: Das letzte Treffen bei Magny hatte am 28. März stattgefunden. Am 21. April schreibt Sainte-Beuve den Goncourts, daß das Treffen von nun an Montags sei, und verabredet sich mit ihnen für den 27. April.

Nacherzählung: Gustave Claudin schickte Flaubert einen ausführlichen Bericht der Aufführung von »Folammbô« am 1. Mai 1863. Er schließt mit den Worten: »Diese Parodie wird eine gute Reklame sein. Sie hat das Publikum entwaffnet, sie würde Sie zum Lachen bringen, wenn Sie sie sehen könnten.«

L'Histoire du Consulat: Über »L'Histoire du Consulat et de l'Empire« in zwanzig Bänden von Thiers schreibt Flaubert am 6. Mai 1863 an Feydeau: »Ich lese jetzt ›l'Histoire du Consulat‹ von Mosieu Thiers. Was für ein Krämer, was für ein Bourgeois! Das ist zum Kotzen.«

Ende des Monats: Aus dem Tagebuch der Goncourts geht hervor, daß die Brüder Flaubert am 18. Mai wiedersahen.

AN EDMOND UND JULES DE GONCOURT

[Paris,] Donnerstag 11 Uhr [28. Mai 1863?]

Ist es zu spät? Dabei rechnete ich damit, Sie Montag bei Magny zu sehen, und außerdem gestern bei der Prinzessin. Ein Rheumaanfall, noch verschlimmert durch Halsschmerzen hat mich daran gehindert, Sie einzuladen. Also: wollen Sie *morgen* zu Ihrem Freund zum Diner kommen, punkt halb 7, mit Charles-Edmond und seiner Gattin, der Präsidentin, dem Konsul von Kairo, Hochwürden und Ihrem

Gve Flaubert

Sagen Sie: O ja, O ja.

seine Gattin: Der Journalist Charles-Edmond Chojecki hatte seine Geliebte Julie, eine ehemalige Grisette, geheiratet.
Präsidentin: Aglaé Sabatier.
Konsul von Kairo: Flaubert hatte den französischen Botschafter, Comte de Saint-Foix, in Tunis kennengelernt.
Hochwürden: Spitzname von Bouilhet, nach seinen langen Bemühungen, sein Stück »Dolorès« am Théâtre Français auf die Bühne zu bringen. Er sprach damals von seiner »letzten erzbischöflichen Rundreise« und wandte sich an Flaubert mit den Worten »Mein lieber erster Vikar« (8. Juni 1861, Louis Bouilhet, »Lettres à Gustave Flaubert«).

AN EDMOND UND JULES DE GONCOURT

[Paris, Mai – Juni 1863?]

Meine lieben Guten,

Claudin und Saint-Victor sind hier. Ich bin huuundemüde. Deshalb werde ich Sie nicht bei der Librairie abholen.

Wir warten in einem Kabinett bei Bonvalet auf Sie.

Nach dem Diner kleide ich mich an und warte an Ihrer Tür, woselbst Sie sich befinden mögen (Stil Thiers).

Der Ihre.

Gve Flaubert

6 Uhr

Librairie: Der übliche Treffpunkt, die »Librairie nouvelle«.
Bonvalet: Das Restaurant Bonvalet am Boulevard du Temple 29.
Thiers: Die einzige Möglichkeit, diesen Brief ungefähr zu datieren, ist der Hinweis auf Thiers, da sich Flaubert im Mai mit dessen »Histoire du Consulat« beschäftigt. Das Diner bei Bonvalet bleibt im Tagebuch der Goncourts unerwähnt.

AN EDMOND UND JULES DE GONCOURT

Mittwoch morgen, Vichy, Hôtel Britannique [1. Juli 1863]

Meine lieben Alten,

Wenn das Magny-Diner immer noch stattfindet, werde

ich mich nächsten Montag zu gegebener Stunde dort an den Tisch setzen? Das ist doch der richtige Tag? Wenn ich nicht falsch gerechnet habe.

Es wäre sehr nett von Ihnen, wenn Sie mir *gleich* eine kurze Antwort geben würden. Wenn nicht, schicken Sie sie an den Boulevard du Temple. Ich fahre Samstag früh hier weg. – Aber ich mache unterwegs keinen Halt.

Ich habe mich in Vichy maßlos gelangweilt und ich sehne mich danach, Sie zu sehen und zu umarmen.

Der Ihre

Ex imo. Gve Flaubert

Vichy: Flaubert hatte sich vom 8. Juni bis zum 4. Juli 1863 in Vichy aufgehalten.

AN EDMOND UND JULES DE GONCOURT

[Croisset, 20. September 1863]

Ich bin's! ich bin nicht tot. Und Sie? wie geht's? wie steht's? etc. etc.

Ich habe vergeblich auf eine Antwort von Théo gewartet, um zu erfahren, ob er wirklich im August oder September hierher kommt, wie er es versprochen hat. Deshalb habe ich so lange gezögert, Sie an Ihr Versprechen zu erinnern.

Denn Sie wissen, o meine Guten, daß Sie mir das Versprechen eines Besuches in meiner Hütte gegeben haben. Wann wird das sein? Ich *hoffe* auf Sie.

Ich bin in der Mitte meiner Feerie, deren Szenario von Fournier abgelehnt worden ist. Nicht einfach als Szenario, sondern nach der Lektüre der ersten 4 Bilder. *Den Plan* hat er sehr *bewundert* (*sic*), aber den Stil hat er getadelt. Er findet ihn schwach!! Vielleicht hat er recht? Wie auch immer, ich habe weitergemacht, und das Ding wird ungefähr im Dezember fertig sein.

Antworten Sie mir kurz, um mir Tag und Stunde Ihrer Ankunft mitzuteilen. Ich werde Sie abholen. Ihre beiden Betten warten auf Sie.

Ich küsse Sie auf Ihre vier Wangen.

Gve Flaubert

Sonntag 20. September

Théo: Théophile Gautier. Louis Bouilhet schrieb im September 1863 an Flaubert: »Du bist so naiv, auf Gautier zu warten, lade doch die Goncourts ein und Duplan.«
Feerie: Flauberts Feerie »Le Château des cœurs«, an der er nach Beendigung von »Salambo« im Sommer 1863 arbeitete. Nach der Lektüre von dreiunddreißig Feerien, die er angewidert beiseite legt, macht er verschiedene Entwürfe für ein eigenes Märchenspiel: Im ersten sollte gezeigt werden, was geschähe, wenn die Toten zurück auf die Erde kämen, ein anderer Entwurf war die Geschichte eines Zauberers, der in den Herzen lesen konnte. In einer Feerie mit dem Titel »Die Insel der Redensarten« wollte er Gemeinplätze als groteske Gestalten personifizieren. Im »Schloß der Herzen« schließlich rauben Gnomen als Verkörperung des Bourgeois den Menschen die Herzen und damit die Fähigkeit zu lieben, um sie in einem Schloß zu horten. Maxime Du Camp schreibt in seinen »Souvenirs littéraires«: »Statt der alten Verwandlungen des Volkstheaters, statt der Tische, die zu Sesseln werden und der Betten, die sich in Nachen verwandeln, hatte er sich einen neuen Trick ausgedacht, der allein das Stück dazu verdammte, nie gespielt zu werden, weil die Inszenierung die Theaterleitung ruiniert hätte. Die Sprache selbst sollte vor den Augen der Zuschauer Gestalt annehmen. So sucht ein Vater seinen Sohn und findet ihn saufend und rauchend in einer Kneipe; er wird wütend und sagt: ›Du bist nichts als ein Kneipenstammgast.‹ Im selben Moment wird der Junge zu einem Türpfosten.« Das Szenario, eigentlich ein Entwurf Louis Bouilhets, erlaubte Flaubert auf andere Art das Hauptthema seines Werkes zu behandeln: die Konfrontation von Ideal und Materie.
Théophile Gautier hatte die Feerien seiner Zeit »ein Stückchen Blau in der trüben modernen Existenz« genannt.

AN FLAUBERT

[Paris, 23. September 1863]

(Nein, mein lieber Flaubert, wir sind genausowenig tot wie Sie. Wir existieren – zumindest kommt es uns so vor, und der Teufel soll mich holen, wenn ich wüßte, warum wir Ihnen nicht geschrieben haben! Ach ja: weil wir viel daran gedacht haben, Ihnen zu schreiben.)

Tausend Dank für die Erinnerung an Ihre liebe Einladung. Sie wissen, welche Freude es uns wäre, Ihnen die Hand drücken zu kommen und zwischen Birne und Käse vielen Vorurteilen das Genick zu brechen, in Ihrem Schloß. Aber wir kommen gerade vom Land, – ja, ich finde Ihren Brief just bei der Rückkehr aus der Natur; wir waren die ganze Zeit über ein bißchen an der Luft; wir haben uns eben in eine Arbeit gestürzt, und wir möchten sie in Gang bringen, bevor wir sie fallen lassen, bevor wir davon abgelenkt werden; – und ich weiß, welche Ablenkung Sie sind, mein lieber Freund, Sie, Ihre Sprache und Ihre Ideen! Das ist unsere Situation. Was heißen soll, daß es uns, wenn es Sie nicht zu sehr kränken würde, sehr recht wäre, unseren Besuch ein wenig zu verschieben. Also, wenn es Ihnen keine Mühe macht, uns in der zweiten Oktoberhälfte zu empfangen, würden wir sehr gerne zusammen mit Gautier einen Zug organisieren.

Was Sie mir vom Porte-Saint-Martin erzählen, kommt mir gemein und ungeheuerlich vor. »Ein schwacher Stil« und das Ihnen! – und von ihm! Danach, mein lieber Freund, soll mich nichts, was Sie noch mit dem Theater erleben können, mehr wundern. Ich habe Sari ein Stück von Ihnen ablehnen sehen! Und Sie haben ihm noch das Déjeuner (bezahlt) ausgegeben!

Da Sie mir schreiben, daß Sie immer noch an der Feerie arbeiten, denke ich, daß es doch nicht weiter schlimm ist und daß Retuschen, *entschiedene Korrekturen* Fournier entwaffnen werden! (À propos, ist es immer noch ein Geheimnis? Ich habe kein Wort davon verlauten lassen.)

Hier ist es immer dasselbe, und jeder unserer Freunde bleibt sich selber treu. Man diniert immer noch bei Magny und es geht immer noch heftig zu. Wir bilden, zu dritt mit Gautier die Schanze für das L'art pour l'art, für die Lehre des Schönen, der politischen Gleichgültigkeit, – und des Skeptizismus, was die Witze angeht. Aber alle anderen halten wie wild dagegen! Wir brauchen Sie sehr, in jeder Beziehung.

Wir schließen Sie herzlich in die Arme.

Jules de G.

geht immer noch heftig zu: Jules de Goncourts Bemerkung bezieht sich auf das Magny-Diner vom 14. September 1863, wo ein Streit über Voltaire entbrannt war. Die Goncourts hatten sich in Auseinandersetzung mit Sainte-Beuve und Saint-Victor gegen Voltaire gestellt. Gautier, der auf ihrer Seite war, hatte verkündet, Voltaire sei »verrucht«.

AN EDMOND UND JULES DE GONCOURT

[Croisset, 24. September 1863]

In der zweiten Oktoberhälfte, abgemacht! – Aber halten Sie Ihr Versprechen, Teufel noch mal!

Was die Feerie angeht, wenn Ihnen das Geheimnis keine Last ist, hüten Sie es! Das Fell des Bären zu verkaufen hat noch nie etwas genutzt.

Also bis bald.

Tausend liebe Grüße und frohes Schaffen.

Ich umarme Sie.

Gve Flaubert

Croisset, Donnerstag

AN FLAUBERT

[Paris,] 4. Oktober [1863]

Ich habe gestern, mein lieber Freund, im *Cirque* eine Feerie gesehen: *Aladin.* Gibt es nicht in Ihrer Feerie, dem *Château des cœurs*, so wie ich mich erinnere, eine Frau, der ein Herz fehlt, das man ihr am Schluß wiederbringt? – In

Aladin gibt es eine Prinzessin in derselben Lage. Aladin holt es ihr und schenkt es ihr am Ende. – Ich kenne Ihr Stück natürlich nicht genug, um zu wissen, ob es sehr analog ist. – Aber lassen Sie sich das Stück schicken, sobald es erschienen ist, und schauen Sie es sich an.

Auf Wiedersehen bis Ende des Monats! Verdammt! wir haben wirklich schon lange nicht mehr Bier zusammen getrunken! – Wann kommt Bouilhet vorbei? Tausend liebe Grüße von uns, wenn Sie ihm schreiben.

Wir umarmen Sie. Jules de G.

A propos – ich schulde Ihnen ein Hemd und fünf Francs.

Cirque: »Le Cirque olympique« der Brüder Franconi hieß im zweiten Kaiserreich »Théâtre impériale du cirque«; man spielte dort Soldatenstücke und Feerien. 1862 wurde es zerstört, als man den Boulevard du Prince Eugène anlegte, und unter dem Namen »Théâtre impérial du Châtelet« wieder aufgebaut. Die Goncourts benutzen hier den alten Namen.
Aladin: »Aladin ou la Lampe merveilleuse«, eine Feerie von Adolphe Dennery und Hector Crémieux, uraufgeführt am 3. Oktober 1863 im »Théâtre impérial du Châtelet«. Die Feenwelt erscheint als die Welt der Gleichgültigkeit, die Feenkönigin raubt dem schönsten der Mädchen, die zu Feen werden müssen, die Fähigkeit zu lieben; sie bannt seine Flamme der Liebe in den Körper eines Schwanes, dem Symbol der Unschuld, doch Aladin gelingt es dank seiner Wunderlampe, der Tochter des Schahs ihr Herz in einer Diamantenurne zurückzubringen.
ich kenne Ihr Stück nicht genug: Flaubert liest sein Stück am 30. Oktober den Goncourts vor.
sobald es erschienen ist: Das Stück erschien am 12. Dezember 1863 bei Michel Lévy.
Bouilhet: Louis Bouilhet war weiter in schwierigen Verhandlungen mit Fournier über die Aufführung seines Stückes »Faustine« am Theater an der Porte-Saint-Martin.

AN EDMOND UND JULES DE GONCOURT

[Croisset,] Montag abend [5. Oktober 1863]

Ich danke Ihnen für den Hinweis. Aber da ich meine Klassiker kenne, habe ich hier wenigstens keine Bedenken. Das Mädchen, dem man sein Herz gestohlen hat und das es bei der Auflösung zum Schluß zurückerhält (das Herz), findet sich schon 1. in *La Poudre de Perlimpimpin* und 2. in *Les Sept Merveilles*, nicht gerechnet die anderen Feerien, wo sie auch vorkommt!

Im *Château des cœurs* geht es im Gegenteil darum, allen Menschen die Herzen zurückzugeben. Nur die beiden Helden sind damit ausgestattet.

War *Aladin* ein Erfolg? Es wäre sehr nett von Ihnen, wenn Sie es mir schickten, falls es erscheint, bevor Sie hierher kommen.

Ich kann in Croisset unmöglich wissen, was in den Schaufenstern der Buchhändler liegt.

In vierzehn Tagen dann? – Morgen oder übermorgen beginne ich mit meinem vorletzten Bild.

Und Théo? bringen Sie ihn her? Auf diese Weise könnte er mich sehen und sich überzeugen, daß ich noch am Leben bin.

Ich umarme Sie.

Gve Flaubert

La Poudre de Perlimpinpin: Eine sehr beliebte Vaudeville-Feerie von Eugène Devaux und Auguste Dupuis von 1840. Perlimpimpin rettet in diesem Märchenspiel ein Mädchen vor dem Teufel, das heißt die menschliche Liebe vor der diabolischen. An einer Stelle heißt es: »Hast du ihr das Herz gestohlen? Um es Adolphe zu schenken.«
Les Sept Merveilles du monde: Feerie von Dennery und Grange von 1853. Hier entreißt der Held die geliebte Frau dem Traum und der Unsterblichkeit, um sie zurück in die menschliche Welt zu holen. Von einem gestohlenen Herzen ist nicht die Rede. Flaubert betrachtet dieses Thema offenbar als Schablone.
sind damit ausgestattet: Bouilhet schreibt am 15. Juni 1863 an Flaubert: »Das lose Ziel der Feerie wird also nicht die Suche nach einem Talisman sein, sondern die Suche nach dem Ort, wo die Gnomen, wie in einem Lager, die Herzen der Menschen horten, das heißt alles, was sie an Edlem und Gutem besitzen.«
das achte Bild: Das achte Bild von »Le Château des cœurs« zeigt den Weg durch den gefährlichen Wald, der das Schloß der Herzen umgibt. Der Wald besteht aus Menschen, die in Bäume verwandelt sind. Flaubert schafft mit diesem Verwandlungsspiel phantastische Wirkungen.

AN EDMOND UND JULES DE GONCOURT

Croisset, Montag abend [19 Oktober 1863]

Mir scheint, meine lieben Guten, dies ist der Moment, uns zu sehen! Sie haben geschrieben »vom 15. bis 30.«, jetzt haben wir den 20. Nicht zu vergessen!

Gerade habe ich *Le Château des cœurs* abgeschlossen, und ich *schäme* mich dafür. Es scheint mir eine ekelhafte Schandtat zu sein. Der vollständige Mangel an Bedeutsamem (eine auf dem Theater unerläßliche Sache) ist vielleicht der Grund? Des weiteren, trauriger Stil verknappter Dialoge, etc. Kurz, ich bin wieder bei meinen Klageliedern. – Und so brauche ich Ihre Gegenwart.

Bis bald. Einstweilen liebe Grüße.

Gve Flaubert

Bedeutsamem: Flaubert und Bouilhet waren darüber verschiedener Meinung: Wie auch Gautier war Bouilhet bei Feerien für einen einfachen, natürlichen Stil. Am 6. Oktober 1863 schreibt er an Flaubert: »Wenn wir unbedingt ›Bedeutsames‹ machen wollen, müssen wir uns hüten, nicht Langweiliges zu produzieren, oder ›Poetisches‹, was auf dasselbe hinausläuft.«

AN FLAUBERT

Paris, 22. Oktober [1863]

Mein lieber Freund,

Wir fahren morgen aufs Land und kommen am Montag, den 26. zurück. Nach unserer Rückkehr haben wir Dinge zu erledigen, die uns noch zwei oder drei Tage aufhalten werden. Wir fahren also am 30. Oktober zu Ihnen. Ich schreibe Théophile Gautier und frage ihn, ob ihm dieser Tag paßt. Ach! zum Teufel, das ist der Freitag. An diesem Tag könnte ich Gautier nie mitbringen. Na ja, fahren wir also am Donnerstag. Sobald ich Gautiers Antwort habe, schreibe ich Ihnen kurz, um Ihnen unsere Ankunftszeit in Rouen mitzuteilen.

Bis dann sehr liebe Grüße

Jules de Goncourt

Gautier: Jules de Goncourt schreibt am 23. Oktober 1863 an Théophile Gautier: »Flaubert verlangt lautstark nach uns. Am nächsten Montag können wir nicht mit Ihnen bei Magny dinieren. Seien Sie so nett und schreiben Sie uns, ob es Ihnen passen würde, am Donnerstag, dem 29. loszufahren – und sagen Sie uns, welchen Zug Sie gerne nehmen würden – nicht zu früh am Morgen.« Gautier antwortet wahrscheinlich am 23. Oktober: »Zu meinem großen Bedauern kann ich nicht mit Ihnen nach Croisset fahren. Madame Grisi ist nach Genf gereist, und ich hüte nun das Haus. Sagen Sie dem alten Windbeutel, vulgo Flaubert, dem ich zärtlich den dicken Schnauzer küsse, daß ich untröstlich bin. ›Le Capitaine Fracasse‹ ist soeben erschienen; wenn Sie von dort zurückkommen, finden Sie Ihre Exemplare zu Hause vor.«

AN EDMOND UND JULES DE GONCOURT

[Croisset, 28. Oktober 1863]

Sehr gut. Sie finden mich morgen, Donnerstag um 3 Uhr 22 Min an der Bahn.

Der Ihre — Gve Flaubert

Mittwoch 5 Uhr

Quand madame Waldor à Paul Foucher s'accroche
Montrant le tartre de ses dents
Et dans la valse en feu comme l'huître à la roche
S'incruste à ses muscles ardents
Quand d'un sourire affreux, glaçant la contredanse
Suspendue au collet du hanneton crépu
Comme un squelette à la potence
Elle agite son corps pointu
Quand l'immonde sueur qui de son front ruisselle

Comme l'huile d'un vieux quinquet
Sur ses pieds avachis coulant de son aisselle
Fait des dessins sur le parquet
Et quand brisée enfin par la valse rapide
Nonchalante et clignant des yeux
Elle laisse flotter sa mamelle livide
Et lance un regard fauve au Werther pustuleux
Alors le ciel pâlit, le hibou pleure et crie
Les morts dans leur tombeau se retournent d'horreur
La lune disparaît, la rivière charrie
Et Drouineau devient rêveur.

Alfred de Musset

Musset: Ein Gedicht von Musset, das vollständig erst am 15. September 1881 in »La Gazette anecdotique« erschien; eine gekürzte Fassung hatte am 4. November 1855 »Le Figaro« gebracht. Flaubert kopiert hier für die Brüder Goncourt offenbar das Autograph, das er von Louise Colet erhalten hatte. Die Goncourts hatten Gavarni häufig von Madame Waldor sprechen hören, deren Soiréen er besuchte. Anlaß zu Mussets Versen war eine Soirée, bei der Madame Waldor, eine Schriftstellerin und Mätresse Alexandre Dumas', ausgiebig mit Paul Foucher getanzt hatte, einem Schwager Victor Hugos und Freund von Musset:

»Wenn sich Madame Waldor an Paul Foucher hängt
ihre schmutzigen Zähne zeigt
und sich in dem feurigen Walzer, wie die Auster am Felsen,
an seinen schwellenden Muskeln festsetzt
wenn ihr gräßliches Lächeln den Kontertanz gefrieren läßt
und wie ein Skelett am Galgen
am Kragen des krausen Maikäfers hängend
ihren ungelenken Körper bewegt
Wenn der gemeine Schweiß, der
wie Öl aus einer alten Lampe
von ihrer Stirne rinnt,
aus ihrer Achsel auf die breitgetretenen Füße laufend
Spuren auf dem Parkett bildet
und sie endlich erschöpft von dem schnellen Walzer
nonchalant und augenzwinkernd
ihre fahlen Zitzen ungehindert wackeln läßt
und dem pickeligen Werther einen wilden Blick zuwirft,
dann erbleicht der Himmel, die Eule weint und schreit

die Toten drehen sich vor Schreck im Grabe um
der Mond verschwindet, der Fluß erstarrt
Und Drouineau wird zum Träumer.«

AUS DEM TAGEBUCH DER BRÜDER GONCOURT

Donnerstag, 29. Oktober 1863

Wir treffen Flaubert in Rouen am Bahnsteig in Begleitung seines Bruders, des Chefchirurgen vom Hospital in Rouen, einem großen, mephistophelischen, hageren Kerl mit schwarzem Bart, scharf geschnittenem Profil und einem Körper, der biegsam wie eine Liane sein Gleichgewicht hält …

Wir fahren mit einer Droschke bis nach Croisset, einem hübschen Domizil mit Louis-XVI.-Fassade am Fuß eines Hochufers der Seine, die sich hier gleichsam zu einem See erweitert und mit ihren Wellen ein wenig ans Meer erinnert.

Da stehen wir nun in dem Raum so besessener und rastloser Arbeit, in jenem Arbeitszimmer, das Zeuge so großer und schwerer Mühen ist und aus dem *Madame Bovary* und *Salambo* hervorgegangen sind.

Zwei Fenster gehen zur Seine hinaus und geben den Blick auf das weite Wasser und die vorüberziehenden Schiffe frei. Drei Fenster führen zum Garten, wo eine herrliche Hainbuchenallee den Hang abzustützen scheint, der steil hinter dem Haus aufragt. Bücherschränke aus Eichenholz mit gedrehten Säulen, die zwischen den Fenstern stehen, schließen an die große Bibliothek an, die den geschlossenen Hintergrund des Zimmers bildet. Den Blick auf den Garten gegenüber vor weißer Holztäfelung ein Kamin, auf dem eine altväterliche Stutzuhr aus gelbem Marmor mit einer bronzenen Hippokratesbüste steht. Daneben ein schlichtes Aquarell, das

Porträt einer kleinen, schmachtenden, kränklichen Engländerin, die Flaubert in Paris kennengelernt hat, wie Aquarelle gerahmte Deckel von Schachteln mit indischen Zeichnungen und eine Radierung von Callot, eine *Versuchung des Heiligen Antonius*: Bilder, die dahängen wie Abbilder vom Talent des Meisters.

Zwischen den beiden Fenstern, die zur Seine hinausgehen, steht auf einem mit Bronze bemalten viereckigen Podest die weiße Marmorbüste seiner Schwester von Pradier mit zwei langen Korkenzieherlocken, ein reines klares Gesicht, das sich wie ein griechisches Antlitz ausnimmt, das man in einem Album entdeckt hat. Daneben ein mit einem türkischen Überwurf bedeckter Schlafdiwan, auf dem sich die Kissen türmen. Mitten im Zimmer neben einem Tisch, auf dem Schachteln mit kolorierten indischen Zeichnungen liegen, steht der Arbeitstisch, ein großer runder Tisch mit einem grünen Teppich, wo der Schriftsteller die Tinte aus einem Tintenfaß nimmt, das eine Kröte ist.

Ein fröhlicher Kattunstoff, altmodisch und ein wenig orientalisch, mit großen roten Blüten, schmückt Türen und Fenster. Und hier und da, auf dem Kamin, auf dem Tisch, auf den Regalbrettern und an Wandleuchtern und den Wänden selbst aufgehängt, orientalischer Trödel: Amulette mit der graugrünen Patina Ägyptens, Pfeile, Waffen, Musikinstrumente, der kleine Schemel, auf dem die Völker Afrikas schlafen, ihr Fleisch schneiden, sitzen, Kupferschalen, Glasperlenketten und schließlich zwei Mumienfüße, von Flaubert in den Grotten von Samun entwendet, die ihre rötliche Bronze und das erstarrte Leben ihrer Muskeln auf die Schriften legen.

Dieses Interieur, das ist der Mann selbst, seine Neigungen und sein Talent: seine wahre Leidenschaft ist dieser rauschende Orient, in dieser Künstlernatur steckt etwas von einem Barbaren.

30. Oktober 1863

Flaubert lebt hier mit seiner Nichte, der Tochter jener toten Schwester, deren Büste er besitzt, und seiner Mutter, geboren 1794, unter den Zügen einer alten Frau die Vitalität der Menschen dieser Zeit bewahrt hat, die Würde einer großen vergangenen Schönheit.

Ein strenges, sehr bourgeoises und etwas karges Heim ... Das arme Mädchen, das zwischen dem Arbeitseifer seines Onkels und dem betagten Wesen der Großmutter steckt, hat eine liebenswürdige Sprache, hübsche blaue Blicke und einen niedlichen Schmollmund, wenn um sieben Uhr, nach dem *Gute Nacht meine Liebe*! von Flaubert zu seiner Mutter, die alte Großmama ihre Enkelin in ihr Zimmer bringt, damit sie gleich schlafen geht.

1. November 1863

Wir sind den ganzen Tag nicht aus dem Haus gekommen. Das gefällt Flaubert, der Bewegung verabscheut und den seine Mutter ewig ermahnen muß, damit er den Fuß in den Garten setzt. Sie hat uns erzählt, sie finde ihn, wenn sie in Rouen war, oft am selben Platz und in derselben Haltung vor und sei beinahe entsetzt über seine Regungslosigkeit. Nicht die geringste Bewegung: er lebt in seinem Manuskript und seinem Arbeitszimmer. Kein Pferd, kein Boot.

Den ganzen Tag hat er uns ohne sich eine Pause zu gönnen mit Donnerstimme und Boulevardtheatergebrüll seinen ersten Roman vorgelesen, den er in der Quarta geschrieben hat und der auf dem Einband nur den Titel trägt: *Fragmente irgendeines Stils*. – Das Thema ist der Verlust der Unschuld eines jungen Mannes mit einer *idealen Hure*. In dem jungen Mann steckt viel von Flaubert, Hoffnungen, Ansprüche, Melancholie, Menschenfeindlichkeit, Haß auf die Massen. All das, außer dem fehlenden Dialog, von einem für sein Alter erstaunlichen Können. In den genauen Landschaftsbeschreibungen liegt schon die feine und bezaubernde Beobachtungsgabe wie in *Madame Bovary*. Der Beginn des Romans, eine traurige Herbststimmung, ist ein Stück, das er jetzt noch signieren könnte.

Als Erholung hat er vor dem Diner seinen ganzen Plunder durchwühlt: Abgelegtes und Reiseandenken. Voller Freude kehrt er seinen ganzen orientalischen Kostümfundus von zuunterst zuoberst; dann erscheint er und verkleidet uns und sich, prachtvoll unter dem Tarbuk, ein herrlicher Türkenkopf, mit seinen schönen vollen Zügen, dem stark durchbluteten Teint, dem lang herunterhängenden Schnauzer. Und schließlich holt er seufzend die alte Lederhose seiner langen Reisen hervor und betrachtet sie mit der Rührung, mit der eine Schlange ihre alte Haut anschauen würde.

Als er seinen Roman suchte, stieß er auf einen wilden Haufen von Papieren, die er uns abends vorliest.

Da ist das Bekenntnis des Päderasten Chollet, der aus Eifersucht seinen Liebhaber umbrachte und in Le Havre guillotiniert wurde, mit allen Details seiner Leidenschaft.

Da ist der Brief einer Dirne aus einem Bordell, der einem Zuhälter den ganzen Schmutz ihrer Liebkosungen darlegt.

Da ist der entsetzliche, finstere Brief jenes Unglücklichen, der mit drei Jahren vorn und hinten bucklig wurde; dann schwere Flechten bekam, und den Scharlatane mit Säuren verätzten, darauf wurde er ein Hinkebein, dann ein amputierter Krüppel, ein klagloser und darum besonders schrecklicher Bericht eines Märtyrers des Mißgeschicks, – ein Stück Papier, das noch immer der stärkste Einwand gegen die Vorsehung und Gottes Güte bleibt, der mir in meinem Leben begegnet ist.

Und während wir uns an diesen nackten Wahrheiten berauschen, an diesen Abgründen wirklicher Dinge, sagen wir uns: »Welch schöne Veröffentlichung für Philosophen und Moralisten ließe sich aus einer Auswahl solcher Dokumente machen, die hieße: *Geheime Archive der Menschheit!*«

Kaum daß wir einen Augenblick vor die Tür gegangen sind und ein paar Schritte im Garten gemacht haben. Die Landschaft sah in der Nacht aus wie eine Landschaft aus Haar.

2. November 1863

Wir haben Flaubert gebeten, uns ein wenig aus seinen Reisenotizen vorzulesen. Er beginnt; und je länger er seine Erschöpfungszustände vor uns ausbreitet, seine Kraftmärsche, seine Achtzehn-Stunden-Ritte, die Tage ohne Wasser, die Nächte, in denen man von Insekten aufgefressen wurde, die endlosen Härten des Lebens, härter noch als die alltägliche Gefahr, als Zugabe noch furchtbare Pockeninfektion und schrecklichen Durchfall als Folge des Quecksilbers, frage ich mich, ob nicht Eitelkeit und Pose in dieser ganzen Reise lagen, die nur unternommen und vollendet wurde, um dem Volk von Rouen stolz davon berichten zu können. Den ganzen Tag liest er daraus vor, den ganzen Abend erzählt er uns davon. Und am Ende dieses ganz und gar im Zimmer verbrachten Tages sind wir erschöpft von all den durchstreiften Ländern und all den beschriebenen Landschaften.

Zur Erholung hat er nur ein paar Pfeifen geraucht, die er schnell aufpafft, und während er immer noch über Literatur redet und bald versucht, mit schlechtem Gewissen gegen sein Talent anzugehen, indem er sagt, man müsse sich an die ewigen Seiten der Kunst halten, und sich zu spezialisieren hieße diese Ewigkeit zu verhindern, das Spezielle und Lokale könne das reine Schöne nicht hervorbringen. Und als wir ihn fragen, was das Schöne für ihn sei, sagt er: »Das, was mich unheimlich begeistert!«...

Es schlägt Mitternacht. Eben hat uns Flaubert seine Rückkehr über Griechenland zu Ende gelesen. Er will uns noch nicht gehen lassen, will weiterplaudern, weiterlesen und erzählt uns, daß er um diese Zeit erst richtig wach würde und erst um sechs Uhr morgens zu Bett ginge, wenn wir auch keine Lust hätten schlafenzugehen.

AN EDMOND UND JULES DE GONCOURT

[Paris,] Samstag [14. November 1863]

Meine lieben Guten, da bin ich wieder und erwarte morgen Ihren sonntäglichen Besuch. – Dann werden wir reden!

Eugène Forquet

Schleppen Sie keinen Russen her! Bringen Sie den Bleistifthalter mit.

da bin ich wieder: Flaubert war am 13. November 1863 wieder in Paris.
Eugène Forquet: Ein Pseudonym, dessen Herkunft ungeklärt ist.

AN EDMOND UND JULES DE GONCOURT

[Paris,] Donnerstag [24. Dezember 1863]

Ich hatte Soulié gefragt, was man tun solle. Hier ist seine Antwort:

Informieren Sie sich über unsere Pflichten bei Giraud (dessen Behausung ich nicht kenne) oder bei Gavarni, damit wir wissen, woran wir uns am nächsten Sonntag zu halten haben.

Der Ihre, meine Guten.

Gve Flaubert

Bis Sonntag, nicht wahr? Verdammt, was für eine Kälte!

Soulié: Eudore Soulié, Kustos des Museums von Versailles und Tischgenosse der Magny-Diners. Flaubert, der ständig besorgt war, einen Schnitzer im fürstlichen Hause zu machen, fragte ihn nach dem angemessenen Neujahrsgeschenk für die Diener Prinzessin Mathildes.
Giraud: Eugène Giraud (1806–1881), Porträtist und Karikaturist, der viel für den kaiserlichen Hof arbeitete. Er gehörte zum Kreise der Vertrauten Prinzessin Mathildes, einer leidenschaftlichen Aquarellmalerin, die er unterrichtete. Die Goncourts notieren über ihn: »Und dann Giraud, der Giraud der ›Permission de dix heures‹, ein alter Streiter der Kunst mit grauem Schnauzer und dem ordinären Wesen des Ateliers, mit einem etwas brummigen Spott und der Bedenkenlosigkeit eines Hausfreundes« (Tagebuch, 16. August 1862).
Gavarni: Guillaume-Sulpice Chevalier, genannt Gavarni (1804–1866), ein berühmter Lithograph und Karikaturist. Die Goncourts hatten ihn 1852 bei der Zeitung »L'Éclair« kennengelernt und betrachteten ihn ein wenig als geistigen Vater. Sie teilten seine Arbeitswut, seine scharfe Beobachtungsgabe, aber auch seine Frauenfeindlichkeit, seinen Pessimismus und seine materialistische Einstellung. Sie widmeten ihm eine Monographie: »Gavarni, l'homme et l'œuvre«, erschienen 1873 bei Plon. Prinzessin Mathilde schätzte das Talent Gavarnis und setzte sich, allerdings vergeblich, für ihn ein, als er durch Zwangsenteignung sein Haus in Auteuil verlieren sollte.

AN EDMOND UND JULES DE GONCOURT

[Paris, 26. Dezember 1863]

Mein lieber Freund,
Kommen Sie morgen nicht. Ich bin nicht da.
Bis zum nächsten Sonntag und ganz der Ihre.

Gve Flaubert

Samstag

Wenn man sich Neujahr bei der Prinzessin einschreibt, schreiben Sie mich bitte ein.

Neujahr: Die Goncourts erwähnen einen Besuch bei Prinzessin Mathilde erst am 6. Januar 1864, wo sie ihr ein japanisches Album bringen. Über Flaubert im Hause der Prinzessin schreiben sie am 24. Januar 1864 in ihrem Tagebuch: »Ich beobachte bei der Prinzessin die seltsame Anstrengung Flauberts, die Aufmerksamkeit der Hausherrin auf sich zu ziehen, gesehen zu werden, ins Gespräch zu kommen – und zwar mit dauernden Blicken, Mienen, Posen. Ich spüre bei dem ganzen Mann das bis zur Schmerzgrenze gehende Bedürfnis, Aufmerksamkeit zu erringen, zu rauben und allein zu besitzen; und ich lache heimlich, diesen großen Spötter aller menschlicher Glorien so brutal betroffen von bourgeoiser Ruhmsucht zu sehen.«

AN EDMOND UND JULES DE GONCOURT

[Paris, 10. Februar 1864]

Ja, meine Guten, ich diniere bei Ihnen.

Gve Flaubert

Mittwoch, 1 Uhr

bei Ihnen: Flaubert nimmt eine Einladung der Brüder an, zu der ebenfalls Gautier geladen war: »Wollen Sie uns das Vergnügen machen, am nächsten Samstag, dem 13. Februar zu uns zum Diner zu kommen? Wir werden Sainte-Beuve, Flaubert, kurz alle Leute vom Fach sein./ Wir rechnen unbedingt mit Ihnen./ Bis Samstag.« An Sainte-Beuve schreibt Jules de Goncourt: »Es wäre sehr liebenswürdig von Ihnen, wenn Sie am Samstag, dem 13. Februar zum Diner bei uns nicht fehlten, mit Mademoiselle Rabelais und einigen Ihrer besten Freunde.« Im Tagebuch ist am 14. Februar 1864 verzeichnet: »Gestern hatten wir Sainte-Beuve, Gautier, Flaubert, Charles-Edmond und Saint-Victor und die Lagier zum Diner da. Ein Geplauder über transzendentale Tribaderien und Päderastien.«

AN EDMOND UND JULES DE GONCOURT

Montag nacht, 3 Uhr
[Paris, 29. Februar 1864]

Meine Herzchen,

Mademoiselle Bosquet hat mir geschrieben und mich gefragt, ob es Ihnen genehm ist, wenn sie einen Artikel im *Journal de Rouen* für Sie schreibt. Sie bewundert Ihr Buch ungeheuer.

Und ich auch, denn ich habe es gerade gelesen, oder vielmehr von vorne bis hinten und in einem Atemzug verschlungen (seit 9 Uhr abends). Es hat mich ganz gefangengenommen. Das ist alles, was ich jetzt sagen kann. Was mir am meisten im Kopf geblieben ist, ist das Porträt des Abbé, das von Henri und der Tod Renées. – Welch bezauberndes Wesen dieses Mädchen ist!

Dieser Band kommt mir wirklich stark vor? Ich werde ihn jetzt noch einmal in aller Ruhe lesen.

Aber das ist Bouilhets Exemplar, was ich bekommen habe. Wo ist meins?

Wie da eins ins andere greift! Was für ein Schwung! – Und es gibt tolle Stellen, *klassische* Porträts. Der Dialog zwischen den beiden Ehegatten am Anfang, das Duell, großartig, etc.

Ich war mehrfach irritiert wegen Imperfektformen beim Erzählen. Sind das Druckfehler oder ist es Absicht?

Adieu. Ich kann nicht mehr. Ich nehme Sie mit auf meinen Nachttisch. Und ich lese Sie noch einmal.

Liebe Grüße von Ihrem alten

Gve Flaubert

Ja, verdammt noch mal. Das ist gut, sehr gut! An zwei oder drei Stellen habe ich richtig gelacht und an ein paar anderen feuchte Augen bekommen (wie ein Bourgeois)! Was für ein Talent und welchen Esprit Sie haben und wie ich Sie liebe!

Mademoiselle Bosquet: Amélie Bosquet (1815–1904) hatte Flaubert 1859 kennengelernt; als Romanautorin und Kritikerin schrieb sie meistens unter dem Namen Émile Bosquet. Später zerstritt sich Flaubert mit ihr wegen ihrer Artikel über »L'Éducation sentimentale«. Am 11. April 1864 schrieb sie in »Le Journal de Rouen« über den neuen Roman der Brüder Goncourt.
Ihr Buch: Der Roman »Renée Mauperin« der Brüder Goncourt, der unter Verwendung des Vorabdrucks in »L'Opinion nationale« am 27. Februar unter dem Titel »Mademoiselle Mauperin« bei Dubuisson erschien. Am 12. März lag dann eine Ausgabe mit dem endgültigen Titel bei Charpentier vor.
Die Goncourts wollten mit diesem Werk ein Porträt der modernen

bürgerlichen Familie zeichnen. Der Vater, wie ihr eigener ein ehemaliger Offizier, ist ein reicher Industrieller geworden. Doch das Interesse der beiden Romanciers gilt vor allem der jungen Generation. Renée, ein Hausmädchen mit burschikosem Wesen, hat bereits vierzehn Bewerber abgewiesen, als der Roman beginnt. Ihr Bruder Henri ist ein kalter illusionsloser Mensch, der es auf eine reiche Heirat abgesehen hat. Das Drama nimmt seinen Lauf, als Renée erfährt, daß Henri die Tochter ihrer Herrin heiraten will. Deren neureiche Familie erstrebt einen adeligen Schwiegersohn, und Henri gelingt es, sich einen Adelstitel zu verschaffen. Renée verrät ihn an den eigentlichen Inhaber des Titels und beschwört so, ohne es zu wollen, das Verhängnis herauf. Der Adelige tötet ihren Bruder im Duell, und Renée stirbt an einer Herzkrankheit.
Challemel-Lacour schreibt in »Le Temps« am 15. März 1864 über die Goncourts: »Sie stammen aus der Schule von Monsieur Théophile Gautier und Monsieur Flaubert, deren Methode bekannt ist. Sie besteht darin, die Dinge mit den Augen eines Malers zu betrachten und dort die verschiedenen Ebenen und das Spiel von Licht und Schatten auszumachen, die Wirkung, die die Gegenstände haben, wenn man sie in bestimmtem Licht auf bestimmte Weise zusammenbringt.« Banville dagegen bewundert in seinem Artikel in »L'Artiste« am 15. April 1864 die moderne Darstellung: »...die des Henri Mauperin, des ›starken jungen Mannes‹ unserer Zeit, die des Abbé Blampoix, eine liebevoll gemachte Radierung und dabei echter als tausend Photographien. Doch der große Erfolg und der große Sieg der Herren Goncourt war es, ein Mädchen zu erschaffen, die eine neue Heldin ist.«
Abbé: Abbé Blampoix, eine Schlüsselfigur des Romans, ist ein weltlich gesonnener Priester, der vornehme Heiraten arrangiert.
Henri: Henri verkörpert den jungen Emporkömmling aus der Bourgeoisie nach dem Vorbild Balzacs.
der Tod Renées: Die Brüder Goncourt hatten mehrfach besonders schmerzlich den Tod erlebt: das Sterben ihrer Amme Rose; 1832 den Tod ihrer jüngeren Schwester Lili, die die Eltern, als sie schon im Sterben lag, aus Paris fortschafften, um sie vor der Cholera zu retten; den Tod ihrer Mutter, in Erinnerung verbunden mit dem schweren Schritt des bäuerlichen Priesters, der auch in »Renée Mauperin« beschrieben ist.
Mädchen: Das burschikose Verhalten Renées wurde des öfteren von der Kritik als skandalös und einer jungen Bourgeoise nicht angemessen bezeichnet.
Exemplar: Flauberts Bibliothek enthielt einen Band der Charpentier-Edition von »Renée Mauperin« mit der Widmung: »Für Gustave Flaubert/seine Freunde/Edmond und Jules de Goncourt« und dem handschriftlichen Vermerk: »eines der 10 Exemplare in holländischem Büttenpapier«.
Dialog: Der neue Roman der Goncourts begrenzte realistische Beschreibungen zugunsten ausführlicher Dialoge. Er beginnt mit einem Gespräch zwischen der Heldin und einem jungen Mann, bei dem man erst später erfährt, daß sie dabei in der Seine baden.

Duell: Während der Arbeit an »L'Éducation sentimentale« schrieb Flaubert in einem Brief, der wahrscheinlich am 12. September 1867 an Paul de Saint-Victor gerichtet war: »Ich habe in meinem Schmöker ein Duell, das im Jahre 1847 im Bois de Boulogne spielt. In welchem Teil des Waldes fanden solche Angelegenheiten um diese Zeit statt? Ich bräuchte den Weg, der dort hinführt und die Umgebung. An den Mare d'Auteuil, den Sie besser kennen als sonst irgendjemand, kann ich die Sache nicht verlegen. In Anbetracht dessen, daß die Goncourts dort ein Duell untergebracht haben, das sehr gut geschrieben ist.«
Imperfekt: Die Goncourts verwandten an Stellen, die das Passé simple erfordert hätten, absichtlich das Imperfekt, als im Französischen typische Erzählform der Vergangenheit, um Handlungen den Aspekt des Dauernden zu geben.

AN EDMOND UND JULES DE GONCOURT

[Paris, 31. März 1864]

Bleiben Sie morgen im Haus. Zwischen 4 und 6 komme ich mich bei Ihnen verabschieden.

Bouilhet schreibt, daß er »von dem Buch der Goncourts wirklich hingerissen ist«. Und ich erst!

Der Ihre.

Gve Flaubert

Donnerstag, 10 Uhr

Bouilhet: Er schreibt am 30. März 1864 an Flaubert: »Von dem Buch der Goncourts bin ich wirklich hingerissen. Ich finde es bezaubernd. Ich würde ihnen sofort schreiben, wenn ich nicht ihre Adresse vergessen hätte, oder vielmehr ihre Hausnummer.«
An die Goncourts schreibt er:
»Meine lieben Freunde,
ich hatte Ihre Nummer in der Rue Saint-Georges völlig vergessen, sonst hätte ich Ihnen eher geschrieben, wie begeistert ich von Ihrem neuen Roman bin. Flaubert hat mir heute morgen Ihre Adresse geschickt, und Sie sehen, daß ich unverzüglich davon Gebrauch mache. Ich habe selten ein insgesamt so stimmiges, so vollendet geschriebenes Buch gelesen; die verschiedenen Charaktere sind mit einer bewundernswerten Kenntnis der Perspektive abgestuft, so daß man die beiden Hauptpersonen sehr gut im Vordergrund herauskommen sieht: das Mädchen und den Bruder.
Besagter Bruder ist vollendet: das ist von ergreifender Wahrheit. Was

Renée angeht, so bekenne ich, daß ich in sie verliebt bin. Was für eine Anmut! Was für eine echte Eleganz! Was für ein guter und kühner Geist!
Und wie Sie das alles geschrieben haben! Es gibt Sätze, die mir im Kopf herumgehen und Bilder, die mir ständig vor Augen stehen. Dieser ganze Todeskampf zwischen Landluft und Rosensträuchern hat eine sehr große Wirkung.
»Das reiche, stolze Kleid ihrer zwanzig Jahre!«
Das ist prachtvoll!
Und alles, von Anfang bis Ende: der Vater, die Mutter, der Direktor, Denoisel, der wüste Adelige, alles ist gelungen, alles ist meisterhaft geschrieben.
Ich mache Schluß. Ich sehe Sie alle beide lächeln. Vielleicht werden Sie mein Loblied als Kompliment von Dichter zu Dichter nehmen. Nun, da täuschen Sie sich! ich bin von Ihrem Buch wirklich hingerissen. Und die Schlampigkeit meiner Sätze wird Ihnen vielleicht beweisen, wie ernst es mir ist.
Also tausend Dank. Das wird ein sehr schöner Erfolg, das sage ich Ihnen.
Ihr ergebener Freund
L. Bouilhet
Cany, 2. April 1864.«

AN EDMOND UND JULES DE GONCOURT

[Croisset, 16. Juni 1864]

Meine Herzchen,

Ich bin Montagabend in Trouville und bleibe dort wahrscheinlich die ganze Woche.– Wie können wir uns sehen? Wo sind Sie? In Fontainebleau, in Paris oder in Trouville? oder in Villiers?

Mögen die Götter dafür sorgen, daß Sie diese Zeilen erhalten und daß Sie mir so schnell wie möglich antworten!

Ich küsse Sie auf Ihre vier Wangen.

Der Ihre.

Gve Flaubert
Croisset, Donnerstag

Wo sind Sie?: Die Goncourts waren vom 2. bis 20. Juni 1864 in Grez bei Fontainebleau. Schon im August 1863 hatten sie, zusammen mit Paul de Saint-Victor, ein paar Tage in Barbizon in einem einfachen - Wirtshaus verbracht.

AN EDMOND UND JULES DE GONCOURT

[Paris, 18. November 1864]

Bin ich *heute* erwünscht? Ich habe Zeit. Ich warte bis 6 Uhr auf Ihre Antwort.

Andernfalls bis morgen 6 Uhr.

Freitag 4 Uhr
Der Ihre Gve Flaubert

November: Den ganzen Sommer ist Flaubert mit vorbereitenden Lektüren für »L'Éducation sentimentale« beschäftigt. Er interessiert sich für sozialkatholische Autoren wie Lamennais. Er liest die Autoren des modernen Sozialismus: Fourier, Saint-Simon, Proudhon. Anfang Oktober beginnt er in Croisset das erste Kapitel seines Romans zu überarbeiten. Die Briefe aus dieser Zeit sprechen von Einsamkeit, Erschöpfung, Entmutigung. Dann wandelt sich plötzlich der Ton: Flaubert ist zu einer der berühmten »Séries« in Compiègne geladen. Die wenigen Tage des Lebens bei Hofe gefallen ihm, auch wenn er den festen Stundenplan und den ständigen Kleiderwechsel anstrengend findet. Im November ist er zurück in Paris und meldet sich bei den Goncourts, die ihrerseits nie beim Kaiser empfangen wurden.

AN EDMOND UND JULES DE GONCOURT

[Paris,] Samstag, 9 Uhr morgens [19. November 1864]

Ich muß mich sehr bei Ihnen für meinen Brief von gestern entschuldigen, meine lieben Guten, und für den von heute. Denn dieses Billett soll Ihnen mitteilen, daß ich heute *nicht mit Ihnen dinieren kann.* Ich finde das sehr ärgerlich. Aber so ist es.

Es wäre sehr lieb von Ihnen, wenn Sie morgen nachmittag vor 4 Uhr kommen könnten. – Auf jeden Fall Montag bei Magny.

Der Ihre.

Gve Flaubert

bei Magny: Das Tagebuch der Goncourts erwähnt für das Diner bei Magny am 21. November 1864 lediglich die Anwesenheit Taines.

AN FLAUBERT

[Paris,] Neujahrswoche [Januar 1865]

Mein lieber Freund,

Wir möchten die Woche nicht verstreichen lassen, ohne Ihnen eine gute zu wünschen, was das Manuskript betrifft und insgesamt. Unser Roman erscheint am 15. Das erste Exemplar auf der Post wird für Sie sein.

Wie sieht es bei Ihnen aus? Man hat mir von einem ersten fertigen Kapitel erzählt. Und so werden wir Sie doch hoffentlich bald sehen.

An Neujahrsgeschenken haben wir nicht viel mehr bekommen als das unseres Buchbinders. Er hat uns ein Buch mit dem Titel *Salambo* gebracht, gebunden, so wie wir es erfunden und ausgedacht haben – barbarisch und toll – ein Band, der so aussieht, als hätte man ihn in der Bibliothek von Schahababaham geklaut. Um bei den Auktionen des 20. Jahrhunderts märchenhafte Preise zu erzielen, fehlt es ihm nur an einer handschriftlichen Seite seines Autors. Bitten Sie ihn darum, oder schreiben Sie sie mir, ganz wie Sie wollen.

Man liebt Sie, man umarmt Sie und man wartet auf Sie.

Jules de Goncourt

Unser Roman: Der Roman der Goncourts »Germinie Lacerteux« erschien am 16. Januar 1865 bei Charpentier. Die Brüder schickten Flaubert ein Exemplar mit ihrer üblichen Widmung und dem Zusatz: »Eines der sieben Exemplare auf holländischem Büttenpapier«.

Einband: Edmond de Goncourt notierte über den von ihm in Auftrag gegebenen Einband für »Salambo«: »Ein ziemlich karthagischer Einband mit diesem japanischen Lederpapier, das glaube ich zum erstenmal für den Einband von Büchern benutzt wurde, die vom fernen Osten handeln.«

Schahababaham: Besonders beliebte Opera buffa von Leuven und Carré mit Musik von Gautier, uraufgeführt am 31. Oktober 1854 im Théâtre-Lyrique.

AN EDMOND UND JULES DE GONCOURT

[Croisset, 7. Januar 1865]

Es ist sehr lieb von Ihnen, daß Sie an mich denken! Wenn ich Ihnen bei unseren gegenseitigen Neujahrswünschen nicht zuvorgekommen bin, dann liegt das daran, *daß* mein Leben derartig stumpfsinnig ist, *daß* ich Ihnen nichts zu erzählen habe.

Ich gehe um 4 Uhr morgens schlafen und komme gegen 4 Uhr nachmittags wieder zu mir. Die Kopie geht sehr langsam voran und ich bin nicht gerade fröhlich. Aber es ist unnötig, Ihnen mit diesem Scheiß auf die Nerven zu gehen. Sie werden genug an dem Ihren haben.

Auf die Innenseite Ihres gloriosen Einbands werde ich das Netteste schreiben, was ich kann, das heißt, das, was ich ohnehin denke.

Schicken Sie mir diese voll Ungeduld erwartete *Virginie Lacerteux*. Ich werde sie gierig verschlingen.

Ich rechne damit, Sie zum Monatsende zu sehen und in der Zivilisation wieder neue Kraft zu schöpfen.

Ich weiß überhaupt nichts, weder von Paris, noch von unseren Freunden, noch vom Rest der Welt, denn ich lebe wie eine Auster.

Und Magny? und der alte Beuve? und die Prinzessin? Wenn die Sache nicht unschicklich ist, geben Sie sie ihr doch, etc.

Adieu, meine Teuren.

Ich küsse Sie auf Ihre vier Wangen und bin Ihr

Gve Flaubert

À propos, morgen ist Heiligdreikönig! Zu was für einem Artikel das wohl Timothée Trimm veranlassen wird!

Samstag abend

Ich habe trotz allem eine Saulust, Sie zu sehen!

Magny: Über das Treffen im Magny heißt es in einem Brief vom 7. Dezember 1864 von Sainte-Beuve an Prinzessin Mathilde: »Wir hatten ein auf fünf bis sechs Köpfe reduziertes Magny, das darum nicht weniger gut war; Eudore, die Goncourts, die Gautiers waren darunter. Sie können sich nicht vorstellen, Prinzessin, wie fest das Band ist, das Ihr so aufmerksames Wohlwollen unter uns zu knüpfen geruhte, und wie man unwillkürlich – wenn es fehlt – in den Wochen, wo es ausfällt, nach ihm verlangt.«
Timothée Trimm: Pseudonym des Journalisten Léo Lespès, der mit täglichen Glossen im weitverbreiteten »Petit Journal« seit 1862 beliebt geworden war. Er gab seine Chroniken in mehreren Sammelbänden heraus: »Paris dans un fauteuil« (1854), »Les Quatre Coins de Paris« (1863), »Spectacles vus de ma fenêtre« (1866).

AN EDMOND UND JULES DE GONCOURT

[Croisset,] Montag [16. Januar 1865]

Meine Teuren,

Ich habe Ihren Band erst gestern abend zu Gesicht bekommen.

– Um halb 11 aufgeschnitten, war er um 3 verschlungen. – Ich habe kein Auge zugetan, nach dieser Lektüre, und ich habe Magenschmerzen. Sie werden Ursache zahlreicher Gastritisfälle sein! Was für ein ungeheuerer Schmöker!

Wenn es mir heute nicht so schlecht ginge, würde ich Ihnen lange schreiben, um Ihnen alles zu sagen, was ich über Germinie denke, die mich *in Erregung bringt* (S. 52 – 53). Das ist stark, erhaben, dramatisch, ergreifend und packend. Champfleury ist abgehängt, glaube ich?

Was ich in Ihrer Arbeit am meisten bewundere, das ist die stufenweise Entwicklung der Effekte, die psychologische Steigerung. Das ist von vorne bis hinten grausam und manchmal ganz einfach sublim. – Die letzte Passage (über den Friedhof) hebt alles Vorhergehende noch hervor und setzt gleichsam einen Goldstrich unter Ihr Werk.

Die große Frage des Realismus ist nie so klar gestellt worden. Bei Ihrem Buch kann man sich sehr schön über das Ziel der Kunst streiten.

Wir werden in 14 Tagen noch einmal darüber reden. Entschuldigen Sie meinen Brief; ich habe heute nachmittag eine grausame Migräne, mit einem solchem Druck im Kopf, daß ich mich kaum am Tisch halten kann.

Ich umarme Sie, nichtsdestotrotz, fester denn je.

Der Ihre.

Gve Flaubert

Magenschmerzen: Zola schrieb am 24. Februar 1865 in »Salut public« über »Germinie Lacerteux«: »Dieses fiebrige und kranke Werk hat einen aufreizenden Charme; es steigt einem zu Kopfe wie ein starker Wein.«

S. 52–53: Diese Seiten bringen das Porträt Germinies, einer häßlichen Dienerin, die »eine herbe und geheimnisvolle Verführungskraft« besitzt. »Ihr weitausgeschnittenes Kleid zeigte ihren Hals, den Ansatz des Busens, ihre Schultern, die Blässe ihres Rückens im Gegensatz zu dem gebräunten Gesicht. Es war die Blässe einer lymphatischen Person, die kranke und engelsgleiche Blässe leblosen Fleisches. Alles an ihr, der Mund, die Augen, selbst ihre Häßlichkeit war aufreizend und verführerisch. Sie hatte einen erotischen Zauber für das andere Geschlecht, der es nicht losließ. Sie weckte das Verlangen und erregte das Gemüt. Natürlich und ungewollt ging eine sinnliche Versuchung von ihr aus, von ihren Gesten, ihrem Gang, ihren kleinsten Regungen, von der Atmosphäre die herrschte, wo ihr Körper die Luft bewegt hatte.«

dramatisch: Der Roman erzählt von dem Niedergang einer Dienerin, die als ganz junges Mädchen vergewaltigt wurde und zur hysterischen Alkoholikerin und Diebin wird. Verliebt in einen jungen Taugenichts, der sie verläßt, taumelt sie danach von Liebhaber zu Liebhaber. Das Buch schockierte die Öffentlichkeit; die Zeitung »La France« sprach von »verdorbener Literatur«. Flaubert schreibt an seine Nichte: »Das Buch der Herzchen erregt einen universellen Abscheu, auf den sie sehr stolz zu sein scheinen. – Was ich ihnen gönne.« (5. Februar 1865)

Champfleury: Jules-François-Felix Husson (1821–1889). Als Darsteller der Bohème in seinem Roman »Chien-Caillou, fantaisie d'hiver« (1847) proklamierte er seit 1857 in der Revue »Le Réalisme«

seine literarischen Vorstellungen. Er berief sich auf die französische Tradition der Beobachtung in der Literatur und verdammte den Stil Flauberts, Gautiers und der Goncourts. Die Brüder zeichnen in ihrem Buch »Les Hommes de lettres« ein äußerst kritisches Bild Champfleurys.
stufenweise Entwicklung der Effekte: Auch die »Nouvelle Revue de Paris« bewundert den dramatischen Aufbau des Romans. Germinie erwartet ihre verschiedenen Liebhaber unter immer schrecklicheren Umständen: an der Boule-Noire, auf einer schäbigen Treppe, schließlich in einem Regen, der ihr zum Verhängnis wird.
psychologische Steigerung: Die Goncourts haben der Figur der Dienerin ihre eigene Schwermut und Überempfindlichkeit verliehen.
Die letzte Passage: Das letzte Kapitel beschreibt den Friedhof von Montmartre, wo Germinie in einem öffentlichen Grab begraben ist. Die Goncourts besuchten regelmäßig das Grab ihrer Eltern auf diesem Friedhof. Jules hatte im Februar 1863 ein Aquarell des öffentlichen Grabes gemalt, das als Radierung in die Edition des Romans von 1876 bei Lemerre aufgenommen wurde.
das Ziel der Kunst: Das Vorwort des Romans hat den Ton eines Manifests. Später sah die Kritik die Brüder Goncourt mit ihrem Roman »Germinie Lacerteux« als Initiatoren des Naturalismus.

AN EDMOND UND JULES DE GONCOURT

[Paris,] Montag morgen [1. Mai 1865]

Warum sind Sie denn gestern nicht gekommen?

Gehen wir Donnerstag immer noch zu Théo?

Wenn ja, werde ich mich mit Monseigneur dorthin begeben.

Tausend liebe Grüße.

Gve Flaubert

Georges Pouchet hoffte gestern, Sie bei mir anzutreffen. Er hatte Informationen für Sie und hat mich nach Ihrer Adresse gefragt.

Am Mittwoch dinieren wir zusammen bei der Prinzessin, um Sainte-Beuves Senatorenwürden zu feiern.

Mai: Flaubert verlängert in diesem Jahr seinen Aufenthalt in Paris bis in den Mai. Einige Male unterbricht er sein einsiedlerisches Leben und geht aus. Im Februar nimmt er an einem Ball des Prinzen

Napoléon im Palais-Royal teil. Am 16. April schleppt er die Brüder Goncourt noch nach Mitternacht zu Tourbey.
nicht gekommen: Die Goncourts sind mit Vorbereitungen für die Aufführung ihres Stückes »Henriette Maréchal« beschäftigt.
Théo: Flaubert ist gemeinsam mit den Brüdern Goncourt am 3. Mai 1865 zum Diner bei Théophile Gautier geladen. Im Tagebuch der Goncourts erscheint dieses Diner am 4. Mai 1865: »Es ist eine merkwürdige Tafel, an der wir bei Gautier sitzen. Sie sieht aus wie eine Gästetafel vom Turm zu Babel, die letzte Karawanserei der Romantik, eine Mischung von Leuten aus allen Nationen, die Gautier gewohnt ist und auf die er stolz ist.
An diesem Abend sitzt neben Flaubert, Bouilhet und uns ein echter Chinese mit seinen Schlitzaugen und seiner Weste aus johannisbeerrotem Samt, der Chinesischlehrer von Gautiers Töchtern. Da ist ein exotischer Maler, der Siebenmeilenstiefel trägt, die bis zum Knie reichen und Augen hat, die von einem Jaguar geklaut sind. Da ist der ungarische Geiger Reminy mit seinem kahlen Priester- und Teufelskopf; da ist sein Begleiter, ein zweifelhafter dicker kleiner Kerl, ephebisch und feminin, mit seinem Elsässerschädel, den blonden Strähnen, die glatt vom Mittelscheitel herabfallen, im deutschen Seminaristenrock, in dessen Knopfloch ein wenig weißer Flieder vor sich hinwelkt – eine seltsame und aufregende Tunte. Und schließlich, begleitet von ihrem Sohn, die Frau eines Gottes, die Witwe eines Mapah, Madame Ganneau.«
Monseigneur: Der Spitzname Louis Bouilhets.
Pouchet: Georges Pouchet wird Erkundigungen für den Roman der Goncourts »Manette Salomon« eingeholt haben. Die Brüder waren auf der Suche nach Informationen für eine Szene in ihrem nächsten Roman, in der sie den Tod eines Affen schildern. Pouchet schrieb dazu in einem Brief: »Ich schicke Ihnen, meine Herren, die paar Auskünfte, die ich zu einem Thema bekommen konnte, das mich selbst ein klein wenig interessiert.
Das Naheliegendste war, in Erfahrung zu bringen, ob nicht in der Menagerie gerade ein Affe stirbt. Augenblicklich ist keiner krank.
Ich kenne sehr gute Studien über Menschenaffen, aber ich konnte keine einzige Beschreibung eines Todes finden. Vielleicht fände man das bei Boitard, einer sehr bedeutenden Arbeit.
Dr. Yvan (›Voyages et récits‹, Brüssel) hat ausführlich die Geschichte eines Affen beschrieben, vielleicht berichtet er von seinem Tod? Vielleicht steht auch etwas in Toussenel. Es gibt einen Mann, der über die Jahrmärkte in der Provinz zieht und den Sie vielleicht auch in den Buden des Pariser Jahrmarkts finden, einen Italiener namens Corvi. Er hat die Affenleidenschaft, die Affenmanie, ist verrückt nach Affen. In seinen Käfigen werden mehr als 500 gestorben sein, ohne Übertreibung.«
Senatorwürden: Sainte-Beuve wartete schon lange auf die Berufung in den Senat, die schon viermal gescheitert war. Am 28. April 1865 wurde er schließlich zum Senator ernannt. Flaubert beglückwünschte ihn dazu: »Eben hat Nieuwekerke mir in der Oper die Neuigkeit mitgeteilt, – die Antwort wird also diesmal positiv sein, wie ich mich

freue! Wenn ich wüßte, wo ich Sie morgen finde, würde ich Sie umarmen gehen. Kommen Sie doch bei Girardins Stück in die Loge der Prinzessin, damit man Sie treffen kann. Ach! wie schön! Da Sie glücklich sind, sind wir es auch. Freitagnacht, 2 Uhr«.
Die Goncourts schrieben: »Wir gratulieren Ihnen sehr herzlich und gratulieren auch dem Senat, daß ihm die Ehre zuteil geworden ist, Sie zu gewinnen. Bis Mittwochabend und bis dahin ganz die Ihren.«

AN FLAUBERT

[Paris, Anfang Juni 1865]

Mein lieber Freund,

Zwei Worte, um Ihnen ein Lebenszeichen von uns zu geben.

Ich habe Madame Defly Ihre Adresse gegeben. Ihr »Arm«, der ein tragisches Halbprofil ist, hatte die Ehre, an den letzten beiden Sonntagen in den Salons der Rue de Courcelles vor einer »Menge leidenschaftlicher Bewunderer« ausgestellt worden zu sein. Ich denke, daß man es Ihnen bald schicken wird.

Hier gibt es nichts Neues außer der neuen Seite, die den Werken Napoléons III. hinzugefügt wurde – und der Affäre Dumas-Girardin, die sich fortsetzt. Es scheint, daß das Textbuch von Dumas ziemlich gut geschrieben ist. Außerdem kam mir Girardin die ganze Zeit ziemlich düster vor; er sieht wie jemand aus, dessen Triumph mit Nadeln gespickt ist.

Mérimée wird nächsten Montag ins Magny kommen.

Sainte-Beuve ist immer noch Senator.

Und wir immer noch Ihre alten Freunde.

Jules de Goncourt

Madame Defly: Armande-Philippine de Dieudé (1785–1875). Nachdem sie von ihrem Mann verlassen worden und mittellos war, wurde sie Gesellschaftsdame, Übersetzerin und Inspektorin im Krankensaal der Académie von Poitiers. Mit zweiundsiebzig Jahren kam sie in die Dienste Prinzessin Mathildes, deren Gesellschafterin sie bis 1870 war. Die Prinzessin bezeugte ihr ihre Dankbarkeit, indem sie

ihr einen kleinen Band widmete »Armande Dieudé-Defly«, (Quantin 1877).
»Arm«: Gemeint war ein Aquarell, das die Prinzessin Mathilde gemalt hatte und Flaubert zum Geschenk machen wollte. Durch etliche Widrigkeiten bei der Übersendung erhielt Flaubert es erst sehr viel später. Sein Dankesbrief ist vom 12. Dezember 1865: »Wo haben Sie nur diesen hübschen Kopf her? Wie gekonnt das Ganze ist! Ich liebe dieses weiße, so großzügig gemalte Hemd, das sich mit den Blautönen der Landschaft verbindet und die kleine Bluse! und die Blumen! und alles übrige!«
Rue de Courcelles: Straße, in der sich die Stadtvilla der Prinzessin befand.
Napoléon III.: Sein im Februar 1865 erschienenes Buch »Histoire de Jules César« war im April noch einmal aufgelegt worden.
Affäre Dumas-Girardin: Girardins Stück »Supplice d'une femme« war von Dumas für die Bühne redigiert und umgeschrieben worden. Girardin warf ihm vor, ihn um seine Aussage betrogen zu haben, die er in einem Vorwort verteidigte: er hatte in seinem Ehebruchsdrama die Notwendigkeit des Verzeihens darstellen wollen. Dem am 27. Mai 1865 bei Lévy erschienenen Abdruck des Stücks mit dem Vorwort von Girardin folgte am 3. Juni 1865 ebenfalls bei Lévy die Veröffentlichung der Antwort Dumas: »Histoire du Supplice d'une femme«.
Magny: Die Treffen im Magny endeten des öfteren mit freimütigen Bekenntnissen Flauberts. Das Tagebuch der Brüder Goncourt berichtet am 9. Mai 1865: »Flaubert erzählte uns gestern, als wir aus dem Magny kamen: ›Als ich jung war, war ich so eitel, daß ich, wenn ich mit meinen Freunden ins Bordell ging, die Häßlichste nahm und es darauf anlegte, sie vor aller Augen zu ficken, ohne meine Zigarre aus der Hand zu legen. Das machte mir nicht den geringsten Spaß, sondern war für die Galerie.‹ Flaubert hat immer etwas von dieser Eitelkeit, was bedeutet, daß es ihm trotz seiner Offenheit nie ganz ernst ist, mit dem, was er zu fühlen, zu erleiden, zu lieben behauptet.«

AN FLAUBERT

Trouville, 9. Juli [1865] Hôtel du Bras-d'Or

Nicht eine Zeile von Ihnen, Sie großer geliebter Schuft! Aber da ein Freund ja ein Mensch ist, dem man alles, selbst Schweigen, verzeiht, schreibe ich Ihnen, um Ihnen hilfreich zu sein.

Achtung! dies ist Ihr Tagesplan.

1. Sich jeden Tag rasieren.
2. Einen kleinen Triumphbogen bei Godillot bestellen

samt bunten Gläsern mit den Umständen entsprechenden Aufschriften, zum Beispiel einem großen M.

Damit teilen wir Ihnen mit, daß Ihre Kaiserliche Hoheit, Madame la Princesse Mathilde, gefolgt von der Princesse Primoli, geborene Bonaparte, beabsichtigen, unerwartet in Croisset abzusteigen, um dem geheimen Lebenswandel des Literaten in Form Ihrer Person auf die Schliche zu kommen. Dieses festliche Ereignis, das zu Ihrem Unglück kein bestimmtes Datum hat, wird um den 25. dieses Monats eintreten, wenn die Flut, wie man mir sagte, das Schiff von Rouen nach Le Havre befördern kann. Diese Auskunft kommt mir nicht sehr hydrographisch vor; nun ja, so sieht es aus! Wenn ich Sie wäre, würde ich mich als Türke kleiden; das Kostüm, die physische Erscheinung und die Umgangsformen haben Sie ja, Sie Schlitzohr! Was sich auch sehr gut für Sie machen würde, wären ein paar Mätressen bei Ihnen im Garten zwischen den Blumen.

Wir sprechen mit dem *Burschen* d'Osmoy über Sie. Wir machen Ihnen alle Komplimente zu Ihrer Antwort auf die Kritiker. Besser lassen sich Vorwürfe à la Désaugiers und Argumente aus der Klamottenkiste französischen Gespötts gar nicht mit Verachtung strafen.

Schreiben Sie uns ein paar Worte, ja? Und die Arbeit?

Die Ihren zu vier Händen,

Jules de Goncourt

Trouville: Die Goncourts verbrachten den ganzen Sommer 1965 in dem bei den Parisern so beliebten Seebad.
Princesse: Die Brüder hatten die Prinzessin am 5. Juli 1865 gesehen.
Princesse Primoli: Die Enkelin Lucien Bonapartes, Charlotte-Honorée-Josephine Bonaparte hatte 1848 den Grafen Primoli geheiratet.
d'Osmoy: Charles Le Boeuf, Comte d'Osmoy, seit 1862 Landrat des Departement Eure, ein Freund Flauberts und Bouilhets, den sie den »Idioten von Amsterdam« nannten. Die Goncourts hatten die Familie d'Osmoy bei ihrem Aufenthalt in Trouville 1864 kennengelernt.
Désaugiers: Marc Antoine Desaugiers (1772–1827), Autor zahlreicher Vaudeville-Stücke und bekannter Chansons.

AN EDMOND UND JULES DE GONCOURT

Croisset, 27. [Juli 1865]

Meine lieben Alten,

Ihr Brief vom 9. wurde mir nach Baden nachgesandt. Das ist die Erklärung für meine Säumigkeit mit der Antwort. Sie vergessen, mir Ihre Adresse in Trouville zu geben. Wann dieser Brief Sie wohl erreicht?

Ich habe einen Monat Ferien sowohl in London als in Baden gemacht. Ich war zwei Tage in Paris, wo ich von unseren Freunden nur den alten Sainte-Beuve getroffen habe.

Die Prinzessin ist seit letzten Dienstag in Dieppe. Die Ehre ihres Besuches hat sie mir nicht erwiesen, hat mir aber ein paar sehr freundliche Zeilen geschickt. So waren alle auf Ihren Rat hin veranlaßten Ausgaben (Kostüme, Triumphbogen und Tänzerinnen) ganz umsonst.

Hier fand ich bei meiner Rückkehr (gestern) meine Mutter ziemlich schwer krank vor. – Mit 72 Jahren ist alles schwer!

Was die Arbeit angeht, hoffe ich, mich heute wieder daranzusetzen. –

Wann sehen wir uns? Es wäre sehr nett, wenn Sie im November kämen?

Adieu, meine lieben Guten.

Tausend herzliche Grüße, ich umarme Sie sehr fest.

Gve Flaubert

P.S. Und das Stück? Wann beginnen die Proben?

Ferien: Flaubert fuhr am 26. Juni 1865 nach London, wo er heimlich Juliet Herbert, die junge englische Hauslehrerin seiner Nichte traf, in die er sich verliebt hatte. Seine Notizbücher berichten von Spaziergängen im Hyde Park, von Besuchen in Westminster und dem British Museum. Am 12. Juni kehrte er zurück nach Paris und

reiste gleich weiter nach Baden-Baden, wo er bei seinem Freund Maxime Du Camp wohnte.
Prinzessin: Wegen der Krankheit seiner Mutter konnte Flaubert der Prinzessin keinen Besuch abstatten. Er schreibt ihr am 27. Juni 1865: »Seien Sie so gut, mir zu sagen, um welche Zeit Sie am Samstag durch Rouen kommen? Ich werde am Bahnhof sein. Fünf Minuten sind besser als nichts.«

AN EDMOND UND JULES DE GONCOURT

[Croisset,] Freitag [28. Juli? 1865]

Meine sehr Teuren,

Sieur Émile Husson, den Sie kennen und der ein *Kulissenpfeiler* ist, wird vielleicht bei Ihnen erscheinen, um Sie um eine Rolle für seine kleinen Freundinnen vom Théâtre Français zu bitten. Seien Sie höflich, aber *entschieden*. Das heißt, das Stück geht vor. Verfahren Sie also absolut, wie Sie möchten. Am Besten überläßt man wohl Thierry ganz und gar das Terrain?

Ich habe immer erlebt, daß zu früh gemachte Versprechungen für Rollen zu Streit führten.

Kein Wort über dieses Billett, selbstverständlich. Gestern abend habe ich mich wieder an die Arbeit gemacht! Sehr hart.

Seien Sie so gut und geben Sie der Prinzessin (oder Giraud) meine genaue Adresse, damit ich ihr Œuvre auch bekomme.

Ich umarme Sie sehr fest.

Gve Flaubert

Schreiben Sie mir doch ab und zu.

Gustave Flaubert. Croisset bei Rouen

Émile Husson: Der Mann der Geliebten von Maxime Du Camp.
Rollen: Es ging um Rollen in dem Stück der Goncourts »Henriette Maréchal«.

Œuvre: Das Aquarell, das die Prinzessin Flaubert schenken wollte. Der Maler Giraud, einer ihrer engsten Vertrauten, gab ihr Malunterricht.

AN FLAUBERT

Paris, 6. August [1865]

Wir hatten schon angefangen, uns Sorgen um Sie zu machen, mein lieber Freund, als wir endlich Ihren Brief bekamen. Er hat uns in Trouville erreicht. Wir haben dort einen so langweiligen Monat verbracht, daß wir dort die ganze Zeit gearbeitet haben.

Sie in Baden? Pah!

Für ein paar Tage sind wir hier; und dann fahren wir los, wenn das Théâtre Français es uns erlaubt, denn ich glaube, daß *Henriette* schon bald im Feuer landen wird.

Wann sehen wir uns? Ich frage wie Sie. Und wie geht es Ihrer Mutter? Müssen Sie sich keine Sorgen mehr machen?

Darüber so bald wie möglich ein paar Zeilen. Entschuldigen Sie diese hier: wir stecken seit unserer Rückkehr bis über den Kopf in dem Problem einzelner Korrekturen unseres Stückes, – und sind ganz schön verroht, wild und bärtig. Was uns nicht daran hindert, Sie richtig zu umarmen.

Jules de Goncourt

fahren wir los: Die Goncourts waren vom 13. bis zum 16. August 1865 bei Prinzessin Mathilde in Saint-Gratien.

Henriette: Das Stück »Henriette Maréchal« lag seit Dezember 1863 in der Schublade der Goncourts, nachdem das Vaudeville-Theater es abgelehnt hatte. Im April 1865 wurde es im Salon der Prinzessin Mathilde vorgelesen und, trotz ihrer empörten Reaktion, von Théodore de Banville bei der Comédie Française vorgeschlagen, deren Leiter Édouard Thierry das Stück am 8. Mai 1865 auf den Spielplan setzte.

Am 1. Januar 1889 notierte Edmond de Goncourt voller Stolz im Tagebuch: »Im Grunde kann die Kritik sagen, was sie will; sie

wird nichts daran ändern, daß die beiden Stücke, die in der zweiten Hälfte des neunzehnten Jahrhunderts das meiste Aufsehen erregt haben, ›Henriette Maréchal‹ und ›Germinie Lacerteux‹ sind.« In beiden Fällen entfachte die Premiere eine Schlacht, die mit dem Tumult um »Hernani« vergleichbar ist.
Die Goncourts hatten jedoch mit »Henriette Maréchal« kein revolutionäres Werk geschaffen. Thema ist in melodramatischer Form und beinahe realistischem Ton die Liebe zwischen einer reifen Frau und einem jungen Mann: der ältere zweier Brüder möchte dem jüngeren eine Lektion in der Illusion der Liebe erteilen, indem er ihn zum Opernball mitnimmt. Der jüngere Bruder duelliert sich für eine maskierte Frau. Er wird verletzt und verliebt sich leidenschaftlich, als die Frau ihn in ihrem Hause empfängt. Ihr Mann entdeckt den Ehebruch und erschießt fälschlicherweise seine ebenfalls in den jungen Mann verliebte Tochter. Das Stück erntete mit dieser Szene offener Gewalt heftige Kritik.

AN EDMOND UND JULES DE GONCOURT

Croisset, Samstag abend, 12. August [1865]

Wann also *Henriette*? Und was machen Sie?

Was mich betrifft, meine Guten, so habe ich seit meiner Rückkehr an den heimischen Herd ordentlich eins aufs Dach gekriegt:

1. den verheerenden und unerwarteten Tod meines Neffen (des Schwiegersohns meines Bruders);

2. die Krankheit meiner Mutter: eine Gürtelrose, verschlimmert durch eine allgemeine Neuralgie, die sie nachts solche Schreie ausstoßen läßt, daß ich gezwungen war, mein Zimmer zu verlassen. Den Rest können Sie sich vorstellen!

Heute geht es ein bißchen besser.

Bei all dem läuft die Literatur nicht toll, wie Sie sich denken können.

Ich habe gerade das Buch von Proudhon über die *Kunst* gelesen! Hinfort sind wir beim Maximum des sozialistischen Gewäschs. Das ist erstaunlich, mein Ehrenwort! Es wirkte auf mich wie diese stinkenden Aborte, wo man bei jedem Schritt in einen Scheißhaufen tritt. Jeder Satz ist ein Dreck. Das Ganze zu Ehren Courbets! und zur Zerstörung der Romantik.

O Heiliger Polykarp!

Grüße an die Freunde. Der Prinzessin die allerherzlichste Hochachtung, die Ihnen einfällt.

Ich umarme Sie.

Gve Flaubert

Schreiben Sie mir doch ein bißchen länger, da Sie ja zwei sind. Ich kann Zerstreuung brauchen, das schwöre ich Ihnen.

Neffe: Der Mann von Flauberts Nichte, der Tochter seines Bruders Achille, hatte sich in seinem Badezimmer erschossen.
über die Kunst: »Du Principe de l'Art et de sa destination sociale« von Proudhon war im Juni 1865 bei Garnier erschienen. Der Text bringt einen allgemeinen Überblick über die Kunst mit Schwerpunkt auf die großen Stilrichtungen des 19. Jahrhunderts. Er verdammt die Dichter der Romantik und wirft ihnen vor, sie schilderten nur ihre persönlichen Eindrücke und nicht die der Allgemeinheit. Courbet wird besonders gelobt, da sein Blick auf seine Zeitgenossen gerichtet sei und er mit Gemälden wie »Die Steinklopfer« eine sozialistische Malerei geschaffen habe. Ebenso wie Gavarni und die Goncourts verabscheute Flaubert die Kunst von Courbet.

AN FLAUBERT

[Paris, 17. August 1865]

Was für schlimme Poststationen es im Leben gibt, mein lieber Freund! Sie scheinen an einer dieser üblen Absteigen zu sein: Hoffen wir, wie Byron sagt, daß Ihre Schicksalsgöttinnen die Pferde wechseln. Ich habe die Todesanzeige Ihres Neffen bekommen, aber erst dieser Tage die Einzelheiten dieses traurigen Endes erfahren. Und dann die Krankheit Ihrer Mutter, die Sorgen, die Sie sich machen, das ist zuviel. Sie schreiben, daß es ihr besser geht. Wir sind sehr froh, wenn wir demnächst gute und beruhigende Nachrichten darüber bekommen. Ich schreibe Ihnen nicht, um Ihnen zu versichern, wie sehr wir an all Ihren traurigen Erlebnissen Anteil nehmen, sondern um Sie zu zerstreuen und ein wenig zu unterhalten. Kommen wir also zu den Neuigkeiten. Wir sind gerade von der Prinzessin zurück, wo wir die letzten vier Tage verbracht haben. Nur einer hat uns gefehlt: Sie. Die Atmosphäre ist sehr charmant und sehr frei. Dazu hier eine Geschichte, die Sie betrifft. Wir haben nur einmal über das Kreuz gesprochen, und natürlich in Bezug auf einen Freund, den Sie kennen. Die Prinzessin hat uns mit dem größten Erstaunen gesagt: »Wie, Flaubert hat nicht den Orden? Davon hatte ich ja keine Ahnung. Neulich mit Charlotte haben wir uns das gefragt. Ach! Wenn ich das gewußt hätte, hätte ich es geradewegs verlangt.« Woraufhin wir uns reißerische Worte über Sie erlaubt haben, wie die folgenden: »daß es für die Regierung eine Ehre wäre, Sie auszuzeichnen«. Kurz, wir haben gesagt, was wir denken. Jawohl.

(Aber wirklich, die Verleihung ist dieses Jahr ein solcher Hohn, daß man getröstet ist, finden Sie nicht auch?)

Danke für *Henriette*. Es geht ihr nicht schlecht, und da ist etwas, das ihr augenblicklich schöne Chancen für einen guten Winter gibt. Ponsard kann die Muse nicht mehr tätscheln und sein Stück über Madame Tallien beenden. Es heißt sogar, daß er im Sterben liegt. So viel hatten wir gar nicht von ihm verlangt. Und alles sieht uns danach aus, als sollten wir auf seinen Platz aufrücken, das heißt gegen Ende Oktober. Die Proben werden, denke ich, erst Mitte September beginnen.

Ich habe Osmoy (den Amsterdamer) besucht, der mir die gute Nachricht gebracht hat, daß Bouilhet in sehr guten Verhandlungen mit dem Odéon steht. Tausend liebe Grüße von uns, wenn Sie ihm schreiben.

Und dann die große Geschichte des Tages, die Girardin-Affaire. Ich habe noch nie ein solches Fiasko bei der Premiere erlebt. Das Stück begann in der zweiten Szene durchzufallen, nicht einmal durch Auspfeifen, sondern durch Langeweile, durch grinsende Verachtung. Und der gute Girardin, von allen verlassen, kurz und klein geschoren, saß da, andächtig, genau in der Mitte der Loge der Prinzessin, mit dem Kopf einer Wachsfigur, die merkt, wie sie schmilzt. Sein Name, der mit übler Schadenfreude von Felix ins Publikum geschleudert wurde, ging in den Buhrufen und dem wilden Tumult unter. Ein solcher Absturz in allgemeinem Gelächter, das können Sie sich nicht vorstellen: es war so schrecklich, daß es uns die ganze Nacht auf unserem Magen zukünftiger Autoren gelegen hat. Dabei war es wohlverdient. Leisten Sie sich das Stück, sobald es erschienen ist. Es ist die Frechheit des Nichts. Daran kann man die Engstirnigkeit des Meisters des Paradoxen und des schreibenden Hanswurst ermessen. Und die Schrift! ich empfehle sie Ihnen.

Girardin ist tief getroffen. Es scheint, er hat mit den 15 Freikarten die Arbeiter von *La Presse* hineingeschickt, die ihm eine Ovation geliefert haben. Und dann hat er in *La Presse* ungeheuerliche Dinge geschrieben und namentlich unterzeichnet, Dinge, die man sich nicht einmal selber sagt, wie Bridoison meint; daß er ein großer Dramatiker ist, daß er eine ganze Welt mitbringt, daß Dumas der Jüngere eine Intrige geschmiedet hat, daß er, Girardin, vor dem wahren Publikum triumphiert, daß das Volk ihn gekrönt hat, etc. etc. etc. Er verspricht, selbst auf die Kritiken zu antworten.

Das ist das momentane erbärmliche große Problem.

Ich weiß nicht, was ich Ihnen noch erzählen soll, mein lieber Freund. Beim letzten Magny sind wir nicht gewesen. Wir arbeiten an den Änderungen unseres Stücks. Unseren Roman haben wir etwas beiseite gelegt. Wenn Thierry uns bis September frei gibt, fahren wir aufs Land und arbeiten dort ein bißchen. Schreiben Sie uns weiter hierher und das so bald wie möglich. Wir warten auf ein paar Zeilen, die uns über die Gesundheit Ihrer Mutter beruhigen und sind, mein liebes Herzchen,

Ihre guten Freunde.

Jules de Goncourt

Byron: Byron spricht in seinem »Don Juan« von Zeiten im Leben, die »eine Art Poststation sind, wo die Schicksalsgöttinnen die Pferde wechseln, so daß die Geschichte einen anderen Ton bekommt«.
charmant und frei: Die Goncourts waren nach ihrem Aufenthalt in Saint-Gratien bei Prinzessin Mathilde voller Bewunderung für die Zuvorkommenheit ihrer Gastgeberin und ihre Offenheit im Gespräch.
Charlotte: Charlotte-Honoré-Josephine Bonaparte.
Kreuz: In ihrem Tagebuch geben die Goncourts am 14. August 1865 folgenden Bericht über die Verleihung des Kreuzes der Ehrenlegion, die während ihres Aufenthalts in Saint-Gratien in der Zeitung »Monitor« bekanntgegeben worden war: »Am Abend kommt Chesneau sich für sein Kreuz bedanken. Tagsüber hatte sie (die Prinzessin) mich gefragt, ob Flaubert den Orden hätte, und als ich ihr sagte, daß er ihn nicht habe, sagte sie: ›Davon hatte ich wirklich keine Ahnung. Wenn ich das gewußt hätte, hätte ich es geradewegs verlangt. Aber ich war so ahnungslos, daß wir es uns neulich, mit Charlotte, gefragt haben.‹ Und sie meinte es sehr ernst: einer Prinzessin sind die Knopflöcher der Männer so gleichgültig, daß sie kaum sieht, was sie darin tragen oder nicht tragen.« Louis Bouilhet schreibt am 26. August 1865 an Flaubert: »Was für ein hübscher Witz, daß die Prinzessin glaubte, Du hättest den Orden!... Als hätte sie Dich nicht zur Genüge von Nahem gesehen!... Wenn sie Dir nicht die Pose von Chateaubriand angedichtet hat; aber dann hättest Du das Kreuz des Heiligen Grabmals oder das von Tunis tragen müssen, um gänzlich die Tradition zu wahren! Das Ganze scheint mir absurd!«
Ponsard: François Ponsard (1814–1867), ein Rivale Victor Hugos, Meister einer Schule des »gesunden Menschenverstandes«, der, nachdem Hugo mit dem Stück »Burgraves« gescheitert war, mit großem Erfolg zur klassischen Tragödie zurückkehrte: »Lucrèce« (1843), »Horace et Lydie« (1850) und »L'Honneur et l'Argent« (1853). Jules de Goncourt bezieht sich hier auf sein Stück »Lion amoureux«, das am 18. Januar 1866 ein Triumph am Théâtre Français war.
Odéon: Bouilhets Stück »La Conjuration d'Amboise« hatte am 29. Oktober 1865 Premiere am Théâtre de l'Odéon.
Girardin-Affaire: Die Goncourts hatten am 12. August 1865 die Aufführung des Stückes »Deux Soeurs« von Émile de Girardin erlebt. Girardin wollte zum zweiten Mal die Notwendigkeit des Verzeihens bei einem Ehebruch darstellen: ein Ehemann tötet seinen Rivalen; als seine Frau den Fehler bereut, bringt er sich um.

Félix: Félix Cellerier (1807–1870), ein bekannter Schauspieler, der eine Rolle in Girardins Stück »Deux Soeurs« hatte.
in der Loge der Prinzessin: »Erste Vorstellung der ›Deux Soeurs‹. Girardin sitzt in der Loge der Prinzessin Mathilde, vor aller Augen, mit hocherhobenem Kopf, stolzem Kneifer, unverschämtem Backpfeifengesicht. Da sitzt er, ohne Scham, gierig auf den öffentlichen Erfolg« (Tagebuch der Brüder Goncourt, 12. August 1865).
Ovation: Bouilhet schildert die Ereignisse in einem Brief an Flaubert vom 18. August 1865: »...dritter Abend, Zugabe: das Volk; äußerst ruhige Vorstellung, keine besondere Reaktion. Am Ende des letzten Aktes schlüpfte der gewitzte Sarcey zwischen mehreren Gaunern ins Parterre; er hat einen riesigen Schlüssel genommen und angefangen laut zu pfeifen. Sofort wurde er gepackt und von den Leuten neben ihm geschubst, niedergetreten und auf die Place de la Bourse geworfen. Von diesem Augenblick an Begeisterung im Publikum, man klettert auf die Bänke und wirft die Mützen in die Luft!... Girardin! Girardin! ... Émile hatte in den Kulissen gehockt; er stürzt heraus und schwenkt seinen Hut!... ›Danke meine Freunde!... Hier bin ich!... Ich bin der Freund des Volkes!... Es lebe das Volk!‹«
Bridoison: »Dümmer noch als Monsieur! Solche Dinge kann man zu sich selber sagen, aber... Hier sind sie ganz und gar nicht angebracht« (Beaumarchais' »Le Mariage de Figaro« III. Akt, 20. Szene).
Kritik: Girardin schrieb am 17. August 1865 tatsächlich einen Artikel in »La Presse«, in dem er auf den Erfolg seines Stückes hinwies.
Roman: Die Goncourts meinten ihren Roman »Manette Salomon«.
fahren wir aufs Land: Die Brüder fuhren am 23. August nach Barbizon.

AN FLAUBERT

[Paris,] 31. August 1865

Mein lieber Freund,

Nun! was macht die Gesundheit Ihrer Mutter?

Und Sie, wie geht es Ihnen?

Ihr Schweigen beginnt uns Sorgen zu machen. Wissen Sie, daß wir Ritter des Kreuzes der Ehrenlegion *in petto* sind, Sie, Taine und wir beide?

Zu meiner großen Überraschung habe ich das dieser Tage in *l'Indépendance* angekündigt gesehen.

Ich habe mich darüber informiert und erfahren, daß die Prinzessin es mit einem so charmanten Feingefühl direkt für uns vier verlangt hat. S. M. hatte die offizielle

Sache auf Januar vertagt. Danach habe ich die Prinzessin besucht, die mir die Neuigkeit absolut bestätigt hat; aber ich glaube, sie wünscht, daß wir darüber ein halbes (*sic*) Stillschweigen bewahren.

Oh! die Komödianten – Was für Komödianten! »Durch Könige [unleserliches Wort] hier, Metternick!« Wir kommen wirklich auf Ponsards Platz.

Sie lassen aber von sich hören, nicht wahr?

Ganz und gar die Ihren.

Jules de G.

P.S. (von Edmond) Bei dem Orden ist uns nur zuwider, daß wir ihn zur selben Zeit bekommen wie Sie.

Kreuz der Ehrenlegion: Im Tagebuch ist am 28. August verzeichnet: »Beim Diner bei Magny bestätigt uns Sainte-Beuve, was ›L'Indépendance belge‹ angekündigt hatte, nämlich daß wir im Januar mit Taine und Flaubert den Orden bekommen. Die Prinzessin hat es direkt vom Kaiser verlangt, ohne uns etwas davon zu sagen. Wir sind sehr gerührt und wahrhaft dankbar für diese Herzensidee, die uns verschwiegen wurde!«
Komödianten: Die Goncourts boten am 28. August 1865 den Schauspielern Bressant und Delauney Rollen in ihrem Stück »Henriette Maréchal« an.
den Platz von Ponsard: Das angekündigte Stück Ponsards »Le Lion amoureux«.

AN EDMOND UND JULES DE GONCOURT

[Croisset,] Donnerstag, den 1. September [1865]

Als ich heute morgen Ihren Brief erhielt, habe ich mir wirklich Vorwürfe gemacht, daß ich Ihnen auf den vorigen nicht geantwortet habe: ich habe, um Ihnen etwas Neues über meine Mutter sagen zu können, darauf gewartet, daß es ihr besser geht. Ihr Zustand macht mir im Augenblick keine großen Sorgen. Aber er geht mir auf die Nerven und macht mir viel Arbeit. Sie hat einen ganzen Monat verbracht, ohne ein Auge zuzutun und das mit solchen Schmerzen, daß ich nicht in meinem Zimmer schlafen konnte, etc. etc. Kurz, Ihr Freund amüsiert sich nicht gerade. – Wann ist das alles zu Ende? Die Neuralgien, die in diesem Alter auftauchen, dauern. Und kranke alte Leute sind nicht leicht zu pflegen. Aber reden wir von etwas anderem.

Um mit meiner Familie, von der ich die Nase voll habe, abzuschließen, sage ich Ihnen noch, daß meine Nichte (die, die Sie kennen) auch krank war. Was die andere betrifft, so ist sie in einem erbärmlichen Zustand. Ich könnte Ihnen schöne Einzelheiten erzählen!

Ich habe mich in eine wilde Ochserei gestürzt, um mich ein wenig zu betäuben. Und meine Arbeit läuft bei alledem gar nicht so schlecht. Dieser literarische Aderlaß hat mich erleichtert.

Sagen Sie mir doch, meine guten lieben Alten, wann die Premiere von *Henriette* stattfindet? wie weit sind Sie mit Ihren Proben? wem sind die Rollen anvertraut? Sie kommen mir nicht sehr zufrieden vor mit Thalias Handlangern. Das Haus Molières ist ein richtiger Krämerladen, nicht wahr?

Was die Geschichte mit dem Kreuz angeht, *wery (sic) well.* Wir werden das Band in den Fluten einer Wahnsinnsorgie baden. Wir werden uns gegenseitig die Strahlen des Sterns in den Hintern stecken, genußvoll, und ich schwöre, daß ich ihn schlucke, wenn ich (geschnappt werde) »dem Feind in die Hände falle«. Bis dahin werde ich das Geheimnis hüten.

Mir scheint, daß ich der Prinzessin keinen Dank schreiben soll? Das hieße, Sie im voraus zu nötigen? Geben Sie mir dazu einen Rat? Bestellen Sie ihr von mir, was Sie nur wollen.

Ist die Girardin-Dumas-Feydeau-Polemik zu Ende? Ich weiß davon nicht das Geringste. Ich weiß nicht, was los ist auf der Welt.

Und Théo? und der alte Beuve? Und Totor? und das ganze Magny?

Herrgott! was für eine Trompete werde ich bei Ihrer Premiere sein! Ich kann es kaum erwarten. Und Sie erst!

Adieu meine guten Alten. Sie tun gut daran, an mich zu denken, denn ich liebe Sie und umarme Sie.

Gve Flaubert

nicht in meinem Zimmer schlafen: Flaubert war gezwungen gewesen, sein Bett in seinem Arbeitszimmer aufzustellen.
in einem erbärmlichen Zustand: Juliette Flaubert, deren Mann sich am 29. Juli 1865 erschossen hatte.
Totor: Paul de Saint-Victor.

AN EDMOND UND JULES DE GONCOURT

Croisset, Dienstag abend [26. September 1865]

Nun? und *Henriette*?

Es wäre sehr nett von Ihnen, wenn Sie mich darüber unterrichten würden und mir sagten, wann die Premiere ist? Sind Sie mit Ihren Künstlern zufrieden? Nicht übermäßig, was? und die Plessy? und Thierry? und die Zensur? Donnerwetter! wie gern sähe ich das auf den Brettern!

Wie geht es Ihnen überhaupt? und der Prinzessin? und dem alten Beuve? und Théo? und dem ganzen Magny?

Ich lebe wie ein Bär und weiß nicht was los ist. Bald bin ich nun am Ende meines ersten Teiles angekommen (noch drei oder vier Monate). Ich habe den ganzen Sommer sehr viel gearbeitet. Was wird das geben? Ich habe keine Ahnung!

Ich danke Ihnen, daß Sie mich dazu gebracht haben *Les Deux Soeurs* zu lesen. Obendrein habe ich sie gekauft. Wie reich ich bin, nicht wahr? Nein! das ist unvorstellbar!

Aber kennen Sie einen Roman des jungen Dumas mit dem Titel: *Le Roman d'une femme*?… Oh! ich kann nur unartikulierte Schreie ausstoßen …

Hat man in Paris ordentlich Angst vor der Cholera? Hoffen wir, daß sie heftig ist und die Stadt von einigen Bourgeois befreit.

Halten Sie sich inzwischen den Bauch warm und denken Sie an mich, der Sie sehr fest umarmt.

Gve Flaubert

Madame Plessy: Jeanne Plessy (1819–1867), eine Pensionärin des Théâtre Français, der Thierry die Rolle der Mutter in »Henriette Maréchale« gegeben hatte. Die Schauspielerin dankte den Goncourts und meinte: »Das ist die erste Rolle einer Mama, die ich spiele… Und dabei ist sie so schuldig!« (Goncourt, Tagebuch, 6. September 1865).
Thierry: Édouard Thierry (1813–1894), Theaterkritiker und Leiter des Théâtre-Français. Er hatte die Goncourts bei »Henriette Maréchal« unterstützt, und die Brüder widmeten ihm das Stück.
Le Roman d'une femme: Der Roman von Alexandre Dumas dem Jüngeren war 1855 erschienen und 1865 noch einmal neuaufgelegt worden. Es ist die konventionell geschriebene Geschichte einer Frau aus der Oberschicht: Pensionszeit, Heirat, Ehebruch in der Welt des Adels und im Rahmen des reichen Paris.
Cholera: Die Choleraepidemie, die Paris im Oktober 1865 befiel, forderte 4340 Tote.

AN FLAUBERT

[Paris,] 29. September 1865

Mein lieber Freund,

Wenn man wüßte, was die Glücksmomente des Lebens kosten, würde niemand sie kaufen.

Wir haben zwei aufregende Monate hinter uns, in denen wir viel versucht haben, Hoffnungen gehabt und sie wieder aufgegeben haben, zwei tödliche Monate. Wir hatten alle erobert: Madame Arnould Plessy, La Fontaine, Bressant, Got, etc. – die Spitze der Truppe. Peng! im letzten Moment läßt Delaunay alles fallen, und alles bricht auseinander! Ich erzähle Ihnen das in allen Einzelheiten in

Paris, aber Tatsache ist, daß sich zur Stunde die Laune eines einzelnen Schauspielers gegen die Administration, den Minister, die Theaterleitung, die wärmsten fürstlichen Empfehlungen – und gegen unsere Karriere – durchsetzt. Kurz, seit gestern ist unser Stück – mit fertigen Kulissen, verteilten und gelernten Rollen – abgesetzt. Wir haben nur die ausdrückliche Zusicherung der Theaterleitung, daß es auf die eine oder andere Weise mit ich weiß nicht wem in der Rolle des Delaunay nach dem Stück von Ponsard auf die Bühne kommt! Na ja! Wir ertragen das ganz gut. Die bitteren Pillen verlieren auf die Dauer an Wirkung... Aber für richtige Literaten ist das Theater wirklich eine seltsame Angelegenheit.

Der alte Beuve ist immer noch der alte Beuve, Senator und glücklich. Unsere Beziehung mit Saint-V(ictor) ist immer noch eisig. Renan fährt fort, das Magny heimzusuchen – das zur Zeit ganz verlassen ist: einmal waren wir dort zu dritt.

Ich wußte, daß Sie arbeiten: gut! – und um so besser. Nur die Arbeit kuriert einen vom Leben; wir werden uns auch wieder daran machen; denn die ganze Zeit über hat uns das Theater unsere Zeit gestohlen und uns weder eine Stunde noch einen Gedanken gelassen.

Die Prinzessin ist immer reizender mit uns. Wir verbringen dort ungefähr drei Tage in der Woche.

Wann haben wir Sie wieder? Ich sagte es zu Baudry, vor ein paar Tagen: »Sie fehlen hier; es ist niemand mehr da, um Zündstoff in die Diskussion zu bringen und Leidenschaft in die Worte.«

Und dann haben wir gerade auch noch den Todeskampf eines alten Onkels vor uns gehabt. Wir begraben ihn morgen.

Die Ihren, ganz die Ihren in Gedanken, Kopf und Herz.

J. de Goncourt

La Fontaine: Der Schauspieler La Fontaine hatte die Rolle des Ehemannes.

Delaunay läßt alles fallen: Delaunay lehnte die Rolle des jungen Liebhabers ab, »nicht weil er das Stück schlecht findet oder weil ihm die Rolle nicht gefällt; sondern er findet sie zu jung!« (Goncourt, Tagebuch, 11. September 1865). Thierry war mit keinem Ersatz einverstanden und schrieb am 23. September 1865 an die Brüder: »Fünf Künstler ersten Ranges haben sich des Schicksals Ihres Werkes angenommen. Diese ausgezeichnete Truppe bleibt ihm treu, und so können Sie sicher sein, daß es vollendet gespielt werden wird. Erlauben Sie mir also, Ihnen Ihr Manuskript nicht zurückzugeben. Ihr Stück wird entweder vor oder nach dem Stück von Monsieur Ponsard in dieser Truppe aufgeführt...«

Saint-Victor: Die Freundschaft der Goncourts mit Paul de Saint-Victor hatte sich nach heftigen Diskussionen abgekühlt. Der Kritiker hatte die Bedeutung der Literatur der Antike und Voltaires gegen die abschätzige Meinung der Goncourts verteidigt. Trotzdem schrieb er über »Henriette Maréchal« einen Artikel von zwölf Spalten in »La Presse«.

Prinzessin: In ihrem Tagebuch beschreiben die Goncourts, wie sehr die Prinzessin ihre Gäste zu verwöhnen pflegte: »Sie liebt die kleinen Überraschungen, die kleinen Geschenke, mit denen sie sich bei einem ein wenig in Erinnerung bringen will. Sie ist begeistert von der Idee, uns allen für Saint-Gratien blaue Morgenmäntel nach einem türkischen Modell machen zu lassen« (17. September 1865).

Baudry: Paul-Jacques-Aimé Baudry (1828–1886), ein Maler, der sich mit zwei Gemälden bei dem Salon von 1857 einen Namen gemacht hatte und den Auftrag erhielt, das Foyer der Pariser Oper sowie etliche Adelshäuser auszustatten. Er war regelmäßiger Gast im Salon von Prinzessin Mathilde.

Onkel: Jules Lebas de Courmont (1789–1865) war der Halbbruder der Mutter von Jules und Edmond de Goncourt. Seine mit chinesischen Figuren bestickten Sessel in seiner Wohnung in der Rue du Bac gingen den Brüdern nicht aus dem Sinn und waren vielleicht der Beginn ihrer Begeisterung für japanische Kunst. In ihrem Tagebuch verzeichnen sie am 26. September 1865: »Er liegt im Sterben. Heute morgen wünschte er, die letzte Ölung zu empfangen. Man hatte einen Priester von Saint-Augustin gerufen, er wollte ihn nicht haben. Es ist der Priester, der die Frau verheiratet hat, die er liebte. Wie seltsam sie sind und wie sie den Erfindungen eines Autors gleichen, die dramatischen Verkettungen von Umständen, die die Ereignisse des Lebens mit sich bringen.

Wir sind in sein Zimmer getreten. Er erkennt uns. Er drückt uns die Hand, mit einer fast noch lebendigen Hand, und während er die Augen wieder schließt, sagt er mit dem letzten Seufzer seiner früheren Heiterkeit: ›Castor und Pollux‹. Nichts ist herzzerreißender als dieses letzte Lächeln eines Mannes, der beginnt, ein Toter zu sein.«

AN EDMOND UND JULES DE GONCOURT

[Croisset,] Montagnacht [16. Oktober 1865]

Ich habe auf Ihren Brief vom 29. September also nicht geantwortet? in dem Sie mir Ihre Schwierigkeiten mit dem Hause Molières mitteilen? Denn ich finde ihn auf meinem Tisch! gerade eben.

Diese Nachricht hat mich mehr verärgert als erstaunt. – *Ich kenne die Chargen*! – Monseigneur, dem ich die Sache erzählt habe, hat sie genutzt, um neue Drohungen gegen sie auszustoßen.

Aber wie ist das möglich, zum Donnerwetter! Werden Sie in *diesem Winter nicht gespielt*?

Die Prinzessin hat mir einen sehr liebenswürdigen Brief geschrieben, in dem sie mir sagt, daß sie Sie sehr liebt. Ich habe ihr geantwortet, daß man sein Vertrauen nicht an schlechterer Stelle verschenken könne und daß Sie zwei Schurken seien. Die Wahrheit geht vor.

Etwas anderes: derselbe Brief, der gut vierzehn Tage alt ist, kündigt mir die Sendung des versprochenen Aquarells an. Doch da ist kein Aquarell? Warum? Ist es auf der Bahn verlorengegangen? Ich wage nicht, der Prinzessin zu schreiben. Sagen Sie mir, wie es damit steht, seien Sie so gut.

Ich arbeite weiter wie ein Mann. – Und es kann sein, daß ich meinen 1. Teil Anfang Januar fertig habe. – Dann werde ich unverzüglich die Hauptstadt mit meiner Anwesenheit schmücken.

Ich bin traurig, daß ich nichts von Théo höre! und noch mehr, meine lieben guten Alten, daß ich Sie nicht sehe.

Aber ich umarme Sie sehr fest, da ich Sie liebe.

Gve Flaubert

Erzählen Sie mir die Einzelheiten von *Henriette*, wenn es Ihnen nicht zu lästig ist.

Ich würde Ihnen länger schreiben. – Aber es ist 3 Uhr morgens und mir raucht der Kopf.

Ihre Schwierigkeiten mit dem Hause Molières: Am 7. Oktober 1865 schreibt Bouilhet an Flaubert: »Die Geschichte der Goncourts kannte ich nicht. Das ist ein neues Kapitel der Unverschämtheiten dieser arroganten Idioten vom Français. Wann hauen wir den Laden auseinander?... Nie! Die französische Dummheit ist unsterblich; Himmel und Erde werden vergehen, aber nicht das Théâtre Français und die Académie.«
ich habe ihr geantwortet: Flaubert schrieb am 1. Oktober 1865 an die Prinzessin Mathilde: »Was Sie mir über die Goncourts sagen, freut mich sehr. In der Tat, sie sind lieb wie Engel und gewitzt wie Teufel – zwei äußerst seltene Eigenschaften unter den Kollegen. Das über ihr Stück verhängte Embargo wundert mich nicht. Das Theater ist ein so abscheulicher Laden, daß die Zeit nicht fern ist, wo kein anständiger Mensch damit zu schaffen haben möchte.«
1. Teil: Der erste Teil von Flauberts Roman »L'Éducation sentimentale«.
Théo: Théophile Gautier hielt sich in Genf in der Villa Grisi auf. Mitte Oktober schrieb er an den Verleger Michel Lévy: »Ich bin immer noch in Genf. Man wollte mich nicht fortlassen, wegen der Cholera, die in Paris umgeht.«

AN EDMOND UND JULES DE GONCOURT

[Croisset,] Sonntag abend [29. Oktober 1865?]

Sind Sie tot?

Bei diesen Cholera-Zeiten und dem ganzen Blödsinn, den man hier darüber redet, ist es nicht nett, kein Wort an Ihren Alten zu schreiben, der Sie umarmt.

Gve Flaubert

Blödsinn: Louis Bouilhet schreibt am 14. Oktober 1865 an Flaubert: »Ganz Mantes ist seit zwei Tagen von einer Panik vor der Cholera ergriffen. Man inspiziert die Häuser, man schrubbt die Straßen, man macht Anschläge mit Hygienevorschriften: es ist prachtvoll. Besagte Cholera ist im übrigen ›vor unseren Toren‹. Hannibal ad portas! Sie ist in Meulan.«

AN FLAUBERT

Bar-sur-Seine, 7. November [1865]

Mein lieber Freund,

Unglaublich! *Henriette* ist auf dem Probenplan. Delaunay spielt mit, – und die Aufführung ist *genau* am 1. Dezember. Mehr weiß ich nicht. Wir fahren nach Paris. Von dort schreibe ich Ihnen die Einzelheiten.

Wir umarmen Sie sehr.

Jules de G.

Bar-sur-Seine: Die Goncourts fühlten sich vom Unglück verfolgt, als sie die Aufführung von »Henriette Maréchal« gescheitert sahen. In ihrer Depression hatten sie sich zu ihren Verwandten aufs Land geflüchtet, wo sie sich mit Angeln, Jagen, Spaziergängen und Lektüren ablenken konnten.
Probenplan: Im Tagebuch steht am 5. November 1865 die Eintragung: »Ich bin begraben unter den Federbetten der Provinz. Man wirft mir einen Brief aufs Bett. Ich öffne ihn, er ist von Thierry, der mir mitteilt, daß wir zurückkommen müssen und daß das Stück am 1. Dezember gespielt werden soll. Das Theater ist wahrhaftig ein Räderwerk der Sensationen, Emotionen, Szenenwechsel, schrecklich.«
1. Dezember: Thierry hatte den Goncourts am 4. November geschrieben: »Das Theater hat seine Höhen und Tiefen. In der letzten Zeit waren wir nicht ganz sicher, ob Ihr Stück gespielt würde; heute morgen habe ich Monsieur Delaunay gesehen, der sich dazu aufgerafft hat, jung zu sein und es gütigerweise nun macht. Ich bringe Ihnen diese gute Nachricht selbst, man sagt mir, daß Sie in Bar-sur-Seine sind, ich werde das Stück von Montag an auf den Probenplan setzen. Jetzt geht es darum, den 1. Dezember zu schaffen! Der 1. Dezember hat alles entschieden! Respektieren wir ihn! Ich erzähle Ihnen von dieser glücklichen kleinen Revolution, wenn ich das Vergnügen habe, Sie zu sehen. Das wird bald sein, hoffe ich…« Am 6. November ergänzt Thierry: »Wir haben heute die Rollen verteilt und werden jeden Tag ohne Pause arbeiten. Im Augenblick wage ich nicht, Sie zu sehr zum Kommen zu drängen, wenn Sie wegen Ihrer Gesundheit dort sind; aber schicken Sie mir wenigstens den Ausstattungsplan für Ihren dritten Akt, damit ich einen aufstellen kann, der den Notwendigkeiten des Dramas entspricht. Ein paar Zeilen, wenn Sie können, an Madame Arnould-Plessy, an Monsieur Delaunay und an Monsieur Got; sagen Sie ihnen, daß Sie am nächsten Samstag hier sind…«

AN EDMOND UND JULES DE GONCOURT

[Croisset,] Dienstag abend [14. November 1865]

Denkwürdige Gevatter,

Seit acht Tagen warte ich zweimal täglich auf einen Brief von Euch, der mir von Dero Exzellenzen versprochen war.

Ich frage Sie nicht nach Einzelheiten, da Sie kaum Zeit für sich haben werden, sondern nur nach Folgendem: wann ist die Premiere? ist sie wirklich am 1. Dezember? Das ist alles.

Außerdem hatte ich Sie gebeten, mir zu sagen, ob die Prinzessin ihr Aquarell bei der Bahn aufgegeben hat. Sie hat mir die Sendung vor einem Monat angekündigt! Was bedeutet das? Antworten Sie mir zu diesen beiden Punkten, u.A.w.g. Ich umarme Sie sehr fest und werde Gymnastik machen, damit ich bei der Premiere von *Henriette* noch tollere Bizeps habe.

Der Ihre. Gve Flaubert

AN FLAUBERT

[Paris,] 15. November [1865]

Mein lieber Freund,

Ich dachte, Sie hätten das Aquarell der Prinzessin erhalten. Ich werde sie das nächste Mal, wenn ich sie sehe, darauf ansprechen.

Henriette läuft. Aber es ist mir unmöglich, Ihnen jetzt genau den Tag der Aufführung zu nennen. Auf jeden Fall an dem betreffenden Tag im Dezember.

Wie interessant das ist – die Proben – und wie stumpfsinnig!

Ach! was für ein Bedürfnis, Sie zu sehen, – zunächst einmal, um Sie zu sehen, und dann, um seine Geschichten loszuwerden.

Die Ihren – ganz die Ihren.

Wir drücken Ihnen die Pranken.

Jules de Goncourt

genau den Tag: Die Premiere von »Henriette Maréchal« fand am 5. Dezember 1865 statt.

AN EDMOND UND JULES DE GONCOURT

[Croisset, 23. November 1865]

Ich bin es noch einmal, meine Guten. Aber diesmal verlange ich keine Antwort.

Meine Nichte und ihr Mann (ja, ich bin am Anrücken – ach, was!). Kurz, seien Sie, wenn Sie mir nicht zwei Plätze im Rang geben können, so freundlich, *sie mir zu reservieren*, auch wenn das unsinnige Summen kostet.

Die Prinzessin bietet mir einen Platz in ihrer Loge an. Wenn es Ihnen lieber ist, daß ich auf der Galerie oder beim Abtritt sitze, arrangieren Sie das. Zu den Premieren von Freunden kommt man nicht, um sich zu amüsieren, sondern, um ihnen zu helfen. Ich habe der Prinzessin geantwortet, »daß ich ihr sehr danke«, was mich zu nichts verpflichtet. – Was für eine Politik! was für eine List!

Seit zwei Tagen laufe ich durch die beiden Bahnhöfe Rouens; kein Aquarell. Das Ding wird in Paris geblieben sein? oder bei einer anderen Bahnstrecke aufgegeben worden sein?

Ich bin Donnerstag abend oder vielleicht Mittwoch abend in Paris. Ich *brenne* darauf, da zu sein.

Also bis bald. Sie haben sicher eine schwere Woche vor sich.

Ich *leihe mir* dann bei Ihnen *Geld*, wenn Sie Erfolg haben! Seien Sie nicht zu sehr wie Dennery, hm?

Adieu, meine sehr lieben Alten, ich küsse Sie auf Ihre vier Wangen.

Gve Flaubert

(Donnerstag Nacht)

ich habe der Prinzessin geantwortet: Flaubert schrieb der Prinzessin Mathilde: »Ich bin, wie Sie, sehr beunruhigt wegen ›Mademoiselle Henriette‹. Ich danke Ihnen sehr für den guten Platz, den Sie mir schenken, um sie zu hören... Seit zwei Tagen fahre ich extra nach Rouen, und nach minutiösen Recherchen unter meinen Augen bekam ich in beiden Bahnhöfen, wie schon vorher, die Antwort, ›daß man nichts für mich erhalten habe‹.«
Die Kiste ist sicher in Paris geblieben?
Man hat mich nach dem genauen Absendedatum gefragt, nach dem Schein, etc. Ich sah schon den Moment kommen, wo man ein Sittlichkeitszeugnis von mir fordern würde!«
Mittwoch abend: Flaubert war tatsächlich schon am Mittwoch abend in Paris, – die Goncourts vermerken seine Anwesenheit in Ihrem Tagebuch: »Flaubert verriet mir heute abend den Satz, der die Kaiserin und die Frau genau charakterisiert: ›Wie fand er mich?‹ waren nach Flauberts Aufenthalt in Compiègne das erste, was sie zu Madame Cornu sagte.
Ich glaube, ich habe die richtige Definition für Flaubert gefunden, für sein Talent und den Menschen selbst: er ist ein akademischer Wilder.«
Dennery: Der Autor von Vaudeville-Stücken und Feerien war bekannt für seinen Hang zum schnellen Erfolg.

AN FLAUBERT

[Paris, 24. November 1865[

Mein lieber Freund,

Heute sah ich im Foyer des Theaters die Premiere von *Henriette* für den 31. dieses Monats angekündigt (da der 31. nicht existiert, heißt das am 1. Dezember). Aber man muß mit der Zensur rechnen, die, wie verlautet, heftig gegen das Stück vorgeht und deren Gutachten vielleicht zu einem Verbot führen wird. Sie kennen die literarische Welt gut genug, mein lieber Freund, um zu wissen, daß man nicht ins Français kommt, ohne die Wut der Neider und den Haß der Versager zu wecken. Heute ist ein anonymer Artikel vom *Nord* erschienen, den ich mit gutem Grund (Albéric Second) zuschreibe und der vor Gott und der Welt das schändliche Stück der Autoren eines Buches ankündigt, das »schlimmer ist als *Madame Bovary*!« *(sic)*.

Einstweilen habe ich einen Platz für Sie in den Logen der Prinzessin abgelehnt und Sie ins Orchester gesetzt, als den besten Freund und Claqueur.

Die beiden Plätze für Ihre Nichte im Rang sind reserviert.

(Ich werde noch einmal mit der Prinzessin sprechen, damit man in Paris nach Ihrem Aquarell forscht.)

Ach! kommen Sie, kommen Sie: wir müssen wirklich dringend mit Ihnen schwatzen und unseren Geist mit Ihnen wieder in Schwung bringen.

Bis dann einen recht lieben Gruß.

Die Ihren. J. de Goncourt

(Entschuldigen Sie das Geschmiere)

Zensur: »Heute, wo alles erreicht zu sein scheint, sagt uns Thierry, daß die Zensur gegen das Stück in vollem Gange ist und daß sie vielleicht zum Verbot führt« (Tagebuch der Brüder Goncourt, 20. November 1865).

Artikel: In ihrem Vorwort zu »Henriette Maréchal« beschreiben die Goncourts den »gemeinen Krieg der klatschhaften Verleumdungen«, der ausbrach, kaum daß die Proben begonnen hatten. »›Le Nord‹ erwähnte und beschrieb unseren ersten Akt, indem er ihm den Anklang einer unmoralischen Verdorbenheit verlieh; und wir wissen nicht, wie der nicht unterzeichnete Artikel, druckfrisch, zur Zensur gelangt ist.«

Albéric Second: (1816–1887), ein dem Hofe nahestehender Kritiker des »Figaro«, für die Goncourts Inbegriff des seichten Pariser Journalismus.

AN EDMOND UND JULES DE GONCOURT

[Croisset,] Sonntag morgen [26. November 1865]

Reißen Sie sich nicht in Stücke, meine Guten. Es ist nutzlos, sich mit der Zensur herumzuschlagen. Wenden Sie sich *direkt an den Kaiser.*

Ich bin Mittwoch in Paris. Ich komme zwischen 6 und 7 zu Ihnen. – Wir dinieren zusammen und um 10 Uhr lasse ich Sie in Ruhe. – Wenn Sie anderes zu tun haben, macht es nichts.

Bis bald. Gve Flaubert

Mittwoch: »Ist nicht Mittwoch der Tag, an dem Du bei Deinem ekelhaften Bruder, dem Notar, dinierst?
In dieser Befürchtung habe ich den Herzchen geschrieben, daß ich mit Ihnen diniere und sie zwischen 6 und 7 abhole.– Aber besagte Herzchen können eine Verabredung haben? In diesem Fall hänge ich mit dem Hintern zwischen zwei Stühlen! Es wäre also sehr nett von dir, wenn Du mir an die Bahn entgegenkämst« (Flaubert an Jules Duplan, 27. November 1865).

AN FLAUBERT

[Paris, 8. Dezember 1865]

Mein lieber Freund,

Triumph gestern abend mit *Henriette.*

Besagter Darcel, der mich gebeten hatte, nicht von der Liste gestrichen zu werden, besaß die Artigkeit, mir seinen Artikel über *Henriette* zu schicken (*Journal de Rouen*, 7. Dezember), den ich so liebenswürdig fand, daß ich Obengenanntem habe sagen lassen, er solle nicht mehr versuchen, mir die Hand zu geben. In dieser Welt muß man wirklich seine Freunde und Feinde auseinanderhalten.

Der Aufruhr ist groß. Ich weiß nicht, was noch passieren wird. Ich werde Sie auf dem Laufenden halten.

Mit Herz und Seele die Ihren.

Jules de G.

Triumph: Das Tagebuch verzeichnet am 7. Dezember 1865: »Der Abend ist annähernd gut. Die Schauspieler können annähernd richtig spielen, und ein echtes Strahlen, das sie verschönt, erscheint auf dem Gesicht Madame Lafontaines, die ganz glücklich ist – und hüpft wie ein Vogel – daß sie auf die Bühne kommt und nicht ausgepfiffen wird.« Bei der Premiere am 5. Dezember 1865 war ein solcher Tumult entstanden, daß man kein Wort mehr verstehen konnte. Die Bravorufe der Freunde gingen im Pfeifkonzert der Intriganten unter. Der Prinzessin »brannten die Hände vom Klatschen, empört über die Pfiffe, die sie viel mehr auf sich bezog als auf das Stück« (Tagebuch, 6. Dezember 1865). Die Brüder dinierten trotzdem nach der Premiere mit Flaubert und einigen Freunden: »...wir soupieren im Maison d'Or, mit Flaubert, Bouilhet, Ponthier und d'Osmoy. Wir halten uns gut, trotz einer Nervenkrise, die uns den Magen zuschnürt und uns beinahe zum Erbrechen bringt, wenn wir etwas an die Lippen führen. Flaubert muß uns einfach sagen, daß er uns großartig findet...« (Tagebuch, 5. Dezember 1865). Vor der zweiten Vorstellung hatten die Goncourts etliche Streichungen und Änderungen vorgenommen. Doch der Abend verlief vor allem ruhiger, weil die Gegner nicht anwesend waren: »Wenn die zweite Vorstellung des neuen Dramas ruhiger war als die Premiere, ist dieser Wandel weniger den zahlreich unternommenen Schnitten zuzurechnen, als der Abwesenheit der Holzpfeifen... Statt eines Aufruhrs ein schlichter Kneipenstreit; viele Claqueure und ein paar Buhrufer« (Artikel im »L'Événement« vom 9. Dezember 1865).
Darcel: Alfred Darcel (geb. 1818), Ingenieur und Mitarbeiter am »Journal de Rouen« hatte am 21. April 1857 auch über »Madame Bovary« geschrieben. In seinem Artikel über »Henriette Maréchal« kritisiert er die Protektion der Autoren durch Prinzessin Mathilde und wirft dem Stück mangelnde Eigenständigkeit und Ungereimtheit vor.

AN EDMOND UND JULES DE GONCOURT

[Croisset, 9. Dezember 1865]

Ich bin sehr froh, von *Henriettes* Triumph bei der zweiten zu hören. D'Osmoy schreibt mir das zur selben Zeit wie Sie. Im Stillen ist er davon überzeugt, daß das, wenn

Sie noch zwei oder drei Vorstellungen durchhalten, ein *sehr großer Erfolg* wird.

Ich hatte einen Schmähbrief an den Sieur Darcel geschrieben. – Ich habe ihn zerrissen und einen anderen *noch* härteren geschrieben, der *ihm vorgelesen werden wird* (öffentlich). Was er über die Prinzessin gesagt hat, verdient außerdem, daß sie ihn hochkant aus ihrem Salon wirft. – Dieser Witzbold geht mir schon lange auf die Nerven. Es wäre an der Zeit, ihn abzuservieren? Übermitteln Sie ihr (der Prinzessin) den fraglichen Artikel. Und erwähnen Sie, daß D(arcel) gemeine Sachen macht, um das Kreuz der Ehrenlegion zu bekommen.

N.B. Vorsicht vor Villemot, mit dem ich Mittwoch abend sprach.

Schreiben Sie mir in ein paar Zeilen, wie die 3. war. Halten Sie mich so die ganze Woche auf dem Laufenden.

Sie waren toll neulich, und ich habe Sie alle beide zutiefst bewundert.

Ich umarme sie alle beide sehr zärtlich.

Gve Flaubert

Samstag morgen

P.S. – Ich mache meinen Brief wieder auf, denn ich habe gerade noch einen Artikel von Darcel gelesen (in der Nummer von heute), der höflicher ist als der andere, aber kaum wohlwollender. Ihm zufolge sind Sie die Intriganten.

In einem alten Vaudeville-Stück von Grassot (in welchem weiß ich nicht mehr) steht der bemerkenswerte Satz: »Ich verspüre das Bedürfnis, dem, der seit zwanzig Jahren mein Freund ist, rechts und links eine runterzuhauen.« Das ist es, was ich bei Obengenanntem verspüre.

Bleiben Sie standhaft.

Re-post scriptum: Darcel hat eine Stelle im Louvre. Ich wünsche, daß er entlassen wird und vor Hunger in der Gosse krepiert. So bin ich. *Kein Mitleid für die Neider.*

d'Osmoy: Louis Bouilhet schreibt am 16. Dezember 1865 an Flaubert: »Ich bekam, wie Du, ein paar Zeilen von d'Osmoy, der eine deutliche Besserung bei der zweiten Vorstellung feststellte. Übrigens war Philippe, der wieder hier ist, bei der Sache zugegen: es wurde immer noch gepfiffen, aber ohne großen Aufruhr.«
Villemot: Auguste Villemot (1811–1870), Kritiker bei »L'Indépendance belge« und beim »Figaro«. Aus Briefen geht hervor, daß er die Brüder Goncourt einlud und von ihnen eingeladen wurde.
Darcel: Seinen zweiten Artikel über »Henriette Maréchal« hatte der Kritiker den Goncourts mit folgendem Brief geschickt: »Ich schicke Ihnen ein Exemplar des Journal de Rouen, in dem ich eine Notiz zur zweiten Vorstellung Ihres Dramas veröffentlicht habe, um Ihnen zu erklären, warum ich Ihnen meinen ersten Artikel gesandt habe, da diese Sendung Ihnen wohl unliebsamer war, als der Artikel selbst, wie Ph. Burty mir sagte.
Ich war der Meinung, daß die Provinzzeitung, in der ich schreibe, nicht zu denen gehört, die Sie notwendigerweise lesen, und daß Sie deshalb nichts davon wüßten, daß ich den Umstand der Aufführung Ihres Stückes im Français heftig angegriffen hatte, so daß ich mir jedesmal Vorwürfe machen müßte, wenn ich die Ehre hätte, Ihnen wie sonst zu begegnen. Ich wäre meiner Meinung nach Ihnen gegenüber in der Lage gewesen, in der sich der Verfasser eines anonymen Briefes befinden muß.
Da ich jedoch klare Verhältnisse liebe, glaubte ich, daß es literarisch nur allzu schicklich sei, Ihnen mitzuteilen, was ich über »Henriette Maréchal« gedacht und geschrieben habe.
Ich bedaure, daß Sie das Motiv, das mich geleitet hat, mißverstanden haben, aber glauben Sie mir, noch mehr bedaure ich, daß ich mich nicht von dem Eindruck befreien konnte, der mich beherrschte, um etwas anderes zu schreiben, als das, was Sie gelesen haben.
In der Hoffnung, ein andermal glücklicher zu sein, verbleibe ich mit vorzüglichster Hochachtung.«
Grassot: Paul-Louis-Auguste Grassot (1800–1860), ein berühmter Schauspieler vom Palais Royal, dessen Aussprüche in einem Band mit dem Titel »Grassottiana« gesammelt waren.
Stelle im Louvre: Darcel arbeitet seit 1862 als Konservator am Louvre.

AN EDMOND UND JULES DE GONCOURT

[Paris, 9. Dezember 1865]

Nicht vergessen, mir morgen den Artikel von *Levallois* zu bringen!

Was für ein Schnupfen!

Der Ihre. Gve Flaubert

Samstag

Kommen Sie früh. Der Idiot ist von Ihrem Stück entzückt.

Levallois: Jules Levallois (1829–1903), Journalist und Literaturkritiker, der vor allem für »L'Opinion nationale« schrieb. Er hatte einen lobenden Artikel zu »Soeur Philomène« geschrieben und die Veröffentlichung von »Renée Mauperin« in »L'Opinion nationale« unterstützt, hatte sich jedoch zurückhaltend zu »Germinie Lacerteux« geäußert. Über »Henriette Maréchal« schreibt er in seinen »Mémoires d'un critique«: »Bei der Schlacht um ›Henriette Maréchal‹ dachten die Autoren an mich und schickten mir einen Orchesterplatz. Ich protestierte so gut ich konnte zusammen mit ein paar anderen Literaten gegen die dumme Brutalität einer Clique, die nicht einmal wußte, was sie wollte und, während sie unter dem Vorwand hoher literarischer Ansprüche ein argloses Pfeifkonzert bei ›Les Précieuses ridicules‹ anstimmte, die naive Vorstellung besaß, die Goncourts verunglimpfen zu können.«
der Idiot: Spitzname von Charles Le Boeuf, Comte d'Osmoy.

AN EDMOND UND JULES DE GONCOURT

[Croisset, 11. Dezember 1865]

Ich hatte heute morgen ein paar Zeilen von Ihnen erwartet, die mir gesagt hätten, wie die 3. verlaufen ist? Ich hoffe, ich bekomme Mittwoch morgen welche, die mir zugleich Neuigkeiten von der 4. bringen.

Ein braver Kerl, für den ich mich verbürge, bittet mich, Sie nach Plätzen für ihn und seine Frau zu fragen (er steht zu Ihrer Verfügung für die »Schlacht«). Wenn Sie also zwei

Plätze im Rang haben, machen Sie mir die Freude, sie in die *Rue Pigalle 18, zu Monsieur Eugène Crépet* zu schicken.

Haben Sie daran gedacht, ein paar Kritiken für mich zu sammeln. Ich warte auf dieses Geschenk. – Herrgott, wie sehr ich hoffe, daß das gutgeht!

Schicken Sie mir 10 oder 12 Tage lang regelmäßig alle Neuigkeiten, dann lasse ich Sie in Ruhe.

Tausend liebe Grüße von Ihrem Alten

Gve Flaubert

Croisset, Montag 4 Uhr

die 3.: Am 16. Dezember 1865 schreibt Bouilhet an Flaubert: »die 3. hat an Radau die Premiere noch übertroffen.« Im Tagebuch notieren die Goncourts am 9. Dezember 1865: »Bei dieser, wie bei den vorherigen Vorstellungen, sehen die Schauspieler so aus, als wollten sie uns fragen, was diese Toleranz der Polizei mit den Buhrufern zu bedeuten hat.«
Crépet: Étienne Eugène Crépet, ein mit Flaubert befreundeter Mitarbeiter von »La Revue moderne«, Herausgeber von Brief- und Lyrikanthologien.

AN EDMOND UND JULES DE GONCOURT

[Coisset,] Dienstag [19. Dezember 1865]

Was? ist das wahr? Ihr Stück ist auf *höheren Befehl* abgesetzt? Warum? ich kann mir vorstellen, daß Ihr Vorwort daran nicht ganz unschuldig ist? Man wird, von was weiß ich, verletzt gewesen sein?

Sie haben alles gesagt, was zu sagen war. Ich fand Sie nur zu anständig und *zu bescheiden.* Wenn man so mutig ist wie Sie, muß man tapfer sein. Wenn man Ihr Talent hat, muß man stolz sein!

Die autoritäre Maßnahme wundert mich umso mehr, als ein Bourgeois aus Rouen (der bei einer der letzten Vorstellungen von *Henriette* war) mir gestern sagte, daß da alles sehr gut gelaufen sei.

All das ist so unglaublich, daß man davon verrückt wird!

Ich habe *Henriette* noch zweimal gelesen. *Es ist gut.* Das ist meine Meinung. Ich verstehe davon ebenso viel wie Darcel.

Ich flehe Sie an, mir ein wenig ausführlicher zu schreiben, ja, so ausführlich Sie können.

Ich spüre, daß die Popen hinter Ihrer Intrige stecken? Die Sozis sind nicht so hartnäckig? Und dann, vor und alledem, können Sie auch noch *schreiben,* etwas stets Unverzeihliches.

Was sagt die Prinzessin zu dem Ganzen?

Während Ihr Stück gestrichen wird, um den Wunsch von Pipe-en-Bois zu befriedigen, werden die Studenten, die mit Louvain gesprochen haben, aus den Seminaren gejagt. – Das ist der Ausgleich. O heilige Strolchokratie!

Adieu, meine armen lieben Alten. Wie fertig Sie sein werden! und entnervt, jetzt! Aber, Herrgott nochmal! Sie sind gute Kerle. Das können Sie sich im stillen Kämmerlein selber sagen. – Und wir leisten ganze Arbeit, da sie sogar die »studierte Jugend« vor Wut und Neid platzen läßt.

Einzelheiten, ja?

Ich umarme Sie und liebe Sie noch mehr, wenn das möglich ist.

Ihr Gve Flaubert

abgesetzt: »Henriette Maréchal« war trotz großen Erfolges bei der sechsten Vorstellung vom Spielplan abgesetzt worden, nachdem die Goncourts mit allen Mitteln versucht hatten, ihr Stück zu verteidigen. Sie veröffentlichten es in der Zeitung »L'Événement«, versehen mit einem Vorwort, das das Publikum gewinnen sollte. Darin verteidigten sie sich gegen den Vorwurf der Protektion durch Prinzessin Mathilde mit dem Argument, auch Bouilhet sei von ihr protegiert worden, und verärgerten damit Flaubert und seine Freunde. Sie versuchten das Mitleid des Publikums zu wecken, indem sie auf ihre schwache Gesundheit hinwiesen und sogar behaupteten, gewisse Drohungen könnten sie umbringen. Am 15. Dezember behauptete ein Artikel in »La Gazette de France«, das Théâtre Français verschwende Steuergelder. Theaterdirektor Thierry, der schon durch das Vorwort höchst beunruhigt war, strich daraufhin das Stück vom Spielplan. Die Goncourts notierten am 15. Dezember 1865 in ihrem Tagebuch: »Thierry kam heute morgen zu uns. Er hatte gestern

abend das erste Exemplar unseres Vorwortes bekommen. Ich habe sofort begriffen, daß unser Vorwort das Stück umgebracht hat.« Bouilhet war sehr verletzt, als er hörte, daß die Goncourts ihn als Protégé von Prinzessin Mathilde darstellten. Er schrieb an Flaubert: »Ich war, wie Du, sehr traurig über das Vorwort der Herzchen; gelesen habe ich es nicht. Sie haben mir ihren Band nicht geschickt, aber ich habe davon gehört, das war ein sehr unglücklicher Einfall.«
Pipe-en-Bois: Spitzname des Anführers der Intrige gegen »Henriette Maréchal«. Am 14. Dezember veröffentlichte »L'Opinion nationale« eine Parole, die an der juristischen Fakultät kursierte: »Die Herren Studenten der Jurisprudenz werden aufgefordert, sich am heutigen Montagabend zum Théâtre Français zu begeben, um das neue Stück ›Henriette Maréchal‹ auszupfeifen; der Vorhang muß im I. Akt fallen. Pipe-en-Bois.« Der Schauspieler Got schreibt in seinen Mémoiren: »Ich habe noch nie erlebt, daß einem Stück so furchtbar zugesetzt wurde. Bei einem durchgefallen Stück spricht man immer von Intrige, aber diesmal habe ich sie mit eigenen Augen gesehen. Hat der berühmte Pipe-en-Bois es dem Stück verübelt, angeblich auf Druck der Prinzessin hin akzeptiert und gespielt worden zu sein?«
studierte Jugend: Sainte-Beuve hatte in einem Brief an Prinzessin Mathilde am 13. Dezember 1865 seinen Ärger über den Krawall geäußert: »Die gesamte Jugend, – fast insgesamt – abscheulich erzogen, ist abscheulich. Die Anständigen halten wie es sich gehört den Mund, und die Feiglinge schwimmen mit dem Strom. Das Durcheinander ist perfekt.«

AN FLAUBERT

[Paris,] Donnerstag, 21. [Dezember 1865]

Mein lieber Alter,

Es stimmt, – das Stück ist nach einem wirklichen Erfolg bei der sechsten Vorstellung verboten worden. Sie werden die Geschichte in einem Brief erfahren, den wir morgen oder übermorgen in die Zeitungen setzen. Wahrhaftig, das ist zu idiotisch! Es wird erzählt, daß *L'Événement*, mit den Bestellungen aus der Provinz, *Henriette Maréchal* in einer Auflage von hunderttausend drucken wird. *La Gazette de France* hat vier Artikel gebracht, *L'Avenir national* fünf oder sechs Artikel und *La France* eine Premier-Paris de la Guéronnière. Ungeheuerliche Dinge! F(ranck), ein Juraprofessor, der eine Vorlesung über das Testamentsrecht hält, hatte den seltenen Mut, uns auf die Rage der Studenten hinzuweisen. *Le Moniteur de l'Armée* und *Le Siècle* lenken wegen des unschuldigen Scherzes des »Friedensstifters der Vendée« die Wut (Ressentiment) des Heeres und der Vendée auf unser Werk und unsere Person ... Die Prinzessin hat anonyme Briefe erhalten, in denen man ihr droht, ihr Haus in Brand zu setzen und all ihre Freunde aufzuhängen.

Die Wahrheit von alledem ist, daß uns das Genick von einer sehr großen Dame Ihrer Bekanntschaft gebrochen wurde, die, wie es augenblicklich in Paris heißt, eifersüchtig auf den Salon der Prinzessin ist. Abonnent der »Revue des Deux Mondes« ist zum universellen Schimpfwort des Opernballs geworden. Das sind die Neuigkeiten! Entschuldigen Sie, daß wir Ihnen so wenig schreiben, aber Sie können sich nicht vorstellen, wie unser Leben die ganze Zeit ausgesehen hat. Ich schicke Ihnen in Kürze ein paar Zeitungen. Wir werden in der Provinz auf die Bühne kommen, wenn nicht das Verbot bis dahin reicht.

Von Herzen die Ihren.

J. de Goncourt

Brief: Die Brüder veröffentlichten einen Brief, in dem sie erwähnen, daß ihr Stück vom Vaudeville-Theater abgelehnt woren war, bevor es bei der Comédie Française angenommen wurde und daß sie gezwungen werden sollten, das Stück zurückzuziehen.
Auflage von hunderttausend: Bouilhet schrieb am 16. Dezember 1865 an Flaubert: »Die Herzchen haben von Villemessant 3000 Francs erhalten, nicht mehr und nicht weniger. Das ist übrigens sehr schön für ein Theaterstück. Die Zeitung wird äußerst gut verkauft worden sein, und Villemessant hat da ein gutes Geschäft gemacht.«
La Gazette de France: Die vier Artikel dieser Zeitung tadeln vor allem den unflätigen Stil des Stücks. Zum Schluß kommt die finanzielle Seite zur Sprache: »Wir als Steuerpflichtige müssen jedenfalls wissen, ob wir in einer Zeit, in der so viel von Sparmaßnahmen die Rede ist, weiterhin drei- oder vierhunderttausend Francs im Jahr zum größten Nutzen eines gewerblichen Unternehmens opfern müssen, das selbst vom Skandal noch profitiert und zwar zugunsten eines Theaters, das für die Verlockung irgendwelcher fragwürdiger Einnahmen seine Eigenschaft als Théâtre Français aufgibt.«

La Guéronnière: Ein Blatt, das dafür bekannt war, gewisse Vorstellungen des Kaisers zu verbreiten. Es warf den Goncourts ihren Materialismus vor und wies die Schuld den oberen Klassen zu: »Und seien wir doch so mutig, es auszusprechen, der Fehler liegt nicht nur bei den Autoren, die sich täuschen, bei den Theaterdirektoren, die schwach werden, bei den Polizisten, die die Leute hinauswerfen, sondern er liegt beim Publikum; er liegt vor allem bei der führenden Schicht unseres Landes, die nichts mehr führt; er liegt bei denen, die die Kraft verloren haben, sich über das zu empören, was sie verletzt. Das ist es, was uns Kummer bereitet, und vielen anderen auch.«
Friedensstifter der Vendée: Ein Titel, den die Figur des »Monsieur« sich im I. Akt von »Henriette Maréchal« spaßhaft selber gibt und der die Empörung der genannten Zeitung auslöste.
eine große Dame Ihrer Bekanntschaft: In ihrem Tagebuch bezeichnen die Brüder, die die Zensur und das »Cabinet noir« fürchteten, die Dame genauer: »Ja, jetzt wissen wir doch annähernd, wer unser Stück abserviert hat: die Kaiserin. Da war die Eifersucht der Herrin des Salons in den Tuilerien auf die Herrin des Salons in der Rue de Courcelles, die Eifersucht auf diese Cousine, die sich einen Hof der Kunst und der Literatur geschaffen hat.«
Abonnent der »Revue des Deux-Mondes«: Ein Fluch im I. Akt von »Henriette Maréchal«, der bei der Premiere das erste Pfeifkonzert ausgelöst hatte.
Provinz: »Unser letzter Gedanke in diesem Jahr, während wir beide am Kamin unseres Hotelzimmers auf Mitternacht warten, um uns zu umarmen, ist, daß in diesem Augenblick unsere ›Henriette Maréchal‹ in Marseille gespielt wird« (Tagebuch, 31. Dezember 1865).

AN EDMOND UND JULES DE GONCOURT

[Croisset,] Donnerstag, 2 Uhr [4. Januar 1866]

Abgemacht: Sie finden mich am nächsten Samstag um 1 Uhr 25 am Bahnhof in der Rue Verte.

Aber:

Sie wollen doch wohl nicht von mir verlangen, einen ganzen Nachmittag in meiner gräßlichen Heimatstadt zu verbringen. So weit geht die Hingabe nicht.

Also:

Ich schaffe Sie hierher zurück, meine Lieben, *wo* Sie dinieren und *wo* Sie schlafen werden. (Ich gestatte keine weiteren Einwände. Kein Wort! Schluß!) – Wir werden dort einen (verdammt schönen) gepflegten Schwatz halten, und tags darauf fahren Sie dann, wenn Ihnen danach ist.

Ihre Betten sind schon gemacht. – Schlagen Sie mir das nicht ab!

Bis Samstag, 1 Uhr 25!

Ich umarme Sie, wie ich Sie liebe, das heißt sehr.

Gve Flaubert

Wenn Sie ein schlüpfriges Rendezvous haben, haben Sie Zeit genug zu schreiben und es auf den nächsten Tag zu verschieben.

Sollten Sie Sonntag in Rouen den Zug um 1 Uhr 40 nehmen, sind Sie um 4 Uhr 20 in Paris.

Ach was! Scheiße! Sie sollen bleiben.

am Bahnhof: Die Goncourts wollten Flaubert auf der Rückreise von Le Havre einen Besuch abstatten. Sie hatten sich zehn Tage lang in der Normandie von den Strapazen des Dezembers zu erholen versucht. Die Brüder notieren in ihrem »Tagebuch« über ihren Besuch in Croisset: »Besuch in Croisset zum Diner mit Flaubert. Er arbeitet tatsächlich vierzehn Stunden am Tag. Das ist keine Arbeit mehr, das ist ein Trappistenleben« (6. Januar 1866). Flaubert hatte im November das V. Kapitel von »L'Éducation sentimentale« beendet und schloß Ende Januar das VI. Kapitel ab.
meine gräßliche Heimatstadt: Flaubert äußerte verstärkt in seinen Briefen seine Antipathie gegen Rouen. So schrieb er am 16. März 1866 an seine Nichte Caroline: »Armer Schatz! Du scheinst Dich in Deiner ehrenwerten Heimatstadt ordentlich zu langweilen? Auf mich hat sie seit meiner frühesten Jugend ständig diese Wirkung. Der Anblick Rouens hat etwas Dumpfes, das mich erdrückt!«

AN FLAUBERT

[Paris, 25.] April 1866

Mein lieber Freund,

Entschuldigen Sie die kleine Überraschung, Ihnen diesen Band gewidmet zu haben. Wir hätten Ihnen gerne nach Art einer unserer Freunde ein »Meisterwerk« überreicht. So geben wir Ihnen nun dieses Büchlein als Erinnerung an all die Sympathien, die wir dem »Kerl« entgegenbringen, der Sie sind und den wir von ganzem Herzen lieben.

E. J. de Goncourt

diesen Band: Nach ihren Erfahrungen mit dem Theater hatten die Goncourts beschlossen, Fragmente ihres seit 1851 geführten Tagebuches zu veröffentlichen. Das Buch trug den Titel: »Idées et sensations« und erschien im April 1866 bei der »Librairie internationale« in Paris. Flaubert kannte diesen Plan – am 24. April schreibt er seiner Nichte: »Die Herzchen bringen übermorgen ein neues Buch heraus.« Aber er wußte nicht, daß das Buch ihm gewidmet war.
einer unserer Freunde: Gemeint war Théophile Gautier.

AN EDMOND UND JULES DE GONCOURT

[Paris, 26. April 1866]

Wie schön, daß Sie mir Ihr Buch gewidmet haben, denn es ist das, in dem ich *meine Herzchen* am besten wiedererkenne. Etwas Persönlicheres haben Sie nie geschrieben.

Ich habe die Sache heute nacht vor dem Einschlafen gelesen. – Und es hat mich *bezaubert.* Das ist das richtige Wort.

Am Sonntag schreibe ich Ihnen meine Kommentare. Ich werde Ihr Buch noch einmal lesen und es mit Bleistiftstrichen versehen.

Es wäre sehr nett, wenn Sie mir ein einfaches Exemplar geben könnten.

Ich danke Ihnen, umarme Sie und bin Ihr

Gve Flaubert

Donnerstag, 7 Uhr abends

Paris: Flaubert hielt sich seit Februar in Paris auf und arbeitete besessen am zweiten Teil von »L'Éducation sentimentale«. Die Goncourts fühlten sich der Askese des Künstlerlebens zugehörig: »Wie wenig die Leute mit dem leidenschaftlichen und Leidenschaft erweckenden Kopf das Leben genießen! Ich sehe Taine vor mir mit seinem Schlafengehen um Neun, seinem Aufstehen um Sieben, seiner Arbeit bis zwölf Uhr mittags, seinen Diners zu provinzieller Stunde, seinen Besuchen, seinen Gängen in die Bibliothek, seinem Abend, nach dem Essen, zwischen seiner Mutter und seinem Klavier, Flaubert, wie in der Fron eines Zuchthauses angekettet in seinem Gewölbe; – wir in unserem Brüten in Klausur, ohne die geringste Zerstreuung oder Störung durch Familie oder Gesellschaft außer einem Diner alle vierzehn Tage bei der Prinzessin und einigen aus Neugier unternommenen geisteskranken Ausflügen auf den Quais, schrulliger Zeitvertreib der Bibliographie und Ikonographie« (Tagebuch, 25. Februar 1866).
Während sich die Brüder Goncourt als zwischen Salons und Schreibtisch lebende Ästheten sehen, dokumentiert das Tagebuch an anderer Stelle Flauberts ambivalente Natur: »Gestern sagte mir Flaubert: In mir stecken zwei Männer. Der eine, wie Sie sehen, schmalbrüstig, Bleihintern, der Mann, der dazu geschaffen ist, sich über einen Tisch zu beugen; der andere, ein Handlungsreisender, die wahre Frohnatur eines Handlungsreisenden auf Tour samt der Neigung zu wilden Ertüchtigungen!...« (Tagebuch, 6. Mai 1866).
Persönlicheres haben Sie nie geschrieben: Flauberts Lob steht in entschiedenem Widerspruch zu den kritischen Urteilen über »Idées et sensations«. Sainte-Beuve nutzte die Gelegenheit zu einem langen Artikel im »Constitutionnel«, in dem er den Brüdern ihre Mißachtung der Antike und ihre zu pikturale Auffassung von Literatur vorwarf. »La Revue des Deux-Mondes« machte ironische Bemerkungen über das literarische Zwillingswesen der Goncourts.

AN EDMOND UND JULES DE GONCOURT

[Croisset, erste Julihälfte 1866]

Meine lieben Guten,

Danke für den *Debucourt*, den ich heute morgen bekommen und *illico* mit Freuden gelesen habe. Gut, daß Sie an mich gedacht haben, denn ich denke an Sie und vermisse Sie.

Wann sehen wir uns?

Ich rechne damit, Ende des Monats in Paris zu sein,

und dann ein paar Tage in Saint-Gratien zu verbringen? Ich bitte darum, mir etwas länger zu schreiben.

– Ich habe einen Monate lang sehr viel gearbeitet. – Im Augenblick ist es sehr spät. Mir brummt der Kopf und ich umarme Sie.

Gve Flaubert

Debucourt: Philibert Louis Debucourt (1755–1832), Maler und Kupferstecher, dem die Goncourts eine weitere Folge ihres Fortsetzungswerkes »L'Art du XVIII. siècle« gewidmet hatten. Sie schätzten Debucourts Sittengemälde, vor allem des Palais Royal aus der Zeit des Ancien régime, kritisierten jedoch die groteske Protzigkeit seiner Bilder und Radierungen aus dem Empire.
Gratien: Saint-Gratien, die Sommerresidenz Prinzessin Mathildes.
viel gearbeitet: Flaubert ist mit der Überarbeitung des Manuskriptes von »L'Éducation sentimentale« beschäftigt. Am 12. Juni 1866 schreibt er seinem Freund Jules Duplan, er arbeite an dem Entwurf des IV. Kapitels. Es ist das längste Kapitel des Romans und war Ende Oktober 1866 abgeschlossen.

AN FLAUBERT

Trouville, Hôtel du Bras d'or
18. Juli [18]66

Einen langen Brief! Mein lieber Freund, das verlangen Sie so einfach von uns: einen langen Brief! Aber zunächst einmal führen wir seit einiger Zeit ein Leben, in dem nichts geschieht; und dann leben wir derart mit unserer Feder und unserem Tintenfaß, daß diese Utensilien uns anwidern.

Ja, wir verbringen hier, mitten in Trouville, unsere Tage und Abende mit dem Geochse an einem Gästetisch und versuchen damit, aber nur ganz entfernt, uns zu dem inneren Frieden und dem Heldentum Ihrer Fron zu erheben. Kurz, zwei Dummköpfe.

Vor der Fahrt hierher hatten wir zwei bezaubernde Tage in Saint-Gratien. Ich glaube, für unsereinen gibt es in der Gesellschaft nur noch dieses Haus. Ihren Besuch verspricht man sich Ende des Monats.

Im übrigen, nichts Neues. Ich habe nur Auszüge von *Clemenceau* gelesen – beim besten Willen – das ist doch kein Künstler, niemals. Sätze, die vom Vater stammen. *Le Figaro* begeistert, natürlich, und *La Revue des Deux-Mondes* entzückt. Was für eine Eintracht, wenn die Kritik falsch liegt, finden Sie nicht auch?

Und, wie geht's? Die Gesundheit? und das Liebesleben des Mannes? der Körper, und das Kopieren? Mein Gott! was ist das Kopieren aber auch hart!

Nun ja, vielleicht hat man uns eigens dafür in die Welt gesetzt. Und nach dieser tröstlichen Idee senden wir Ihnen, mein bester Flaubert, unsere schönsten Grüße und Gedanken »vom Feinsten«. – Der armen Madame de Morny wurde nach einem Unfall mit dem Wagen ein Finger amputiert. Der Idiot kommt hierher.

Ein paar Zeilen, ja? und bis demnächst, so bald wie möglich.

Jules de Goncourt

Geochse: Die Goncourts arbeiteten seit Anfang Juli am Abschluß ihres Romans »Manette Salomon«. Am 18. Juli 1866 schreibt Jules de Goncourt an seinen Cousin Édouard Lefèbre de Béhaine: »Wir stecken seit sechs Wochen in einer wahnsinnigen Arbeit, einem täglichen Kampf. Wenn ich Dir sage, daß ich hier weder einen Ball, noch ein Fest, noch einen freien Abend erlebt habe, übertreibe ich nichts.«
dieses Haus: Das Haus Prinzessin Mathildes in Saint-Gratien.
Clemenceau: Der am 7. Juli 1866 erschienene Roman »L'Affaire Clemenceau« von Alexandre Dumas dem Jüngeren. Die Goncourts verurteilten dieses neue Werk von Dumas, das dasselbe Thema hatte wie »Manette Salomon«: die Zerstörung eines Künstlers durch eine Frau. Ein Bildhauer tötet, nach einer letzten Umarmung, eine Polin, in die er sich verliebt hatte, als er sich von ihr betrogen sah. Flaubert schrieb am 20. August 1866 über Dumas' Roman an die Kritikerin Amélie Bosquet: »Ihre Begeisterung über ›L'Affaire Clemenceau‹ kann ich nicht ganz teilen, obwohl es bei weitem das stärkste Werk von Dumas ist. Aber durch langes Geschwafel und Gemeinplätze hat er es mutwillig verdorben. Ein Romancier hat meiner Ansicht nach kein Recht, seine Meinung über die Dinge dieser Welt zu sagen. – Er muß, in seiner Schöpfung, Gott in der seinen imitieren, das heißt schreiben und schweigen. – Der Schluß des Buches (Clemenceau) kommt mir völlig falsch vor. Ein Mann tötet keine Frau

danach. Man empfindet dann eine allgemeine Entspannung, die jeder Energie entgegensteht. Das ist ein großer physiologischer und psychologischer Schnitzer. Was ich am besten fand, sind die Briefe der jungen Frau.«
der Idiot: Comte Charles d'Osmoy, der oft seine Ferien in Trouville verbrachte.

AN EDMOND UND JULES DE GONCOURT

Caude-Côte, bei Dieppe, 16. August [1866]

Also? und Sie? Ich war ganz enttäuscht, als ich an Ihrem Platz Ponson du Terrail sah! Und meine Freude ist getrübt, weil ich Sie nicht mit Ihnen teile. Mein Rausch hält sich im übrigen in Grenzen. *Ich habe meinen eigenen Kopf* und werde Ihnen weiterhin gerne meine Ehre erweisen. Wie auch immer, es ärgert mich, daß meine Herzchen nicht den Stern haben.

Stellen Sie sich vor, daß ein Briefträger von Croisset, Idiot, Ihren Brief vom 19. Juli zurück in die Rue de la Chaussée d'Antin 21 geschickt hat. Ich verstehe nicht, was dieser Quatsch bedeuten soll. Jedenfalls habe ich Ihren Brief bekommen, nachdem er sehr viel gereist ist, erst vor sechs oder sieben Tagen, am letzten Donnerstag, glaube ich? Das erklärt Ihnen mein langes Schweigen.

Ich war in England, um Freunde zu besuchen. Dann bin ich zurück nach Paris gefahren. Ich war in Chartres. Ich hatte Dünnschiß. Ich habe zweimal bei der Prinzessin diniert. Ich bin seit Sonntag hier, und am nächsten Sonntag bin ich wieder in Croisset. Es wird Zeit, wieder an die Arbeit zu gehen.

Und Sie? Wie weit ist der Roman? Der von Mutter Sand, der mir gewidmet ist, verschafft mir die reizendsten Scherze. Ich habe der stillen Pleite von *Don Juan de village* beigewohnt. Von den Theatergeschichten begreife ich gar nichts. Warum soviel Begeisterung beim *Marquis de Villemer*, und soviel Kälte bei *Don Juan*? Rätselhaft!

Da Saint-Victor bei Ihnen ist, drücken Sie ihm bitte beide Hände von mir. Was Sie beide angeht, so küsse ich Sie auf die vier Wangen und bin Ihr alter

Gve Flaubert

Das Stück von Monseigneur wird um den 24. Oktober gespielt. Und der Idiot? Haben Sie da irgendwelche Enthüllungen?

der Stern: Das Kreuz der Ehrenlegion, eine Medaille mit einem fünfzackigen Stern, in der Mitte das Porträt von Napoléon I. Flaubert, der sich stets sehr ironisch über diesen Orden ausließ, war offenbar doch darum besorgt, ihn zu bekommen. Am 30. Dezember 1865 schreibt ihm Bouilhet: »Ich sehe nicht, warum das Verbot von Henriette Maréchal Dich und Taine daran hindern könnte, binnen zwei Tagen mit dem Orden geschmückt zu sein. Daß man den Herzchen nicht sofort das Kreuz verleiht, verstehe ich, damit würde man verletzen, was man gern »die öffentliche Meinung« nennt. Aber ich wüßte nicht, daß die dramatischen Töne, von denen ich spreche, irgendwie Dich beträfen.« Im Sommer 1866 unterstützte Sainte-Beuve die Kandidatur Flauberts für die Auszeichnung, als einen »der vorzüglichsten Schriftsteller, der besondere Aufmerksamkeiten vom Staatsoberhaupt und der Kaiserin in Compiègne empfangen hat.« Am 13. August wird Flaubert zum Ritter der Ehrenlegion ernannt und sein Freund Du Camp notiert belustigt, von diesem Moment an kleide er sich elegant.
England: Flaubert hatte Croisset für fünf Wochen verlassen. Zwei Wochen lang war er in England bei Juliet Herbert, der ehemaligen Hauslehrerin seiner Nichte.
Chartres: Flaubert besuchte die Stadt, aus der Madame Arnoux, eine Hauptfigur aus »L'Éducation sentimentale« stammte, um Material für seinen Roman zu sammeln.
Wie weit ist der Roman?: Am 21. August notiert Jules im Tagebuch: »Heute Manette Salomon beendet.«
der von Mutter Sand: Georges Sand hatte ihren Roman »Le Dernier Amour« Flaubert gewidmet. Er erschien vom 1. Juli bis zum 15. August 1866 in der »Revue des Deux-Mondes«.
Don Juan de village: Am 9. August erlebte Flaubert im Vaudeville-Theater die Premiere von »Les Don Juan du village«, ein Stück, das Georges Sand zusammen mit ihrem Sohn Maurice geschrieben hatte.
Marquis de Villemer: Eine Dramatisierung von Georges Sands Roman »Le Marquis de Villemer« war am 29. Februar 1864 mit großem Erfolg am Théâtre de l'Odéon aufgeführt worden.
Saint-Victor: Die Goncourts verstanden sich aufs Beste mit Paul de Saint-Victor, der sich seit Mitte Juli in Trouville aufhielt.

Das Stück von Monseigneur: »La Conjuration d'Amboise« von Louis Bouilhet, das am 29. Oktober 1866 im Théâtre de l'Odéon Premiere hatte.

AN EDMOND UND JULES DE GONCOURT

[Paris, 26. Oktober 1866]

Die Generalprobe ist morgen um 7 Uhr angesetzt.

Monseigneur rechnet mit Ihnen, um am Montag mit dem Idioten und mir zu soupieren. – Mehr werden wir nicht sein.

Der Ihre.

Gve Flaubert

Freitag morgen, 9 Uhr

Generalprobe: Wenn ein Stück von einem Freund Premiere hatte, sorgte Flaubert für den nötigen Beifall. Renan, Georges Sand und viele andere Getreue bat er zur ersten Vorstellung, die Goncourts lud er sogar zur Generalprobe ein. Doch auch dieser besondere Freundschaftsbeweis änderte nichts an der Bitterkeit, mit der die Brüder nach ihrer Niederlage mit »Henriette Maréchal« auf Bouilhets Theatererfolg reagierten: »Das Stück? Ach! mein Gott, da haben wir das Erfolgsstück, die Tragödie des Dramas, der falschen Geschichte, der falschen Poesie. Nicht ein echter Ton, nicht ein echtes Gefühl« (Tagebuch, 29. Oktober 1866).
mehr werden wir nicht sein: Flaubert hatte Georges Sands Einladung zum Diner zusammen mit Bouilhet für den Premierenabend abgesagt. Am 29. Oktober 1866 nehmen die Goncourts an dem Souper in kleinem Kreise teil, wo sie Bouilhet, Flaubert und Madame d'Osmoy antreffen.

AN EDMOND UND JULES DE GONCOURT

[Croisset, 27. November 1866]

Wie ich an Sie denke, seit ich von Gavarnis Tod gehört habe! Sie werden traurig sein, meine armen Alten. Deshalb schicke ich Ihnen einen Händedruck. Das ist alles.

Und ich umarme Sie. Gve Flaubert

Was haben Sie vor?

Und der Roman? erscheint er, oder wird er bald erscheinen? etc. etc.

Croisset, Dienstag abend

Gavarnis Tod: Die Goncourts waren in Bar-sur-Seine bei ihrer Cousine, als sie vom Tod des Zeichners und Karikaturisten Gavarni erfuhren. Seit sie 1852 mit ihm zusammen bei der Zeitung »L'Éclair« gearbeitet hatten, verband sie eine enge Freundschaft. Sie teilten Gavarnis Frauenfeindlichkeit und hatten die gleiche Hingabe bei der Arbeit und der Begeisterung für die Kunst. Sie besuchten ihn häufig in seinem Haus in Auteuil, und der alte Mann zeigte ihnen seine Entdeckungen als Mathematiker und seine Erfindungen. In einem Brief an Sainte-Beuve bringt Jules de Goncourt ihre Trauer über den Verlust ihres Freundes und Meisters zum Ausdruck: »Gewiß haben Sie uns heute mit Herz und Augen gesucht, hinter diesem Sarg, der eine der großen Freundschaften unseres Lebens davontrug, den großen Mann, der uns: seine Kleinen nannte. Ich erinnere mich noch an seine Stimme! Es ist entsetzlich, durch eine Zeile in der Zeitung vom Tod derer zu erfahren, die einem die liebsten sind, genau zu der Stunde, da sie beerdigt werden, und dann nicht da sein zu können... So traf uns die Nachricht heute morgen ganz unerwartet, mitten ins Herz...
Sie wußten, was uns alles verband: die hingebungsvolle Bewunderung, die wir für ihn hatten, die fast väterliche Zuneigung, die er für uns hegte...«
was haben Sie vor: Die Goncourts blieben bis zum 3. Dezember 1866 in Bar-sur-Seine.
der Roman: »Manette Salomon« erschien in Fortsetzungen vom 18. Januar 1867 an in »Le Temps« und erst im November 1867 als Buch.

AN EDMOND UND JULES DE GONCOURT

[Croisset, 5. Januar 1867]

Meine lieben Guten,

Indem ich Ihnen ein gutes und glückliches Neues wünsche und Ihnen versichere, daß eine Hundekälte herrscht »an den Ufern der Seine inmitten dieses französischen Volkes, das ich am Ende so wenig geliebt habe«, bitte ich Sie, mir einen kleinen Dienst zu erweisen.

Ich habe der Prinzessin heute vor acht Tagen Cheminots geschickt, Crème aus Sotteville und eine Stange

Apfelzucker. Das waren zwei verschiedene Päckchen. Sie hat mir nicht geantwortet. Hat sie sie bekommen? Findet sie, daß ich meine Geschenke hätte durch einen Brief begleiten müssen? Ist ihrer in der Post verloren gegangen? Was sehr wahrscheinlich ist. Auf jeden Fall bitte ich Sie (sich zu informieren), den Haushofmeister zu fragen, ob letzte Woche zwei Schachteln von mir angekommen sind und mir *illico* zu antworten. Seien Sie so freundlich.

Wie geht es Ihnen? Wann erscheint der Roman? Was haben Sie vor? etc. Ich rechne damit, Sie in 6 Wochen zu umarmen. Bis dahin tausend liebe Grüße von Ihrem alten

Gve Flaubert

Croisset, Samstag

Cheminot: Ein normannisches Gebäck, das Flaubert in Kapitel VII des dritten Teils von »Madame Bovary« auftauchen läßt: »...in der Hand hielt er in einem Tuch sechs Cheminots für seine Frau. Madame Homais schätzte diese kleinen, schweren Brötchen in Form eines Turbans sehr, die man in der Fastenzeit mit Salzbutter aß: eine letzte Kostprobe mittelalterlicher Speisen, die vielleicht auf die Kreuzzüge zurückgeht und mit denen sich die robusten Normannen früher den Bauch vollschlugen, weil sie glaubten, im gelben Schein der Fackeln auf dem Tisch zwischen den Krügen mit Gewürzwein und den riesenhaften Fleischstücken, Sarazenenköpfe zum Verschlingen vor sich zu haben.«
Sotteville: Ein Vorort von Rouen, die Crème aus Sotteville war eins von Flauberts üblichen Neujahrsgeschenken.
in 6 Wochen: Die Goncourts sehen Flaubert am 25. Februar 1867 in Paris wieder. Das Tagebuch verzeichnet noch am selben Tag: »Uns Rekonvaleszenten läßt Flauberts Gesundheit, die derb und sanguinisch und durch ein Exil von zehn Monaten zu der eines Bauern geworden ist, den Mann etwas verletzend und für unsere Nerven zu kraftstrotzend erscheinen.«

AN FLAUBERT

Paris, am 6. J[anua]r 1867

Lieber Alter,

Der ganze Naschkram ist wohlbehalten angekommen, die Prinzessin hat uns am letzten Mittwoch mit Worten und Gesten empfangen, die Ihre Crème und Ihren Apfelzucker rühmten, und sie wirkte wie jener Schauspieler ich weiß nicht welchen Theaters, der bei irgendeiner Revue sagt: »Bis hier oben habe ich mich damit vollgestopft, bis hier oben.« Keinerlei Bekundung des Bedürfnisses nach einem Brief. Ach ja! Prinz Baudruche hat sich damit den Magen verdorben. Sind Sie zufrieden, Sie niederer Spender fürstlicher Neujahrsgeschenke? Wann unser Roman erscheint, habe ich keinen Schimmer; er ist für den fünften dieses Monats angekündigt und wird sich über den ganzen Sommer hinziehen, unterbrochen von der Kammer und der Ausstellung. Ich wollte ihn dieser Tage zurückziehen, konnte es aber nicht; im Grunde ist uns das eine gute Lektion; das wird uns lehren, mit der Literatur Geld verdienen zu wollen. Ich hoffe, daß er nach der Sommerpause als Buch erscheinen kann. Der *Haken* ist, daß wir noch einen anderen vorbereiten und wir uns, der Teufel soll mich holen, fragen, ob wir noch einen Funken Verstand in unseren beiden Birnen haben. Ach! das Ausbrüten ist schmerzhaft! Ihre beiden Freunde halten sich für völlig verblödet. Ach! was für eine schöne Idee, sich zum Autor machen zu wollen, wenn man so leicht bekannt bleiben könnte. Die feinen Narren, die wir mit zwei oder drei wohlklingenden Worten abgeben, und all das überzogen von einem grauen Himmel, wie ein Hintergrund von Monsieur Ingres, und gewürzt mit Migränen, die in diesem Moment den Briefwechsel des Hauses Goncourt ins Bett verlegen. Schreiben Sie uns ein wenig, daß Sie entnervt sind, das wird uns Spaß machen.

Ich küssen Dich [*sic*] auf Deine zwei dicken Backen.

Edmond de Goncourt

Und wann kommen Sie nun wirklich wieder?

fünften dieses Monats: Die Goncourts hätten »Manette Salomon« gerne von Dezember an in »Le Temps« veröffentlicht, damit der Roman ab April als Buch verfügbar gewesen wäre. Der Verleger von »Le Temps«, Andríen Hébrard, der diesen Zeitplan nicht einhalten konnte, riet ihnen ab, das Buch zu Beginn der Weltausstellung herauszubringen, »der eine ohrenbetäubende Reklame vorausgehen wird, für sämtliche Industriezweige zugleich. Sie würden also unter den schrecklichsten Bedingungen erscheinen, die man sich nur denken kann.«
Ausstellung: Die Weltausstellung, die vom 1. April bis 31. Oktober in Paris stattfand. Sie war eine Attraktion für viele ausländische Regierungen; man sprach vor allem von der berühmten Maschinengalerie mit Kanonen von Krupp.
daß wir einen anderen vorbereiten: Es handelt sich um den Roman »Madame Gervaisais«. Die Goncourts waren dazu durch die Geschichte ihrer Tante inspiriert worden, die als Ungläubige nach Rom gefahren und zum Glauben bekehrt zurückgekehrt war, bevor sie in den Zustand geistiger Umnachtung fiel. Die Brüder beschäftigten sich zur Vorbereitung dieses Romans schon lange mit der Lektüre religiöser Schriften.
Ingres: Die Goncourts waren sehr kritisch gegenüber Ingres eingestellt, der für ihre Zeitgenossen die Erneuerung der Zeichnung und des Spirituellen in der Malerei bedeutete. In ihrer Schrift »La Peinture à l'Exposition universelle de 1865« warfen sie ihm besonders seinen fehlenden Sinn für Farbe vor. Diese Kritik taucht auch in »Manette Salomon« wieder auf, ihrem Roman über die Welt der Malerei.

AN EDMOND UND JULES DE GONCOURT

[Croisset,] Samstag nacht [12. Januar 1867]

Wenn es Sie tröstet zu wissen, daß ich entnervt bin, *dann seien Sie getröstet*! denn ich amüsiere mich nicht gerade sehr. Aber ich arbeite viel, und deshalb bin ich entnervt. Wenn ich behaupte, daß ich arbeite, dann ist das nur Gerede. Ich gebe mir Mühe, und das ist vielleicht schon alles? – Wie auch immer! Ich glaube die hohlste Stelle meines endlosen Romans hinter mir zu haben? Aber so einen mache ich nicht nochmal. Ich werde alt. Es ist also Zeit, etwas Gutes und für mich Vergnügliches zu machen.

Ich verbringe Wochen, ohne ein menschliches Wesen zu sehen, oder ein Wort mit Meinesgleichen zu wechseln.

Im übrigen werde ich *ungesellig wie* »ein gewisser Marat«, der im Grunde mein Mann ist. Ich habe sogar Lust, seine Büste in meinem Zimmer aufzustellen, nur um die Bourgeois zu empören, aber er ist zu häßlich, leider! Schön in moralischer Hinsicht, aber nicht in künstlerischer. – So daß ich mir (all das nur in Klammern) vorgestern, als ich eine Einladung zum Diner bei meiner Nichte in Rouen angenommen hatte, das Vergnügen gegönnt habe, verschiedene ortsansässige Personen, die sich dort befanden, anzubrüllen und mich vollkommen unmöglich gemacht habe.

Mir tun die Eier weh – Ehrenwort – infolge meiner zu großen Keuschheit (*sic*), denn ich habe nichts zur Hand, um *selbige zu entleeren.* Sie werden einwenden, daß ich sie habe (meine Hand). Aber ich komme nicht mehr in Wallung ... hier denken wir uns unseren Teil!

Was Madame Sand nicht an dem Glauben hindert, daß mich ab und zu »eine schöne Dame besucht«, so wenig begreifen die Frauen, daß man ohne sie leben kann!

Meine Gesellschaft ist ein Regiment von Ratten, die Nachts über meinem Kopf einen Höllenlärm machen. – Man hat ihnen Gift gegeben, was meinen Hund hat krepieren lassen.

Der Wind, der Regen, die pechschwarze Finsternis, der Fluß, der gegen das Ufer schlägt und die kahlen Bäume, in denen es pfeift, *vervollständigen das Bild.* Beim Schein meiner Lampe brülle ich meine Sätze in die Stille des Zimmers. – Ich gehe um 4 Uhr morgens schlafen und stehe um zwölf Uhr mittags auf. So sieht das Leben Ihres Alten aus.

Es ist sehr lieb von Ihnen, daß Sie mir sofort geantwortet haben. Geben Sie mir doch *im Einzelnen* Nachricht über Sainte-Beuve!

Ich hoffe, Sie ungefähr in einem Monat zu sehen, wenn ich mein Kapitel abgeschlossen habe. Dann bin ich in der

Mitte meines voluminösen *Miststücks* und, da ich ja selber eines bin, ziemlich traurig.

Kommen Sie, versuchen Sie Ihr Hirn wieder hochzukriegen und seien Sie nicht zu traurig.

Ich umarme Sie.

Ihr Gve Fl

arbeite viel: Flaubert überarbeitet den 2.Teil von »L'Éducation sentimentale« und schreibt im Januar/Februar 1867 an Kapitel II.
ohne eine Wort mit Meinesgleichen: Am 12. Januar 1867 schreibt Flaubert an Georges Sand: »Ich verbringe Wochen, ohne ein Wort mit einem menschlichen Wesen zu wechseln. Und am Ende der Woche ist es mir unmöglich, mich an einen einzigen Tag oder irgendetwas zu erinnern.«
eine schöne Dame: Am 9. Januar hatte ihm Georges Sand geschrieben: »Wird Dir die Einsamkeit nicht schwer? Ich denke, daß sie wohl nicht absolut ist und daß es irgendwo eine schöne Freundin gibt, die vorbeikommt, oder die dort lebt.« Flaubert antwortet ihr am 12. Januar: »Und was Sie auch immer glauben, mich besucht ›keine einzige schöne Dame‹. Die schönen Damen haben meinen Geist sehr in Anspruch genommen, aber nicht meine Zeit. – Mich einen Einsiedler zu nennen ist ein besserer Vergleich, als Sie glauben.«
Sainte-Beuve: Der Kritiker schreibt am 11. Januar 1867 an Flaubert: »Vor einem Monat habe ich eine glatte Pleite erlitten – eine Feder funktioniert nicht mehr, ein Rad steht still – man muß es mit eigener Hand drehen. Sprechen wir es aus: ich pisse nicht mehr. – Aber gar nicht mehr. So daß mein Freund Doktor Veyne bei mir schläft, um jede Nacht in meiner Reichweite zu sein. – Aber katheterisieren Sie sich nicht selbst? werden Sie sagen. – Oh! ja, zunächst habe ich das getan, aber es gab (wie immer) Komplikationen. Wir kämpfen damit, wir hoffen, damit fertig zu werden.«

AN GUSTAVE FLAUBERT

Samstag [Januar 1867?]

Mein lieber Freund,

Erst einmal danke für Ihre Zeilen. Und im übrigen langweilen wir uns, langweilen wir uns!

Man sagt uns, daß es Ihnen ebenso geht. Das tröstet uns ein wenig.

Wir drücken Ihnen jeder eine Hand.

E. und J. de Goncourt

AN EDMOND UND JULES DE GONCOURT

[Paris, 21. Februar 1867]

Ich erwarte Sie am Sonntag.
Wir werden uns also sehen
ENDLICH!!!!!!!!

Gve Flaubert.

Donnerstag

endlich: Flaubert und die Goncourts hatten sich seit der Premiere von Bouilhets Stück im Oktober 1866 nicht gesehen.

AN FLAUBERT

Rom, Montag 8. April [18]67

Mein lieber Freund,

Am Samstag um sechs Uhr abends sind wir nach einer herrlichen Überfahrt und ziemlich durchgeschaukelt bei guter Gesundheit in der »Kapitale der christlichen Welt« angekommen.

Seitdem freuen wir uns an dem schönen Sonnenschein. Wir beginnen uns umzusehen. Und heute abend beziehen wir das Hotel. Es wäre sehr lieb, wenn Sie auf diese telegraphische Depesche mit einem Brief antworteten.

Der vorherrschende Eindruck ist für mich bis jetzt, daß meine Landsleute auf Reisen noch blöder sind als zu Hause.

Sie sehen, daß wir an die Freunde denken.

Die Ihren zu unseren vier Händen.

J. de Goncourt

Rom – Poste restante

Rom: Am 17. März empfing Flaubert Taine und die Goncourts, die ihm ihren Plan einer Italienreise mitteilen. Noch am selben Tag schreibt Flaubert an Jules Duplan: »Die Herzchen fahren in vierzehn Tagen nach Rom. Von den Getreuen bleibt mir nur noch der Major! Das ist viel. Aber nicht genug.« Die Goncourts wollten für ihren Roman »Madame Gervaisais« Rom erkunden. Ihr Cousin Édouard Lefèbre de Béhaine, ein Diplomat, hatte ihnen Pässe besorgt und ihnen Empfehlungsschreiben für seine Freunde an der französischen Botschaft in Rom mitgegeben. Die Brüder verließen Paris am 2. April, schifften sich in Marseille nach Civitavecchia ein und waren am 6. April in Rom.
Kapitale der christlichen Welt: Die Goncourts zeigten durch Parodien bourgeoiser Redensarten gerne ihre Solidarität mit Flauberts Kritik an der Bourgeoisie.
im Hotel: Das Tagebuch der Goncourts läßt vermuten, daß die Goncourts in einem Hotel an der Piazza di Spania gewohnt hatten, in dem auch die Heldin ihres Romans wohnt: »Wie soll man die Religion eines Volkes abtöten, dessen Wesen religiös ist, das die Religion im Blut hat. Ja wahrhaftig! zwischen einem Denkmal wie ich es da unter meinem Fenster habe, das eines Mythos, das der Unbefleckten Empfängnis und einem Denkmal Voltaires weiß ich nicht zu sagen, welches der beiden mir erniedrigender für die Daseinsberechtigung des Menschen erscheint.«

AN EDMOND UND JULES DE GONCOURT

[Paris,] Samstag [13. April 1867]

Das ist nett, daß Sie mir Ihre Ankunft mitgeteilt haben, meine guten Alten. – Aber noch netter wäre es, mir Ihre Rückkehr mitzuteilen.

Ich gräme mich sehr über Ihre Abwesenheit. Ohne meine Herzchen in Paris zu sein, kommt mir unerhört vor, ja *abgründig.*

Das letzte Magny war so idiotisch, daß ich mir geschworen habe, dort nie wieder einen Fuß hineinzusetzen. Es wurde kein Blödsinn geredet, aber man war blöd (was etwas anderes ist). Sie können sich nicht vorstellen, was das für Hausmeistergespräche waren! Die ganze Zeit war nur von Monsieur Bismarck und von Luxemburg die Rede. Das steht mir noch bis obenhin. – Um meine Wut zu besänftigen, bin ich ins Odéon gestürzt, wo die 1. von

La Vie nouvelle gegeben wurde; es war sterbenslangweilig. Am Ende des 3. Aktes hat mich eine Kolik gepackt, und ich habe mich aus dem Staube gemacht, um im Kiosk des Palais-Royal aufs Scheißhaus zu gehen …

Die Kopie ist seit vierzehn Tagen nicht vom Fleck gekommen. – Ich bin in den Zeitungen von '48 versackt!

Ich war bei der Manufaktur in Sèvres und der in Creil. Nächste Woche fahre ich nochmal hin (nach Creil). Das ist, glaube ich, alles was ich Ihnen erzählen kann?

Ach! das habe ich vergessen. Théo hat ein zweites Magny gegründet, zu dem Sie eingeladen werden. Raten Sie bei wem? Bei der Paiva! – Gestern war ich zum ersten Mal da. Eine *schicke* Bude. Die Dame selbst bräuchte ein längeres Kapitel.

N.B. Harrisse kommt nicht dorthin.

Bei der Prinzessin nichts Neues.

Tausend liebe Grüße. Ich küsse Sie auf Ihre vier Wangen und bin Ihr alter

Gve Flaubert

Bismarck: Nach der verheerenden Niederlage bei der Schlacht von Königgrätz im Juli 1866 wollte Frankreich das von Deutschland besetzte Großherzogtum Luxemburg annektieren, um das territoriale Gleichgewicht wiederherzustellen. Bismarck weigerte sich, seine Truppen zurückzuziehen. Man sprach von Krieg. Die Konferenz von London im Mai 1867 entschied über die Neutralität Luxemburgs.
La Vie nouvelle: Ein Stück von Paul Meurice, das am 8. April 1967 im Théâtre de l'Odéon Premiere hatte.
die Zeitungen von '48: Im März und April 1867 studierte Flaubert für die Beschreibung der Revolution von 1848 in »L'Éducation sentimentale« in der Bibliothek des Abgeordnetenhauses die entsprechenden Dokumente.
Sèvres, Creil: Flaubert besichtigte die dortigen Porzellanmanufakturen für die Darstellung einer solchen Fabrik in »L'Éducation sentimentale«.
Paiva: Die Frau des Marquis de Paiva. Gautier brachte die Goncourts zum ersten Mal am 24. Mai 1867 in ihre Stadtvilla. Die Brüder kommentieren dieses »zweite Magny« in ihrem Tagebuch: »Gautier, der im Augenblick der Maestro di casa ist, stellt uns dieser berühmten Paiva vor, in ihrem legendären Stadtpalast an den Champs-Élysées.

Sie empfängt uns in einem kleinen Gewächshaus. Eine alte angemalte und zugeschminkte Kurtisane, wie eine Provinzschauspielerin, mit einem Lächeln und falschen Haaren.
Den Tee nimmt man im Speisesaal, der mit all seinem Luxus und der Überladenheit seines geschmacklosen Renaissancestils lediglich an den sehr prächtigen Speiseraum eines großen Restaurants erinnert, an einen Provinzsalon, trotz allem Glanz seines Marmors, seiner Holztäfelung, seiner Emaillestücke, seiner Gemälde, seiner dicken Leuchter aus Silber, das aus den Minen des preußischen Zuhälters stammt, der ebenfalls zugegen ist.
Darin eine schleppende Konversation von Leuten, die wie in falscher Gesellschaft peinlich berührt sind. Gautier hat trotz seiner unerschütterlichen Haltung sein Gleichgewicht verloren. Turgan, den wir zum ersten Mal sehen, versucht, sich als heimlicher Wichtigtuer hervorzutun. Saint-Victor zerdrückt seinen Hut, und ringt nach Worten. Man spürt, wie auf diesen großartigen mit Kristall beladenen und von dem Feuer der Kronleuchter überstrahlten Tisch die Kälte fällt, die entsetzliche Kälte, die besonders den Häusern der Nutten eigen ist, die die Frau von Welt spielen und dieser Art von vergrämtem und krankhaftem Mene Tekel Upharsin, die in den Prostitutionspalästen und den Arschlouvres die Natürlichkeit und den Esprit der Besucher zu Eis erstarren läßt.«
Harrisse: Henry Harrisse (1830–1910). Renan hatte den New Yorker Anwalt, Bibliographen und Historiker zum Magny Diner mitgebracht, wo Flaubert ihn am 25. Februar 1867 zum ersten Mal traf. Danach wurde er bei Flauberts Sonntagstreffen zum regelmäßigen Gast.

AN FLAUBERT

Rom, 10. Mai [1867]

Mein lieber Freund,

Es ist sehr lieb von Ihnen, daß Sie uns kurz geschrieben haben und gemerkt haben, daß wir Ihnen fehlen. Das können wir nur erwidern, denn alles in allem wird uns die Zeit schon lang. Kurz, uns bleiben nur noch fünf Tage: am Montag, dem 20. dieses Monats, sind wir in Paris. Schicken Sie uns ein paar Zeilen ins Haus, wenn an diesem Montag zufällig Magny sein sollte; die schönsten Tage hier sind so weit entfernt von den dümmsten vom Magny.

Wir sind am Ende. Wir wollten ganz Rom mitnehmen, und das ist schwer! Ach! die Reisen mit dem Notizbuch! Zwei oder drei Mal wären wir beinahe krepiert, ein

Erlebnis! Ja, man beneidet die Idioten, die man mit einem Führer alles anschauen und nichts erkennen sieht! Wenn wir zurückkommen, werden wir unsere Eindrücke ordnen, um sie Ihnen zu erzählen. Bis jetzt hatten wir noch nie so gemischte Gefühle: Menschen und Dinge kommen uns ein wenig wie die Straße vor, wo man nicht weiß, ob es stärker nach Scheiße oder nach Orangenblüten riecht!

Ich habe hier einen Dichter des Parnasse getroffen, der mir folgenden herrlichen Ausspruch einer sehr hübschen ihm bekannten Dame der Bourgeoisie mitgeteilt hat. Er hat sie gefragt, ob sie *Salambo* gelesen habe; sie hat ihm empört geantwortet:

– Niemals Monsieur! Seit Monsieur Pichard (das ist der Name ihres Mannes) im Kongo ist! (*sic*) lese ich nur noch *L'Imitation*!

Paßt zu Madame Tom, nicht wahr?

Das will ich meinen, daß wir bei dem zweiten Magny mit von der Partie sind!

Wissen Sie, welche Krankheit einen befällt in diesem blauen und poetischen Land, mit erbarmungslos schönem Wetter und dieser ganzen Mischung von Vergangenheit und Erinnerung, die einen vernichtet? Eine wehmütige Sehnsucht nach dem Gespött von Paris; und es kann passieren, daß man sich, wenn man nach einem Sonnenuntergang von Poussin den Corso hinuntergeht, irgendeinen Spruch von Grassot oder irgendein Wort der Lagier hersagt, wie um nach so viel Eau Felice mit etwas Gossenwasser von den Boulevards zu gurgeln!

Und nach alledem freuen wir uns wirklich sehr darauf, Sie wiederzusehen und zu umarmen.

Ihr alter

Jules de Goncourt

ganz Rom: Die Goncourts erlebten die Festlichkeiten der Osterwoche und eine Audienz beim Papst. Sie besuchten viermal das Vatikanische Museum.

Grassot: Ein für seine derben Bonmots bekannter Schauspieler des Palais-Royal. Am 3. März 1867 notieren die Brüder in ihrem Tagebuch über Rom: »Bei einem Franzosen führt hier die Poetik des Lebens nach einiger Zeit zurück zum Parisianismus. Und er ertappt sich dabei, wie er zur Dämmerstunde auf dem Corso irgendeinen unheimlich zynischen Spruch à la Grassot oder à la Lagier vor sich hinbrummt, vor sich hersagt, als wolle er sich den richtigen Gossengestank von Paris vergegenwärtigen. Rom macht einen nostalgisch nach dem Gespött.
Das Schöne des Blutes entsteht nur in der Masse und dem Verschwenderischen der menschlichen Zeugungskraft. Nur die Rassen, die Völker und die Stadtviertel, die nicht malthusianisieren, – die werfen schöne Kinder in die Flut der natürlichen Fruchtbarkeit.
Die große und heute alles beherrschende drohende Frage ist jener große Antagonismus: das Lateinische und das Germanische, da dieses jenes verschlingen muß. Aber nehmt nur aus dem Haufen dieser beiden Menschengeschlechter von jedem eine Probe. Die persönliche Intelligenz wird fast immer auf seiten des Lateinischen sein, des Italieners zum Beispiel. Aber ist diese Intelligenz nicht wie die rein künstlerische Sonne von Rom, die nur Blumen und kein Gemüse hervorbringt?
Dieses Volk hier ist ein animalisches, von der Religion erniedrigtes Volk. Unten Gewalt; oben Gemeinheit, eine Gemeinheit, welche die unseres französischen XVIII. Jahrhunderts wäre, wenn sie dessen Geist besäße.
Seltsam, das Wesen des Franzosen verliert im Ausland das Nationale. Und wie schnell und natürlich das Land, in dem er sich aufhält, auf ihn abfärbt, und das bis ins tiefste Innere. In Frankreich reibt sich der Ausländer mit Frankreich; nie verliert er sich darin.
Rom: alles was hier schön ist, die Frau, der Himmel, die Blumen, ist schonungslos, brutal und materiell schön. Die Schönheit der Frau ist die Schönheit eines schönen Tieres. Der Horizont ist fest, die Landschaft ohne Dunst und ohne Traum. Das wolkige Jenseits aller Dinge im Norden gibt es hier nicht.«

AN EDMOND UND JULES DE GONCOURT

Croisset, Mittwoch [26. Juni 1867]

Meine lieben Guten,

Am Sonntag bekam ich Ihren La Tour, und ich habe ihn nach meiner Gewohnheit sofort gelesen; 1. weil er gut geschrieben ist; 2. weil ich La Tour liebe; 3. weil ich alles toll finde, was aus Ihrer Feder kommt.

Wenn Sie daran denken, schicken Sie mir doch das

Porträt von Monsieur de Voltaire (nach dem ich verrückt bin), damit ich es rahmen lassen und meine Werkstatt damit schmücken kann.

Haben Sie in Ihrer Reichweite oder in Ihrem Kopf irgendeine Bibliographie zu Mademoiselle Aïssé?

Schreiben Sie mir Ihre Pläne für den Sommer?

Ich komme Ende Juli wieder zurück nach Paris.

Ich fand meine Mutter sehr geschwächt und sehr gealtert vor. Ihr Zustand macht mir jedoch – im Augenblick – keine Sorgen.

Wenn Sie die Prinzessin sehen, denken Sie sich für mich alles Nette aus, das Ihnen einfällt. – Das ist nur gerecht, weil ich Sie in Ihrer Abwesenheit ordentlich schlecht gemacht habe.

Ich umarme Sie zärtlich, denn ich bin Ihr alter

Gve Flaubert

Und der alte Sainte-Beuve?

Mademoiselle Aïssé: Eine 1693 geborene Tscherkessin, die in Konstantinopel vom Botschafter Frankreichs gekauft und nach Paris gebracht wurde. Ihre Liebe zu dem Chevalier d'Aydie ist für die Goncourts in »La Femme au XVIII. siècle« ein wichtiges Beispiel für Zärtlichkeit und Hingabe im Gegensatz zu der für die Régence üblichen Brutalität in Liebesbeziehungen. Flaubert bittet die Goncourts um Hinweise auf Mademoiselle Aïssé für seinen Freund Bouilhet, der ein Stück über ihre Geschichte schrieb, das erst nach seinem Tod aufgeführt wurde.

AN EDMOND UND JULES DE GONCOURT

[Croisset, Ende Juni oder 1. Juli 1867]

Meine lieben Alten,

Sie werden sich in Vichy heftig langweilen, ich warne Sie; außerdem rate ich Ihnen, danach eine kleine Tour in der Auvergne zu machen, um sich abzulenken. Clermont ist die Mühe wert, sich in Bewegung zu setzen, und Sie werden dort *malerische Plätze* finden.

Sie können sich in dieser Stadt von einem Freund von mir herumführen lassen, der Bardoux heißt, ein Anwalt, Rue de l'Éclache. Besagter Bardoux hat einen Gedichtband veröffentlicht und würde als gebildeter Mensch einen Brief von mir, in dem ich Sie erwähnte, als Beleidigung ansehen. Ich lege meine Karte bei, die Ihnen als Empfehlung dienen wird. – Wenn Bardoux nicht da ist, wenden Sie sich an einen Edelmann namens de la Vergne, der sehr artig und ein Experte in allen Belangen seiner Örtlichkeit ist. Ich rate Ihnen in Clermont im Hôtel du Mulet auf der Grande Place abzusteigen; dort kann man sich anständig vollfressen. – Nicht vergessen in Royat bei Mutter Fournier einzukehren; sie bereitet Kalbskoteletts und Champigons auf ideale Weise zu.

Was die Hotels in Vichy angeht, die sind alle erbärmlich. Es gibt keinen Ort, wo die Kost armseliger wäre. – Wir sind im *Hôtel Britannique* abgestiegen, das von Léger geführt wird, aber ich glaube, daß es nicht mehr existiert? Das berühmteste ist das Hôtel Guillermin. Die Preise liegen zwischen 10 und 15 Francs pro Tag.

In Ihrer Eigenschaft als Literaten werden Sie bei Callou, dem Kurdirektor zum Diner geladen werden. Ich rate Ihnen zuzusagen, weil es der einzige Ort in Vichy ist, wo man kein medizinisches Wasser trinkt.

N.B. – Den Schmerbauch von Jules César, dem Buchhändler anschauen.

Doktor Willemin, zu dem ich Sie schicke, wird Ihnen, obwohl verheiratet und Vater einer großen Familie, zeigen, wo sich das BORDELL befindet, und es wird ihm ein Vergnügen sein, Sie hinzuführen. Kurz, ich glaube, daß Sie ihn nett finden werden.

Adieu, meine guten Alten. Schicken Sie mir von dort ab und an eine Epistel.

Und der Roman, wann erscheint er denn nun als Buch?

Meiner Mutter geht es ganz gut, und sie dankt Ihnen für Ihre lieben Grüße.

Ich umarme Sie zärtlich.

Gve Flaubert

Clermont/Royat: Nach ihrem Aufenthalt in Vichy vom 3. bis 27. Juli 1867 besuchten die Goncourts auch die beiden Orte in der Auvergne: »Im Hotel ein Zimmer mit dreckigen Bettvorlegern, ein Kanapee mit zweifelhaftem Plüsch, Vorhänge in der Farbe von Aprikosenmus. Kaum ein Passant. Die tödliche, platte, sonntägliche Tristesse der Provinz, hier noch verstärkt durch ihr Trauerkleid, dem schrecklichen Schiefer von Volvic, der aussieht wie Kerkergestein im Bühnendekor fünfter Tragödienakte. Ab und an ein kleiner Campo, der zum Selbstmord verleitet, ein kleiner Platz mit kleinen Pflastersteinen, zwischen denen Gras von Priesterseminarhöfen wächst, wo die Hunde gähnend herumstreunen. Und immer am Horizont dieser ewige Puy-de-Dôme, dessen blauer Kegel so krämerisch an ein in sein Papier gehülltes Zuckerbrot erinnert« (Tagebuch, 28. Juli 1867).

Bardoux: Agénor Bardoux (1829–1897), Abgeordneter des Departements Puy-de-Dôme und von 1877–1879 Bildungsminister. Bei Flauberts Aufenthalt mit seiner Mutter in Vichy vom 10. August bis 7. September 1862 und vom 8. Juni bis 5. Juli 1863 hatte Bardoux ihm seine Gedichte vorgelesen. Bardoux setzte sich nach Flauberts ruinösem Vermögensverlust dafür ein, daß er eine Stelle als Bibliothekar bekam.

Kurdirektor: Anfang Juli schrieb Flaubert an Prinzessin Mathilde: »Die de Goncourts werden in Vichy sein? Vor allem Edmond kommt mir krank vor. – Aber krank sind wir alle! Das ist das Ergebnis des hübschen Metiers, das wir betreiben. Wilde Anstrengungen, ein permanenter Angstzustand, das beschränkte häusliche Leben und die verdrängte Liebe, das ist unser Schicksal.« Die Goncourts notierten am 12. Juli 1867 in ihrem Tagebuch: »Und der Künstler, der Mann, der nur für seine Kunst lebt, findet sich immer seltener. Ich kenne eigentlich nur noch drei: Flaubert und uns.«

Willemin: Flaubert hatte den Doktor Alexandre Willemin, einen beamteten Arzt des Thermalbades von Vichy, während seiner Orientreise kennengelernt.

BORDELL: Im Juni 1863 hatte Flaubert an Amélie Bosquet geschrieben: »Ein äußerst liebenswürdiger Bourgeois hat mir mitgeteilt, daß es seit dem letzten Jahr einen neuen Puff gäbe und hat die Gefälligkeit sogar soweit getrieben, mir die Adresse zu geben. Aber

ich war nicht dort; ich bin nicht mehr munter oder nicht mehr jung genug, um für die Volksvenus zu schwärmen.«
der Roman: »Manette Salomon« erschien am 16. November 1867.

AN EDMOND UND JULES DE GONCOURT

[Croisset, 31. Juli 1867]

Ich komme morgen abend nach Paris und bleibe nur ein paar Tage?

Wo treffen wir uns?

(Morgen verbringe ich meinen Abend wahrscheinlich in Saint-Gratien.)

Bis bald. Ich umarme Sie.

Gve Flaubert.

Croisset, Mittwoch, 6 Uhr.

AN EDMOND UND JULES DE GONCOURT

[Paris,] Freitag, 23. [August 1867]

Sie sind, Ihrer Gewohnheit entsprechend, abgereist, ohne zu sagen, wo Sie zu finden sind. Ich hoffe trotzdem, daß dieses Sie erreicht.

Wie geht es Ihnen? Tut Amphitrite Ihnen gut?

Was mich betrifft, so werde ich seit vierzehn Tagen von einem abscheulichen Durchfall geplagt und ziehe morgen wieder ab nach Croisset. Schicken Sie mir also Ihre Antwort dorthin.

Ich bin *entnervt*, von der Ausstellung, sie steht mir bis obenhin, ich habe sie satt. Wenn ich jedoch flüssiger gewesen wäre, hätte ich mir ein Mädchen des Himmlischen Kaiserreiches vorgenommen. Um so mehr als mir die Ärzte das Ficken verordnet haben. Ich habe eine *Samen-*

verstopfung. Sehr hübsch! sehr hübsch! und WAHR! und mich nennt man einen sittenlosen Menschen!

Ich rate Ihnen, in *Le Temps* die Werke von Kaiser Maximilian zu lesen. Schön ist das gebaut! Was für ein »feiner junger Mann«! Was für ein Schwein!

Gestern habe ich Madame Charles-Edmond gesehen. Ich fand sie gealtert (unter uns gesagt), aber immer noch bezaubernd und lieb.

Die Prinzessin muß morgen aus Dieppe zurückkommen.

Eine wichtige (und geheime) Neuigkeit: die Mätresse von Claudin, Angèle (sein Engel), betrügt ihn mit einem Stallmeister. Die Lederhose fasziniert sie. Ich verstehe das.

Wenn Sie den Künstler Feydeau sehen, drücken Sie ihm die Hand von mir. Und Ihnen beiden meine allerbesten Grüße.

Gve Flaubert

Ich rechne mit Ihrem Besuch in Croisset. Zu welchem Zeitpunkt?

Ich beglückwünsche Sie zu Ihrem nicht vorhandenen Kreuz der Ehrenlegion, nun da Monsieur de Lescure es hat.

Was sind die blöd, verflucht nochmal!

Ich suche den politischen Sinn von alledem und finde nichts als eine gewaltige und unendliche Dummheit.

Amphitrite: Frau des Neptun. Die Goncourts sind in Trouville. Seit der Ort im Juli 1863 an das Schienennetz angeschlossen wurde, war das Seebad bei den Parisern noch mehr in Mode gekommen.
Ausstellung: Im Juli 1867 fand die Weltausstellung zum zweiten Mal in Paris statt. Von April bis September zählte man fünfzehn Millionen Besucher, darunter viele Staatsoberhäupter aus dem Ausland: der König von Preußen, Zar Alexander, der Sultan, Kaiser Franz Joseph. Der »Palais de l'Exposition« am Champs de Mars war ein Gebäude aus Glas und Backstein. Frankreich nahm allein die Hälfte der Ausstellungsfläche ein, sonst aber waren die meisten Länder der Welt vertreten. Eine besondere Attraktion bildeten China, Japan und Siam.
Maximilian: Unter Zustimmung der Großmächte und mit militäri-

scher Unterstützung Frankreichs erklärter Kaiser von Mexiko, der nach Abzug der französischen Truppen das Land nicht verlassen wollte. Nachdem man ihn besiegt und gefangengenommen hatte, wurde er zum Tode verurteilt und am 19. Juni 1867 hingerichtet. Vom 10. bis 25. August brachte »Le Temps« Auszüge seines Werkes »Aus meinem Leben«, das posthum in Leipzig bei Duncker und Humblot erschienen war. In diesen Reiseerinnerungen verdammte Maximilian die Dekadenz der Zivilisation und pries den Katholizismus, unter Hervorhebung des Exotischen, was Flaubert besonders empörte.
Madame Charles-Edmond: Julie, die ehemalige Mätresse und damalige Ehefrau von Charles-Edmond Chojecki.
Claudin: Gustave Claudin (1823–1896), Journalist und Lebemann.
Feydeau: Die Goncourts trafen den Schriftsteller meistens während ihres Sommeraufenthaltes in Trouville.
Kreuz der Ehrenlegion: »Mit unserem von den Zeitungen angekündigten Kreuz wird es nichts. An was fehlt es uns denn, um es zu bekommen, außer seiner nicht würdig zu sein?« (Tagebuch, 15. August 1867).
Monsieur de Lescure: Mathieu-François-Adolphe Lescure (1833–1892), Historiker und Staatsminister von 1865–1868. Die Goncourts trafen ihn häufig bei Prinzessin Mathilde und mochten ihn nicht. Sie warfen ihm Karrieresucht und das Plagiat ihrer historischen Werke vor. Sainte-Beuve schrieb am 11. August 1867 zur Verleihung des Kreuzes der Ehrenlegion an die Prinzessin: »L(escure) bekommt es mit Sicherheit; er sitzt an der Quelle, er ersehnt es, er leistet mit seiner Feder seit geraumer Zeit angenehme Dienste, bei ihm sehe ich keine Chance, diese Gloriole zu verpassen, die im Ministeramt angemessen und unerläßlich ist.«

AN EDMOND DE GONCOURT

[Paris,] Freitag, 1 Uhr [6. September 1867]

Mein lieber Alter,

Als ich vorgestern in Paris ankam, hörte ich *durch Scholls Artikel* von Ihrer Nominierung. Meine Freude war also durchsetzt von Ärger.

Dann sagte mir gestern abend die Prinzessin, Sie seien in Paris. Wenn Sie die Gewohnheit hätten, den Leuten, die an Ihre Tür klopfen, zu öffnen, wäre ich bei Ihnen erschienen, um Sie zu umarmen.

Wie können wir uns sehen? denn ich fahre heute abend wieder weg.

Ich wollte gar nicht Ihnen gratulieren, sondern Jules, dem die Sache mehr Freude gemacht haben wird, als Ihnen. –

Am nächsten 15. August sind Sie dran.

Adieu, mein lieber Alter, ich umarme Sie alle beide sehr zärtlich.

Ihr Gve Flaubert

Ich schreibe Ihnen poste restante nach Trouville. Haben Sie meinen Brief bekommen?

P.S. Mich packt das schlechte Gewissen.

Was machen Sie heute abend? Wo werden Sie von 5 Uhr bis Mitternacht sein? Es ist nicht sicher, daß ich mit Ihnen dinieren kann??? Aber wo sollen wir uns treffen?

Sie wissen, daß man es trägt, sobald es im *Moniteur* steht.

Hier also ein kleines Geschenk von Ihrem Freund.

Zerschneiden Sie besagtes Band und tragen Sie es.

Ich meine, schneiden Sie es in der Mitte durch, dann reicht es für zwei.

Nominierung: Das entsprechende Dekret erwähnt die Nominierung von Edmond de Goncourt zum Ritter der Ehrenlegion am 14. September 1867.
Scholl: Aurélien Scholl (1833–1902), Journalist, Romancier und Dramatiker. Seine mondäne, ironische Art und seine bissigen Artikel trugen ihm etliche Duelle ein. Die Goncourts hatten ihn 1852 bei der Zeitung »Le Paris« kennengelernt und sich schnell mit ihm angefreundet. Scholls feindseligen Artikel zur Ordensverleihung für Edmond de Goncourt kommentiert das Tagebuch wie folgt: »Es gab nur einen Angriff auf mein Kreuz, nämlich die giftige Attacke, die von einem Mann zu erwarten ist, der alle nur möglichen Freundschaftsdienste von einem bekommen hat, und von der Polizei die Order, kein falsches Kreuz mehr zu tragen, das wie der Offiziersorden der Ehrenlegion aussieht. Das ist Scholl.«
in Paris: Die Goncourts waren noch am 8. September 1867 in Trouville.
Jules: Jules de Goncourt schreibt am 5. Oktober 1867 über die Ernennung Edmonds an Édouard Lefèbre de Béhaine: »Sie hat mich mehr gefreut als ihn.«

AN EDMOND UND JULES DE GONCOURT

[Paris, 7. November 1867?]

Wäre es Ihnen sehr unlieb, das kleine Familienfest auf Sonntag zu verlegen, statt am Samstag zusammen zu dinieren? Ich fahre am Montag morgen weg und beabsichtige, am Samstag abend meinen Verdauungsbesuch in Saint-Gratien zu machen.

Aber wenn es schwierig für Sie ist, Sonntag zusammen zu dinieren, bleibt es bei Samstag, wie ausgemacht.

Antwort, und Scheiß auf die Stahlfedern!

Der Ihre.

Gve Flaubert

Donnerstag abend

ich fahre am Montag morgen weg: Flaubert arbeitete am zweiten Teil von »L'Éducation sentimentale«. Am 30. Oktober 1867 schrieb er an Georges Sand: »Heute in acht Tagen, das heißt vom 7. bis zum 10. November bin ich in Paris, denn ich muß durch Auteuil bummeln und stille Winkel aufspüren.«

AN EDMOND UND JULES DE GONCOURT

[Paris, 9. November 1867?]

Es wäre sehr nett von Ihnen, wenn Sie morgen zu mir kämen. Sonst kann ich Sie nicht sehen.

Ich umarme Sie

Ihr

Gve Flaubert

Ich warte von 12 Uhr mittags bis 3 Uhr auf Sie.

AN EDMOND UND JULES DE GONCOURT

[Croisset,] Mittwoch nacht, 2 Uhr [13. November 1867]

Ich bekam Ihre beiden Bände heute morgen um 11 Uhr. – Und eben habe ich sie ausgelesen. Damit will ich Ihnen sagen, meine Guten, daß *Manette Salomon* mich den ganzen Tag über beschäftigt hat. Es hat mich umgehauen, bestochen, berauscht. Mir brennen die Augen. Ich spucke also ohne jede Vorbereitung aus, was ich empfinde.

Was das Talent angeht, es strotzt davon. Welche Fülle, Herrgott! Nie waren Sie mehr Sie *selbst*, und das ist die Hauptsache.

Hier, was ich sehe, wenn ich die Augen schließe. Zuerst und *vor alledem* die Figur Garnotelles. Der Kerl ist von Anfang bis Ende gekonnt und steckt Pierre Grasson hundertmal in die Tasche; 2. sämtliche *Posen* von Manette. Sie haben da Sätze zum Auswendiglernen, *Stellen*, die köstlich sind, vollendet; 3. einen Mondenschein, der endet: »und sogar die Dummheit der Frauen war in Gedanken versunken«; so lautet doch der Satz?

Da ist nicht eine einzige Rede von Chassagnol, die mir nicht gefiele! Doch (man muß wohl einwenden), ich frage Sie in aller Bescheidenheit, ob sie nicht alle ein wenig gleich sind in ihrem Wert? und auch sprachlich? Zu Beginn des zweiten Bandes habe ich mich nicht so amüsiert? Fontainebleau kam mir ein bißchen lang vor. Warum?

Ach! verdammt! ich habe etwas Herrliches vergessen: Anatols Bad in der Seine, nachts. Er ist *ausgezeichnet*, der Künstler, von Anfang bis Ende ausgezeichnet.

Id. die Schwierigkeiten, in die Coriolis durch das Judentum gerät. Gegen Ende des zweiten Bandes gibt es eine Menge köstlicher Dinge. Der Ruin des Künstlers durch die Frau, die Selbstzweifel, die er hat, dieser ganze Schluß hat mich tief getroffen. Das ist neu, echt und stark. Den Jardin des Plantes und das Bild des Satyr-Bourgeois kannte ich. Aber ich wußte nichts von dem von Trouville, das ebenso gut ist.

Wie haben Sie so wahrheitsgetreue Beschreibungen von Kleinasien schaffen können? und das im genauen *Metrum*? was nicht einfach war.

Zwei dumme Pannen: 1. Sie schreiben, glaube ich, *tatikos*? Es heißt *tactikos,* 2. »den Miss«, der Plural von *Miss* ist *Misses.*

Der alte Longibout ist mir zu Herzen gegangen, in Erinnerung an Monsieur Langlois, der auch ein Schüler von David war.

Ich habe viele Personen erkannt und vieles wiederentdeckt.

Das Begräbnis des Affen im Mondschein bleibt mir im Kopf, als hätte ich es miterlebt, oder vielmehr durchgemacht. Armer Affe! Man liebt ihn.

P.S. – Schicken Sie mir eine Ausgabe mit einfachem Papier, denn meine Ausgabe möchte ich nicht verleihen, und da sie auf meinem Tisch bleiben wird, würden die Leute aus meiner Familie sie mir entwenden.

Mehr sehe ich da nicht. Entschuldigen Sie die Dummheit meines Briefes. Ich wollte Ihnen nur ein Bravo schicken, meine lieben Guten. Ich habe wirklich Recht, Sie zu lieben und ich umarme Sie fester denn je.

Der Ihre, *ex imo.*

Gve Flaubert

Garnotelle: Die Goncourts wollten mit dieser Gestalt eines talentlosen Malers in Konkurrenz zu Balzacs Pierre Grassou treten. Flaubert, der seinem Roman »L'Éducation sentimentale« eigentlich den Titel »Die Versager« geben wollte, war an dieser Figur besonders interessiert.

Posen: Die Titelheldin des Romans ist das Modell des Malers Coriolis.

Mondschein: Chassagnol hat eine Gruppe von Malern und Frauen zu einer nächtlichen Bootsfahrt geladen: »Die Dunkelheit, die leere lautlose Größe, durch die die Ruderer glitten, die feierliche Ruhe, die schläfrige Majestät dieser schönen Stille ließ nach und nach die Lieder, das Lachen, die Worte auf den Lippen verstummen. Die Nacht über diesem Boot der Bohème küßte die Stirnen und vertrieb den Rausch des billigen Weines. Die Augen hoben sich unwillkürlich zu dem jener verlockenden Heiterkeit dort oben und blickten zum Himmel... Und selbst die Dummheit der Frauen war in Gedanken versunken.«

Chassagnol: Ein leidenschaftlicher Schwätzer, die Stimme der Goncourts. Seine Reden sind Bravourstücke, die Jules sehr wichtig waren. Flaubert, der in »L'Éducation sentimentale« mit der Figur des Malers Pellerin die Karikatur des schwatzhaften philosophierenden Malers schuf, schenkte dieser Gestalt besondere Aufmerksamkeit.

Fontainebleau: Der Maler Coriolis fährt mit Manette nach Fontainebleau, eine Gelegenheit für die Goncourts, die Waldlandschaft und die Herbergen der Künstler zu beschreiben, die sie so oft besucht hatten.

Bad: Ponthier, ein Freund der Goncourts aus der Bohème, hatte ihnen von seinen nächtlichen Badevergnügen in der Seine erzählt.

Schwierigkeiten: Manettes Mutterschaft läßt nach dem antisemitischen Vorurteil der Goncourts das »jüdische Wesen« des Mädchens zum Vorschein kommen: es beansprucht die Herrschaft im Hause und macht Coriolis' Kunst zum Geschäft.

Jardin des Plantes: Der Roman beginnt mit einer Beschreibung dieses Pariser Parks.

Satyr-Bourgeois: Ein Gemälde von Coriolis, das einen wollüstigen Greis und ein nacktes junges Mädchen zeigt.

Trouville: Die Goncourts geben eine indirekte Beschreibung des Seebades, indem Coriolis ein Bild davon malt.

tactikos, Misses: Die Goncourts hatten Flauberts orthographische Anmerkungen in der Neuauflage nicht berücksichtigt.

Langlois: Eustache-Hyacinthe Langlois, ein Maler und Zeichenlehrer des städtischen Gymnasiums von Rouen, der häufig bei Flauberts Eltern zu Gast gewesen war.

Begräbnis: Jules hatte im August 1854 in Le Havre einen Affen gekauft, der später aus dem Fenster ihrer im vierten Stock gelegenen Wohnung in der Rue Saint-Georges sprang und ums Leben kam. Jules malte ein Aquarell von »Kokoli mort«. Im Roman heißt es: »Und er nahm ihn in die Arme und drückte ihm wie einem Menschen die Augen zu. Er streckte seine Gliedmaßen, rollte seinen Schwanz unter ihm zusammen, legte ihn in das kleine Grab und schob mit den Händen die Erde zurück in das Loch. Und als er darüber hin- und hergelaufen und -gestampft war, ließ er sich mit verschränkten Beinen nieder, um schweigend eine lange Zigarette zu rauchen.«

AN EDMOND UND JULES DE GONCOURT

[Croisset, 12. Januar 1868]

Was soll das heißen? Ist das ein Benehmen? Sind Sie tot? Seine alte Freundschaft zu vergessen. So wenig Goncourt als ob ich Sie nie gekannt hätte! ...

Ich weiß lediglich, daß Sie in Paris sind. Aber mehr nicht.

Sie haben mir nicht erzählt, was man über *Manette* vom Stapel gelassen hat.

Ich habe diesen Winter gearbeitet wie vierzig Ochsen und bin am Ende meines zweiten Teils! Es wird auch Zeit! Sonst wäre ich am Ende.

Sie sehen Ihren Freund in ungefähr vierzehn Tagen.

Bis dahin wünsche ich Ihnen ein gutes und glückliches Neues und drücke Ihnen zärtlich Ihre beiden Rechten.

Gve Flaubert

12. Januar

was man über ›Manette‹ vom Stapel gelassen hat: Am 15. Dezember hatte Flaubert an Duplan geschrieben: »Die Manette Salomon der Herzchen scheint mir eine Schlappe von einer Länge gebracht zu haben, daß sie als Leichentuch durchgehen kann; es läßt sich lesen, immerhin...«
wie dreißig Ochsen: Der Brief an Duplan enthält ebenfalls einen Hinweis auf seine Arbeitswut: »Ich arbeite wie dreißigtausend Neger, mein armer Alter. – Denn ich möchte meinen zweiten Teil Ende Januar fertig haben. Um im Frühjahr 69 alles abgeschlossen zu haben, so daß ich in zwei Jahren veröffentlichen kann, habe ich keine acht Tage zu verlieren.«

AN FLAUBERT

[Paris,] 13. Januar 1868

Mein Alter,

Erst einmal ein gutes Neues, und gute Arbeit.

Was mit uns los ist? Aber doch immer dasselbe, nichts! Wir haben den ganzen Monat Dezember in unserer Familie verbracht und auf verschneiten Fluren auf Wildschweine gehofft. Also zwei pure Idioten! Die Prinzessin ist immer noch unser einziges Vergnügen. Einmal haben wir bei der Paiva diniert. Feuer gab es weder in den Kaminen noch in der Unterhaltung. Taine hatte dort sein Début und hat ihr das Leben von Newton erzählt. Sainte-Beuve war furchtbar leidend. Wir haben ihn eines Tages in einem verzweifelten und zur Verzweiflung bringenden Zustand erlebt und dann drei Tage darauf im *Figaro* einen Brief von dieser sterbenden Hand gefunden, um Feydeau zu den Figuren seines Stückes zu gratulieren. Wem soll man trauen? – (Derselbe *Figaro* hat gestern erst auf unmenschliche und gemein wüste Art S(ain)t-Victor und Lia verrissen.)

Was *Manette* angeht, mit der Sie sich gern befassen möchten, – das (*sic*) war ein Erfolg, zu unserem großen Erstaunen, natürlich gemischt mit wilden Beschimpfungen. M(arcelin) hat uns Japaner genannt! und der *Corsaire*: »Die Oberpriester des Unnützen«.

Die neueste *Neuigkeit* über uns ist, daß wir fünf schreckliche Akte über die *Revolution* im Français haben, die wir dieser Tage lesen sollen. (Wir werden mit Doucet lachen!)

Und das ist, Ehrenwort, alles. Das Magny, das wir die ganze Zeit versäumt haben, ist ganz zerrüttet. Veuillot hat auf unsere Widmung gezielt: auf die Magny-Tafel, und hat dieses epikureische Mahl entehrt. Es ist davon die Rede, es einmal im Monat wieder in Gang zu bringen.

Seien Sie schnell wieder bei uns. Die Rue Saint-Georges hat den Boulevard du Temple wahrhaft nötig. Und man wird sich beim Wiedersehen nach Herzenslust umarmen.

Die Ihren zu vier Händen.

Jules de Goncourt

in unserer Familie: Die Goncourts waren einen Monat lang bei ihrer Cousine in Bar-sur-Seine.

Paiva: Der Besuch bei der Paiva erscheint im Tagebuch am 3. Januar 1868: »Bei einem Schnee, der einen vor der Pariser Armut schaudern läßt, läuten wir an diesem Stadtpalast der Champs-Élysées, in seinem frechen Lichterglanz, wo die Kronleuchter und roten Tapeten durch die offenen Fensterläden blitzen.

In dem riesigen Salon, in dem gewaltigen Kamin kein Feuer: nichts als die Wärme eines anglühenden Heizapparates. Die Paiva mag kein Feuer. Bald erscheint sie, die nackten Schultern und Arme überladen von Smaragden: ›Ach! ich bin noch ein wenig blau gefroren‹, sagt sie. ›Ich habe mich nämlich gerade von meinem Zimmermädchen bei weit geöffneten Fenstern frisieren lassen.‹ Diese Frau ist mit ihrem russischen Blut ganz anders gebaut als alle anderen. Bei diesem Wetter lebt sie in eisigem Wasser und eisiger Luft, wie eine Art Monster aus einer skandinavischen Mythologie.

Immer noch dieselbe, unangenehm, unsympathisch, verletzend und scharf im Widerspruch.

Bei Tisch entwickelt sie eine Theorie des Willens, die zum Fürchten ist, in der sie behauptet, daß alles durch den Willen geschieht, daß es Gelegenheiten nicht gibt, daß man sie schafft, wenn man sie will, daß unglückliche Leute nur unglücklich sind, weil sie es bleiben wollen. Und bei irgendeinem Beispiel, das Taine gibt – der hier als der Philosoph debütiert, den man bei allen großen Courtisanen antrifft –, zitiert sie Newton, der sich für seine Entdeckungen jahrelang einer solchen gedanklichen Konzentration und Meditation hingab, daß er beinahe davon verrückt wurde, und bringt das Beispiel einer Frau, die um etwas zu erreichen, das sie nicht weiter erwähnt, drei Jahre eingeschlossen, vor der Welt verschanzt blieb, Nahrung, die sie ignorierte, kaum anrührte, in sich selbst und ihren ganzen ausgeklügelten Plan vermauert. ›Und diese Frau bin ich!... Und es hat geklappt.‹«

Feydeau: Der Dramatiker hatte am 4. Januar 1868 sein Stück »Un Coup de Bourse« in »Le Figaro« vorgestellt. Danach erschien es im Feuilleton derselben Zeitung. Noch am selben Tag schrieb Sainte-Beuve einen Brief, der am 6. Januar 1868 im »Figaro« veröffentlicht wurde: »Ich bin immer noch schwach und nicht genesen, aber ich bringe mich zu Gehör. Ihr Vorwort von ›Coup de bourse‹ ist vollendet, freimütig, witzig, echt, die Wahrheit selbst. Sie haben mir eine gute halbe Stunde geschenkt.« Die Goncourts kommentieren am 3. Januar 1868 in ihrem Tagebuch: »Ach, mein Gott! Selbst bei so großen Dingen die kleine Seele von Sainte-Beuve! Ich lese einen Brief von ihm im ›Figaro‹, wo er sich an Feydeaus Erfolg hängt. Zum Sterben würde ihm das Kinderlachen von Villemessant fehlen.«

Marcelin: Das Pseudonym von Émile Planat (1830–1887), dem Leiter der Zeitung »La Vie parisienne«.

Corsaire: Im »Corsaire« schrieb ein Kritiker über »Manette Salomon«: »Hier kommt der Inutilitismus, dessen Propheten die Herren Goncourt sind, und blüht, wächst und gedeiht. Soeben habe ich ›Manette Salomon‹ gelesen, zwei dicke Bände, die zusammen sechshundert und ein paar Seiten haben, mindestens zwanzigausend Zeilen, und während ich mit einem Vergnügen, auf das ich nicht weiter eingehen möchte, den zweiten Band schließe, frage ich mich: – Wozu das alles? Welchem Gedanken sind die Autoren dieses Romans gefolgt, dieser Studie, dieses Gequatsches, um deutlich zu sein?

Und ich muß mir selber sagen: das ist unnütze Literatur, ohne Ideen, ohne Wert, ohne Ziel; es ist ein Werk, das zur Befriedigung eines unbewußten Bedürfnisses zu parlieren, zu schreibseln, zu schriftstellern geschrieben wurde.«

fünf schreckliche Akte über die Revolution: Jules de Goncourt las das Stück »Mademoiselle de la Rochedragon« am 7. März 1868 vor den Schauspielern der Comédie Française. Unter der Bedingung von Änderungen wurde es angenommen.

Veuillot: Am 26. Dezember 1867 veröffentlichte der Kritiker in »L'Univers« einen Artikel mit dem Titel: »Die schönen Herren Freidenker«, in dem er das Magny-Diner angriff: »Es gibt indessen in Frankreich sehr wohl gewisse Freidenker von Rang. Die führenden Köpfe haben sich in einer Corona um den Altar Epikurs geschart, gedeckt von einem namhaften Marketender. Das wöchentliche oder zweiwöchentliche Bankett vereint fünfzehn bis zwanzig von ihnen, wobei die Mehrheit zu den Größen der Gesellschaft gehört, zumindest zum oberen Rang der Soldempfänger. Man erblickt dort goldglänzende Fräcke, Bezüge von dreißigtausend Francs. Ein halbes Dutzend schreibt wirklich Prosa oder Gedichte, drei sind noch nicht aus der Mode. Die Tafel ist selten vollständig besetzt, denn viele sind schrullige Leute.«

AN EDMOND UND JULES DE GONCOURT

[Croisset, 15. Januar 1868]

Wie denn, »was *Manette Salomon* angeht, mit der ich mich gern beschäftigen möchte«! Sie hat mich beschäftigt. Ich habe sie wieder und wieder gelesen. Sie haben also meinen Brief nicht bekommen? Ich werde Ihnen übrigens in Kürze noch einmal etwas dazu sagen.

N.B. Aber zuvor wäre es sehr lieb von Ihnen, wenn Sie: den Haushofmeister der Prinzessin fragen könnten, ob sie eine Kiste Apfelzucker erhalten hat? Ich habe guten Grund zu der Annahme, daß das Paket verlorengegangen ist. Zwei andere von der gleichen Art, die zur selben Zeit losgeschickt wurden, das heißt zu Neujahr, fahren irgendwo spazieren. Ich möchte die Sache klären, bevor ich hier abreise.

Ich muß Ihnen sagen, wie sehr ich Ihre Kühnheit bewundere. Wie denn, 1. ein Stück im Français und 2. über die Revolution. *Ich platze vor Lust*, es kennenzulernen.

Da das Magny beschimpft wird, bin ich wohl gezwungen, wieder hinzugehen.

Bis bald, in vierzehn Tagen.

Ich umarme Sie.

Gve Flaubert

Mittwoch nacht.

Stück über die Revolution: Flaubert schreibt am 14. März 1868 an Jules Duplan: »Das Magny, dem man gräßliche Visagen untergejubelt hat, habe ich völlig aufgegeben. Aber ich diniere jeden Mittwoch mit den Herzchen und Théo bei der Prinzessin.«

AN EDMOND UND JULES DE GONCOURT

[Paris, 31. Januar 1868]

Da bin ich wieder! Ich erwarte Sie Sonntag, am Nachmittag, um die alten Bräuche wieder aufzunehmem und Sie zu umarmen.

Gve Flaubert

Freitag morgen

Paris: Am 24. Januar 1868 schreibt Flaubert an Jules Duplan: »Nun bin ich fast am Ende meines zweiten Teils. Ich habe gerade heute abend die letzten acht Seiten heruntergeschrieben. Ich muß nur noch den ›Feinschliff‹ machen; die Linie stimmt; was den Knalleffekt angeht?...
Und so werde ich mich am nächsten Mittwoch Richtung Hauptstadt stürzen, in dieses Zentrum der Künste, in diese Stadt, die wie eine Kurtisane etc. Ein wenig Erholung bekäme mir ehrlich gesagt nicht schlecht. Ich habe nämlich seit sechs Monaten so ausschließlich auf dem Parnasse gelebt, daß es nur recht und billig ist, daß ich nach Kythera fahre!«

AN EDMOND UND JULES DE GONCOURT

[Paris, 9. März 1868]

Meine lieben Guten,

Auf meinem Diner liegt ein Fluch. Kommen Sie nachher nicht.

Ich bin beim Kaiser zum Konzert eingeladen, und da ich schon eine Einladung zum Ball abgesagt habe ...

Ich habe gestern den ganzen Nachmittag auf Sie gewartet, Sie unzuverlässige Menschen!

Ich mußte doch auch zu Charles-Edmond?

N.B. Sobald ich Sie in Gegenwart von Théo sehe, schwören wir einen heiligen Eid und versuchen ihn zu halten.

Ich umarme Sie.

Ihr alter

Gve Flaubert

Montag morgen

Keine Nachricht vom Domino! ...

Kaiser: Die Begeisterung der Kaiserin für »Salambo« hatte ihr Interesse an Flaubert geweckt, so daß ihm nun auch die Türen der Tuilerien offenstanden, was für die Goncourts nie der Fall war. Wie alle kaiserlichen Gäste mußte sich der Romancier dem Protokoll unterwerfen, das heißt, man fuhr vor den großen Toren des »Pavillon

de l'Horloge« vor, stieg die Ehrentreppe mit den hundert auf jeder Stufe postierten Wachen empor und betrat die »Galerie de la Paix«. Die Gäste waren oft zu Konzerten geladen, die für gewöhnlich in der »Salle des Maréchaux« stattfanden. Das von Auber sorgfältig zusammengestellte Orchester der Tuilerien wurde auch von Strauss dirigiert. In den Pausen unterhielten sich der Kaiser und die Kaiserin mit ihren Gästen. Am 9. März 1868 war Flaubert zu einem der Montagsempfänge der Kaiserin geladen, den »Lundis de l'impératrice«, deren Gäste aus einer Liste von tausendzweihundert Persönlichkeiten ausgewählt wurden.
Charles-Edmond: Charles-Edmond Chojecki.
Théo: Flaubert schreibt am selben Tag an Gautier: »Komm nachher nicht zu mir zum Diner. Ich bin zum Konzert in den Tuilerien eingeladen.
Ich bitte tausendmal um Entschuldigung. Ich umarme Dich.
Dein Alter.
Sobald ich Dich in Gegenwart der Goncourts sehe ›verabreden wir einen Jour‹.«

AN EDMOND UND JULES DE GONCOURT

[Croisset,] Mittwoch [20. Mai 1868]

Fortsetzung:

Als ich am Sonntag um halb 12 nach Hause komme, gehe ich zu Bett, verspreche mir, tief zu schlafen und blase meine Kerze aus. Drei Minuten darauf Posaunenfanfare und Trommelwirbel! Eine Hochzeit bei Bonvalet. Da die Fenster besagter Kaschemme sperrangelweit offenstanden (bei der warmen Nacht), ist mir keine einzige Quadrille und kein einziger Schrei entgangen! Das Orchester (wie ich Ihnen versichern darf) hatte Verstärkung *durch zwei Trommler*!

Um 6 Uhr morgens erneutes Steineklopfen. Um 7 Uhr ziehe ich aus, um im *Grand-Hôtel* Quartier zu nehmen.

Dort, eine dreiviertel Stunde Gelaufe, bevor sich ein Zimmer gefunden hat.

Kaum war ich drin (im Zimmer), beginnt man im angrenzenden Raum eine Kiste zuzunageln. Erneutes Gelaufe durch selbiges Hotel, um eine Unterkunft zu finden.

Kurz, um 9 Uhr verlasse ich das Haus und gehe zum Hôtel du Helder, wo ich eine widerliche Kammer finde, dunkel wie ein Grab. Doch es herrschte keine Grabesruhe. Lautes Rufen der Herren Reisenden, Wagengerolle auf der Straße, Geklapper von Blechkübeln im Hof.

Von 1 bis 3 Uhr schnüre ich meine Bündel und verlasse den Boulevard du Temple.

Von 4 bis 6 Uhr der Versuch bei Du Camp, Rue du Rocher zu schlafen. – Aber ich hatte nicht mit weiteren Maurern gerechnet, die eine Mauer hinter seinem Garten errichten.

Um 6 Uhr begebe ich mich in ein Bad in der Rue Saint-Lazare. Dort spielende Kinder im Hof und Klavier.

Um 8 Uhr gehe ich wieder in die Rue du Helder, wo mein Diener alles Nötige auf meinem Bett ausgebreitet hatte, um abends zum Ball in den Tuilerien zu gehen. Aber ich hatte noch nicht gegessen und der Meinung, vielleicht vor Hunger schwache Nerven zu haben, gehe ich zum Café de l'Opéra.

Kaum war ich eingetreten, fängt ein Herr neben mir an zu kotzen.

Um 9 Uhr kehre ich zurück ins Hôtel du Helder. Der Gedanke mich anzukleiden erschöpft mich wie ein Aderlaß an allen vier Gliedmaßen. Ich sträube mich, – und entscheide mich, so schnell wie möglich das Weite zu suchen. Mein Diener packt meinen Reisekoffer.

Das ist nicht alles. Letzter Teil: mein Reisekoffer löst sich vom Dach der Droschke und fällt mir auf die Schulter. Ich bin noch immer davon gezeichnet. Das war's.

Der Ihre.

Gve Flaubert

Bonvalet: Das Restaurant Bonvalet am Boulevard du Temple Nr. 29, nicht weit von Flauberts Pariser Wohnung. Zwar verschwanden zu dieser Zeit die Theater von diesem Boulevard, Flaubert wohnte jedoch weiterhin in einem lebendigen, lauten Stadtteil.

Grand-Hôtel: Das Grand-Hôtel am Boulevard des Capucines hatte

achthundert Zimmer und galt als das größte und schönste Hotel von Paris.
Rue du Helder: Diese Straße zwischen dem Boulevard Haussmann und dem Boulevard des Italiens war immer voll von Reisenden; das Hôtel du Helder war bekannt für moderate Preise.

AN FLAUBERT

[Paris,] Dienstag, ich weiß nicht den wievielten
[26. Mai 1868]

Ich habe Ihren Bericht erhalten. Ich traf jemanden, der mir sagte, daß Sie verrückt geworden seien. Ich habe ihm voller Wut geantwortet, daß Sie das Recht dazu hätten.

Oh! der Lärm, der Lärm, der Lärm!!! Ich kann die Vögel nicht mehr ertragen, und er auch nicht! Ich schreie sie schon an, wie Debureau die Nachtigall: »Willst du wohl still sein, du gemeines Tier!«

Alles liegen lassen! Wir fahren weg, um in Fontainebleau *drei Tage zu schlafen*!

Jules de Goncourt

(Haben Sie nicht dieser Tage die Geschichte der frommen Mutter aus Nîmes gelesen, die in Gegenwart ihres Mannes ihre 16jährige Tochter – die *den Verstand verloren hatte*, mit Schlägen mit der Feuerzange ungefähr zwei Nächte und einen Tag lang getötet hat und dabei Choräle sang?)

Lärm: Mit dem Thema Lärm trifft Flaubert bei den Brüdern Goncourt einen neuralgischen Punkt. Seit Februar 1868 finden sich im Tagebuch wiederholt Eintragungen über eine hochgradige Geräuschempfindlichkeit, die schon auf die nachfolgende Nervenkrankheit von Jules hinweist. »Bei Lärmbelästigung kommt es zu einer nervösen Ohrenkrankheit. Die Schärfe des Gehörs wird schmerzhaft grenzenlos; das Gehör leidet nicht nur unter dem Lärm, sondern unter der Aussicht und Erwartung von Lärm; und ist der Lärm da, leidet es unter dem, was so lange braucht, bis es in den Schallwellen verebbt« (5. Februar 1868). »Die Stille! Oh, die Stille! vierundzwanzig Stunden in einem jener Gräber schlafen, die als

Grabstein, über dem Tod des Lärms, ein Gebirge oder eine Pyramide tragen« (25. Mai 1868). Nach Jules Tod veröffentlichte Edmond dessen Briefe und beschrieb seine Geräuschempfindlichkeit. »Das Verfolgtsein von Lärm hatte meinen Bruder in seinen schlaflosen Nächten eine Geschichte entwerfen lassen, die er, wie er sagte, dem Schatten Poes widmen wollte. Und ich entsinne mich dieses Traumgespinstes bei einem Frühstück im Dezember 1868, als wir gerade ›Madame Gervaisais‹ beendet hatten; er erzählte es Zola, der zum ersten Mal bei uns war, er erzählte es mit einem Lächeln, das uns wehtat. In seiner Erzählung gab es einen ewig vom Lärm verfolgten Mann, und aus Wohnungen, die er mietet, Häusern, die er kauft, Wäldern, in denen er kampiert, Wäldern wie dem Wald von Fontainebleau, wo ihn das Horn des Hirschfängers weckt, aus dem ohrenbetäubenden Lärm der Grillen im Inneren von Pyramiden, immer weiter zur Stille strebend... bringt er sich schließlich um, um endlich die Stille der letzten Ruhe zu finden... und findet sie noch immer nicht: – der Lärm der Würmer im Grab hindert ihn am Schlafen.«
Debureau: Gaspard Debureau, ein Schauspieler des Théâtre des Funambules, an dem die Goncourts großes Interesse hatten. Sie kannten das Buch »Histoire du Théâtre à Quatre-Sous« von Jules Janin, aus dem die Anekdote über diesen Schauspieler stammte.
fromme Mutter: Am 26. Mai 1868 hatte »Le Figaro« über diesen Mord berichtet, für die Goncourts, die Religion als Neurose ansahen, ein besonders interessanter Fall.

AN EDMOND UND JULES DE GONCOURT

[Croisset,] Mittwoch 17. Juni [1868]

Sind Sie in Vichy? Fahren Sie nach Vichy? Oder sind Sie aus Vichy zurück? Jedenfalls sende ich Ihnen einen Gutenabendgruß in die Rue Saint-Georges.

Und zunächst einmal, der Lärm? ist es ein wenig ruhiger? Ich war so angegriffen, als ich hier wieder ankam, daß ich tagelang nicht schlafen konnte. Aus 33 Meilen Entfernung hörte ich die Maurer! Das wäre ein hübsches Thema für eine medizinische Doktorarbeit: »Über den Einfluß der Pariser Bauarbeiten auf die Entwicklung des Wahnsinns.«

Und bei dieser Gelegenheit, wer ist derjenige, der mich für verrückt hielt?

Ich habe Ihnen für Ihre Sendung zu danken. Wenn

das Thema auch nicht so ergiebig ist, so habe ich doch Ihre Qualitäten wiedergefunden, Ihr Geschick, Dinge aufzuzeigen, diese Art über Malerei zu sprechen, die selber malerisch ist. Ist dieser Ausdruck von Ihnen »diese junge, redliche Kleidung«? Wenn es so ist, gratuliere ich tausendmal. Rochefort würde (trotz *La Lanterne*) folgenden Satz auf S. 6 nicht zustandebringen: »Liebhaber, Verleger … diese Bleistiftskizzen … diese schlichten Tuschzeichnungen … wundervoll gezeichnet.« Und auch diesen nicht (S. 11): »das hübsche epikureische Kabinett, der warme Platz am Kamin, etc.« und viele andere auch nicht!

Da ich Gravalot und Cochin fast gar nicht (oder besser gesagt überhaupt nicht) kannte (und von letzterem die Ikonologie besitze), hat Ihre Arbeit mich belehrt und belustigt.

Und der gottvolle Roman? wie steht es damit? wo fahren Sie diesen Sommer hin? Wir müssen uns verabreden, damit wir zur selben Zeit bei der Prinzessin sind.

Ich bin schwer am Schuften und umarme Sie.

Gve Flaubert

Maurer: Am 26. Juni 1868 schreibt Flaubert an Jules Duplan: »Du kannst wissen, daß ich beinahe vor Wut geplatzt wäre, so ein Krach wurde in meiner Behausung am Boulevard du Temple veranstaltet. Ich beabsichtige in vierzehn Tagen nach Paris zu fahren. Mein Tapezierer schreibt mir, daß meine Unterkunft unbewohnbar ist. Aber mein Concierge behauptet das Gegenteil. Es wäre sehr nett von Dir, wenn Du in der nächsten Woche selber nachschauen könntest, was da los ist und es mir schreiben würdest. Sind immer noch Maurer da?«
Sendung: Die Goncourts hatten Flaubert ihr Werk »Les Vignettistes Gravelot et Cochin« geschickt.
junge redliche Kleidung: Gravelot hat seinen Stil durch einen Englandaufenthalt verfeinert: »Von dort hatte er den Geschmack für diese junge redliche Kleidung, für unschuldige Strohhüte, gerade Kleider, diese ganze Weiße, diese kühle Schlichtheit, diese helle köstliche Zartheit der Frau, die bald bei uns zur Mode von Leinen und erbärmlichen Lügnern werden wird« (aus: »Les Vignettistes«).
Liebhaber, Verleger: »Liebhaber und Verleger erkannten sehr schnell das neue Talent, das sich in diesen gezeichneten Vignetten offenbarte; diese so leicht und fein auf dem Grund einer ersten Rötel-

skizze hingeworfenen Bleistiftstriche; diese Bleistiftskizzen, wo die Kraft der Feder die Linienführung aufnimmt, korrigiert und verbindet; diese reinen lichterfüllten Tuschzeichnungen in einem leichten wässerigen Braunton, in das der Zeichner mit einem Tintenstrich von erlesenem Stil den Umriß einer wundervoll gezeichneten Silhouette prägt« (aus: »Les Vignettistes«).

das hübsche epikureische Kabinett: Die Goncourts rühmen das Talent Gravelots, der auch Romane illustrierte: »Das hübsche epikureische Kabinett! der warme Platz am Kamin! die liebenswerten Bücherregale, der Tisch mit seinem Bronzesockel, der Kräuertrank, der auf dem Kaminsims abkühlt...«

AN FLAUBERT

Vichy, Hôtel de Madrid, 23. Juni [18]68

Mein lieber Alter,

Erst einmal Dank für Ihre Zeilen. – Was den gemeinsamen Aufenthalt in Saint-Gratien angeht, der ist mit der Prinzessin für den 20. Juli abgemacht.

Und nun hören Sie! Oh! Sie meinen zu wissen, wie weit der Lärm einen bringen kann: er hat uns so weit gebracht, gestern morgen folgende Depesche zu erhalten:

Mit 48000 einverstanden. Gehen Sie zum Notar. Ich schreibe. Herzliche Grüße, de Tourbey.

Diese geheimnisvolle Depesche hieß, daß Madame de Tourbey uns ihr Haus am Parc-au-Prince verkauft, voll möbliert.

Kennen Sie besagtes Haus? es sieht aus wie ein Landhäuschen vom Sultan Visapour, aber seine Drolligkeit hat uns völlig den Kopf verdreht; es gibt einen kleinen Garten und mit dem Anbau eines Ateliers, das wir im nächsten Jahr bauen lassen, werden wir eine Bleibe haben, in der wir schlafen und arbeiten können.

Na? wie die Vorstadt sich rächt an den Leuten, die sie so verspottet haben?

Glücklicherweise gibt es ein Zimmer für Freunde. Bequem, riesig; überall Bidets!

Was ist das Leben doch für ein komischer Zufall! Wir werden das unsere ändern, weil wir auf einem Weg im Bois de Boulogne den unsterblichen Autor von *Orphée*, Hector Crémieux getroffen haben, der uns folgenden Satz sagte, der so blöd ist wie eine seiner Feerien: »Aber dann schauen Sie sich doch einmal das Haus von Madame de Tourbey an!« – Und das war's.

Ich vergaß Madame Pradier, die gegenüber wohnt!

(Eine wirklich gute Geschichte, wie *Le Figaro* schreiben würde, der sie glücklicherweise nicht kennt. Ihre *besondere Freundin* Madame de Roccagiovine hat Sainte-Beuve gestern unter dem Siegel äußerster Verschwiegenheit drei Bände ihrer neunbändigen Memoiren überreicht. Raten Sie, worauf Sainte-Beuve stößt, als er den ersten irgendwo aufschlägt? wörtlich auf folgende Zeilen: Monsieur S(ain)te-Beuve führt ein liederliches Leben … Er lebt mit drei Hausmädchen. Während er als Kritiker sehr geschätzt wird, erfreut er sich nicht des geringsten persönlichen Ansehens etc., etc. S(ain)te-Beuve hat das Zitat sofort mit einem bitteren Brief über das Begräbnis, das solche Freunde für ihn vorbereiten, der Prinzessin geschickt, die, wie Sie sich denken können … Und wissen Sie, wie sich die Dame aus der Affaire gezogen hat? Sie ist bei S(ain)te-Beuve mit der Entschuldigung erschienen, vergessen zu haben, daß das gerade in diesem Band stand.)

Ich war so blödsinnig krank, daß ich hierher geschickt wurde. Ich hatte Verdauungsprobleme, die mich verrückt gemacht haben. Wir mußten unsere *Madame Gervaisais* abbrechen (als wir uns gerade ins Zeug legen wollten). Wir beneiden Sie um Ihre Bärennatur: behalten Sie sie!

Das, mein lieber Flaubert, sind all unsere Neuigkeiten. Es wird ein Vergnügen sein, die Ihren zu bekommen.

Und dann habe ich einen Coup gelandet … leider nur

mit dem Hut! bei Madame C(anrobert), die mit ihren beiden Sternenaugen hier erschienen ist.

Die Ihren zu unseren vier Händen und unser beider Gedenken.

Jules de G.

de Tourbey: Marie-Jeanne de Tourbey (1837–1908). Flaubert hatte die Goncourts in ihrem literarischen Salon eingeführt. Sie galt als Geliebte vieler Männer, unter anderem von Marc Fournier, dem Direktor des Théâtre de la Porte-Saint-Martin. Prinzessin Mathilde warf ihren Getreuen den Umgang mit dieser »ausgehaltenen« Frau vor. Die Soiréen von Mathilde endeten für viele Gäste häufig mit einem Besuch bei Jeanne de Tourbey.
Verrücktheit: Die Goncourts schreiben am 22. Juni 1868 in ihrem Tagebuch über das Haus von Jeanne de Tourbey: »Ein merkwürdiges Haus, das an ein Häuschen des Sultans von Crébillon dem Jüngeren erinnert, uns jedoch durch irgend etwas an seiner eigentümlichen Absonderheit bezaubert, verhext hat. Sicher gefällt es uns, weil es nicht das bourgeoise Allerweltshaus ist. Außerdem ein schöner Garten, richtige Bäume.« Crébillon stellt in »Altazaide« einen Sultan dar.
Hector Crémieux: (1828–1892), der Librettist von »Orphée aux Enfers«.
Madame de Roccagiovine: Julie-Charlotte-Zénaide Bonaparte (1830 bis 1900), Tochter von Lucien Bonaparte, dem Prinzen von Canino. Später wurde sie die Ehefrau des Marquis de Roccagiovine. Ihre Konfrontation mit Sainte-Beuve wurde am 3. Juli 1868 in »Le Figaro« kommentiert. Sie hatte in ihren Memoiren geschrieben: »Madame de B(illing), geborene de C(ourbonne) und Mutter von Madame de S(aulcy) empfängt täglich von vier bis sechs Uhr. Sie hat alle möglichen Neuigkeiten, die sie zum Besten gibt, ohne die Personen zu nennen, von denen sie sie bekommt. Über S.-B. erzählte sie mir das Folgende: ›Er führt ein liederliches Leben; er lebt mit drei Frauen zugleich, die bei ihm untergebracht sind‹; S.-B. hat mir Visitenkarten hinterlassen, hat mir geschrieben, war aber nie in meinem Salon. Er wird als Schriftsteller bewundert, als Kritiker geschätzt: wenn er über ein Buch gesprochen hat, wird sein Urteil anerkannt, aber ein persönliches Ansehen, das hat er nicht. Er hat alles daran gesetzt, in den Senat zu gelangen, über den er sich jedoch lustig macht. Er hat schlecht über Menschen geschrieben, die ihm viel Gutes getan hatten, er gilt als sehr gefräßig und sein privates Leben ist, wie ich weiter oben sagte, sehr sittenlos.«
Madame Gervaisais: Die Goncourts begannen am 22. April 1868 mit »Madame Gervaisais«, doch seit dem 23. Mai 1868 berichtet das Tagebuch von ihren Schwierigkeiten bei der Arbeit wegen ihrer gesundheitlichen Probleme.

AN EDMOND UND JULES DE GONCOURT

Croisset, Freitag 4. [3.] Juli [1868]

Zuerst meine sehr lieben Guten hundertmilliarden Glückwünsche für die Tourbey Errungenschaft. Das ist einer der wirklichen Glücksfälle! derer man sich erfreut und die man herbeisehnt, derweilen diese beiden Gefühle (Stil Thiers) sich meine Seele teilen. Ich bin allen Ernstes und wahrhaft froh zu wissen, daß Sie endlich zur Ruhe kommen werden! Herrgott!

Wann ziehen Sie um? Ich brenne darauf, Sie dort zu sehen!

Secundo, es wäre sehr nett von Ihnen, wenn Sie den Aufenthalt bei der Prinzessin auf den 26. verschieben könnten (statt dem 20.). Vorher werde ich keine Zeit haben. In der Zwischenzeit fahre ich zu meinen Nichten, dann nach Fontainebleau, nach Nogent und nach Paris. – Aber in drei Wochen habe ich nichts Besseres zu tun, als mit Ihnen in Saint-Gratien zu weilen. – Es würde mir sehr leid tun, dort nicht Ihre Gesellschaft zu haben.

Die Geschichte von Prinzessin Julie kannte ich, *selbstverständlich.* Ich besitze sogar eine Kopie der Stelle! und beabsichtige die Leute zum Reden zu bringen!

Es wäre sehr nett von Ihnen, wenn Sie mir *sofort* antworten und mir sagen würden, wie es Ihnen geht.

Ich reise am nächsten Mittwoch aus Croisset ab. Nach diesem Termin weiß ich nicht so ganz, welche Adresse ich Ihnen geben soll.

Ich küsse Sie auf Ihre vier Wangen, so wie ich Sie liebe, das heißt sehr.

Gve Flaubert

Ein paar Zeilen, ja?

Glücksfälle: Der Traum vom Kauf des begehrten Hauses war bereits ausgeträumt. Am 23. Juni 1868 hatte Madame de Tourbey den Brüdern geschrieben: »Ich bin untröstlich, meine Herren, über das, was mir passiert ist. In der langen Zeit, die Ihr Brief brauchte, um mich zu erreichen und der meine, um zu Ihnen zu gelangen, haben meine Freunde in Paris und mein Notar einen Käufer für mein Haus gefunden. Da er frei verfügen konnte, haben sie mit ihm verhandelt. Als ich Ihnen, vielleicht etwas überstürzt, meine Depesche sandte, hatte ich keine freie Hand mehr.« Sainte-Beuve schrieb den Goncourts am 4. Juli 1868: »Um das schöne Haus tut es mir nicht so leid wie Ihnen, und auch für Sie nicht. Ich habe erlebt, wie ein Arzt Madame Tourbeys vor drei oder vier Jahren ihr krankhaftes Fieber so eindeutig dem fortgesetzten Aufenthalt auf diesem noch wenig erschlossenen Grundstück zuschrieb, daß mich der heitere Rahmen nicht mehr verlocken konnte.«

Nogent: Nach einem Besuch in Dieppe bei seiner Nichte Caroline war Flaubert Mitte Juli 1868 kurz in der Provinz in Nogent. Die dort entstandenen Notizen sind Vorlagen für den zweiten Teil von »L'Éducation sentimentale«.

Prinzessin Julie: Flaubert war durch Prinzessin Mathilde über den Affront Sainte-Beuve gegenüber informiert. Am 27. Juli 1868 schreibt er an Mathilde: »Das Abenteuer ist übrigens äußerst komisch und hat mich zum Lachen gebracht. Ich danke Ihnen, daß Sie es mir mitgeteilt haben. Es erinnert ein wenig an die Szene mit den Billets im letzten Akt des Misanthrope. Aber was für eine Gedankenlosigkeit. Das ist unerklärlich!«

AN EDMOND UND JULES DE GONCOURT

[Croisset, 16. Juli 1868]

Meine lieben Guten,

Wollen Sie mir *illico* die Adresse der kleinen Villa in der Avenue de l'Impératrice schicken, derjenigen, die 60tausend Francs kostet und die Sie kaufen möchten.

Das ist eine Auskunft, die zu geben ich versprochen und vergessen habe.

Bis Sonntag.

Ich drücke Ihre beiden Rechten.

Gve Flaubert

Donnerstag morgen

AN EDMOND UND JULES DE GONCOURT

[Croisset, 10. Oktober 1868]

Da wir uns nicht treffen konnten, wäre es sehr nett von Ihnen, wenn Sie mir sagen könnten, wie es Ihnen geht.

Sind Sie fertig eingerichtet?

Und wann erscheint der Roman?

Etc., etc.

Ihr Freund arbeitet furchtbar. Das ist alles, was er Ihnen sagen wollte und dann noch, daß er Sie umarmt.

Gve Flaubert

Es wäre sehr nett von Ihnen, wenn Sie mir einen richtigen Brief schrieben.

Samstag abend

eingerichtet: Nach der Absage von Madame de Tourbey hatten sich die Goncourts kurz entschlossen ein sehr bürgerliches Haus im Stil Louis-Philippe in Auteuil gekauft. Dort fanden sie zwar nicht die ersehnte Ruhe, denn durch Auteuil rumpelte damals regelmäßig der Vorortzug. Die Brüder, die eigentlich den Baustil des 18. Jahrhunderts bevorzugten und nicht gerade große Naturliebhaber waren, hatten sich von dem zu dieser Zeit noch ländlichen Charakter Auteuils bezaubern lassen: »Durch die Bäume im Garten scheint die Sonne. Der Rasen und die Blätter schimmern im Regen eines Wassersprengers« (Tagebuch, 4. August 1868).

AN FLAUBERT

[Paris,] 23. Oktober [18]68

Mein lieber Freund,

Ach! Sie meinten, man sei in einem Haus irgendwann fertig eingerichtet. Ich hatte und habe immer noch sämtliche Handwerker, außer den Maurern, und das kommt noch!

Seit drei oder vier Tagen werkeln wir endlich wieder ein wenig an dem Manuskript herum. – Dabei gibt es eine Theatergeschichte nach Ihrem Geschmack. Wir werden auf silbernen Tabletts nach Paris gerufen, durch Briefe von Hostein, ja, von Hostein, der uns »seine Meister« nennt – im Ernst! und der uns vertrauensvoll auf den Probenplan setzen möchte, sogar ohne das Stück zu lesen! Briefe über Briefe, daß wir zurückkommen sollen. Und es war wirklich so, er nimmt das Stück ohne es zu lesen! … und bittet uns trotzdem um das Manuskript, um es nur für die Verteilung der Rollen und für die Ausstattung zu lesen. Wir treffen ihn nach Kenntnisnahme des Manuskriptes wieder: er wirkt ernüchtert, muß ich es Ihnen noch sagen? Und nach der Offenbarung des *Geheimnisses* seines Theaters und seines Publikums auf den Stufen einer Art Allerheiligsten des Dramas, das als Engel zwei der drei Musketiere aus Zinkblech besaß, sagt er uns, wir seien stets bei ihm willkommen, er sei immer bereit, uns auf die Bühne zu bringen, doch die Zensur werde unserem Stück unausbleiblich ihr Veto erteilen, und bittet uns um eine sofortige Abschrift des Stücks, um es der Kommission zu schicken. – In Klammern: wir fanden, er war ein so ungehobelter, so blöder Robert Macaire, daß wir lieber gar nicht auf die Bühne kämen, sondern nur das Veto der Zensur haben wollten, um *loszubrüllen*! – Gut! Fußnote: wir bezahlen die Abschrift und wollen nichts mehr hören. Rums! im *Figaro*, Hostein hat das Châtelet verkauft! Rums! er verkauft das Théâtre-Impérial! Das nahm kein Ende … Ich habe noch nie erlebt, daß so viele Theater verkauft wurden! Und schließlich Rums! er macht Pleite! Das Komischste an der Geschichte ist, daß ich, um meine beiden Manuskripte zurückzubekommen, an Hostein und dann an seinen ehrenwerten Nachfolger schreibe … Sie antworten nicht und es ist Ihnen anscheinend – mit Verlaub – scheißegal.

Was soll ich Ihnen erzählen? von Paris, keine Ahnung, und es graut mir hinzufahren. (Sainte-Beuve habe ich nicht gesehen, aber ich habe Nachricht von ihm: es geht ihm körperlich und seelich sehr gut. Er ist sicher der Einzige, der beim *Moniteur* von Dalloz bleibt, eine waghalsige Sache, die Gautier, der etwas Gicht hat, hoffe ich doch, bleiben lassen wird. – Der Salon von S[ain]t-Gratien ist bei diesem Nebelwetter ein wenig am Einschlafen, während die Prinzessin mit all ihren Freunden eine Dürreperiode durchmacht, wie es uns scheint. Die Professoren, die Bibliothekare, der Lavoix-Clan, Chabouillet, der alte Familienvater Zeller wimmeln umher und nehmen Überhand. Wir haben die Ehre, hier ein japanisches Monster zu besitzen, das in Europa seinesgleichen sucht. Und Halévy ist verrückt geworden: so heißt das, wenn man seltsam ist!

Das, lieber Kerl, ist absolut alles, was wir wissen. Und im Januar dann der Fall »der Sterne in meinen Teller« von Hugo.)

Die Ihren, von ganzem Herzen und ganzer Seele,

Jules de Goncourt

Manuskript: Die Brüder arbeiteten an »Madame Gervaisais«.
Hostein: Hippolyte Hostein (1814–1879) war der Direktor des Theaters »Cirque Impérial«, einem Wiederaufbau des Châtelet. Hostein hatte den Goncourts am 22. und 27. August 1868 geschrieben und sie um ihr Stück über die Revolution gebeten. Die Brüder beschreiben die Begegnung mit dem Theaterdirektor am 31. August 1868 in ihrem Tagebuch: »Man läßt uns in diesem Labyrinth und dieser Katakombenfinsternis umherirren, die in diesem großen verschachtelten Theater den Direktor vor den Gläubigern und den Manuskripten zu schützen scheinen. Er läßt uns ein wenig warten und erscheint, unsere fünf Akte in der Hand, und während er sich mit den Fingern durch sein Toupet eines Geschäftsmannes und Robert Macaires fährt, setzt er sich auf die Stufe eines Podiums wie auf die Stufe eines Allerheiligsten des Dramas, überragt von den Musquetaires von Dumas aus Zinkblech…«
Figaro: »Le Figaro« gibt am 13. September 1868 bekannt, daß Hostein das Châtelet für eine Summe von fünfhundertfünfzigtausend Francs verkauft hat, am 17. September 1868, daß Hostein all seine Kraft für das Théâtre du Prince-Impérial einsetzen wird und am 21.

Oktober 1868, daß er das Gebäude des Théâtre du Prince-Impérial verkauft.
Moniteur: Die von Dalloz geleitete Zeitung »Le Moniteur universel« war bis zum 13. Dezember 1868 ein Organ der Regierung. Danach hatte das Blatt eine andere politische Ausrichtung, so daß viele Journalisten ihre Mitarbeit aufgaben, unter anderem Gautier.
Lavoix: Michel-Henri Lavoix (1820–1892) war Konservator für Medaillen an der Bibliothèque nationale und Lektor am Théâtre Français.
Chabouillet: Autor von Werken über Medaillen und Glyptik, der ebenfalls an der Bibliothèque nationale arbeitete.
Zeller: Jules Zeller (1819–1900), Historiker und ständiger Gast des Salons von Prinzessin Mathilde.
japanisches Monster: Am 13. September hatten die Goncourts eine japanische Bronzeplastik gekauft, die ihren Platz im Salon bekam. Edmond de Goncourt beschreibt sie in »La Maison d'un artiste«: »Und mitten im Salon, auf einem dreibeinigen Sockel, steht, die wütenden Wellen des Meeres darstellend, eine bauchige Vase, die oben wie ein Brunnenrand endet. Auf dem von Wellen durchfurchten Bauch hebt sich plastisch ein gehörnter Drache ab, am Körper Auswüchse wie züngelnde Flammen und Hahnensporne, der Tatsmaki, der Drache der Taifune, dessen gewundener und verdrehter Schlangenleib hier und da aus den starren Wellen taucht. Eine Bronzeplastik, für die ich 2000 Francs gegeben habe, zu einer Zeit, als die japanische Kunst noch nicht in Mode war.«
Hugo: Victor Hugo veröffentlichte weiter »L'Homme qui rit«.

AN FLAUBERT

[Paris,] 1.Tag von 1869

Ihre liebe gute kleine Schachtel von heute morgen, mein teurer Freund, ist als unser einziges Neujahrsgeschenk dieses Jahr sehr willkommen gewesen und gebührlich empfangen worden, und es war sehr lieb von Ihnen, uns diese Erinnerung zu schicken, die Sie als Dritten an dem traurigen Tête-à-tête unseres Neujahrsdiners hat teilnehmen lassen. Uns ist das seit einigen Jahren wie ein Totentag.

Doch diese kleine seltene Speise ist wirklich *köstlich*, und in diesem Augenblick sind wir randvoll davon!

Noch einmal danke, und lassen Sie uns nicht zu lange in der allgemeinen Blödheit.

Wir wünschen Ihnen ein gutes und glänzendes Neues.

Unsere vier Hände herzlich in die beiden Ihren.

Jules de Goncourt

Speise: Crème de Sotteville, Flauberts übliches Neujahrsgeschenk.

AN EDMOND UND JULES DE GONCOURT

[Croisset, 7. Januar 1869]

Es wäre sehr nett von Ihnen, wenn Sie mir Einzelheiten über die Affaire *S[ain]te-Beuve–Temps–Prinzessin* schreiben könnten.

Gibt es auf ihrer Seite einen Sinneswandel? und ein Zerwürfnis zwischen den beiden?

Ich wünsche Ihnen ein gutes Neues und umarme Sie.

Ihr alter

Gve Flaubert

Affaire: Sainte-Beuve, seit 1860 die Seele des Salons der Prinzessin Mathilde (er hatte die Goncourts, Gautier, Flaubert, Taine und Renan dort eingeführt), war durch den Versuch, einen Artikel in der liberal-oppositionellen Zeitung »Le Temps« zu veröffentlichen, in Ungnade gefallen. Der Artikel über ein Buch, das die weltliche Bildung junger Mädchen befürwortete, war eigentlich für »Le Moniteur« bestimmt gewesen. Aus Rücksicht auf einen neuen, sehr kirchlich gesonnenen Teilhaber hatte Dalloz, der »Le Moniteur« weiterhin leitete, Sainte-Beuve um Korrekturen gebeten, worauf der Kritiker die Mitarbeit an dieser Zeitung aufkündigte. Während die Veröffentlichung der Goncourts in »Le Temps« die Prinzessin nicht gestört hatte, sah sie, kurz vor den Wahlen, Sainte-Beuves Wechsel zu einem Blatt der Opposition als Verrat an.

AN FLAUBERT

[Paris,] Samstag [9.] Januar 1869

Mein lieber Freund, die gewünschten Einzelheiten:

Wir fanden S.-B. am Dienstag müde und besorgt vor. P[rinzessin Mathilde] hat uns am Mittwoch nach dem

Diner in einen Salon gezogen, wo wir drei unter uns waren, und hat sich offenbart, todtraurig und mit Tränen in der Stimme ist sie in Wut ausgebrochen, die Wut eines schrecklichen, wunderbaren, zitternden und gebrochenen Herzens. Der Schwall der Entrüstung bei der Szene, die sie mit ihm gehabt hatte, wiederholte sich mit den Ausrufen: »Ich sehe ihn nicht wieder, nie mehr!« Sie riß uns an den Jackenknöpfen und rief: »Und ich habe mich seinetwegen mit der K[aiserin] zerstritten ... bei *Le Temps*! unsere persönlichen Feinde! ... Er selbst hat an N[efftzer] geschrieben, er! ... Ah! ich habe ihm gesagt: Monsieur Sainte-Beuve, es tut mir leid, daß Sie letztes Jahr nicht gestorben sind ... dann hätte ich wenigstens einen Freund in Erinnerung behalten!« Sie atmet schwer, sie bekommt keine Luft; sie fächelt sich mit dem Kragen ihres Kleides den Busen. »Oh! ich war hart!« setzte sie noch hinzu. Prachtvoll, dramatisch, *modern*, das war eine wunderbare Szene, ihr Bericht von diesem Zwist und diesem Zerwürfnis. Aber die Feder sagt nur schlecht, wie schön sie war in ihrer Leidenschaft ...

Das war's, mein Alter,
Ganz der Ihre.

Jules de Goncourt

Dienstag: Die Goncourts hatten Sainte-Beuve beim Magny-Diner am 5. Januar 1869 gesehen.
Nefftzer: August Nefftzer (1820–1876), ein protestantischer Elsässer, der 1861 die Zeitung »Le Temps« gegründet hatte, die in ihrer streng am Empire ausgerichteten oppositionellen Linie eine gebildete und liberale bürgerliche Leserschaft anzog. Sainte-Beuve hatte am 1. Januar 1869 an den zuständigen Redakteur geschrieben, und »Le Temps« hatte seinen Brief veröffentlicht.
Leidenschaft: In »Les Lettres de Jules de Goncourt« merkt Edmond später an: »Ich muß sagen, daß Prinzessin Mathilde trotz dieser momentanen Wut ein sehr liebevolles Andenken an Sainte-Beuve bewahrt hat.«

AN EDMOND UND JULES DE GONCOURT

[Paris, 16. Januar 1869]

An welchem Tag möchten Sie bei der Tourbey dinieren?

Ich habe den nächsten Freitag ausgesucht. Aber es wird der Tag dieser Woche sein, den Sie wünschen.

Versuchen Sie doch morgen abend zur Prinzessin zu kommen.

Ich würde Ihnen mehr dazu schreiben, wenn diese gottverdammmte Scheißmetallfeder, die ich benutze, mich nicht zur Weißglut brächte.

Ich umarme Sie.

Gve Flaubert

Samstag, 9 Uhr abends

bei der Tourbey: Die Goncourts waren von nun an des Öfteren von Madame de Tourbey zum Diner geladen. Dies war wohl ihr erstes Diner bei der zukünftigen Comtesse de Loynes. Marie-Jeanne Detourbay, die sich Madame de Tourbey nennen ließ, hatte Flaubert beauftragt, die Goncourts einzuladen, um ihnen für ihren Anstand bei dem fehlgeschlagenen Verkauf ihres Hauses zu danken. In ihrem Tagebuch äußern die Goncourts ihr Befremden über die freizügigen Gespräche im Haus dieser Halbweltdame: »Nach dem Diner gibt es einen pöbelhaften Wettstreit zwischen Gautier und Flaubert, in dem ersterer sich mit ungeheuer brutaler und abstoßender Eitelkeit brüstet, Frauen geschlagen zu haben; und der andere stolz darauf ist, von ihnen geschlagen worden zu sein und weiterhin den riesigen Wunsch zu haben, sie umzubringen, und dabei schon, wie er es schließlich für Madame Colet behauptet, unter sich die Bänke des Schwurgerichts knacken hört!«

AN FLAUBERT

Paris, Sonntag [14. Februar 1869]

Mein lieber Freund, Sie werden unseren provisorischen Schmöker bekommen haben.

(Die Erbitterung gegen N.K. wächst. About hat sich gestern in *Le Gaulois* entlarvt. Die P[rinzessin] wirkt ruhiger und heiterer denn je.)

Als neueste Nachricht von uns beiden werde ich Ihnen erzählen, daß wir beinahe umgebracht worden wären – *umgebracht* – alle beide, in einer Droschke, die uns am letzten Mittwoch zum Diner zu der Prinzessin brachte, von einem betrunkenen Kutscher, der uns auf der Höhe des Quai de Passy in voller Fahrt gegen einen Güterwagen geschleudert hat. Der Zusammenstoß war schrecklich. Wir haben uns angeschaut, wissen Sie, mit diesem Blick, mit dem der eine den anderen befühlt. Mein armer Bruder hatte das Gesicht voller Blut! Er hatte mit seinem Gesicht das Wagenfenster zerschlagen und war genau unter dem Auge verletzt worden. Er wußte nicht, ob er sein Auge verloren hatte. Ein harter Augenblick! Wir sind die ganze Anhöhe von Passy wieder hinaufgestiegen, die verdammte Anhöhe! (Er ist tapfer gelaufen) Der Apotheker ... noch eine schlimme Minute. Man hat das Auge untersucht. Nichts! kein Glas darin, nicht betroffen! Ein wahres Wunder! Von dem Glas war nur ein Schnitt im oberen und unteren Augenlid, wie von dem geschicktesten Operateur. Und heute abend dinieren wir bei der Prinzessin. Damit wollen wir Ihnen sagen, wie schnell die Heilung ging. Was mich betrifft, so habe ich nur so etwas wie einen ungeheueren Schlag mit einem Stock auf die Stirn bekommen, aber ohne jede Folge oder Spur. Nur mein armer Teufel von Bruder sieht heute aus wie ein Schlägertyp, der fruchtbar eins aufs Auge gekriegt hat. – Nehmen Sie nie die Droschke Nr. 170.

Ganz und gar von Herzen die Ihren.

J. de G.

Schmöker: »Madame Gervaisais« war am 12. Februar 1869 erschienen. Die Goncourts hatten Flaubert sicher eine normale Ausgabe geschickt, bevor er wie üblich ein Exemplar in Büttenpapier mit der gewohnten Widmung erhielt.

N.K.: Alfred Émilien de Nieuwerkerke (1811–1892), seit 1849 Generaldirektor der Museen. 1853 wurde er von Napoleon III. zum Superintendenten der École des Beaux-Arts ernannt und revidierte deren Statut. Er mußte sich den Vorwurf gefallen lassen, die Reichtümer der Museen, vor allem die des Louvre, zu leichtfertig an seine Freunde zu verleihen.
About: Edmond About nahm an der verleumderischen Kampagne gegen Nieuwekerke teil. Am 14. Februar 1869 schrieb er in »Le Gaulois«: »Die École des Beaux-Arts ist zerrüttet.
Die Ausstellungen sind so in Mißkredit geraten, daß die Mehrheit der wirklichen Künstler ihre Teilnahme verweigert.
Die Museen sind überall ein wenig geplündert, und was noch im Louvre hängt, ist äußerst bedroht.
Das ist es, was die Superintendenz von Monsieur de Nieuwekerke für uns getan hat; soviel hätte es nicht bedurft, um ihm seine Rentenanwartschaft zu schaffen.«
Prinzessin wirkt ruhiger…: Nieuwekerke war der Liebhaber Prinzessin Mathildes und ein Getreuer ihres Salons.
Droschke Nr. 170: Aus den zeitgenössischen Erhebungen geht hervor, daß die Fahrt mit einer Kutsche ein höheres Risiko barg als die mit der Eisenbahn: »Während man in der Zeit von 1835 bis 1875 für den Transport auf den Straßen pro 335 000 transportierte Personen einen getöteten Reisenden und pro 50 000 einen Verletzten notierte, fand sich für die Eisenbahn pro 5 188 490 ein Toter und pro 580 450 ein Verletzter« (Aus: François Wasselin, »Les Accidents de personnes et la Responsabilité des voituriers«, Paris, 1903).

AN EDMOND UND JULES DE GONCOURT

[Croisset,] Sonntag 5 Uhr [14. Februar 1869]

Mein Gott! das ist *Stark*, ja, *Stark! STARK!*

Ah! Donnerwetter!

Ich hoffe doch, daß Sie großes Geschrei ernten werden. Und daß das Aufsehen erregen wird.

Ich habe Ihren Schmöker um 11 Uhr begonnen und nur unterbrochen, um zu husten. Denn Ihr Freund hat eine abscheuliche Grippe. Die Lektüre hat mich die ganze Zeit in Atem gehalten und begeistert.

Bis zur San Agostino Kirche habe ich Ihnen spitzfindige Anmerkungen gemacht, aber von da an war ich nur voller gänzlich ungetrübter Bewunderung.

Die Fragestellung des Buches ist klar, nämlich: der

Beweis, daß eine kluge und gute Frau mystisch und grausam *wird.*

Das ist Kunst, wahrhaftig, beste und größte Kunst!

Ich habe Lust, Sie zu umarmen und bekomme *feuchte Augen.* Was seid Ihr doch für gute Kerle!

Da gibt es prachtvolle Zeilen: »Dann sagst du, was die Diener machen.« Und das Erscheinen des Bruders! der seiner Schwester Vorwürfe macht! Und der nette Arzt mit seiner *Märtyrerpastete*! Dann die Schilderungen, nicht zu lang, und treffend! Ich habe Rom wiedergesehen.

Das ist ein Schmöker! Sagen Sie sich das. Und pfeifen Sie auf alles Übrige.

(N.B. Für die nächste Auflage *bitte* ich Sie, auf die etwas zu häufigen *von* zu achten, die da stehen?) Ich liebe dieses lausige Buch so sehr, daß ich es gerne mustergültig sähe, selbst in den Augen der Pedanten.)

Ja, noch ein Wurf, das ist toll! es hat mich *umgehauen.*

Abgesehen von dem inneren Wert besagten Werkes, der meiner Meinung nach ungeheuer ist, halte ich seine philosphische Tragweite für beachtlich?

Der Haß, den es gegen seine Autoren hervorrufen wird, wird Ihnen beweisen, daß ich mich nicht irre!

Beleidigung, Ablehnung pariert man, aber was man nie verzeiht, das ist die Analyse, die Wissenschaft.

Ah! Sie werden sich manchen Besuch von den Herren Geistlichen einhandeln!

Schicken Sie mir das Feinste – an Beschimpfungen – oder vielmehr heben Sie es gut auf, um es mir bei Ihnen zum Dessert vorzuführen.

Ich bin sehr gespannt, zu erfahren, was Michelet und Renan meinen.

Die Seite über die *Nachahmung*, was für eine Seite!

Adieu. Ich umarme Sie fester denn je und sage Ihnen noch einmal, daß Sie ein wirkliches Buch geschrieben haben und daß ich Sie liebe. Gve Flaubert

P.S. Ich beleidige Sie nicht damit, Sie für die Abwesenheit des Lasters zu loben. – Was indessen eine gr[oße] Besonderheit ist.

Folgende Abstufung ist ausgezeichnet: Monsieur de Flamen, der Jesuitenpater, der Trinitarierbruder. – Ich habe mehrere Stellen von wunderbarem Stil bemerkt, die ich Ihnen nennen werde, kostbare Sachen, einfach *für mich gemacht.*

Materiell gesehen ist der Band gut in der Hand zu halten und zu lesen.

San Agostino: Die ersten Kapitel beschreiben die Ankunft von Madame Gervaisais in Rom und die Feierlichkeiten der Karwoche. Im weiteren Verlauf läßt sich die Heldin, die gewohnt ist, Kant zu lesen, von ihren Zimmerwirtinnen zu einem Besuch der San Agostino Kirche überreden; ihr Kind scheint hoffnungslos krank zu sein, und die Madonna von Agostino gilt als wundertätig.
mystisch und grausam: Madame Gervaisais' Übertritt zum katholischen Glauben hat aus der sanften, liebevollen Mutter eine harte Frau gemacht, die ihr siebenjähriges Kind zur Beichte zwingt: »Einmal sah man, wie sie ihren Sohn in der Kirche packte und ihn, ohne seinen Tränen, seinen Gesten oder seiner Stimme Beachtung zu schenken, zum Beichtstuhl zog, taub für das dunkle Entsetzen des Unschuldigen, für das, was er so gut es ging daherstotterte, stammelte, um zum Ausdruck zu bringen, daß er nicht wußte, was er sagen sollte: ›Nun! dann sagst du, was die Diener machen…‹
das Erscheinen des Bruders: Der Bruder kommt nach Rom und findet seine Schwester von der Schwindsucht gezeichnet und vom Katholizismus zerstört vor. Er will sie und ihren Sohn aus Rom fortschaffen, aus dieser Stadt, die vier Jahre lang so schädlich für sie war. Doch Madame Gervaisais stirbt unerwartet, gerade als der Papst ihr eine Audienz gewähren will.
Märtyrerpastete: Madame Gervaisais' Beichtvater hat ihr als Arzt einen Scharlatan aufgedrängt, der über seine homöopathischen Pulver spricht: »Und sein Ton wurde irgendwie schmeichlerisch bedeutungsvoll – ich mische, ich mische… das sagte er, indem er andächtig die Stimme dämpfte und die Augen senkte, – Märtyrerpastete hinein… Ja, Pastete der heiligen Märtyrer, von der Sie gewiß gehört haben, und deren geheimnisvolle Wirkung bei zahllosen, selbst hoffnungslos Kranken unbestritten ist…«
die Herren Geistlichen: In einem Brief an Zola, der einen Artikel über den neuen Roman vorbereitete, erklärt Jules de Goncourt die Absicht des Buches: »Ein Buch, in dem die Autoren von ›Germinie Lacerteux‹ versucht haben, einen neuen und unerwarteten Ton anzuschlagen: ein Buch, das, in der ergreifenden Form eines Romans,

in die religiöse Auseinandersetzung der heutigen Zeit eingehen wird« (10. Januar 1869).
Michelet, Renan: Michelet schreibt den Goncourts am 19. April 1869: »Über den Roman kann man nur eines sagen. Es ist das schönste Buch, das Sie geschrieben haben, eine kostbare und wunderbar geschliffene Arbeit.« Renan schickt den Brüdern nur einen kurzen Hinweis auf seinen Kommentar in der Zeitung »Débats«.
Imitation: Der neue Beichtvater gestattet ihr nur noch eine einzige Lektüre, die der »Imitation«: »Sie meditierte, sie kopierte, um die einzelnen Stellen des düsteren Buches zu bewahren und in sich aufzunehmen. Sie hörte darin jederzeit die Totenglocke der Schöpfung, der Natur und der Menschheit schlagen. Sie lebte, gebeugt über den Seiten dieses schmerzbewegten Breviers, die ständig wiederholten: alles was ist soll sterben, die anderen sollen sterben, man selbst soll sterben, dieser Leib soll sterben, sterben, immerfort sterben! Das erste und letzte Wort jener Litaneien, die wie in dem in pace der Heiligkeit des Mittelalters gefunden scheinen, zwischen dem Wasserkrug und dem Bretterlager einer Klosterzelle, ein De Profundis des irdischen Lebens, das offenbar in der Angst vor dem Herannahen eines neuen Jahrtausends geschrieben wurde, in der Abenddämmerung des Weltuntergangs, beim verlöschenden Schein des letzten Sonnenlichts.«
daß Sie ein wirkliches Buch geschrieben haben: An Prinzessin Mathilde schreibt Flaubert: »Was halten Sie von ›Madame Gervaisais‹? Unter uns, ich wage nicht, Ihnen zu sagen, daß ich dieses Buch sehr beachtlich finde, denn Sie sind sehr wählerisch.«
die Steigerung: Der erste Beichtvater von Madame Gervaisais ist ein alter Freund, Monsieur Flamen de Gerbois, »der an die nationale und traditionelle Doktrin der Kirche Frankreichs gebunden ist, ein alter Freund von Lamennais«. Der zweite ist ein Jesuit, dem es darum geht »alles zu bekämpfen, das im Leben außerhalb der Kirche der Feind Jesu sein kann, im Haus, in den gesellschaftlichen und privaten Beziehungen des Gläubigen«. Der letzte Beichtvater gehört zum Orden der barfüßigen Trinitarier, der »ausschließlich der Führung der Volksseele gewidmet« ist.

AN EDMOND UND JULES DE GONCOURT

Croisset, Dienstag abend [16. Februar 1869]

Meine guten Alten,

Ich war sehr bewegt, als ich von Ihrem Unfall las und habe mich gleich gefreut, als ich sah, daß er keine Folgen für Sie hatte. Ist das wirklich wahr? keine Schwindelanfälle? lassen Sie ein wenig von sich hören.

Ich habe Ihnen am Sonntag nicht genügend beteuert,

wie froh ich über *M[adam]e Gervaisais* war. Ich werde sie in einiger Zeit noch einmal lesen, langsam. Aber der erste Eindruck war ausgezeichnet.

Ich bin sehr neugierig, zu erfahren, was die Idioten von der Berichterstattung darüber von sich geben.

Adieu. Ich umarme Sie.

Du Cantal

Nein! ich übertreffe ihn!

Du Cantal: Ein Spitzname, den Flaubert nach einer Komödiengestalt wählt, die fast ständig von ihrer Erkältung spricht: »Du willst einem Vater nicht gehorchen, der so erkältet ist wie ich?«

AN FLAUBERT

[Paris,] 2. März [1869]

Mein lieber Freund,

Sie machen uns überglücklich. Gestern bekamen wir Ihre ausgezeichnete Crème. Danke für den Gruß.

Sie sind der einzige Mensch auf der Welt! – *auf der Welt*! wohlgemerkt, – der uns liebt und uns verwöhnt.

Die Veröffentlichung von *Madame Gervaisais* hat in unserer Umgebung und unseren persönlichen Beziehungen zu einer Kälte und einem Schweigen geführt, das unbeschreiblich ist …

Wir sind durch Duchesne in *Le Figaro* geraten, der erklärt hat, daß dies unser schwächstes Buch sei.

Das ist der Anfang. Wir werden sehen, wie es weitergeht. Aber unter uns, ist es uns scheißegal.

Wir sind in der letzten Zeit sehr kaputt, vor allem ich. Seien Sie schnell wieder bei uns, denn wir sind verteufelt einsam.

Haben Sie dort bei Ihnen auch diese Stürme? Der Wind hätte heute Nacht fast unser Haus weggefegt.

Die Ihren, von unserem ganzen Herzen.

Jules de Goncourt

(Gut! Noch eine Crème de Sotteville! eine Sendung von der Prinzessin …)

eine Kälte und ein Schweigen: Prinzessin Mathilde sagt den Goncourts lediglich, ihr Buch sei »recht gut gemacht«. Taine wirft ihnen ihre Neologismen vor. Sainte-Beuve kritisiert, daß sie nicht genug an das Publikum dächten. Im Tagebuch verzeichnen sie am 2. März 1869: »Bis jetzt haben wir noch keinen einzigen Menschen getroffen, der uns zu unserem Buch auch nur das banalste Kompliment gemacht hätte.«
Duchesne: Alphonse Duchesne verreißt den Roman in einem Artikel am 24. Februar 1869 in »Le Figaro«: »…ein äußerst schwaches Konzept; übertriebene, monotone, langwierige Entwicklungen; Porträts ohne Leben und ohne Wirklichkeit; unnütze Beschreibungen, die nicht neu genug sind; schließlich der den Autoren eigene Stil, aber manirierter, gesuchter, spitzfindiger, unnatürlicher und unklarer denn je.«

AN EDMOND UND JULES DE GONCOURT

[Croisset,] Freitag [5. März 1869]

Endlich höre ich etwas von Ihnen! (die Crème de Sotteville habe ich Ihnen auch ein wenig aus diesem Grund geschickt). Ich habe Ihnen einen Brief geschrieben, nächsten Sonntag vor drei Wochen, – sofort nachdem ich Ihr Buch sehen [*sic*], das mich entzückt hatte und das ich noch im Kopf habe, ein Beweis, daß es stark ist. – Dann habe ich Ihnen zwei Tage später noch einmal geschrieben, um zu erfahren, ob Ihr Unfall mit dem Wagen keine bösen Spuren bei Ihnen hinterlassen hat.

Haben Sie diese beiden Briefe bekommen?

Etliche Briefe Ihres Freundes (oder an ihn gerichtete) sind in letzter Zeit verloren gegangen. Rätsel?

Sie kommen mir nicht sehr frohgemut vor? mit Grund?

Die Prinzessin scheint mir auch melancholisch [*sic*].

Welcher Wind weht denn da bei Ihnen?

Ich hatte seit Anfang Februar eine Erkältung à la Du

Cantal, von der ich noch nicht befreit bin und die mich fertigmacht! Ich mache trotzdem verbissen mit meinem scheußlichen Schmöker weiter. Aber er widert mich so an, daß ich manchmal den Tränen nah bin. Die Lösung am Schluß ist hart!

Ich hoffe, daß er in drei Monaten stehen wird. Sie sehen mich dann so gegen Ostern.

Aber es wäre sehr nett von Ihnen, wenn Sie mir bis dahin ein wenig von Ihrer Schreibkunst schicken würden.

Ich umarme Sie einen wie den anderen, meine guten lieben Alten, so wie ich Sie liebe, das heißt sehr.

Gve Flaubert

AN FLAUBERT

[Paris,] Dienstag 9. März [1869]

Mein guter Alter,

Sie fragen mich, warum wir in unseren Briefen nicht lustig klingen? Die Antwort ist ganz einfach: weil wir es nicht sind – nicht um einen Sou lustig. Edmond geht es fast immer schlecht, und ich bin richtig krank mit einer Magenverstimmung, die aus der Verdauung eine Qual macht und mich nachts praktisch nicht schlafen läßt. Das geht so weit, daß wir im Augenblick *unfähig sind, zu arbeiten.* Jetzt ist Ihnen wohl alles klar.

Da Sie sich für den Schmöker interessieren, – bis jetzt gab es nur dumme und wirklich zu niveaulose Angriffe, ein starkes Stück, beinahe wahnsinnig, in *Le Constitutionnel*, ein flammendes X... in *L'Indépendance*, einen Verriß von Y ... Ich schicke Ihnen von Zola einen Artikel, der dem Publikum außer Sympathie auf lebendige, direkt kraftvolle Art zeigt, was wir zu tun versucht haben. Bei Sainte-Beuve kennen Sie seine Wut auf alles, was bedeutend sein möchte. Das Buch macht ihm große Sorgen für die Zukunft der Literatur, – eine Zukunft, bei der er uns geraten hat, ihr nicht mehr Glauben zu schenken als der Nachwelt, – ja, Sorgen um einen gewissen klassischen *statu quo*, den, wie er uns versichert hat, Rousseau, Bernardin de Saint-Pierre und schließlich Gautier und Saint-Victor schon ruiniert haben … Aber Sie, Sie sind weder Gautier noch Saint-Victor, … Sie sind jenseits von alledem … Sie suchen *den Ausdruck in der Farbe* … Das ist etwas ganz anderes … Sie suchen *die Seele der Landschaften* … Das ist zuviel, das ist zuviel … Dazu ist die Literatur nicht gedacht … Man muß dem Publikum gefallen … man muß Erfolg haben!

Dann hat er uns am Schluß noch in einem dieser *aufgeblasenen* Wutausbrüche, die Sie bei ihm kennen, wie ein Verbrechen vorgeworfen, *Madame Gervaisais* Kant lesen zu lassen, der zu ihrer Zeit noch nicht ins Französische übersetzt war … Das schien uns von einem Besuch des guten Freundes Y zu stammen … Am nächsten Tag wollten wir Beuve die Liste von ungefähr zwölf Werken von Kant schicken, zwischen 1796 und 1830 ins Französische übersetzt, samt dem ganzen Gemüse der Bibliographie, aber als der Brief geschrieben war, tat uns seine Blase leid, und wir haben den Brief zerrissen.

……………………………………………………………

Letzte Nachrichten. Schöne literarische Schote. Beim letzten Tee bei Hofe fragt S. M. aller Preußen den Botschafter von Frankreich, was er im Augenblick läse, worauf der Botschafter wacker antwortet, er läse: »*Madame Gervaisais*«. Eisiges Schweigen! Madame de Valencay, Duchesse de Sagan, rief aus: »Man hat mir aus Paris geschrieben, das sei ein *gefährliches, unsittliches und religionsfeindliches* Buch.« Das Heldenhafteste dieses Botschafters ist, am nächsten Tag beim Déjeuner fallen gelassen zu haben: »Ach! in den erlauchten Kreisen hört man wirklich zu viele Absurditäten!«

Entschuldigen Sie den schrecklichen Egoismus dieses Briefes, aber das ist nur der Beweis unseres Vertrauens in Ihre gute Freundschaft.

Stets die Ihren.

J. de Goncourt

starkes Stück: »Le Constitutionnel« hatte am 21. Februar 1869 zu »Madame Gervaisais« geschrieben: »Man wäre froh, ihre Vorgehensweise kennenzulernen, in ihre Werkstatt einzudringen, wo die Hochöfen ihrer Alchimie entfacht werden. Sicher arbeiten sie jeden Tag und zwingen die Inspiration, die Besuch empfängt und ihn nicht erwidert, zu ihnen hinaufzusteigen und sich in ihrer Behausung niederzulassen. Sie pausen das Leben ab und kolorieren es mit ihrem Stil, geschickte Zeichner, die der Linie folgen, so wie die Wirklichkeit sie zeigt; sie malen mit einer spirituellen und manchmal grandiosen Phantasie.«

Zola: Zola hatte am 9. März 1869 in »Le Gaulois« einen langen Artikel über »Madame Gervaisais« veröffentlicht: »Madame Gervaisais geht unter dem Einfluß bestimmter Bedingungen den Weg, den sie gehen muß. Das Problem ist tiefgründig. Ihre übergroße Erregung ist, meiner Meinung nach, eine Reaktion ihrer weiblichen Instinkte auf ihre erste Unterweisung von männlicher und philosophischer Seite; eine Reaktion, die um so heftiger ist, als sie die Kräfte ihres lebhaften Wesens schon länger unterdrückt hat. In einer Bibliothek erzogen, mit einem Dummkopf verheiratet, muß sie erst nach Rom kommen, damit die Frau in ihr erwacht, und sie erwacht mit dreißig Jahren in einer Wut ungestillter Liebe, die das Klima und der kränkliche Zustand, in dem sie sich befindet, noch begünstigen. Das ist das ganze Buch: ein psychologischer Fall, noch kompliziert durch einen physiologischen Fall.«

Sainte-Beuve: Der berühmte Literaturkritiker schrieb, wie das »Tagebuch« es dokumentiert, erst nach »einem feindseligen Tänzchen« zwei Artikel in »Le Temps«, eine Veröffentlichung, die durch Charles-Edmond vermittelt worden war.

literarische Schote: Die Anekdote wurde den Goncourts am 7. März 1869 in einem Brief ihres Cousins Édouard Lefèbre de Béhaine übermittelt, der Diplomat in Berlin war: »Monsieur Benedetti widmet sich Euch jeden Abend. Ich würde nicht gerade sagen, daß er die Neologismen liebt; aber diese Lektüre nimmt ihn doch gefangen; mit Euch findet er sich in Italien wieder. Vorgestern nahm er seinen Tee bei der Königin. Am nächsten Morgen hat er zu mir gesagt: Oh! in diesen erlauchten Kreisen hört man wirklich zu viele Absurditäten! und er erzählt mir, daß er auf S. M. Frage, was er läse, geantwortet habe, ›Madame Gervaisais‹, ein neues Buch, das soeben erschienen ist. Daraufhin Zetergeschrei von Madame de Valencay, Duchesse de Sagan, die zu ihm sagte: Oh! aber man hat mir aus Paris geschrieben, daß sei ein gefährliches, sittenloses, gegen die Religion gerichtetes Buch.«

AN EDMOND UND JULES DE GONCOURT

Croisset, Samstag abend [13. März 1869]

Meine lieben Guten,

1. Kennen Sie irgendwo irgendeine Theorie über *Kinderporträts*?

2. Welches sind die schönsten Kinderporträts?

Meine Situation ist folgende. Ein Ästhethiker, der das Porträt eines *toten Kindes* malt und sich vor der Mutter einem taktlosen Künstlergeschwafel hingibt, das Ganze um zu glänzen.

Wenn Sie nichts dergleichen kennen, schicken Sie mir die *Frucht* Ihrer persönlichen Betrachtungen. Ich bräuchte fünf gehaltvolle Zeilen. Und ich wüßte nicht, meine werten Herren, an wen ich mich wenden sollte, wenn nicht an Sie.

Danke für Ihren letzten Brief.

Sie sehen mich Ende des Monats. Ich hoffe es wenigstens! Ich umarme Sie. Pflegen Sie sich! Es ist zu ärgerlich, diese Gesundheit, die nicht auf der Höhe ist.

Gve Flaubert

Den Artikel von Zola, den Sie mir schicken wollten, habe ich nicht bekommen.

Porträt: Flaubert arbeitet am Schluß des Kapitels IV im dritten Teil von »L'Éducation sentimentale«.

AN EDMOND UND JULES DE GONCOURT

[Croisset,] Sonntag [14. März 1869] 4 Uhr

Danke! Heute morgen bekam ich die Artikel von Zola und Barbey.

Letzterer hat mich zunächst geärgert, dann zum Lachen gebracht und schließlich mein tiefes Mitleid geweckt!

Besagter Barbey bewundert Sie im Grunde, da er erklärt, Sie hätten das Richtige getroffen.

Und dann noch das Magny-Diner! Etwas anderes fällt ihm auch nicht mehr ein! Wie jämmerlich!

Denken Sie an mein Gemälde.

Ich umarme Sie

Gve Flaubert

Ich hoffe, wir sehen uns heute in vierzehn Tagen.

Barbey: Der Artikel von Barbey d'Aurevilly über »Madame Gervaisais« erschien am 7. März 1869 in »Le Nain jaune«:
»In dem ganzen Buch über ›Madame Gervaisais‹ gibt es kein einziges beleidigendes, ironisches oder unduldsames Wort über den Katholizismus. Die unschuldigen Gemüter, die nur die Worte sehen, werden dieses Buch genauso unschuldig finden, wie Sie selbst. Doch weit gefehlt! für den, der durch die Worte hindurch sieht, was sie beflügelt, für den gab es nie ein Buch, in dem der katholische Gedanke schärfer ins Visier genommen und getroffen wurde... Sie haben ihm sehr gekonnt ein leises Messer zwischen die Schultern gesteckt, das ich als ein Fabrikat des neunzehnten Jahrhunderts wiedererkenne, nämlich solcher, die man im Restaurant Magny benutzt, bei den berühmten Diners, die dort alle vierzehn Tage gegen Gott veranstaltet werden.«

AN FLAUBERT

[Paris,] Dienstag 16. März [1869]

Mein lieber Alter,

Ich hatte in Ihrem letzten [Brief] [nicht] verstanden: *Und mein Gemälde?*

Sie dachten, Sie hätten uns schon davon erzählt, aber nein.

1. Wir kennen keine besondere Theorie über Kinderporträts und glauben nicht, daß eine existiert.

2. Die schönsten Kinderporträts sind die Kinderporträts von Reynolds, von denen man behaupten kann, daß er darin verstanden hat, das blühende Fleisch der Kindheit wiederzugeben; es gibt noch Porträts von Greuze, in denen das Feuchte des kindlichen Blicks vorhanden ist; (dann noch die Kinder von Van Dick, die Kinder an der Hand seiner Männer- und Frauenporträts) Infanten und Infantinnen von Velasquez, die Bambini von Raphael, die kleinen Heiligen Johannes von Corregio, (die sonnigen Kinder von Rubens, Salon carré, die Familie Rubens in ihrer Kapelle in Brüssel. Und das wär's). Im übrigen ist Ihre Frage furchtbar komplex. Man müßte darüber reden. Jetzt kann die kleine künstlerische Tirade Ihres Wichtigtuers geschrieben werden, aber es wäre nötig, daß Sie uns ein etwas genaueres A angeben. Ich glaube, all das macht sich besser inter pocula oder im Rauch unserer drei Zigarren, (da wir Sie ja wiederhaben) Ende des Monats. Gesundheit ein wenig besser. Wir überarbeiten leichte Stellen.

Ganz die Ihren.
Herzlich.

J. de Goncourt

(Ich bringe den Zola noch einmal auf die Post)

(Brief): Etliche Auslassungen in diesem Brief weisen auf den eindeutig verschlechterten Gesundheitszustand von Jules hin.
Reynolds: Flaubert verwandte am Schluß des Kapitels IV im dritten Teil von »L'Éducation sentimentale« die Beispiele der Brüder Goncourt für die Reden des Malers Pellerin, der das tote Kind von Rosanette malen soll:
»Er pries den kleinen Heiligen Johannes von Corregio, die Infantin Rosa von Velasquez, das blühende Fleisch von Reynolds, die Vornehmheit von Lawrence und vor allem das Kind mit dem langen Haar auf den Knien der Lady Glower.
– Im übrigen findet man nichts Bezaubernderes als diese kleinen Kröten! Der Inbegriff des Erhabenen (Raphael hat es mit seinen Madonnen bewiesen) ist aber doch vielleicht eine Mutter mit ihrem Kind?
Rosanette, die fast erstickte, ging hinaus…«

AN EDMOND UND JULES DE GONCOURT

[Croisset,] Freitag 6. August [1869]

Duplan wohnt Rue Lafitte, 43.

Der als Elektrisierer bekannteste Arzt ist ein Schüler von Robin und heißt *Onimus.*

Feydeau geht es dank seiner Behandlung sehr gut. Ich rate Ihnen, sich an ihn zu wenden.

Ich hoffe, Sie sehr bald bei Ihnen oder bei der Prinzessin zu sehen.

Ich umarme Sie.

Gve Flaubert

Freitag 6. August

Onimus: Ernest-Nicolas-Joseph Onimus (1840–1915), Autor mehrerer Werke über die Elektrotherapie: »De l'emploi de l'électricité dans diverses affections nerveuses« (1868), »Traité d'électricité médicale« (1871). Es ist nicht bekannt, ob sich Jules de Goncourt außer einer Hydrotherapie auch der Behandlung sogenannter Elektrisierer unterzogen hat. Vom 10. Juni bis zum 5. Juli 1869 hatten sich die Brüder zu einer Kur in Royat aufgehalten. Bei ihrer Rückkehr nach Paris finden sie Flaubert energiegeladener denn je vor: »Flaubert hat uns heute abend besucht, strotzend vor Kraft, vor Gesundheit, ausgelassener denn je. Er erzählt uns von Bouilhets tödlicher Krankheit mit der Sorglosigkeit eines Vollblütigen und verletzt uns mit der unbekümmerten und lockeren Art, in der er uns tröstet und aufmuntert. Beim Gehen ruft dieser beleibte Mensch aus: ›Das ist erstaunlich; ich scheine im Augenblick die Manneskraft all meiner kranken Freunde zu erben!‹« (Tagebuch 17. Juli 1869).

AN FLAUBERT

[Paris,] Donnerstag 18 [November 1869]

Mein lieber Freund,

Wir haben die Auszüge vom *Krupp*, von den *Junitagen*, von den *Kellern der Tuilerien* gelesen und wir finden, daß das Stücke von der Hand eines Meisters sind. Damit wollen wir Ihnen sagen, wie gespannt wir darauf sind, Sie zu verschlingen.

Herzlich die Ihren.

Jules de Goncourt

Krupp, Junitage, Keller der Tuilerien: Besonders dramatische Stellen aus »L'Éducation sentimentale«: der Krupphustenanfall von Madame Arnouxs Kind (Kapitel VI, Zweiter Teil), die Ereignisse der Junirevolution und die Beschreibung der in den Gewölben der Tuilerien eingepferchten gefangenen Revolutionäre (Kapitel I, Dritter Teil). In ihrem Tagebuch notieren die Brüder am 23. Mai 1869: »Flauberts Buch, sein Parisroman, ist fertig. Wir sehen das Manuskript auf seinem Tisch mit dem grünen Teppich, in einem ad hoc eigens dafür gefertigten Karton und mit dem Titel, auf den er sich versteift: L'Éducation sentimentale, und als Untertitel: L'Histoire d'un jeune homme.
Er wird es zum Kopisten schicken; denn seit er schreibt, ist es seine Religion, das unsterbliche Monument seiner handschriftlichen Kopie zu behalten. Dieser Junge behandelt die kleinsten Dinge seines mühsamen Geleges mit einer etwas lächerlichen Feierlichkeit... Bei meinem Freund wissen wir wirklich nicht, was größer ist, seine Eitelkeit oder sein Stolz!«

AN FLAUBERT

[Paris,] 24. November [18]69

Lieber Alter,

Ich lese in diesem Augenblick Ihr Buch zu Ende, Ihre achthundert Seiten, die ich in kleinen Schlucken genossen habe, und ich muß Ihnen eiligst sagen, wieviel Freude, wieviel Begeisterung mir diese Lektüre geschenkt hat. Madame Arnoux ist süß erregend. Monsieur Arnoux ist wahrhaft die Promenadenmischung eines mit dem Industrialismus gekreuzten Künstlers. Deslauriers mit seinem mißgünstigen Wesen, seiner zeitweiligen Heimtücke und Freundschaft, seinem Advokatentemperament, ein vollendet gezeichneter Typ der weitverbreitetsten echt gemeinen Menschennatur. Frédéric, Ihr Versager in der Liebe, ist wunderbar in dem Mittelmaß von Leidenschaft, Intelligenz und Energie gehalten, das Sie ihm verleihen wollten: er hat in Ihrem Buch sämtliche Qualitäten und Mängel, mit denen man sein Leben verfehlt, aber der Typ, und darauf müssen Sie gefaßt sein, wird den Frauen nicht gefallen, sie werden finden, daß er ihnen nicht schnell genug an die Wäsche will, und indirekt wird das Gustave bei anständigen und unanständigen Frauenzimmern schaden. Ich beleidige Sie nicht damit, Sie zu den Landschaften und Beschreibungen zu beglückwünschen, jeder weiß, daß Sie die Sache raus haben. Ich begnüge mich damit, Ihnen zu sagen, daß das immer unverschämt gut geschrieben und von hoher Bedeutung ist – der Kontrast von Rosanette und Madame Dambreuse bezaubernd – die Halbschatten- und Helldunkelfigur der Vatnaz vollendet – es lebe Dussardier, nieder mit Sénécal – Pellerin ein Schandmaul – Da haben Sie wirklich à la Prudhomme das ganze revolutionäre und konservative Gerede auf die Schippe genommen. Was haben Sie eigentlich für einen Hang zu dem Verb *hervorspringen* im Imperfekt; dieses Verb erfreut sich eines üblen Imperfekts, wie mir scheint. Bei allen Szenen, wo das Volkstümliche auf der Bühne ist, gibt's ja ein wildes Getümmel. Mit einem Wort pfeifen Sie auf die Kritiken, auf das Geschrei; Sie haben ein starkes Buch fabriziert, einen Roman, der in einer verdammt guten Sprache die Geschichte einer Generation erzählt. Ein *Juwel* ist die Szene, in der die kleine Louise, eine Ihrer kostbarsten Erfindungen, die Liebkosung beneidet, die die Fische überall fühlen, schweinischer und kindlicher kann man nicht sinnlich sein, und der *süße* Schrei (das ist ein Attribut, um das ich Sie beneide), der wie ein *Gurren aus ihrer Kehle dringt.* Das ist in seiner Art erhaben. Doch die äußerst meisterwerkliche Szene, wie Gautier sagen würde, ist der letzte

Besuch bei Frédéric; ich kenne in keinem einzigen Buch etwas, das feiner, bewegender, zarter, trauriger wäre, und ohne den geringsten Kunstgriff. Das Zurückziehen des Fußes, was für ein Einfall, und alles, alles, was Sie tun, was Sie sagen, alles, was Sie stillschweigend sehr wohl begreifen, darin, mein Alter, haben Sie den Vogel abgeschossen.

Wir umarmen Sie sehr herzlich und besuchen Sie am ersten Tag, an dem Jules wieder ein wenig auf den Beinen ist.

E de Goncourt

Ich befreie Sie nicht von dem Holländischen Büttenpapier. Und Zoraide Turc … welchen Empfang ihr unser armer Sainte-Beuve bereitet hätte.

die Liebkosung: Am Ende von Kapitel V im Zweiten Teil von »L'Éducation sentimentale« bei einem Rendezvous von Frédéric mit Louise Roque: »Louise murmelte vor sich hin, sie beneide die Fische um ihr Dasein. – Es muß so gut sein, dort nach Lust und Laune umherzuschwimmen, sich überall gestreichelt zu fühlen. Und sie räkelte sich in sinnlichem Schauder.«
der süße Schrei: An gleicher Stelle: »…und er legte ihr den linken Arm um die Taille. Ein Schrei, süß wie das Gurren einer Taube, drang aus ihrer Kehle; ihr Kopf sank zurück, sie wurde ohnmächtig, er fing sie auf. Und alle Bedenken seiner Redlichkeit waren überflüssig; vor dieser Jungfrau, die sich hingab, hatte ihn die Angst gepackt.«
das Zurückziehen des Fußes: Kapitel VI, Dritter Teil: »Ihre Hände umschlossen sich; die Spitze ihrer Stiefelette schob sich unter ihrem Kleid hervor, und einer Ohnmacht nahe sagte er: – Der Anblick Ihres Fußes verwirrt mich. In einer Regung von Scham richtete sie sich auf. Dann, reglos und im seltsamen Tonfall der Schlafwandler: ›In meinem Alter! er! Frédéric!… Keine ist je so geliebt worden wie ich! Nein! nein, wozu jung sein? Das ist mir so gleich! ich verachte sie alle, die hierher kommen!‹«
Kritiken: In einem Brief an Georges Sand vom 7. Dezember 1869 äußerte Flaubert seine Enttäuschung über den negativen Empfang von »L'Éducation sentimentale«: »Ihr alter Troubadour wird auf unerhörte Weise mit Füßen getreten. Die Leute, die ein Exemplar von meinem Roman bekommen haben, fürchten sich, mit mir darüber zu reden, aus Angst, sich in Verlegenheit zu bringen oder aus Mitleid mit mir. Die Nachsichtigsten finden, daß ich nur Bilder ge-

macht habe und daß die Komposition, die Anlage vollkommen fehlt.« Flaubert stellte sogar eine Liste mit der Reaktion der verschiedenen Freunde auf:
»Victor Hugo – guter Brief
Alex Dumas d. Jüngere – Dankesbrief für die Zusendung und ein Besuch.
Théoph. Gautier.
Georges Sand – Artikel erschienen in »La Liberté«.
Saint-Victor – hat Lévy einen Artikel verweigert, weil er das Buch zu schlecht fand.
Degoncourt [sic] – Brief voller Bewunderung.«

AN EDMOND DE GONCOURT

[Paris,] Freitag, 8 Uhr [4. März 1870]

Danke für Ihren Händedruck, mein lieber Freund!

Meinem Bruder geht es seit gestern besser. Aber er bleibt in seinem Bett mit einer Rippenfellentzündung und zwei Zugpflastern auf der Brust.

Was mich angeht, ich bin, physisch gesprochen, *aufgerieben* (von der Moral ganz zu schweigen), um so mehr als mich wieder heftig die Grippe erwischt hat. – Ich hatte ein Ekzem im Gesicht und neben mir meinen Diener, der von einem Gelenkrheumatismus laut heulte. Es war vollendet!

Es ist nicht alle Tage leicht »Philosoph und Mann von Geist« zu sein!

Ich umarme Sie

Gve Flaubert

Erzählen Sie mir von Jules. Ach! wie ich Sie bedaure, armer lieber Freund!

Bruder: Am 3. März 1870 schrieb Flaubert an Georges Sand: »Seit Sonntag bin ich höchst besorgt um meinen Bruder, der eine Rippenfellentzündung hat. Heute schreibt man mir, daß es ihm besser geht.«
Moral: Flaubert hatte am 1. März 1870 seinen Freund Jules Duplan verloren. Das Begräbnis war am 3. März.

Philosoph und Mann von Geist: Flaubert zitiert aus »La Nouvelle Justine ou les Malheurs de la vertu« von de Sade, wo Bandole auf seine Weise Justine zu gewinnen versucht: »Doch Bandole hatte wie alle Philosophen… wie alle Männer von Geist seine Manien beim Vorspiel.«
Jules: Seit dem 19. Januar 1870 hat Jules de Goncourt aufgehört, das Tagebuch zu führen. Im März setzt Edmond die Eintragungen fort und beschreibt den fortschreitenden Verfall seines Bruders, der sich im Endstadium einer nicht diagnostizierten Syphilis befindet. Edmond sieht die Ursache für den Tod seines Bruders in der exzessiven literarischen Arbeit, zeichnet aber im Tagebuch mit der Genauigkeit eines Klinikers die Krankheitsgeschichte auf. Erste Anzeichen sind Sprach- und Bewegungsstörungen. Edmond zeigt den Verfall eines brillanten Geistes. Er erwähnt Gedächtnislücken, Zerstreutheit und schließlich Charakterveränderungen bis hin zum vollständigen Verlust des Gefühlslebens. Am 18. Juni 1870 erleidet Jules einen epileptischen Anfall und verliert das Sprechvermögen. Bis zu seinem Tod am 20. Juni 1870 bleibt er ohne Bewußtsein.

AN FLAUBERT

[Paris, 4.] Juni 1870

Mein lieber Flaubert.

Sie haben Recht, mich zu bedauern, ich glaube, es gibt kein Leid, das sich mit dem, was ich seit acht Monaten durchmache, vergleichen läßt: ich wundere mich, daß ich das überlebe. Einen Verstand, den man als einen so lebhaften und ironischen gekannt hat, nach und nach, Tag für Tag sterben zu sehen, ganze Tage mit einem geliebten Lebewesen zu verbringen, dem man nicht vier Worte entreißen kann, von morgens bis abends in einem Tête-à-tête mit einem Verlöschenden zu sein, der unter seinen flatternden Lidern ins Leere schaut, mit einer unwahrscheinlichen Traurigkeit, der Traurigkeit, die wohl die Menschen gehabt haben, die von den Zauberern der Antike in Tiere verwandelt worden sind; zu fühlen wie in der absoluten Gleichgültigkeit, in dem Desinteresse an allem, was über ihn gekommen ist, sogar die Bruderliebe abnimmt, einschläft: das erleide ich. Und doch braucht er mich so ganz und gar, daß er meine Person nicht eine Minute entbehren kann, und wenn ich mich tagsüber verzweifelt und krank auf ein Bett werfe und schlafen möchte, schikaniert mich der arme Tatenlose, bis ich aufstehe, um seinem Schweigen und seiner Abwesenheit in meiner Nähe Gesellschaft zu leisten. All das ist sehr grausam und der, den man den Lieben Gott nennt, hat sich für mich etwas ausgedacht, das nichts zu wünschen übrig läßt ... Glauben Sie mir, daß ich die Idee hatte, das mit einem Schlag zu beenden, alles war organisiert, vorbereitet: selbst der Brief an den Kommissar; ich würde ihm eine Kugel in den Kopf schießen und dann mir. Aber fast in dem Moment, als ich meinen Plan verwirklichen wollte und ihn in einer Regung von Ungeduld, Wut, Verzweiflung über irgendeinen blöden Trotz am Kragen gepackt hatte, richtete mein Bruder, ich kann sagen, mein Kind, bei meiner Gewaltsamkeit, bei meinem Blick, Augen auf mich, die so erstaunt und voll kindlichem Erschrecken waren, daß meine Hände ihn losließen, und ich mich vollkommen und für immer unfähig fühlte, ihn zu töten. – Das ist für Sie allein; kein Wort zu wem es auch sei. Man muß also leben.

Wenn er über sich spricht, über seine Literatur, über seine Bücher, spricht er immer in der Vergangenheit, und das passiert uns in dem Augenblick, wo er seine vollständige Entfaltung erreicht hat, als wir unser Handwerkszeug nahezu beherrschten und wir eine ganze Reihe von Romanen hatten, die wir für unsere Reife aufgehoben hatten.

Und dann gibt es für eine Krankheit wie diese weder Mediziner noch Medizin, es gibt nur die bizarren Launen der Natur, die wunderbaren Wendungen, und wunderbare Wendungen sind selten, die ergeben sich für Bourgeois, die ich bei der Hydrotherapie sehe, für Intelligenzen, die in ihr Kontor oder an ihren Schreibtisch zurückkehren.

Was wir tun werden, ich habe keine Ahnung, nicht die leiseste, ich würde ihn gerne aus unserem Haus fortschaffen, ihn irgendwohin bringen, ganz gleich wohin, aber eine Ortsveränderung hängt von seinem körperlichen Zustand ab, der am einen Tag gut und am anderen schlecht ist, was weiß ich, von einem kräftigen Nordost oder einer Laune, die zu forcieren mir der Mut fehlt.

Manchmal, in ein paar guten Stunden, der Anschein eines Lächelns: ein momentanes Erwachen, Lichtblicke, die wie ein Aufbegehren und eine Revolte des Denkens scheinen, und am nächsten Tag ein schlimmerer Niedergang als an den vorigen Tagen, der einen von der Höhe einer wahnsinnigen Hoffnung in die tiefsten Tiefen des Herzzerreißens stürzt.

Ich gehe nirgendwohin, ich sehe niemanden; durch die abseits gelegenen Wege des Bois de Boulogne zu irren ist unser ganzes Leben; manchmal führe ich ihn in irgendein unbekanntes Pariser Restaurant, und dann schleiche ich durch die Straßen wie ein Dieb, in dem Versuch, um seinetwillen jede Begegnung, jeden Kontakt mit denen, die ihn gekannt haben zu vermeiden.

Schreiben Sie mir, haben Sie keine Bedenken, mir von Ihnen zu erzählen. Ich habe Sie dieses Jahr so wenig gesehen, erzählen Sie mir ausführlich von Ihnen, von dem, was Sie tun, von Ihren Plänen und glauben Sie, lieber Freund, daß ich sehr dankbar und sehr berührt bin von dem großen Anteil, den Sie an den beiden Brüdern nehmen.

Ich umarme Sie, wie ich Sie liebe.

E de Goncourt

Das ist für Sie allein: 1884 schickt Edmond de Goncourt diesen Brief mit folgender Erklärung an Daudet:
»Ende Juni (1884)
Lieber Freund
Gestern war ich bei Madame Commanville, um die Korrespondenz meines Bruders mit Flaubert abzuholen. Als sie mir das Bündel zurückgab, sagte sie:
›Wissen Sie, ich habe zu den Briefen Ihres Bruders die Ihren gelegt.‹ – ›Ach! wenn es so ist, habe ich geantwortet, bitte ich Sie um die Erlaubnis einen davon zu verbrennen.‹ Und sie hat mir sehr freundlich gestattet, damit zu tun, was ich wollte. Heute, wo ich ihn noch einmal gelesen habe, diesen Brief, habe ich nicht mehr den Wunsch, ihn zu vernichten; gewiß, ich möchte nicht, daß er zu meinen Lebzeiten erscheint; aber wenn er nach meinem Tod veröffentlicht wird, wird er bezeugen, daß ich nicht, wie Champfleury sagt, ein Kaltblut gewesen bin, sondern daß ich ein empfindsames Wesen war und daß ich wirklich geliebt habe auf dieser Erde! Nun also, da ich Sie als meinen literarischen Testamentsvollstrecker betrachte, beauftrage ich Sie, ihn zu hüten und zu veröffentlichen, wenn die Stunde gekommen ist.
Der Brief ist von Anfang Juni und mein Bruder ist am 20. gestorben.
Lassen Sie nur Ihre Frau davon wissen;
Liebe Grüße
Edmond de Goncourt«

AN EDMOND DE GONCOURT

[Croisset,] Sonntag abend [5. Juni 1870]

Wie ich Sie bedaure, mein armer Freund! Ihr Brief heute morgen hat mir das Herz zerrissen!

Außer dem persönlichen Geständnis, das Sie mir machen (und das ich für mich behalten werde, da können Sie sicher sein), hat er mir nichts Neues mitgeteilt, oder zumindest ahnte ich alles, was Sie mir sagen. Denn ich denke jeden Tag und mehrmals am Tag an Sie. Die Erinnerung an meine entschwundenen Freunde führt mich in fataler Weise zu Ihnen. Die Bilanz ist hübsch seit einem Jahr! Feydeau, Ihr Bruder, Bouilhet, Sainte-Beuve und Duplan. Da haben Sie die Gedanken, die wie ebensoviele Gräber sind, zwischen denen ich umherwandere.

Aber ich wage nicht, mich bei Ihnen zu beklagen, denn

Ihr Schmerz muß alles übersteigen, was man empfinden und sich ausmalen kann.

Sie möchten, daß ich von mir erzähle, mein lieber Edmond? Nun, ich widme mich einer Arbeit, die mich vollkommen besoffen macht (*sic*), denn ich schreibe das Vorwort zu B(ouilhets) Gedichtband. Den biographischen Teil habe ich so flüchtig wie möglich berührt. Ich werde mich mehr über die Betrachtung seiner Werke auslassen und noch mehr über *seine* (oder unsere) literarischen Überzeugungen.

Ich habe alles, was er geschrieben hat, noch einmal gelesen. Ich habe unsere alten Briefe durchgeblättert. Ich rühre eine Reihe von Erinnerungen auf, von denen einige 37 Jahre alt sind! Das ist nicht sehr lustig, wie Sie sehen! Außerdem werde ich hier in Croisset von seinem Geist verfolgt, den ich hinter jedem Busch im Garten wiederfinde, auf dem Diwan in meinem Arbeitszimmer und bis in meine Kleidung, in meine Schlafröcke, die er immer anzog.

Ich hoffe, weniger daran zu denken, wenn diese grauenhafte Arbeit beendet ist, das heißt in sechs Wochen. Und dann versuche ich S(ain)t Antoine wieder aufzunehmen. Aber das Herz ist kaum mehr dabei. Sie wissen ja, daß man immer den Hinblick auf irgend jemand schreibt. Und da derjenige nicht mehr ist, fehlt mir der Mut.

Ich lebe also allein, im Tête-à-tête mit meiner Mutter, die von Tag zu Tag älter wird, die schwächer wird, die sich beklagt! Ein ernsthaftes Gespräch mit ihr ist unmöglich geworden; und ich habe niemanden, mit dem ich sprechen kann.

Ich hoffe, im August nach Paris zu kommen und Sie dann zu besuchen? Aber wo werden Sie sein? Geben Sie mir ab und zu Nachricht, mein armer Edmond! Niemand bedauert Sie mehr als ich!

Ich umarme Sie sehr fest.

Gve Flaubert

Feydeau: Ernest Feydeau erlitt im April 1869 eine halbseitige Lähmung. Er starb 1873.
Bouilhet: Louis Bouilhet starb am 18. Juli 1869 im Alter von siebenundvierzig Jahren. Flaubert leitete zusammen mit Charles d'Osmond die Trauerzeremonie.
Sainte-Beuve: Der Kritiker und Literat starb am 13. Oktober 1869. Flaubert, der ihn gerade hatte besuchen wollen, traf fünf Minuten nach seinem Tod bei ihm ein.
Gedichtband: »Dernières Chansons« von Louis Bouilhet, erschienen 1872 bei Michel Lévy mit einem Vorwort von Flaubert vom 20. Juni 1870.
der biographische Teil: Flaubert legt in seinem Vorwort die Gründe für seine Beschränkung auf das Werk dar: »Wenn es darum geht, sein Leben zu erzählen, so war das zu sehr mit dem meinen verschmolzen, und darauf werde ich nicht lange eingehen, da die persönlichen Memoiren den großen Männern vorbehalten sein sollten. Werden nicht im übrigen ›Auskünfte‹ mißbraucht? Bald absorbiert dann die Geschichte die ganze Literatur. Das exzessive Studium eines Schriftstellers hindert uns daran, die Originalität seines Genies zu betrachten(...) Mir kommen noch andere Bedenken: ich möchte nicht die Zurückhaltung, die mein Freund stets bewahrt hat, Lügen strafen.«
literarische Überzeugungen: Flauberts Worte über Bouilhets Kunst sind gewissermaßen auch sein eigenes Manifest: »Es war eine Existenz, die ganz und gar dem Ideal gewidmet war, einer der seltenen Sachwalter der Literatur um ihrer selbst willen, letzter Fanatiker einer Religion, die kurz vor dem Erlöschen oder schon erloschen ist.«
37 Jahre alt: Bouilhet war ein Schulfreund aus der Gymnasialzeit.
Saint Antoine: Flaubert arbeitete seit Januar 1870 wieder an »Saint-Antoine«. Der Tod Duplans und die Arbeit an der Herausgabe von Bouilhets Gedichten unterbrachen seine Arbeit bis Ende Juli 1870.
meine Mutter: Am 9. Juni 1870 schreibt Flaubert an Maxime Du Camp: »Wenn ich mein Arbeitszimmer verlasse, dann nur um zu speisen, im Tête-à-tête mit meiner Mutter, die stocktaub ist und sich ausschließlich für ihre Gesundheit interessiert.«

AN FLAUBERT

[Paris] Am 20. Juni 1870

Lieber alter Freund. Ich habe soeben meinen Bruder in sein Leichentuch gehüllt, er ist nach einem schweren Todeskampf, der am letzten Donnerstag begann, gestorben. Ich wäre sehr glücklich, hinter dem Sarg den Mann zu haben, dessen Talent er so sehr schätzte, dessen Person er so sehr liebte. Ich schicke Ihnen eine Depesche, die Ihnen den Tag und die Stunde des Begräbnisses mitteilt.

Ich umarme Sie, nunmehr allein in dem Haus von Auteuil.

E de Goncourt

Leichentuch: An Philipp Burty schreibt Edmond: »Eben habe ich den Leichnam meines Bruders zur letzten Ruhe gebettet, getränkt von meinen Tränen.
Er ist nach einem vier Tage langen Todeskampf gestorben, der mit einer schrecklichen Krise begann und – Gott sei dank! – mit einem letzten Seufzer endete, der dem Einschlummern eines kleinen Kindes glich.« Im Tagebuch zeichnete Edmond vom 18. bis zum 20. Juli 1870 den Todeskampf von Jules Stunde für Stunde nach.
Begräbnis: Am 23. Juni 1870 schreibt Flaubert an Edna Roger de Genettes: »Nie habe ich ein bejammernswerteres Begräbnis gesehen als das gestrige! Ja, es ist sinnlos, Ihnen auch nur die geringste Beschreibung zu schicken. Außerdem gestehe ich Ihnen, daß ich nicht die Kraft dazu habe.«
Gautier beschreibt die Zeremonie in einem Artikel des »Journal officiel« vom 27. Juni 1870. Nach einer Messe in der alten Kirche von Auteuil begab sich der Leichenzug zum Friedhof von Montmartre, wo schon die Eltern der Brüder Goncourt begraben waren: »Wir folgten entlang aller Stationen dieses schweren Weges dem armen Edmond, der, blind von Tränen und von seinen Freunden unter dem Arm gestützt, bei jedem Schritt stolperte, als hätten sich seine Füße in einer Falte des hinterherschleifenden brüderlichen Leichentuchs verfangen. Wie jene zum Tode Verurteilten, die auf dem Weg vom Gefängnis zum Schafott gänzlich verfallen, war er von Auteuil bis Montmartre um zwanzig Jahre gealtert, sein Haar war weiß geworden! (...) Es war bejammernswert und trostlos, ja, nie war ein Leichenzug von solcher Verzweiflung begleitet. Alles weinte oder schluchzte in Krämpfen und doch waren die, die hinter diesem Leichenwagen gingen Philosophen, Künstler, Schriftsteller, geboren für den Schmerz, gewohnt ihre Seelen zu beherrschen, ihre Nerven zu bändigen und voller Zurückhaltung bei Emotionen.«

AN EDMOND DE GONCOURT

[Croisset,] Freitag morgen [24. Juni 1870]

Mein lieber Edmond,

Schicken Sie mir Nachricht von Ihnen nach Croisset.

Ich denke häufiger an Sie als Sie vielleicht glauben und ich bedaure Sie wie ich Sie liebe, das heißt zutiefst.

Ich drücke Ihnen tausendmal wärmstens die Hände

Gve Flaubert

Freitag morgen

Mein lieber Edmond: Edmond legte diesen Brief zu den zahlreichen Nachrufen auf Jules de Goncourt, die er in einer Mappe aus schwarzem Saffianleder aufbewahrte. Auf dem Einband war ein von Claudius Popelin gefertigtes Emailleportrait von Jules eingearbeitet, mit der Widmung: »Meinem Ed. de Goncourt, für den ich das Bildnis seines Bruders Jules gemacht habe, als Zeugnis meines lebhaften Mitgefühls.« Die Mappe enthält Kondolenzbriefe von Michelet, Victor Hugo, Georges Sand, Jules Janin, Flaubert, Renan, Saint-Victor, Taine, Feydeau, Banville, Zola, Berthelot, Seymour Haden und Prinzessin Mathilde.

AN FLAUBERT

Bar-sur-Seine, [1.] Juli 1970

Lieber Freund,

Ich war krank, als ich hier eintraf; die ganze Erschöpfung der letzten traurigen Sterbetage meines Bruders hat bei mir zu einer kleinen Darmverstimmung geführt, kaum genesen war ich dann von einer unendlichen Mattigkeit, einer Zerschlagenheit des ganzen Wesens, einer seltsamen Faulheit zu denken, zu schreiben; so erklärt sich Ihnen mein Schweigen; ich wollte Ihnen nicht danken, daß Sie gekommen sind, aber ich wollte mich bei Ihnen entschuldigen, so wenig für Sie da gewesen zu sein, weil ich gänzlich von der Familie mit Beschlag belegt war. – Ich lebe in diesem Augenblick in einem sonderbaren Zustand; seit sechs Monaten habe ich den Todeskampf meines Bruders erlebt, ich habe gesehen wie er starb, ich habe ihn gewaschen, ich habe geholfen, ihn in sein Leichentuch zu hüllen, und dieser Tod mit all seinen grausamen und nicht zu vergessenden Einzelheiten hält sich in meinem Kopf nicht in Form einer fortwährenden, andauernden Vorstellung, bei ihm gibt es in mir nicht jenes Gefühl unbeschreiblichen Getrenntseins, das plötzlich zwischen einem Lebenden und einem Toten entsteht, ein Gefühl, das ich bei anderen Menschen, die ich liebte, empfunden habe; meinem Geist, wenn er zum Denken nicht in der Lage ist, wenn er in der Leere und dem Schwebezustand des Gelöstseins und der Ruhe ist, ist dieser Tod nicht wirklich bewußt, und seine erste Regung, wenn ihn etwas interessiert oder beschwert, drückt sich weiter aus in einem spontanen: da frage ich mal Jules. Aber sogleich die Rückkehr der grausamen Wirklichkeit und entsetzlichen Gewißheit... Und doch bringt mir hier, wohin wir seit zweiundzwanzig Jahren jedes Jahr kommen, meine Einsamkeit an allen Orten, wo wir immer zwei waren, mehr als anderswo zum Bewußtsein, daß er nicht mehr ist. Ich suche ihn an meiner Seite auf diesen Wegen entlang der Seine, über und über duftend von Lavendel, wo wir uns Notizen für unsere Beschreibung der Stromschnellen machten, die wir so mühsam überquerten, in dieser Kirche, deren Fenster wir gezeichnet haben, in allen Winkeln dieses Hauses, die die Erinnerung an einen liebenswürdigen Scherz bergen, an ein Auflachen in seiner alten Heiterkeit, im Dunkel dieses abgelegenen Weinkellers, den er so mochte, wo wir Fechtübungen machten und wo wir uns gegenseitig die ganz frisch geschriebenen Texte vorlasen, der Ort, von dem aus ich diesen Brief an Sie richte. Alles hier erinnert mich an ihn; ich sehe uns alle beide im Jahre 49 zu jener Reise zu Fuß durch Frankreich aufbrechen, ich sehe ihn wieder mit seinen achtzehn Jahren, seinem weißen Kittelhemd, seinem Strohhut, seinem lachenden Milchbartgesicht, das ihn unterwegs nach einer Frau aussehen ließ, die ich entführte. All das ist sehr schmerzhaft, und doch finde ich es ab und an fast wohltuend und ich beginne vor der Rückkehr in das Haus von Auteuil nicht mehr dasselbe Entsetzen zu haben, das ich hatte, als ich vom Friedhof kam – es kommt mir vor, als würde ich dort näher an seinem Andenken leben. Alles, was ich Ihnen schreibe, scheint mir sehr absurd und sehr widersprüchlich, aber ach, Sie werden die Verwirrtheit Ihres Freundes schon entschuldigen. – Ich möchte Sie sehen, ich möchte einen Tag oder zwei mit Ihnen verbringen, ich muß mich aussprechen, mein lieber Gustave, und mich bei Ihnen ausheulen, ich komme Ende des Monats zurück, aber hatten Sie mir nicht gesagt, daß Sie im August nach Paris kämen; schreiben Sie mir, antworten Sie mir.

Ich umarme Sie.

Ed. de Goncourt

als ich hier eintraf: Edmond hielt sich seit dem 26. Juni 1870 bei seiner Cousine Augusta in Bar-sur-Seine auf, wo die Brüder immer ihre Ferien verbrachten und in kritischen Momenten ihres Lebens Zuflucht suchten.

Stromschnellen: Das Motiv der Stromschnellen erscheint in dem Werk »Charles Demailly«.

jene Reise zu Fuß durch Frankreich: Da die für Künstler traditionelle Italienreise wegen der dortigen Revolutionen nicht möglich war, reisten die Brüder 1849 zu Fuß und mit dem Dampfschiff durch Burgund und die Provence bis nach Marseille, wo sie sich für einen einmonatigen Aufenthalt nach Algier einschifften.

Ende des Monats: An Georges Sand schreibt Flaubert am 2. Juli 1870: »Der arme Edmond ist in der Champagne bei Verwandten. Er hat mir versprochen, Ende des Monats hierher zu kommen.«

AN EDMOND DE GONCOURT

Croisset, Montag abend [4. Juli 1870]

Mein lieber Edmond,

Ich will nicht behaupten, daß Ihr Brief mir Freude gemacht hat! Aber ich war sehr froh, Nachricht von Ihnen zu bekommen. Ich war bedrückt, nichts von Ihnen zu hören, denn ich denke oft daran, und ausführlich, das versichere ich Ihnen. Was für ein Jahr, was für ein gräßliches Jahr! Ich vergleiche meine Leiden oder mein Leid nicht mit dem Ihren, aber ich bin auch kräftig geohrfeigt worden und ich bleibe davon noch für lange betäubt.

Vergebens sage ich mir immer wieder das erhabene Wort von Goethe: »Über Gräber, vorwärts!«, das tröstet mich ganz und gar nicht.

Kommen Sie doch her. Wir werden von *Ihnen* sprechen! Wenn Sie dort nichts hält, eilen Sie sofort herbei; ich erwarte Sie, denn Ende dieses Monats oder Anfang August werde ich nach Paris fahren müssen, und dann nach Dieppe. Ihren Besuch auf September zu verschieben, wäre zu spät. Ich sehne mich danach, Sie zu umarmen, mein armer lieber Alter. – Dann fahren Sie wieder nach Bar-sur-Seine, wenn das Herz es Ihnen sagt.

Sie halten mich nicht für so dumm, Ihnen Tröstungen anzutragen? Ich bitte Sie im Gegenteil, sich mit aller Kraft in Ihre Verzweiflung zu stürzen. Sie muß Sie zur Erschöpfung bringen und durch hartnäckige Belästigung erreichen, Sie zu langweilen. Nach dieser Periode erst haben die schmerzhaften Erinnerungen ihren eigenen Zauber, das behauptet man zumindest!

Lesen Sie etwas? haben Sie den Mut dazu?

Also abgemacht? Wir sehen uns bald, nicht wahr?

Meine Mutter beauftragt mich, Ihnen zu sagen, daß sie sich mir anschließt, um Sie einzuladen.

Auf zwei Wangen, mein lieber Edmond, und ganz der Ihre

Gve Flaubert

Ich weiß Ihre Adresse nicht. Antworten Sie mir.

betäubt: Am 8. Juli 1870 schreibt Flaubert an Mademoiselle Leroyer de Chantepie: »Ich bin nicht fröhlicher als Sie, denn das Jahr war für mich grauenhaft. Ich habe beinahe alle meine Freunde beerdigt, oder zumindest die engsten. Hier ist ihre Liste: Bouilhet, Sainte-Beuve, Jules de Goncourt, Duplan, der Sekretär de Cernuschi und das ist noch nicht alles! Meine geistige Umgebung existiert nicht mehr. Ich bin allein, wie mitten in der Wüste.«
Goethe: Flaubert sah Goethe als »einen der älteren Söhne Gottes«. Mit ihm verband ihn seine Liebe zum Leben. Hier übersetzt er einen Satz Goethes aus einem Brief an Zelter vom 23. Februar 1831: »Und so, über Gräber, vorwärts!«

AN FLAUBERT

Bar-sur-Seine, [14.] Juli 1870

Lieber Freund,

Nach reiflicher Überlegung möchte ich Sie lieber später besuchen; ich bin in diesem Moment etwas angegriffen und nicht sehr reiselustig, wir können uns dann in den ersten Augusttagen in Paris sehen, wohin ich zurückgekehrt sein werde und wo Sie mir die Liebe tun werden, zu mir zum Diner zu kommen und einen traurigen Abend zu verbringen. Heute morgen bekomme ich von meinem Notar Vorschläge zum Verkauf des Hauses in Auteuil, dieses Hauses, in dem ich doch so gelitten habe, und der Gedanke, es zu verlassen, zerreißt mir das Herz; das ist dumm und unvernünftig, aber es ist so, mir scheint, daß alles, was ich geliebt habe, alles, was mich glücklich gemacht hat, von mir geht.

Sehr herzlich ganz der Ihre.

Edmond de Goncourt

Verkauf des Hauses: In dem Bedürfnis mit der ganzen schmerzlichen Vergangenheit zu brechen, hatte Edmond de Goncourt Ende Juni seinen Notar gebeten, das Haus zum Verkauf oder zur Vermietung anzubieten. Anfang Juli war in »Le Figaro« und in »Le Gaulois« folgende Annonce erschienen: »Kleine Stadtvilla im Besitz von Monsieur de Goncourt, daselbst in Paris Auteuil, Boulevard Montmorency Nr. 53, zu verkaufen oder zu vermieten. Die Villa umfaßt Speisezimmer, Salon, Arbeitszimmer, ausgeschlagen mit Gobelins von Beauvais und Aubusson. Badezimmer mit japanischen Malereien, etc. 1. Etage, Garten und Nebengebäude.« Als Edmond von seinem Notar ein Angebot für eine Vermietung von sechs Jahren erhält, zieht er seinen Auftrag zurück. Am 14. Juli 1870 notiert er im Tagebuch: »...diese Angebote stürzen mich in eine tiefe Traurigkeit. Mit diesem Haus, in dem ich so gelitten habe, verknüpfen mich Bande, die ich nicht vermutete.«

AN EDMOND DE GONCOURT

[Croisset, 29. August 1870]

Mein lieber Edmond,

Wenn ich Ihnen lange nicht geschrieben habe, dann weil ich Sie zunächst in der Champagne wähnte, und dann ich weiß nicht wo, seit dem Krieg.

Was für ein Schlag, oder? Aber wir werden uns wieder erheben, scheint mir?

Ich tue überhaupt nichts. Ich warte auf Nachrichten und verzehre mich, vergehe vor Ungeduld.

Was mich erbittert, das ist die Dummheit der hiesigen Behörden!

Meine armen Verwandten aus Nogent sind uns ins Haus gekommen! und mein Dach beherbergt jetzt 16 Personen.

Ich habe mich als Krankenpfleger beim Hôtel de Dieu von Rouen betätigt, während ich darauf warte, daß ich Lutetia verteidigen gehe, wenn es belagert wird (was ich nicht glaube). Ich habe eine Lust, *es juckt mich*, mich zu schlagen. Ist das das Blut meiner Vorfahren, der Natchez, das da wieder zum Vorschein kommt? Nein! es ist der

Ekel vor der Existenz, der da hervorbricht. Ach! glücklich die, die wir beweinen, mein armer Freund!

Sobald alles vorbei ist, *müssen* Sie mich besuchen. Ich glaube, wir haben uns viel zu erzählen. Und außerdem bin ich so allein! Und Sie erst!

Wenn Sie können, schreiben Sie mir und geben Sie mir Nachricht, von sich und überhaupt.

Ich umarme Sie sehr fest.

Gve Flaubert

Montag nacht

Krieg: Am 19. Juli 1870 hatte Frankreich Preußen den Krieg erklärt. Die Niederlagen vom 4. und 6. August eröffneten den Einmarsch der deutschen Truppen in Lothringen. Flauberts Hoffnung auf einen Gegenschlag bezieht sich hier, kurz vor der verheerenden Schlacht von Sedan, auf Mac-Mahon, der mit seinen Truppen die Armee bei Metz zu befreien versuchte.
ich weiß nicht wo: Edmond de Goncourt war Anfang August in sein Haus in Auteuil zurückgekehrt, wo er mit der Niederschrift von Tagebucheintragungen über seine Beobachtungen des Krieges, der Belagerung und der »Commune« begann.
wir werden uns wieder erheben: In einem Brief von Ende Oktober 1870 äußerte sich Flaubert weniger hoffnungsvoll: »Es gibt Patentsätze, die über alles hinwegtrösten: Frankreich wird sich wieder erheben...«
Verwandte: Die Familie Bonenfant aus Flauberts väterlicher Verwandtschaft hatte sich am 27. August 1870 von Nogent-sur-Seine nach Croisset geflüchtet.
Vorfahren: Ein Verwandter Flauberts mütterlicherseits war im 18. Jahrhundert nach Kanada ausgewandert, wo er als Fallensteller gelebt haben soll. Flaubert pflegte sich aus diesem Umstand eine irokesische Herkunft zu erträumen.

AN EDMOND DE GONCOURT

[Rouen, 1. Februar 1871]

Sind Sie getötet worden?

Wie ich an Sie gedacht habe, seit vier Monaten!

Es ist mir unmöglich, mich aus Rouen wegzubewegen, wegen meiner Mutter. Sobald meine Nichte aus England zurück ist, werde ich die Reise nach Paris antreten.

Schicken Sie mir Nachricht von Ihnen, von unseren Freunden, besonders von Théo.

Der Ihre, ich umarme Sie.

Gve Flaubert

Quai du Havre, 9A
1. Februar

seit vier Monaten: Dieser kurze Brief erreicht Edmond de Goncourt nach Beendigung der Belagerung von Paris, die vom 19. September 1870 bis zur Kapitulation am 28. Januar 1871 dauerte. Edmond beschreibt im Tagebuch den Hunger und die Kälte unter denen die Pariser zu leiden haben. Am 5. Dezember 1870 hatte Rouen kapituliert. Flaubert, der sein Haus in Croisset den deutschen Truppen zur Verfügung stellen mußte, zog nach Rouen.
meine Nichte: Caroline war zu ihrer ehemaligen Gouvernante Juliet Herbert nach England geflohen.
Théo: Théophile Gautier hatte sein Haus in Neuilly verlassen müssen und hauste unter erbärmlichen Umständen in Paris, wo er für das »Journal officiel« seine »Tableaux de siège« (»Bilder der Belagerung«) schrieb.
schicken Sie mir Nachricht: Ein Brief Flauberts vom 18. Februar 1871 an Prinzessin Mathilde erwähnt eine offenbar verlorengegangene Antwort von Edmond: »Ich habe einen Brief von Edmond de Goncourt bekommen, der mir Nachricht von Théo bringt. Allen beiden geht es gut.«

AN EDMOND DE GONCOURT

[Paris,] Donnerstag [8. Juni 1871]

Mein lieber Edmond,

Ich habe große Lust, Sie zu sehen, aber wenn ich nach Auteuil fahre, fürchte ich, Sie nicht anzutreffen. Und meine Zeit ist sehr knapp. *Wo sind Sie am nächsten Samstag von 4 Uhr an?*

Sonntag früh ziehe ich wieder ab nach Croisset.

Wenn Sie Samstag abend sonst keine Verabredung haben, wäre es sehr nett von Ihnen, gegen 4 Uhr zu mir zu kommen. Wir würden dinieren und den Abend zusammen verbringen.

Ich umarme Sie.
Der Ihre. Gve Flaubert
4, Rue Murillo parc Monceau
Donnerstag morgen

Juni: Flaubert reiste nach den blutigen Kommunetagen erst im Juni wieder nach Paris. Die letzten Kämpfe fanden am 28. Mai 1871 im Faubourg du Temple statt. Edmond de Goncourt notiert am 29. Mai in seinem Tagebuch: »Ich lese an den Wänden angeschlagen den Aufruf von Mac-Mahon, der bekannt gibt, daß gestern um vier Uhr alles vorüber war. Heute abend beginnt man das wiederauflebende Rumoren von Paris zu hören, und sein Rauschen einer fernen großen Flut...«
meine Zeit ist sehr knapp: Flaubert war nach Paris gekommen, um sich in der kaiserlichen Bibliothek Lektüren über den Heiligen Antonius zu widmen. Außerdem wollte er mit verschiedenen Theaterdirektoren über die Aufführung von Bouilhets Stück »Mademoiselle Aïssé« verhandeln. An seine Nichte Caroline schreibt er am selben Tag: »Ich konnte weder Chilly noch Goncourt ausfindig machen, und ich werde wahrscheinlich wieder wegfahren, ohne etwas erreicht zu haben.«
Samstag: Am 10. Juni 1871 verzeichnet Edmond de Goncourt: »Heute abend Diner mit Flaubert, den ich seit dem Tod meines Bruders nicht wiedergesehen habe. Er ist derselbe geblieben, vor und alledem Literat. Diese Katastrophe scheint über ihn hinweggegangen zu sein, ohne ihn auch nur um einen Deut von der unbeirrten Arbeit an dem Schmöker abzubringen.«

AN FLAUBERT

[Paris,] 17. Juni [18]71

Mein lieber Freund,

Ich habe einen Schirm bei Ihnen stehen lassen, – den Schirm eines Nachbarn, den ich nicht kenne, – das ist schlimm, könnten Sie Ihren Portier bitten, ihn für mich bereitzuhalten. Ich stecke in dem Getöse der Dachdecker und Glaser.

Ganz der Ihre und entschuldigen Sie.

E de Goncourt

Dachdecker und Glaser: Wie viele andere Häuser in Auteuil war auch das von Edmond de Goncourt bombardiert worden. An Prinzessin Mathilde schreibt er am 16. Juni 1871: »Man atmet wieder etwas auf – zwischen dem Lärmen eines Glasers, der Ihnen die Fenster wieder einsetzt, und dem Gehämmer eines Dachdeckers, der zwischen dem Himmel und Ihrem Kopf Schindeln festnagelt. Hier war alles unter Granatenbeschuß von den Versaillern, dann allgemein geplündert und geflämmt von den Föderierten, und ich muß mich in dem allseitigen Einsturz und Brand glücklich schätzen, nur vier oder fünftausend Francs Reparaturkosten zu haben, verursacht durch zwei oder dreihundert Kilo Eisen, die in meinem Haus und in meinem Garten eingesammelt wurden.«

AN FLAUBERT

[Paris,] 2. Juli [18]71

Mein lieber Freund,

Sie werden einen Brief nicht bekommen haben, in dem ich Sie darum bat, einen bei Ihnen vergessenen Regenschirm bei Ihrem Hausmeister zu hinterlegen, den Regenschirm eines Nachbarn; da ich keine Antwort von Ihnen erhielt, habe ich ihm einen ganz neuen geschickt, den er aus Anstand nicht angenommen hat; Sie sehen, daß sich die Lage kompliziert, um so mehr als er dieser Tage aus der Villa auszieht. Ich habe gestern mit der Prinzessin diniert, die ich in ausgezeichneter seelischer und körperlicher Verfassung antraf und gänzlich bereit die kaiserliche Restauration für ein permanentes Aufenthaltsbillett in Saint-Gratien herzuschenken.

Ganz der Ihre.

Edmond de Goncourt

Mathilde: Die Prinzessin hatte sich im September 1870 zu Dumas in die Normandie geflüchtet, bevor sie ins Exil nach Belgien ging. Im Juni 1871 kam sie wieder nach Paris und schrieb Thiers, daß sie sich zu politischer Neutralität verpflichte. Thiers akzeptierte ihre Rückkehr. In Saint-Gratien fand sie die Einquartierung deutscher Truppen vor. Am 1. Juli 1871 notierte Edmond in seinem Tagebuch folgende Äußerung Mathildes: »Sie wissen gar nicht, daß ich nur die Erhaltung meiner Person und die von Saint-Gratien verlange: meine persönliche Freiheit, wie ich Monsieur Thiers geschrieben habe.«

AN EDMOND DE GONCOURT

[Croisset,] Dienstag 4.J[uli 1871]

Mein lieber Freund,

Ihren Regenschirm, oder vielmehr Ihren geliehenen Regenschirm hatte ich bei meinem Hausmeister abgegeben, der mir versprochen hat, ihn besonders zu hüten. Warum haben Sie ihn nicht abgeholt?

Ich schreibe der Prinzessin nicht, weil ich nicht weiß, wie ich meinen Brief adressieren soll. Ich hoffe, Sie Anfang August zu sehen, aber Sie, mein lieber Alter, müssen in diesem Herbst unbedingt einige Zeit in meiner Hütte verbringen. – Ein Versprechen, das Sie letztes Jahr hätten halten sollen.

Es wäre sehr freundlich von Ihnen, wenn Sie mir etwas ausführlicher von sich berichten würden.

Ich umarme Sie.

Ihr Gve Flaubert

Anfang August: Flaubert hielt sich für Lektüren zu »Saint Antoine« vom 20. Juli bis zum 16. August 1871 wieder in Paris auf.

AN EDMOND DE GONCOURT

[Paris, 16. November 1871]

Da bin ich, mein lieber Alter – und die Widerwärtigkeiten (mit *Aïssé*) beginnen.

Es wäre sehr nett von Ihnen, wenn Sie am nächsten Sonntag zu Besuch kämen zu Ihrem

Gve Flaubert

Donnerstag morgen

die Widerwärtigkeiten (mit Aïssé): Bouilhets Stück war nach der Commune ein brisantes Thema: es zeigte die zum Schwarm der Régencesalons gewordene ehemalige Sklavin als Opfer der korrupten Gesellschaft und ihren Liebhaber als einen Mann, der den verdorbenen kaiserlichen Hof mit der Rache des Volkes überzieht. Kurz vor Bouilhets Tod war das Stück unter Vorbehalt von Korrekturen vom Théâtre de l'Odéon angenommen worden. Flaubert setzte nicht nur durch, daß es wirklich auf die Bühne kam, sondern wachte auch über die Verteilung der Rollen, über die Inszenierung und die Ausstattung.
Sonntag: Am 9. November 1871 kommentiert Edmond de Goncourt Flauberts Lesung aus »La Tentation de saint Antoine«, die nach dem Diner stattfand: »Er behält mich zum Diner da; und nach dem Diner liest er mir seine ›Tentation de saint Antoine‹ vor. Erster Eindruck: die Bibel neu aufbereitet mit der Methode von Horace Vernet, mit Beduinen- und Türkendekor. Zweiter Eindruck: ein riesiges Notizbuch über die Antike, dazu verdammt, die albernen Trickkisten einer Feerie zu durchlaufen, mit einem Haufen spontan zusammengestoppelter Blätter, ein Notizbuch, das der Sache doch nicht richtig auf den Grund gehen will. Das schlimmste daran ist, daß ich keine Originalität in diesem Werk finde, das man so original finden wird. Schlau wie er ist, hat sich Flaubert seit einigen Jahren die für die Bourgeois buntesten, exzentrischsten, erstaunlichsten Welten ausgesucht. Aber unter dem Dekor und den Kostümen ist das Menschliche verteufelt schablonenhaft. Bei ihm gibt es nicht die Abrakadabraphantasie eines haschberauschten Poeten oder den psychologischen Fund eines Sehers in vergangenen Menschheiten. Mit einem Wort, es gibt keinen persönlichen Einfall, sondern eine intelligente, überlegte Aneignung. Originalität, nein, noch einmal nein! Originalität besteht nicht darin, Gewöhnliches mit Originalem zu machen, sondern Originales mit Gewöhnlichem. Originalität in Flauberts Orientalismus, noch einmal nein! Vielmehr rührige, strebsame Findigkeit.«

AN EDMOND DE GONCOURT

[Paris,] Dienstag morgen [28. November 1871]

Ich habe keine Ahnung, mein lieber Alter, wo die Prinzessin ist? Ich habe gerade Popelin geschrieben, um es zu erfahren.

Versuchen Sie also Sonntag zu kommen. In Erwartung dieser Freude (der, Sie zu sehen), umarme ich Sie.

Gve Flaubert

Popelin: Claudius Popelin (1825–1892), Historienmaler und Emailleur, der, durch Gautier in den Salon Prinzessin Mathildes eingeführt, zu einem ihrer engsten Vertrauten wurde.

AN EDMOND DE GONCOURT

[Paris, Mittwoch 29. November 1871]

Wenn Ihre Erkältung am Sonntag vorbei ist, kommen Sie mich also ein wenig besuchen? Von Montag an sind all meine Nachmittage von *Aïssé* besetzt!

Die Prinzessin soll morgen zurück nach Paris kommen (Rue de Berry, 18).

Ihr Alter

Gve Flaubert

Mittwoch abend

Rue de Berry: Die Prinzessin hatte ihre prunkvolle Stadtvilla in der Rue de Courcelles verlassen müssen und bezog nun ein kleineres Haus in der Rue de Berri. Am 12. Dezember 1871 schrieb ihr Edmond de Goncourt aus Bar-sur-Seine, wohin er sich erneut geflüchtet hatte: »Mich hat ein Rückfall von Kummer, von Düsternis ereilt, bei dem man nicht den Mut hat, sich unter die andern zu mischen und neben ihrer Fröhlichkeit und ihrem Glück zu leben.«

AN EDMOND DE GONCOURT

[Paris, 2. Dezember 1871]

Mein lieber Freund,

Endlich weiß ich, wo die Prinzessin ist! Sie hat mir aus S[ain]t-Gratien geschrieben, um mir mitzuteilen, daß sie erst Mitte der Woche nach Paris übersiedeln wird.

Der morgige Abend ist von jetzt an für Tage der einzige Moment, den ich für mich habe. Hier also mein Vorschlag. Kommen Sie morgen schon früh – gegen 2 Uhr? Wir gehen dann zusammen um 4.

Ich muß Giraud aufsuchen, wegen der Kostüme von *Aïssé*.

Gestern habe ich das Stück den Schauspielern vorgelesen. Die Verteilung der Rollen hat heute stattgefunden und morgen beginnen die Proben.

Ich erwarte Sie.

Der Ihre.

Gve Flaubert

Samstag abend

Prinzessin: Am 1. Dezember hatte Flaubert ihr geschrieben: »Ich habe immerzu auf ein Wort von Ihnen gewartet, das mir Ihre Ankunft in Paris ankündigt. Ich war sogar in der Rue de Berri Nr. 22 (statt der 18) und habe natürlich niemanden angetroffen. Ich hatte Popelin geschrieben, um etwas von Ihnen zu hören; er hat mir nicht geantwortet.«
Giraud: Eugène Giraud (1806–1881), Maler und Stammgast im Salon der Prinzessin.
den Schauspielern vorgelesen: Am 1. Dezember 1871 schrieb Flaubert an Philippe Leparfait: »Eben hat unter größter Begeisterung die Lesung für die Schauspieler stattgefunden. Tränen, Beifall etc.«
Verteilung der Rollen: Die Titelheldin wurde von Sarah Bernardt gespielt.

AN FLAUBERT

Bar-sur-Seine, 11. Dezember 1871

Lieber Alter,

Ich bin weit, weit weg von Paris; ich war etwas krank und seelisch noch beschissener dran; ich bin weggefahren und obwohl ich hier 25 Grad (minus) und die Seine zugefroren vorfand, geht es mir besser. Ich bin direkt aus dem Bett abgereist, was mich daran gehindert hat, Sie zu sehen und Ihnen meine *kritischen Anmerkungen* zu den Kostümen von *Aïssé* zu liefern! Trösten Sie sich, Ihre Kostüme werden ungefähr ebenso richtig sein wie es die türkischen Kostüme in den Stücken von Voltaire waren, und wenn (Sie) mehr wollen, kriegen Sie das nicht hin und (Sie) ärgern sich zu Tode. Es gibt ein sehr einfaches Mittel, reines achtzehntes Jahrhundert auf die Bühne zu bringen, nämlich zu Waille zum Temple zu gehen und bei ihm echte Kleider aus dem 18. Jahrhundert zu kaufen, Kleider, die Wunderwerke sind, Kleider, die allein schon ein Erfolg werden, aber nie, niemals werden Sie eine Schauspielerin dazu bringen, das anzuziehen; sie wird lauter Wenns und Abers finden, kurz einen Haufen von Einwänden, die Schauspielerinnnen unterstehen durch einen geheimen Bann den Kostümbildnern der Theater und dem historischen Müll, den sie ihnen fabrizieren. – Das höchste Ideal historischen Kolorits, zu dem sich ein Direktor erheben kann, ist, Kostüme bei Giraud zu bestellen; nun, trotz meiner Freundschaft mit Giraud, Giraud hat sich nie einen alten Stich angesehen und schöpft alles aus seinem Geist und seiner Spanienmanie; das ist erbaulich, aber es paßt nicht. Glauben Sie mir, verlangen Sie nicht zu viel und machen Sie sich klar, daß es dem Publikum herzlich egal ist und daß ein grobes Ungefähr völlig ausreicht. Adieu. Ich bin glücklich, Sie in den Proben zu sehen, das garantiert, daß das Stück nach dem Erfolg von *La Baronne* ankommt.

Auf Wiedersehen im Januar des neuen (Jahres), in dem ich mich zwingen werde, mein Gleichgewicht wieder zu erlangen, zu arbeiten und wie in der Vergangenheit viel mit Ihnen zusammen zu sein.

Ich umarme Sie.

E de Goncourt

Sagen Sie der Prinzessin, daß ich ihr schreibe.

11. Dezember: Im Tagebuch ist unter diesem Datum notiert: »Die Füße im Schnee warte ich von neun Uhr morgens bis vier Uhr abends auf das Hervorbrechen eines Wildschweins, das sich weigert sein Lager zu verlassen und beneide dabei die Haut der Leute von Châtillon, die ohne große Umstände Wildschweine töten, um nicht von ihnen aufgespießt zu werden.«

Waille: Ein Seidenwarenhändler.
ein grobes Ungefähr reicht völlig aus: Flaubert betreute die Inszenierung von Bouilhets Stück mit der gleichen akribischen Sorge um jede Einzelheit wie bei seinen Romanen. Für die Kostüme holte er Informationen im Kupferstichkabinett ein. Wahrscheinlich las er die Studien der Goncourts über Mode in »La Femme au XVIII. siècle«, denn in seinen Notizbüchern finden sich Aufzeichnungen über Bilder von Lancret, die von den Goncourts erwähnt werden.
La Baronne: Drama in vier Akten von Édouard Foussier und Charles-Edmond, das am 23. November 1871 im Théâtre de l'Odéon seine erste Vorstellung gehabt hatte.

AN EDMOND DE GONCOURT

Mittwoch nacht [13. Dezember 1871]
Rue de Murillo 4

Können Sie sich vorstellen, daß alle Welt (Giraud, Popelin, die Direktion des Odéon und die Schauspieler desselben) mir versichert, daß man in der Régence keinen Puder trug! Ich kann Sie noch so sehr zitieren, Sie, die kompetenteste Autorität in dergleichen Materie, das ändert nichts! Schicken Sie mir doch sofort *Beweise*, gegen die sich nichts sagen läßt.

Ich meine, daß es auf den Bildern von Lancret Puder gibt?

Ich bin ultra-verwirrt. – Und ich bin am Ende!!!

Ich umarme Sie. Ihr

Gve Flaubert

Sie wollen *Aïssé* am 28. Dezember bringen!

Lancret: Nicolas Lancret (1690–1743) war ein Schüler von Watteau; er zeigte ein genaues Bild der Hautevolée des 18. Jahrhunderts.

AN FLAUBERT

Bar-sur-Seine, 15. Dezember [18]71

Lieber Alter,

Beweise, gegen die sich nichts sagen läßt! da Sie sich nicht davon abbringen lassen ... wenn man ein Jahr festlegen wollte, in dem man begonnen hat, anliegende Ärmel zu tragen, würde einem das nicht gelingen, weil sie zuerst von Modistinnen, von Grisetten getragen wurden und die Modejournale nichts darüber gesagt haben; nun, an jenem Anfang des 18. Jahrhunderts, als es noch weder Modejournale noch Annoncenjournale gab, zu einer Zeit, wo eine Mode Jahre brauchte um sich durchzusetzen, die Sache an einem bestimmten Dokument festzumachen, ist sehr schwierig; da gäbe es nur einen Erlaß des Königs für die Perrückenmacher, die Coiffeure, und ich habe meine Bücher nicht hier, und mir ist in den letzten acht Jahren, die ich mich nicht mehr mit dem 18. beschäftige, manches entfallen – Die Bilder sagen nicht genug – gerade Lancret muß man streichen, er hat bis 1750 gelebt, er hat in der vollen Apotheose des Puders malen können; die Porträts von Nattier, Porträts, die dem Anfang des Jahrhunderts zugeordnet werden, wären eine Angabe, aber auf einem Gemälde ist es sehr schwierig aschblondes Haar von leicht gepudertem Haar zu unterscheiden, – und dann ist es auch noch so, daß man sich um 1720 nicht puderte, sich aber gegen 1730 puderte. Ist das Porträt näher an 1720 oder an 1730, eine schwer zu entscheidende Frage. Für mich folgt daraus, daß Sie sich dem allgemein verbreiteten Irrtum nicht widersetzen sollten, auf dem Theater ist das gefährlich. – Übrigens gibt es ein Stück, das Ihnen weiterhelfen könnte. Wie spielt man im Théâtre Français *Adrienne Lecouvreur*? Die beiden Frauen sind Zeitgenossen und sterben, glaube ich, im Abstand von zwei oder drei Jahren.

In aller Freundschaft der Ihre.

E de Goncourt

Wollen Sie zur Sicherheit in der B. Nationale nach zwei kleinen Bänden fragen, die ungefähr *Histoire de la mode par Villers 1801* oder *1811* heißen; das ist ein alphabetisch geordnetes Dictionnaire verschiedensten Flitters; dort bekommen Sie vielleicht die Gewißheit, die Sie beanspruchen.

Nattier: Jean-Marc Nattier (1685–1766), Historienmaler und Porträtist.
Adrienne Lecouvreur: Drama in fünf Akten von Scribe und Legouvé, dessen Titelheldin eine berühmte Schauspielerin der Comédie Française war, die 1730 in Paris starb. Mademoiselle Aïssé starb im Jahre 1733.

AN FLAUBERT

(Paris,) Freitag, den 29. Dezember (18)71

Lieber Alter,

Ich bin wieder zurück, ich besuche Sie am Sonntag.

In der *Enzyclopedie* dort habe ich Folgendes gefunden:

Louis XIV. konnte keinen Puder vertragen; am Ende seiner Herrschaft erreichte man eine gewisse Lockerung, und er gestattete sogar, daß man ein klein wenig auf seine Perücken streute.

Ich finde in den *Essais historiques sur les modes et la toilette française* von Chevalier de XXX, 1824, einem Buch, von dem ich Ihnen dummerweise den Titel gegeben hatte, ich finde: »In der Régence ist er kaum zu allgemeinem Gebrauch gelangt.«

Ganz der Ihre. E. de Goncourt

AN EDMOND DE GONCOURT

[Paris, 30. Dezember 1871]

Kommen Sie morgen nicht, ich probe den ganzen Tag!

Des weiteren: ich drucke *Dernières chansons* und ich schreibe *einen Brief* gegen den Stadtrat von Rouen.

Sie sehen, daß ich beschäftigt bin.

Die Premiere findet am 4. oder am 6. statt.

Ich rechne mit Ihnen, und bis dahin umarme ich Sie.

Ihr Gve Flaubert

Stadtrat von Rouen: Flaubert hatte ein Kommitee zur Errichtung eines Denkmals für Bouilhet gegründet. Der Stadtrat von Rouen, den man um eine Baugenehmigung gebeten hatte, stimmte mit dreizehn gegen elf Stimmen dagegen. Flauberts »Lettre ouverte au conseil municipal de Rouen« war ein heftiger Angriff auf die bourgeoise Kleinkrämerei. Der Brief erscheint in Form eines Artikels am 26. Januar 1872 in »Le Temps« und dann als Broschüre von zwanzig Seiten, die Flaubert mit dem Namen Michel Lévy als Herausgeber bei Lapierre veröffentlicht.

AN EDMOND DE GONCOURT

[Paris,] Freitag morgen [5. Januar 1872]

Holen Sie Ihren Orchesterplatz morgen *zwischen vier und sechs* bei meinem Hausmeister ab.

Gve F.

Freitag morgen

Orchesterplatz: Nach der Premiere kommentierte Edmond im Tagebuch: »Unter der Nachsicht des Publikums für die Hexameter eines Verstorbenen plätschert das Stück dahin. Als der ehrbare Chevalier d'Aydie die Rolle des Petroliums in den königlichen Palästen erahnt, gibt es Hurras, Beifall, eine Begeisterung, die den Erfolg garantiert, oder wie soll ich sagen? der Triumph des Bouilhetschen Werkes über das XVIII. Jahrhundert, dieser seltsamen geschichtlichen Aufarbeitung, die dem Edelmann von 1730 Gedanken von vorgestern in den Mund legt.«

AN EDMOND DE GONCOURT

[Januar 1872]

Lieber Freund,

Bei Ihrem letzten Brébant-Diner sind bedenkliche Worte zu einer Sache gefallen, die mich interessiert: »Madame Colet wäre im Begriff, meine Briefe zu veröffentlichen!« Woher stammt dieses Gerücht? was soll das heißen? Mehr weiß ich nicht. Und ich hätte gern Einzelheiten.

Ich fürchte, daß der Schnee Sie daran hindert, morgen zu kommen. Deshalb schreibe ich Ihnen. Wenn ich Sie nicht sehen darf, ein paar Zeilen, ja?

Adolphe und Pellé, 3, Bd. Haussmann, bereiten uns für 20 Francs einen ordentlichen Schmaus! Sie haben mich gebeten, 24 Stunden vorher benachrichtigt zu werden.

Ich denke, Sie morgen abend zu verständigen, nicht wahr? Das reicht doch für Montag? Ganz der Ihre.

Ihr

Gve Flaubert

Samstag 4 Uhr.

Brébant-Diner: Das ehemalige Treffen bei Magny fand nach dem Tod Sainte-Beuves bei Brébant am Boulevard Poissonnière statt. Es war durch den Krieg von 1870 nicht unterbrochen worden und fand bis 1892 regelmäßig statt.

AN EDMOND DE GONCOURT

[Paris, 13.? Januar 1872]

Wenn Sie nichts Besseres zu tun haben, machen Sie mir doch longissime einen Besuch.

Am letzten Sonntag war ich zu Hause, aber ich habe so tief geschlafen, daß ich Ihr Klingeln nicht gehört habe.

Wollen Sie an meinem Pot-au-feu teilnehmen. – Und danach würden wir zur Prinzessin gehen? Kommen Sie auf jeden Fall! Ich habe Ihnen etwas vorzuschwatzen.

Ihr

Gve Flaubert

Samstag morgen

AN EDMOND DE GONCOURT

[Paris, 19. Januar 1872]

Mein lieber Alter,

Versäumen Sie nicht, am Sonntag Ihr Exemplar von *Dernières chansons* abzuholen.

Kommen Sie früh. Ich diniere nicht zu Hause und muß gegen 5 Uhr weggehen.

Der Ihre Gve Flaubert

Freitag abend

AN EDMOND DE GONCOURT

[Paris,] Montag abend [29. Januar 1872?]

Nein! – *kommen Sie morgen nicht.*

Ich sehe Sie dann Mittwoch bei der P[rinze]ssin.

Ich weiß nicht, was Sie mit der »Presse von Rouen« sagen wollen, da ich von nichts gehört habe.

Der Ihre, lieber Alter. Gve Flaubert

kommen Sie morgen nicht: Am 17. Januar 1872 hatte Edmond de Goncourt im Tagebuch vermerkt: »Flaubert ist so mürrisch, so schroff, so jähzornig, so ungestüm bei allem und jedem, daß ich fürchte, mein Freund ist womöglich von der krankhaften Reizbarkeit befallen, die Nervenkrankheiten im Anfangsstadium haben.« An Georges Sand schrieb Flaubert am 21. Januar 1872 über seine Mühen um das Andenken an Louis Bouilhet: »Wie viele Wege! wie viele Briefe! und wie viele Wutanfälle, unterdrückte, leider!«

AN EDMOND DE GONCOURT

[Paris, Dienstag, den 19. März 1872]

Mein lieber Alter,

Turgenjew hat mich für Freitag zum Diner eingeladen.

Da ich darauf bestehe, an diesem Tag bei Ihnen zu dinieren (ein anderer bleibt mir nicht mehr), erlaube ich mir, besagten Moskauer mitzubringen.

Er hält ziemlich viel von Ihnen, da er *meine* Einladung angenommen hat. Wenn Sie das stört – eine kurze Mitteilung bitte.

Wir werden zeitig kommen, gegen 5 Uhr? ist das zu früh?

Ganz der Ihre.

Gve Flaubert

Dienstag 2 Uhr

Turgenjew: Flaubert schreibt am 29. April 1872 an Georges Sand: »Außer Ed(mont) de Goncourt und Turgenjew machen die Kollegen mich sämtlich wahnsinnig mit ihrer konstitutionellen Kleinkrämerei oder ihren grotesken Eitelkeiten.« Edmond de Goncourt und Turgenjew kannten sich seit 1863 von den Treffen bei Magny. Durch Flauberts Einladungen sahen sie sich von 1872 an häufiger, und es begann ein Austausch von Briefen und Werken. Trotz aller Freundschaft erschien der russsische Dichter den beiden frauenfeindlichen Franzosen oft sehr sentimental.

AUS DEM TAGEBUCH VON EDMOND DE GONCOURT

Samstag den 2. März 1872

Heute ist Diner bei Flaubert: Théo, Turgenjew und ich.

Turgenjew, der sanfte Riese, der liebenswürdige Barbar, mit seinem weißen Haar, das ihm in die Augen fällt, der tiefen Falte, die die Stirn von einer Schläfe zur anderen durchzieht, wie die Furche eines Pflugs, mit seiner kindlichen Art zu reden, bezaubert schon bei der Suppe, *umkränzt* uns, einem russischen Ausdruck nach, mit dieser Mischung von Naivität und Scharfsinn – die Verführungskunst der slavischen Rasse, bei ihm noch erhöht durch die Einzigartigkeit eines überragenden Geistes, durch ein immenses und kosmopolitisches Wissen.

Er erzählt uns von dem Gefängnismonat, den er nach der Veröffentlichung von *Aufzeichnungen eines Jägers* durchgemacht hat, wo er als Zelle die Archive einer Polizeidienststelle hatte, in der er geheime Akten durchforstete. Mit den Pinselstrichen eines Malers und Romanciers beschreibt er uns den Polizeichef, der ihn eines Tages, von ihm mit Champagner angeheitert, mit dem Ellbogen anstößt, sein Glas hebt und zu ihm sagt: »Auf Robespierre!«

Dann unterbricht er sich und sagt: »Wenn ich den Stolz auf diese Dinge besäße, würde ich nur darum bitten, daß man auf meinen Grabstein meißelt, was mein Buch für die Emanzipation der Leibeigenen getan hat. Ja, das wäre meine einzige Bitte. Der Kaiser Alexander hat mir sagen lassen, daß die Lektüre meines Buches einer der maßgeblichen Beweggründe seines Entschlusses gewesen sei.«

Théo, der, eine Hand auf seinem schmerzenden Herzen, mit leerem Blick und das Gesicht weiß wie die Maske eines Pierrots, die Treppe hinaufgestiegen ist, abwesend, stumm, taub, ißt und trinkt mechanisch, so wie man sich einen bleichen Schlafwandler vorstellt, der im Mondschein diniert... Er hat schon etwas von einem Sterbenden, der kaum mehr erwacht und seinem traurigen und beschränkten Selbst nur entkommt, wenn er von Gedichten und Poesie sprechen hört.

Von Molières Versen entwickelt sich das Gespräch bis zu Aristophanes; und Turgenjew, der unverhohlen seine ganze Begeisterung für diesen Komiker zeigt, für diesen Vater des Gelächters, für dieses Talent, das er so hoch schätzt und das er in der ganzen Menschheit nur zwei oder drei Männern zugesteht, ruft mit Lippen, die vor Verlangen feucht sind, aus: »Stellt euch vor, wenn man das verlorene Stück von Cratinus, das Stück, das als noch besser galt als das von Aristophanes, das Stück, das die Griechen als Meisterwerk des Komischen betrachten, kurz das Stück mit der *Flasche*, geschrieben von diesem alten Säufer aus Athen ... für mich, ich weiß nicht, was ich dafür gäbe, nein, ich weiß es nicht, ... ich glaube ich würde alles dafür geben!«

Als wir uns vom Tisch erheben, läßt sich Gautier auf einen Diwan fallen und sagt: »Im Grunde interessiert mich nichts mehr, mir scheint, ich gehöre nicht mehr in diese Zeit. Ich bin gerne bereit, in der dritten Person von mir zu sprechen, mit den *Aoristen* der zweiten Praeteriti ... Mir ist, als wäre ich schon gestorben!«

»Bei mir«, fährt Turgenjew fort, »ist das ein anderes Gefühl. Wissen Sie, manchmal liegt in einem Zimmer ein unmerklicher Moschusgeruch in der Luft, den man nicht vertreiben kann, den man nicht wegbekommt ... Nun bei mir ist es so, als sei um mich, und das ständig, ein Geruch von Tod, vom Nichts, von Auflösung.«

Nach kurzem Schweigen sagt er noch: »Die Erklärung dafür glaube ich in etwas Bestimmtem zu finden, in dem Unvermögen, – in einer Unmenge von Gründen, in meinem weißen Haar etc. – in dem absoluten Unvermögen zu lieben. Ich bin dazu nicht mehr fähig. Das also, verstehen Sie, ist der Tod!«

Und als Flaubert und ich die Wichtigkeit der Liebe für gebildete Leute bestreiten, ruft der Russe mit einer Geste, die ihm die Arme sinken läßt, aus:

»Mein Leben ist vom Feminilinem getränkt. Es gibt kein Buch, oder sonst irgend etwas, das mir die Frau hätte ersetzen können ... Wie soll ich das beschreiben? Ich finde, daß nur die Liebe eine gewisse Entfaltung des Menschen bewirkt, und sonst nichts, oder?«

Und seine Gedanken durchstreifen die Vergangenheit, das Gesicht leuchtet auf vor Glück:

»Hören Sie nur, ich hatte als ganz junger Mann eine Geliebte, eine Müllerin aus der Umgebung von Sankt Petersburg, die ich auf der Jagd getroffen habe. Sie war bezaubernd, ganz hell, mit einem Fleck im Auge, was bei uns ziemlich oft vorkommt. Sie wollte nichts über mich wissen. Eines Tages sagte sie zu mir: ›Sie müssen mir etwas schenken! – Was möchten Sie haben? – Bringen Sie mir Seife mit.‹ Ich bringe ihr Seife. Sie nimmt sie, verschwindet, kommt über und über errötend wieder und sagt, während sie mir ihre duftenden Hände reicht: ›Küssen Sie mir die Hände, wie Sie in den Salons die Hände der Damen von Sankt Petersburg küssen!‹ Ich warf mich ihr zu Füßen ... Nun, es gibt keinen Augenblick meines Lebens, der diesen aufwiegt!«

Freitag, 22. März 1872

Turgenjew diniert bei mir mit Flaubert.

Er skizziert uns die bizarre Gestalt seines Moskauer Verlegers, eines Literaturhändlers, der kaum lesen kann und der, was das Schreiben angeht, höchstens in der Lage ist, seinen Namen zu schreiben. Er beschreibt ihn uns, umgeben von zwölf kleinen gespenstischen Alten, seinen Lektoren und Ratgebern für 700 Kopeken im Jahr.

Dann geht er zu der Beschreibung der Schriftstellertypen über, bei denen uns unsere französische Bohème leid tut. Er malt uns das Porträt eines Säufers, der, um morgens sein Glas Schnaps trinken zu können, für zwanzig Kopeken eine Dirne aus dem Bordell heiratete, ein Säufer, dessen bedeutende Komödie er hat veröffentlichen lassen.

Bald kommt er auf sich selbst zu sprechen. Er analysiert sich. Er sagt uns, daß ihn, wenn er traurig oder schlecht gelaunt ist, zwanzig Verse von Puschkin wieder aufrichten und ihn in Verzückung versetzen. Das schenkt ihm die bewundernde Rührung, die er für keine einzige große und noble Tat empfindet. Allein die Literatur ist fähig, ihm jene Beruhigung zu verschaffen, die er dann als etwas Physisches empfindet, als ein angenehmes Gefühl in den Wangen!

AN EDMOND DE GONCOURT

[Croisset, 6./7. April 1872]

Mein lieber Freund,

Meine Mutter ist eben gestorben!

Ich möchte nicht, daß Sie zu ihrem Begräbnis kommen! Das wird Ihren Schmerz erneuern. Ich habe genug an dem meinen!

Ich umarme Sie.

Ihr Gve Flaubert

Samstag, nachts halb eins

AN EDMOND DE GONCOURT

[Croisset, 12. April 1872]

Über meine Zukunft kann ich Ihnen noch nichts sagen, mein lieber Freund. – Solange meine Angelegenheiten noch nicht geklärt sind (und das wird dauern), weiß ich noch nicht, wo ich leben werde. – Denn zuerst muß ich wissen, wie ich leben werde?

In nächster Zeit wird es keine längeren Aufenthalte in Paris geben. Aber im Mai bleibe ich vielleicht eine Woche da.

Ich habe eine harte Woche hinter mir, mein lieber Alter, die Woche des *Nachlasses*! Das ist trostlos. Es kam mir so vor, als würde meine Mutter noch einmal sterben, und wir würden sie bestehlen.

Was Sie mir von dem armen Théo erzählen, bekümmert mich tief. Noch einer! Ach! wie gerne fände ich wieder Gefallen an der Arbeit! Aber mein Kopf ist ganz leer und alle Glieder schmerzen! Es ist nicht leicht, Philosoph zu sein.

Ich umarme Sie von ganzem Herzen, mein lieber Alter.

Gve Flaubert

Croisset. Freitag.

wie ich leben werde: Flauberts Mutter hatte ihrer Enkelin Caroline den Besitz in Croisset vererbt, unter der Bedingung, daß Gustave dort weiterhin wohnen könnte. Flauberts finanzielle Situation war also ungeklärt, so daß er damit rechnete, die Aufenthalte in Paris entweder auf ein Minimum zu reduzieren, wenn nicht ganz darauf verzichten zu müssen.
was Sie mir von dem armen Théo erzählen: Goncourt notiert in seinem Tagebuch die Verschlechterung von Gautiers Gesundheitszustand auf Grund eines Herzklappenfehlers.

AUS DEM TAGEBUCH VON EDMOND DE GONCOURT

21. Juni 1872

Heute abend diniere ich bei Riche mit Flaubert, der durch Paris kommt, um zur Einweihung des Ronsarddenkmals nach Vendôme zu fahren.

Wir dinieren, wohlverstanden, in einem Nebenraum, weil Flaubert keinen Lärm will und keinen Menschen neben sich und außerdem beim Essen sein Jackett und seine Stiefel ausziehen will.

Wir plaudern über Ronsard. Dann fängt er sofort an über Politik, über die Widerwärtigkeiten des Lebens herumzujaulen, während ich darüber stöhne.

Beim Hinausgehen treffen wir auf Aubryet, der uns mitteilt, daß Saint-Victor auch zur Einweihung kommt: »Also dann fahre ich nicht nach Vendôme, sagt mir Flaubert. Nein, wahrhaftig, die Empfindlichkeit hat bei mir einen derart krankhaften Zustand erreicht, ich bin so angegriffen, daß der Gedanke, in der Bahn das Gesicht eines unangenehmen Herrn vor mir zu haben, mir zuwider, ja unerträglich ist! Früher wäre mir das egal gewesen. Ich hätte mir gesagt: ›Ich versuche in ein anderes Abteil zu kommen.‹ Und dann hätte ich mich, wenn ich meinen unangenehmen Herrn nicht hätte vermeiden können, schlimmstenfalls damit erleichtert, ihn anzubrüllen. Jetzt ist das nicht mehr so … Schon allein die Gefahr dieser Möglichkeit macht mir Herzklopfen … Kommen Sie, gehen wir in ein Café, ich schreibe meinem Diener, daß ich morgen zurückkomme.«

Und dort, vor dem Strohhalm eines Champagnersorbets: »Nein, ich bin nicht mehr in der Lage, irgendein Ärgernis zu ertragen … Die Notare von Rouen betrachten mich als Verrückten! Verstehen Sie, zur Aufteilung des Erbes habe ich ihnen gesagt, daß sie nehmen sollen, was sie wollen, aber daß ich nichts davon hören wollte: lieber möchte ich bestohlen werden, als daß man mich anödet! Und so ist es mit allem, mit den Verlegern … Und jetzt diese Aktion, wenn ich etwas anpacken soll, bin ich von einer unsäglichen Faulheit. Mir bleibt wirklich nur noch die Aktion der Arbeit.«

Als der Brief geschrieben und in den Umschlag gesteckt ist, ruft er aus: »Ich bin glücklich wie einer, der einen Blödsinn gemacht hat! Warum? Sagen Sie, wissen Sie's?«

Dann bringt er mich zur Bahn, und mit den Ellbogen auf die Absperrung gestützt, wo man Schlange steht, um ein Billett zu kaufen, erzählt er mir von seinem tiefen Überdruß, von seiner Enttäuschung über alles, von seiner Sehnsucht, tot zu sein – und tot ohne Seelenwanderung, ohne Weiterleben, ohne Auferstehung, für immer seines *Ichs* entledigt.

Während ich ihm zuhörte, kam es mir so vor, als hörte ich, was ich jeden Tag dachte. Ach! die schöne physische Zerstörung, die das geistige Leben selbst bei den Stärksten, den am kräftigsten Gebauten verursacht! Es ist wirklich so, wir sind alle krank, quasi verrückt, und alle dabei, es gänzlich zu werden!

AN EDMOND DE GONCOURT

[Paris,] Freitag, den 3. J[anuar 1873]

Da bin ich wieder, lieber Freund. Das heißt, daß ich Sie erwarte.

Ein paar Zeilen, nicht wahr, um mir zu bestätigen, daß wir uns bald sehen.

Ihr

Gve Flaubert

der Sie umarmt und gar nicht auf der Höhe ist.

Nein! es geht nicht gut! es geht überhaupt nicht gut!

Am Sonntag werde ich den ganzen Nachmittag zu Hause sein. – Und nächste Woche führe ich dann ein geregeltes Leben.

es geht nicht gut: Flaubert arbeitete seit Anfang Juli 1872 an »Bouvard et Pécuchet«, zunächst mit ausführlichen Lektüren auf medizinischem Gebiet. Er lebt isoliert und in ständiger Verärgerung über den »modernen Aaskram«. Ende Dezember 1872 war er nach Paris zurückgekehrt und schreibt an Georges Sand, daß seine langen Spaziergänge durch Paris seine Schlaflosigkeit behoben haben.

Goncourt notiert am 5. Januar 1873 im Tagebuch: »Flaubert hat mir geschrieben: ›Es geht nicht gut, nein, es geht überhaupt nicht gut!‹ Das ist vollkommen richtig. Dieses Talent stirbt vor Wut über den finanziellen Erfolg von Droz und Belot, vor Eifersucht auf das dicke Geld, vor schnödem Neid auf den großen Wirbel um triviale Literatur.«

AN EDMOND DE GONCOURT

[Paris,] Montag morgen [10? Februar 1873]

Mein lieber Freund,

Ich versichere Ihnen, daß Sie mir, wenn Sie Ihr Déjeuner am nächsten Donnerstag auf den *folgenden Donnerstag* verschieben könnten, einen echten Dienst erweisen würden, denn ich habe am nächsten Donnerstag mehrere Verabredungen, die mir wichtig sind.

Wenn ich an diesem Tag bei Ihnen zu Mittag esse, bin ich gezwungen, Sie sehr früh zu verlassen und schaffe doch nicht alles, was ich schaffen muß.

Versuchen Sie das einzurichten.

Ansonsten sehen wir uns Mittwoch abend.

Ganz der Ihre.

Ihr

Gve Flaubert

AUS DEM TAGEBUCH VON EDMOND DE GONCOURT

26. Februar 1873

Flaubert sagte heute ziemlich bildhaft: »Nein, es ist nur noch die Entrüstung, die mich aufrecht hält. Die Entrüstung ist für mich der Stift, den die Puppen im Hintern haben, der Stift, der sie in der Senkrechten hält. Wäre ich nicht mehr entrüstet, würde ich glatt umfallen.« Und er zeichnet die Umrisse eines auf dem Parkett ausgerutschten Hanswurst.

AN EDMOND DE GONCOURT

[Paris, 2. Mai 1873]

Mein lieber Freund,

Holen Sie mich um 5 Uhr ab statt um 6. Weil:

Turgenjew schien mir gerne Madame Sand einladen zu wollen, die noch für einige Tage in Paris ist. Von mir gehen wir dann zu Turgenjew und von ihm zur Rue Gay-Lussac.

Bis morgen also, lieber Alter.

Ihr Gve Flaubert

Freitag 11 Uhr

Madame Sand: Turgenjew war Mitte April mit Flaubert bei Georges Sand in Nohant gewesen.
Rue Gay-Lussac: Georges Sands Adresse in Paris. In einem Brief an ihren Sohn Maurice schreibt sie noch am selben Abend sehr verärgert über dieses Diner bei Véfour, Flaubert sei laut und launisch gewesen und habe das Gespräch beherrschen wollen.

AUS DEM TAGEBUCH VON EDMOND DE GONCOURT

Samstag, 3. Mai [1873]

Flaubert sagt mir dieser Tage zu dem Stück von Bouilhet, das er zusammenschustert: »Wissen Sie, daran sitzt man einen Monat: man muß so einfach wie möglich schreiben; und dabei verabscheue ich die *Wörter*!«

Die Verachtung, die er für Eigenschaften hat, die er nicht besitzt, ist komisch. Danke sehr! Witz und Umgangssprache, diese Schriftsprache, die nicht danach aussieht, eines der seltensten Dinge beim Theater, so behandelt er sie!

Je älter Flaubert wird, desto provinzieller wird er. Wenn man von meinem Freund den Ochsen, das Arbeits-

und Fleißtier, den Büchermacher von einem Wort pro Stunde abzieht, hat man einen so *durchschnittlichen*, so wenig originellen Menschen vor sich! Und ich spreche hier nicht nur von der Originalität von Ideen und Konzepten, ich spreche von der Originalität des Tuns, der Lebensart; ich spreche von einer besonderen Originalität, die immer das Siegel eines überragenden Menschen ist. Bei Gott! diese bürgerliche Ähnlichkeit seines Hirns mit dem Allerweltshirn, – was ihn, da bin ich sicher, im Grunde wütend macht, – diese Ähnlichkeit versteckt er hinter groben Seltsamkeiten, volksfeindlichen Grundsätzen, revolutionärem Gebrüll, einem brutalen, ja unerzogenen Widerspruchsgeist bei allen allgemein anerkannten Vorstellungen. Manchmal hat er damit sogar Erfolg. Aber bei wem? Die übertriebene Heftigkeit zeigt und bestätigt bei genauen Beobachtern sehr schnell den falschen Ton.

Mit einem Wort, Flaubert präsentiert sich als der leidenschaftlichste Mann der Welt; aber seine Freunde haben einer nach dem anderen erfahren, und erfahren es noch, daß die Frau nur eine ziemlich sekundäre Rolle in seinem Leben spielt. Flaubert stellt sich als der Unvernünftigste im Umgang mit Geld dar; aber Flaubert hat keine Vorlieben, kauft was es auch sei, und nie hat irgendeine Laune ein Loch in sein Portemonnaie gerissen. Flaubert stellt sich als den tollsten Erfinder bei Komfort und Eleganz einer Einrichtung dar; aber Flaubert ist bisher nur eingefallen, Blumenvasen aus Ingwermarmeladegläsern zu machen, eine Erfindung, auf die er offenbar sehr stolz ist. Und doch ... Der Autor von *Madame Bovary* hat nur die Ideen, die Vorlieben, die Gewohnheiten, die Vorurteile, die Eigenschaften, die Laster des gemeinen Sterblichen.

Ja, lügt er denn ganz und gar, wenn er in so vollständigem Widerspruch zu seinem Innersten steht? Nein, und das Phänomen, das sich in ihm abspielt, ist ziemlich komplex. Zunächst, wer Normanne sagt, sagt auch ein wenig Prahlhans. Außerdem ist unser Normanne von Natur sehr wortklauberisch. Schließlich hat der arme Junge ein Blut, das ihm gewaltig zu Kopfe steigt, wenn er spricht. Das bewirkt, daß sich mein Freund Flaubert mit einem Drittel Aufschneiderei, einem Drittel Wortklauberei, einem Drittel Hitzköpfigkeit am Ende beinahe ernsthaft an den Unwahrheiten berauscht, die er zum Besten gibt.

AN EDMOND DE GONCOURT

Croisset, Samstag [17.? Mai 1873]

Mein lieber Edmond,

Sie können mich zu Recht als ein verdammtes Schwein betrachten. Denn ich habe Ihnen noch nichts zu Ihrem letzten Werk gesagt – und das ist wirklich eins.

Das liegt daran, daß ich gewaltig mit *Le sexe faible* beschäftigt bin und dabei schnell mit dieser Aufgabe fertig werden möchte, um mit einer anderen zu beginnen, die mir wichtiger ist.

Ich arbeite wie 30 Tausend Neger! Was wird daraus werden? Es wäre ein Spaß, wenn der Erfolg Carvalhos Schrulle die Krone aufsetzen würde!

Aber reden wir über Ihr Stück. Ich finde es, so wie es ist, vollendet und keiner Verbesserung bedürftig. Der Stil hat mich, als Wiedergabe der Epoche (soweit ich sie kenne), begeistert. Es gibt Seiten im 1. Akt, die man eines Tages herausheben und als historisches Gemälde bringen wird. All Ihre Personen sind Typen, exemplarische Gestalten. Sie bringen einen dazu, diese alte Welt zu lieben, die ihr Gutes hatte.

Wir werden noch länger darüber reden, wenn ich Sie noch einmal gelesen habe und wir zusammen sind.

Bleibt die Frage, ob all das seine Wirkung auf den

Brettern hätte? Sie hätten vielleicht das Ganze durch teilweise Änderungen weniger menschlich machen sollen, einige Streichungen vornehmen, ein paar Erläuterungen hinzufügen. So taucht Perrin, den man am Ende des III. Aktes für tot hält, wieder auf, ohne daß erklärt wird, wie er seinem Selbstmord entronnen ist? Vielleicht täusche ich mich?

Wie auch immer, ich bin sicher, daß das Publikum an sehr vielen Stellen ergriffen gewesen wäre. Wenn Sie mutiger rangingen, das wäre doch einen Versuch wert?

Und der Gavarni? wann kriegen wir den?

Ich nehme Sie in zwei ausgebreitete Arme, mein lieber Alter.

Ihr Gve Flaubert

Ihr letztes Werk: »Blanche de la Rochedragon«, das Stück der Goncourts über die Revolution war Ende Dezember 1867 fertiggestellt, aber nicht gespielt worden. Edmond de Goncourt beschloß, es unter dem Titel »La Patrie en danger« zu veröffentlichen. Flaubert hatte ein Exemplar erhalten, das die Widmung trug: »Dem alten Freund Flaubert. Edmond de Goncourt.«
Le sexe faible: Flaubert hatte in Bouilhets Nachlaß ein fast fertiges Szenario einer Komödie gefunden. Er überarbeitete das Stück, das Carvalho, der Direktor des Vaudeville-Theaters zunächst akzeptierte, und dann im Mai 1874 ablehnte.
diese alte Welt: Das Drama spielt während der Revolution vom 14. Juli 1789 bis 1792. Es erzählt die Liebesgeschichte einer jungen Adligen und des Sohnes eines Dieners ihrer Familie, der in der Revolution General geworden war. Er kämpft heldenhaft bei der Bastille und in Verdun. Zum Schluß sehen sich die beiden Hauptpersonen im Gefängnis wieder und werden zusammen aufs Schafott geführt. Der erste Akt zeigt eine adlige Familie, deren Mitglieder die Aristokratie am Vorabend der Revolution verkörpern.
Wenn Sie mutiger rangingen: Goncourt hatte ein sehr ernüchterndes Vorwort geschrieben, in dem er die Gründe darlegt, die ihn dazu bewogen hatten, auf eine Aufführung des Stückes zu verzichten.

AN EDMOND DE GONCOURT

Croisset, Mittwoch 25. [Juni 1873]

Mein lieber Freund,

Ihr Band über Gavarni hat mir den ganzen Sonntag Gesellschaft geleistet. – Oder vielmehr waren *Sie beide* da!

Ich hörte während dieser ganzen Lektüre Ihren armen Bruder sprechen, es war ein Zauber und zugleich eine Obsession. Aber es soll davon die Rede sein, als wäre ich ein unabhängiger Leser.

Also gut! ich halte es für ein sehr gut geschriebenes und unterhaltsames Buch. Bleibt die Frage, worin das Unterhaltsame besteht? Das ist es, was mir Spaß macht.

Ich war von den ersen Seiten an verführt von der *historischen Farbigkeit*, die Sie den ersten Jahren Gavarnis zu verleihen wußten. Was für ein seltsamer Mann! und was für ein seltsames Leben! Was für eine weit von uns entfernte Welt! Nach jedem Absatz gerät man ins Träumen.

– Sie haben seine Notizen sehr geschickt eingeschoben. Was von ihm ist, verschmilzt mit dem, was von Ihnen ist. – Hinter der scheinbaren Gutmütigkeit der Erzählung steckt eine gekonnte Komposition.

(Doch Verzeihung! ein beiläufiger Gedanke! Wie kommt es, daß Sie nicht von Camille Rogier gesprochen haben, der, glaube ich, lange mit Gavarni gelebt hatte? oder ihn zumindest sehr genau kannte?)

Es gibt ein wunderbares Fragment. Das auf Seite 92 beginnt. Seit *Les Confessions* von Rousseau wüßte ich kein Buch, das einen Menschen so komplex und so echt darstellt. – Als aus dem Ganzen herausragend sehe ich auch das 1. Kapitel: die Maskenbälle. Aber noch einmal, was für ein seltsames Leben! Waren die damals jung!

und wie man sich vergnügt hat! Mir scheint, daß die Menschen unserer Generation nicht die geringste Ahnung vom Vergnügen haben. Wir sind akkurater und finsterer.

Erinnern Sie mich daran, Sie nach der genauen Nummer von *La Presse* zu fragen, in der Gavarni ein sittenloser Mensch genannt wird. Ich könnte diese Auskunft brauchen.

Sein ganzer Aufenthalt in England, von dem ich überhaupt nichts wußte, ist sehr interessant. – Ich liebe einige seiner Ansichten, unter anderem die über Proudhon. Man müßte diese Zeile auf den Deckel der Bücher dieses riesigen Schwindlers schreiben, der nicht die geringste der Belanglosigkeiten unseres Freundes Beuve war.

Der Schluß ist ergreifend, großartig, und bis zum letzten Wort, bis zur Grabinschrift ist man vollkommen hingerissen.

Kurz gesagt, mein lieber Alter, haben Sie ein in jeder Hinsicht außerordentliches Werk geschaffen. – Als psychologische Studie und als Geschichte finde ich es unschätzbar.

Welches Ei werden Sie jetzt legen? Was brüten Sie aus?

Wo werden Sie diesen Sommer sein?

Die Prinzessin hat schon lange nichts mehr von sich hören lassen.

Ich erwarte Carvalho Ende nächster Woche, um ihm *Le Sexe faible* vorzulesen, ein Stoff… Entschuldigen Sie den Ausdruck!

Ich habe (so hoffe ich zumindest) mit der dramatischen Kunst abgeschlossen, die mir wenig entspricht. Und ich stecke wieder in meinen Lektüren für meinen nächsten Schmöker, indem ich mich mal an Gressent freue (*Taille des arbres fruitiers*) und dann wieder an Garnier (*Facultés de l'âme),* das übrige nicht gerechnet. All das läßt die Zeit vergehen, was die Hauptsache ist.

Möge sie Ihnen leicht sein, mein lieber Alter, und glauben Sie mir, daß ich Sie liebe und Sie umarme.

Gve Flaubert

Ihr Band über Gavarni: Das Buch der Goncourts über den Maler war am 16. Juni 1873 bei Plon erschienen. Flaubert hatte eine Ausgabe mit der gewohnten Widmung erhalten: »Meinem alten Freund Gustave Flaubert. Edmond de Goncourt.«
historische Farbigkeit: Die ersten Seiten schildern die Zeit der Revolution. Gavarnis Vater war Mitglied des Revolutionskomitees.
seine Notizen: Gavarnis Sohn Pierre hatte den Goncourts die persönlichen Papiere seines Vaters anvertraut: Teile seiner Memoiren, seine Notizbücher, einzelne Notizen, mit denen der Künstler seine Erinnerungen und Eindrücke festhielt.
Camille Rogier: Flaubert hatte den Orientmaler Camille Rogier 1850 in Beirut getroffen und bei ihm gewohnt. 1857 und 1879 hatte er ihn wiedergesehen.
ein wunderbares Fragment: Gavarni beschreibt das traurige Ende einer totgeborenen Liebe.
Maskenbälle: Der Karneval war eins von Gavarnis Schlüsselthemen.
ein sittenloser Mann: Der Maler der leichten Mädchen, der »Scènes de la vie intime« wurde von fortgeschrittenen Republikanern als »Volksverderber« angesehen.
Sein Aufenthalt in England: Gavarni war im Dezember 1847 nach England gefahren und hatte eher das öffentliche Leben und die Armut in London gemalt als den Wohlstand der Aristokratie.
Seine Ansichten über Proudhon: Gavarni hatte geschrieben: »Das Bemerkenswerte an ihm ist die Klarheit seiner Rede und die Unklarheit seines Denkens.«
Sainte-Beuve: 1872 war Sainte-Beuves Werk »P.-J. Proudhon, sa vie et sa correspondance 1838–1848« erschienen.
Grabinschrift: Die Goncourts hatten geschrieben: »Nach so vielen Arbeiten, einem Gesamtwerk von zehntausend Einzelwerken, wo zum ersten Mal in der Geschichte der Kunst das Talent des Malers mit dem des Schriftstellers verbunden ist, nach den mühsamen Forschungen des Mathematikers, Wissenschaftlers und Erfinders ruht er nun in unserer Nähe auf dem Friedhof von Auteuil. Er schläft dort den großen Schlaf unter einer Granitplatte, Sinnbild der Dauerhaftigkeit seines Ruhms und des Fortbestands seines Namens: schlicht und stolz die Grabinschrift: GAVARNI.«
ich habe mit der dramatischen Kunst abgeschlossen: Angeregt durch die Arbeit an Bouilhets Stück schrieb Flaubert ein eigenes Stück: »Le Candidat«, das Edmond de Goncourt lediglich als eine »Possensammlung der Tagespolitik« bezeichnete. Nach dem Fiasko der Premiere am 31. März 1874 am Vaudeville-Theater beschreibt Edmond de Goncourt Flauberts Reaktion: »Als er mich sieht, schreckt Flaubert hoch, als ob er aufwachte, als wollte er sich selbst an sein offizielles Bild des starken Mannes erinnern: ›Nun ja, so ist es!‹ sagt er zu mir, mit großen, wütenden Armbewegungen und

einem schlecht gespielten verächtlichen Lachen, das heißen soll: ›Da pfeif ich drauf!‹« Aber am Sonntag bricht seine Bitterkeit heraus: ›Mein lieber Edouard, dagegen läßt sich nichts mehr sagen, das ist das schlimmste Fiasko.‹«

In Edmond de Goncourts Aufzeichnungen aus dem vorherigen Winter wird ein oft arroganter, lautstarker, plump vertraulicher Flaubert bei den sonntäglichen Treffen gezeigt: »Er hat gut gegessen. Er bläst sich kindisch auf mit seiner Lektüre am Vaudeville. Er ist rüpelhaft glücklich; und beinahe über mich hergefallen, indem er mir die Finger in die Brust stößt, daß es mir wie Degenhiebe vorkommt, um mir zu beweisen, daß niemand auf der Welt so verliebt gewesen ist wie er es einmal war. Für ihn die Gelegenheit, mir wieder eine Geschichte vorzuquatschen, die er mir schon einmal erzählt hat, eine Geschichte, in der er inmitten der Abgründe einer Steilküste sein Leben aufs Spiel gesetzt hat, um einen Neufundländer namens Thabor auf eine Stelle zu küssen, auf die ihm seine Herrin für gewöhnlich einen Kuß gab... Eine Leidenschaft, die ihn in der Quarta gepackt hatte und die er trotz Bordell und banaler Liebschaften bis zum zweiunddreißigsten Jahr in sich bewahrte. Die Leidenschaft hatte ein Ende, das ziemlich oft im tragikomischen Leben meines Freundes wiederkehrt. Als er eines schönen Tages merkte, daß die seit so langem angebetete Frau weich wurde, ihm zu Gefallen war, wollte er am liebsten verschwinden...« (Tagebuch, 17. Dezember 1873). Auch im Salon von Prinzessin Mathilde stand er gerne im Mittelpunkt. Am 28. Januar 1874 (Tagebuch Goncourt) spricht er dort ausführlich von der Bewunderung für seinen Vater: Flaubert ruft aus: »Es gibt keine Kaste, die ich so verachte, wie die der Ärzte, ich, der ich aus einer Arztfamilie komme, vom Vater bis zum Sohn, einschließlich der Vettern, denn ich bin der einzige Flaubert, der kein Arzt ist... Aber wenn ich von meiner Verachtung für diese Kaste spreche, nehme ich meinen Papa aus. Ich habe ihn hinter dem Rücken meines Bruders, als dieser seine Doktorwürde bekam, ihm mit der Faust drohend sagen hören: ›Wenn ich in seinem Alter, mit dem Geld, was er hat, an seiner Stelle gewesen wäre, was wäre ich dann für ein Mann geworden!‹ Da sehen Sie seine Verachtung für die räuberischen Praktiken der Medizin.«

Und Flaubert fährt fort, uns seinen Vater mit sechzig Jahren zu schildern, der an schönen Sommerabenden seiner Frau sagte, er würde einen Spaziergang machen und aus einer Hintertür entwischte, um zum Bestattungsinstitut zu eilen und zu sezieren wie ein Medizinstudent. Er zeigt ihn uns weiter, wie er zweihundert Francs für die Postkutsche zahlt, um in irgendeinem Winkel des Départements eine wissenschaftlich interessante Operation zu machen, eine Operation an einer Fischhändlerin, die ihn mit einem Dutzend Heringen bezahlte.«

Gressent: Flaubert bereitet das Kapitel II von »Bouvard et Pécuchet« vor, das der Landwirtschaft und dem Gartenbau gewidmet ist.

Garnier: Flaubert scheint Garniers Buch von 1852 »Traité des facultés de l'âme« nicht sehr geschätzt zu haben. Am 20. Juli 1873 schreibt er an Georges Sand: »Ich habe ›l'Essai sur les facultés de l'entendement du Sieur Garnier‹, den ich äußerst blöd finde, zu Ende gelesen.«

AN EDMOND DE GONCOURT

Croisset, Dienstag, den 22. [September 1874]

Ihr Brief vom 12. hat mich, als ich abfuhr, in Paris erreicht, da ich zum Schauspielern in das neue Athen gekommen war; davon sprechen wir gleich noch.

Wie traurig Sie sind, mein lieber Freund! Ihre Mutlosigkeit tut mir so leid. Sie gehen den Dingen zu sehr auf den Grund. Wenn man ein bißchen genauer nachdenkt, ist man versucht, sich umzubringen. Deshalb muß man etwas tun. Mag das Buch, das man liest auch noch so blöd sein, Hauptsache man liest es zu Ende. Das, das man in Angriff nimmt, kann idiotisch sein, was soll's! Schreiben wir es! Der Schluß von *Candide*: »Bestellen wir unseren Garten« ist die größte moralische Lektion, die es gibt. Ich verstehe nicht, daß Sie Ihre Zeit mit Angeln und Jagen verbringen. Das sind tödliche Beschäftigungen, da können Sie sicher sein. Die »Zerstreuung« zerstreut nicht – ebenso wenig wie Aufregendes aufregt. Ich kann noch so sehr Neuropath sein, im Grunde bin ich ein aufrechter Mann. Ich beschwöre Sie also, ich flehe Sie an, sich tapfer ans Werk zu machen, ohne sich umzusehen.

Der Rigi, wo ich mich unsterblich gelangweilt habe, hat mir gutgetan. Meine Atemnot hat abgenommen und ich steige die Treppen hoch wie ein Jüngling. Nach meiner Rückkehr hierher, im August, habe ich endlich mit meinem Roman begonnen, der mich drei oder vier Jahre kosten wird (das ist immer das Gute). Zuerst dachte ich, daß ich nicht eine Zeile mehr schreiben könnte. Der Anfang war hart. Nun ja, ich bin dabei, es läuft, oder zumindest läuft es besser.

Le Sexe faible wird nach dem Stück von Zola drankommen (Ende Dezember?). Alle finden, daß es unter meiner Würde ist, wenn ich in einem so erbärmlichen Tingeltangel wie dem Théâtre de Cluny in Erscheinung trete. Aber das kümmert mich einen Dreck.

Als ein besonderes Spektakel empfehle ich Ihnen in Nadars Vestibül zu gehen, neben dem Old England; dort werden Sie sehen: 1. die Photographie von Alex(andre) Dumas, in Lebensgröße; und 2. die Büste desselbigen Dumas! Was beweist, daß die Bescheidenheit von wahrem Verdienst nicht zu trennen ist. Außerdem wird er ein Vorwort zu *Manon Lescaut* und ein Vorwort zu *Paul et Virginie* schreiben. Das sind die wirklich tröstlichen Dinge. – Im übrigen muß man sich nicht über eine Zeit beklagen, in der Geschichten wie die von dem Wachposten von Bazaine passieren. Was für ein hübsches Thema für die Komische Oper!

Wie dem auch sei! die moderne Dummheit erschreckt mich! Sie nimmt von Tag zu Tag zu! wohin fliehen?

Den armen Turgenjew hatte das letzte Mal, als ich ihn gesehen habe, wieder die Gicht erwischt. Er hat mit mir darüber gesprochen, wieder ein *Künstler*-Diner zu arrangieren wie das vom letzten Winter. Das ist beschlossene Sache, nicht wahr, und sie findet statt, sobald ich in Paris bin, das heißt wahrscheinlich gegen Ende Oktober.

Bis dahin umarme ich Sie, mein lieber Alter.
Ihr

Gve Flaubert

Angeln und Jagen: Edmond de Goncourt, der sich, wie immer im Herbst, bei seinen Verwandten in Bar-sur-Seine aufhielt, schreibt am 28. September 1874 in seinem Tagebuch: »Heute haben wir den ganzen Tag bei einem Macchabäer verbracht. So nennt der Leutnant der Gendarmerie die hiesigen Weinbauern.
Den ganzen Tag lang in den Weinbergen, wo einem das Geröll unter den Jagdstiefeln wegrutscht, bei strahlendem Sonnenschein hinter

den Rebhühnern hergerannt. Und abends liege ich, beinahe betäubt vor Müdigkeit mit benebeltem Hirn im Heck eines Kahns, den mein Macchabäer geräuschlos durch die Nacht gleiten läßt, und durch die seltsamen Schatten an beiden Ufern. Von Zeit zu Zeit ein klackendes, glitschendes Geräusch: das sind die Krebse, die aus den Waagschalen in einen Eimer fallen.

Die Empfindungen in diesem Kahn gehören in diesen Stunden der Dämmerung gewissermaßen nicht mehr zu den Empfindungen des Tages und des Wachzustands. Es ist als glitte ich im Traum, geleitet von meinem Bruder, über ein totes Wasser, in einer Landschaft der anderen Welt.«

der Rigi: Flauberts Arzt hatte ihm eine Kur in der Schweiz in Kaltbad-Rigi empfohlen, um ihn zu »deneuropathisieren«. Flaubert hielt sich dort vom 1. bis zum 19. Juli 1874 auf.

Le Sexe faible: Nach vergeblichen Versuchen, Bouilhets Stück im Théâtre de l'Odéon oder im Théâtre-Français auf die Bühne zu bringen, hatte Flaubert die Zustimmung des Direktors des Théâtre de Cluny erreicht. Edmond de Goncourt sah dort die Proben zu »Héritiers Rabourdin« von Zola, das vorher auf dem Spielplan stand, und notiert am 1. November 1874 im Tagebuch: »Es ist jammervoll für einen Mann von Geltung in einem solchen Saal von derartigen Schauspielern interpretiert zu werden. Und ich denke nicht ohne Trauer an Flaubert, der in einem Monat drankommt.« Auf Anraten seiner Freunde zieht Flaubert das Stück am 20. November zurück. Es kommt nie auf die Bühne.

Alexandre Dumas: Nadar war Mitschüler von Alexandre Dumas d. Jüngeren gewesen, mit dem er sich nicht verstand. Trotzdem hat er ihn mehrmals porträtiert.

Bazaine: Bazaine war in der Nacht vom 9. zum 10. August 1874 aus der Festungshaft auf der Île Sainte-Marguerite bei Cannes geflohen. Vom 14. bis 17. September 1874 standen seine Wärter in Grasse vor Gericht, wo einer von ihnen erklärte, er sei dreimal von einem Gefängniswärter aufgesucht worden, der ihm unsittliche Anträge gemacht habe. »Le Figaro« hatte eine Reportage über die Affäre gebracht.

AN EDMOND DE GONCOURT

[Paris] Donnerstag morgen [14. Januar 1875]

Mein Guter,

Ich weiß, daß es Ihnen besser geht, denn heute früh sind Sie bei der Prinzessin zum Déjeuner.

Unsere Genossen fragen mich, ob Sie am nächsten Montag beim Bankett dabei sind. Sonst würden wir es auf den folgenden Montag verlegen. Was vielleicht wegen der nächtlichen Rückkehr ratsamer für Sie wäre.

Eine kurze Antwort vor Sonntag, nicht wahr?

Ganz der Ihre

Gve Flaubert

daß es Ihnen besser geht: Edmond de Goncourt hatte eine Lungenentzündung.

Unsere Genossen: Am 14. April 1874 waren Flaubert, Goncourt, Turgenjew, Zola und Daudet zu einem Diner zusammen gekommen, das Anfang 1875 zu einem regelmäßigen Treffen wird.

Daudet beschreibt diese lukullischen Begegnungen in »Trente ans de Paris«: »Zu dieser Zeit hatten wir die Idee einer monatlichen Zusammenkunft, wo sich die Freunde an einem gutgedeckten Tisch treffen würden; es hieß ›das Flaubert-Diner‹, oder ›das Diner der ausgepfiffenen Autoren‹. Flaubert war wegen seines Candidat dabei, Zola mit Bouton de rose, Goncourt mit Henriette Maréchal, ich wegen meiner Arlésienne. Girardin wollte sich in unsere Bande einschleichen; er war kein Literat, er wurde ausrangiert. Was Turgenjew angeht, so gab er uns sein Ehrenwort, daß er in Rußland ausgepfiffen worden war, und da das sehr weit weg war, wurde es nicht überprüft.

Nichts ist so köstlich wie diese Diners unter Freunden, wo man ungezwungen plaudert, mit wachem Geist, die Ellbogen auf dem Tischtuch. Als erfahrene Leute waren wir alle Feinschmecker. Zum Beispiel gab es so viele Delikatessen wie Temperamente, soviele Rezepte wie Provinzen. Flaubert brauchte normannische Butter und geschmorte Ente aus Rouen; Edmond de Goncourt, raffiniert und exotisch, verlangte Ingwerkonfitüre; Zola Seeigel und Muscheln; Turgenjew genoß seinen Kaviar. Ach! wir waren nicht leicht zu beköstigen und die Restaurants von Paris werden sich an uns erinnern. Sie wurden oft gewechselt. Mal war es bei Adolphe und Pelé hinter der Oper, mal Place de l'Opéra-Comique; dann bei Voisin, dessen Keller alle Ansprüche erfüllte, und die Begierden in Einklang brachte.«

AUS DEM TAGEBUCH VON EDMOND DE GONCOURT

25. April 1875

Bei Flaubert.

Alle erzählen sich gegenseitig von den Wahnvorstellungen aufgrund schlechter Nerven.

Zola beklagt sich, daß rechts und links Mäuse an ihm vorbeirennen oder Vögel aufflattern.

Flaubert sagt, daß er, nachdem er vollkommen in der Arbeit versunken war und lange den Kopf über den Schreibtisch gebeugt hatte, Angst hat, es könnte jemand hinter ihm stehen, wenn er sich wieder aufrichtet.

5. Mai 1875

Ich sage Flaubert, daß Michel Lévy gestorben ist. Bei dieser Nachricht sehe ich Flauberts Finger den Orden durchs Knopfloch ziehen, den er, seit Lévy einen bekommen hatte, nicht mehr außen sichtbar trug.

AN EDMOND DE GONCOURT

[Croisset,] Montag, 2. August [1875]

Nun, mein lieber Freund, ich muß Ihnen die Wahrheit sagen: mein Neffe Commanville ist *völlig ruiniert* und mußte gerade Konkurs anmelden.

Ich erspare Ihnen die Einzelheiten und Ursachen der Angelegenheit. Er war ein wenig unvorsichtig, und er hat sehr viel Pech gehabt.

Meine Nichte sieht sich nun wieder einzig und allein auf ihr persönliches Erbe gestellt, mit dem sie gute Freunde bezahlen will. – Und, unter anderem, mich. (Was auch geschieht.) Ich bin schwer angeschlagen. Vielleicht könnte ich aber doch auf mein gesamtes Kapital zurückgreifen? aber in ein oder zwei Jahren wird die Lage nicht zum Lachen sein.

Sie haben genügend Phantasie, um sich den Seelenzustand vorzustellen, in dem ich bin! Ich fühle mich im Mark getroffen, mein lieber Freund. Mein Hirn ist platt. *Davon erhole ich mich nicht mehr.*

Ich warte jeden Moment auf das erste Symptom einer tödlichen Krankheit. Sie kennen mich ausreichend, um zu wissen, daß ich kein Theater mache!

Bis jetzt hatte ich geglaubt, daß der Tod derer, die man liebt, das Schlimmste ist. Aber nein! tausendmal nein!

Was für Tage! und was für eine Untätigkeit!

Möglicherweise verbringe ich den September und den Oktober mit G. Pouchet in Concarneau? – Aber das steht noch in den Sternen. Jeder Plan, selbst ein kurzfristiger, ist mir versagt.

Teilen Sie, was ich Sie wissen lasse, der Prinzessin mit. – Und entschuldigen Sie mich bei ihr, wenn ich ihr nicht schreibe. Aber ich habe nicht die Kraft, auch nur zwei Gedanken zusammenzufügen.

Ich verbringe meine Zeit damit, das Schicksal meiner armen Nichte zu beklagen. Ich wende mich wieder der Vergangenheit zu, wie von Sinnen (sic). Und die Zukunft versetzt mich in Angst und Schrecken. Man kann sich nur noch ducken.

Ich umarme Sie.

Ihr alter (noch nicht ausreichend alter)

Gve Flaubert

ich muß Ihnen die Wahrheit sagen: Im Frühjahr 1875 kennen die Freunde noch nicht den Grund für Flauberts Depression. Edmond schreibt am 18. April im Tagebuch: »Als wir von Flaubert kommen, unterhalten Zola und ich uns über den Zustand unseres Freundes. – Ein Zustand, der sich, wie er uns gerade gestanden hat, nach schwarzen Melancholien in Tränenausbrüchen zeigt. Und während wir noch über die literarischen Anlässe reden, die die Ursache dieses Zustands sind und die uns einen nach dem anderen umbringen, wundern wir uns über den Mangel an Glanz rund um diesen berühmten Mann.«
mein Neffe Commanville: Ernest Commanville, der Mann von Flauberts Nichte Caroline, Besitzer eines Sägewerks in Dieppe, war ein Opfer des Verfalls der Holzpreise geworden.
persönliches Erbe: Caroline war in Gütertrennung verheiratet, und so blieb ihr das Erbe erhalten, darunter der Familienbesitz in Croisset.
wird die Lage nicht zum Lachen sein: Später erklärt Flaubert seine Situation genauer, so wie ihn Edmond am 8. November 1875 wiedergibt: »Zunächst habe ich meinem Neffen Geld geliehen; dann habe ich, als der Konkurs drohte, Schuldscheine zurückgekauft, zu niedrigem Preis versteht sich… Mein ganzes Hab und Gut ist dabei draufgegangen. Aber wenn er sich wieder erholt – er ist immer noch im Geschäft –, werde ich nichts verlieren, er schuldet mir jetzt mehr als eine Million.«

G. Pouchet: Georges Pouchet, ein Meeresbiologe, war der Sohn eines Schülers von Flauberts Vater.
Teilen Sie, was ich Sie wissen lasse, der Prinzessin mit: Goncourt hatte die Neuigkeit sehr schnell weitergegeben. Am 17. August schreibt er an Daudet: »Flaubert hatte den größten Teil seines Vermögens bei seinem Neffen, Monsieur de Commanville, angelegt. Monsieur de Commanville hat alles verloren und ist inzwischen vielleicht bankrott. Daher der verzweifelte Seelenzustand unseres Freundes. Lassen Sie die Neuigkeit nicht bei den Philistern durchsickern.«

AN EDMOND DE GONCOURT

[Paris,] Samstag [6. November 1875]

Da bin ich wieder, mein lieber Freund.

Wenn Sie mich morgen nachmittag besuchen möchten, machen Sie mir eine Freude.

Ich wohne jetzt *rue du faubourg S(ain)t Honoré, 240.*

Ganz der Ihre.

Gve Flaubert

Da bin ich wieder: Flaubert war aus Concarneau zurückgekehrt, wo er sich vom 16. September bis 1. November 1875 in einem Hotel in der Nähe seines Freundes Georges Pouchet einquartiert hatte. Die Briefe aus diesen Wochen sind von Melancholie, Ängsten und Selbstzweifeln geprägt. Er redigiert die Erzählung »La Légende de Saint Julien«.
rue du faubourg Saint-Honoré: Flaubert hatte seine Wohnung in der Rue Murillo aufgegeben und war an der neuen Adresse in eine größere, mit der Pariser Wohnung seiner Nichte benachbarte Wohnung gezogen. Zola beschreibt sie in »Les Romanciers naturalistes« unter »Flaubert«: »Die Wohnung in der rue du faubourg Saint-Honoré war geräumiger; aber die Fenster gingen auf ein von Schornsteinen gespicktes Meer von Dächern hinaus. Flaubert sorgte nicht einmal dafür, sie verkleiden zu lassen. Er schnitt lediglich Portieren aus seinem alten Rankenvorhang. Der Buddha wurde auf den Kamin gestellt, und es begannen wieder die Nachmittage in dem weißgoldenen Salon, wo man die Leere empfand, eine provisorische Einrichtung, eine Art Kampieren.«

AN EDMOND DE GONCOURT

[Paris, 12. März 1876]

Ja! Lieber Freund, Morgen um 7 Uhr bei Adolphe werden wir uns vollstopfen und über Literatur (plaudern) grölen.

Ganz der Ihre.

Gve Flaubert

Sonntag 6 Uhr abends

bei Adolphe: Eine Einladung Flauberts zu einem ›Diner der Fünf‹, vielleicht zu dem des 13. März 1876.

AUS DEM TAGEBUCH VON EDMOND DE GONCOURT

Freitag, 5. Mai [1876]

Unsere *Fünfergesellschaft* hat die Eingebung in einer Schenke hinter der Opéra-Comique eine Bouillabaisse zu essen. Man ist an diesem Abend gesprächig, in Fahrt, mitteilsam.

Ich brauche zum Arbeiten, – es ist Turgenjew, der da spricht, – den Winter, einen Frost, wie wir ihn in Rußland haben, einen, *bei dem sich alles zusammenzieht*, mit von Eiskristallen beladenen Bäumen. Und dann ... Aber noch besser arbeite ich im Herbst, wissen Sie, bei diesem Wetter ohne Wind, ohne auch nur einen Hauch von Wind, wo der Boden federt, wo die Luft irgendwie nach Wein riecht ... Bei mir gibt es ein kleines Holzhaus, im Garten stehen gelbe Akazien, wir haben keine weißen Akazien. Im Herbst ist der Boden übersät von Schoten, die knacken, wenn man darüberläuft; und alles ist voller Vögel, die einander nachahmen ... ja, Neuntöter. Und da, ganz allein ...

Turgenjew spricht seinen Satz nicht zu Ende; aber das

Ballen der Hände zur Faust, über der Brust zusammengeführt, verrät uns den Genuß und den Rausch im Kopf, den er in diesem kleinen Winkel im alten Rußland verspürt.

– Ja, eine klassische Hochzeit, wirft Flaubert ein. Ich war, genau genommen ein Kind. Ich war elf Jahre alt. Und ich war es, der das Strumpfband der Braut ergattert hatte. Auf der Hochzeit war ein kleines Mädchen. Ich bin in sie verliebt nach Haus gegangen. Ich wollte ihr *mein Herz schenken*, eine Wendung, die ich gehört hatte. In dieser Zeit erschienen jeden Tag bei meinem Vater Körbe voll Wild, voll Fisch, voller Eßwaren, die ihm die Kranken schenkten, die er geheilt hatte, – lange Körbe, die morgens ins Eßzimmer gestellt wurden. Und genau in dieser Zeit, in der ich ständig von Operationen, wie von etwas Alltäglichem und Normalem hörte, dachte ich lange, ja ernsthaft daran, meinen Vater zu bitten, mir das Herz herauszuschneiden. Und ich sah mein Herz, wie es von einem Postillon mit Stern, mit plüschbesetzter Mütze überbracht wurde; ich sah mein Herz auf der Anrichte im Speisezimmer meiner kleinen Frau stehen. Und bei der materiellen Gabe meines Herzens gab es nach meiner Vorstellung weder eine Wunde noch Blut.

– Tierisch rein zwischen zwei kleine, weiße Hinterbacken, murmelt Daudet.

– Bei mir, unterbricht Zola, eine verdorbene Kindheit in einem üblen Provinzkolleg. Ja, eine verrottete Kindheit! ... Ich habe das Muttersöhnchen gespielt bei der Frau, mit der ich meine Unschuld verloren habe, bevor ich mit ihr schlief ... Nein, nein, ich sage es Ihnen, ich habe überhaupt kein Moralgefühl. Ich habe mit den Frauen meiner besten Freunde geschlafen. Wirklich, in der Liebe habe ich überhaupt kein Moralgefühl ...

– Ich war zurück nach Rußland gerufen worden, fängt Turgenjew wieder an, ich war in Neapel, ich hatte nur noch fünfhundert Francs. Damals gab es keine Eisenbahn; die Rückreise war voller Hindernisse und Schwierigkeiten und, wie Sie sich denken können, ohne große Liebesspesen. Ich befand mich in Luzern, und schaute mir neben einer Frau, die an meiner Seite am Geländer lehnte, von der Brücke aus die Enten an, die einen mandelförmigen Fleck auf dem Kopf haben. Es war ein wunderschöner Abend. Wir begannen zu plaudern, dann umherzuwandern. Beim Spazierengehen traten wir in den Friedhof. Flaubert, kennen Sie den Friedhof? Ich entsinne mich nicht, je in meinem Leben verliebter, erregter, stürmischer gewesen zu sein. Die Frau legte sich auf ein großes Grab und hob, als sie sich hinlegte, ihr Kleid und ihre Unterröcke, so daß ihr Hintern den Stein berührte. Vollkommen außer mir warf ich mich über sie; und in meiner Eile und Ungeschicklichkeit verfing sich mein Glied in den Grasbüscheln im Kies und wurde herabgebogen. Ich fühlte in diesem Beischlaf die größte Lust, die ich je gehabt hatte.

– All das, ruft Flaubert aus, was ist denn all das gegen dieses, – und sein Ellbogen preßt sich an seine Brust, – gegen den Arm einer geliebten Frau, den man eine Sekunde lang an sein Herz drückt, während man sie zu Tisch führt?

– Oh! Ach! Scheiße! läßt Daudet vernehmen, der sich auf seinem Stuhl räkelt und die nervösen Hände über dem Kopf verschränkt. Das ist nicht mein Stil … Sie können sich nicht vorstellen, wie ich bin … Ich brauche für meine Lust das Fleisch zweier Frauen an dem meinem, eine, an der ich herumfingere und die andere, die den Hintern der Frau verschlingt, der ich es besorge.

– Aber Daudet, ich bin auch ein Schwein, sagt Flaubert einfältig.

– Lassen Sie nur, mit Männern sind Sie ein Zyniker und mit Frauen ein sentimentaler Hund.

– Das ist allerdings wahr, lacht Flaubert, selbst mit den Bordellweibern, die ich *mein kleiner Engel* nenne.

– Verrückt; aber so ist es, fährt Daudet fort und wird zunehmend lebhafter. Ich brauche eine Flut von dreckigen, schmutzigen Wörtern. »Komm, ich fick dich!« Und daß Sie das richtig sehen, mit anständigen Frauen wohlgemerkt! ... Und die anständige Frau mit ihren bleichen Schläfen dreht sich um und sagt einem: »Gott, werde ich gut gefickt!«

– Ja, ja, genau, in der Liebe sind die Frauen dankbar für ihre Erniedrigung.

– Seltsam, platzt Turgenjew heraus, der lang ausgestreckt auf dem Diwan liegt und mit erschrockenem, beinahe besorgtem Blick Daudets Beichte lauscht. Seltsam, ich begegne Frauen nur mit einem Gefühl von Achtung, Rührung und Überraschung über mein Glück.

– Alle Frauen, die ich hatte, fängt Daudet wieder an, habe ich gleich bei der ersten Begegnung gekriegt und ihnen dabei unanständige, ungeheuerliche, abstoßende, unflätige Dinge gesagt. Ich meine, ich will nicht behaupten, daß ich nicht auch mal eine *Abfuhr* bekommen habe ... Aber so hatte ich eine Menge Frauen, und ich habe sie alle wie Nutten behandelt.

– Haben Sie keine russischen Frauen kennengelernt?

– Nein.

– Schade, das wäre interessant für Sie gewesen, sagt Turgenjew. Die russische Frau, warten Sie, wie soll ich sie Ihnen beschreiben. Es ist eine Mischung aus Einfalt, Zärtlichkeit und unbewußter Verkommenheit.

– Tief in Ägypten (das ist Flauberts Stimme) wird man in der Nacht, die schwarz ist wie ein Ofen, zwischen niedrigen Häusern, unter bellenden Hunden, die einen verschlingen wollen, zu einer Hütte geführt, die so hoch ist wie ein Siebzehnjähriger. Darin findet man, ganz hinten, auf dem Boden liegend, eine Frau im Hemd, deren Körper sieben- oder achtmal mit einer großen goldenen Kette umwunden ist, eine Frau, die einen kalten Hintern hat wie Eis und innen im Körper heiß ist wie Glut. Aber mit dieser Frau, die bei der Lust reglos bleibt, hat man einen unendlichen Genuß, einen Genuß ...

– Komm, Flaubert, das ist doch Literatur.

Fassen wir zusammen.

Turgenjew ist ein Schwein, dessen Schweinerei sentimental gefärbt ist.

Zola ist ein derbes, brutales Schwein, dessen Schweinerei sich jetzt gänzlich in der Kopie verausgabt.

Daudet ist ein krankhaftes Schwein, mit den Launen eines Hirns, in das eines Tages der Wahnsinn Einzug halten könnte.

Flaubert ist ein falsches Schwein, das sich Schwein nennt und so tut, als wäre es eines, um auf der Höhe der wahren, echten Schweine zu sein, die seine Freunde sind.

Und ich bin ein zeitweises Schwein mit Anfällen von Schuftigkeit, welche die Erbitterung des Fleisches haben, das von Spermatozoen gepiesackt wird.

AN EDMOND DE GONCOURT

[Paris,] Montag [11.? Mai 1876]

Erinnern Sie mich übermorgen, wenn ich Sie bei der Prinzessin sehe, Sie zu fragen, wer *Monsieur Labille* ist, einer Ihrer Verwandten, der Bruder von Madame Lechanteur, geborene De Goncourt.

Ich glaube (unter uns gesagt), daß es sich um eine Heirat handelt? einer der Bourgeois unter meinen Freunden hat mich nach ihm gefragt.

Warum hat man Sie gestern nicht zu Gesicht bekommen?

Ganz der Ihre.

Ihr

Gve Flaubert

Montag abend

Monsieur Labille: Eugène Labille (1845–1930) war der Sohn einer Cousine von Edmond. Edmond de Goncourt schrieb ihm am 13. Mai 1876: »Man hat mich wegen einer sich anbahnenden Heirat nach Dir gefragt, ich habe nicht versäumt zu erwähnen, daß Du ein kleiner Schuft bist.«

AUS DEM TAGEBUCH VON EDMOND DE GONCOURT

1. September 1876

Flaubert erzählte, daß ihn in diesen beiden Monaten, in denen er nur im Zimmer saß, die Hitze wie in einen Arbeitsrausch versetzt hat und daß er jeden Tag fünfzehn Stunden gearbeitet hat. Er ging um vier Uhr morgens schlafen und wunderte sich, daß er manchmal um neun Uhr schon wieder am Schreibtisch saß. Eine *Schufterei*, die nur am Abend von einem ausgiebigen Bad in der Seine unterbrochen wurde.

Und das Ergebnis dieser neunhundert Arbeitsstunden ist eine Novelle von dreißig Seiten.

AN EDMOND DE GONCOURT

[Croisset,] Sonntag, 31. Dezember [1876]

Mein guter lieber Alter,

Möge 1877 Ihnen leicht werden! – Und möge Ihnen, neben anderen Wünschen, *La fille Élisa* viel Freude bringen! Könnten Sie doch Fortunas Auserwählter sein!

Turgenjew hat ebenfalls beträchtliche Summen verloren. Die Genossen scheinen mir vom Schicksal geschlagen? *Wir* Armen!

Die Vorstellung, daß Sie Ihr hübsches Haus in Auteuil verlassen könnten, hat mich erzittern lassen, denn in unserem Alter sind die Gewohnheiten tyrannisch; wenn man sie ändert, krepiert man. – Wie werden Sie in diesem

Jahr zurechtkommen, da Ihre Einkünfte (erloschen sind) ruhen? Sie und ich sind nicht in der Lage, unseren Lebenunterhalt zu verdienen! Das ist der Beweis einer aristokratischen Natur. Aber im täglichen Leben ist das kein Spaß.

Was meine Sache angeht, die kommt nicht wieder in Ordnung, sie siecht dahin. – Vier Jahre lang werde ich noch sehr in Bedrängnis sein, es sei denn mein Neffe treibt Geld auf? Aber was auch geschieht, die Hauptsache ist, daß ich Croisset nicht verlasse, wo ich mich immer wohler fühle. Wenn es sein muß, gebe ich lieber meine Wohnung in Paris auf. Aber soweit sind wir noch nicht. Im übrigen habe ich seit einem Jahr (nicht ohne Mühe) die Gewohnheit angenommen, mir keine Sorgen mehr über die Zukunft zu machen. Komme was wolle! Jeder Tag hat an seiner Aufgabe genug.

Ich arbeite maßlos, obwohl die Kopie sehr langsam vorankommt. *Hérodias* ist jetzt in der Mitte. All meine Anstrengungen richten sich darauf, diese Erzählung nicht *Salambo* gleichen zu lassen; was wird das geben? Ich habe keine Ahnung.

Ich habe gerade die *Correspondance* von Balzac gelesen. Das Ergebnis ist: er war ein sehr guter Mann und man hätte ihn geliebt. Aber was für eine Versessenheit auf Geld und wie wenig Liebe für die Kunst! Haben Sie bemerkt, daß er davon nicht *einmal* spricht? Er suchte den Ruhm, aber nicht das Schöne. Und er war Katholik, Legitimist, Grundbesitzer, strebte nach der Abgeordnetenwürde und der Akademie. Vor allem unwissend wie ein Esel, bis ins Mark *provinziell*; der Luxus haut ihn um. Seine größte literarische Bewunderung gilt Walter Scott! Kurz, für mich ist er ein Prachtkerl, aber zweiter Klasse. Sein Ende ist jammervoll. Welche Ironie des Schicksals! an der Schwelle des Glücks zu sterben!

Diese Lektüre ist immerhin erbaulich. Aber die *Corres-*

pondance von Monsieur Voltaire ist mir lieber! – Da schlägt der Kompaß ein bißchen weiter aus!

Was soll ich Ihnen noch sagen? Ich fühle mich stark wie eine Eiche. Gestern bin ich drei Stunden im Wald spazierengegangen. (Ich schöpfe nur an den Tagen, an denen ich zu ersticken beginne, frische Luft). Und abends war der Mond so schön, daß ich noch einmal in meinem Garten spazierengegangen bin, »beim poetischen Schein des nächtlichen Gestirns«.

Im letzten September hatte ich Ende des Monats nervöse Schwindelanfälle wie Sie, die mir Angst gemacht haben. *Das ist gar nichts.* Machen Sie sich also keine Sorgen. Meine kamen, glaube ich, daher, daß ich (bei meinem letzten Aufenthalt in Paris) »den Jüngling mimen« wollte? – Übrigens war ich dabei erfolgreich.

Ich habe in der letzten Zeit wirklich darunter *gelitten*, niemanden zu haben, mit dem ich über die Germiny-Affäre sprechen konnte! Der arme Teufel, am Ende tut er mir leid! – Und ich finde, daß Frankreich ihm eine staatliche Entschädigung schuldig ist. Denn schließlich bringt er es zum Lachen, und jeder Komiker ist ein Wohltäter. Das Gewichse eines Monsieur in (einem Urinoir) einer Pinkelbude hat die Hauptstadt der zivilisierten Welt vierzehn Tage lang beschäftigt! Die schönsten Kunstwerke, die größten wissenschaftlichen Entdeckungen haben bei ihrem Erscheinen nicht so viel Aufsehen erregt! – Das ist schön! Ja, der Erguß dieses Bourgeois verdrängt die Orientfrage! Seine Manusturbation (sic) mit dem Juwelier (eine Perle!) ist weitreichender als die Konferenz der Diplomaten in Konstantinopel. Die Haut seines Hodensacks steigt allen Franzosen zu Kopfe! Wir verlieren uns in seinen Schamhaaren! wir ersticken an seinem Urin!

Was soll man tun, um mit diesem Schuft zu konkurrieren? Mich würde man nicht an einer katholischen Universität aufnehmen. Und ich versage mich jetzt schon lange.

Was für ein Klagelied, »dieses Plätschern der Flut, die sich auf die Schieferplatten ergießt« etc.

Also Adieu! ich umarme Sie zärtlich.

Ihr alter standhafter

Gve Flaubert

Da Ihr Roman fertig ist und Sie Fahnen drucken lassen, lese ich ihn gleich, wenn ich zurück in Paris bin? Ich freue mich darauf.

Viele Grüße an die Freunde.

La Fille Élisa: Edmond de Goncourt schließt seinen Roman am 30. Dezember 1875 ab; das Werk erscheint am 21. März 1877 bei Charpentier.
beträchtliche Summen verloren: Einer von Turgenjews Intendanten hatte ihm 150000 Francs gestohlen.
Edmond de Goncourt hatte am 27. November 1876 in seinem Tagebuch über ihn notiert: »Turgenjew sagte heute abend, daß von allen Völkern Europas die Deutschen am wenigsten Sinn für Kunst hätten, ausgenommen die Musik, und daß die kleinliche, dumme und falsche Konvention, die uns ein Buch ablehnen ließe, ihnen als Gipfel der Wahrheit erschiene. Er setzte hinzu, daß dagegen das russische Volk, das als ein lange Zeit versklavtes Volk, ein Volk von Lügnern sei, in der Kunst die Wahrheit und die Wirklichkeit liebte.«
Hérodias: Flaubert beginnt im April 1876 an »Herodias« zu arbeiten. Am 18. Februar 1877 gibt Edmond de Goncourt seine Meinung über Flauberts Novelle ab: »Heute liest Flaubert bei Popelin der Prinzessin seine Novelle Hérodias vor. Diese Lesung macht mich im Grunde traurig. Eigentlich wünsche ich Flaubert einen Erfolg, den seine Seele und seine Gesundheit so sehr brauchen. Ganz gewiß gibt es da farbige Tableaus, ausgezeichnete Beschreibungen, sehr gute Dinge; aber was stecken darin für Vaudeville-Erfindungen, und was für banale moderne Gefühle sind da in dieses leuchtende Mosaik von Notizen über das Altertum platziert! Das kommt mir, trotz des Johlens des Lesers, vor wie die unschuldigen Spiele der Archéologie und des Romantismus.«
Balzac: Calmann-Lévy hatte Balzacs Briefe im Oktober 1876 als vierundzwanzigsten und letzten Band der Gesamtausgabe herausgebracht. Anfang Dezember 1876 erschien im selben Verlag noch eine zweibändige Ausgabe von Balzacs »Correspondance«. – Flaubert schreibt, ebenfalls am 31. Dezember, an seine Nichte Caroline: »Ich habe Balzacs Correspondance gelesen. Ja, das ist mir eine erbauliche Lektüre. Der arme Mann! was für ein Leben! wie hat

er gelitten und gearbeitet! Was für ein Vorbild! Man darf nichts mehr sagen, wenn man die Qualen kennt, die er durchgemacht hat, – und man liebt ihn. Aber was für eine Versessenheit auf Geld! und wie wenig er sich um die Kunst sorgt! Nicht einmal spricht er davon! Er strebte nach Ruhm, aber nicht nach dem Schönen. Im übrigen, was für Borniertheiten! ein Legitimist, Katholik und Sammler, der von der Abgeordnetenwürde und der Académie française träumte! Bei all dem unwissend wie ein Spießer und provinziell bis in die Knochen: der Luxus haut ihn um.«
Auch Edmond de Goncourt schätzte den stärkenden Impuls der Balzacschen Briefe: »Der Kauf, den ich heute abend getätigt habe, die Correspondance von Balzac, richtet mich auf und gibt mir wieder die Kraft zum Kämpfen« (Tagebuch, 17. November 1876).
Germiny: Eugène Lebègue, Comte de Germiny, ein bekannter Anwalt und Sohn des ehemaligen Gouverneurs der Bank von Frankreich, war am 6. Dezember 1876 von der Polizei in einer Bedürfnisanstalt an den Champs-Élysées in Gesellschaft eines Juweliers mit Namen Chouard überrascht worden. Er wurde Ende Dezember zu zwei Monaten Gefängnis verurteilt.
Orient-Frage: Seit 1875 gab es vermehrte nationalistische Bewegungen im Osmanischen Reich; Bosnien-Herzegowina und Bulgarien werden von Volkserhebungen erschüttert. Die Türkei schlägt den bulgarischen Aufstand nieder. Rußland droht einzugreifen. Im Dezember 1876 findet in Konstantinopel eine Konferenz der Botschafter statt, auf der beschlossen wird, den Bulgaren und Bosniern im Rahmen des osmanischen Reiches ihre Unabhängigkeit zuzusichern.

AN EDMOND DE GONCOURT

[Paris, Sonntag, 11. Februar 1877?]

Mein Guter,

Daudet hat mir geschrieben, daß er die Grippe hätte und morgen nicht zu unserem Liebesmahl kommen könnte.

Zola und ich meinen, daß wir die Sache auf nächsten Montag verschieben müssen, Turgenjew weiß Bescheid.

Warum hat man Sie gestern nicht zu Gesicht bekommen?

Ganz der Ihre. Gve Flaubert

Sonntag 6 Uhr

Turgenjew: Ihm schreibt Flaubert: »Ich weiß nicht, ob das Diner zustandekommt? Daudet hat Grippe und hat mir geschrieben, daß er nicht käme. Ich warte auf Zola und Goncourt, um ihre Entscheidung zu hören.«

AN EDMOND DE GONCOURT

[Paris, Montag 30. April 1877]

Änderung:

Zola hat mir einen Entschuldigungsbrief geschrieben, um mir zu sagen: er hätte vergessen, daß er Samstag abend besetzt wäre, und er bittet das Diner auf *Freitag* zu legen und beauftragt mich, die Freunde zu verständigen.

Paßt Ihnen Freitag? umgehende Antwort, bitte.

Bis Freitag

Und ganz der Ihre. Gve Flaubert

Montag mittag

AN FLAUBERT

[Paris, Montag] 30. April [1877]

Lieber Alter,

Freitag geht!

Ich habe bisher nur *Un coeur simple* gelesen, aber ich finde es, dem Ausdruck des Meisters entsprechend, ganz und gar, ganz und gar *meisterwerkisch.*

Alles dem reinen, dem tugendhaften, dem ehrbaren Autor der *Trois Contes.*

Edmond de Goncourt

Wenn Sie die Schande hätten, zwangsweise von der Académie gekrönt zu werden!!!!!!!!!

Trois Contes: Das Erscheinen von Flauberts »Drei Erzählungen« ist von der »Bibliographie de la France« für den 5. Mai 1877 angegeben. Flaubert hatte Edmond de Goncourt ein signiertes Exemplar geschickt.
meisterwerkisch: »chef-d'oeuvreux«, ein Ausdruck von Théophile Gautier.

AN EDMOND DE GONCOURT

[Paris, April 1877]

Ich erwarte Sie Sonntag, mein lieber Freund.
Der Ihre Gve Flaubert
Mittwoch abend

AUS DEM TAGEBUCH VON EDMOND DE GONCOURT

5. Mai 1877

Gestern wird bei dem Diner anläßlich Turgenjews Abreise nach Rußland von der Liebe geredet, von der in den Büchern.

Ich sage, daß die Liebe im Roman bis jetzt noch nicht wissenschaftlich untersucht worden ist und daß wir nur die poetische Seite gezeigt haben. Zola, der das Gespräch auf dieses Thema gebracht hat, um uns für sein neues Buch zu begeistern, behauptet, daß die Liebe kein besonderes Gefühl sei, daß sie die Menschen nicht so vollständig gefangen nähme wie es dargestellt wird, daß die Erscheinungen, denen man da begegnet, sich in der Freundschaft, im Patriotismus wiederfänden, etc. und daß die größere Intensität dieses Gefühls nur durch die Aussicht auf die geschlechtliche Vereinigung erreicht würde.

Turgenjew erwidert, daß dem nicht so sei, daß die Liebe ein Gefühl sei, das eine ganz besondere *Farbe* habe, und daß Zola auf dem Holzwege sei, wenn er diese Farbe, dieses Qualitätsmerkmal nicht gelten ließe. Er sagt, daß die Liebe beim Menschen eine Wirkung habe wie kein anderes Gefühl, und daß es dem wahrhaft Verliebten so ginge, als würde sein Ich ausgelöscht. Er spricht von einer Schwere im Herzen, die nichts Menschliches habe. Er spricht von den Augen der ersten Frau, die er geliebt hat, wie von etwas vollkommen Immateriellem, das nichts mit dem Stofflichen zu tun habe ...

Bei alledem ist es ein Jammer, daß weder Flaubert, trotz seiner Übertreibungen in diesen Dingen, noch Zola oder ich je ernsthaft verliebt gewesen sind, und daß wir nicht in der Lage sind, die Liebe zu schildern. Das könnte nur Turgenjew; aber ihm fehlt genau das kritische Bewußtsein, das wir dort einbringen könnten, wären wir in seinem Sinne verliebt gewesen.

AN EDMOND DE GONCOURT

[Paris,] Freitag abend [7. September 1877]

Mein lieber Freund,

Charpentier, den ich heute morgen gesehen habe, hat mir von Ihnen erzählt. Letzte Woche hatte ich Nachricht von der Prinzessin. Ich bin vor acht Tagen bei ihr abgereist. Für sie bin ich nicht mehr in Paris. Entsprechend bin ich für die Leute, die ich in Paris treffe, immer noch in S(ain)t-Gratien.

Diese macchiavellistischen Maßnahmen, die ich Ihnen mitteile, haben den Zweck, in meinen *heimlichen* Aktionen frei zu sein. Sie wissen also Bescheid. Verraten Sie mich nicht!

Und lassen Sie etwas über sich und Ihre Arbeiten hören.

In acht Tagen entfleuche ich der Literatur halber in die Basse-Normandie.

Ich habe diesen Sommer viel geschuftet; was wird daraus werden? Das weiß Gott allein.

Was unsere Freunde angeht: der gute Turgenjew hat die Gicht und hat mich zweimal zum Diner versetzt. Der junge Guy de Maupassant hat seine Unzucht bis an den Fuß des Simplon getrieben und das Land Wilhelm Tells besudelt, indem er einem Apotheker Hörner aufgesetzt hat. Ich sehe nicht, was ich Ihnen sonst noch sagen könnte, außer, daß ich Sie umarme.

Ganz der Ihre.

Gve Flaubert

Ich habe Ihnen viel über S(ain)t-Gratien zu erzählen, aber »scripta manent«. – Und seit einiger Zeit gehen meine Briefe verloren. Warum? Rätselhaft!

heimlichen Taten: Flaubert war vom 26. bis 31. August 1877 von der Prinzessin Mathilde in Saint-Gratien empfangen worden. Am 12. September 1877 schrieb er an Turgenjew: »Wundern Sie sich nicht über meinen langen Aufenthalt in der Hauptstadt, ich werde hier (inter nos) Veneris causa zurückgehalten!!!«

Basse-Normandie: Flaubert fuhr mit seinem Freund Laporte an die Küste nach Caen, Bayeux, zur Kathedrale von Séez und zu den Wäldern von Argentan, um für das Kapitel zur Geologie und Archäologie in »Bouvard et Pécuchet« zu recherchieren. Er kehrte mit vollen Notizbüchern zurück.

viel geschuftet: Das Kapitel zur Medizin in »Bouvard et Pécuchet« war abgeschlossen. Im Juli begann Flaubert mit den geologischen Exkursionen der beiden Titelhelden.

Turgenjew hat die Gicht: Am 30. August schrieb Turgenjew an Flaubert: »Wenn Sie mit mir sprechen, denken Sie, daß Sie es mit einem menschlichen Wesen zu tun haben; da täuschen Sie sich – ich bin nur ein altes Gichtgeschirr. Damit will ich sagen, daß sie mich seit dem Abend des Tages, an dem wir zusammen diniert haben, wieder heftig gepackt hat, und seitdem liege ich flach.«

Maupassant: Maupassant machte im August und September eine Kur in Louèche-les-Bains in der Schweiz.

AN FLAUBERT

[Paris,] 5. Oktober [18]77

Mein lieber Alter,

Über Ihre geheimen Machenschaften habe ich tiefstes Stillschweigen bewahrt. Ist das Falschmünzerei oder sind das *große Geschichten*, was Sie da treiben. Aber Sie hätten doch einen Furz sagen können, um einen Abend, während Sie hier waren, zusammen zu dinieren. Sie, die Sie die Politik nicht lieben, finden Sie nicht auch, daß es damit reicht? Und das Thiers-Manifest, diese sakrosankte Prosa, schätzen Sie die? O Gott, in was für einer Zeit wir leben. Reicht das nicht mit dem Aufblühen der Mediokraten und der Leute, die schlecht schreiben. Ich arbeite wie ein Tier an den Nutten von Louis XV. und versuche dabei sehr genau die Politik dieser Zeit zu beschreiben, aber ich arbeite ohne dieses schöne kleine Fieber, das Fieber der Erfindungskraft. Charpentier macht mir tatsächlich eine reich illustrierte *Marie-Antoinette*. Über die Genossen weiß ich nichts. Daudet habe ich seit Ihrer Abreise nicht gesehen und von Zola habe ich Nachricht, die fast drei Monate zurückliegt. Sie brauche ich ja nicht zu fragen, ob Sie arbeiten. Saint-Gratien! ob Sie's glauben oder nicht, ich habe da einmal einen Tag erwischt, an dem Holländer da waren, Männlein und Weiblein, Jesus, sie haben auch nicht gerade viel auf dem Kasten, so verblödet wie sie sind (Autsch!). Im Grunde bin ich traurig in dieser Herbstzeit, wo die Freunde vom Fach alle weg sind, wo es kein einziges Diner mehr gibt, oder ein Gespräch, das einen aufrichtet; ich bin allein, allein, allein!

Ich umarme Sie.

Edmond de Goncourt

Sie kommen doch, hoffe ich, gegen Mitte Dezember wieder.

Thiers: Thiers war am 3. September 1877 gestorben. Am 25. September hatte »Le Temps« ein Manifest von Thiers für die Wähler des 9. Arrondissements veröffentlicht, in dem er die monarchistische Lösung verwirft.
Louis XV.: Edmond de Goncourt bereitete eine Neuauflage der »Maîtresses de Louis XV.« vor, die 1878/79 erweitert und überarbeitet bei Charpentier erschien.
Marie-Antoinette: 1878 erschien ebenfalls bei Charpentier eine Neuauflage von »Marie-Antoinette« mit dreizehn Bildtafeln und originalen Reproduktionen aus dem 18. Jahrhundert. Flaubert schreibt am 5. Oktober 1877 an Prinzessin Mathilde: »Goncourt läßt nie etwas von sich hören. Nur von Charpentier weiß ich, daß er Neujahr eine Marie-Antoinette anbietet, in Luxusausgabe. Aber es geht mir wie Ihnen, Prinzessin, ich bin entnervt von Marie Antoinette; es wurde zu viel darüber geredet.«

AN EDMOND DE GONCOURT

Croisset, Dienstag [9. Oktober 1877]

Ja, mein Guter

Monsieur hat sein Schwert entrostet, seine Dulcinea besucht, wollte nicht wieder zurück nach S(ain)t-Gratien (in Anbetracht des Billards, des Mangels an frischer Luft und des übrigen), was bedeutet: vor Angst geschnappt zu werden, bat ich Sie um Diskretion.

Wonach ich abgereist bin und mich für die Erfordernisse meines höllischen Buches vierzehn Tage in der Basse-Normandie herumgetrieben habe. Seit Mittwoch bin ich wieder zurück in meiner Hütte, und ich glaube, daß ich schwer schuften werde? trotz des Stumpfsinns der Politik.

Obschon ich der Sache skeptisch gegenüberstehe, finde ich das doch zu stark! Das Moralgefühl erreicht (in der Provinz zumindest) phantastische Grade der Dummheit. Unser Präfekt untersagt Vorträge über Rabelais und über die *Geologie*! Warum? »Unsere Einwohner« (Stil des *Journal de Rouen*) sind völlig außer sich. Aber das Schönste ist der alte Baudry (vom Institut). Ich habe ihn auf dem Gipfel der anti-macmahonnischen Raserei angetroffen (wörtlich). Das haben sie aus den Gemäßigten gemacht.

Die menschliche Dummheit macht mich im Augenblick so fertig, daß ich mir wie eine Fliege vorkomme, die den Himalaya auf dem Rücken trägt. Wie auch immer! Ich werde versuchen, mein Gift in meinem Buch auszukotzen: diese Hoffnung erleichtert mich.

Auf all den Bahnhöfen, auf denen ich war, habe ich Ihre Werke an erster Stelle gesehen, ebenso wie die von Zola.

Ich bin sehr neugierig auf Ihre Arbeit über die Politik von Louis XV.; das ist eine der am wenigsten bekannten Ecken der Geschichte Frankreichs, aber ich sehe noch nicht, wie Sie das in die Monographien über die Damen der Zeit einbauen?

– Und diese Clown-Geschichte? oder vielmehr dieser Roman über die Clowns? Denken Sie noch daran?

Dem Ton Ihres Briefes zufolge scheinen Sie mir in guter Verfassung! Turgenjew kommt mir angeödet vor. Warum weiß ich nicht. Es geht ihm doch im Augenblick gut.

Ich rechne damit, um Neujahr herum wieder in Paris zu sein. Dann werden wir unsere Sonntage und philosophischen Diners, deren Notwendigkeit sich bemerkbar macht, wieder aufnehmen.

Bis dahin umarme ich Sie. Lassen Sie von Zeit zu Zeit etwas von sich hören. Frohes Schaffen und sonnige Stimmung, wenn das möglich ist. Ganz der Ihre.

Gve Flaubert

macmahonnische Raserei: Am 16. Mai 1877 hatte Mac-Mahon, der Präsident der Republik die Entlassung seines Ministerpräsidenten, Jules Simon, gefordert, der das Vertrauen des Parlaments besaß. Mac-Mahon beauftragte den Duc de Broglie, ein neues Ministerium zu bilden, aber das Parlament weigerte sich, mit dem Duc in Kontakt zu treten. Mac-Mahon löste das Kabinett auf und setzte Neuwahlen für den 14. Oktober an. In einer leidenschaftlichen Wahlkampagne wenden sich die Republikaner gegen das Sitten-

gesetz. Mac-Mahon hält mehrere Reden und verschärft die Sanktionen gegen die Opponenten: Beamtenentlassungen und Versammlungsverbote. Flaubert ergreift heftig Partei für die Gegner des Sittengesetzes: »Hat es in der Geschichte etwas Dümmeres gegeben als den 16. Mai? Wo haben wir einen Idioten, der sich mit dem Barden der modernen Zeiten vergleichen ließe?« (Brief vom 29. August 1877 an Maurice Sand).
der Präfekt: Der Präfekt des Département Seine-Inférieure hatte in Le Havre einen Vortrag über die »geologische Gestalt der Erde« verboten.
Baudry: Frédéric Baudry (1818–1885), ein mit Flaubert befreundeter Philologe und Spezialist für Sanskrit.
in all den Bahnhöfen: Edmond de Goncourt notiert am 22. März 1877: »Wenn man vom Bahnsteig kommt, fällt das Auge gleich auf das Schaufenster der Buchhandlung. Unter den ausgestellten Büchern liegen Exemplare von »La fille Élisa.«
dieser Roman über die Clowns: Edmond de Goncourt begann im Herbst 1878 mit der Arbeit an seinem Roman »Les Frères Zemganno«.

AN EDMOND DE GONCOURT

[Paris,] Sonntag abend [5. Mai 1878]

Mein lieber Freund,

In meinem Programm hat sich etwas geändert. Ich fahre diese Woche nicht nach Chenonceau. – Also habe ich Zola und Charpentier vorgeschlagen, das Diner, das wir schon lange schuldig sind, am *nächsten Freitag* zu geben.

Dieser Tag ist ihnen recht, wie auch unseren Gästen.

Und Ihnen? quid?

Dieses brüderliche Liebesmahl wird im Café Riche stattfinden.

Sie sehe ich dann morgen im 1. Stock des »Bouton de Rose«?

Ich war bei der Probe.

Ahem! Ahem!

Eine kurze Antwort! versuchen Sie sich den Freitag frei zu halten.

Ganz der Ihre. Gve Flaubert

240 r. fg. St. Honoré

Chenonceau: Flaubert war am 12. Mai 1876 zum ersten Mal im Schloß Chenonceau eingeladen gewesen. Es war im Besitz der Tochter eines englischen Ingenieurs, der mit Dampfmaschinen zu Geld gekommen war. Flaubert wollte finanzielle Hilfe für das Geschäft des Ehemannes seiner Nichte erbitten und hatte dort für sich und die beiden eine Einladung für Anfang Mai erreicht. Aber die Schloßherrin hatte sich den Fuß verstaucht und ihren Gästen abgesagt.
das wir schon lange schuldig sind: Die jungen Naturalisten Alexis, Céard, Hennique, Huysmans, Maupassant und Mirbeau hatten Flaubert, Zola und Goncourt am 16. April 1877 zum Diner bei Trapp eingeladen, ein Ereignis, das als Gründungsdatum des Naturalismus gilt. Am 9. Mai 1878 erwidern die drei Romanciers die Einladung. »Heute abend laden Flaubert, Zola und ich die jungen Realisten, Naturisten, Naturalisten, die uns letztes Jahr bewirtet haben, unsererseits zum Diner« (Tagebuch, 9. Mai 1878).

AN EDMOND DE GONCOURT

[Paris, 15. September 1878]

Mein lieber Freund,

Ich gedenke mich am nächsten Mittwoch nach S(ain)t-Gratien zu begeben, (ich werde zum Déjeuner da sein) und am Freitag abend wieder abreisen. Am Samstag habe ich mehrere Verabredungen in Paris, und am Sonntag muß ich in Croisset sein.

Bis Mittwoch also, nicht wahr?

Bis dahin, wie immer

Ganz der Ihre.

Ihr Gve Flaubert

Sonntag

Saint-Gratien: Wie immer im September sind Flaubert und Edmond de Goncourt zusammen in Saint-Gratien bei Prinzessin Mathilde. Edmond de Goncourt berichtet im »Tagebuch« am 19. September 1878 von diesem Aufenthalt: »Heute abend, Gespräch über die schlechten Gerüche von Füßen, Nase und Mund, eine Unterhaltung, an der Flaubert Gefallen findet und aufblüht. Er erzählt ausführlich die Anekdote einer Stinknase, der ein Schleim aus der Nase fällt, der schwarz ist wie Tinte und den Doktor Trousseau zwingt, sein Behandlungszimmer zu verlassen und erst am nächsten Tag wieder zu betreten. Und als krönenden Abschluß erzählt er die Geschichte eines Pessars, das sein Vater nach siebzehn Jahren aus dem

Bauch einer Fischhändlerin gezogen hat und das so verpestet war, daß drei Assistenzärzte des Krankenhauses von Rouen ohnmächtig auf den Arsch fielen.
Bei diesen Geschichten wälzt sich die Prinzessin, ganz entzückt, vor Lachen auf dem Sofa, glücklich wie ein Kind, dem man derbe Geschichten von Kacke erzählt. Sie sagt, daß es einen üblen Geruch gäbe, den sie nicht verabscheue, der ihr sogar angenehm sei: den des italienischen Priesters – eines dünnen zum Beispiel, aber nicht eines dicken!
Phantastisch, nicht wahr? das Gefallen an diesen Unterhaltungen... Und wenn man dann bedenkt, daß der Prinzessin in der Literatur bei allem, was nicht vornehm ist, was nicht nach Patchouli oder Verbenen riecht, die Haare zu Berge stehen!«
Samstag habe ich mehrere Verabredungen in Paris: Flaubert traf sich mit seinem Freund, dem Bildungsminister Bardoux, der ihm helfen sollte, sein Theaterstück »Le Château des coeurs« auf die Bühne zu bringen. Weiterhin erhoffte er sich von ihm eine Stelle für seinen Freund Laporte, der in großen finanziellen Schwierigkeiten war, wie auch für Guy de Maupassant. Am selben Tag sollte er mit dem Verleger Lemerre über eine Neuauflage von »Salambo« sprechen. Am Sonntag traf sich Flaubert kurz vor seiner Abreise nach Croisset mit Guy de Maupassant im Restaurant Trapp am Gare Saint-Lazare.

AN EDMOND DE GONCOURT

[Croisset, 9. Oktober 1878]

Ich habe meinen Sonntag mit Ihrer *Pompadour* verbracht, mein lieber Freund. – Und zwar einen guten Sonntag! Lange habe ich nicht mehr etwas so Unterhaltsames und Wesentliches gelesen. Das Thema scheint mir wirklich ausgeschöpft und das Werk vollendet zu sein.

In den nächsten Tagen werde ich es, wenn mir Laporte meinen Band zurückgegeben hat, noch einmal lesen und die erste Ausgabe mit der zweiten vergleichen.

Morgen früh fahre ich nach Étretat, wo ich den obszönen Guy treffe.

– Nicht die geringste Enthüllung von Turgenjew!

Ich hatte Schwierigkeiten, mich wieder ans Werk zu machen. Man soll nie unterbrechen.

Von neuem herzlichen Glückwunsch wobei ich Sie umarme.

Ihr

Gve Flaubert

Mittwoch abend 9. Oktober

Ihre Pompadour: »Madame Pompadour« erschien am 9. Oktober. Flaubert hatte also sofort ein Exemplar bekommen.
Laporte: Edmond Laporte führte eine Manufaktur von Tüll und Spitzen in der Nähe von Croisset. Er war Flauberts treuester Freund der letzten Jahre. Ende 1879 zerstritt sich Flaubert mit ihm, weil Laporte nicht noch einmal für Commanville bürgen wollte.
Étretat: Flaubert besuchte dort Guy de Maupassant und seine Mutter Laure. Am 30. Oktober 1878 berichtet er der Prinzessin Mathilde: »In Étretat hatte ich ein herzzerreißendes Schauspiel: das einer alten Freundin aus Kindheitstagen (Madame de Maupassant), die so nervenkrank ist, daß sie das Licht nicht mehr ertragen kann; sie ist gezwungen in ewiger Finsternis zu leben. Der Schein einer Lampe bringt sie zum Schreien.«

AN EDMOND DE GONCOURT

[Croisset,] 3. Jan[uar 1879] Freitag

Ich wünsche Ihnen ebenfalls ein leichtes Neues, mein lieber Freund!

Wenn 1879 dem Jahr 1878 gleicht, werde ich 1880 nicht erleben. Ich werde daran krepieren! Ach! was für Widerwärtigkeiten ich durchgemacht habe und durchmache! Meine Angelegenheiten sind in einem erbärmlichen Zustand. Und mein Schicksal (das nur sehr schlimm sein kann) wird endgültig(?) in zwei oder drei Monaten besiegelt sein?

Das ist der Grund, aus dem ich nicht nach Paris komme! – Es kann sein, daß ich noch bis Ende Februar hier bleibe?

Trotz allem arbeite ich! Gegenwärtig bin ich in die Metaphysik versunken, eine wenig erfreuliche Sache, und ich bereite meine drei letzten Kapitel vor.

Warum habe ich in der Nacht vom 31. Dezember zum 1. Januar die ganze Zeit von Ihrem Bruder geträumt?

N.B. Was wollen Sie mit dem Satz sagen: »Ich habe mich doch stets ... mit gebührender Diskretion für Sie verwandt.«

Andererseits schickt mir die Prinzessin Andeutungen für »eine mir gemäße Position«. Ich bin ihr schon im voraus dafür dankbar, aber das ist ebenso *nutzlos* wie ihr Drängen, *mich* der Académie française zu präsentieren.

Es wäre sehr nett von Ihnen, mir ausgiebig zu schreiben, um mir zu sagen, wie es Ihnen geht. Kommt dieser Roman voran? Was gibt es Neues auf unserer Welt?

Ich umarme Sie.

Ihr

Gve Flaubert

ein leichtes Neues: Am 4. Januar 1879 schreibt Flaubert an seine Nichte: »Ich habe Neujahrsgrüße von der Prinzessin bekommen (die sich nach Dir erkundigt), von Goncourt und von Daudet (die sind herrlich und witzig).«
mein Schicksal: Die Fabrik von Commanville wird am 10. März verkauft und sein Grundbesitz am 24. März. Flaubert verkraftet die sich Ende 1878 vermehrenden Schicksalsschläge immer schlechter. Am 10. Dezember 1878 hatte er an seine Freundin Madame Brainne geschrieben: »Sie müssen wissen, daß wir jetzt am Rande des Abgrunds stehen und es keine Hoffnung gibt. Das Sägewerk der Commanville wird erbärmlich verkauft werden! und dann? Gott weiß, was aus uns wird!« Zur gleichen Zeit sind die Verleger sehr zurückhaltend, und es gelingt Flaubert nicht, die erhofften Gewinne mit seinem Werk zu machen. Charpentier gibt seinen Plan auf, eine Neujahrsausgabe von »La Légende de saint Julien« zu machen, und Dalloz schickt ihm seine Feerie »Le Château des coeurs« mit einer Absage zurück. Selbst die Beziehung zu Caroline, die ihm am meisten bedeutet, beginnt unter Flauberts Verzweiflung zu leiden: »Todtraurige Einzelheiten über diesen armen Flaubert. Sein Ruin wäre vollständig, und die Leute, für die er sich aus Liebe ruiniert hat, würden ihm die Zigarren vorwerfen, die er raucht, und seine Nichte hätte gesagt: ›Mein Onkel ist ein seltsamer Mensch, das Unglück kann er nicht ertragen.‹« Flauberts Brief vom 3. Januar 1879 an Edmond de Goncourt ist offenbar die Antwort auf einen verloren gegangenen Brief, in dem Edmond ihm Trost zugesprochen hatte.
mit gebührender Diskretion: In einem Brief an Prinzessin Mathilde vom 13. Dezember 1878 geht Edmond de Goncourt auf die

Verhandlungen ein, mit denen man versuchen wollte, einen Posten für Flaubert zu finden.: »Ich habe bei den Charpentier diniert. Nach dem Diner hat Madame Charpentier den illustren Mann beiseite genommen, hat ihm von Flauberts Ruin erzählt und ihn um eine Position für unseren Freund gebeten. Gambetta hat gesagt, daß er sofort bereit wäre, ihm den ersten freien Platz zu geben, und zwar so klar und entschieden, daß ich überzeugt bin, daß er das tut, weil Flaubert ihm sympathisch ist und weil eine Ernennung wie die seine – Gambetta ist intelligent genug, das zu begreifen – nur den ehrt, der sie ausspricht. Und als Madame Charpentier hinzufügte, daß Flauberts Freunde befürchteten, daß er nicht annehmen würde, hat Gambetta gesagt: Wir werden ihn trotzdem ernennen, und wenn er den Posten kriegt, wird er ihn annehmen. Im Grunde wäre es aber doch besser, man wüßte, woran man ist, und nur Sie als Frau und als Freundin können ein ehrliches Bekenntnis von ihm erreichen und im Notfall Druck auf seine dummen Stolzgefühle ausüben.«

mich vor der Académie française zu präsentieren: »Diese Ehre mit den Herren Camille Doucet, Camille Rousset, Mézières, Champagny und Caro zu teilen, o nein! tausend Dank«, schreibt Flaubert am 9. Juli 1878 in einem Brief an Madame Roger des Genettes.

AN FLAUBERT

[Paris,] 30. Januar [18]79

Mein lieber Alter, wie denn, Sie haben sich das Bein gebrochen? Pouchet, der Montag bei mir diniert hatte, hatte mir gesagt, Sie hätten sich bloß den Fuß verstaucht, und nun schreibt er mir gerade, daß Sie eine Fraktur des Wadenbeins haben ... aber keine schlimme. Wußten Sie, daß Pouchet, wie es der Zufall will, zu mir gekommen war, damit eine Beinfraktur in meinem Buch ohne zuviel Unsinn gerichtet wird, dies ist aber ein *Trümmerbruch?*

Sie fragen mich, was ich für Sie unternommen habe? Also, das sieht so aus: bei einem Diner bei den Charpentier, an dem Gambetta teilnahm – man hatte mir gesagt, Sie hätten alles verloren, Sie würden aus Croisset vertrieben – habe ich den Diktator in einer Ecke des Salons von Madame Charpentier aushorchen lassen, um zu erfahren, ob er, falls Sie einverstanden sind, bereit wäre, Ihnen im Raum Paris eine Bibliothek ohne Leser zu verschaffen, und zwar mit einer Wohnung und einem Garten, der Sie nicht allzusehr daran denken ließe, daß Sie nicht mehr in Croisset sind. Ich muß Ihnen sagen, daß wir Gambetta Ihnen erstaunlich geneigt gefunden haben und sofort bereit, Sie zu ernennen, ja die Dinge sind Gott sei Dank nicht so hoffnungslos und schließlich ... aber reden wir nicht mehr darüber.

Ich werde Ihnen nichts von dem Erfolg von *L'Assommoir* erzählen; Sie wissen davon, aber wovon Sie nichts wissen, das ist die Begeisterung des Publikums bei der Premiere, seine Bereitschaft schon im voraus alles zu beklatschen. Ich konnte mich nicht enthalten zu Lafontaine, den ich im Korridor traf, zu sagen: »Na, das ist nicht das Publikum der Premiere von *Henriette Maréchal*!« Wahrhaftig, unser Freund hat das Glück eines Hahnreis, und ist doch vielleicht keiner!

Mein Roman ist zu drei Vierteln fertig; da ist nur noch ein technischer Teil, für den ich gezwungen sein werde, Clowns oder Possenreißer aufzusuchen, was für mich kein Vergnügen ist. Die Erforschung des *menschlichen Dokuments* der unteren Sphären mag ich überhaupt nicht mehr. Das Buch ist, Sie werden es sehen, anders als meine übrigen Schmöker, ein kleines bißchen in einer poetischen, phantastischen Wirklichkeit angesiedelt etc.; der Realismus ist augenblicklich bei den Bourgeois zu vorherrschend, als daß ein Autor, der etwas auf sich hält, sich nicht einer anderen Seite zuwenden sollte. Und Sie, wie weit Sind Sie? erzählen Sie mir ein paar Einzelheiten.

Vorgestern hatte ich doch tatsächlich eine schreckliche Zänkerei mit besagtem Harrisse, den sich die Prinzessin, warum weiß man nicht, von neuem aufgehalst hat, und die nicht davon verletzt war, daß er in ihrem Hause sagte, daß Frankreich noch nie so *ehrbar und so geehrt* wäre wie seit sieben Jahren. Die verrückte Prinzessin als Bonapartistin!

ich bin es, wie Sie wissen, nie gewesen und war so dumm es für das Haus, in dem ich dinierte, wenig ehrenwert zu finden.

Ich umarme Sie.

Edmond de Goncourt

Wissen Sie noch, daß ich mit Ihnen gewettet habe, daß Mac-Mahon nicht bis zum Ende seiner siebenjährigen Amtszeit bliebe. Jetzt werde ich gewogen sein, für Grévys Chancen zu wetten, von den Kanaken gefressen zu werden, und ich schließe mit einer fürchterlichen Migräne.

Haben Sie gesehen, daß wir Bismarcks Lieblingsautoren sind? Kein Grund, darauf sehr stolz zu sein; De Béhaine, der am Abend der Schlacht von Sadowa eine Zusammenkunft mit ihm in seinem Zelt hatte, hat einen Band von Gaboriau auf seinem Nachttisch gefunden, aufgeschlagen unter zwei Revolvern.

Sie haben sich das Bein gebrochen: »Le Figaro« brachte am 28. Januar 1879 unter der Rubrik »Télégrammes et correspondances« die Nachricht: »– Rouen, 27. Januar. – Gustave Flaubert hat sich in seinem Landhaus in Croisset das Bein gebrochen, als er seinen Freunden, die ihn besuchen kamen, die Tür öffnen ging.« Flaubert war außer sich vor Wut, sein persönliches Leben so an die Öffentlichkeit getragen zu sehen. Es folgte eine Flut von Briefen, und Flaubert schrieb aufgebracht und ironisch an seine Nichte: »Gestern habe ich fünfzehn Briefe bekommen! heute morgen zwölf! und man muß darauf antworten oder sie beantworten lassen. Was für eine Vergeudung von Briefmarken!« (30. Januar 1879) – Den Brief von Edmond de Goncourt schenkte er später seinem Freund Laporte für seine Sammlung von Autographen.
die Operation einer Beinfraktur: In »Les Frères Zemganno« bricht sich der jüngere der beiden Akrobaten bei einem Sprung die Beine: »Ja, beide Beine sind gebrochen... und das rechte Bein hat außer dem Bruch des Wadenbeins noch einen Trümmerbruch des Schienbeins...Ich schreibe Ihnen eine Einweisung in mein Krankenhaus... Ich werde den Bruch selber richten...«
Gambetta: Gambetta war seit dem 31. Januar Präsident des Abgeordnetenhauses. Flauberts Freunde erhofften sich für ihn einen Posten an der Bibliothek Mazarine. Gambetta bevorzugte aber seinen eigenen Kandidaten Frédéric Baudry. Am 22. Februar 1879 schreibt Flaubert an seine Nichte Caroline: »Nun, Gambetta hatte gar nichts versprochen. Goncourt hatte ihn um eine Sinekure für

mich gebeten, und ebenso die Charpentiers, die sich mächtig was darauf einbildeten.«

L'Assommoir: Das Theaterstück nach Zolas gleichnamigem Roman hatte am 18. Januar 1879 Premiere im Théâtre de l'Ambigu in Paris. Insgesamt hatte es 254 Aufführungen.

Lafontaine: Louis-Marie-Henri Thomas, genannt Lafontaine, ein Schauspieler, der in dem Stück der Goncourts »Henriette Maréchal« mitgespielt hatte.

menschliche Dokument: Das Vorwort zu »Les Frères Zemganno« zeigt denselben Widerwillen gegen das Volk, der auch schon in »Germinie Lacerteux« und »La Fille Élisa« deutlich wurde: »Der Realismus, um dieses dumme Wort, dieses Schlagwort zu benutzen, hat in Wirklichkeit nicht nur den Auftrag zu beschreiben, was gemein, abstoßend und übelriechend ist, er ist auch entstanden, um in kunstvollem Stil das zu erklären, was erhaben, was hübsch, was wohlriechend ist...«

Harrisse: Henri Harrisse (1830–1910), ein Anwalt aus New York, der zum Salon der Prinzessin Mathilde gehörte.

de Béhaine: Édouard Lefebvre de Béhaine (1829–1897), Sekretär der französischen Botschaft in Berlin zur Zeit der Schlacht von Sadowa; die Preußen schlugen die Österreicher am 3. Juli 1866.

Gaboriau: Émile Gaboriau (1832–1873), Autor von Volks- und Kriminalromanen.

AN EDMOND DE GONCOURT

Croisset, 3. Feb[ruar 18]79

Danke für Ihren guten Brief, mein lieber Freund; jetzt besteht überhaupt keine Gefahr mehr, es ist nur noch eine Frage der Zeit. Aber in den ersten Tagen war es gar nicht lustig und es hätte sehr ernst werden können und sogar schlimmer als man zuerst gedacht hatte.

Danke, daß Sie sich bei dem neuen Parlamentspräsidenten für mich eingesetzt haben; wir sprechen noch darüber.

Ich bin sehr neugierig auf Ihre Clowns und ich stimme Ihnen zu, sich systematisch von dem Blödsinn, genannt »Realismus« oder ad libitum »Naturalismus«, zu entfernen. Im übrigen wissen Sie, was ich von diesem groben Schwindel halte.

Die Charpentiers halte ich weiterhin für *sehr seltsam*, gelinde gesagt.

Nein, ich wußte nicht, daß wir die Favoriten dieses vortrefflichen Monsieur Bismarck sind. Wo haben Sie das gelesen?

Meine gebrochene Flosse verzögert meine Arbeit um zwei volle Monate. Das hat den Vorteil, daß mein armes Hirn sich erholen kann.

Rechnen Sie nicht mit mir vor Mitte April.

Bis dahin, gute Gesundheit, frohes Schaffen und vor allem gute Laune.

Schreiben Sie mir so oft Sie können, das würde mich sehr freuen.

Ich umarme Sie.

Ihr Alter

Gve Flaubert

AN FLAUBERT

[Paris,] 17. März [18]79

Mein lieber Alter,

Ich schicke Ihnen die *Duchesse de Châteauroux*, ganz und gar nachgebessert und, bitteschön, um dreihundert Seiten erweitert. In einem Monat schicke ich Ihnen

Les Frères Zemganno

Ach! ich habe schwer geschuftet und ich habe auf dieser Erde wirklich nur noch zwei Freuden: arbeiten und Bücher kaufen, unglücklicherweise fehlt zur Befriedigung der zweiten zu oft das Geld. Und Sie haben wohl Ihre Maschine auch nicht schlecht vorangebracht; Popelin hat mir gesagt, daß Ihnen nur noch drei Kapitel zu fabrizieren blieben. Er hat mir gesagt, daß es Ihnen seelisch und körperlich gut ginge. Sicher hat er Ihnen erzählt, daß ich mitgekommen wäre, wenn ich nicht im Hochbetrieb des Romanendes stecken würde.

Ich schreibe Ihnen heute nur ein paar Zeilen, weil ich

bei der Korrektur der Fahnen bin und einem Haufen von Dingen, die sich seit fünf Monaten angesammelt haben. Aber ich schreibe Ihnen dieser Tage einen redseligeren Brief; es wäre sehr lieb von Ihnen, wenn Sie einstweilen etwas ausführlicher von sich hören ließen.

Ich umarme Sie.

Edmond de Goncourt

Les Frères Zemganno: Der Roman erschien am 30. April 1879.
Popelin: Claudius Popelin hatte Flaubert am 11. März 1879 besucht. Flaubert schrieb am 20. März 1879 an Prinzessin Mathilde: »Popelins Gegenwart war mir sehr angenehm, meine liebe Prinzessin; sie brachte mir etwas von der Ihren, einen Widerschein all dessen, was Sie umgibt.«

AN EDMOND DE GONCOURT

[Croisset,] Mittwoch abend 19. März [1879]

Mein lieber Alter,

Für M(ada)me Châteauroux habe ich alles stehen und liegen lassen, alles, auf der Stelle. Ich war so frech, und ich wurde belohnt. Dieser neue Band scheint mir noch *interessanter* als die anderen.

Jetzt lese ich schon seit drei Monaten ausschließlich Metaphysik! Sie können sich vorstellen, wie gut es mir nach so viel Abstraktionen getan hat, wieder auf den Boden der Tatsachen zu kommen. Kurz, ich habe mich wie eine Filzlaus an die Hügel Ihrer schönen Damen geschmiegt. Das ist ein Monument, ein endgültiges Werk. Wir reden noch darüber. Wann?

Charpentier und Zola haben mir versprochen, sobald ich sie rufe, hierher zum Déjeuner zu kommen. Aber ich bin noch nicht imstande, hinunter in mein Eßzimmer zu gehen. – Und bei der Unfähigkeit meines Personals, lade ich Sie nicht *mit* ihnen ein. Kommen Sie also *allein*, sobald Sie Ihre *Frères Zemganno* los sind.

Meine Nichte wird mich wohl Ende nächster Woche besuchen. Danach werde ich die Freunde an ihr Versprechen erinnern. Auf Ihres verlasse ich mich voll und ganz.

Popelin hat Ihnen meine körperliche und seelische Verfassung in etwas zu hohen Tönen beschrieben. Ich kann kaum fünf oder sechs Schritte in meinem Arbeitszimmer tun. – Und mein Gelenk ist jeden Abend geschwollen. Ich bezweifle, daß ich im Mai in der Lage sein werde, nach Paris zu fahren.

Was die Laune betrifft, die war nicht gerade lustig, mein lieber Freund. Ich habe mörderische Zustände durchgemacht. So sieht die Wahrheit aus. – Ich hatte allerdings die Kraft, mich mit irrsinnig viel Lesen zu betäuben (ungefähr einen Wälzer am Tag, und zwar mit Anmerkungen!). Jetzt bereite ich meine drei letzten Kapitel vor. – Und ich hoffe, mich in vierzehn Tagen wieder ans Schreiben zu machen. – Kurz, in einem Jahr, aber nicht vorher, ist, hoffe ich, das Ende in Sicht.

Weder die geringste Nachricht von Turgenjew, noch von Daudet. Versuchen Sie doch zwischen zwei Druckfahnen Zeit zum *Tratschen* zu finden mit Ihrem

Gve Flaubert, der Sie umarmt

Was sagen Sie zu Labiche als Kandidat bei der Académie française? Oh, ihr Manen von Boileau, wo seid ihr?

Hier eine Entdeckung, die Ihr gehorsamer Diener in *La Réforme* gemacht hat (der Zeitschrift).

Yves Guillot findet (sic), daß Sarcey an … *Diderot* erinnert und ihm sogar überlegen ist (sic); ein »besonnener Diderot«.

Jetzt kommen Sie aber ins Grübeln.

dieser neue Band scheint mir noch interessanter: Flaubert schätzte Goncourts Werk, das er bei Prinzessin Mathilde verteidigte: »Sie scheinen mir mit Madame de Châteauroux sehr streng zu sein. Ich hätte dieses Buch nicht auf diese Weise verfaßt, wenn ich es geschrieben hätte; aber so wie es ist, ist es lesenswert und gut gemacht für sein Genre. Was Sie schockiert, liegt an dem Thema selbst, und nicht an dem Geschichtsforscher« (27. März 1879).

Metaphysik: Kapitel VIII von »Bouvard et Pécuchet« ist der Philosophie gewidmet. Flaubert schrieb fünf Monate daran.

Zola: Am 19. Februar 1879 schrieb er an Flaubert: »Geben Sie mir einfach Bescheid, wann man Sie besuchen kann, ohne Sie anzustrengen. Wir kommen Ihnen zu zweit die Hand drücken, Charpentier und ich, um gemeinsam die vier Stunden Zugfahrt totzuschlagen.«

meine drei letzten Kapitel: Flaubert arbeitet gleichzeitig an den Themen der drei letzten Kapitel von »Bouvard et Pécuchet«, die der Philosophie, der Religion und der Erziehung gewidmet sind.

Labiche: Eugène Labiche (1815–1888) wurde am 26. Februar 1880 zum Mitglied der Académie française ernannt.

Yves Guyot: Direktor der Zeitung »Bien public«, ein leidenschaftlicher Republikaner, der am 15. Januar 1879 in »La Réforme« über Francisque Sarcey schrieb: »Monsieur Francisque Sarcey ist ein Diderot der besonnenen Art. Das ist dieselbe Lebendigkeit, dieselbe Ungezwungenheit des Schreibens. Nur ließ sich Diderot von Zeit zu Zeit zum Schwulst hinreißen, zur Geschraubtheit des Sentimentalismus. Monsieur Francisque Sarcey weiß sich zurückzuhalten. Ein verständiger Mann, der die Chimären, so schön sie auch sein mögen, stets als schwer zu reitende Rosse betrachtet.«

AN FLAUBERT

[Paris,] 22. April [18]79

Mein lieber Alter,

Wie geht es Ihrem Bein? Die Nachrichten sind widersprüchlich? Sind Sie bald bei uns? Was mich betrifft, so bin ich sehr am *Hüsteln* und unsagbar gereizt und nervös. Mein Buch sollte in den ersten Apriltagen erscheinen, und nun ist es durch Charpentiers Schlamperei auf den 26. verschoben, und ich weiß wirklich nicht, ob es dann an dem Tag erscheint. Ach, hätte doch dieser charmante Junge einen Geschäftsmann im Hintergrund! aber nichts davon. In diesem Moment spielt er in der Illustrierten *La Vie moderne* modernes Leben, und das ist genau das richtige Spielzeug für ihn. Kurz, auf Gedeih und Verderb! Ich glaube, das Buch wird Ihnen gefallen. Sie werden das erste bekommen.

Ganz der Ihre

Edmond de Goncourt

Ein paar Zeilen über Ihre Gesundheit.

unsagbar gereizt und nervös: Die Prinzessin beklagte sich in einem Brief an Flaubert über die Nervosität Edmond de Goncourts. Flaubert antwortete am 27. März 1879: »Seine nervösen Zustände kommen von seiner Gesundheit, die nicht die beste ist. Um heiter zu bleiben, darf man nicht leiden; und dann fehlt es ihm vielleicht auch ein wenig an Philosophie.«
La Vie moderne: Edmond de Goncourt erlebte die Gründungsphase dieser neuen Zeitung, die von Émile Bergerat (1845–1923), dem Ehemann von Gautiers zweiter Tochter Estelle geleitet wurde, einem Dichter und Kunstkritiker. Charpentier gab dieses Blatt heraus. Die erste Nummer erschien am 10. April 1879.

AN EDMOND DE GONCOURT

[Croisset,] Donnerstag [24. April 1879]

Mein lieber Freund,

Hier meine Bilanz.

Meinem Bein geht es gut. Es wird aber jeden Abend dick. Ich kann kaum mehr als hundert Schritte gehen und ich muß eine Binde um den Knöchel tragen. –

Des weiteren habe ich mir einen meiner letzten Backenzähne ziehen lassen.

Des weiteren habe ich einen Hexenschuß.

Des weiteren ein Gerstenkorn.

Und derzeit erfreue ich mich, seit gestern, an einem Furunkel mitten im Gesicht.

Von all dem abgesehen geht es mir gut.

Ich habe mich wieder ans Schreiben gemacht, und ich hoffe, mein schreckliches Kapitel VIII Ende Juli fertig zu haben! Danach werde ich das vorletzte anpacken.

Wann ich nach Paris fahre? Ich habe keine Ahnung! Nicht vor Mitte Mai. – Ob ich hinfahre? Ich *müßte* eigentlich! Auf jeden Fall sehen Sie mich diesen Sommer bei der guten Prinzessin. Eine unerhörte Sache, dieses Problem vom Fleck zu kommen, das ich jetzt habe.

Charpentier hat mir die ersten beiden Nummern seiner *Vie Moderne* geschickt, die ich noch dümmer finde, als die *Vie Parisienne*! Der *Chic* wird das Haus Charpentier zugrunde richten. Merken Sie sich diese Prophezeihung.

Und Zolas politisches Manifest, das der Republik den Untergang prophezeit, wenn sie nicht die Fahne des Realismus hißt! Naturalismus, Verzeihung! komisch, komisch!

In dem Modeblatt Ihres Verlegers habe ich ein Fragment Ihres Romans gelesen, *das mich begeistert*. Wenn er erschienen ist, der Roman, (oder sogar noch vorher), wären Sie dann Curtius genug, nach Croisset zu kommen? Morgen erwarte ich Turgenjew. Zola und Charpentier haben mir ebenfalls versprochen, einen Sonntag zum Déjeuner herzukommen.

Hennique hält jetzt Reden?

Wir sind Fossilien, mein lieber Freund, Überbleibsel einer anderen Welt. Wir verstehen nichts vom Fortschritt! ...

Ich umarme Sie.

Ihr Alter

Gve Flaubert

»Allzeit ju ... u ... u ... ng!«

(Eine Einbildung, die das Scheichtum kennzeichnet.)

Lesen Sie die Briefe von Berlioz! Wenige Bücher haben mich mehr aufgerichtet. Der hat gebrüllt! und haßte die Mittelmäßigkeit. Das ist ein Mann!

Vie moderne: Flaubert bedauerte, gestattet zu haben, daß sein Name auf dem Titelblatt der Zeitung stand. Er kritisierte ihre gekünstelten Artikel, ihre Illustrationen, die in keinem Zusammenhang mit den Texten standen. Émile Bergerat beharrte am 10. Aril in seinem Programm auf der künstlerischen, geistigen und gesellschaftlichen Relevanz seiner Zeitung.

La Vie parisienne: Eine 1862 gegründete Zeitschrift, eine Chronik der Bohème und der Lebewelt in Bildern.

Zola: Zola hatte am 20. April in einer Beilage des »Figaro« einen Artikel mit dem Titel »La République et la Littérature« veröffentlicht. Er schließt mit den Sätzen: »Heute steht unsere Republik auf festem Boden und wird von nun an ihren literarischen Ausdruck haben. Dieser Ausdruck wird, für meine Begriffe, notwendigerweise der Naturalismus sein, und damit meine ich die analytische, experimentelle Methode, die moderne, auf Ereignissen und dem menschlichen Dokument beruhende Erkundung. Da muß Übereinstimmung bestehen zwischen dem sozialen Fortschritt, der der Anlaß ist und der Literatur, die daraus folgt. Wenn die sich selbst gegenüber blinde Republik so weit ginge, diesen wissenschaftlichen Ansatz des Schreibens anzugreifen, weil sie nicht versteht, daß sie ihre Existenz schließlich der Kraft eines wissenschaftlichen Ansatzes verdankt, wäre das das Zeichen, daß die Republik nicht reif ist für die Ereignisse und daß sie wiederum einem Ereignis weichen wird, der Diktatur.«

Modeblatt: Flaubert meinte »La Revue Moderne«, die am 17. April 1879, noch vor dem Erscheinen von Edmond de Goncourts Roman »Les Frères Zemganno«, das Kapitel XL abgedruckt hatte.

Turgenjew: Er verschob seinen angekündigten Besuch in Croisset auf den 4. Mai 1879; Flaubert war äußerst verärgert.

Hennique: Léon Hennique (1851–1935), ein Romancier, der zu der Gruppe der Naturalisten um Zola gehörte. Im Februar 1879 war sein Buch »Elisabeth Couronneau« erschienen. Am 21. April 1879 hielt er in der Salle des Capucines einen Vortrag mit dem Titel: »Der Naturalismus. Die Schule von Monsieur Émile Zola. Les Soeurs Vatard von J. K. Huysmans«.

allzeit ju-u-u-ng: Flaubert liebte diesen Ausspruch des Komödianten Adolphe Laferrière, der noch mit siebzig Jahren auf der Bühne stand.

Berlioz: Die »Correspondance« von Berlioz (1819–1868) erschien 1878 bei Lévy. Flaubert empfahl diese Lektüre seinen Briefpartnern, wobei er besonders die Befähigung dieses Musikers zum Haß rühmte: »Die Lektüre der Correspondance inédite von Berlioz hat mich aufgerichtet. Lies sie, ich bitte Dich. Das ist ein Mann! und ein wahrer Künstler! Was für ein Haß auf die Mittelmäßigkeit! Was für schöne Wutausbrüche auf den gemeinen Bourgeois! Was für eine Verachtung des ›man‹! Das übertrifft die Briefe von Balzac um sechsunddreißigtausend Ellen! Ich wundere mich nicht mehr über die Sympathie, die wir füreinander empfinden« (Brief an Caroline vom 16. April 1879).

AN EDMOND DE GONCOURT

[Croisset,] Donnerstag, 1. Mai [1879]

Mein lieber Freund,

Ich bin *entzückt* von Ihrem Schmöker!

Auf den ersten Seiten habe ich Ihnen ein paar kleine Schnitzer herausgesucht, wie »und mit«, »wegen ihnen«, etc. und dann, verdammt! völlige Begeisterung. Mehrmals habe ich mich beherrscht, um nicht zu weinen, und heute nacht hatte ich davon einen Albtraum (sic).

Nello nicht sterben lassen zu haben, ist von erlesenem Geschmack, gerade weil der Leser seinen Tod erwartet.

Alles, was ich bei meinem Beinbruch verspürt habe, habe ich da wiederentdeckt, den Schmerz im Hacken und die Angst vor den Krücken. – Nun, mein lieber Freund, Ihre beiden Brüder liebt man nicht, man betet sie an. Niemand versteht, glaube ich, besser als ich die *Hintergründe* Ihres Buches. Das ist geschlossen, rasant, farbig, sehr kunstvoll, und nicht künstlerisch, Gott sei Dank! Man sieht Ihre Personen vor sich, den alten Bescapé, seine Frau, den Hund, etc. Und *La Talochée* bringt mich in Erregung. Die Tompkins ist eine schöne Gestalt. Kurz, nichts Vulgäres, bei den Details, und ein prächtiges Ganzes.

Das Vorwort dagegen mißfällt mir, als Absicht. Was müssen Sie direkt zum Publikum sprechen? Es ist unsere vertraulichen Mitteilungen nicht wert. »Verbirg dein Leben«, sagt Epiktet.

Eine andere Geschichte: Turgenjew, der mich in acht Tagen nur *vier* Mal versetzt hat, kündigt mir heute morgen seinen Besuch für Sonntag an.

Danach rechne ich mit dem Ihren. – Und damit wir bequemer miteinander schwatzen können, mit dem Ihren ohne Begleitung. Wollen Sie vor oder nach dem Konvoi Zola-Charpentier-Daudet kommen? Besprechen Sie sich mit den besagten Herren.

Angesichts der Unzulänglichkeit meines Personals kann ich nicht mehr als drei Gäste zugleich empfangen.

Baldige Antwort, ja? – Und nochmals bravo, bravissimo, mein lieber Freund. Wobei ich Sie zärtlich umarme.

Ihr Gve Flaubert

Schmöker: »Les Frères Zemganno«.
völlige Begeisterung: Die Ehrlichkeit dieses Urteil bestätigt ein Brief an Prinzessin Mathilde vom 11. Mai 1879: »Der Roman von Goncourt hat mir gefallen. Am Anfang habe ich mich über gewisse Affektiertheiten und Nachlässigkeiten des Stils geärgert. Dann habe ich mich mitreißen lassen, und insgesamt finde ich dieses Buch sehr talentiert. Das ist meine ehrliche Meinung.«
Nello: Der Roman erzählt die Geschichte zweier Brüder, die als Akrobaten in tiefer Zuneigung verbunden sind. Der Jüngere bricht sich die Beine, als er dem Publikum einen besonders schwierigen Sprung vorführt.
alles, was ich bei meinem Beinbruch verspürt habe: Besonders das Kapitel LXX beschreibt die Schmerzen in dem gebrochenen Bein: »... schon das stille Liegen des Hackens auf dem Kissen, das auf die Dauer so wirkt, als bohre sich ein harter Gegenstand in dein Fleisch und deine Nerven.«
nicht künstlerisch: Goncourt plädierte in seinem Vorwort für künstlerisches Schreiben. In einem Brief an Maupassant vom 25. April 1879 mokierte sich Flaubert über das Künstlerische: »›La Vie Moderne‹ kommt mir noch blöder vor als ›La Vie Parisienne‹. Ganz schön künstlerisch! hm? und die Zeichnungen, die überhaupt nichts mit dem Text zu tun haben! und die Kritik von Bergerat! Ich bin empört, daß mein Name auf dem Deckblatt steht, ich hoffe jedoch daß dieses... kein langes Leben haben wird.«
Bescapé: Der Direktor der Truppe, Signor Tommaso Bescapé, der Vater der beiden Akrobaten, hatte alle möglichen Berufe ausgeübt: er war Koch, Sänger und Teppichhändler gewesen. Dann hatte er Stépanida, eine junge Bohémienne, geheiratet und mit ihr einen kleinen Wanderzirkus aufgemacht.
der Hund: Kapitel II zeigt die Liebe eines armseligen Musikers zu dem beinahe verkrüppelten Pudel des kleinen Zirkus.
die Tompkins: Eine reiche, sehr exzentrische Amerikanerin, in die Nello unglücklich verliebt ist und die damit seinen verhängnisvollen Sprung provoziert. Sie verkörpert gegenüber dem androgynen Bruderpaar die kastrierende Frau.
Vorwort: Flaubert war gegen Vorworte, die der Objektivität des Werkes schadeten. Er selbst schrieb lediglich ein Vorwort für

Bouilhets »Dernières chansons«. Goncourt verteidigte in seinem Vorwort einen vornehmen Realismus, erlesene Milieustudien und künstlerisches Schreiben.

AN FLAUBERT

[Paris,] 24. Mai [18]79

Also Sie sind ja ein komischer Kauz! Sie kommen nach Paris und geben Ihren Freunden nicht den leisesten Wink, zum Bahnhof zu kommen und Sie in die Arme zu nehmen. Danach hätten wir Sie doch voller Respekt vor Ihren krummen Schlichen in Ruhe gelassen. Und dann schreiben Sie Verlegern, daß niemand Sie besuchen kommt, wenn Sie die Leute ausladen und nicht offiziell wieder einladen. Das ist wirklich toll; immerhin kommen Sie im Juni nach Paris, deshalb verzeihe ich Ihnen.

Ich breche sie Ihnen zärtlich.

Edmond de Goncourt

Ich werde den *Großmedanismus* in der Literatur gründen, und der wird dann den Realismus und den Übernaturalismus schlagen … und als Motto nehme ich Blubb Blubb.

Sie kommen nach Paris: Die Bemühungen der Freunde, eine Sinekure für Flaubert zu finden, waren erfolgreich gewesen. Am 10. Mai 1879 bot ihm der Bildungsminister einen Platz als Konservator der Bibliothek Mazarine an, ohne jede weitere Verpflichtung. Flaubert, dem eine Pension zuwider war, war mit diesem Angebot schließlich zufrieden. Vom 13. bis 15. Mai 1879 macht er einen Blitzbesuch in Paris, um die Bedingungen mit dem Minister zu klären. Er informiert nur Maupassant und seine Nichte Caroline über dieser Reise.
Und dann schreiben Sie Verlegern: Flaubert hatte am 16. Mai 1879 an Charpentier geschrieben:
»Mann von La Vie moderne,
Sie wissen zweifellos, daß ich vorgestern einige Stunden in Paris verbracht habe und warum ich mich bis dorthin geschleppt habe. Die Schwellung an meinem Fußgelenk hat mir nicht gestattet, noch weiter zu gehen.

Ich hatte Goncourt gebeten, sich mit Ihnen und den Freunden zu verständigen, um zwei Züge nach Croisset herauszusuchen. Keine Antwort. Ein Rätsel.«

Großmedanismus: Eine Wortschöpfung Goncourts nach dem Namen von Zolas Wohnort: Médan. »Les Soirées de Médan« waren der Text, der als Begründung des Naturalismus angesehen wurde, eine Literatur, der man oft vorwarf, sich im Eschatologischen zu gefallen.

AN EDMOND DE GONCOURT

[Croisset,] Montag [26. Mai 1879]

Mein lieber Freund,

Sie sehen mich Mitte nächster Woche, – wenn ich bis dahin nicht krepiert bin.

Und ich werde Ihnen alle nötigen Entschuldigungen und Erklärungen liefern.

Ich umarme Sie.

Ihr Gve Flaubert

Montag

Mitte nächster Woche: Flaubert traf am Sonntag nachmittag, dem 1. Juni 1879 in Paris ein. Am 8. Juni 1879 lädt er wieder zu seinem üblichen Sonntagstreffen. Nachmittags füllt sich der Salon, und die Gäste interessieren sich besonders für die Gemälde seiner Nichte Caroline, die Schülerin des Malers Bonnat war. Flaubert schreibt ihr noch am selben Tag: »Deine Studie eines Frauenaktes hat die Begeisterung von Goncourt, Burty und Hérédia ausgelöst, alles Leute von wählerischem und sogar nörglerischem Geschmack (vor allem ersterer). Goncourt möchte, daß Du für nächstes Jahr »›eine Salambo‹ machst!«

AUS DEN TAGEBUCH VON EDMOND DE GONCOURT

8. Juni 1879

Heute morgen Déjeuner Tête-à-tête mit Flaubert.

Er erzählt mir, daß seine Sache geritzt ist. Er ist zum zusätzlichen Konservator an der Bibliothek Mazarine ernannt, mit dem Gehalt von 3000 Francs, das in einigen

Monaten erhöht werden soll. Dann sagt er noch, daß er wirklich darunter gelitten hat, gezwungen gewesen zu sein, dieses Geld zu akzeptieren, und daß er im übrigen schon Anstalten getroffen hat, daß es eines Tages an den Staat zurückgezahlt werden kann. Sein Bruder, der sehr reich und todkrank ist, soll ihm 3000 Francs Rente zahlen: damit, und mit seinen Einnahmen aus der Literatur wird er wieder auf die Beine kommen.

Flaubert, der Feind von Illustrationen, denkt jetzt an eine Illustration seiner Feerie »mit Zeichnungen von Malern, aber nicht von Zeichnern«, sagt er. Er ist röter, Jordaensfarbener denn je; und eine Strähne seines langen Nackenhaars über seinen nackten Schädel gelegt, läßt an seine indianische Herkunft denken.

Mit seinem Bein ist er zufrieden. Heute ist der erste Tag, an dem er keinen Verband anlegt.

»Das bleibt ganz unter uns, brummt er. Stellen Sie sich vor, daß Pouchet, dieser vornehme Junge, und ein anderer Mediziner, der da war, nichts an meinem Bein entdeckt haben? Und es war dann ein Nachbar, ein Marinechirurg, irgendso ein Sanitätsoffizier! der, als er zu mir kam, mein Laken hochhob, mir einen brutalen Schlag auf das Bein gab und mich gefragt hat: »Haben Sie geweint, hat es Sie kalt überlaufen, haben sie bei Ihrem Sturz irgendein inneres Unwohlsein verspürt? – Ja, ich hatte ein unangenehmes Gefühl in der Magengegend. – Na sehen Sie, da haben wir's! Das Wadenbein ist gebrochen, schauen Sie sich diesen Wulst an: das ist immer der Hinweis auf einen Bruch.«

Und den ganzen Tag wildes Ästhetisieren.

AN EDMOND DE GONCOURT

[Croisset,] 10. Juli [1879]

Mein lieber Freund,

Ihr Vorwort hat mich sehr interessiert: ich, der ich es nicht zustandebringe, eines zu schreiben, bewundere die Ihren.

Sie haben recht, holla! sehr recht.

Henriette Maréchal werde ich nicht noch einmal lesen, weil ich sie auswendig kann. Aber dieser Tage werde ich mir noch mal *La Patrie en danger* genehmigen.

Ich habe jede Art Bücher beiseitegeschoben, um die Abfassung meines Schmökers zu beschleunigen. Im Augenblick stecke ich tief in der Metaphysik. Sie klar und lebendig zu machen ist kein leichtes Geschäft! wie Sie sich wohl denken können!

Charpentier antwortet nicht auf meine Briefe. Was tun? Ich hätte es indessen wirklich nötig, daß er sofort *L'Éducation sentimentale* herausbrächte, und Neujahr die »Feerie«. Er ist nett, aber er nützt einem nicht viel.

Ich hoffe mich gegen Mitte September bei der Prinzessin in Ihrer Gesellschaft wiederzufinden. Bis dahin umarme ich Sie.

Ihr alter standhafter

Gve Flaubert

Ihr Vorwort: In seinem Vorwort zu der Neuedition von »Henriette Maréchal« und »La Patrie en danger« geht Edmond de Goncourt auf die verschiedenen Bühnenstücke beider Brüder ein. Er setzt sich darin deutlich von Zolas naturalistischem Theater ab, verteidigt die Konventionen und siedelt sein Theater in der Tradition der Feerien und satirischen Possen an.

Charpentier: In einem Brief vom 3. Juli 1879 drängt Flaubert seinen Verleger, ihm die Druckfahnen von »L'Éducation sentimentale« zu schicken und macht ihm den Vorschlag einer Ausgabe von »Le château des coeurs« mit einem Vorwort und zwölf Zeichnungen. Nach einer letzten fruchtlosen Bemühung bei Bertrand, dem Direktor des Théâtre des Nations, hatte Flaubert den Versuch, seine Feerie auf die Bühne zu bringen, aufgegeben.

AN EDMOND DE GONCOURT

[Croisset, 5. August 1879]

Mein lieber Freund,

Ich bitte Sie, mir folgenden Dienst zu erweisen. Wenn Sie zu Charpentier gehen, fragen Sie ihn, ob er, ja oder nein, weiterhin mein Verleger sein will! Seit zwei Monaten soll *L'Éducation sentimentale* in Druck sein, ich habe keine einzige Fahne bekommen.

Seit sechs Wochen ist er im Besitz des *M(anu)s(kripts)* von *Château des coeurs*, und geruht nicht, mir zu sagen, was er damit anzufangen gedenkt. *All* meine Briefe läßt er unbeantwortet. Ich bin am Ende mit diesem jungen Mann. Das ist die Wahrheit.

Wenn man arbeitet, wie ich es tue, sollte man nicht derartige Widerwärtigkeiten bei der Veröffentlichung durchmachen. Wie einen all das zum Schreiben ermutigt, was?

Ich bedarf allerdings keiner Ermutigung. Ich schufte mehr denn je.

Aber Charpentier, der meine Lage kennt, sollte begreifen, daß mir ein Tausend-Fr[ancs]-Schein ab und zu wohl nützen würde. Und *L'Éducation sentimentale* könnte am 10. dieses Monats erscheinen, da sie vom 10. August an wieder an mich zurückfällt. Ich hätte sie einem anderen verkauft, damit die Sache klappt.

Andererseits ist er von einer höllischen Halsstarrigkeit. Sie werden sehen, daß er *S(ain)t Julien*, trotz dreimaligem Ehrenwort, *nie* so herausbringen wird, wie ich es wünsche.

Ich bitte Sie um Verzeihung, mein lieber Freund, Sie

damit zu unterhalten. Aber bei wem soll ich mich beklagen, wenn nicht bei Ihnen?

Wissen Sie, wie es den Freunden geht? Ich habe von keinem die geringste Nachricht, einschließlich Turgenjew. Kein Wort nachdem er mich zum Diner versetzt hat.

Was mich immer mehr wundert, ist die Unbeständigkeit dieser Kerle. So viele Vögel! –

Was sagen Sie zu d'Osmoy, der ebenfalls weniger denn je auf meine Briefe antwortet, wobei ich ihn in meinen *drei* letzten um Geld bitte, das er der Bouilhet-Subskription schuldet!

Ich habe gerade einen Roman von Marius Roux gelesen, der mich wenig begeistert hat. Und Sie?

Ich rechne immer noch damit, gegen Mitte September in S(ain)t-Gratien zu sein. Sehen wir uns dort? Versuchen Sie, daß *ja*.

Bis dahin umarme ich Sie

Ihr alter

Gve Flaubert

Dienstag abend 5. August Croisset

ich bin am Ende mit diesem jungen Mann: Flaubert war nicht der einzige Schriftsteller, der sich über Charpentier beklagte. Maurice Dreyfous bestätigt dessen Unzuverlässigkeit in seinem Buch: »Ce qu'il me reste à dire. Un demi siècle de choses vues et entendues, 1848–1900«, Ollendorf, 1912, indem er ihn mit seiner Frau vergleicht: »So träge und ›wurschtig‹ ihr Mann war, so sehr war sie aktiv, ehrgeizig und voll guten Willens.« Als Flaubert seine Beschwerden an ihn richtete, machte Charpentier Ferien in Dieppe.

da sie vom 10. an wieder an mich zurückfällt: Der Vertrag für »L'Éducation sentimentale« bestand seit 1862. Am 23. August 1862 informiert Ernest Duplan seinen Freund Flaubert über die Konditionen des Verlegers Michel Lévy: »Sie verkaufen zum selben Preis, zahlbar in gleicher Weise und für eine feste Dauer von zehn Jahren, beginnend mit Ihrem ersten Vorschuß, den ersten modernen, das heißt nicht vor 1850 entstandenen Roman, den Sie schreiben können, wenn überhaupt, wobei Sie dabei absolute Freiheit haben.«

Saint Julien: Charpentier wollte zu Neujahr 1880 lieber das Buch »Marie-Antoinette« von den Brüdern Goncourt herausbringen als »Saint Julien l'Hospitalier« von Flaubert.

Turgenjew: Flaubert schrieb seinem russischen Freund am 9. August 1879: »Ich warte vor allem auf die Rechtfertigung Ihres letzten

Verrats, denn Sie sollten an einem gewissen Samstag im Juni bei mir dinieren.« Turgenjew, der nach London gereist war, hatte Flauberts Brief nicht bekommen.
d'Osmoy: Flaubert reklamierte bei d'Osmoy dessen 300 Francs Subskription für das Denkmal für Bouilhet. Das Denkmal wurde erst am 24. August 1882, zwei Jahre nach Flauberts Tod eingeweiht.
Roux: Marius Roux (1838–1905), Journalist und Romancier, war ein alter Freund Zolas, mit dem er 1870 die Zeitung »La Marseillaise« gegründet hatte. Zu seinem 1879 erschienenen Roman »La Poche des autres« schreibt ihm Flaubert am 18. August: »Das fängt glänzend an (abgesehen von der Widmung, die dem Gewicht des Werkes nicht entspricht). Die erste Szene zwischen Lagrappe und Nucingen ist wirklich sehr schön. In allem Folgenden verblüfft mich die Kenntnis der Materie, das heißt der Finanzwelt; und Sie haben mit abstoßenden Dingen mein Interesse geweckt. Ein gelungener Streich.«

AN FLAUBERT

[Briefpapier von Jean d'Heurs
mit dem Monogramm der Rattiers)

[Jean d'Heurs, 11.] August [18]79

Mein lieber Alter,

Ihr Brief erreicht mich an der Maas. Ich habe Charpentier geschrieben, Ihre Unzufriedenheit habe ich ihm nicht vorgekaut und ihm ganz klar Ihr Ultimatum gestellt.

Ich bin sicher, daß Sie in ein paar Tagen einen Brief bekommen, in dem er Ihnen seine Ergebenheit erweist und sich aufrafft, mit Entschiedenheit auf die Fragen zu antworten, die Sie ihm stellen.

Ich befinde mich in einem sehr schönen Schloß, in dem das Leben aber ganz schön langweilig ist; die einzige Zerstreuung ist ein ausgezeichnetes Essen, und ich habe keinen Hunger.

Ich werde versuchen, es so einzurichten, daß ich zur selben Zeit wie Sie in Saint-Gratien bin.

Von den Freunden habe ich nicht die geringste

Nachricht. Vor meiner Abreise habe ich mit Daudet diniert. Ich fand ihn ein wenig gebessert, aber im Grunde bin ich mit seiner Gesundheit nicht zufrieden, er kommt mir vor wie einer, dessen Leben einen Schlag bekommen hat.

Und ich bin traurig, es ist keine tiefe Traurigkeit, es ist schlimmer, es ist der Zustand einer geistigen Erschlaffung mit einem Ekel vor allem und jedem, den ich nicht beschreiben kann!

Oh, die Stahlfedern und die Tintenfässer der Schlösser! ... ich kann nichts mehr darüber schreiben.

Ich drücke sie Ihnen.

Edmond de Goncourt

Jean d'Heurs: Edmond de Goncourt erholte sich vom 6. bis 26. August 1879 bei seiner Cousine Fédora Henrys, der Frau von Léon Rattier, dem Besitzer des Château de Jean d'Heurs. Goncourts Werk »Chérie« spiegelt die Eindrücke seiner seit 1877 wiederholten Aufenthalte in diesem herrlichen Anwesen zwischen Bar-le-Duc und Saint-Dizier.
Charpentier: Edmond de Goncourt schrieb Flauberts Verleger folgenden Brief:
»Mein lieber Freund.
Ich bekomme eben einen Brief von Flaubert, der mich in Paris wähnt. Er platzt vor Wut über Sie. Er bittet mich, bei Ihnen vorbeizuschauen und Sie zu fragen, ob Sie, ja oder nein, weiter sein Verleger sein wollen.
Er beklagt sich, daß Sie keine Mittel und Wege gefunden haben, seine Éducation sentimentale zum 10. August erscheinen zu lassen, daß er in den zwei Monaten, die das Buch hätte in Druck sein müssen, keine einzige Fahne erhalten hat.
Er beklagt sich darüber, daß Sie ihm noch nicht gesagt haben, was Sie mit ›Château des coeurs‹ vorhaben.
Er beklagt sich vor allem darüber, – und das ist sein großer Kummer, – daß Sie alle seine Briefe unbeantwortet lassen.
Schreiben Sie ihm einen netten Brief und besänftigen Sie seine große Wut.
Ich kann Ihnen schon sagen, daß er auch noch befürchtet, daß Sie Saint-Julien nicht so herausbringen, wie er es wünscht.
Kommen Sie, keine Faulheit, und einen netten, ausführlichen Brief, in dem Sie ihm alles zusichern, was Sie ihm zusichern können.
Ganz der Ihre
Edmond de Goncourt«.
daß Sie in ein paar Tagen einen Brief erhalten: Charpentier versucht Flaubert zu beruhigen und kündigt ihm für den 26. August einen Besuch mit seiner Familie in Croisset an.

Daudet: Am 22. Juni 1879 hatte Daudet bei Flaubert von seinem Blutsturz erzählt: »Es ist der letzte Sonntag bei Flaubert. Daudet taucht kurz auf. Er kommt unschlüssig herein wie ein Kranker, der fragend in die Gesichter schaut. Er setzt sich, und ich bin betroffen von der wächsernen Bleichheit seiner Hände. Er erzählt, daß er eines nachts ohne weitere Schmerzen einen dicken Blutklumpen gespuckt hat, für den die einen die Bronchien, die anderen das Herz verantwortlich machen« (Edmond de Goncourt, Tagebuch, 22. Juni 1879).

AN EDMOND DE GONCOURT

[Paris, 11. September 1879]

Mein lieber Freund,

Ich beabsichtige am nächsten Dienstag nach S(ain)t-Gratien zu fahren. – Und bis zum folgenden Freitag dort zu bleiben.

Versuchen Sie es so einzurichten, daß wir dort zusammen sind.

Aber wo sind Sie?

Wird mein Brief Sie erreichen?

Ich würde Sie gerne sehen, denn: 1. scheint mir, daß ich Ihnen viel zu erzählen habe und 2. sind wir nicht so schnell wieder zusammen, da ich erst nach Beendigung meines Schmökers nach Paris komme, das heißt nicht vor Anfang März oder April.

Ich umarme Sie.

Ganz der Ihre.

Gve Flaubert

Paris 11. September

daß wir dort zusammen sind: Goncourt verabredet sich mit Flaubert durch ein Billet von vier Zeilen, das am 17. Juni 1980 bei Drouot in Paris versteigert wurde.
Flaubert korrigiert in Saint-Gratien die Fahnen von »L'Éducation sentimentale«.

AUS DEM TAGEBUCH VON EDMOND DE GONCOURT

17. September 1879

Flaubert hat manchmal eine komisch grobe Art. Gestern, während des Diners, fiel es diesem Lästermaul Blanchard, diesem ewig beißenden Kritiker ein, mit seiner monotonen Stimme zu sagen, Cuvillier-Fleury habe ein häßliches Galgengesicht: »Aber nein, aber nein« erwiderte Flaubert und getrieben von dem Ärger, den er empfand während der andere sprach, beugte er sich hinter den Stuhl der Prinzessin, der ihn von dem Naturforscher trennte und schleuderte ihm entgegen: »Jedenfalls ist er nicht häßlicher als Sie!«

20. September 1879

Flaubert, der dabei ist seine Koffer zu packen, erzählt mir von seinen Schreibprojekten.

»Ja, ich muß noch zwei Kapitel schreiben, das erste wird Ende Januar fertig sein, das zweite werde ich Ende März oder April abgeschlossen haben … Dann noch die Anmerkungen für den Anhang … und mein Buch wird Anfang 1881 erscheinen … Dann mache ich mich gleich an einen Band mit Erzählungen … Das Genre hat nicht viel Erfolg, aber zwei oder drei Ideen zur kurzen Form gehen mir nicht aus dem Kopf.

Danach möchte ich einen originellen Versuch unternehmen. Ich möchte zwei Familien aus Rouen vor der Revolution nehmen und sie bis in die heutige Zeit führen … ich möchte – na! das finden Sie gut, oder? – die Herkunft eines Pouyer-Quertier zeigen, der von einem Arbeiter in einer Weberei abstammt … Es würde mir Spaß machen, das in Dialogen zu schreiben, mit sehr genauen Szenerien. Dann mein großer Roman über das Empire …

Aber vor allem, mein Alter, muß ich mich von einer Sache befreien, die mich nicht losläßt – ja, mein Gott! die mich nicht losläßt: das ist meine *Bataille des Thermopyles* ... Ich werde eine Griechenlandreise machen ... Das will ich schreiben, ohne technische Worte zu verwenden, ohne zum Beispiel die Vokabel *cnémides* zu verwenden ... Ich sehe in diesen griechischen Kriegern einen dem Tod geweihten Haufen, der fröhlich, ja ironisch in die Schlacht zieht ... Dieses Buch muß eine Art bessere *Marseillaise* für alle Völker sein.«

AN EDMOND DE GONCOURT

[Croisset, 25. Novembre 1879]

1. Wie geht es Ihnen, was schreiben Sie? Was treiben Sie? Kurz, melden Sie sich mal.

2. eine Nachfrage: von mehreren Seiten höre ich, daß Charpentier *zusammenbrechen wird*? ist das wahr? das täte mir furchtbar leid.

Liegt es an seinen geschäftlichen Schwierigkeiten, daß er mir kein Geld schickt? Diese Hypothese scheint mir sehr wohl möglich. Und wahrscheinlich macht sich die *Vie moderne* auch nicht gut? Denn ich höre nichts mehr von meiner Feerie, für die ... man Plakate drucken müßte!!!

– Bergerat findet es (in Nachahmung seines Chefs) bequemer, meine Briefe nicht zu beantworten. Wie ermutigend das alles ist!

Und Madame Adam, die mich bittet, *für die Flutopfer von Murcia einzutreten*! Ich habe ihr folgende Frage gestellt: was müßte ich tun?

Keine Antwort, und darüber grüble ich jetzt nach. Wird man mich zwingen einen Bolero zu tanzen, Gitarre zu spielen, oder als großer Herr verkleidet im Reiterumzug zu erscheinen!

Mein Gott, ist das alles lächerlich! oder traurig, je nachdem in welcher Verfassung man ist.

Turgenjew hat mir geschrieben, daß *Nana* kein Erfolg war? Ich kenne keine Zeile davon.

Was sagen Sie über die *Rois en exil*?

Was treibt man so in unserer kleinen Runde?

Ich bin verblödet durch *meine* Religion (christliche Exegese und Apologetik). Das ist mein vorletztes Kapitel. Ich habe noch gute zwei Monate damit zu tun! Beten Sie für mich.

Sie wissen ja, daß Sie mich diesen Winter besuchen müssen. Davon reden wir nach Neujahr.

Ich umarme Sie zärtlich.

Ihr alter

Gve Flaubert

Dienstag abend, 25

daß er mir kein Geld schickt: Flaubert hatte Charpentier am 21. Oktober um Bezahluung und um die Formulierung seiner Absichten für »Le Château des coeurs« gebeten. Am 5. November beauftragte er Maupassant, Charpentier an seine Bitten zu erinnern.
Feerie: Am 17. September hatte Flaubert seiner Nichte Caroline geschrieben: »Die Sache mit ›La Vie moderne‹ für die Veröffentlichung vom ›Château des coeurs‹ ist klar. Sie drucken Plakate! An dieser Ausgabe muß »Madame Commanville« unbedingt mit einer Zeichnung mitwirken.«
Murcia: Nach einem heftigen Gewitter und einem Wirbelsturm gab es in der Provinz Murcia eine katastrophale Überschwemmung mit mehreren tausend Toten. Auf die Initiative des französischen Botschafters von Frankreich in Spanien warb die französische Presse für eine große Wohltätigkeitsveranstaltung, die am 19. Dezember 1879 im Hippodrom stattfand.
Nana: Die Zeitung »Le Voltaire« brachte seit dem 16. Oktober 1879 einen Vorabdruck von Zolas Roman »Nana«. Flaubert hatte Turgenjew in einem Brief vom 19. November danach gefragt: »Ich habe gehört, daß Nana alles in allem kein Erfolg ist. Stimmt das?« Der russische Schriftsteller antwortet ihm am 23. November: »Nein, Nana hat keinen Erfolg. Vor ein paar Tagen gab es immerhin zwei ganz hübsche Kapitel. Aber – alles in allem – ist es langweilig – und was Caroline mißfiele – es ist kein bißchen unbefangen – tendenziös (sagt man: tendenziös?), verteufelt tendenziös!« Flaubert las Zolas Roman am 14. Februar 1880, und er schätzte ihn, trotz einiger Vorbehalte gegenüber den darin enthaltenen Grobheiten. Am 15.

Februar 1880 schreibt er an Caroline: »Alle Vorwürfe sind richtig, aber es ist ein gewaltiges Werk, geschrieben von einem genial begabten Mann.«
Rois en exil: Roman von Daudet.

AN FLAUBERT

[Paris,] 30. November [18]79

Nun, erst einmal, was hat Sie Ihr verstorbenes Patenkind alles in allem gekostet? Wir hatten das Patenkind Lanfrey, das Patenkind Flaubert, das Patenkind Zola; da fehlte noch das Patenkind Goncourt im Hause Charpentier – und das mitten in einer beachtlichen *Notlage*. Ich habe ihnen vergeblich gesagt, daß ich es für so liberale Leute wie sie ganz schön *verstaubt* fände, seine Kinder taufen zu lassen, aber man mußte sich fügen.

Aber ja, das höre ich überall, und zwar seit langem, und ich zittere, denn ich habe zur Zeit annähernd all meine Bücher bei ihm, und das mit Verträgen von zehn Jahren.

La Vie moderne, in die, leider! wie ich fürchte viel Geld unseres Freundes fließt, ist nicht sehr stark. Denn Bergerat hat mir neulich gesprächsweise gesagt, daß er dort 5 000 Francs in zwanzig Raten einbringen sollte, und hat mich gefragt, ob ich nicht jemanden wüßte, der imstande wäre, eine Rate zu übernehmen … Ich fand das von einem intelligenten Mann einen sehr blöden Vorschlag. Aber Sie brauchen sich keine Sorgen zu machen; da sind schon drei Zeichnungen von Nachrichtenzeichnern und sie werden das ganze nur mögliche Getöse um Ihren Namen veranstalten und werden Sie bezahlen.

Wird Madame Adam Sie Säbel schlucken oder Sie mit ihr zusammen in einem lebenden Bild erscheinen lassen, oder Sie offerieren ihr ganz galant Ihren Phallus?

Ich jedenfalls fabriziere ein Buch, das mich so gut es geht amüsiert und von dem ich Ihnen ein paar Auszüge schicke, wenn dieser Rohling von Laffitte, der sie herausbringt, sie nicht im zweiten Anlauf abbricht. Das wird wirklich ein hübsches Buch, aber eines, das nicht den geringsten Erfolg beim Publikum haben wird … ein Buch eines bibliophilen Dichters.

Ich habe keine Zeile von Zola gelesen, bei all den Feuilletons von ihm auf meinem Tisch und in meiner Tasche; ich möchte mir von dem Buch nur einen generellen Eindruck verschaffen, aber nach allem, was ich höre, ist es der Erfolg eines Autors, der das Publikum am Schwanz lutscht und ihm den Finger ins Arschloch steckt.

Ja, ich komme Sie besuchen.

Eine Notiz zu den Kosten der Patenschaft, bitte.

Ich umarme Sie zärtlich, mein Alter.

Edmond de Goncourt

das Patenkind Lanfrey: Pierre Lanfrey (1828–1877) veröffentlichte 1867 bis 1875 bei Charpentier eine »Histoire de Napoléon I.«, in der er den Cesarismus kritisierte. Er war Pate von Georgette Charpentier, dem ältesten Kind des Verlegers.

das Patenkind Flaubert: Seit 1873, nach seinem Streit mit Michel Lévy, brachte Flaubert seine Romane bei Charpentier heraus. Er wurde Pate von Marcel-Gustave Charpentier und amüsiert sich darüber in einem Brief vom 31. Dezember 1873 an Georges Sand: »Wissen Sie, was ich tun werde, um mein kirchliches Wesen zu vervollständigen? ich werde Pate. Die kleine Mutter Charpentier hat mich in ihrer Begeisterung für ›Saint-Antoine‹ gebeten, dem Kind, das sie zur Welt bringen wird, den Namen Antoine zu geben! ich habe es abgelehnt, diesem jungen Christen den Namen eines solchen Unruhegeistes aufzubürden. Aber die Ehre, die man mir da erwies, mußte ich annehmen! obwohl es mich einiges kostet, oder kosten wird! Stellen Sie sich meine alte Rübe am Taufbecken neben dem Pausback, der Amme und den Eltern vor!« Der kleine Marcel starb im April 1876 an einer Meningitis.

das Patenkind Zola: Zola wurde der Pate des 1875 getauften Paul Charpentier.

das Patenkind Goncourt: Goncourt schreibt am 10. Januar 1880 an Madame Charpentier: »Ich gratuliere Ihnen zu Ihrer glücklichen Niederkunft und bitte Sie, mir durch Ihren Mann den Namen meines Patenkindes zukommen zu lassen.« Das Kind wurde Jeanne genannt.

Bergerat: In der ersten Nummer von »La Vie moderne« stellte Bergerat ganz offen die finanzielle Grundlage der Zeitung dar: »…mit dem Freimut ihres genossenschaftlichen Usprungs zeigt sie sich entschieden im vollen Sonnenlicht und bekennt in aller Öffentlichkeit, daß sie dem begeisterten Tatendrang einer Gruppe überzeugter Leute entstammt...«

ein Buch eines bibliophilen Dichters: 1879 arbeitet Edmond de Goncourt an »La Maison d'un Artiste«, dem Inventar der Sammlungen seines Hauses in Auteuil, vermischt mit einigen persönlichen Erinnerungen. Ein Kapitel dieses Werkes, das 1881 in zwei Bänden bei Charpentier erschien, wurde vom 23. November bis 16. Dezember 1879 im Feuilleton der Zeitung »Le Voltaire« unter dem Titel: »Les Marchands d'estampes et de dessins« abgedruckt.

keine Zeile von Zola: Zolas Roman »Nana« erschien vom 16. Oktober 1879 bis 5. Februar 1880 in »Le Voltaire«, ohne daß Zola seinen Roman überhaupt abgeschlossen hatte. »Le Voltaire« hatte den Abdruck mit einer breiten Werbekampagne angekündigt: Männer liefen mit großen »Nana«-Reklametafeln auf Brust und Rücken durch Paris. Das Werk erschien dann am 14. Februar 1880 bei Charpentier.

AN EDMOND DE GONCOURT

[Croisset, 2. Dezember 1879]

Ach! mein Guter! Sie fragen mich mehr, als ich weiß! da ich mir das gar nicht gemerkt habe. Ich *meine,* die Ausgabe lag zwischen 300 und 500 Fr(ancs)? Im übrigen werde ich meiner Nichte, Madame Commanville, schreiben, die sich vielleicht erinnert, was sie für mich gekauft hat? Ich übermittle Ihnen dann die Auskunft.

Ich verstehe kein einziges Wort, von dem, was Sie mir über Madame Adam sagen! Hat sie etwa irgendwelche Reklame zu meinen Ehren gemacht? Sie müssen wissen, daß ich in der größten Unwissenheit lebe und keine einzige Anspielung verstehen kann. Klären Sie mich auf.

Das Benehmen der Charpentiers, die ihre armen Autoren zur Patenschaft zwingen, scheint mir von monströser Verdorbenheit.

Mein höllischer Schmöker kommt nicht voran. Ich dachte, daß ich Neujahr das vorletzte Kapitel fertig hätte; ich habe (damit) noch bis Ende Februar zu tun! Kurz, ich stecke in einem Augenblick größter Niedergeschlagenheit. Was für ein Wahnsinn, solche Werke zu unternehmen! Trotz allem mache ich weiter, aber sehr lendenlahm.

Ich umarme Sie sehr fest.

Ihr alter

Gve Flaubert

Dienstag 2. Dezember

was sie für mich gekauft hat: Noch am selben Tag schrieb Flaubert an Caroline: »Charpentier (dem ich gerade noch einmal wegen des Geldes schrieb; ob ich wohl jetzt mehr Glück habe?) hält es für angebracht, als Paten seiner Kinder seine Autoren zu nehmen und hat dieses liebenswürdige Angebot Edmond de Goncourt gemacht, der mich fragt, wieviel mich das gekostet hat. Weißt du das noch? kannst Du mir darüber Auskunft geben?«
Madame Adam: Flaubert sieht in Edmond de Goncourts Bemerkung nicht den Zusammenhang mit dem Wohltätigkeitsfest für die Flutopfer von Murcia. Madame Adam sollte »Bouvard et Pécuchet« in der Zeiung »La Nouvelle Revue« veröffentlichen, und Flaubert befürchtete vorzeitige Ankündigungen. Am 2. Dezember 1879 schreibt er ihr: »2. Keine gewagten Sachen! Meine beiden Spießbürger sind noch nicht ganz fertig! Der erste Band wird diesen Sommer abgeschlossen sein, aber wann? und der zweite wird mich noch sechs Monate kosten, wenn nicht ich vor dem Werk am Ende bin! seit den sechs Jahren, die ich mich da hineinkniee, fange ich an, davon genug zu haben. Also, ich bitte Sie, kündigen Sie nichts an, unternehmen Sie nichts, es wird mir nicht möglich sein, Ihnen das Manuskript vor Ende 1880 abzuliefern.«

AN EDMOND DE GONCOURT

[Croisset, 8. Dezember 1879]

Mein Guter,

Hier, was mir meine Nichte schreibt:

»Das hat Dich 500 Fr(ancs) gekostet und das Geschenk für Madame Charpentier war nur 50 Franc, ein in der Fabrik gekaufter Fächer. Du hattest nur genau die Anzahl der erforderlichen Geschenke. Monsieur de Goncourt wird schwerlich mit weniger als 600 bis 700 Fr(ancs) davonkommen, wenn er die Dinge richtig angeht.«

Was für eine Kälte, mein Gott! diese Nacht sind mir in meinem Bett die Eier gefroren (*sic*).

Wenn Sie mir berichten können, wie es Ihrer Hoheit und unserer ganzen kleinen Runde geht, würden Sie mir eine Freude machen.

Ich hoffe, in einem Monat mit meinem letzten Kapitel zu beginnen!

Ich umarme Sie.

Gve Flaubert

Montag abend

Was für eine Kälte: Am 6. Dezember 1879 schrieb »Le Voltaire«: »Der diesjährige Winter wird bestimmt zu den härtesten der französichen Meteorologie zählen.«

AN FLAUBERT

[Paris,] 11. Dezember [18]79

Mein Alter,

Ihre Auskünfte sind unvollständig, nun ja ... Ich will die Dinge nicht wie Louis XIV. betreiben: im Augenblick verbraucht man so viel Holz. Von den anderen weiß ich gar nichts, da ich seit acht Tagen nicht aus dem Haus gegangen bin und heute habe ich der Prinzessin ein Telegramm geschickt, um ihr *Mist!* zu sagen. – Wissen Sie, was mir als wenig vom Glück begünstigten und ewig vom Husten geplagten Mann passiert, eine Einberufung als Geschworener vom 16. Dezember bis zum 1. Januar; wenn ich Bankier wäre, würde ich die 3000 Francs zahlen, die das kostet, damit man sich das schenken kann. Ich schicke Ihnen drei Fragmente – wenn Lafitte nicht die Haare zu Berge stehen von dem künstlerisch wertvollen Charakter dieser Sachen, lasse ich Ihnen später noch ein ziemlich langes Ding über die japanischen Tuschzeichnungen zukommen, mit dem ich aber zufrieden bin.

Ich umarme Sie. Edmond de Goncourt

Das mit Madame Adam hatte nichts zu bedeuten, das war ein Scherz, böse Zungen sagen, daß sie Sie *in Wallung bringt.*

Prinzessin: Goncourt schreibt ihr am 15. Dezember 1879: »Morgen, morgen muß ich Schlag zehn Uhr im Justizpalast sein. Wenn doch der Präsident die Liebenswürdigkeit besäße, mich in einem vergitterten Wagen abzuholen!«
Lafitte: Die Zeitung »Le Voltaire« brachte am 2., 8., 14. und 16. Dezember 1879 Auszüge aus »La Maison d'un artiste«.

AN FLAUBERT

[Paris,30] Dezember [18]79

Mein Alter,

Ich bekomme gerade einen Brief von Lafitte, der mich bittet, Sie zu fragen, *an welchen Tagen* er Sie ganz sicher in der ersten oder zweiten Woche des neuen Jahres in Croisset antreffen kann, um Ihnen einen Riesenbatzen Geld für Ihren Roman zu bieten. Lassen Sie ihn ruhig kommen, das wird diesem Mann Freude machen, und Sie werden sehen, was Sie mit ihm anfangen können; ich glaube, daß er zu allem, was Sie auch von ihm fordern, bereit ist.

Antworten Sie mir in ein paar Tagen, ich werde ihm Ihre Antwort übermitteln.

Ich umarme Sie.

Edmond de Goncourt

Lafitte: Jules Lafitte, der Direktor der Zeitung »Le Voltaire« hatte Edmond de Goncourt am 29. Dezember 1879 geschrieben: »Es wäre sehr nett von Ihnen, Ihrem Freund Monsieur Flaubert einen kurzen Brief zu schreiben, um ihm anzukündigen, daß ich ihn gerne besuchen würde und um zu erreichen, daß er mir einen der ersten Januartage nennt – damit ich nicht die Reise mache, ohne sicher zu sein, ihn anzutreffen.«

AN EDMOND DE GONCOURT

[Croisset,] 2. Januar [1880]

Mein lieber Freund,

Sagen Sie Monsieur Lafitte, daß *ich mich vor seine Füße werfe*, um ihn anzuflehen, mich *gegenwärtig* mit meinem Roman in Ruhe zu lassen! Wenn man will, daß ich ihn nicht zu Ende schreibe, dann soll man mich nur darauf ansprechen. Jeder hat seine Schwächen, und diese ist bei mir maßlos.

Eine Mitteilung in *Le Voltaire*, die ich weiß nicht wer sich ausgedacht hat, hat mich drei Tage lang geärgert. (Ist der Autor etwa Charpentier?) In jedem Fall bin ich böse auf das unbekannte Arschloch, das dem Publikum die Initialen meiner beiden Spießbürger verrät. Und der behauptet, ich hätte Rochefort gepriesen! Vor den kaiserlischen Hoheiten! was eine hübsche Art gewesen wäre! Oh! die Berichterstattung! was für eine Scheiße!

Um auf Lafitte zurückzukommen, sagen Sie ihm, daß mein Buch vor einem Jahr nicht zu bekommen ist. Ich brauche noch fünf Monate, um den ersten Band fertig zu haben. Der zweite wird mich gute sechs kosten. Dann reden wir darüber. – Und außerdem ist genannter Roman gewissermaßen (und das bis auf weiteres) Madame Adam versprochen. Es steht aber noch nichts fest. So sieht das aus.

Wann erscheint Ihr Buch? Was ich davon kenne, verlockt mich. Mir scheint, das entspricht Ihnen sehr.

Also, mein guter Alter, möge 1880 Ihnen leicht werden. Gesundheit, Lorbeeren und Moneten, das wünsche ich Ihnen und umarme Sie.

Gve Flaubert

Le Voltaire: Die Zeitung hatte am 20. Dezember 1879 unter der Rubrik »Echos de Paris« einen nicht unterzeichneten Artikel gebracht:
»Eine große literarische Neuigkeit.
Wir werden einen neuen Roman des Autors von ›Madame Bovary‹ bekommen. Titel B... und P... Aus Diskretion sind wir verpflichtet, nicht mehr darüber zu sagen.
Dieses Werk wird, noch bevor der Winter zu Ende geht, bei Charpentier erscheinen.
Jedesmal, wenn von Gustave Flaubert die Rede ist, erzählt man sich in Rouen eine sehr charakteristische Geschichte.
Als eines abends Hernani gespielt wurde, befand sich die ganze Familie Flaubert in einer Balkonloge, während Gustave, der aus dem Collège kam, allein im Parkett saß. Es hatte sich eine Clique gebildet, die den ersten Akt des Dramas heftig auspfiff.
Der Vorhang fällt, die Auspfeifer verstummen, und Doktor Flaubert, der wußte, daß sein Sohn ein großer Bewunderer Victor Hugos war, macht ihm ein Zeichen mit dem Kopf, das heißen sollte:
– Was hältst du davon?
Der junge Mann, ziemlich unbeherrscht, erhebt sich, und ruft, völlig außer acht lassend, wo er sich befand, mit einer Stentorstimme, die er übrigens immer noch hat:
– Alle, die pfeifen, sind Idioten.
Merken Sie sich, daß Flaubert bis heute dieselbe Offenheit hat. In Compiègne hat er jedenfalls vor dem Kaiser und der Kaiserin mit Begeisterung den Esprit Rocheforts gerühmt und, um seine Behauptung zu erhärten, ein Exemplar von ›La Lanterne‹ aus der Tasche gezogen!«

AN FLAUBERT

[Paris,] 12. Januar [18]80

Mein lieber Alter,

Sie werden ganz schön stolz, seit Goethe und Shakespeare neben Ihnen nur noch Scheiße sind, und Sie lassen bei Ihren Freunden überhaupt nichts mehr von sich hören. Ich für meinen Teil bringe mich bei Ihnen durch die Sendung eines in *Le Voltaire* erschienenen Phantasiestücks über die Japanalben in Erinnerung. Es stecken ganz schön viele Fehler und Ungereimtheiten darin, aber Sie werden mich mit kluger Freundschaft lesen. Turgenjew hat mir erzählt, daß Sie ein prachtvolles Kapitel über die Religion haben.

Ich drücke Sie Ihnen.

Edmond de Goncourt

ein Phantasiestück über die Japanalben: Die Goncourts waren schon seit langem begeisterte Sammler japanischer Kunst, die besonders durch die Pariser Weltausstellungen 1867/68 bekannt geworden war. Einige Liebhaber reisten sogar nach Japan, um dort Kunstobjekte und Drucke zu kaufen. Die in »La Maison d'un Artiste« beschriebene Sammlung der Goncourts enthielt etliche Kostbarkeiten. Edmond de Goncourt macht Flaubert mit dem am 5. Dezember 1879 in »Le Voltaire« erschienenen Auszug mit der Schönheit des japanischen Farbholzschnitts bekannt, der auch von Malern wie Moreau, Millet, Manet, Degas und Monet hochgeschätzt wurde.

AN EDMOND DE GONCOURT

[Croisset, 11. Februar 1880]

Mein guter Goncourt,

Ich finde es nicht nett, mir die *Machwerke* des jungen Bergerat vorzuwerfen, um so mehr, als die Art und Weise, in der er meine Feerie veröffentlicht und die Zeichnungen, mit denen er sie versieht, doch vielleicht zu wünschen übrig lassen?

»Freund Flaubert« hat sich heute nachmittag mit Ihren Japanalben die Augen gebadet. Aber ich möchte mich solchen Farbgenüssen lieber nicht so oft hingeben, da ich dann umso lauter stöhnend über meinen *philosophischen* Roman zurückfalle!!! Warum will auch das Schicksal, daß ich immer abscheuliche *Sujets* wähle!

Wenn ich *Nana* gelesen habe, fange ich mit meinem letzten Kapitel an. – Und wenn es fertig ist, werde ich Paris lange mit meiner Anwesenheit zieren.

Es ist zauberhaft, *erlesen* (und instruktiv), was Sie in Ihren Japanalben über die Kämpfer sagen, über die Roben der Frauen und das Vergnügen, das sie am Wasser haben; etc. Ja, mein lieber Freund, das ist, ganz im Ernst, sehr gut gemacht! Und wenn alles so ist, wird das ein tolles Buch.

Ich umarme Sie sehr zärtlich und fest.

Ihr alter

Gve Flaubert

Feerie: Flauberts Feerie erschien seit dem 23. Januar 1880 in »La Vie moderne«. Flaubert war zunächst begeistert und schreibt Charpentier am 24. Januar 1880: »Die Feerie sieht gut aus und, so wie sie herausgebracht ist, gefällt sie mir.« Am 15. Februar schreibt er dem Herausgeber jedoch einen sehr kritischen Brief, in dem er ihm vorwirft, Illustrationen zu bringen, die in keinem Zusammenhang mit dem Text stehen.
Japanalben: »Le Voltaire« hatte am 5., 13. und 27. Januar und am 10. Februar 1880 Auszüge aus »La Maison d'un Artiste« veröffentlicht.
Nana: Flaubert liest Zolas Roman am 14. Februar 1880.
mein letztes Kapitel: Das letzte Kapitel von »Bouvard et Pécuchet« ist der Erziehung gewidmet.
was Sie in Ihren Japanalben… sagen: Goncourt hatte geschrieben: »Das Wasser ist die Leidenschaft dieses Landes.« Er hatte die Originalität der Frauenkleider hervorgehoben und von den Kämpfen der Samurais erzählt.

AN EDMOND DE GONCOURT

[Croisset, 18. März 1880]

Mein lieber Freund,

Zugleich schreibe ich Zola, Charpentier und Daudet, um Sie einzuladen, *endlich*! hierher zu kommen, Ostersonntag oder Ostermontag, wie es Ihnen gefällt.

Sprechen Sie sich mit Ihnen ab. Und sorgen Sie dafür, daß dieses kleine Familienfest nicht ausfällt, was mich höchst traurig machen würde.

Antwort, nicht wahr, *gut* und schnell.

Sie wissen, daß ich Sie betten kann.

Bis dahin, mein Alter, ich umarme Sie.

Ihr anderer Alter Gve Flaubert

18. März, Croisset über Deville, (S[ei]ne Inférieure)

Familienfest: Am 28. März 1880, dem Ostersonntag, kam die Gruppe der fünf Autoren, Daudet, Zola, Goncourt, Maupassant und ihr Verleger Charpentier zum letzten Mal in Flauberts Haus bei Croisset zu einem üppigen Mahl zusammen.

AUS DEM TAGEBUCH VON EDMOND DE GONCOURT

28. März 1880

Heute fahren wir, Daudet, Zola, Charpentier und ich nach Croisset, um bei Flaubert zu dinieren und zu übernachten.

Maupassant kommt uns am Bahnhof in Rouen mit der Kutsche abholen, und dann werden wir empfangen von Flaubert mit kalabrischem Hut, kurzer Weste, den dicken Hintern in Pluderhosen und seinem klugen, lieben Kopf.

Sein Anwesen ist wirklich sehr schön, und ich hatte es nicht mehr richtig in Erinnerung. Die riesige Seine, auf der die Masten der Schiffe, die man nicht sieht, wie auf einem Theaterprospekt vorübergleiten; die schönen großen Bäume mit den vom Meerwind zurechtgestutzten Formen; der mit Spalieren angelegte Park, die lange Terrassenallee in voller Mittagssonne, diese peripathetische Allee, machen daraus einen wirklichen Literatenwohnsitz – den Wohnsitz Flauberts –, nachdem er im XVIII. Jahrhundert das Haus einer Gruppe von Benediktinern gewesen ist.

Das Diner ist sehr gut; es gibt eine Sahnesauce von einem Steinbutt, die ein Gedicht ist. Es wird viel Wein allermöglicher Sorten getrunken, und der Abend vergeht mit dem Erzählen von deftigen Geschichten, die Flaubert in jenes Lachen ausbrechen lassen, das die *Unbändigkeit* von Kinderlachen hat. Er weigert sich, aus seinem Roman zu lesen, er ist erschöpft, *ausgelaugt.* Und man geht schlafen in ziemlich kalten, von Familienbüsten bevölkerten Zimmern.

Am nächsten Tag stehen wir spät auf und bleiben zum Plaudern im Haus, denn Flaubert erklärt den Spaziergang zu einer unnötigen *Plackerei.* Dann setzen wir uns zum Déjeuner und fahren wieder ab.

8. Mai 1880

»Fahren Sie Sonntag zu Monsieur Flaubert?« hatte mich Pélagie gerade gefragt, als die Kleine eine Depesche auf den Tisch legte, die zwei Worte enthielt: *Flaubert gestorben*!

Das brachte mein ganzes Ich für eine Weile so in Aufruhr, daß ich nicht wußte, was ich tat und durch welche Stadt meine Kutsche fuhr. Ich spürte, daß uns ein Band, das sich manchmal lockerte, aber unlösbar verknüpft war, heimlich miteinander verbunden hatte. Und heute erinnere ich mich mit großer Rührung an die Träne, die vor sechs Wochen an der Spitze einer seiner Wimpern zitterte, als er mich umarmte und mir auf der Schwelle seiner Tür Adieu sagte.

Im Grunde waren wir die beiden alten Vorkämpfer der Neuen Schule, und ich fühle mich heute sehr allein.

eine Depesche: Am folgenden Tag brachte ein Brief von Maupassant die Nachricht von Flauberts plötzlichem Tod:

MAUPASSANT AN EDMOND DE GONCOURT

Croisset, 9. Mai(1880)

Lieber Meister,

Flaubert ist gestern gestorben. Er wird Dienstag um zwölf Uhr beerdigt. Könnten Sie sich uns für diesen letzten Besuch bei dem armen großen Freund anschließen.

Wenn Sie den Zug um acht Uhr morgens nähmen, wären Sie rechtzeitig hier. Am Bahnhof werden Kutschen sein, die Sie direkt nach Canteleu bringen, wo die Feier stattfindet.

Ich drücke Ihnen sehr traurig die Hand

Guy de Maupassant

AUS DEM TAGEBUCH VON EDMOND DE GONCOURT

11. Mai 1880

Gestern bin ich mit Popelin nach Rouen gefahren. Um vier Uhr waren wir in Croisset, in diesem traurigen Haus, wo mir nicht nach einem Diner zumute war.

Madame Commanville hat uns von dem lieben Toten erzählt, von seinen letzten Momenten, von seinem Buch, an dem ihrer Meinung nach zehn oder zwanzig Seiten fehlen.

Dann hat sie uns mitten im Gespräch, gebrochen und ohne Fortsetzung, von einem Besuch erzählt, den sie kürzlich gemacht hatte, um Flaubert in Bewegung zu bringen, einen Besuch bei einer Freundin, die am anderen Ufer der Seine wohnt, und die an diesem Tag ihr Jüngstes in einer zauberhaften rosa Hängewiege auf den Tisch im Salon gestellt hatte, ein Besuch, der Flaubert dazu gebracht hat, auf dem ganzen Rückweg immer wieder zu sagen: »So ein kleines Wesen im Haus, das ist das Höchste auf der Welt.«

Heute morgen zieht mich Popelin in einen Seitenweg und sagt zu mir: »Er ist nicht an einem Schlaganfall gestorben, er ist an einem epileptischen Anfall gestorben … In seiner Jugend hatte er Anfälle, wissen Sie … Die Reise in den Orient hatte ihn sozusagen geheilt. Sechzehn Jahre lang hat er keinen mehr gehabt. Aber der Ärger mit den Geschäften seiner Nichte hat sie ihm zurückgebracht … Und am Samstag ist er an einem epileptischen Anfall mit Gehirnschlag gestorben … Ja, mit allen Symptomen,

Schaum vor dem Mund ... Denken Sie nur, seine Nichte wollte einen Abdruck von seiner Hand nehmen lassen, das war nicht möglich: so schrecklich war sie immer noch verkrampft ... Wenn ich da gewesen wäre, hätte ich ihn vielleicht retten können, wenn ich ihn eine halbe Stunde lang zum Atmen gebracht hätte ...

Es war trotz allem ein feierlicher Eindruck, in sein Arbeitszimmer zu treten ... Sein Taschentuch auf dem Tisch neben seinen Papieren, seine kleine Pfeife mit ihrer Asche auf dem Kamin, der Band Corneille, in dem er am Abend zuvor ein paar Passagen gelesen hatte, nicht richtig ins Regal zurückgeschoben.

Der Leichenzug setzt sich in Bewegung, wir steigen einen staubigen Hang zu einer kleinen Kirche hinauf – die Kirche, in der Madame Bovary im Frühling zur Beichte geht und wo eine der kleinen, vom Pfarrer Bournisien ausgescholtenen *Kröten* gerade auf der Mauer des alten kleinen Friedhofs herumturnte.

Empörend bei diesen Begräbnissen ist die Anwesenheit all dieser Zeitungsmenschen mit ihren kleinen Zetteln in der hohlen Hand, auf die sie die aufgeschnappten Namen von Leuten und Orten kritzeln, und noch empörender die Anwesenheit dieses Lafitte vom *Voltaire*, der mit 40 000 Francs in der Tasche der Leiche Geleit gibt, um ein Geschäft daraus zu machen. Unter den Journalisten, die an diesem Morgen erschienen sind, entdecke ich Burty, der sich in dieses Begräbnis einschleicht, wie er sich in alle Dinge des Lebens einschleicht, die etwas einbringen. Er hat es sogar geschafft, einen Moment lang eine der Troddeln des Leichenwagens zu halten, er hielt sie mit einem meiner schwarzen Handschuhe, die er sich von mir geliehen hatte.

Man kommt wieder aus der Kirche und erreicht in praller Sonne auf einer endlosen Straße den wunderbaren

Friedhof von Rouen. In der sorglosen Menge, der das Begräbnis lang wird, entsteht die verlockende Idee zu einem kleinen Fest. Man redet über Heilbutt auf normannische Art und junge Enten in Orange von Mennechet, und Burty spricht mit dem Augenzwinkern eines verliebten Katers das Wort *Bordell* aus.

Man ist am Friedhof, einem Friedhof voller Weißdornduft über der Stadt, die in einen violetten Schatten gehüllt aussieht wie eine Stadt aus Schiefer.

Und kaum ist der Sarg mit Weihwasser besprengt, strömt die ganze durstige Gesellschaft mit erhitzten, witzereißenden Gesichtern zur Stadt hinunter. Daudet, Zola und ich weigern uns, die am Abend bevorstehende Schlemmerei mitzumachen, wir reisen wieder ab und fahren zurück in andächtigem Gespräch über den Toten.

EIN BRIEFWECHSEL
ZU EINEM DENKMAL

— — —

1880–1890

TURGENJEW AN EDMOND DE GONCOURT

IT
Paris, 50 rue de Drouai
Mittwoch morgen [24. November 1880]

Mein lieber Freund,

Sie wissen, daß Sie auf Wunsch der Familie Flaubert und aller seiner Freunde zu dem Komitee für die Errichtung seines Denkmals gehören – und es wäre auch ganz unmöglich, daß Sie nicht dazu gehörten; doch was Sie nicht wissen ist, – daß Sie auch zu dem ausführenden Unterkomitee gehören, das alles Notwenige in die Wege leiten muß etc. Dieses Unterkomitee setzt sich zusammen aus zwei Vizepräsidenten (Lapierre und mir), zwei Sekretären (Maupassant und Heredia), Ihnen und Gille vom »Figaro«, den wir gerne zu unserem Kassenführer ernennen wollen. Dieses Unterkomitee kommt Freitag um 2 Uhr bei mir zusammen. Wir können mit Ihnen rechnen, nicht wahr?

Ich habe in Moskau ein ganz besonderes Porträt des jungen Charles XII. gefunden (als Relief auf einer Tabakdose aus Elfenbein), vom Anfang des letzten Jahrhunderts. Ich sammle diese Dinge nicht und wäre glücklich, es Ihnen zu schenken.

Bis Freitag: ich drücke Ihnen sehr herzlich die Hand.

Ihr ganz ergebener

Iv. Turgenjew

IT: Verschlungene Initialen auf dem Briefkopf.
Lapierre: Charles Lapierre (1828–1893), Direktor der Zeitung »Le Nouvelliste de Rouen«.
Gille: Philippe Gille (1831–1901), Dramatiker und Kritiker beim »Figaro«.

TURGENJEW AN EDMOND DE GONCOURT

IT
Paris, 50, rue de Drouai
Mittwoch, 21. Dez[ember 18]80

Mein lieber Freund,

Unser Unterkomitee kommt am Freitag um 4 Uhr bei mir zusammen – in dringender Angelegenheit; wir können mit Ihnen rechnen, nicht wahr?

Tausend liebe Grüße

Ganz der Ihre Iv. Turgenjew

in dringender Angelegenheit: Die gleiche Einladung sandte Turgenjew an Zola, Maxime du Camp und Maupassant, offenbar um den Mitgliedern des Komitees das Scheitern der Subskription in Rußland mitzuteilen.

TURGENJEW AN EDMOND DE GONCOURT

IT
Paris, 50, rue de Drouai
Mittwoch, 23. März [18]81

Mein lieber Freund,

Ich möchte mich bei Ihnen entschuldigen, daß ich Ihnen immer noch nicht für Ihre Sendung gedankt habe. Aber ich war in diesen Tagen völlig durcheinander. In zwei Wochen fahre ich nach Rußland – und ich nehme Ihr Buch mit, um es in Ruhe auf dem Land zu lesen. Ich hoffe jedoch, Sie noch vor meiner Abreise zu sehen.

Sie bekommen demnächst eine Einladung für das Flaubert-Komitee.

Ich drücke Ihnen herzlich die Hand.

Iv. Turgenjew

Ihr Buch: »La maison d'un artiste«, 2.Band.
Flaubert-Komitee: Es kam zum letzten Mal am 9. April 1881 zusammen.

HENRI CHAPU AN EDMOND DE GONCOURT

Paris, 9. Dezember 1886
23, rue Oudinot

Monsieur,

Ich hatte Monsieur Guy de Maupassant geschrieben, damit er Sie freundlichst bäte, mich noch einmal mit Ihrem Besuch zu beehren. Da ich keine Antwort erhalte, nehme ich mir die Freiheit, mich an Sie zu wenden.

Es geht um Folgendes. Ich habe verschiedene Pläne zu dem in Rouen zu errichtenden kleinen Denkmal für Gustave Flaubert entwickelt. Da ich weiß, wie wichtig Ihnen dieses Andenken ist, hoffe ich, daß Sie sich auch für meine Vorarbeiten interessieren, und es ist mir sehr daran gelegen, Sie Ihnen zu unterbreiten, damit ich es, wenn Ihnen einer dieser Versuche zusagt, dabei bewenden lassen und weiterarbeiten kann.

Es sollte Ihnen gefallen, wenn das gewählte Programm Flaubert gemäß ist. Hier das Motiv mit Variationen: *Die Wahrheit*, die am Rand eines Brunnens sitzt und sich leicht im Profil zeigt, blickt in den Spiegel, den sie in der linken Hand hält und sinnt über das nach, was sie sieht, bevor sie mit der Feder schreibt, die sie in der anderen Hand hält. Ein sehr schlichter baulicher Rahmen enthält das Flaubert-Medaillon und den Platz für die Inschriften.

Helfen Sie mir doch bitte mit Ihrem Urteil und sagen Sie mir, ob ich mir noch in anderer Richtung Gedanken machen soll. Schicken Sie mir bitte am Abend zuvor ein paar Zeilen, damit ich Sie nicht verpasse. Ich erwarte Sie dann zur angegebenen Stunde.

Mit vorzüglicher Hochachtung
und ergebensten Grüßen

H. Chapu

Chapu: Henri Chapu (1833–1891), Schüler von Pradier und Duret, ein preisgekrönter Bildhauer seiner Zeit.

HENRI CHAPU AN EDMOND DE GONCOURT

[Paris,] 23, rue Odinot
Montag, 20. Dezember [18]86

Monsieur,

Ich bin sehr glücklich, daß Sie mich besuchen und ich Sie am Donnerstag, den 23., gegen vier Uhr in meinem Atelier empfangen kann.

Entschuldigen Sie, daß meine Antwort so spät kommt. Ich hoffte, Ihre Adresse zu erhalten. Ich bin schon tagelang nicht aus dem Haus gekommen und auch heute noch gezwungen, Charpentiers Hilfe zu nutzen.

Mit ergebenster Hochachtung

H. Chapu

Donnerstag: Edmond de Goncourt notiert über diesen Besuch in Chapus Atelier: »Alle Bildhauer haben die Körperlichkeit eines Steinmetz, und sie überraschen einen, wenn man sie vorfindet wie Chapu, hingebungsvoll mit einem winzigen Modell beschäftigt, das ausssieht wie ein Zuckerpüppchen vom Konditor. So treffen wir Chapu, an einer Wahrheit herumbastelnd, die unter dem Flaubert-Medaillon schreibend auf einem Brunnenrand sitzt.«
Charpentier: Der Verleger war sehr interessiert an dem Denkmal für einen seiner Autoren. Er organisierte in »La Vie moderne« sogar eine Sammlung und vergaß dann lange, das Geld dem Komitee zu übergeben.

GUY DE MAUPASSANT AN EDMOND DE GONCOURT

[Briefpapier mit den Initialen GM
und der Adresse 10, rue de Montchanin barrée]
[Notiz von Edmond de Goncourt: erhalten am 3. Januar 1887]

Antibes, Chalet des Alpes [2. Januar 1887]

Mein lieber Meister und Freund,

In dem reizenden Brief, den Sie mir vor einem Monat geschrieben haben, kündigen Sie mir an, daß Sie Claretie um eine Vorstellung für das Flaubert-Denkmal gebeten haben. Ich habe Ihnen nicht geantwortet, weil ich erwartete, Sie zu sehen, um darüber zu sprechen, da die Summe, die uns fehlte, gering zu sein schien und von uns selbst zusammengetragen werden könnte, wie es einer von uns bei der letzten Sitzung unseres Komitees vorgeschlagen hat, womit man im Prinzip einverstanden war.

Dann las ich ein empörendes Echo, das in für uns unangenehmen Worten Clareties Ablehnung bekanntgibt, für uns, die wir nicht 3000 Francs für unser Werk zusammenbringen konnten. Dann erhielt ich brieflich von unterschiedlichen Seiten andere Echos. Schließlich wollte ich Ihnen schreiben, als ich in *Le Figaro* ein paar Zeilen entdeckte, die ankündigten, daß Sie entschlossen seien, die Subskription mit dem Wettbewerb der Freunde Flauberts zu vervollständigen. Da diese Ihre Entscheidung absolut mit dem Vorschlag übereinstimmte, den ich Ihnen machen wollte, um die kränkenden Kommentare zu unterbinden, habe ich mich nicht gerührt.

Dann hat man mir von neuem ein Echo von *Le Temps* übermittelt, das eine Vorstellung im Odéon ankündigt, wo einzelne Akte der Freunde Flauberts gespielt werden sollten – und *L'Histoire du Vieux Temps* von mir. Nach dem Echo des *Figaro*, das mir von Ihnen zu kommen schien, habe ich diese Nachricht nicht geglaubt. Aber da Lapierre aus Gesundheitsgründen in Nizza war, habe ich ihn aufgesucht. Er wußte auch nichts davon und hat mich beauftragt, mich bei Ihnen über diese Gerüchte zu erkundigen, die ihn für das Andenken Flauberts ebenso störten wie mich.

Ich wollte Ihnen gerade heute schreiben, als ich den Artikel von Santillane in *Gil Blas* erhielt. Ich habe sofort namentlich auf diesen Artikel geantwortet und mich für tausend Francs eingeschrieben. Die Summe, die uns fehlt steht noch nicht fest, da der Kostenvoranschlag noch nicht gemacht ist. Aber wir haben elftausend Francs – mit den tausend, die ich beitrage, sind es zwölftausend. Den Rest werden wir leicht auftreiben.

In ein paar Tagen bin ich in Paris und werde Sie sofort aufsuchen.

In lebhafter Verbundenheit, mein lieber Meister, und großer Bewunderung

Guy de Maupassant

Claretie: Jules Claretie (1840–1913), Journalist, Romancier, Kritiker, seit 1885 Verwaltungsrat der Comédie-Française.
einzelne Akte der Freunde Flauberts: »Le Temps« hatte die Vorstellung eines Aktes aus »Henriette Maréchal« von den Goncourts angekündigt, einen Akt aus »L'Arlésienne« von Daudet, einen Akt aus »Thérèse Raquin« von Zola und einen Akt in Versen aus »L'Histoire du Vieux Temps« von Maupassant.
Santillane: Der Journalist hatte am 1. Januar 1887 in der Zeitung »Gil Blas« geschrieben: »Die Zeitungen verkünden, daß die fragliche Aufführung besonders von Monsieur de Goncourt befürwortet wird und die Initiative von ihm kommt. Ehrlich gesagt hat man Mühe, ihnen zu glauben. Denn man kann sich kaum den adligen Literaten mit feinem Ton und äußerstem Taktgefühl, wie man gerne den letzten der Goncourts sieht, an der Tür eines Theaters auf die Kasse klopfend vorstellen, um zum Ruhm eines lieben und von allen verehrten Freundes die Errichtung eines Denkmals zu erreichen. (...) Jeder weiß, daß Monsieur de Goncourt sein Vermögen angreift zur Gründung einer Akademie, für die sein Testament die ersten Titulare benennt, die jeder eine Prämie von sechstausend Francs im Jahr bekommen. Das Versprechen dieser Großzügigkeit über das Grab hinaus trägt seinem Urheber schon zu Lebzeiten ununterbrochene Lobeshymnen ein, denen ich eine Fortsetzung zu seinem Gedächtnis wünsche, ist das Vermächtnis erst einmal eingelöst. Doch Flaubert stand ganz oben auf der Liste der Goncourt-

schen Akademiemitglieder, die schließlich alle vor der Schaffung der berühmten Gesellschaft ins Grab gestiegen sein werden. Die tausend Francs, die zur Errichtung der Statue noch fehlen, stellen sechs Monate der Rente dar, die er bekommen hätte, hätte er den Schmerz erlitten seinen Freund zu überleben, und den Vorzug, der Akademie anzugehören, durch die sich jener in der Welt unsterblich macht.«

ich habe sofort geantwortet: Maupassant schreibt an den Direktor von »Gil Blas«, wo er in diesem Moment »Mont-Oriol« herausbringt:

Antibes, 1. Januar 1887

Mein lieber Direktor;

Ich finde heute morgen in ›Gil Blas‹ einen sehr richtigen Artikel von Santillane bezüglich einer Benefizvorstellung, um das Flaubert-Denkmal zustande zu bringen. Diese Nachricht, die ich in mehreren Zeitungen gelesen hatte, hat mich ebenfalls aufgeregt, und ich habe neulich Monsieur Lapierre, den sehr bekannten Zeitungsmann aus Rouen, der einer der besten Freunde Flauberts war und Vizepräsident des Denkmalkomitees ist, zu diesem Thema besucht. Monsieur Lapierre, der im Augenblick in Nizza weilt, hatte von nichts gehört, und wir kamen sofort überein, die Idee einer Theatervorstellung abzulehnen.

Hier sind im übrigen die Fakten:

Letztes Jahr wurde bei einer Sitzung des Komitees beschlossen, die nötige Summe selber aufzubringen, ohne an die Öffentlichkeit zu treten.

Doch seitdem ist das Komitee nicht ein einziges Mal zusammengekommen.

Wir haben überhaupt keine Ahnung, was das Denkmal kosten wird; insofern können wir gar nicht wissen, welche Summe noch fehlt.

Diese Summe wird von einigen Freunden aufgebracht werden. Ich schreibe mich persönlich für tausend Francs ein.

Ich hätte natürlich nicht die Einwilligung gegeben, ›L'Histoire du Vieux Temps‹ aus diesem Anlaß im Odéon zu spielen, und Monsieur Lapierre hat mich beauftragt, mich erst einmal zu erkundigen und ihn dann über diese Vorstellung zu unterrichten, von der wir einer wie der andere nicht das mindeste wußten.

Ich wäre Ihnen dankbar, mein lieber Direktor, wenn Sie diesen Brief veröffentlichen würden und grüße Sie hochachtungsvoll.

Guy de Maupassant

EDMOND DE GONCOURT AN GUY DE MAUPASSANT

[Paris,] 3. Januar 1887

Mein lieber Maupassant.

Ihr heute morgen im *Gil Blas* abgedruckter Brief – wobei es der morgige *Gil Blas* ist, für den 4. – der die Autorität Ihres Namens zu dem letzten Artikel *Santillanes* hinzufügt, einem der feindseligsten, die je gegen mich geschrieben wurden – das ist die Meinung meiner Freunde – läßt mir nur eine Wahl: nämlich Ihnen meinen Rücktritt als Präsident und Mitglied des Vereins für das Flaubert-Denkmal mitzuteilen.

Sie kennen meine Abneigung gegen Vereine und ihre Würden, und Sie werden sich daran erinnern, daß ich nur auf Ihr Drängen hin diese Präsidentschaft angetreten habe, die mir tausend Ärgernisse eingetragen und mich mit mir selbst und meinem Glaubensbekenntnis zur *Statuenmanie*, anläßlich der Statue von Balzac, entzweit hat.

Hier nun die Geschichte der von mir erbetenen Vorstellung.

Am 10. September letzten Jahres erhielt ich, durch einen Brief von Ihnen angekündigt, einen Auszug aus den Beschlüssen der Abgeordnetenversammlung von Seine-Inférieure, aus der Augustsitzung, wo Monsieur Laporte, Abgeordneter, folgendes formulierte:

»Die Subskription für das zum Gedächtnis von Gustave Flaubert zu errichtende Denkmal beläuft sich im Augenblick auf 9650 Francs, einschließlich der tausend von der Abgeordnetenversammlung beschlossenen Francs, die am 30. März 1882 angewiesen worden sind. Diese Summe, die auf einer Bank in Rouen liegt, reicht nicht aus. Doch man hofft mittels einer Vorstellung in einem Theater in Paris oder auf einem anderen Wege die nötige Vervollständigung leicht einzutreiben, wobei es sich um ungefähr 2000 Francs handelt.«

Und man bat mich darum, alles dafür zu tun, die Errichtung des Denkmals so schnell wie möglich voranzubringen. Da ich nicht reich genug bin, selbst die nötigen Gelder zur Verfügung zu stellen, von keinem einzigen Mitglied der Gesellschaft darum gebeten wurde, die Summe von 2000 Francs unter Freunden zusammenzutragen und es mir zuwider war noch eine Subskription zu eröffnen, die seit mehreren Jahren nur 9000 Francs erbracht hatte, beugte ich mich dem Wunsch des Abgeordnetenhauses und bat im letzten Monat um eine Vorstellung im Théâtre-Français.

Auf diese Bitte hin gab es keinen einzigen Einspruch der Familie oder eines Mitgliedes der Gesellschaft.

Der Direktor des Théâtre-Français antwortete mir mit einer durch die Statuten der Comédie-Française begründeten Absage.

Bei einem Diner bei Daudet schlug ich Daudet vor, die Subskription abzuschließen, indem wir jeder, Daudet, Zola, Sie und ich 500 Francs geben würden, ein Vorschlag, der am nächsten Tag von einem ihrer Redakteure, der mit uns dinierte in *Le Temps* bekanntgegeben wurde.

Und der Beschluß stand wirklich fest, und ich wollte Sie, ebenso wie Zola um 500 Francs bitten, als bei einem weiteren Diner bei Daudet, wo Porel anwesend war, darüber geredet wurde, daß die Vorstellung im Théâtre-Français ins Wasser gefallen sei. Zu meinem Bedauern bot uns Porel gleich sehr galant sein Theater an, und wir improvisierten zu dritt spontan die in den Zeitungen angekündigte Vorstellung, die ich für meinen Teil sehr nett überlegt finde, als eine *Freundschafts- und Herzensvorstellung*, deren Geld in keiner Weise verletzender für das Gedächtnis Flauberts gewesen wäre als das Geld einer öffentlichen Subskription.

Da diese Vorstellung nun nicht stattfindet, halte ich die Summe von 500 Francs für den Verein zur Verfügung, als einen Beitrag, den ich zur Errichtung des Denkmals für Flaubert schon angekündigt hatte, und bedauere dabei, mein lieber Maupassant, daß Sie mir nicht eher geschrieben haben, weil ich entzückt gewesen wäre, mich von jeglicher persönlichen Initiative zu befreien, in diesen delikaten Angelegenheiten, in denen ich nur das Werkzeug von Absichten und Wünschen gewesen bin, die nicht immer die meinen waren.

Trotz und alledem grüße ich Sie, lieber Maupassant, mit vorzüglicher Hochachtung.

mein lieber Maupassant: Der Brief erscheint unter dem Datum des 3. Januar 1887 im Tagebuch, wo Edmond de Goncourt auch einige seiner Briefe aufnahm, vor allem, wenn sie in strittigen Fällen geschrieben waren.
anläßlich der Statue von Balzac: Edmond de Goncourt hatte sich schon 1882 gegen die »Statuenmanie« seiner Zeit ausgesprochen, als er in ein Komitee zur Errichtung eines Balzac-Denkmals gebeten worden war.
Porel: Edmond de Goncourt kam regelmäßig mit dem Direktor des Théâtre de l'Odéon zusammen, der seinen Roman »Renée Mauperin« in einer Theaterfassung von Henri Céard auf die Bühne gebracht hatte.

GUY DE MAUPASSANT AN EDMOND DE GONCOURT

[Briefpapier mit den Initialen GM
Jacht Bel-Ami]

Chalet des Alpes, Antibes, 15. Januar [1887]

Mein lieber Meister und Freund,

Ich war gerade zwölf Tage fort und konnte nicht eher auf Ihren Brief antworten, der mich sehr bewegt hat.

In dem Artikel von Santillane hatte ich nur gesehen, was Flaubert und das Denkmal betrifft. Ich habe ihn, als ich Ihren Brief erhielt, noch einmal gelesen und war niedergeschmettert und tieftraurig, daß es so schien, als hieße ich gut, was er an widerwärtigem Unrecht Ihnen gegenüber enthielt. Seit zwei Wochen schrieb man mir, um mir mitzuteilen: »Geben Sie doch lieber die dreitausend fehlenden Francs, als all die publizierten Echos herauskommen zu lassen!!« Eine Zeitung sprach von dem Gebettel der Freunde Flauberts. Außerdem habe ich nach Clareties Absage, die eine verheerende Wirkung hatte, und nach dem Echo des *Figaro*, das verkündet, die Subskription sei von Ihnen und Ihren Freunden *auf Ihren* Vorschlag hin komplettiert worden, kaum an eine Vorstellung im Odéon geglaubt, einem schlecht gelegenen, nicht sehr vom Glück begünstigten Theater, wo die schönsten Dinge nicht gut ankommen und eine Benefizvorstellung nichts ergeben hätte.

Ich dache, außerdem an die letzte Zusammenkunft bei mir, wo im Prinzip annähernd beschlossen worden war, daß die Differenz von uns allein ausgeglichen werden sollte. Denn wir haben nicht 9600 Francs, sondern 10800.–, Sie geben 500: das macht 11300. Ich gebe tausend, das macht 12300. So sind wir sehr leicht bei 13800 oder 14000 – Das reicht.

Jetzt, mein lieber Meister, flehe ich Sie namentlich an, nicht zurückzutreten. Ich habe Lapierre Ihren Brief weitergeleitet und bin gleichzeitg als Sekretär zurückgetreten, da ich den Vorfall verursacht habe, und ich habe erklärt, warum es mir unmöglich erscheint, daß Sie sich zurückziehen und ebenso unmöglich, daß Sie sich weigern, Ihren Namen an der Spitze dieses Werkes stehen zu lassen.

Daß ich gehe, ist völlig unwichtig und hat keine Konsequenzen. Bei Ihnen ist das etwas anderes. Lapierre wird heute meinen Brief bekommen und Ihnen sicher morgen oder übermorgen schreiben.

Ich besuche Sie dann nächste Woche, denn ich fahre Mittwoch nach Paris.

Ich bitte Sie, lieber Meister und Freund, den Ausdruck meines tiefsten Bedauerns über die Ungeschicklichkeit, die ich begangen habe, entgegenzunehmen, als ich mich auf Santillanes Artikel bezog, ohne ihn noch einmal gelesen zu haben und ohne das Sie Betreffende zu begreifen, und ich bitte Sie ebenfalls, meiner höchsten Bewunderung Glauben schenken zu wollen.

Guy de Maupassant

Lapierre wohnt im Hôtel des Îles Britanniques in Nizza.

CH. LAPIERRE AN EDMOND DE GONCOURT

Hôtel des Îles Britanniques
Nizza, 19. Januar 1887

Mein lieber Monsieur,

Bei meiner Rückkehr aus Monaco, wo ich einen kranken Freund besucht habe, Monsieur Raoul Duval, erhalte ich den hier beigefügten Brief, in dem mir Guy de Maupassant mitteilt, daß er von dem Augenblick an, in dem Sie als Präsident des Komitees für das Flaubert-Denkmal zurücktreten, nicht länger Sekretär bleiben kann.

Er hatte mir diese Ihre Entscheidung schon angekündigt, aber ich hoffte, daß es sich um ein Mißverständnis handelte, das sich durch eine kurze Erklärung in Luft auflösen würde.

Was ist denn eigentlich geschehen? Chapu ist nach Rouen gekommen und hat den günstigsten Standort für das Denkmal ausgesucht. Es war ausgemacht, daß er eine Skizze machen würde, die einer Eingabe im Abgeordnetenhaus beigfügt werden sollte, um die Veränderung des urprünglichen Standortes zu erreichen. Chapu sollte sich mit Sauvageot, dem Stadtarchitekten, in Verbindung setzen, um einen Kostenvoranschlag zu machen, der es erlauben würde, die Ausgaben annähernd einzuschätzen und zu wissen, was an der Gesamtsumme der Subskription noch fehlte, und die Lücke zu schließen.

Das war der vorgegebene Weg. Unglücklicherweise konnten wir nicht zusammenkommen, und jeder hat auf eigene Faust gehandelt, oder gar nichts getan, und letzterer Fall ist der meine, da ich seit Juli krank war und mich gezwungen sah, den Winter in Nizza zu verbringen, um wieder auf die Beine zu kommen. Die Idee einer Theatervorstellung war gut, aber bevor man sie öffentlich bekanntgab, hätten wir uns beraten sollen, um zu wissen, was zur Komplettierung der Subskription noch fehlte, und zu prüfen, ob uns nicht andere Quellen dieses Ergebnis hätten verschaffen können.

Ich gestehe auch, daß einzelne Akte, wie wertvoll die Stücke auch immer sein möchten, mir kein Programm zu ergeben schienen, das ein großes Publikum ins Odéon gelockt hätte. Aber ich äußere nur meine bescheidene Meinung, weil ich wußte, daß man in zwei oder drei seriösen Pariser Zeitungen lediglich darauf wartete, das Projekt einer gestückelten Vorstellung zu kritisieren. In diesem Sinne habe ich mit Maupassant gesprochen, als er sich mit mir über den Artikel in *Gil Blas* unterhielt; in den wenigen Worten, die wir darüber gewechselt haben, gab es nichts, was die Idee einer Uneinigkeit enthielt, vor allem nicht, bevor wir mit Ihnen darüber gesprochen hätten.

Wenn der Präsident und der Sekretär des Komitees zurücktreten, bleibt mir nichts anderes übrig, als meinen eigenen Rücktritt als Vizepräsident einzureichen, und was wird dann aus der Subskription, deren Initiator ich bin, und wie wird dieser allgemeine Rückzug interpretiert werden?

Erlauben Sie mir also, mein lieber Meister, Sie dringend zu bitten, auf Ihre erste Regung zurückzukommen. Sie können es nicht ablehnen, dem von den Freunden und Bewunderern Flauberts unternommenen Werk die Schirmherrschaft Ihres Namens zu geben. Sie sind das Oberhaupt der Modernen Schule, und ihr Talent, Ihre Reputation sowie Ihr Wesen bestimmen Sie natürlicherweise dazu, an der Spitze dieser literarischen Manifestation zu Ehren unseres armen »Flau« zu stehen, wie wir ihn unter uns nannten.

Ersparen Sie seinem Andenken den Kummer, zu erleben, wie es bei Bouilhet war, wo die Einweihung seines Denkmals unter Vorsitz eines Adjutanten und eines Arztes geschah und der Bürgermeister sich mit ein paar Worten entschuldigt hatte, indem er noch anführte, er kenne Bouilhets Werke nur vom Hörensagen.

Den Worten von Maupassants Brief zufolge, werden Sie sehen, daß er, wenn Sie Ihren Rücktritt nicht aufrechterhalten, den seinen zurücknimmt. Lassen Sie mich hoffen, daß es so sein wird und wir unsere Kräfte zu vereinen wissen, um das Werk, das uns die Unterzeichneten anvertraut haben, zu einem guten Ende zu führen.

Entschuldigen Sie bitte die Eile, mit der dieser Brief geschrieben wurde, und seien Sie, mit meinem Wunsch, eine günstige Antwort von Ihnen zu erhalten, meiner tiefen Wertschätzung Ihres Talentes und meiner ergebensten Zuneigung versichert.

Ch. Lapierre

Maupassants Brief: Maupassant schrieb an Lapierre: »Antibes, 7. Januar (1887)
Mein lieber Freund,
Ich habe Ihnen einen Brief von Edmond de Goncourt übermittelt, der als Präsident des Komitees für das Flaubert-Denkmal zurücktritt, und habe Ihnen die Fakten mitgeteilt, die zu dieser Entscheidung geführt haben.
Ich bin für den Vorfall und für das Resultat verantwortlich, das mich

sehr bedrückt und mir für das Werk, das wir erstreben, äußerst mißlich erscheint, wenn Sie es nicht schaffen, Goncourt umzustimmen.
Da ich für die Sache, die dieses Übel verursacht hat, verantwortlich bin und aus eigenem Antrieb gehandelt habe, bleibt mir nur eine Wahl, nämlich Ihnen meinen Rücktritt als Sekretär des Komitees anzukündigen, was Ihnen alle Handlungsfreiheit gegenüber Goncourt läßt, den man unbedingt überzeugen muß zu bleiben.
Er trägt einen Namen, der für uns alle am Tag der Einweihung ein Fanal ist, den größten Namen unter den lebenden Romanciers, vor dem sich alle Künstler verbeugen, und ich könnte mir nicht verzeihen, wenn ich Ihr Komitee um seine hohe und mächtige Autorität gebracht hätte.
Schreiben Sie dem Meister, sagen Sie ihm, daß er nicht einfach so gehen kann, und erreichen Sie, daß er bleibt.
Ich fahre Mittwoch nach Paris und besuche Sie gleich nach meiner baldigen Rückkehr. Sagen Sie Madame Lapierre meine zuvorkommendsten Grüße und seinen Sie meiner tiefen Freundschaft versichert.
Guy de Maupassant
Ich halte 1000 Francs für das Komitee zur Verfügung.«

CH. LAPIERRE AN EDMOND DE GONCOURT

Hôtel des Îles Britanniques
Nizza, 29. Januar 1887

Mein lieber Monsieur,

Ich habe Maupassant zwei Wochen nicht gesehen. Ich weiß, daß er nach Paris fahren wollte; ich schreibe ihm in die Rue Montchanin mit dem Hinweis: *bitte nachsenden.* Auf jeden Fall hoffe ich, daß sein Besuch das glückliche Ergebnis haben wird, daß Sie Ihren Rücktritt aufheben.

Ihr Vergleich mit einem Minister, der keine Mehrheit hätte, ist nicht richtig, erlauben Sie mir, daß ich Ihnen das sage. Die Fraktion aus Rouen besteht nur aus mir, da Guy einen Fuß in Paris und den anderen in Antibes hat. Ich aber bin Ihr aufrichtiger Bewunderer und denke so wenig daran, den Minister mattzusetzen, daß ich ihn inständig bitte, sich nicht zurückzuziehen. Ich wiederhole, Ihnen gebührt es, der Präsident des Komitees zu sein, und Guy ist absolut meiner Meinung, wie er Ihnen selbst sagen wird.

Seien Sie, lieber Monsieur, meiner tiefsten Ergebenheit versichert.

Ch. Lapierre

Wie weit liegt doch die Zeit zurück, da ich Ihnen als Kind von Gisors und Freund Louis Passys in den Salons von Madame Antoine Passy zum ersten Mal begegnete!

daß Sie Ihren Rücktritt aufheben: Goncourt macht am 2. Februar 1887 seine Entscheidung rückgängig: »Dann ist es Maupassant, der mich dazu bringt, meinen Rücktritt als Präsident der Gesellschaft für das Flaubert-Denkmal zurückzunehmen, aus Schwäche, aus Feigheit meiner eigenen Person und wegen des Ärgers, die Öffentlichkeit mit dieser Sache zu befassen. Trotzdem ein starkes Stück, dieser Artikel, den er bekräftigt, ohne ihn gelesen zu haben, wie er mir sagt!« (Tagebuch, 2. Februar 1887).

HENRI CHAPU AN EDMOND DE GONCOURT

Paris, 6. Februar [18]89
Atelier
23, rue Oudinot

Monsieur,

Ich habe das Modell für das Flaubert-Denkmal fertiggestellt. Ich wäre glücklich, wenn Sie mir die Ehre Ihres Besuches erwiesen und möchte Sie hier darum ersuchen.

Ich bin ständig im Atelier, außer samstags.

Seien Sie, Monsieur, meiner ergebensten Hochachtung versichert.

H. Chapu

CH. LAPIERRE AN EDMOND DE GONCOURT

Rouen, den 1. Dezember 1889

Mein lieber Meister,

Ich schicke Ihnen die Quittung für die Summe von 500

Francs, die Sie mir freundlichst als Ihren Beitrag zum Flaubert-Denkmal übersandt haben.

Ich bin zur Zeit wieder krank und würde diese endlose Geschichte, zusammengesetzt aus natürlicherweise ungeduldigen Spendern, einem unerreichbaren Komitee und einem überlasteten Bildhauer gerne zu Ende bringen. Und es gibt Momente, in denen ich am liebsten die Unterzeichner brieflich einberiefe, ihnen die Beträge zurückgäbe und die Sorge für den Abschluß der Sache antrüge. Handel und Industrie übertreffen entschieden die Literatur in der Kunst, das Andenken eines Kollegen zu ehren. Jouvin, der Handschuhfabrikant aus Grenoble wird nicht so lange auf seine Statue warten müssen wie Balzac, und wäre das Komitee für das Flaubert-Denkmal so wie jenes für das von Bouilhet aus Apothekern, Zahnärzten und Stammtischgenossen zusammengesetzt gewesen, hätte die Chance bestanden, daß es geschlossener und zügiger vorgegangen wäre.

Von Maupassant höre ich gar nichts mehr. Bei Charpentier, dem Verleger, habe ich eine Summe von dreihundert Francs reklamiert, den Betrag eines in den Büros von *La Vie moderne* offen ausliegenden Eintrags; er hat mir nicht geantwortet.

Und wenn ich daran denke, daß Flauberts vortrefflicher Neffe über den Gedanken empört war, daß man ihm keine Statue in voller Größe errichtet. Warum nicht hoch zu Roß? Was für eine Mühe, auch nur 12 000 Francs zusammenzubringen!

Herzliche Grüße von Ihrem sehr ergebenen

Ch. Lapierre

Charpentier: Auch Maupassant setzte sich bei dem Verleger dafür ein, die versprochene Summe zu bekommen.
Flauberts Neffe: Ernest Commanville, der Ehemann seiner Nichte Caroline.

G. DE MAUPASSANT AN EDMOND DE GONCOURT

[ohne Datum]

Lieber Meister und Freund,

Ich rechne damit, Sie morgen zu sehen; und außerdem muß ich zu Zola, der mich nur heute empfangen kann.

Ich bringe Ihnen:

1. Chapus Auftrag, den ich Sie Lapierre zurückzusenden bitte, nachdem Sie ihn unterschrieben haben.

2. Den Antrag beim Stadtrat – der ebenfalls Lapierre zurückgesandt werden muß.

3. Einen Brief von Lapierre.

4. Den Stand der Subskription.

		9911,40
Dazu kommen 500 F von Ihnen	500	
1000 von mir	1000	
Bleiben einzunehmen:		
Pouchet	100	
Charpentier	100	
Deslandes	100	
Bardoux	50	
Limbourg	50	
Dalloz	100	
Bergerat	50	
Delorme	20	
Silvestre	20	
Fourcaud	20	
d'Artois	20	
Jacques Normand	20	
Dreyfous	20	
		12081,40

Wenn Sie bitte so liebenswürdig wären, die unterzeichneten Papiere vor Dienstag an Lapierre zurückzusenden, fahre ich Mittwoch, bevor ich nach Étretat reise, über Rouen und treffe mit ihm die letzten Vorkehrungen für die Durchführung.

Seien Sie, mein lieber Meister und Freund, meiner tiefsten Zuneigung und Ergebenheit versichert.

Guy de Maupassant

CH. LAPIERRE AN EDMOND DE GONCOURT

Lapierre
rue Malacherie
Rouen.

[Rouen,] 17. Juni [18]90

Mein lieber Meister,

Auf dringenden Wunsch von Chapu wären unsere Kollegen des Komitees der Meinung, den 10. Juli für die Einweihung des Flaubert-Denkmals in Rouen zu wählen, und sie bitten Sie um Ihre Zustimmung zu diesem Datum. Man muß die Reden vereinbaren, die gehalten werden und es wird Ihnen gebühren, über Flaubert zu sprechen und der Stadt Rouen das zu seinem Andenken errichtete Denkmal zu übergeben. Der Bürgermeister wird darauf antworten.

Ich wäre Ihnen dankbar, wenn Sie mir kurz hierher schreiben könnten. Maupassant, dem es sehr schlecht geht, ist in Nizza und überläßt es mir, mich um die Einzelheiten der Einladungen zu kümmern, aber er wird Sie in den ersten Julitagen aufsuchen und ist bestimmt am 10. in Rouen.

Seien Sie, mein lieber Meister, meiner ergebenen Zuneigung versichert.

Ch. Lapierre

CH. LAPIERRE AN EDMOND DE GONCOURT

Rouen, den 7. Oktober 1890

Mein lieber Meister,

erst einmal möchte ich mich bei Ihnen für die reizende Sendung des ersten Bandes der neuen Folge Ihres *Journals* bedanken. Ich hatte schon alles verschlungen, was erschienen war, mit um so größerem Interesse, als sich mit Ihren Eindrücken etliche kleine persönliche Erinnerungen verbanden. So kamen Sie als Kind von Gisors und Freund von Louis Passy in den Ferien zu Madame Antoine Passy. Später habe ich Sie dann mehrmals zusammen mit Théophile Gautier und Saint-Victor etc. getroffen, bevor ich Sie bei meiner Schwägerin, Madame Brainne sah. Es versteht sich von selbst, daß ich diese flüchtigen Begegnungen mehr als Sie selbst in Erinnerung habe, da diese Erinnerung noch verstärkt wurde durch meine tiefste Bewunderung für den, der mir der wahre Literat unserer Zeit zu sein scheint.

Sprechen wir jetzt von dem Flaubert-Denkmal. Die Schwierigkeiten, die mir gerade für Sie besonders leid taten, sind noch nicht zu Ende. Weil Chapu verhindert war, ist die Einweihung, für die, wenn Sie sich erinnern, der 15. Juli vorgesehen war, auf den 15. Oktober verschoben worden. Aber jetzt geht es Maupassant, der aus Plombières und Aix zurück ist, sehr schlecht, und er muß zur Erholung nach Algerien fahren, von wo er erst am 10. November zurück sein wird. Also ein neuer Aufschub, obwohl mir der November so wenig günstig für Denkmaleinweihungen erscheint, wie für weißen Cararamarmor.

Andererseits bekunden die Unterzeichneten ihre Ungeduld, die Stadtverwaltung von Rouen, die die Dinge unbedingt gut machen will, organisiert einen Empfang.

Man muß uns übertrumpfen, und im Augenblick bleibt es für die Feier bei dem Datum des 16. November, einem Sonntag.

Es wäre sehr wünschenswert, wenn es Ihnen als dem Präsidenten des Komitees möglich wäre, dabeizusein. Da Sie nicht öffentlich sprechen wollen, werde ich die Fron auf mich nehmen und nach der Darstellung der Geschichte der Subskription mit wenigen Worten das Denkmal der Stadt Rouen übergeben, deren Bürgermeister mir antworten wird. Es wird eine literarische Rede geben: Maupassant hat es übernommen, den Redner zu finden.

Ausgerichtet vom Bürgermeister von Rouen, wird der Feier ein Déjeuner mit 25 Personen vorausgehen, zu dem Sie als Präsident des Komitees geladen werden. Schließlich wird abends eine Sondervorstellung von *Salambo* stattfinden, zu der die Mitglieder des Komitees und der Presse geladen werden.

Trotz der Gründe, die Sie mir genannt haben, glaube ich nicht, daß Sie es sich, außer bei ernsthafter Verhinderung, ersparen können, Ihrer Anwesenheitspflicht zu genügen, so wenig angenehm es auch sein wird, im November, beim Klima der Normandie, unter freiem Himmel anzutreten. Aber denken Sie nur an die öffentlichen Huldigungen, die Sie erwarten (zuguterletzt) und erlauben Sie mir, bei dieser Gelegenheit geltend zu machen: »Was du nicht willst, daß man dir tu, das füg auch keinem andern zu.« Es handelt sich lediglich um einen in Rouen verbrachten Nachmittag, und Sie werden selbst in der Stadt, die man *Cotonopolis* nennt, mit aller Wertschätzung für Ihr Talent empfangen werden.

Verzeihen Sie meine Hartnäckigkeit, lieber Meister, und seien Sie meiner tiefsten Ergebenheit versichert

Ch. Lapierre

22, rue Nationale

Wenn Sie einverstanden wären, jemanden mit der Aufgabe einer literarischen Rede über Flaubert zu betrauen, wird sich Maupassant, der noch gar nichts unternommen hat, bestimmt Ihrer Wahl anschließen.

Salambo: Flauberts Roman wurde in einer Theaterfassung von Ernest Reyer am 22. November 1890 im Théâtre des Arts in Rouen aufgeführt.

CH. LAPIERRE AN EDMOND DE GONCOURT

Rouen, 4. November [18]90

Mein lieber Meister,

Da man mir in dieser Sache jede Freiheit lassen wollte, habe ich nun für die Einweihung des Denkmals mit dem Stadtrat von Rouen endgültig Sonntag, den 23. November festgelegt, ein Datum, mit dem Maupassant einverstanden ist, und das ich auch Sie zu akzeptieren bitte, denn wir müssen damit zum Schluß kommen.

Chapu war für zwei Tage in Rouen, um das Medaillon zu überarbeiten, und ich habe ihm zur Begleichung der vereinbarten Summe von 12000 Francs gegen ordnungsgemäße Quittung 4000 Francs gegeben.

Ich bemühe mich, Ihnen so bald wie möglich die Stunde der Feier und die weiteren Regelungen mitzuteilen.

Maupassant ist am 14. November in Paris. Ich weiß immer noch nicht, wer eine Rede halten wird.

Seien Sie, lieber Meister, meiner Hochachtung versichert.

Ch. Lapierre

Ich versende Einladungen mit dem Siegel des Komiteebüros.

CH. LAPIERRE AN EDMOND DE GONCOURT

Rouen, der 10. November [18]90

Mein lieber Meister,

Ich unterbreite Ihnen die Druckfahnen für zwei unterschiedlich formulierte Einladungen zur Einweihung des Flaubert-Denkmals, eine für die Presse und die Literaten, die andere für die Unterzeichner, so wie wir, Maupassant und ich, sie im Sommer verabschiedet hatten.

Ich wäre Ihnen dankbar, wenn Sie sie so schnell wie möglich mit Ihren Anmerkungen zurückschicken würden, denn die Zeit drängt.

Mit ergebenster Hochachtung

Ch. Lapierre

22, rue Nationale

GUY DE MAUPASSANT AN EDMOND DE GONCOURT

[GM 24, Rue Bocador]

[Paris, 15. November 1890]

Mein lieber Meister und Freund,

Ich kehre heute nach Paris zurück, um mich um die Einweihung des Flaubert-Denkmals zu kümmern.

Ich habe Ihnen nicht geschrieben, und ich frage mich, ob Lapierre es getan hat, um Sie zu bitten, ein paar Worte vor diesem Denkmal zu sagen. Es gebührt so absolut Ihnen, zunächst weil Sie Goncourt sind, dann weil Sie Präsident des Komitees sind, Ihre bekannte Zurückhaltung bei offiziellen Feierstunden aufzugeben, daß mir nicht der Gedanke gekommen ist, mich früher an Sie zu wenden. Ich meinte, Sie fänden es ebenso selbstverständlich wie alle anderen, so sehr man erwartet, Ihnen zuzuhören.

Geben Sie mir doch bitte eine kurze Antwort und seien Sie meiner großen Bewunderung und herzlichen Ergebenheit versichert.

Heute früh fand ich in meiner Wohnung Ihren neuen Band des *Tagebuch* der Goncourt. Mit ihm werde ich morgen mein Leben als Mann, der die Literatur liebt, wiederaufnehmen.

Guy de Maupassant

ein paar Worte vor diesem Denkmal zu sagen: Anfang November hatte Maupassant an Zola geschrieben: »Wären Sie damit einverstanden, bei der Einweihung des Flaubert-Denkmals ein paar Worte zu sagen? Alle wünschen das und beauftragen mich damit, Sie darum zu bitten. Ich jedenfalls wäre sehr froh, mit dieser Anfrage Erfolg zu haben und die Stimme des größten lebenden Romanciers über den sprechen zu hören, der wie Sie und neben Ihnen, einer der Entwickler des modernen Romans war.«
Zola antwortet am 8. November 1890: »Meinen Sie nicht, mein lieber Freund, daß es Goncourts Sache wäre, zu sprechen? Auf jeden Fall glaube ich nur annehmen zu können, wenn Goncourt ablehnt. Sagen Sie mir doch bitte, ob ihm der Vorschlag gemacht worden ist, und wenn ja, wie seine Antwort war.
Wenn Goncourt eine Ehre ausschlägt, die ihm von Rechts wegen zusteht, stehe ich zu Ihrer Verfügung.«
Goncourts Zusage geht aus Maupassants Antwort hervor: »Goncourt schreibt mir folgendes: ›Unfähig auch nur zwei Worte vor drei Idioten zu sagen, hatte ich zunächst abgelehnt zu sprechen, aber da ich nun, wie mir scheint, etwas Sinnvolles über den Literaten, der unser Freund war, zu sagen gefunden habe, werde ich etwas lesen.‹«

GUY DE MAUPASSANT AN EDMOND DE GONCOURT

[Paris, 14. November 1890]

Mein lieber Meister und Freund,

Lapierre bittet mich, dem Prinzen Napoléon die Einweihung des Flaubert-Denkmals mitzuteilen. Ich habe nie mit dem Prinzen gesprochen, und es ist mir unangenehm, ihm zu schreiben. Wären Sie so freundlich, es als Präsident des Komitees zu tun.

Mit ergebener Hochachtung.

Guy de Maupassant

dem Prinzen Napoléon: Prinz Jérôme Napoléon.

CH. LAPIERRE AN EDMOND DE GONCOURT

Rouen, der 20. November [18]90

Lieber Meister,

Ich wäre Ihnen sehr dankbar, wenn Sie die Studie, die Sie Sonntag in Rouen verlesen werden, zweimal kopieren lassen könnten.

Ich werde Sie um eine Kopie für die örtliche Presse bitten.

Ich liege im Augenblick sehr krank zu Bett und muß darauf verzichten, ein paar persönliche Worte zu Flaubert, der Subskription und dem Werk des Komitees zu sagen, wie ich es Maupassant versprochen hatte.

Könnten Sie nicht am Schluß Ihrer Rede die Übergabe des durch Subskription zum Andenken Flauberts errichteten Denkmals an die Stadt Rouen verkünden, und das im Namen des Komitees, dessen Präsident Sie sind?

Seien Sie, lieber Meister, meiner tiefsten Ergebenheit versichert.

Ch.Lapierre

Ich bitte Sie, ebenso wie Maupassant, um einen kurzen Moment, um meine Abrechnung, die nach allen bezahlten Kosten einen kleinen Überschuß aufweist, »ins Reine« zu bringen.

CH. LAPIERRE AN EDMOND DE GONCOURT

Rouen, den 21. November [18]90

Mein lieber Meister,

Ich denke an den Verdruß, den Ihnen die Verpflichtung bereiten mag, an Ihre literarische Rede noch eine banale Formel zu stoppeln, um das Denkmal der Stadt zu übergeben.

Ich habe also ein paar Zeilen vorbereitet, um kurz die Geschichte der Subskription darzustellen und die sehr freundliche Rede des Bürgermeisters anzukündigen.

Jemand wird sie in meinem Namen vortragen, denn ich kann zu meinem großen Bedauern nicht an der Feier teilnehmen. Ich war gerade sehr krank und darf den Fuß nicht vor die Tür setzen.

Ich wäre Ihnen sowie Maupassant sehr dankbar, wenn Sie mich nach Ihrer Ankunft am Sonntag um 10 Uhr 40 kurz in der Rue Nationale aufsuchten und fünf Minuten Zeit hätten, damit ich Ihnen meine Abrechnung übergeben kann.

Haben Sie daran gedacht, uns eine Kopie Ihrer Rede machen zu lassen?

Tausendmal Verzeihung und herzlichst der Ihre.

Ch. Lapierre

AUS DEM TAGEBUCH VON EDMOND DE GONCOURT

23. November 1890

Nachts nicht geschlafen aus Angst, zur Abfahrtszeit so früh am Morgen nicht wach zu sein. Um drei Uhr im Schein einer Streichholzflamme auf die Uhr gesehen. Um fünf Uhr aus dem Bett.

Und dann sitze ich schließlich, bei einem Wetter, wo man keinen Hund vor die Tür jagt, mit Zola, Maupassant etc. im Zug nach Rouen.

Ich bin an diesem Morgen betroffen vom schlechten Aussehen Maupassants, von seinem abgemagerten Gesicht, seinem ziegelroten Teint, dem *gezeichneten* Wesen, wie man beim Theater sagt, das seine Person bekommen hat, und selbst von der krankhaften Starre seines Blicks. Er scheint mir nicht dazu bestimmt, sehr alt zu werden. Als wir in dem Augenblick, wo wir in Rouen eintreffen, über die Seine fahren, streckt er die Hand zu dem nebelbedeckten Fluß aus und ruft: »Meinem morgendlichen Rudern darin verdanke ich alles, was ich heute bin!«

Nach der Ankunft in Rouen, Besuch bei Lapierre für den Rechnungsabschluß. Seine Nichte kommt, um uns zu sagen, wir möchten einen Moment warten, weil man ihm gerade eine Morphiumspritze gibt; und nach ein paar Minuten bittet uns der Arzt, nur kurz zu ihm hinein zugehen, weil der Kranke sehr schwach ist, und wir finden den armen Lapierre in seinem Bett, ganz wie ein sterbender Don Quichote.

Von dort zum Déjeuner – und zu einem sehr guten – beim Bürgermeister, einem dicken, gewöhnlichen, sehr charmanten Mann, unterstützt von einer häßlichen Frau, einer sehr schlichten und sehr liebenswürdigen Person, die mir den Champagner empfiehlt, einen Champagner, der von ihrer Familie produziert wird: den Champagner Goulet.

Und draußen immer noch Nieseln, Regen und Wind, das übliche Wetter bei Einweihungen in Rouen; und darin ein Volk, dem die Feier ganz und gar gleichgültig ist, das seiner Wege geht und all die einschlägt, die nicht dorthin führen. Insgesamt an die zwanzig in Literatur und Presse bekannte Leute aus Paris und ein Festplatz mit Zelt für die wichtigen Persönlichkeiten samt Kirmesmusik, wie für die Landwirtschaftsausstellung in *Madame Bovary*.

Zunächst ein Gang ins Museum durch Flauberts Manuskripte, über die eine Abordnung der örtlichen Gymnasiasten gebeugt ist, ein Gang, der, einem Gespräch mit Maupassant zufolge, ebensogut eine Ausstellung für Auktionäre zum Verkauf dieser Manuskripte an reiche Engländer sein könnte. Dann endlich die eigentliche Einweihung des Denkmals.

Ich, der ich zu Hause nicht eine Seite meiner Prosa zwei oder drei Freunden ohne ein Zittern in der Stimme vorlesen kann, gestehe, daß ich schwer gerührt bin und befürchte, daß meine Rede beim zehnten Satz in der Kehle erstirbt …

»Messieurs,

Nach unserem großen Balzac, dem Vater und Meister von uns allen, war Flaubert ein Erfinder einer vielleicht ebenso gewaltigen Wirklichkeit wie die seines Vorgängers und unbestreitbar einer viel *kunstvolleren* Wirklichkeit, von der man meinen könnte, sie sei durch ein verfeinertes Objektiv erreicht worden, einer Wirklichkeit, die man als rigoroses *Naturgetreu* definieren könnte, wiedergegeben durch die Prosa eines Dichters.

Und für die Wesen, mit denen Flaubert die Welt seiner Bücher bevölkert hat, diese fiktive Welt mit dem Anschein des Wirklichen, war es dem Autor vergönnt, jene schöpferische Fähigkeiten zu besitzen, die nur einigen wenigen gegeben ist, die Fähigkeit, sie ein wenig nach dem Beispiel Gottes zu schaffen. Ja, Männer und Frauen zu hinterlassen, die für die Lebenden der kommenden Jahrhunderte nicht mehr Figuren aus Büchern sind, sondern wirkliche Tote, bei denen man versucht wäre, eine materielle Spur ihres Erdenlebens zu finden. Und mir scheint, daß eines Tages irgendein Leser, der noch ganz in der gerührten und andächtigen Halluzination seiner Lektüre gefangen ist, zerstreut auf dem Friedhof vor der Stadt, wo unser Freund ruht, in der Nähe des Grabmals des berühmten Schriftstellers den Grabstein von Madame Bovary suchen wird.

Im Roman war Flaubert nicht nur ein Maler seiner Zeit, er war in der Art von Carlyle und Michelet ein Wiedererwecker alter Welten, entschwundener Zivilisationen und ausgestorbener Menschheiten. Er hat uns Karthago und die Tochter Hamilkars wiederaufleben lassen, Theben und seinen Eremiten, das mittelalterliche Europa und seinen Julien den Gastfreundlichen. Er hat uns, Dank seines darstellerischen Talentes, Orte, Ausblicke und Milieus gezeigt, die wir ohne seine magische Beschwörung nicht kennen würden.

Doch erlauben Sie mir, mit aller Welt das Talent Flauberts in *Madame Bovary* zu lieben, in dieser genialen Monographie des *bürgerlichen Ehebruchs*, in diesem vollkommenen Buch, das der Autor bis zum Ende aller Literatur niemandem neu zu schreiben überlassen hat.

Ich möchte mich noch einen Augenblick bei der wunderbaren Erzählung, jener mitleidsvollen Studie einer bescheidenen Seele aus dem Volk aufhalten, mit dem Titel: *Un coeur simple.* In Ihrer Normandie, Messieurs, vermerken bisweilen Ihre Fischer, Ihre Bauern ganz hinten in jenen alten Schränken, dem Aufbewahrungsort der Wäsche und all dessen, was die arme Gesellschaft bei Ihnen an Kostbarem besitzt, mit einer ungeschickten, von steifen Fingern gezogenen Schrift einen Schiffbruch, einen Hagelschlag, einen Kindstod, kurz eine Handvoll großer und kleiner Ereignisse: die Geschichte eines ganzen elenden Lebens. Diese beschriebene Innenwand Ihrer Schränke ist das unschuldige *Familienbuch* dieser armen Schlucker. Nun, Messieurs, als ich *Un coeur simple* las, hatte ich das Gefühl eine Geschichte zu lesen, die diesen alten

Eichentafeln die Einfalt und die anrührende Schlichtheit dessen entnommen hat, was Ihre Bauern und Ihre Fischern darauf geschrieben haben.

Jetzt, da er tot ist, mein armer großer Flaubert, ist man dabei, ihm Genie zuzugestehen, so sehr sein Andenken es verlangen kann ... aber weiß man auch zu dieser Stunde, daß die Kritik zu seinen Lebzeiten einen gewissen Widerstand an den Tag legte, ihm auch nur Talent zuzugestehen? Was sage ich, »Widerstand zu loben«? ... Dieses Leben voller Meisterwerke, was trug es ihm ein? Ablehnung, Beschimpfung, moralische Kreuzigung. Ach! ein schönes Buch der Rache wäre da zu schreiben, von Balzac bis Flaubert. Ich erinnere mich an den Artikel eines politischen Journalisten, der behauptete, Flauberts Prosa sei eine Schande für den Staat Napoléons III., ich erinnere mich weiter an einen Artikel einer Literaturzeitung, wo man ihm einen epileptischen Stil vorwarf – jetzt wissen Sie, wieviel Vergiftendes dieses Beiwort für den Mann enthielt, an den es gerichtet war.

Nun, unter diesen Angriffen und später in dem ein wenig gewollten Schweigen, das darauf folgte und die Bitterkeit seiner Laufbahn in ihm verstärkte, von der er die anderen nichts merken ließ, ist Flaubert gut geblieben, ohne Galle gegen die Günstlinge der Literatur, er hat sein lautes, herzliches Kinderlachen behalten, hat stets bei den Kollegen das Lobenswerte gesucht und in unseren Stunden der Entmutigung das Wort für uns gehabt, das stärkt, das aufrichtet, das belebt, jenes Wort eines klugen Freundes, das wir in den Höhen und Tiefen unseres Handwerks so oft brauchen. Nicht wahr, Daudet? Nicht wahr, Zola? Nicht wahr, Maupassant? so war er doch, unser Freund? – und daß Sie kaum negative Gefühle bei ihm kennengelernt haben, außer gegenüber allzu großer Dummheit?

Ja, Flaubert war grundgütig, und ich würde sagen, er

übte sämtliche bürgerlichen Tugenden, so möchte ich meinen, wenn ich nicht fürchtete, seinen Schatten mit diesem Wort zu betrüben, er, der eines Tages mit einer Schlichtheit und Vornehmheit, die ihresgleichen sucht, sein Vermögen und sein Wohlergehen den Familieninteressen und -banden opferte.

Kurz, Messieurs, in diesen Zeiten, wo das Geld die Kunst und die Literatur zu *industrialisieren* droht, widerstand Flaubert immer, immer, und selbst beim Verlust seines Vermögens den Versuchungen, den Verlockungen dieses Geldes, und er ist vielleicht einer der letzten dieser alten Generation von uneigennützigen Arbeitern, der nur dazu bereit war, Bücher von mächtigem Arbeitsaufwand und großen geistigen Anstrengungen zu schaffen, Bücher, die ihrem Kunstsinn absolut gerecht werden, schlechtverkaufte Bücher, bezahlt mit einem bißchen posthumen Ruhm.

Messieurs,

Damit dieser Ruhm geweiht, vermehrt, verbreitet, ihm gewissermaßen eine Art Stofflichkeit verliehen wird, die ihn auch für den letzten seiner Mitbürger wahrnehmbar macht, haben Freunde des Mannes, Bewunderer seines Talents Monsieur Chapu, den Bildhauer so vieler Statuen und berühmter Büsten, mit dem Halbrelief aus Marmor beauftragt, das Sie vor Augen haben, mit diesem Denkmal, in das der Bildhauer in der Skulptur des energischen Kopfes des Romanciers und der eleganten allegorischen Gestalt der Wahrheit, die dabei ist, den Namen Gustave Flauberts in das Buch der Unsterblichkeit zu schreiben, sein ganzes Können, sein ganzes Talent gelegt hat. Dieses Kunstwerk übergibt nun das Subskriptionskomitee durch meine Person der Stadt Rouen und vertraut es den Händen seines Bürgermeisters an.«

Aber nein, ich spreche die Sache mit lauter, gut vernehmlicher Stimme, in einem stürmischen Wind, der mir meinen Pelz an den Körper klatscht und die einzelnen Seiten meiner Rede unter der Nase zerfetzt. Denn hier ist der Redner ein Freiluftprediger. Aber meine Aufregung ist mir, anstatt sich heute in meiner Kehle zu entfalten, in die Beine gerutscht, wo ich ein *Tremolo* verspüre, das mir Angst macht umzufallen und mich zwingt, alle Augenblicke mein Gewicht vom einen Fuß auf den anderen zu verlagern.

Nach mir dann eine sehr taktvolle Rede des dicken, rothaarigen Bürgermeisters. Und nach dem Bürgermeister eine Rede von dem Mitglied der Académie von Rouen, ungefähr zwanzigmal länger als die meine und sämtliche Klischees enthaltend, sämtliche Gemeinplätze, sämtliche geläufigen Formeln, alle nur vorstellbaren *Homaiserien*: eine Rede, für die er am jüngsten Tag von Flaubert Prügel beziehen wird.

Das Denkmal von Chapu ist nun, um ehrlich zu sein, ein hübsches Halbrelief aus Zucker, wo die Wahrheit ihre Notdurft in einem Brunnen zu verrichten scheint.

Am Ende des Déjeuners beim Bürgermeister hatte mir Zola, während er mir über die Arme strich, wegen einer Versöhnung mit Céard auf den Zahn gefühlt, und ich hatte ihm geantwortet, bei dem Gedanken, wie unangenehm dieser Streit dem alten und dem jungen Daudet war und wie ärgerlich für uns beide, uns unter Freunden wie Hund und Katz zu benehmen, ich hatte ihm geantwortet, ich sei ganz und gar bereit, mich zu versöhnen. Und als die Feier zu Ende war und er kam, um mich zu beglückwünschen, haben wir uns vor dem Flaubert-Medaillon, wie durch seinen Schatten zusammengeführt, umarmt.

Am Ende der Feier ist es halb vier, der Regen ist stärker geworden, und der Wind hat sich zu einem Tornado entwickelt. Von einem Lunch, dessen Angebot Maupassant den ganzen Morgen über im Zug vor uns hat leuchten lassen, ist mit dem Verschwinden des normannischen Autors bei einem Verwandten nicht mehr die Rede. Wir müssen uns mit Mirabeau in ein Café zwängen und einen Grog trinken, der für die zweieinhalb Stunden, die wir noch bis zum Diner haben, reichen muß. Und Bauer, der am Abend vorher zur Vorstellung von *Salambo* angereist ist, erzählt uns, daß der Direktor so nett war, allen Theaterkritikern einen Umschlag mit dem Schlüssel zum Bühneneingang überreichen zu lassen, nachdem er seinen Choristen ans Herz gelegt hat, sehr freundlich zu sein mit den Herren von der Pariser Presse, so daß Bauer uns nun, als es Zeit für das Diner ist, verläßt, um *heimlich* mit einer dieser kleinen Damen, die er am Abend zuvor eingeladen hat, zu dinieren.

Endlich, Gott sei Dank! hat es sechs geschlagen, und wir sitzen bei Mennechet zu Tisch bei einem weder guten, noch schlechten Diner, dessen Hauptgericht stets die berühmte Ente nach Art von Rouen ist, ein Gericht, das ich nur in Maßen schätze.

Aber es ist ein lustiges Diner, mit seiner ausschweifenden Konversation, die von der zukünftigen Bemächtigung der Welt durch die chinesische Rasse bis zur Heilung der Schwindsucht durch Doktor Koch geht, von dem Reisenden Bonvalot bis zu Pinchenon, dem Bibliothekar von Rouen, der zittert, die prüden Bürger von Rouen könnten erfahren, daß er es war, der in *Feuille de rose*, dem pornographischen Stück Maupassants, das im Atelier Becker gespielt wurde, den Abortleerer gespielt hat, eine Konversation, die vom Ersticken von Enten bis zu den Schriften von Asthmatikern geht, erkennbar an den kleinen Punkten, mit denen sie übersät sind, durch den Fall der Feder auf das Papier, wenn der Schriftsteller seine Erstickungsanfälle hat. Ein Geplauder vom Hundertsten ins Tausendste, dessen begeisterte Mitstreiter der junge

Redakteur vom *Novelliste*, Autor von *Un ménage d'artiste*, gespielt im Théâtre-Libre, mit dem Schlaukopf eines Kätzchens und der Notar sind, ein Denker und Autor von *Testament d'un moderne*, dessen anämischer Teint unter dem Gaslicht, das uns beleuchtet, eine einzigartige blutleere Blässe annimmt.

Und es ist 8 Uhr 40, Zeit für den Schnellzug nach Paris.

Déjeuner: Edmond de Goncourt bewahrte die Menükarte dieses Festmahls auf, die eine Abbildung des Denkmals trug:

Déjeuner zur Einweihung des Denkmals für Flaubert

23. November 1890

Austern aus Courseulles

*

Rehbraten in Sauce Nesselrode
Filet Rossini in Périgueux-Sauce

*

Getrüffelter Puter
Gänseleberaspik

*

Russischer Salat

*

Krabben Petites-Dalles

*

Pudding Diplomat

*

Dessert

*

Weine

Karaffe Médoc Château-Yquem
Haut Sauterne, Mouton Rothschild
Saint-Émilion
Champagner Henri Goulet

ANHANG

CHRONIK
GUSTAVE FLAUBERT
UND JULES & EDMOND DE GONCOURT

1821 12. Dezember: Geburt von Gustave Flaubert.

1822 26. Mai: Geburt von Edmond de Goncourt.

1824 15. Juli: Geburt von Flauberts Schwester Caroline.

1830 17. Dezember: Geburt von Jules de Goncourt

1834 7. Januar: Tod von Marc-Pierre Huot de Goncourt, des Vaters der Brüder Goncourt.

1838/1839 Flaubert schreibt die Erzählungen *Agonies, Pensées sceptiques, Mémoires d'un fou* und *Les funérailles du docteur Mathurin.* Er muß wegen groben Unfugs das Collège royal von Rouen verlassen und bereitet sich alleine auf das Abitur vor.

1840 Flaubert unternimmt eine Reise, ein Geschenk seiner Eltern zum Abitur, über Spanien und die Provence nach Korsika. Edmond de Goncourt beginnt, ebenso wie im folgenden Jahr Flaubert, mit dem Studium der Rechte.

1842 Oktober: Flaubert schließt seine Erzählung *November* ab.

1843/1845 Flaubert schreibt die erste Fassung von *L'Éducation sentimentale.*

1844 Flaubert erleidet seinen ersten (wahrscheinlich epileptischen) Anfall. Er bricht das Jurastudium ab. Sein Vater kauft das Anwesen in Croisset an der Seine, wo Flaubert von nun an lebt.

1845 Heirat von Flauberts Schwester Caroline mit Émile Hamard.

1846 15. Januar: Tod von Flauberts Vater.
21. Januar: Geburt von Flauberts Nichte Caroline Hamard.
20. März: Flauberts Schwester Caroline stirbt an Kindbettfieber.
Flaubert lernt im Atelier des Bildhauers James Pradier die Dichterin Louise Colet kennen, mit der er acht Jahre lang eine turbulente Beziehung hat.

1848 Die Mutter von Edmond und Jules de Goncourt stirbt. Vor ihrem Tod legt sie die Hände der beiden Brüder ineinander. Die Brüder gehören von nun an zu der kleinen Gruppe von Schriftstellern, die von ihren Renten leben. Sie sind jedoch nicht so gut gestellt wie Flaubert und wohnen in Nachbarschaft der Pariser Halbwelt zwanzig Jahre lang in einer Wohnung in der Nähe der Kirche Notre-Dame de Lorette. Sie pflegen ihre Kunstleidenschaft, malen Aquarelle und unternehmen etliche Reisen.

1849 September: Flaubert schließt La *Tentation de saint Antoine* ab. Er liest das Theaterstück seinen Freunden Bouilhet und Du Camp vor, die es hart kritisieren. Das Manuskript bleibt unveröffentlicht.

Oktober: Flaubert bricht mit Du Camp zu einer Reise in den Orient auf. Die Stationen sind Alexandria, Luxor, Jerusalem, Rhodos, Konstantinopel, Athen.

1851 September: Flaubert beginnt *Madame Bovary* zu schreiben.

2. Dezember: Die Brüder Goncourt veröffentlichen ihren ersten Roman: *En 18...*, ein vom Einfluß Heines und E. T. A. Hoffmans geprägtes Phantasiewerk. Sie schreiben Artikel in Literaturzeitungen. Wegen einiger frivoler Verse werden sie zu einer Ordnungsstrafe verurteilt und sind von nun an nicht mehr journalistisch tätig. Mit ihrem ebenfalls am 2. Dezember begonnenen Tagebuch verwirklichen sie jedoch ihr großes Talent der Reportage.

1854 Die Goncourts veröffentlichen eine kleine soziologische Studie: *La Révolution dans les moeurs*, eine Kritik der modernen Familie und ein Lob der Familie im Ancien Régime. Ebenfalls erscheint: *Histoire de la société française pendant la Révolution.* Ihre Vorliebe für das achtzehnte Jahrhundert gründet sich auf ihrer Sicht dieser Epoche als eines Ideals des Aristokratischen. – Flaubert schließt den zweiten Teil von *Madame Bovary* ab. Engültiger Bruch mit Louise Colet.

1855 Die Goncourts unternehmen eine Italienreise und veröffentlichen ihren Reisebericht in »L'Artiste«. Ihre Artikel aus der Zeitschrift »L'Éclair« erscheinen als Buch mit dem Titel *Une voiture de masques.* Ihre gemeinsame Geliebte, eine Hebamme mit Namen Maria erzählt ihnen ihr Leben, eine Vorlage für ihre späteren Romane.

Oktober: Flaubert nimmt eine Wohnung in Paris, wo er von nun an die Wintermonate verbringt.

1856 Flaubert schließt *Madame Bovary* ab. Der Roman erscheint vom 1. Oktober bis zum 15. Dezember 1856 in Du Camps Zeitung »La Revue de Paris«.

1857 3. Januar: Flaubert wird zum ersten Mal im Tagebuch der Goncourts erwähnt, die ihn bei »L'Artiste« kennengelernt hatten.

29. Januar: Flaubert steht als Autor von *Madame Bovary* wegen Verstoßes gegen die Sittlichkeit vor Gericht.

7. Februar: Flaubert wird freigesprochen.

April: *Madame Bovary* erscheint im Verlag Michel Lévy.

Mai: Das Theaterstück der Goncourts *La Guerre des lettres* wird vom Vaudeville Theater und vom Gymnase dramatique abgelehnt.

Juni: Die Goncourts veröffentlichen die Biographie einer berühmten Sängerin des 18. Jahrhunderts, Sophie Arnoulds.

Juli: Veröffentlichung der *Portraits intimes du XVIII. siècle* von den Brüdern Goncourt, wo sie in ihrem Vorwort die Idee einer privaten und psychologischen Geschichtsschreibung vertreten.

1858 April – Juni: Flaubert bereist Tunesien, um seinen Roman *Cartaghe* (*Salambo*) vorzubereiten.

Juni: *Histoire de Marie-Antoinette* – die Goncourts bringen in diesem Buch ihren traditionalistischen Ansatz zum Ausdruck.

Juli: Flaubert arbeitet an *Carthage* (*Salambo*).

1859 April: Die Goncourts versuchen vergeblich, ihren soeben abgeschlossenen Roman *Charles Demailly* zu veröffentlichen.

11. Mai: Besuch Flauberts bei den Brüdern Goncourt.

Juli: Die Goncourts sind bei ihren Verwandten in Bar-sur-Seine.

September: Aufenthalt der Goncourts in Gisors bei ihrem Freund Louis Passy. Sie bereiten ihren Roman *La Bourgeoisie* vor.

16. November: Jules de Goncourt trifft Flaubert am Bahnhof in Rouen, wo er in den dortigen Archiven Briefe kopieren wollte.

1860 12. Januar: Flaubert ist bei den Goncourts zum Diner.

24. Januar: Die Goncourts veröffentlichen *Charles Demailly* und *Les Hommes de lettres.*

5. Februar: Die Goncourts sind bei Flaubert zum Diner. Bouilhet erzählt ihnen von der Liebe einer Nonne zu einem Assistenzarzt des Krankenhauses in Rouen und inspiriert sie damit zu ihrem Roman *Soeur Philomène.*

10. April: Flaubert kehrt aus Paris nach Croisset zurück.
22. April: Die Brüder Goncourt klagen wegen der Ausschließlichkeit des Namens Goncourt gegen einen Gutsbesitzer, dem dieser Name durch ein kaiserliches Dekret zuerkannt worden war.
Mai: Erscheinen von *Les Maîtresses de Louis XV.* der Brüder Goncourt. Bis September reisen sie zusammen mit Paul de Saint-Victor durch Deutschland.
Dezember: Die Goncourts besuchen, vermittelt durch Flaubert, die Charité, um sich auf ihren Roman *Soeur Philomène* vorzubereiten.

1861 17. März: Flaubert liest den Goncourts das erste Kapitel von *Salambo* vor. Der Verleger Michel Lévy lehnt *Soeur Philomène* ab, weil er das Buch zu traurig findet.
13. Juli: Veröffentlichung von *Soeur Philomène* in der Librairie nouvelle. Der Roman bezeichnet das Début der Goncourts als Schriftsteller des realistischen Romans.

1862 11. März: Die Goncourts besuchen zusammen mit Flaubert die Katakomben.
30. März: Die Goncourts besuchen Georges Sand.
20. April: Flaubert beendet *Salambo.*
20. Mai: Flaubert liest den Goncourts die letzten Kapitel von *Salambo* vor.
Juni: Flaubert beginnt mit Bouilhet und d'Osmoy eine Feerie zu schreiben: *Le Château des coeurs.*
16. August: Tod der Hausangestellten der Goncourts Rose Malingre, die sie als ihre zweite Mutter ansahen. Sie entdecken ihr skandalöses Leben, das sie zu ihrem Roman *Germinie Lacerteux* inspiriert. Erstes Diner bei der Prinzessin Mathilde in Saint-Gratien. Die Brüder werden zu regelmäßigen Besuchern ihres Salons.
November: *La Femme au XVIII. siècle* erscheint. Eine Studie der Goncourts über die Sitten und das Leben der Frau im XVIII. Jahrhundert.
22. November: Erstes Diner der Goncourts bei Magny mit Sainte-Beuvve, Gavarnie, dem Doktor Veyne und Gennevières.
24. November: Veröffentlichung von *Salambo* bei Michel Lévy.

1863 21. Januar: Erster Besuch Flauberts bei der Prinzessin Mathilde in Begleitung der Brüder Goncourt. Der Kaiser und die Kaiserin sind anwesend.

28. Februar: Die Goncourts treffen Turgenjew beim Magny. Sie beginnen die Gespräche der Teilnehmer des Magny-Diners aufzuschreiben.

6. Oktober: Das Theater Saint-Martin lehnt Flauberts Feerie *Le Château des coeurs* ab.

29. Oktober – 2. November: Erster Besuch der Goncourts in Croisset.

Dezember: Der Roman der Goncourts *Renée Mauperin* wird in L'Opinion nationale abgedruckt.

1864 März: Veröffentlichung von *Renée Mauperin* bei Charpentier. Die Goncourts wollten damit einen Roman über das moderne junge Mädchen der Bourgeoisie schreiben.

6. April: Flauberts Nichte Caroline Hamard heiratet den Holzhändler Ernest Commanville.

1. September: Flaubert beginnt *L'Éducation sentimentale* zu schreiben.

1865 16. Januar: Der Roman der Goncourts *Germinie Lacerteux* erscheint bei Charpentier.

5. Dezember: Turbulente Premiere von *Henriette Maréchal.* Man unterstellt den Goncourts, dieses Stück mit Unterstützung der Regierung auf die Bühne gebracht zu haben. Nach der sechsten Vorstellung wird es verboten.

12. Dezember: Die Goncourts veröffentlichen ein Vorwort zu *Henriette Maréchal*, in dem sie ihr Scheitern mit dem Haß der Bourgeoisie auf aristokratische Schriftsteller erklären.

1866 6. Januar: Die Goncourts sind bei Flaubert in Croisset zum Diner.

24. Januar – 22. März: Flaubert ist in Paris.

Februar: Die Goncourts veröffentlichen Auszüge aus ihrem Tagebuch unter dem Titel *Idées et sensations* und widmen das Buch Flaubert.

15. August: Flaubert wird zum Ritter der Ehrenlegion ernannt.

24. Oktober – 3. November: Flaubert ist in Paris.

25. November: Tod des Karikaturisten Gavarni, des geistigen Vaters der Goncourts.

1867 Januar – März: Der Roman der Goncourts *Manette Salomon* wird in »Le Temps« abgedruckt.

19. Februar – 21. Mai: Flaubert ist in Paris.
2. April – 18. Mai: Italienreise der Goncourts zur Vorbereitung ihres Romans *Madame Gervaisais*.
3.–29. Juli: Die Goncourts machen eine Kur in Vichy.
1.–24. August: Flaubert ist in Paris.
4. September: Edmond de Goncourt bekommt das Kreuz der Ehrenlegion.
7.–11. November: Flaubert ist für Recherchen zu *L'Éducation sentimentale* in Paris.

1868 29. Januar – 19. Mai: Flaubert ist in Paris.
Juni: Die Goncourts verkaufen ihr Landgut in der Provinz Haute-Marne; sie wollen eine Villa am Parc des Princes kaufen, die jedoch gerade verkauft worden ist.
4. August: Die Goncourts kaufen ein Haus in dem Pariser Vorort Auteuil.
Anfang August: Die Goncourts und Flaubert sind bei Prinzessin Mathilde in Saint-Gratien.
14. Dezember: Erste Begegnung zwischen Zola und den Goncourts bei einem Déjeuner.

1869 Januar: Jules de Goncourt wird wegen nervöser Störungen mit Hydrotherapie behandelt.
25. Januar – 14. Februar: Flaubert hält sich zu Recherchen für *L'Éducation sentimentale* in Paris auf.
10. Februar: Die Goncourts haben einen Unfall mit einer Pferdedroschke auf dem Quai de Passy. Edmond wird im Gesicht verletzt.
Februar: Die Goncourts veröffentlichen ihren Roman *Madame Gervaisais*.
26. März: Flaubert schließt *L'Éducation sentimentale* ab.
27. März – 7. Juni: Flaubert ist in Paris.
Juni: Die Goncourts sind zur Kur in Royat.
Am 18. Juli stirbt Louis Bouilhet.
Ende September: Flaubert zieht in Paris vom Boulevard du Temple Nr. 42 in die Rue Murillo Nr. 4.
17. November: Veröffentlichung von *L'Éducation sentimentale*.

1870 19. Januar: Jules de Goncourt hört auf, Tagebuches zu führen.
Mai/Juni: Jules de Goncourts Gesundheitszustand verschlechtert sich. Er stumpft ab und verliert das Gedächtnis.
Am 20. Juni stirbt Jules de Goncourt.

22. Juni: Flaubert nimmt an der Begräbnisfeier teil, einer Messe in Notre-Dame d'Auteuil und der Beisetzung auf dem Friedhof von Montmartre.

19. Juli: Preußen erklärt Frankreich den Krieg.

1. September: Niederlage Frankreichs in der Schlacht von Sedan.

5. Dezember: Rouen wird besetzt. In Flauberts Haus in Croisset werden preußische Soldaten einquartiert. Flaubert zieht nach Rouen.

1871 28. Januar: Unterzeichnung des Waffenstillstands.

16.–28. März: Flaubert fährt nach Brüssel, um die Prinzessin Mathilde zu besuchen, und darauf nach London zu Juliet Herbert, der ehemaligen Gouvernante seiner Nichte Caroline.

14. April: Flaubert kehrt nach Croisset zurück.

Mai: Das Haus der Goncourts in Auteuil wird bei der Bombardierung beschädigt.

4. (oder 6.) – 11. Juni: Flaubert ist in Paris.

10. Juni: Edmond de Goncourt diniert mit Flaubert.

10. Juli – 10. August: Edmond de Goncourt ist in Bar-sur-Seine.

15. November – 25. März: Flaubert ist in Paris.

Dezember: Flauberts Nichte und ihr Mann geraten in finanzielle Schwierigkeiten.

1872 6. Januar: Premiere von Louis Bouilhets Stück *Mademoiselle Aïssé*, das durch Flauberts Initiative im »Théâtre de l'Odéon« zur Aufführung gekommen ist. Edmond de Goncourt ist bei der Vorstellung anwesend.

2. März: Edmond de Goncourt ist mit Gautier und Turgenjew bei Flaubert zum Diner.

22. März: Erneutes Diner bei Flaubert mit Turgenjew. Am 6. März stirbt Flauberts Mutter.

12.–22. Juni: Flaubert ist in Paris.

21. Juni: Edmond de Goncourt diniert mit Flaubert bei Riche.

August: Flaubert beginnt mit seinen Vorbereitungen für *Bouvard et Pécuchet*.

1. September: Flaubert schließt *La Tentation de saint Antoine* ab.

3. August – 9. September: Edmond de Goncourt reist in Deutschland.

30. Dezember: Flaubert kehrt nach Paris zurück, wo er bis Mai 1873 bleibt.

1873 16. März: Goncourt trifft Alphonse Daudet bei Flaubert.

Mai/Juni: Flaubert überarbeitet Bouilhets Stück *Le Sexe faible*.

3. Mai:Veröffentlichung von Edmond de Goncourts Stück *La Patrie en danger*.

Juni: Veröffentlichung von Gavarnie, *l'homme et l'oeuvre* der Brüder Goncourt.

7. September: Flaubert beginnt sein Stück *Le Candidat* zu schreiben.

20.–30. Oktober: Flaubert ist in Paris.

6. Dezember: Flaubert kehrt nach Paris zurück, wo er bis zum 19. Mai 1874 bleibt.

1874 11. März: Edmond de Goncourt erlebt die Aufführung von Flauberts Stück *Le Candidat* im Vaudeville-Theater.

28. März: *Le Candidat* erscheint bei Charpentier.

31. März: Veröffentlichung von *La Tentation de saint Antoine* bei Charpentier.

1. April: Goncourt liest *La Tentation de saint Antoine*.

14. April: Erstes Diner der »Fünf« bei Riche: Flaubert, Goncourt, Zola, Daudet, Turgenjew, genannt »Flaubert-Diner« oder »Diner der ausgepfiffenen Autoren«.

19. oder 20. Mai: Flaubert kehrt zurück nach Croisset.

Juli: Flaubert macht eine Kur in der Schweiz in Kaltbad-Rigi.

15. Juli bis Anfang September: Edmond de Goncourt ist am Bodensee.

25. August – 17. September: Flaubert ist in Paris, wo er sich für Bouilhets Stück *Le Sexe faible* einsetzt.

1875 Januar: Edmond de Goncourt hat eine Lungenentzündung. Flaubert leidet den Winter über an Depressionen und Leibschmerzen.

9. Mai: Flaubert kehrt zurück nach Croisset.

August: Flaubert informiert seine Freunde über den Bankrott der Commanvilles.

September/Oktober: Flaubert ist in Concarneau.

1. Oktober: Liquidierung des Unternehmens der Commanvilles.

14. November: Flaubert zieht in Paris von der Rue de

Murillo Nr.4 in die Rue du Faubourg-Saint-Honoré Nr.240 zu seiner Nichte.

1876 Februar: Flaubert schließt *Saint Julien l'Hospitalier* ab und beginnt an *Un coeur simple* zu arbeiten.

12. Juni: Flaubert kehrt zurück nach Croisset.

16. August: Flaubert schließt *Un coeur simple* ab und beginnt an Herodias zu arbeiten.

1877 21. März: Edmond de Goncourts Roman *La Fille Élisa* erscheint bei Charpentier.

16. April: Die jungen Naturalisten laden Flaubert, Goncourt und Zola zum Diner bei Trapp ein.

24. April: Die *Trois Contes* erscheinen bei Charpentier.

31. Mai: Flaubert und Edmond de Goncourt erleben die zweite Vorstellung von Maupassants *Á la Feuille de rose.*

1. Juni: Flaubert kehrt zurück nach Croisset und nimmt die Arbeit an *Bouvard et Pécuchet* wieder auf.

4. August: Edmond de Goncourt fährt zum Château von Jean d'Heurs in der Region Meuse, wo er von nun an immer den Sommer verbringt.

27. Dezember: Flaubert kommt nach Paris.

1878 9. Mai: Flaubert, Goncourt und Zola laden ihrerseits die jungen Naturalisten ein.

29. Juli – 3. August: Edmond de Goncourt ist in Bar-sur-Seine.

August: Flaubert arbeitet an *Bouvard et Pécuchet.*

2.–22. September: Flaubert ist in Paris.

9. Oktober: Veröffentlichung von *Madame Pompadour*, einem von Edmond de Goncourt überarbeiteten Teil der *Maîtresses de Louis XV.* der Brüdern Goncourt.

1879 29. Januar: Flaubert bricht sich das Bein und muß drei Monate lang liegen.

30. April: Veröffentlichung von Edmond de Goncourts Roman *Les Frères Zemganno.*

Mai: Ausstellung von Zeichnungen aus der Sammlung Goncourt in der Académie des Beaux-Arts. Edmond de Goncourt veröffentlicht ein Vorwort zu den Theaterstücken der Brüder Goncourt, in dem er die Phantasie gegen den Naturalismus verteidigt.

27. Mai: Flaubert wird formell zum Bibliothekar der Bibliothèque Mazarine ernannt.

August: Edmond de Goncourt ist in Jean d'Heurs.

28. August – 22. September: Flaubert ist in Paris.

1880 24. Januar: Erster Abdruck von *Le château des coeurs* in der Zeitschrift »La Vie moderne«.

1. Februar: Abschiedsdiner für Turgenjew, der nach Rußland zurückkehrt.

28./29. März: Besuch von Zola, Daudet, Goncourt, Charpentier und Maupassant bei Flaubert in Croisset.

April: Edmond de Goncourt arbeitet an *La Maison d'un artiste.*

Am 8. Mai stirbt Flaubert.

14. Mai: Flauberts Begräbnis in Rouen. Es nehmen teil: Goncourt, Zola, Maupassant, Daudet, Banville, Céard, Coppée, Huysmans, Hennique, Alexis.

1890 Am 23. November wird das Flaubert-Denkmal im Rouen enthüllt.

1896 Am 16. Juli stirbt Edmond de Goncourt in Champrosay.

Das Flaubert-Denkmal von Chapu in Rouen:
»Ein hübsches Halbrelief aus Zucker, wo die Wahrheit
ihre Notdurft in einem Brunnen zu verrichten scheint.«

Die Brüder Edmond & Jules de Goncourt

Jules de Goncourt

Edmond de Goncourt

Das Haus der Brüder Goncourt in Auteuil

Garteneingang

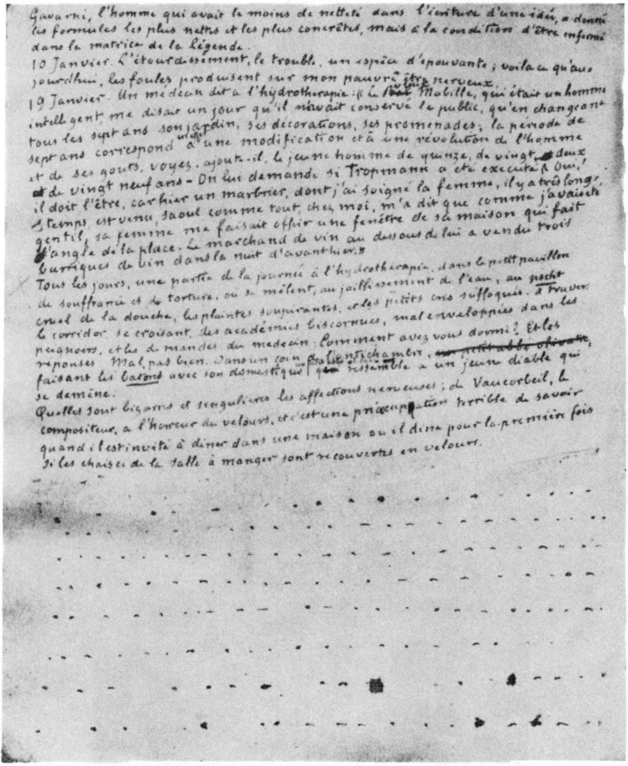
Gavarni, l'homme qui avait le moins de netteté dans l'écriture d'une idée, a donné
les formules les plus nettes et les plus concrètes, mais à la condition d'être informé
dans la matrice de la légende.
10 Janvier. L'étourdissement, le trouble, une espèce d'épouvante; voilà ce qu'aujourd'hui, les foules produisent sur mon pauvre être nerveux.
19 Janvier. Un médecin dit à l'hydrothérapie: « Le [illegible] Mabille, qui était un homme
intelligent, me disait un jour qu'il n'avait conservé le public, qu'en changeant
tous les sept ans son jardin, ses décorations, ses promenades; la période de
sept ans correspond à une modification et à une révolution de l'homme
et de ses goûts, voyez, ajoute-t-il, le jeune homme de quinze, de vingt-deux
et de vingt-neuf ans. – On lui demande si Tropmann a été exécuté. « Oui,
il doit l'être, car hier un marbrier, dont j'ai soigné la femme, il y a très longtemps, est venu saoul comme tout, chez moi, m'a dit que comme j'avais été
gentil, sa femme me faisait offrir une fenêtre de sa maison qui fait
l'angle de la place. Le marchand de vin au dessous de lui a vendu trois
barriques de vin dans la nuit d'avant-hier. »
Tous les jours, une partie de la journée à l'hydrothérapie, dans le petit pavillon
de souffrance et de torture, où se mêlent, au jaillissement de l'eau, au [illegible]
cruel de la douche, les plaintes soupirantes, et les petits cris suffoqués. À travers
le corridor se croisant, des académies biscornues, mal enveloppées dans les
peignoirs, et les demandes du médecin: Comment avez-vous dormi? Et les
réponses: Mal, pas bien. Dans un coin de l'antichambre, ~~[illegible]~~,
faisant les bâtons avec son domestique, [illegible] ressemble à un jeune diable qui
se démène.
Quelles sont bizarres et singulières les affections nerveuses; de Vaucorbeil, le
compositeur, a l'horreur du velours, et c'est une préoccupation terrible de savoir
quand il est invité à dîner dans une maison où il dîne pour la première fois
si les chaises de la salle à manger sont recouvertes en velours.

Das Tagebuch der Brüder Goncourt, Januar 1870

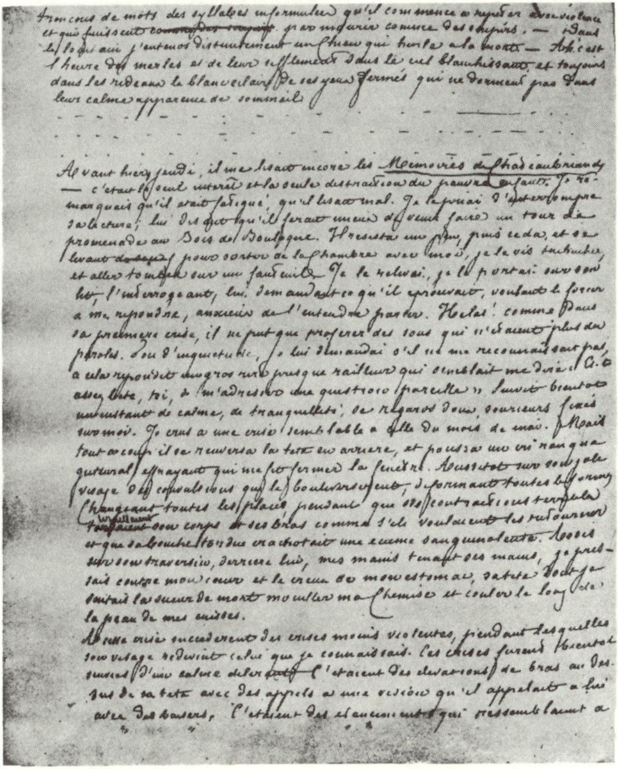
tronçons de mots, des syllabes informulées qu'il commence à répéter avec violence
et qui finissent ~~[illegible]~~ par un murmure comme des soupirs. — Dans
le lointain j'entends distinctement un chien qui hurle à la mort — Ah! c'est
l'heure des merles et de leur sifflement dans le ciel blanchissant, et toujours
dans les rideaux le blanc éclair de ses yeux fermés qui ne dorment pas dans
leur calme apparence de sommeil

- - - - - - - - - - - - - - - - - - - -

Avant hier jeudi, il me lisait encore les Mémoires de Chateaubriand
— c'était le seul intérêt et la seule distraction du pauvre enfant. Je re-
marquai qu'il était fatigué, qu'il lisait mal. Je le priai d'interrompre
sa lecture; lui dis que qu'il ferait mieux de venir faire un tour de
promenade au Bois de Boulogne. Il résista un peu, puis céda, et se
~~levant~~ pour sortir de la chambre avec moi, je le vis trébucher,
et aller tomber sur un fauteuil. Je le relevai, je le portai sur son
lit, l'interrogeant, lui demandant ce qu'il éprouvait, voulant le forcer
à me répondre, anxieux de l'entendre parler. Hélas! comme dans
sa première crise, il ne put que proférer des sons qui n'étaient plus des
paroles. Fou d'inquiétude, je lui demandai s'il ne me reconnaissait pas,
à cela répondit un gros rire presque railleur qui semblait me dire: Es-tu
assez bête, toi, de m'adresser une question pareille, et suivit bientôt
un instant de calme, de tranquillité; ses regards doux, souriants fixés
sur moi. Je crus à une crise semblable à celle du mois de mai. Mais
tout à coup il se renversa la tête en arrière, et poussa un cri rauque,
guttural, effrayant qui me fit fermer la fenêtre. Aussitôt sur son joli
visage des convulsions qui le bouleversèrent, déformant toutes les formes,
changeant toutes les places, pendant que des contractions terribles
~~tordaient~~ secouaient son corps et ses bras comme s'il voulait les retourner
et que sa bouche tordue crachotait une écume sanguinolente. Assis
sur son traversin, derrière lui, mes mains tenant ses mains, je pres-
sais contre mon cœur et le creux de mon estomac, sa tête dont je
sentais la sueur de mort mouiller ma chemise et couler le long de
la peau de mes cuisses.
A cette crise succédèrent des crises moins violentes, pendant lesquelles
son visage redevint celui que je connaissais. Ces crises furent bientôt
suivies d'un calme délirant. C'étaient des élévations de bras au des-
sus de sa tête avec des appels à une vision qu'il appelait à lui
avec des baisers, c'étaient des élancements qui ressemblaient à

Das Tagebuch der Brüder Goncourt, Juni 1870

Gustave Flaubert

Das Haus Flauberts in Croisset

Sein Arbeitsplatz in Croisset

Die Mutter Flauberts

Flauberts Vater

Hector Berlioz

Louis Bouilhet

Alphonse Daudet

Maxime Du Camp

Alexandre Dumas Sohn

Théophile Gautier

Gavarni

Victor Hugo

Prinzessin Mathilde Bonaparte

Guy de Maupassant

Ernest Renan

George Sand

Sainte-Beuve

Hippolyte Taine

Iwan Turgenjew

Emile Zola

PERSONENREGISTER

WERKREGISTER (NACH AUTOREN)